U0141452

韓國 1000 諺語實戰指南

附 QR Code 線上音檔。

閔珍英・朴昭榮・李祉昀／著

笛藤出版

國家圖書館出版品預行編目(CIP)資料

韓國1000諺語實戰指南 : 13大主題系統分類、情境對話例句,TOPIK高分通過實力養成 /
閔珍英, 朴昭榮, 李祉昀著 ; 張恆維譯. -- 初版. -- 臺北市 : 笛藤出版, 2024.09
　　面 ; 公分
譯自 : 1000 Key Korean idioms and proverbs
ISBN 978-957-710-924-8(平裝)

1.CST: 韓語 2.CST: 成語 3.CST: 諺語

803.235　　　113008916

韓國1000諺語實戰指南：

13大主題系統分類、情境對話例句，TOPIK高分通過實力養成（附QR Code線上音檔）

2024年9月27日　初版1刷　定價570元

著　　　者	閔珍英、朴昭榮、李祉昀
譯　　　者	張恆維
總 編 輯	洪季楨
編　　　輯	葉雯婷
編 輯 協 力	王毓媄
編 輯 企 劃	笛藤出版
發 行 所	八方出版股份有限公司
發 行 人	林建仲
地　　　址	台北市中山區長安東路二段171號3樓3室
電　　　話	(02)2777-3682
傳　　　真	(02)2777-3672
總 經 銷	聯合發行股份有限公司
電　　　話	(02)2917-8022．(02)2917-8042
製 版 廠	造極彩色印刷製版股份有限公司
電　　　話	(02)2240-0333．(02)2248-3904
劃 撥 帳 戶	八方出版股份有限公司
劃 撥 帳 號	19809050

韓國 1000 諺語實戰指南

附
QR Code
線上音檔

閔珍英・朴昭榮・李祉昀／著

笛藤出版

머리말

한국어 관용어와 속담은 한국의 역사와 문화 및 사회적인 배경을 이해할 수 있는 좋은 도구이다. 그렇지만 관용어와 속담은 그 의미가 함축적일 뿐만 아니라 그 표현에 사용된 어휘와 상황에 한국의 문화가 반영된 것이 많아서 따로 학습을 하지 않으면 그 의미를 이해하기가 어렵다. 그러므로 외국인 학습자들이 관용어와 속담을 익혀 좀 더 다양한 언어 표현들을 사용하고 한국 문화를 더 깊이 이해하는 데에 도움을 주고자 이 책을 집필하게 되었다.

이 책에서 다룬 관용어와 속담 표현은 다음과 같은 기준으로 선정하였다. 첫째, 10개 대학 부설 한국어 교육 기관 교재와 중고등학교 KSL 교재에 사용된 표현, 10종의 내국인과 외국인을 위한 관용어·속담 책, 국립국어원의 「한국어교육 어휘 내용 개발 연구」 및 공개된 회차의 한국어능력시험(TOPIK)에 나온 표현을 정리하여 목록화하였다. 둘째, 첫 번째 과정을 통해 목록화한 표현을 빈도순으로 정리하여 총 1,000개의 관용어와 속담을 추출하였다. 셋째, 이를 각 상황별로 효과적으로 학습하고 활용할 수 있도록 범주화하여 13개의 큰 주제로 분류한 후, 이를 다시 56개의 세부 주제로 나누었다.

예문은 실생활에서 바로 사용해 볼 수 있는 실질적인 대화문을 수록했으며, 설명하는 부분에 영어 번역을 넣어 학습자들의 이해를 돕도록 하였다. 또한 비슷하거나 반대 상황에서 쓰일 수 있는 다양한 표현들도 제시하였고, 부록에 「문화 속 관용 표현과 속담」을 추가하여 학습자들이 한국의 생활 문화를 더 잘 이해하는 데 도움을 주고자 하였다. 또한 연습 문제와 TOPIK 유형의 연습 문제도 함께 실어 학업에 도움이 될 수 있게 하고 TOPIK 시험도 대비할 수 있게 하였다.

많은 분들의 도움이 없었다면 이 책이 나오기 어려웠을 것이다. 사명감을 가지고 좋은 한국어 교재를 편찬하는 데 최선을 다하는 다락원 한국어 출판부 편집진께 진심으로 감사드린다. 또한 이 책의 번역을 맡아 주신 케이틀린 헴메키 씨와 책이 진행되는 동안 묵묵히 지켜보면서 응원해 준 가족들, 여러 가지 조언을 해 준 여러 선생님과 학생들 그리고 친구들에게 고마움을 전한다.

저자 일동

前言

　　韓國的慣用語和俗諺是理解韓國歷史和文化等社會背景的好工具。然而，慣用語和俗諺並不只是包含它本身的意義，在表達時所使用的詞彙與情況大都反映著韓國的文化，如果不額外學習的話便不易理解慣用語和俗諺的意義。本書希望幫助學習韓語的外國人士更加熟悉慣用語和俗諺、使用更多樣化的語言表現，以及對韓國文化有更深入的理解。

　　在本書中所探討的慣用語和俗諺是按照以下的標準選定。第一，10 個韓國大學附設韓語教育機構教材和國高中 KSL 教材中所使用的表達方式，10 種給韓國人和外國人的慣用語和俗諺教學書，韓國國立國語研究院的「韓語教育詞彙內容開發研究」以及韓語能力測驗 (TOPIK) 公開的歷屆考古題中出現的表達方式，全部編錄在本書中。第二，透過第一項過程中目錄化的表現方式，以出現頻率次序整理過後，抽出共 1000 個慣用語和俗諺。第三，每個慣用語和俗諺都各自以有效率及能加以活用的學習目標來歸類，總共分成 13 個大主題後，再細分成 56 個小主題。

　　收錄的例句是現實生活中馬上可以使用的實際對話，在說明的部分則放了中文翻譯讓學習者們能夠理解。以及陳列了在相似或者是相反的情況下能夠使用的多樣化表達方式，在附錄中則增錄了「文化裡的慣用表達與俗諺」，幫助學習者們能夠更加理解韓國的生活文化。另外，本書也一起收錄了練習題和 TOPIK 類型的習題，希望能在韓語學習上有所幫助，也有利於準備 TOPIK 測驗。

　　如果沒有各方人士的幫助，這本書或許很難完成出版。對於帶著使命感、盡心盡力編纂優良韓語教材的 DARAKWON 出版部編輯團隊致上最深的感謝。此外，在籌備此書時，在背後默默關注並給予支持的家人們，還有給予各項建言的老師、學生及朋友們，在此也致上最深的感謝。

作者群

이 책의 구성 및 활용

이 책은 외국어로서 한국어를 배우는 학습자들과 한국어를 가르치는 교사들을 위한 관용어 및 속담 표현집이다. 이 책에 수록된 표현은 총 1,000개로 크게 다섯 개의 자료를 바탕으로 빈도가 높고 교육적 효과가 큰 표현을 수록하였다. (교육부 선정 중·고등학교 학습용 속담과 관용 표현, 속담과 관용 표현 관련 교재 종, TOPIK 기출 속담과 관용 표현, 국립국어원 한국어 표준 교육 모형에서 선정한 속담과 관용 표현, 한국어 교육 교재 10종)

1,000개의 표현을 13개의 대주제로 분류하여 정리하였으며, 대주제는 다시 총 56개의 소주제로 분류하여 학습자들이 주제별로 묶어서 효율적으로 학습할 수 있도록 하였다. 본문에서 학습한 표현을 복습하고 확장할 수 있도록 부록에서는 본문과 관련된 문화를 함께 익히고, 「확인해 봅시다」와 「TOPIK 속 관용 표현과 속담」 문제를 통해 학습 내용을 점검해 볼 수 있도록 하였다.

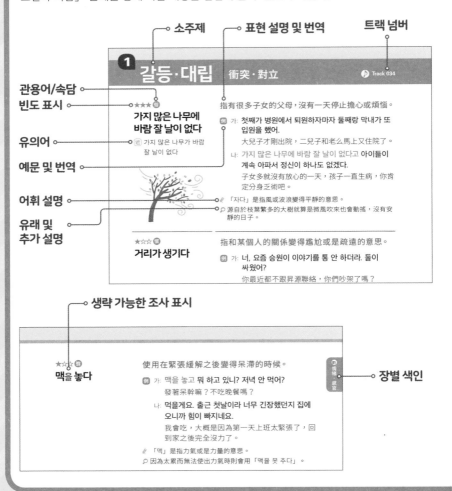

소주제 ○

표현 설명 및 번역 ○

트랙 넘버 ○

① 갈등·대립 衝突·對立 ♪ Track 034

관용어/속담 ○
빈도 표시 ○

★★★ ⑬
가지 많은 나무에 바람 잘 날이 없다

유의어 ○
⑤ 가지 많은 나무가 바람 잘 날이 없다

예문 및 번역 ○

어휘 설명 ○

유래 및 추가 설명 ○

指有很多子女的父母，沒有一天停止擔心或煩惱。

例 가: 첫째가 병원에서 퇴원하자마자 둘째랑 막내가 또 입원을 했어.
大兒子才剛出院，二兒子和老么馬上又住院了。

나: 가지 많은 나무에 바람 잘 날이 없다고 아이들이 계속 아파서 정신이 하나도 없겠다.
子女多就沒有放心的一天，孩子一直生病，你肯定分身乏術吧。

✎ 「자다」是指風或波浪變得平靜的意思。
♀ 源自於枝葉繁多的大樹就算是微風吹來也會動搖，沒有安靜的日子。

★☆☆ ⑬
거리가 생기다

指和某個人的關係變得尷尬或是疏遠的意思。

例 가: 너, 요즘 승원이 이야기를 통 안 하더라. 둘이 싸웠어?
你最近都不跟昇源聯絡，你們吵架了嗎？

생략 가능한 조사 표시 ○

★☆☆ ⑬
맥을 놓다

使用在緊張緩解之後變得呆滯的時候。

例 가: 맥을 놓고 뭐 하고 있니? 저녁 안 먹어?
發著呆幹嘛？不吃晚餐嗎？

나: 먹을게요. 출근 첫날이라 너무 긴장했던지 집에 오니까 힘이 빠지네요.
我會吃，大概是因為第一天上班太緊張了，回到家之後完全沒力了。

✎ 「맥」是指力氣或是力量的意思。
♀ 因為太累而無法使出力氣時則會用「맥을 못 추다」。

⑪ 情緒·感覺 ○ 장별 색인

문화 이야기 속 내용

情緒・感官 01

說著胸痛的朋友，
到底是哪裡在痛呢？

偌若韓國朋友在聽過你悲傷的故事後說了「가슴이 아프다」，那他真的是
胃和肚子之間的胸腔在隱隱作痛的意思嗎？事實上，這時候的「가슴 (胸腔)」

확인해 봅시다

01 감정·정신 | ❶ 감동·감탄 ~ ❷ 걱정·고민

1 맞는 문장을 고르십시오.

① 친구가 너무 걱정돼서 몸살이 날 지경이에요.
② 아이가 너무 속을 썩여서 화를 내고 말았어요.
③ 합격 소식을 듣고 나니 간장이 녹는 것 같네요.
④ 어제 일 때문에 밤을 새웠더니 마음이 무겁네요.

2 빈칸에 들어갈 알맞은 말을 고르십시오.

> 가 와, 정말 잘 그렸네요!
> 나 그렇지요? 민수 씨 그림 솜씨가 _____

① 여간이 아니에요
② 더할 나위 없어요
③ 몸살이 시큰해질 노 없이에요
④ 병든 입을 다물지 못하더라고요

[3-6] 다음 중에서 알맞은 것을 골라 빈칸에 쓰십시오.

> 마음에 걸리다   걱정이 태산이다
> 발이 떨어지지 않다   고양이한테 생선을 맡기다

3 가 : 나 때문에 민수가 화가 난 것 같아서 계속 _____ -(으)ㄴ가 봐요.
   나 : 그럼게 계속 마음이 불편하면 문자라도 보내 보지 그래?

4 가 : 일기 예보에서 이번 주 내내 비가 내릴 거라고 하더라고요.
   나 : 저도 들었어요. 농사를 지으시는 부모님께서 작년에 이어 올해도 홍수가 날까 봐
      _____ -(이)겠어요.

5 가 : 민수 씨네 회사 직원이 회삿돈 20억 원을 가지고 몰래 도망쳤다고 하더라고요.
   나 : 아이고, _____ -ㅂ/습니다요.

6 가 : 어제 왜 모임에 안 나왔어?
   나 : 룸메이트가 많이 아팠거든. 걱정이 돼서 _____ -더라고.

확인해봅시다

TOPIK 속 관용 표현과 속담 Idioms and Proverbs in TOPIK

1일 | 감정·정신

[1-2] 다음을 읽고 물음에 답하십시오.

> 서비스업에 종사하는 감정 노동자들은 어떤 상황에서도 자신의 감정을 누르고 항상 미소를 지으며 고
> 객을 대한다. 그러다 보니 근무 중에 고객들로부터 부당한 대우를 받거나 억울한 일을 당해도 다른 사
> 람에게 말도 못하고 (①) 혼자 참는 경우가 많다. 그렇기 때문에 이들은 일반인에 비해 우울증
> 과 같은 정신 질환에 걸릴 확률이 높다고 한다. 실제로 한 조사에 따르면 감정 노동자 중 30% 이상
> 이 치료가 필요한 우울증을 앓고 있는 것으로 나타났다. 따라서 기업들이 나서서 감정 노동자들의 정
> 신 건강에 관심을 가지고 건강하게 일할 수 있는 환경을 조성해야 한다.

1 (①)에 들어갈 말로 가장 알맞은 것을 고르십시오.

① 속을 끓이며
② 머리를 쓰며
③ 가슴을 울리며
④ 마음에 걸리며

2 윗글의 내용과 같은 것을 고르십시오.

① 고객들은 기업에게 억울한 일을 당해도 참는다.
② 감정 노동자는 자신의 감정을 누르지 않아도 된다.
③ 감정 노동자들의 대부분이 심각한 우울증을 겪고 있다.
④ 기업은 노동자들이 건강하게 일할 수 있도록 도와야 한다.

本書的組成與應用

　　本書是為了學習韓語的外國學習者們以及教學韓語的教師們而編寫的慣用語與俗諺收錄集。本書所收錄的 1000 種表達方式以五大資料做為基礎，收錄了出現高頻率、高學習效率的表達方式。（教育部選定國·高中學習用俗諺與慣用表達，7 種關於俗諺與慣用表達教材，TOPIK 歷屆題目中的俗諺與慣用表達，在韓國國立國語院韓語標準教育模板中選定的俗諺與慣用表達，10 種大學韓語教學教材）

　　將 1000 種表達方式以 13 個大主題分類整理後，將大主題細分成共 56 個小主題，讓學習者們能依照主題有效率地學習。為了複習和拓展本文中所學過的表達方式，附錄中要同時熟悉與本文有關的文化，透過「小試身手」和「TOPIK 裡的慣用表達與俗諺」的題目能夠再次檢視學習內容。

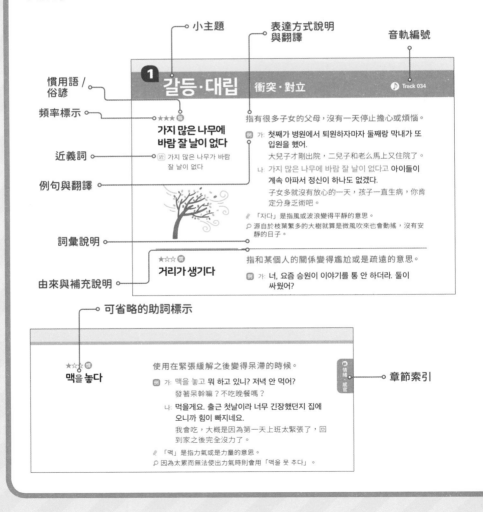

- 小主題
- 表達方式說明與翻譯
- 音軌編號

- 慣用語 / 俗諺
- 頻率標示
- 近義詞
- 例句與翻譯
- 詞彙說明
- 由來與補充說明

① **갈등·대립** 衝突·對立　　♪ Track 034

★★★ 慣
가지 많은 나무에 바람 잘 날이 없다

近 가지 많은 나무가 바람 잘 날이 없다

指有很多子女的父母，沒有一天停止擔心或煩惱。

例 가: 첫째가 병원에서 퇴원하자마자 둘째랑 막내가 또 입원을 했어.
大兒子才剛出院，二兒子和老么馬上又住院了。

나: 가지 많은 나무에 바람 잘 날이 없다고 아이들이 계속 아파서 정신이 하나도 없겠다.
子女多就沒有放心的一天，孩子一直生病，你肯定分身乏術吧。

✐ 「자다」是指風或波浪變得平靜的意思。
♀ 源自於枝葉繁多的大樹就算是微風吹來也會動搖，沒有安靜的日子。

★☆☆ 慣
거리가 생기다

指和某個人的關係變得尷尬或是疏遠的意思。

例 가: 너, 요즘 승원이 이야기를 통 안 하더라. 둘이 싸웠어?

- 可省略的助詞標示

★☆☆ 慣
맥을 놓다

使用在緊張緩解之後變得呆滯的時候。

例 가: 맥을 놓고 뭐 하고 있니? 저녁 안 먹어?
發著呆幹嘛？不吃晚餐嗎？

나: 먹을게요. 출근 첫날이라 너무 긴장했던지 집에 오니까 힘이 빠지네요.
我會吃，大概是因為第一天上班太緊張了，回到家之後完全沒力了。

✐ 「맥」是指力氣或是力量的意思。
♀ 因為太累而無法使出力氣時則會用「맥을 못 추다」。

- 章節索引

文化故事
和俗諺、慣用表達相關
的韓國文化故事

문화 이야기 文化故事

01

情緒·感官

說著胸痛的朋友，
到底是哪裡在痛呢？

마음　생각

倘若韓國朋友在聽過你悲傷的故事後說了「가슴이 아프다」，那他真的是
實和脖子之間的胸腔在隱隱作痛的意思嗎？事實上，這時候的「가슴 (胸腔)」

小試身手
確認是否能正確理解各章節表達方
式的練習題

확인해 봅시다 Let's Check

01 감정·정신 | ❶ 감동·감탄 ~ ❷ 걱정·고민

1 맞는 문장을 고르십시오.

① 친구가 너무 걱정돼서 몸살이 날 지경이에요.
② 아이가 너무 속을 썩여서 화를 내고 말았어요.
③ 합격 소식을 듣고 나니 간장이 녹는 것 같네요.
④ 어제 일 때문에 받은 채원머니 마음이 무겁네요.

2 빈칸에 들어갈 알맞은 말을 고르십시오.

> 가 : 와, 정말 잘 그렸네요!
> 나 : 그럴지요? 민수 씨 그림 솜씨가ㅤㅤㅤㅤㅤ

① 여간이 아니에요　　　　　　② 더할 나위 없이요
③ 콧등이 시큰해지는 느낌이에요　　④ 벌린 입을 다물지 못하더라고요

[3-6] 다음 중에서 알맞은 것을 골라 빈칸에 쓰십시오.

마음에 걸리다	걱정이 태산이다
발이 떨어지지 않다	고양이한테 생선을 맡기다

3 가 : 나 체분에는 민수가 화가 난 것 같아서 계속ㅤㅤㅤㅤㅤ-아/어/해.
　　나 : 그럴 때는 마음이 불편하면 분사라도 보내 보지 그래?

4 가 : 일기 예보에서 이번 주 내내 비가 내릴 거라고 하더라고요.
　　나 : 저도 답답네요. 농사를 지으시는 부모님께서 쳔년에 이어 올해도 흉수가 날까 봐
　　　　　　　　　　　　　　　-더라고요.

5 가 : 민수 씨네 회사 직원이 회삿돈 20억 원을 가지고 붙ㅤ도망쳤다고 하더라고요.
　　나 : 아이고,ㅤㅤㅤㅤㅤ-ㄴ/는/다는 격이군요.

6 가 : 어제 왜 모임에 안 나왔어?
　　나 : 룸메이트가 많이 아팠거든, 걱정이 돼서ㅤㅤㅤㅤㅤ-더라고.

확인해봅시다 **1**

TOPIK 裡的慣用表達
與俗諺
能夠確認 TOPIK 裡慣用
語與俗諺的出題方向

TOPIK 속 관용 표현과 속담 Idioms and Proverbs in TOPIK

1장 : 감정·정신

[1-2] 다음을 읽고 물음에 답하시오.

> 서비스업에 종사하는 감정 노동자들은 어떤 상황에서도 자신의 감정을 누르고 항상 미소를 지으며 고
> 객을 대한다. 그러다 보니 근무 중에 고객들로부터 부당한 대우를 받거나 억울한 일을 당해도 다른 사
> 람에게 말도 못하고 (　　　) 혼자 삭히는 경우가 많다. 그렇기 때문에 이들은 일반인에 비해 우울증
> 등과 같은 정신 질환에 걸릴 확률이 높다고 한다. 실제로 한 조사에 따르면 감정 노동자 중 30% 이상
> 이 치료가 필요한 우울증을 앓고 있는 것으로 나타났다. 따라서 기업들이 나서서 감정 노동자들의 정
> 신 건강에 관심을 가지고 건강하게 일할 수 있는 환경을 조성해야 한다.

1 (　　)에 들어갈 말로 가장 알맞은 것을 고르십시오.

① 속을 끓이며
② 머리를 쓰며
③ 가슴을 울리며
④ 마음에 걸리며

2 윗글의 내용과 같은 것을 고르십시오.

① 고객들은 기업에게 억울한 일을 당해도 참는다.
② 감정 노동자는 자신의 감정을 누르지 않아도 된다.
③ 감정 노동자들의 대부분은 심각한 우울증을 겪고 있다.
④ 기업은 노동자들이 건강하게 일할 수 있도록 도와야 한다.

目錄

前言 004

本書的組成與應用 006

目次 010

01 감정·정신 情緒·感官

❶ 감동·감탄 感動·感嘆 014

❷ 걱정·고민 擔心·煩惱 018

❸ 고통 痛苦 025

❹ 관심 關心 031

❺ 불만·분노 不滿·憤怒 039

❻ 불안·초조 不安·焦慮 046

❼ 안도 安心 053

❽ 욕심·실망 野心·失望 059

❾ 정신 상태 精神狀態 064

02 소문·평판 傳聞·評價

❶ 간섭·참견 干涉·干預 070

❷ 긍정적 평판 正面評價 078

❸ 부정적 평판 負面評價 082

03 태도 態度

❶ 겸손·거만 謙虛·傲慢 092

❷ 선택 選擇 096

❸ 의지 意志 103

04 행동 行爲

❶ 대책 對策 112

❷ 반응 反應 117

❸ 방해 妨礙 123

❹ 소극적 행동 消極行爲 127

❺ 적극적 행동 積極行爲 133

05 언어 語言

❶ 과장 誇飾 142

❷ 말버릇 說話習慣 148

❸ 행위 行爲 154

06 조언·훈계 建言·訓誡

❶ 권고·충고 勸告·忠告 164

❷ 조롱 嘲弄 173

❸ 핀잔 責備 178

07 일·생활 工作·日常生活

❶ 사회생활 社會生活 186

❷ 속성 屬性 191

❸ 실행 實踐 198

❹ 의식주 食衣住行 206

❺ 종결 結局 213

08 경제 활동 經濟活動

❶ **손익·소비** 收益·消費   220

❷ **형편** 財務情況   226

09 관계 關係

❶ **갈등·대립** 衝突·對立   234

❷ **대우** 待遇   243

❸ **사교·친교** 社交·友誼   249

❹ **사랑·정** 愛·情   256

❺ **소통·협력** 溝通·合作   262

10 상황·상태 狀況·狀態

❶ **결과** 結果   268

❷ **곤란** 困難   273

❸ **문제·문제 해결**
問題·解決問題   280

❹ **분위기·여건** 氛圍·條件   284

❺ **시간·거리** 時間·距離   293

❻ **흥미** 興趣   297

11 판단 判斷

❶ **변별** 辨別   304

❷ **신체 기관** 身體器官   311

❸ **외모·외형** 外貌·長相   317

❹ **인지·인식** 認知·意識   323

12 인생 人生

❶ **성공** 成功   334

❷ **습관·경험** 習慣·經驗   339

❸ **실패** 失敗   350

❹ **운·기회** 運氣·機會   356

❺ **일생** 一生   365

13 이치 邏輯

❶ **인과** 因果   372

❷ **자연** 自然   378

❸ **진리** 真理   385

부록 附錄

문화 이야기 文化故事   394

확인해 봅시다 小試身手   407

TOPIK 속 관용 표현과 속담
TOPIK裡的慣用語與俗諺   447

정답 解答   460

색인 索引   465

請參考書中編碼對應雲端編碼收聽！

1 갈등·대립 衝突·對立

♪ Track 034

★★★ 慣
가지 많은 나무에 바람 잘 날이 없다

原 가지 많은 나무가 바람 잘 날이 없다

指有很多子女的父母，沒有一天停止擔心或煩惱。

例 가: 첫째가 병원에서 퇴원하자마자 둘째랑 막내가 또 입원을 했어.

大兒子才剛出院，二兒子和老么馬上又住院了。

나: 가지 많은 나무에 바람 잘 날이 없다고 아이들이 계속 아파서 정신이 하나도 없겠다.

子女多就沒有放心的一天，孩子一直生病，你肯定分身乏術吧。

✏ 「자다」是指風或波浪變得平靜的意思。

♪ 源自於枝葉繁多的大樹就算是微風吹來也會動搖，沒有安靜的日子。

★☆☆ 慣
거리가 생기다

指和某個人的關係變得尷尬或是疏遠的意思。

例 가: 너, 요즘 승원이 이야기를 통 안 하더라. 둘이 싸웠어?

01

감정·정신
情緒·感官

----

1 감동 · 감탄   感動 · 感嘆

2 걱정 · 고민   擔心 · 煩惱

3 고통   痛苦

4 관심   關心

5 불만 · 분노   不滿 · 憤怒

6 불안 · 초조   不安 · 焦慮

7 안도   安心

8 욕심 · 실망   野心 · 失望

9 정신 상태   精神狀態

1 감동·감탄 感動·感嘆 🎵 Track 001

★★☆ 慣
가슴에 와닿다

使用在因為某句話或是某種情況而得到感觸的時候。

例 가: 저 교수님의 강연을 들으면 항상 마음이
　　따뜻해져요.

　　當我聽著教授的演講，心裡總是會變得暖暖
　　的。

　나: 저도 그래요. 가슴에 와닿는 말씀을 많이 하셔서
　　그런 것 같아요.

　　我也是，大概是因為教授說了許多觸動心弦的
　　話吧。

🔍 一般使用在聽到好話或是讀到好句子而感動的時候。

★★☆ 慣
가슴을 울리다

近 심금을 울리다

使用在深深打動人的某句話或是情況。

例 가: 민지야, 왜 계속 슬픈 노래만 들어?

　　玟池呀，為什麼一直聽悲傷的歌呢？

　나: 가을이 되니까 슬픈 노래 가사가 가슴을 울리네.

　　秋天到了，悲傷的歌詞總是扣人心弦。

🔍 使用在接觸到感傷故事得到感動的時候。

★☆☆ 慣
가슴이 뜨겁다

使用在因為從某個人身上得到深愛和關懷而受
到感動的時候。

例 가: 어머니가 고향에서 또 음식을 보내 주셨군요.

　　媽媽又從家鄉寄食物過來了呢。

　나: 네, 저를 생각해 주시는 어머니의 정성을 생각할
　　때마다 가슴이 뜨거워져요.

　　是的，每每想到媽媽為了我的這份用心總讓我
　　熱淚盈眶。

🔍 主要使用在對某個人抱有莫大的感謝時。

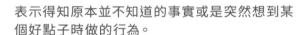

★☆☆ 俗

개 팔자가 상팔자

近 개 팔자가 상팔자라

意指羨慕正在玩耍的狗。

例 가: 개 팔자가 상팔자라더니 바빠 죽겠는데 저 개는
따뜻한 곳에서 잠만 자네요.

俗話說好狗命，我們忙得要死，而那隻狗卻在
他的窩睡得很安穩。

나: 그러게요. 가끔은 개 팔자가 부러워요.

是啊，有時還覺得自己不如一隻狗呢。

🔎 「八字(팔자)」代表人一生的運氣，主要在感嘆自己的勞
碌命，像是「팔자 탓(都是八字不好)、기구한 팔자(坎坷的
八字)、팔자가 사납다(命運多舛的八字)」等等。一般用在
苦命人和好命狗之間的比較。

★★☆ 慣

더할 나위 없다

說明某個事物完美到不需要任何附加的事物。

例 가: 승원 씨, 결혼하니까 어때요?

聖元先生，婚後生活怎麼樣？

나: 아직 신혼이라서 그런지 몰라도 더할 나위 없이
행복해요.

大概是因為新婚吧，現在幸福到無與倫比。

✐ 「더할 나위」 是指有必要再做些什麼的意思。

🔎 使用在對現況十分滿足的時候，더할 나위之後會出現「좋
다(真好)、행복하다(真幸福)」等正面情緒的單詞。

★★☆ 慣

무릎을 치다

表示得知原本並不知道的事實或是突然想到某
個好點子時做的行為。

例 가: 황 작가님은 정말 해박한 분인 것 같아요.
인터넷에서 강연을 들을 때마다 새로운 것을
배우게 돼요.

黃作家真的是一個知識淵博的人。每當我在網
路上聽到他的演講總會學到新東西。

나: 그렇죠? 저도 그분의 말을 듣고 무릎을 친 게
한두 번이 아니에요.

對吧？我聽完那位的話不斷拍手叫好。

🔎 使源自於從前的人因為有盤坐文化，所以每當領悟了什麼
就會用手拍打膝蓋。

★★☆ 慣
벌린 입을 다물지 못하다

近 벌린 입이 닫히지 않다

表示非常驚訝或是感嘆。

例 가: 태현아, 여행 잘 다녀왔어? 그곳의 풍경이 그렇게 아름답다면서?

太顯啊，旅行玩得怎麼樣？聽說那裡的風景特別美？

나: 응, 너무 아름다워서 벌린 입을 다물지 못하겠더라고.

嗯，美到讓我合不了嘴。

🔎 當人們受到驚嚇時就會張開嘴巴，而驚嚇程度越高，嘴巴張開的時間就越長。使用在表達誇飾驚嚇模樣。另一方面，也會使用在表達無言或是生氣的樣子。

★☆☆ 慣
손뼉을 치다

表示因為看見某件事而感到開心所做的行動。

例 가: 축구 대회에서 우승을 하고 귀국하신 소감이 어떠십니까?

請問在足球大賽中取得優勝後歸國的心情怎麼樣？

나: 국민 여러분들이 공항까지 나와 손뼉을 치며 환영해 주셔서 너무 감사했습니다.

非常感謝在機場和我擊掌並歡迎我歸國的各位民眾們。

🔎 如同「내 의견에 손뼉을 치며 환영한다(為我的意見拍手叫好)」，也使用在贊成某件事上的時候。「박수를 치다」也有相似意義。

★☆☆ 慣
여간이 아니다

近 보통이 아니다

使用在認為某個人的行為或是能力非常厲害。

例 가: 저 가수의 노래 실력이 여간이 아니네요.

那位歌手的歌唱實力真的不是蓋的。

나: 맞아요. 저렇게 높은음도 잘 처리하다니 정말 대단해요.

沒錯。那麼高的音也可以處理得如此細緻，真的很了不起。

✎ 「여간」是普通程度的意思。

🔎 使用在評價他人的時候，但是不能使用在長輩或是地位比自己高的人身上。

★★☆ 慣

입이 귀밑까지
찢어지다

近 입이 귀밑까지 이르다,
입이 찢어지다

表示開心到笑得合不攏嘴。

例 가: 너 오늘 왜 입이 귀밑까지 찢어졌어?

為什麼你今天笑得合不攏嘴呢?

나: 아버지께서 내 생일 선물로 새로 나온 스마트폰을 사
주셨거든.

因為爸爸買了最新款的手機送我當生日禮物。

🔍 使用在當看見對方開心的模樣,好奇詢問他開心的原因
時,也可以使用相似意義的 「입이 귀에 걸리다」 。

★☆☆ 慣

콧등이 시큰하다

近 콧날이 시큰하다,
코허리가 시다,
코허리가 시큰하다

使用在當某人對某件事感到感慨或是因為難過
而想要哭的時候。

例 가: 양양 씨, 고향에서 오신 부모님은 잘 만났어요?

楊洋,和從故鄉過來的父母好好見面了嗎?

나: 네, 1년 만에 봬서 그런지 콧등이
시큰하더라고요.

是的,也許是時隔一年才見的關係,總覺得鼻
頭酸酸的。

✏️ 「시큰하다」 有關節刺痛或是痠痛的意思。

🔍 也使用相似意思的「콧등이 시큰해지다」 。

★★☆ 慣

혀를 내두르다

近 혀를 두르다

使用在非常驚訝或厲害到說不出話的時候。

例 가: 저 건축물 정말 대단하지 않아?

不覺得那棟建築物真的很壯觀嗎?

나: 응, 1882년부터 짓기 시작했다는데 지금도 계속
짓고 있잖아. 건축물의 엄청난 규모를 볼 때마다
혀를 내두르게 된다니까.

嗯,聽說從1882年開始建造,持續地建造至
今,每次看到規模龐大的建築時總讓我目瞪口
呆。

🔍 原本是使用「혀를 두르다」 將舌頭捲起成圓形狀的
意義,這樣當然就無法說話了。在之後就逐漸轉換
成相似意思的「혀를 내두르다」 來使用,不管是正
面或是負面的情況,受到驚嚇時都能夠使用。

★☆☆ ㉿
가슴이 내려앉다

使用在因龐大衝擊陷入驚嚇導致失神。

㉞ 가: 아까 남편이 출근하는 길에 자동차 사고가 났다는 소식을 듣고 가슴이 쿵 내려앉았는데 다행히 크게 다치지는 않았다고 해요.

聽到剛剛老公在上班的路上出了車禍的消息，不禁讓我心臟漏了一拍，幸好沒有受太重的傷。

나: 정말 놀랐겠어요. 크게 안 다쳤다니 불행 중 다행이에요.

應該快嚇死了。還好沒受重傷，是不幸中的大幸。

🔎 使可以搭配「덜컥(哐當)、더럭(突然)、철렁(噹啷)、덜렁(喀噠)、쿵(砰)」等等狀聲詞一起使用來強調情況。

★☆☆ ㉿
가슴이 무겁다

使用在因為悲傷或是擔憂而使心情低落的時候。

㉞ 가: 요즘 할 일은 많은데 일이 뜻대로 잘 풀리지 않아 가슴이 무거워요.

最近要做的事很多，卻都無法順著我的意去做，心裡真沉重。

나: 나도 그래요. 우리 스트레스도 풀 겸 이번 주말에 가까운 곳으로 여행이라도 다녀올까요?

我也是，我們這週末要不要去郊外旅行，順便釋放一下壓力？

★★☆ ㉿
가슴이 무너져 내리다

使用在受到巨大衝擊導致心情無法平復的時候。

㉞ 가: 친한 친구가 암에 걸렸다는 소식을 듣고 가슴이 무너져 내리는 것 같았어.

聽到摯友罹患癌症的消息，內心彷彿崩塌了。

나: 그 친구 정말 안됐다. 하지만 수술하면 나을 수 있을 테니까 너무 걱정하지 마.

真是為你的朋友感到遺憾。但只要好好接受手術治療就能康復的，不要太過擔心。

🔎 使用在非常痛心或是絕望的時候。也可以使用相似意義的「가슴이 무너지다」或是「마음이 무너지다」。

★☆☆ 慣
가슴이 타다

使用在無法得知某件事的結果，只能焦急地等待的時候。

例 가: 하준아, 시험 결과는 나왔어?
夏俊啊，考試成績出來了嗎？

나: 아직 안 나왔어. 너무 긴장돼서 가슴이 타는 것 같아.
還沒出來，真是讓我緊張到心急如焚。

🔍 使用在因為嚴重的憂慮以至於心裡好像有把火在燒的時候。另一方面，因為某件事或是某人而非常焦躁的時候則會使用「가슴을 태우다」。

★☆☆ 慣
간장을 태우다

使用在某件事或人使自己內心焦躁不安的時候。

例 가: 엄마, 누나는요?
媽媽，姊姊呢？

나: 아직 안 왔어. 전화도 안 받아. 얘는 왜 이렇게 사람 간장을 태우는지 몰라.
還沒回來。連電話都不接，真不知道這孩子怎麼這麼讓人操心。

✎ 「간장」本來是指肝臟和腸子，此處則代表內心的意思。

🔍 要強調的時候會說「애간장을 태우다」，而焦躁不安的時候則會說「간장이 타다」。

★☆☆ 慣
간장이 녹다

使用在非常擔憂或是感到惋惜的內心就像要崩塌了一樣。

例 가: 돼지 독감 바이러스가 또 발생했다는군요.
又開始爆發豬口蹄疫了。

나: 그러게요. 이런 일이 발생할 때마다 돼지를 키우는 농민들은 간장이 녹는대요.
是啊。每次發生這種事情，豬農們都快肝腸寸斷了。

🔍 強調的時候會說「애간장이 녹다」，讓他人的內心焦躁不已或是煎熬的時候會說「간장을 녹이다」。

★★☆ 慣
걱정이 태산이다

意指要解決的事情非常多或是因內心複雜而憂慮繁多。

例 가: 요즘 아들이 공부는 뒷전이고 매일 게임만 해서 걱정이 태산이에요.

最近兒子的成績退步，還每天打電動，真是讓我壓力山大。

나: 우리 아이도 마찬가지예요. 정말 어떻게 해야 좋을지 모르겠어요.

我家孩子也是，真是不知道該拿他們怎麼辦。

🔎 「태산（泰山）」 原本是指在中國的一座又高又大的山，一般用於比喻某件事物又大又雜。

★☆☆ 俗
고양이한테 생선을 맡기다

近 고양이한테 반찬 가게 지키라는 격이다, 고양이한테 반찬 그릇 맡긴 것 같다

使用在將某件事情或物品交給某個無法信任的人而擔心不已。

例 가: 상우야. 나 화장실에 다녀올 테니까 이 과자 좀 가지고 있어. 절대 먹지 마.

尚宇啊，我去一下廁所，幫我保管這包餅乾，絕對不能偷吃喔。

나: 내가 가지고 있을게. 동생한테 그 과자를 맡기면 고양이한테 생선을 맡기는 격이지.

我會幫你保管好的，如果託付給你弟弟根本就像是把魚交給貓保管。

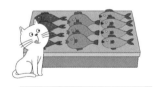

🔎 就像明知貓咪會把魚吃掉卻還是交給牠保管一樣，比喻不得不將某件事物交付給某個不信任的人時的不安情況。

★★☆ 慣
마음에 걸리다

使用在因為某件事或人而感到擔心覺得心裡不舒服的時候。

例 가: 태현아, 네 생일 파티인데 즐겁게 놀아야지 왜 표정이 안 좋아?

太顯，你是生日派對的主人公應該要享受才對，怎麼悶悶不樂的呢？

나: 민지를 초대하지 않은 것이 계속 마음에 걸려서 그래.

沒有邀請玟池來我的派對讓我有點過意不去。

✎ 「걸리다」 意指眼睛或是內心不滿意而不開心。

★★☆ 慣
마음이 무겁다

使用在有很多憂慮的時候。

例 가: 제가 실수를 하는 바람에 이번 시합에서 진 것 같아 마음이 무겁습니다.

因為我的失誤而輸了比賽讓我的內心感到很沉重。

나: 네 잘못이 아니니까 절대 그런 생각하지 마.

絕對不是你的錯,所以不要那麼想。

🔍 「발표 준비를 다 못해서 마음이 무겁네.(沒有做好發表準備讓我內心沉重)」무겁네.(沒有做好發表準備讓我內心沉重)」,使用在因為某件事沒有解決而感到負擔的時候。另一方面,某件事順利解決,沒有負擔和擔心時則用「마음이 가볍다」。

★★☆ 慣
머리가 무겁다

使用在心情不好或是因為在意某件事而感到頭疼的時候。

例 가: 민지야, 이따 저녁 같이 먹을래?

玟池呀,等一下要一起吃晚餐嗎?

나: 미안해. 하루 종일 전공 시험을 봤더니 머리가 너무 무거워.
오늘은 일찍 쉬어야겠어.

對不起,一整天都在考主修科目,已經頭昏腦漲了,今天想要早點回去休息。

🔍 心情好或是身體狀態佳的時候則使用「머리가 가볍다」。

★★☆ 慣
몸살이 나다

使用在非常想做某件事而坐不住的時候。

例 가: 나 다음 달에 유럽으로 여행 가.

我下個月要去歐洲旅行。

나: 부럽네. 나도 여행 가고 싶어서 몸살이 날 지경인데 회사 일이 바빠서 갈 수가 없어.

好羨慕。我也想去旅行到快受不了,但是公司的業務實在多到抽不了身。

✎ 「몸살」主要是指身體過於疲勞時罹患的症狀,會全身不舒服、渾身無力、發燒等等。

🔍 身體難受時沒辦法好好睡一覺,翻來覆去不停地呻吟。這和想做某件事而顯露出的焦急模樣十分相似,而衍生出該比喻。

★★☆ 慣
몸이 무겁다

使用在因為某件事而感到疲憊導致身體狀況不好的時候。

例 가: 마크 씨, 힘들어 보이는데 괜찮아요?

馬克先生，你還好嗎？你看起來很累。

나: 어제 밤을 새웠더니 몸이 좀 무거워요. 커피 한잔 마셔야겠어요.

昨天熬夜，身體有點重，要來喝杯咖啡提神。

🔎 強調的時候會說「몸이 천근만근이다」。另一方面，也會使用在女性出現懷孕徵兆的時候，例如：「언니는 출산이 얼마 남지 않아 몸이 많이 무거워 보였다.(姊姊的預產期不遠了，身體看起來重重的。)」

★★☆ 慣
발이 떨어지지 않다

近 발걸음이 떨어지지 않다, 발길이 떨어지지 않다

使用在因為憂慮、擔心或是遺憾等等，無法安心地離開某處的時候。

例 가: 아까 집에 오다가 길에서 헤매는 새끼 고양이를 봤는데 차마 발이 떨어지지 않았어요. 엄마, 우리가 그 고양이 데려다가 키우면 안 돼요?

剛剛在回家的路上看見徘徊的幼貓，實在不忍心離開。媽媽，我們可以把牠帶回家養嗎？

나: 안타깝지만 안 돼. 형이 고양이 털 알레르기가 있잖아.

雖然很可憐，但是不行。你哥哥對貓毛過敏。

🔎 很常搭配「차마 발이 떨어지지 않는다」 一起使用。

★★☆ 慣
밥맛이 떨어지다

使用在因為對方的話或是行為而感到不高興的時候。

例 가: 저 선배는 왜 항상 저렇게 무례하게 행동하는지 모르겠어요. 정말 밥맛이 떨어져요.

真不知道為什麼那位前輩總是作出無理的舉動，真是倒胃口。

나: 원래 저런 사람이니까 승원 씨가 참아요.

他本來就是那樣的人，所以忍忍吧，聖元。

🔎 也會使用相似意義的「밥맛없다」，但聽到這句話的對方可能感到不悅，請務必小心使用。

★☆☆ 情
속을 끓이다

使用在因為某件事內心感到不舒服，一直不禁感到在意。

例 가: 친구가 빌려 간 돈을 안 갚아서 어떻게 해야 할지 모르겠어요.

朋友借錢不還，我不知道該怎麼辦。

나: 그렇게 혼자 속을 끓이지 말고 직접 가서 달라고 해 보세요.

不要自己一直焦慮，直接去跟他說把錢還來。

✎ 「속」本來是指人的肚子裡面，但在這裡是指內心。

𝒪 使用在某個人無法向對方說出自己的內心話，獨自煩惱的時候。

★★★ 情
속을 썩이다

使用在某件事不按照自己的意思進行的時候。

例 가: 사랑이 너, 학교도 안 가고 말도 안 듣고…….
요즘 왜 이렇게 속을 썩이니?

嗣朗，妳不去學校也不聽話……。為什麼要讓我這麼操心？

나: 아빠는 제 마음을 너무 몰라요. 정말 학교 가기 싫단 말이에요.

爸爸你太不懂我了，我真的很討厭去學校。

𝒪 使用在因為不好的事而感到折磨的時候。大多使用在親子關係或是職場上的上下屬關係所發生的事。

★★☆ 情
애가 타다
近 복장이 타다

指非常鬱悶或是遺憾的時候。

例 가: 아까 오후에 애가 아프다고 연락이 와서 빨리 가야 하는데 오늘따라 왜 부장님이 퇴근을 안 하시는지 애가 타네요.

剛才下午孩子跟我說不舒服，應該要趕快趕過去才行的，為什麼今天部長特別晚下班呢，真是要急死我了。

나: 말씀 드리고 먼저 들어가세요.

告訴他發生了什麼，先下班過去吧。

✎ 「애」是指焦急的內心。

𝒪 普遍使用在事情進行得不順利，或是有某些煩惱而感到很擔心的時候。

★☆☆ 慣
애를 말리다

使用在覺得遺憾，心裡感到難受的時候。

例 가: 큰아들이 좋은 대학교에 합격했다면서요?
축하해요.

聽說你的大兒子錄取了好的大學？恭喜你。

나: 말도 마세요. 합격 소식 들을 때까지 얼마나 애를
말렸는데요. 내년에는 둘째 아들이 대학을 가야
해서 또 걱정이에요.

別說了，聽到合格消息之前，內心不知道有多
煎熬。明年換二兒子要考大學，真是擔心啊。

🔎 強調的時候會說「애간장을 말리다」。

★☆☆ 慣

가슴에 멍이 들다

近 가슴에 멍이 지다

表示內心累積著巨大的痛苦或悲傷。

例 가: 아직도 한국 사람들은 한국 전쟁의 아픔을 잊지 못하고 있지요?

　　韓國人直到現在還是無法忘記韓戰的傷痛嗎？

나: 당연하지요. 그 전쟁으로 인해 가슴에 멍이 든 채 살아가는 사람이 많아요.

　　當然，有許多人因為那場戰爭仍懷著痛苦活著呢。

✎ 「멍」原本是指因嚴重受傷而導致的瘀青，在此處則是指因為某件事而內心感到受傷或是衝擊的意思。

★★☆ 慣

가슴에 못을 박다

使用在某人給他人內心很深的傷害。

例 가: 왜 하준 씨하고 말을 안 하세요?

　　為什麼你都不和河俊說話？

나: 며칠 전에 저한테 심한 말을 해서 제 가슴에 못을 박았거든요. 당분간은 말하고 싶지 않아요.

　　前幾天他對我說了很過分的話，他傷透了我的心。短時間內不想和他說話了。

🔎 主要使用在因言語而受傷的時候，強調的時候則會說「가슴에 대못 을박다」。另一方面，因為他人導致心裡留下傷痕的時候則會使用 「가슴에 못이 박히다」。

★★★ 慣

가슴이 찢어지다

指因為悲傷或是憤怒而感到痛苦。

例 가: 어젯밤에 아이가 아파서 한숨도 못 잤어요.

　　昨天晚上因為孩子生病，整夜沒睡。

나: 자식이 뭔지……. 저도 아이가 조금만 아파도 가슴이 찢어지더라고요.

　　畢竟是子女……。我也是只要孩子有一點不舒服，心就像要碎了一樣。

🔎 大多使用在親子或親密關係發生什麼悲傷事的時候。

★★☆ 慣
귀가 닳다

近 귀가 젖다

使用在重複聽過太多次一樣的話或是故事而感到厭煩的時候。

例 가: 윤아 씨, 혹시 이 노래 알아요? 옛날 노래이기는 하지만 제가 좋아하는 노래예요.

潤娥小姐，請問你知道這首歌嗎？雖然是老歌，但是是我很喜歡的一首歌。

나: 알아요. 이 노래가 처음 나왔을 때 저도 귀가 닳도록 들었어요.

知道。這首歌剛出時我也是聽到倒背如流了。

🔍 主要使用「귀가 닳도록 듣다」或是「귀가 닳도록 얘기하다」的形式。

★☆☆ 慣
눈물을 머금다

使用在硬是強忍悲傷或是痛苦的時候。

例 가: 잘못한 것도 없는데 사장님이 혼을 내셔서 너무 억울했어요. 그래도 눈물을 머금고 그 상황을 참았어요.

我覺得很委屈，明明沒有做錯事卻被老闆罵。

但還是把淚水吞了回去，忍受那個情況。

나: 잘했어요. 아마 사장님도 나중에 지원 씨가 잘못한 것이 없다는 것을 알게 되실 거예요.

做得好。以後老闆應該會知道智源你沒有做錯任何事。

🔍 主要使用「눈물을 머금고 참다」或是「눈물을 머금고 견디다」的形式。

★☆☆ 慣
돼지 멱따는 소리

使用在表達聽到討厭的聲音的時候。

例 가: 서영아, 이 늦은 시간에 어디를 가니?

徐英啊，這麼晚了妳要去哪裡？

나: 합창 대회가 있어서 노래 연습을 하는데 오빠가 계속 돼지 멱따는 소리를 낸다고 놀려서 노래방에 가서 연습하고 오려고요.

有合唱比賽所以在練習，但哥哥一直嘲笑我的歌聲是殺豬聲，所以要去練歌房練完再回來。

✏️ 「멱」指脖子前段。

🔍 一般使用在表現聲音太大而不想聽或是聽起來很反感。

★☆☆ 慣
등골이 빠지다

指疲憊到難以忍受的程度。

例 가: 아무리 등골이 빠지게 일해도 애가 세 명이다
보니 형편이 나아지지를 않네요.

就算再怎麼拼死拼活工作，因為有三個孩子要養，我們的財務情況還是沒有好轉。

나: 교육비가 좀 비싸야 말이죠. 월급만으로 아이들
키우는 게 보통 일이 아니에요.

教育需要不少錢。光靠月薪來養孩子不容易。

○ 主要用「등골이 빠지게 일하다」或「등골이 빠지도록 일하
다」。

★☆☆ 慣
머리에 쥐가 나다

使用在因討厭和害怕某種情況而沒有工作動力
或是念頭的時候。

例 가: 언니, 이 서류는 뭐가 이렇게 복잡한지 아무리
읽어도 이해가 안 돼. 정말 머리에 쥐가 날
지경이야.

姊姊，這份資料到底為什麼這麼複雜，不管我看
了幾次還是不懂，腦袋都快打結了。

나: 다시 읽어 봐. 차분하게 천천히 여러 번 읽어 보면
이해가 될 거야.

再看一次吧。靜下來慢慢地多讀幾次就會懂了。

✎ 「쥐」是指身體的某個部位發生痙攣而導致部分肌肉抽搐
的現象。

○ 主要使用「머리에 쥐가 날 지경이다」或是「머리에 쥐가
날 것 같다」的形式。

★★☆ 慣
몸살을 앓다

使用在因為某件事而遭受痛苦的時候。

例 가: 연휴가 되니 고속도로가 교통 체증으로 또 몸살을
앓고 있네요.

連假到了，不知道又要在高速公路塞車多久
了，真痛苦。

나: 이렇게 막힐 줄 알면서도 다들 가족을 만나기 위해
이동한다는 게 신기해요.

大家明明知道會這麼塞，還是堅持要回家鄉見
家人，真的很神奇。

○ 普遍使用在因難以解決的難題而感到吃力的時候。

★☆☆ 俗
벙어리 냉가슴 앓듯

使用在因為鬱悶的情況導致沒辦法說出心聲，獨自擔心煩惱的時候。

例 가: 하준이 너, 한 달 용돈이 든 지갑을 통째로 잃어버렸다면서? 벙어리 냉가슴 앓듯 하지 말고 용돈을 다시 달라고 부모님께 말씀드려.

河俊，你說弄丟了錢包，裡面甚至有你一個月份的零用錢？不要在那邊啞巴吃黃蓮，趕快告訴爸媽再要一些零用錢吧。

나: 너무 죄송해서 어떻게 그래?

太抱歉了，要我怎麼說出口？

🔎 「벙어리」是語言障礙者的貶抑，避免使用比較好。

★★☆ 慣
뼈를 깎다
近 뼈를 갈다

使用在痛苦到難以忍受的時候。

例 가: 저분은 판소리 명창이 되기까지 30년이 넘는 세월이 걸렸대요.

聽說那位花了30年才成為盤索里的大師。

나: 대단하신 분이네요. 명창이 되기 위해서 뼈를 깎는 노력을 하셨겠죠?

是一位了不起的人呢。為了成為盤索里大師肯定歷經了千辛萬苦的努力吧。

🔎 普遍使用在為了實現某件事而費盡努力的時候，以「뼈를 깎는 고통」、「뼈를 깎는 노력」等形式使用。

★★☆ 慣
뼈에 사무치다

使用在怨恨或是痛苦十分強烈的時候。

例 가: 마크 씨, 10년 동안의 유학 생활은 어땠어요?

馬克先生，十年的留學生活怎麼樣呢？

나: 가족과 고향에 대한 그리움이 뼈에 사무친 기억밖에 없는 것 같아요.

好像只有對家人和故鄉刻骨的思念而已。

🔎 強調的時候會說「골수에 사무치다」。

★★☆ 價
손이 맵다

近 손끝이 맵다
　 손때가 맵다

使用在只是輕輕拍打也很痛的時候。

例 가: 왜 그렇게 팔이 빨개요?

你的手臂怎麼那麼紅？

나: 제 룸메이트의 손이 어찌나 매운지 장난으로
때렸는데도 자국이 남았어요.

我室友的手勁不知道怎麼那麼大，只是開玩笑
的打下去就留下痕跡了。

🔎 也會使用在表達某個人的做事能力很好。例如：「지원 씨
는 손이 매워서 무슨 일이든지 잘 처리한다.(智媛手腳俐落，
不管什麼事都能處理得很好。)」

☆☆☆ 俗
손톱 밑의 가시

表示內心總有某件感到愧疚的事。

例 가: 요즘 젊은 사람들이 환하게 웃는 모습을 보기가
점점 어려워지네요.

最近越來越難看到年輕人綻放笑靨的模樣了。

나: 젊은이들이 밝게 웃는 모습을 보려면 취업
대란이라는 손톱 밑의 가시부터 빼 줘야 하지
않을까요?

如果想看到年輕人們的笑容，是否應該先幫他
們拔除就業困難的這根大刺呢？

🔎 「가시」是指像針一樣尖銳的物品，如果刺進指甲下面的
肉，會很礙事也拔不出來，非常痛苦。如同前述，使用在
說明持續地令人感受到不適的某件事。

★☆☆ 價
어깨를 짓누르다

使用在某種義務或是責任，因為限制而感到負
擔感的時候。

例 가: 윤아야, 왜 잠을 못 자고 뒤척이니?

潤娥，妳怎麼不睡覺翻來覆去的？

나: 회사에서 새로 맡게 된 업무를 잘할 수 있을지
모르겠어요. 부담감이 어깨를 짓눌러서 잠이 안
와요.

我不知道我能不能勝任公司指派給我的新業務。

負擔感壓在我的肩上讓我沒了睡意。

✎ 「짓누르다」的原意是指任意地重壓，但在這裡有心理上
強烈壓抑的意思。

★★☆ 慣
피가 거꾸로 솟다

近 피가 거꾸로 돌다

說明某個事物完美到不需要任何附加物。

例 가: 주말 아침인데 갑자기 회사에 출근하라고 연락을
하다니! 정말 피가 거꾸로 솟네.

明明是週末的早上，公司居然聯絡我去上班！

真是氣到快高血壓。

나: 화가 나지만 어떻게 하겠어? 방법이 없잖아. 어서
아침 먹고 출근해.

雖然生氣但能怎麼辦？沒其他辦法了，趕快早
餐吃一吃去上班吧。

🔎 使用在生氣到失去理性的時候。

★★☆ 慣
피가 마르다

使用在十分折磨或是焦急的時候。

例 가: 딸이 혼자 여행을 갔는데 며칠째 연락이 안 돼서
피가 말라 죽을 지경이에요.

女兒獨自去旅行了，但已經好幾天聯絡不上
她，我幾乎要心急如焚。

나: 별일 있겠어요? 아마 구경하느라고 정신이
없어서 연락을 못 받는 걸 테니까 너무 걱정하지
마세요.

不會有事的。大概是玩到忘了我了，所以才沒接
到電話，不要太擔心。

🔎 身體的血乾掉的話人就無法活著了。使用在強調痛苦情
況。

★★☆ 慣
피를 말리다

表示某個人讓他人非常痛苦或是讓人變得焦急。

例 가: 어제 우리 대학 농구 팀 경기 봤어요?

你昨天有看我們大學的籃球比賽嗎？

나: 네. 상대 팀이 어찌나 잘하는지 끝까지 피를 말리는
경기였어요. 우리 팀이 이겨서 얼마나 기뻤는지
몰라요.

有，對手很厲害，是到結束都讓人熱血沸騰的
比賽。我們隊贏了的時候不知道我有多開心。

🔎 就像讓江河或是井裡的水變少到漸漸乾涸一樣，使用在某
個人持續地折磨他人的時候。

★☆☆ 慣
가슴에 불붙다

使用在某種情緒或是想法變得強烈的時候。

例 가: 양양, 마라톤을 해 보니까 어땠어?

　　楊洋，跑過馬拉松之後感覺怎麼樣？

나: 비록 이번에는 완주를 못했지만 다음번에는 꼭 완주해 보고 싶다는 생각이 가슴에 불붙었어.

　　雖然這次沒有跑完全程，但萌生下次一定要跑完全程的想法，在心裡燃起了熊熊烈火。

🔍 使用在很渴望馬上去嘗試某件事物的心情。

★☆☆ 慣
고삐를 조이다

近 고삐를 잡다

使用在某個事態或情況不給人絲毫空間、讓人非常緊張的時候

例 가: 태현아, 오늘 일찍 들어가야 돼?

　　太顯啊，你今天需要早點回家嗎？

나: 응. 요즘 계속 늦게 들어갔더니 아버지께서 일찍 들어오라고 고삐를 조이셔서 말이야.

　　嗯，最近都太晚回家，爸爸叫我皮繃緊一點早點回家。

🔍 也可以使用相似意思的「고삐를 죄다」。另一方面，不被某件事物束縛或是不被控制而能夠自由行動的時候則會使用「고삐가 풀리다」。

★★☆ 慣
귀가 가렵다

近 귀가 간지럽다

使用在覺得別人正在議論自己的時候。

例 가: 너희들 내 얘기했지? 오는 동안 계속 귀가 가렵더라고.

　　你們在說我壞話對吧？在來的路上一直覺得耳朵好癢。

나: 어떻게 알았어? 왜 이렇게 늦냐고 흉을 보고 있었는데.

　　你怎麼知道？我們正在背後罵你為什麼遲到。

🔍 普遍使用在感覺自己被他人說壞話的時候。

★★★ 慣
귀가 번쩍 뜨이다

使用在聽到別人的話或故事而起了強烈好奇心。

例 가: 어제 텔레비전에 전문가가 나와서 돈을 잘 모으는 방법에 대해서 이야기하더라고.

昨天電視上請來了一個專家，教大家關於存錢的方法。

나: 그래? 무슨 이야기를 했는데? 귀가 번쩍 뜨이는 이야기라도 했어?

是嗎？他說了些什麼？有說什麼讓人洗耳恭聽的方法嗎？

🔍 人們會說「귀가 번쩍 트이다」，但這是錯誤的表達方式。

★★★ 慣
귀가 솔깃하다

使用在聽到別人的話產生興趣的時候。

例 가: 우리 사장님이 이 프로젝트에 관심이 많으신가 보네요?

看來老闆很關注我們這個項目呢？

나: 네. 투자 수익이 대단하다고 하니 귀가 솔깃하신가 봐요.

是的。聽說投資收益很不錯，耳朵都豎了起來。

🔍 使用在從某個人那裡得到不錯的提議，或是聽到對自己有利的情報或消息的時候。

★★☆ 慣
마음에 두다

使用在將某件事珍藏在心底而不遺忘的時候。

例 가: 지점장님, 제 실수로 큰 손해를 보게 돼서 죄송합니다.

分店長，我很抱歉因為我的失誤而造成巨大的損失。

나: 나는 벌써 다 잊어버렸으니까 더 이상 마음에 두지 말고 앞으로 더 열심히 일하세요.

我已經忘了這件事，所以你也別再放在心上，以後更認真工作就好。

🔍 也會使用在喜歡某個人、事、物的時候，例如：「나는 윤아 씨를 마음에 두고 있어.(我把我的心留給了潤娥。)」

★★★ 慣
마음에 들다

使用在某事和自己的感覺或是想法很契合和滿意的時候。

例 가: 어제 소개팅에서 만난 사람이 아주 마음에
　　 들어요. 그래서 몇 번 더 만나 보려고 해요.
　　 我很滿意昨天和我相親的人，所以想再跟他見
　　 幾次面看看。

　　 나: 그래요? 앞으로 잘됐으면 좋겠어요.
　　 真的嗎？希望你能夠順利。

🔎 普遍使用在第一次見面有好印象的時候。

★☆☆ 慣
마음에 없다

使用在什麼都不想做或是無所求的時候。

例 가: 하준아. 오늘은 동생한테 공부 좀 시켜.
　　 河俊啊，今天叫弟弟好好讀書。

　　 나: 동생이 공부는 전혀 마음에 없는데 어떻게
　　 공부를 시켜요? 그냥 놔두세요.
　　 他對課業一點也不上心，怎麼叫他學習？就讓
　　 他去吧。

🔎 想做或想擁有某事物時則使用「마음에 있다」。

★☆☆ 慣
마음에 차다

使用在對於某個人、事、物感到滿意的時候。

例 가: 지난주 내내 이사 갈 집을 찾았는데 마음에 차는
　　 곳이 없어요.
　　 上禮拜一直在找新的租屋處卻沒有讓我滿意的
　　 地方。

　　 나: 요즘 집 구하기가 쉽지 않아요. 어떤 집을
　　 원하는지 말해 주면 나도 좀 찾아볼게요.
　　 最近要找房子很不容易，說說你想找什麼樣的
　　 房子，我幫你一起找。

🔎 否定的時候則大多使用「마음에 차지 않다」來表達不滿意
　 的狀態。

★★★ 慣
마음을 먹다

使用在下定決心要去做某件事的時候。

例 가: 형, 올해는 굳게 마음을 먹고 영어 공부를 시작하기로 했어.

哥，我今年堅毅地下定決心要開始學英文了。

나: 작심삼일로 끝나지 말고 꼭 성공하기를 바랄게.

希望你不是三分鐘熱度而是真的成功學好英文。

★★☆ 慣
마음을 붙이다

使用在把心思放在某事物上沈浸在其中的時候。

例 가: 회사를 그만두었더니 마음을 붙일 곳이 없네.

雖然辭了工作，現在不知道該把心思放哪裡。

나: 당분간은 그럴 거야. 가볍게 할 만한 취미 거리라도 좀 찾아봐.

短時間內是正常的，也可以找找有沒有什麼可以享受的興趣。

🔎 因為發音相似所以也有人會使用「마음을 부치다」，但這是錯誤的表達方式。

★★☆ 慣
마음을 쓰다

使用在對某人或問題有思慮或擔心的時候。

例 가: 저희 회사는 규모는 작지만 사장님께서 직원 한 명 한 명에게 마음을 써 주셔서 회사 분위기가 좋아요.

我們公司規模雖然不大，但老闆都會關心每個員工，所以公司氣氛很好。

나: 사장님께서 직원들을 가족처럼 대해 주시나 봐요.

感覺老闆把員工們當作是家人來對待。

🔎 當想法及關注偏向某部分的時候則使用「마음이 쓰이다」。

★☆☆ 慣
마음을 주다

使用在喜歡上某個人的時候。

例 가: 1년 이상 너를 좋아한다고 했으면 이제 너도 나에게 마음을 줄 때가 되지 않았니?

我跟你告白已經喜歡你一年以上了，你現在也該回應這份心意吧？

나: 미안하지만 나는 너를 친구 이상으로 생각해 본 적이 없어.

很抱歉，但我只把你當朋友。

🔎 不使用在事物上面，只使用在人或是寵物上。

★★☆ 價
마음이 가다

使用在把關注集中在某人或是物品上面。

例 가: 제시카 씨, 여행 가서 뭐 하려고 해요?

潔西卡，你去旅行的時候想做些什麼呢？

나: 아무것도 결정하지 않았어요. 그냥 가서 마음이
가는 대로 하려고 해요.

我什麼都還沒決定好，我只想順著我的心而走。

🔎 不會使用「마음이 오다」的表達方式。

★★☆ 價
마음이 굴뚝 같다

使用在十分渴望或思念某個事物的時候。

例 가: 여보, 아직도 잠을 자고 있으면 어떻게 해요?
오늘 아침부터 운동하기로 했잖아요.

親愛的，你怎麼還在睡？我們不是說好今天早
上一起去運動的嗎？

나: 나도 운동하고 싶은 마음이 굴뚝 같은데 몸이
말을 안 들어요.

我心裡很渴望運動，但我的身體就是不聽話呀。

🔎 從煙囪冒出煙氣代表準備要吃飯的意思。從前許多因為沒
東西吃而餓肚子的人，看到煙囪冒出煙氣大概是他們最盼
望的事。因此，使用在十分盼望某個事物，通常會使用
「마음은 굴뚝 같다」的形式。

☆☆☆ 價
마음이 돌아서다

使用在原本喜歡的心意徹底改變，或是變得再
也不喜歡的時候。

例 가: 헤어진 여자 친구의 마음을 돌릴 수 있을까?

要怎麼挽回分手的女友的心呢？

나: 한 번 마음이 돌아서면 다시 돌리기는 어려울
거야. 그만 잊어.

只要變心了就很難挽回了，忘了她吧。

🔎 使用在原本親密的人之間變得沒有愛了，或是夫妻和戀人
之間愛情不復存在的時候。

★★☆ 慣
마음이 콩밭에 있다
近 마음이 콩밭에 가다

使用在對於現在做的事已經不感興趣，心思轉移到其他事情的時候。

例 가: 김 대리는 사장님이 어제까지 끝내라고 하신 서류 작업을 아직도 하고 있네요.

金代理還在處裡老闆昨天叫他完成的資料。

나: 다음 달 결혼식 때문에 마음이 콩밭에 있어서 집중을 못 하는 것 같아요.

下個月就要結婚了，可能有點心不在焉，沒辦法集中精神吧。

🔍 此慣用語是源自於「비둘기 마음은 콩밭에 있다」，鴿子最喜歡的穀物就是大豆。所以就算鴿子飛往其他地方，也只想著大豆，只要有機會就飛去大豆田吃大豆。這就是這句慣用語的起源。

★★☆ 慣
맛을 들이다

使用在喜歡上某事或是變得享受某件事的時候。

例 가: 요즘 기타 배우는 데에 맛을 들였는데 아주 재미있어. 너도 같이 배울래?

最近體會到學吉他的樂趣。你要不要也來學？

나: 기타? 나는 시간이 없어. 나중에 시간이 나면 배울게.

吉他？我沒時間。以後有時間的話再學。

🔍 就像「요즘 공부하는 데 맛이 들었어.(我最近嚐到學習的甜頭)」，使用在開始喜歡某件事或覺得事情變得有趣。對於某件事產生興趣的時候則會說「맛을 붙이다」。

★★☆ 慣
머리를 굴리다

使用在為了尋得好方法而絞盡腦汁的時候。

例 가: 너 지금까지 어디 있었니? 핑계 대려고 머리를 굴리지 말고 사실대로 말해.

你剛剛在哪？別絞盡腦汁想藉口了趕快說實話。

나: 죄송해요. 게임이 하고 싶어서 피시방에 있다가 왔어요.

抱歉，因為想玩遊戲所以跑去網咖了。

🔍 就像「아무리 머리를 굴려도 해결 방법이 생각이 안 나.(再怎麼絞盡腦汁也想不出好方法。)」，使用在為了解決某個問題的時候。也會使用在某個人為了擺脫面臨的難題而找藉口的模樣，屬於負面用法。

★★☆ 慣
머리를 쓰다

表示對於某件事左思右想煩惱的模樣。

例 가: 누나, 숙제 좀 도와줘. 이 문제를 못 풀겠어.
　　姊姊，可以幫我看作業嗎？我解不出這題。

　　나: 나한테 묻지 말고 머리를 좀 써 봐. 조금만 더
　　생각해 보면 답이 나올 거야.
　　不要只問我，多用點頭腦想吧，多思考後就會
　　有答案的。

🔍 使用在深思熟慮以找出解決對策或是好點子的時候。

★★☆ 慣
머리에 맴돌다

使用在無法忘記某想法，持續在腦中浮現時。

例 가: 엄마, 어제 텔레비전에서 본 아이에게 후원을
　　좀 하고 싶어요. 부모님이 안 계시다고 하니까
　　생활이 힘들 것 같아서요.
　　媽媽，我想要捐款給昨天在電視上看到的孩童。
　　他的父母都不在了，生活好像過得很困頓。

　　나: 안 그래도 나도 그 아이의 얼굴이 계속 머리에
　　맴돌았는데 같이 후원하자.
　　那正好，那孩子的臉也一直在我的腦海裡盤
　　旋，我們一起捐款給他吧。

✏️ 「맴돌다」原本有在原地或是繞著某個東西周圍打轉的意
思，在這裡則表示同樣的想法或是感覺反覆。

★★☆ 慣
속을 차리다

表示讓人有想法或是有自覺地去行動的意思。

例 가: 내일 친구가 회사 근처로 이사를 가는데 나도 가서
　　돕기로 했어.
　　明天朋友要搬家到公司附近，我也答應要去幫
　　忙了。

　　나: 다른 사람을 도와주는 것도 중요하지만 이제
　　속을 좀 차려. 다음 주에 입사 시험을 본다면서
　　너도 준비해야지.
　　雖然幫助別人也很重要，但你也該打起精神來
　　吧。下週不是有入職測驗嗎？你也該準備準備
　　吧。

🔍 普遍使用在建議某個人充實自己或顧好實際利益的時候。

★★☆ 慣
이를 악물다

近 이를 깨물다,
　　이를 물다

使用在下定決心要克服困難的情況的時候。

例 가: 저는 어려운 일이 있을 때마다 반드시
　　　성공하겠다고 이를 악물었습니다. 그래서 지금의
　　　이 자리까지 오게 되었습니다.

　　　我每次遇到難關的時候必定會咬著牙關成功。

　　　所以才能夠走到現在這個地位。

　　나: 김 대표님, 정말 대단하십니다.

　　　金代表，您真的很了不起。

🔍 普遍和「참다(忍耐)、견디다(忍受)、버티다(堅持)」等動
詞一起使用，強調撐過非常困難又疲憊的情況。

★☆☆ 慣
일손이 잡히다

使用在產生想要做某件事的念頭或是開始專心
在某件事的時候。

例 가: 아픈데 혼자 누워 있을 딸을 생각하니 영 일손이
　　　잡히지가 않아요.

　　　想到生病獨自一個人躺著的女兒，實在是沒有
　　　心思工作了。

　　나: 그럼 부장님께 말씀드리고 조퇴를 하세요.

　　　那麼就跟部長說一聲然後早點下班吧。

🖊 「일손」代表正在工作的手或是用手做的工作。

🔍 普遍使用「영 일손이 잡히지 않다, 일손이 영 안 잡히다」
等否定形式。

★★★ 慣
제 눈에 안경

表示再怎麼沒價值的人或是物品，只要自己覺
得滿意的話就會變的美好。

例 가: 제 눈에 안경이라더니 지수는 자기 남편이 저렇게
　　　좋을까?

　　　都說情人眼裡出西施，智秀怎麼那麼喜歡她老
　　　公？

　　나: 그러게나 말이야. 자기 남편이 세상에서 제일
　　　잘생겼다고 하잖아.

　　　就是說啊，她覺得她老公是全世界最帥的嘛。

🔍 經常使用「제 눈에 안경이라고」或是「제 눈에 안경이라더
니」等形式。

★☆☆ 慣

가슴에 칼을 품다

使用在存惡意想對其他人做壞事的時候。

例 가: 할머니, 이 드라마에서 윤아가 아버지의 원수인 김 회장에게 복수할 생각으로 가슴에 칼을 품고 저 회사에 입사한 거지요?

奶奶，在這部戲劇裡面潤娥對爸爸的仇人金會長懷恨在心，她是為了復仇才進到他的公司嗎？

나: 맞아. 앞으로 드라마가 어떻게 전개가 될지 너무 궁금해.

沒錯，很好奇之後這部劇的劇情會怎麼發展。

🔎 也可以縮短成「칼을 품다」。普遍使用在想對其他人復仇的時候。

★★★ 慣

가슴을 치다

指憤怒又委屈或是因為後悔而非常遺憾的時候所做的行動。

例 가: 요즘 돌아가신 아버지가 너무 보고 싶어요. 살아 계실 때 좀 더 잘해 드릴 걸 그랬어요.

我最近很想念過世的爸爸。他在世的時候我應該對他更好一點。

나: 부모님이 돌아가신 후에는 아무리 가슴을 치며 후회를 해도 소용이 없어요.

在父母過世之後，再怎麼痛心疾首後悔也沒有用了。

🔎 主要使用「가슴을 치며」的形式，後面會和「후회하다(後悔)、통곡하다(痛哭)、울다(流淚)」等一起使用。

★☆☆ 慣
가시가 돋다

意指對某行動或言語有不好意圖或是不滿。

例 가: 승원 씨, 웬일로 대낮부터 술을 마셔요? 무슨 일
　　있어요?

　　聖元，你怎麼大白天就在喝酒？發生什麼事了？

나: 제가 지난달 월급의 반을 술값으로 썼더라고요.
　　그래서 아침부터 아내한테 가시가 돋은 말을 듣고
　　나니 속상해서 한잔하고 있어요.

　　我上個月的薪水有一半都花在酒錢上了，所以
　　早上就被妻子語中帶刺地罵了一頓，因為太傷
　　心了所以只好借酒澆愁。

Ọ 使用在某人說了讓對方受傷的話。主要使用「가시가 돋은
말」的形式，強調的時候則會說「가시가 돋치다」。

☆☆☆ 慣
감정을 해치다

表示讓他人心情變差的意思。

例 가: 마크 씨는 항상 말을 조심해서 하려고 노력하는
　　것 같아요.

　　馬克好像總是努力小心翼翼說話。

나: 예전에 친구에게 심한 말을 해서 크게 다툰 적이
　　있었대요. 그 뒤로는 다른 사람의 감정을 해치지
　　않으려고 노력한대요.

　　聽說他以前對朋友說了過分的話因此大吵了一
　　架，此後他就很努力地避免傷害他人感受。

Ọ 主要使用在因言語給他人帶來傷害的時候。

★☆☆ 慣
골수에 맺히다
近 골수에 사무치다,
　　뼈에 사무치다

意指無法忘記、在心底留下不好的情緒。

例 가: 민수 씨 아버지께서 5년 전에 지인에게 보증을
　　잘못 서는 바람에 집이 망했대요.

　　民秀的爸爸五年前因為誤當了熟人的擔保，導
　　致家庭支離破碎。

나: 저도 들었어요. 그래서 시간이 지났는데도
　　그 지인에 대한 원한이 골수에 맺혀서 매일
　　힘들어하신다고 하더라고요.

　　我也聽說了，所以就算時間流逝，他對於那個
　　熟人的事依舊耿耿於懷，每天都過得很辛苦。

✎ 「골수」本來是指骨髓，也就是存在骨骼核心內的物質，
在這裡則是指內心深處的意思。

Ọ 使用在對他人的不滿或怨恨無法化解，越積越多的時候。

★☆☆ 慣
귀에 거슬리다

使用在聽到某件事讓人心情變差的時候。

例 가: 제시카, 제발 충고 좀 그만해. 친구 사이인데도 매일 네 충고를 들으니까 너무 귀에 거슬려.

潔西卡，拜託妳不要再給忠告了。就算是好朋友關係，每天聽到妳這樣說也會覺得刺耳。

나: 나는 너 잘되라고 한 말이었는데 기분 나빴다면 미안해. 앞으로는 조심할게.

我是為了讓你變得更好才說的，如果讓你不舒服的話我很抱歉。以後會注意的。

🔎 不使用在地位比自己高的人，有時候也會使用在原本很安靜的環境，突然持續聽到討厭的聲音而感到煩躁的時候。

★☆☆ 慣
눈꼴이 시리다

近 눈꼴이 사납다,
눈꼴이 시다,
눈이 시다

使用在覺得他人的行動令人煩躁或是厭惡的時候。

例 가: 요즘 젊은 사람들은 아무 데서나 애정 행각을 벌여서 민망할 때가 많아요.

最近年輕人們不管在哪都在秀恩愛，讓我看了有點尷尬。

나: 맞아요. 지하철 안에서도 눈꼴이 시리게 애정 행각을 벌이는 사람들이 있잖아요.

沒錯，就連捷運裡也有人在秀恩愛，真是看不順眼。

✐ 「눈꼴」是指眼睛的模樣或是露出看不慣的眼神，「시리다」則主要和眼睛一起使用，表示光芒太強烈無法直視。

★★★ 慣
눈에 거슬리다

近 눈에 걸리다

使用在某事物看起來讓人不舒服或不愉快。

例 가: 저 건물은 공사를 언제까지 미룬대요? 공사를 하다가 말아서 여기저기 쓰레기도 나뒹굴고 너무 눈에 거슬려요.

那棟建築的工期會延遲到什麼時候？開始施工卻又暫停，到處都是垃圾，看了真的很礙眼。

나: 공사를 진행하던 회사가 부도가 나서 다시 공사하려면 시간이 좀 걸릴 거래요.

原本進行工程的公司倒閉了，所以重啟施工可能要等上一陣子了。

🔎 主要使用在看到討厭的模樣或是物品的時候。也會使用在某個人的行動讓人不滿意或覺得討厭的時候。

★★☆ 慣
눈에 불이 나다

近 눈에 천불이 나다

使用在某人遭遇意料之外的事情緒變得激動。

例 가: 아까 회의실에서 승원 씨가 저에 대해 나쁜 이야기를 하는 걸 들으니 눈에 불이 나더라고요. 왜 그랬는지 따져야겠죠?

剛剛在化妝室聽到昇源說了我的壞話，氣得兩眼差點冒出火花來。我應該去向他追究為什麼這麼說我吧？

나: 그게 좋겠어요. 일단 승원 씨가 뭐라고 하는지 들어보세요.

沒錯，應該這麼做。先聽聽昇源怎麼解釋吧。

🔎 也會使用在某人非常認真做某件事的時候，例：「지원은 눈에 불이 나게 공부한 끝에 공무원 시험에 합격할 수 있었다.(智媛發憤圖強努力讀書，最終成功考上公務員)」

★☆☆ 慣
뒷맛이 쓰다

使用在某事結束後在心裡留下不開心的情緒。

例 가: 감독님, 이번 경기를 마치신 소감이 어떠십니까?

教練，這次比賽結束後心情怎麼樣？

나: 심판이 판정을 잘못 내린 부분이 있어서 뒷맛이 씁니다. 이 문제에 대해서는 정식으로 항의할 생각입니다.

裁判有一些誤判的情形，所以內心有點苦澀。對於這個問題，我們會正式提出抗議。

✏ 「뒷맛」本來是指吃完食物後殘留在嘴裡的味道，在此處則是指事情結束後留下的心情或是感覺。

★☆☆ 慣
땅을 칠 노릇

使用在遭受到非常憤怒且委屈的事情。

例 가: 몸은 괜찮으세요? 자동차 사고가 났었다면서요?

你的身體還好嗎？聽說你出了車禍？

나: 다행히 몸은 괜찮아요. 그런데 상대방이 제 차를 박았으면서 오히려 제가 자기 차를 박았다고 우기니까 땅을 칠 노릇이에요.

所幸身體沒大礙。但明明是對方先撞上我，卻硬說成是我撞上他，真是讓我憤恨不平。

✏ 「노릇」是指某件事的情況或是形勢。
🔎 主要使用「땅을 칠 노릇이다」的形式。

★☆☆ 慣
말을 잃다

使用在受到很大的衝擊或驚嚇而說不出話來的時候。

例 가: 이번 학기에 'F'를 두 개나 받았다고 하니까
　　부모님께서 말을 잃으셨어.

　　我這個學期拿了兩個不及格，爸媽知道之後瞠
　　目結舌。

나: 그러니까 공부 좀 열심히 하지. 매일 게임만
　　하니까 그렇지.

　　所以說你應該更努力學習才對啊。每天都在玩
　　遊戲才會這樣。

○ 非常驚訝或是無言到忘記原本要說的話的時候則會使用
　「말을 잊다」。

★☆☆ 慣
비위가 상하다
近 비위가 뒤집히다

使用在某人或某事讓人厭惡而感到受傷。

例 가: 민수 씨는 별로 친하지도 않은데 만날 때마다
　　비위가 상하게 나한테 반말을 하더라고요.

　　我明明就跟民秀不熟，但每次遇到他的時候，
　　他都跟我說半語、裝熟，真令人不舒服。

나: 그래요? 제가 민수 씨한테 한번 야기하겠습니다.

　　真的嗎？我會跟民秀好好說這件事的。

✎ 「비위」意指脾臟和胃臟，表示想吃某種食物的心情，在
　此處則是指想做某件事的心情或是想法。

○ 很能忍受厭惡的事的人會說他「비위가 좋다」，配合他人
　的喜好而行動的時候則會說「비위를 맞추다」。

★☆☆ 慣
속이 뒤집히다

使用在某人的行動或言語讓人非常厭惡且冒犯。

例 가: 김 부장님은 결재만 올리면 마음에 안 든다고
　　다시 해 오라고 하셔서 짜증나 죽겠어요.

　　每次提交案子給金部長，他只要不滿意就會退
　　回來叫我重做，真是快煩死了。

나: 그러게나 말이에요. 구체적인 수정 의견도 없이
　　다시 하라고만 하니까 속이 뒤집힌다니까요.

　　就是說啊，也不告訴我們具體的修改建議，只
　　叫我們重做，內心真的覺得倒胃口。

○ 使用在生氣到脾胃俱傷，十分想吐的程度。

★☆☆ 慣
속이 터지다

使用在鬱悶或是生氣的時候。

例 가: 도대체 몇 번을 설명해야 알아듣겠니? 속이 터져 죽겠네.

到底要說幾次你才聽得懂?我快氣死了。

나: 죄송해요. 이해가 잘 안 돼요. 할아버지, 한 번만 더 설명해 주세요.

抱歉,我真的沒聽懂。爺爺,請再解釋一次給我聽吧。

🔎 使用在某件事沒辦法順自己的意或某個人說出荒唐言論,或是再怎麼說明,對方也聽不懂的時候。

★☆☆ 慣
이를 갈다

指十分憤怒和生氣讓人下定決心要做到某件事而伺機而動。

例 가: 하준이가 또 도서관에서 밤을 새웠대.

聽說河俊又在圖書館熬夜唸書。

나: 걔도 대단해. 계속 과 수석을 하다가 지난 학기에는 아깝게 놓쳤잖아. 이번 학기에는 다시 과 수석을 하겠다고 이를 갈면서 공부하더라고.

他也是很了不起。他一直是我們系第一名,但上學期很可惜錯過了。這學期看他似乎咬著牙想把第一名的位子拿回來。

🔎 普遍使用在某個競爭中落敗後感到遺憾,下定決心下次要取得勝利的時候。也會使用在遭遇到非常委屈的情況後,決定要消除這個委屈感的時候。

★☆☆ 慣
치가 떨리다

近 이가 떨리다

使用在非常憤怒或痛苦和厭惡到無法忍受的程度的時候。

例 가: 아빠, 어릴 때 옆집에 사는 덩치가 큰 친구에게 자주 맞았던 걸 생각하면 지금도 치가 떨려요.

爸爸,我想到小時候經常被住在隔壁的流氓欺負,還是氣得牙癢癢的。

나: 그때 왜 맞고만 있었어? 같이 때리지.

為什麼那時候只挨打?你也應該回擊的。

🔎 「치」是指人類或是動物的牙齒,該句使用在氣到全身顫抖,抖到牙齒都在晃動的程度的時候。

☆☆☆ 慣

핏대가 서다

近 핏대가 나다,
핏대가 돋다,
핏대가 오르다

指非常生氣或是激動到臉紅。

例 가: 저 운전자는 자기가 술을 마셔 놓고 오히려
핏대가 서도록 경찰한테 화를 내고 있어요.

那位駕駛明明酒駕在先，卻爆青筋、激動地和
警察大小聲。

나: 술을 마셔서 정신이 없나 봐요. 음주운전이
얼마나 위험한데 아직도 술을 마시고 운전하는
사람이 있네요.

大概是喝了酒，精神恍惚了吧。酒駕是多麼危
險的事，但仍然有人會這麼做。

🔎 一般來說生氣的時候，脖子的血管會充血讓臉漲紅，就是
本句的表現，對誰生氣到讓臉漲紅或是激動的狀態時會使
用「핏대를 세우다」。

★☆☆ 慣

혈안이 되다

使用在某個人非常狂熱於某件事的時候。

例 가: 요즘 돈 버는 데만 혈안이 된 젊은이들이
많아지고 있어서 걱정이에요.

最近有越來越多年輕人只熱衷於賺錢，真令人
擔心。

나: 맞아요. 자기가 하고 싶은 일과 적성에 맞는 일을
찾아야 하는데 무조건 돈을 많이 주는 회사만
가고 싶어 하잖아요.

沒錯，人應該要找到想做的工作或是適合的工
作才對，他們卻只想去薪水高的公司工作。

✎ 「혈안」原指充血的紅眼，在此處則是指瘋狂投入某件事
的狀態。

🔎 使用在負面評價某個人費力去做某件不好的事情的時候。

불안·초조 不安·焦慮

★☆☆ 慣
가슴에 찔리다

近 가슴이 찔리다

使用在受到良心譴責的時候。

例 가: 형, 우리 게임 조금만 하고 공부할까?

哥，我們要不要玩一下遊戲再開始讀書？

나: 아니야. 그냥 공부하자. 우리가 열심히 공부하는 줄 알고 간식 챙겨 주시는 엄마를 보니까 가슴에 찔려서 안 되겠어.

不要，直接讀書吧。媽媽以為我們有認真讀書還幫我們準備零食，看到她這樣，令我很內疚。

🔎 也會用相似的「양심에 찔리다」或「양심에 걸리다」。

★☆☆ 慣
가슴을 태우다

使用在非常焦慮的時候。

例 가: 면접 시간 전에 잘 도착했니?

你有在面試時間前抵達嗎？

나: 네. 간신히 도착했어요. 택시를 탔는데 차가 얼마나 막히던지 가슴을 태웠어요.

有，差點沒趕上。搭了計程車卻塞車，令人心急不已。

🔎 自己非常擔心而內心焦慮的時候會說「속을 태우다」，而讓他人焦躁不安的時候則會說「간장을 태우다」。

★★★ 慣
가슴이 뜨끔하다

使用在內心有心虛的事而感到不安或是受到良心譴責的時候。

例 가: 어제 아프다고 거짓말을 하고 모임에 안 나갔는데 민지한테 많이 아프냐고 연락이 왔더라고.

昨天謊稱生病沒去聚會，玟池卻問了我有沒有很不舒服。

나: 가슴이 뜨끔했겠다. 그래서 거짓말은 안 하는 게 좋아.

肯定內心一陣驚慌吧，還是別說謊比較好。

🔎 主要使用在某個人指責自己的錯誤而感到驚慌的時候。

★★☆ 慣
간담이 떨어지다

近 간담이 내려앉다,
　간이 떨어지다

使用在突然發生某事而瞬間感到非常驚慌。

例 가: 어머! 깜짝이야. 갑자기 골목에서 자전거를 타고
　　튀어나오면 어떻게 해요? 간담이 떨어지는 줄
　　알았잖아요.

　　天啊！嚇死我了。你怎麼騎著腳踏車從巷子裡
　　衝出來？差點被你嚇得魂飛魄散了。

나: 죄송합니다. 자전거를 배운 지 얼마 안 돼서
　그랬어요.

　抱歉，我剛學會騎腳踏車所以還不熟練。

✎ 「간담」 使指肝臟和膽囊。

🔎 因為某件事受到驚嚇後平復心情的時候會使用「간담이 떨
　어지는 줄 알았다」的型態。

★★☆ 慣
간담이 서늘하다

使用在因害怕或威脅性的事件而受到驚嚇時。

例 가: 나는 공포 영화는 간담이 서늘해서 못 보겠는데
　　남자 친구는 공포 영화만 보자고 해서 난감해.

　　我覺得恐怖電影會讓我膽戰心驚所以不敢看，但
　　是男朋友卻說他只看恐怖電影，讓我有點難堪。

나: 내 남자 친구도 그래. 나도 공포 영화는 무섭고
　싫거든.

　我的男朋友也是，我也很害怕跟討厭恐怖電影。

✎ 「서늘하다」雖然是體感上覺得溫度或氣溫很冷，但在此
　處是指突然被嚇到或感到害怕而全身發寒的意思。

★☆☆ 慣
간을 졸이다

使用在非常擔心和不安，內心無法放心的時候。

例 가: 여보, 아직도 등산하다가 실종된 사람들을 못
　　찾았대요?

　　親愛的，還沒找到那些失蹤的登山客嗎？

나: 네. 계속 찾고 있다고 뉴스에 나오기는 하는데
　아직 못 찾았나 봐요. 가족들은 얼마나 간을
　졸이며 소식을 기다리겠어요.

　是的，雖然新聞一直有報導正在尋找但仍未尋
　獲。家屬們該有多心急如焚地等待著消息啊。

🔎 「졸이다」和「조리다」因為發音相同，所以也有人會用
　「간을 조리다」，但這是錯誤的表達方式。

★☆☆ 慣
간이 떨리다

近 속이 떨리다

使用在非常害怕或是恐懼的時候。

例 가: 저 산 위에 있는 다리를 건너 볼까요?

我們要不要試著跨越那座山上的吊橋？

나: 미안해요. 저는 고소 공포증이 있어서 높은 곳에 올라가면 간이 떨려요. 혼자 다녀오세요.

抱歉，我有懼高症，只要去高處就會心驚膽顫。請你自己去吧。

★★☆ 慣
간이 조마조마하다

使用在內心焦躁而不安的時候。

例 가: 하준아, 기차는 잘 탔니?

河俊啊，你有搭上火車嗎？

나: 응. 길이 너무 막혀서 기차 시간에 못 맞출까 봐 간이 조마조마했는데 다행히 시간 안에 도착해서 잘 탔어.

嗯，路上塞車塞很久，很擔心趕不上，提心吊膽的，幸好有在時間內趕上。

✎ 「조마조마하다」是指擔心接下來的事情，內心無法停止不安。

★☆☆ 慣
간이 철렁하다

近 간이 덜렁하다, 간이 덜컹하다

指非常驚訝而陷入衝擊的狀態。

例 가: 민수 씨, 괜찮아요? 아침에 사무실에 도착하자마자 쓰러졌다고 해서 간이 철렁했어요.

民秀你還好嗎？聽說你一早到辦公室之後就昏倒，真是讓我嚇破膽了。

나: 지금은 괜찮습니다. 며칠 동안 무리해서 그런 것 같습니다.

現在沒事了。我想我是這幾天太勉強自己了。

✎ 「철렁하다」是指被某樣事物嚇到心跳加速的意思。

간이 콩알만 해지다

★★☆ 慣

近 간이 오그라들다

使用在因為某件事感到害怕或恐懼。

例 가: 이번 주말부터 암벽 등반을 배워 볼까 해.

我在想要不要從這個週末開始學攀岩。

나: 암벽 등반? 난 깎아지른 듯한 절벽만 봐도
아찔해서 간이 콩알만 해지던데 대단하다.

攀岩？我只要看了那個陡峭的岩壁就會被嚇得
魂不附體，你還真是了不起。

◯ 本來肝大概有手掌這麼大，卻變得剩下大豆般的大小，使
用在比喻非常驚嚇。

꿩 구워 먹은 소식

★★☆ 俗

使用在完全沒有消息或是聯絡的時候。

例 가: 하준이 소식 들었어? 지난여름에 부산으로 이사
간 후로 꿩 구워 먹은 소식이네.

你聽說河俊的消息了嗎？去年夏天搬去釜山之
後就杳無音信。

나: 안 그래도 문자를 여러 번 보냈는데 답이
없더라고.

我也傳了好幾次訊息給他，但他都沒有回覆。

◯ 在從前食物很珍貴的時期，野雞肉是很特別和珍貴的料
理。但是一隻野雞的肉量很少，所以沒有必要和別人分
享。每次要吃野雞肉的時候都會藏起來偷偷地吃，不留一
點痕跡。因為這個緣故，在無消無息的時候就會使用這個
俗諺，主要會使用「꿩 구워 먹은 소식이다」的形式。

도둑이 제 발 저리다

★★☆ 俗

指犯下過錯或是罪的人自然會變得焦慮。

例 가: 엄마, 저 절대 피시방에 안 가고 친구들과
공부하다 왔어요.

媽媽，我真的沒有去網咖是跟朋友去讀書了。

나: 물어보지도 않았는데 갑자기 왜 그래? 도둑이 제 발
저리다더니 얼굴도 빨개지고 말까지 더듬네.

我又沒問，你幹嘛突然這樣？做壞事心虛了
吧，不只臉變紅連講話都在顫抖呢。

◯ 明明沒被罵卻怕做的壞事被人發現而膽顫心驚，所以不自
覺地以某種方式透露著不安感。比喻無意識地顫抖著雙手
或雙腳，也不敢和人雙眼對視的模樣。

★☆☆ 價
등골이 서늘하다

使用在非常驚訝或是恐懼到背脊發涼的時候。

例 가: 아빠, 조금 전에 집에 오는데 뒤에서 갑자기 발자국 소리가 나더라고요. 그 소리에 등골이 서늘해져서 엄청 빨리 뛰어왔어요.

爸爸，剛剛在回家的路上突然從背後傳出腳步聲，嚇得我背脊發涼趕快跑了回家。

나: 무서웠겠다. 그럴 때는 나한테 전화를 해서 나와 달라고 해.

肯定很害怕吧，那種時候就打電話叫我接你。

🔎 害怕到起雞皮疙瘩的程度的時候會說「등골이 오싹하다」。

★★★ 價
마음을 졸이다

使用在一邊擔心一邊焦慮的時候。

例 가: 왜 이렇게 늦었어? 연락도 안 돼서 얼마나 마음을 졸였는지 알아?

你怎麼這麼晚？你知道聯絡不上你讓我有多提心吊膽嗎？

나: 미안해. 갑자기 지하철이 고장이 났는데 핸드폰 배터리도 방전이 되는 바람에 연락을 못 했어.

對不起，地鐵突然故障加上手機也剛好沒電，所以沒辦法聯絡你。

🔎 使用在等待的人一直沒來或一點消息也沒有讓人焦慮的時候，或者用在等待著像是合格通知的某種消息時。

★☆☆ 價
머리털이 곤두서다
近 머리칼이 곤두서다

使用在非常害怕或是驚訝而感到緊張的時候。

例 가: 주말에 놀이공원에 갔을 때 '귀신의 집'에도 갔다며? 어땠어?

聽說你上週末去遊樂園的時候去了鬼屋？怎麼樣？

나: 응. 재미있었어. 그런데 벽 쪽에 서 있던 귀신이 손을 내미는 바람에 어찌나 놀랐던지 머리털이 곤두설 정도로 무서웠어.

嗯，很有趣。但是站在牆壁邊的鬼突然伸出手來，嚇得我毛骨悚然。

✐ 「곤두서다」是指直挺挺地倒立。

🔎 強調每根毛髮全倒豎的恐怖情況，普遍用「머리털이 곤두서는 느낌이었다」或「머리털이 곤두설 정도로」的形式。

★★☆ 慣
발을 구르다

指非常遺憾或是緊急的情況時所做的行動。

例 가: 어제 태풍으로 집을 잃은 사람들에 대한 뉴스를 보고 너무 안타까웠어요.

看到昨天新聞報導因為颱風而失去家園的人們，實在是感到太遺憾了。

나: 저도 그랬어요. 사람들이 산으로 올라가서 발을 구르며 구조대가 오기만을 기다리고 있는 모습을 보니까 마음이 아프더라고요.

我也這麼覺得，看到人們往山上移動，只能跺著腳焦急地等著救援隊來的模樣，實在太心疼了。

○ 強調的時候會說「발을 동동 구르다」。

★☆☆ 慣
살얼음을 밟다

使用在非常岌岌可危而無法放心的時候。

例 가: 제품 주문량이 또 떨어졌어요. 이러다가 공장이 문을 닫을까 봐 걱정이 돼서 매일 살얼음을 밟는 기분이에요.

產品訂購量又下降了，擔心再這樣下去工廠會不會關門大吉，每天都抱著如履薄冰的心情。

나: 시간이 지나면 좀 나아지지 않을까요? 너무 걱정하지 마세요.

過一段時間就會好轉的吧？不要太擔心了。

✎ 「살얼음」原指稍微結凍的冰，此處是比喻驚險的情況。

○ 因為害怕而非常小心地做事會說「살얼음을 밟듯이」。

★★★ 慣
속이 타다

使用在自己因為擔心而內心變得焦慮的時候。

例 가: 태현아, 아직 공모전 수상자 발표 안 났지? 수상자 발표가 계속 지연이 되니까 속이 타.

太顯啊，大賽的得獎者還沒公佈吧？公佈得獎者的時間一直延遲讓我著急難耐。

나: 나도 속이 타서 전화해 봤더니 이번에 출품한 사람이 너무 많아서 심사하는 데 시간이 오래 걸린다고 하더라고.

我也因為心急打電話去問了，他們說這次參賽的人太多了，所以評審會花比較多的時間。

○ 某人令人非常擔心而內心變得焦急的時候則會說「속을 태우다」。

★★★ 慣
손에 땀을 쥐다

使用在因為急迫的情況而變得非常緊張的時候。

例 가: 두 후보가 손에 땀을 쥐게 하는 득표 경쟁을
　　벌이고 있습니다.

兩位候選人正在進行著令人捏把冷汗的選票競
爭。

나: 네, 그렇습니다. 과연 누가 이번 선거에서
　　대통령으로 당선이 될지 결과가 궁금합니다.

是的沒錯，到底誰會贏得這場選戰成為下一任
的總統，真是令人好奇。

🔎 主要使用在令人無法移開視線，不相上下的競爭或運動比
賽，或者指像是讓觀眾緊張的電影。

★★☆ 俗
자라 보고 놀란 가슴
솥뚜껑 보고 놀란다

指受到某件事物的巨大驚嚇後看到相似的事物
也會感到害怕。

例 가: 어머, 깜짝이야. 자라 보고 놀란 가슴 솥뚜껑
　　보고 놀란다고 바닥에 떨어진 까만 콩이 순간
　　바퀴벌레로 보였어.

天啊，嚇死我了。俗話說杯弓蛇影，看到掉在
地板上的黑豆還以為是蟑螂。

나: 저번에 집에서 바퀴벌레를 봤다더니 그 충격이 오래
　　가나 보네.

看來上次在家裡看到的蟑螂讓你留下了巨大的
陰影呢。

🔎 源自於鱉(자라)的甲殼長得跟鍋蓋很像。「鱉」咬東西的
能力很強，聽說只要咬著什麼東西到死都不會放開。因此
人們非常害怕鱉，只要看到和鱉的樣子相似的鍋蓋也會被
嚇到。這便是此俗諺的起源。

★★☆ 慣

가려운 곳을 긁어 주다

近 가려운 데를 긁어 주다

知道某個人的需求並知道如何滿足他的要求。

例 가: 언니, 수학 문제 하나가 안 풀려서 며칠 내내 답답했는데 연우한테 물어봤더니 바로 알려 줬어.

姊姊，有個數學問題困擾了我好幾天都解不開，問了妍雨之後她馬上告訴我解法了。

나: 연우가 네 가려운 곳을 긁어 줬구나! 고마운 친구네.

妍雨幫妳解決心頭之癢啦！是一個很值得感謝的朋友呢。

♀ 普遍使用在對幫忙解答好奇心、或是解決煩惱的人表達感謝的時候。

★★☆ 慣

가슴을 쓸어내리다

指原本困難的事情或擔心的問題煙消雲散，安心的時候做的舉動。

例 가: 누나, 아빠가 할머니 수술이 끝나실 때까지 안절부절 못하시더니 무사히 끝났다는 얘기를 듣고 그제서야 가슴을 쓸어내리셨어.

姊姊，爸爸在奶奶手術的時候一直如坐針氈，直到聽到手術順利結束的消息才將心中的大石頭放下。

나: 안 그래도 일 때문에 못 가 봐서 걱정이 많이 됐는데 수술이 잘 끝났다니 나도 안심이다.

我因為工作沒辦法同行所以很擔心，聽到手術順利我也鬆了一口氣。

✎ 「쓸어내리다」是指由上而下輕撫的意思。

♀ 韓國人在做這個行動的時候會不自覺地發出安心的長嘆，像是「후유」或是「휴」。

★☆☆ 慣
가슴이 후련해지다

使用在鬱悶的心情變得暢快的時候。

例 가: 푸엉 씨, 이제 좀 괜찮아요?

朴翁，你現在還好嗎？

나: 네. 실컷 울고 났더니 가슴이 좀 후련해졌어요.

還好，大哭一場之後心裡暢快多了。

○ 意近「속이 후련해지다」、「마음이 후련해지다」。

★☆☆ 慣
고삐를 늦추다

使用在警戒心或是緊張感減輕的時候。

例 가: 연장전까지 가서 지칠 만도 한데 선수들이 고삐를 늦추지 않고 열심히 싸우고 있습니다.

就算打到延長賽可能有點累了，選手們也沒有鬆懈，仍用盡全力地進行比賽。

나: 맞습니다. 저렇게 열심히 싸워 주는 선수들을 보니 대견합니다.

沒錯，看著用心比賽的選手們內心不禁佩服起他們了。

○ 為了不讓情況變壞而需要繃緊神經的時候，則會使用否定型態的「고삐를 늦추지 않다」或是「고삐를 늦추지 말다」。

★★☆ 慣
다리를 뻗고 자다

近 다리를 펴고 자다,
발을 뻗고 자다,
발을 펴고 자다

指原本煩惱或擔心的事解決，可以放心入睡。

例 가: 이제 기말시험이 모두 끝나서 다리를 뻗고 잘 수 있겠어.

現在期末考全部考完，可以高枕無憂了。

나: 그러게. 나도 오늘은 실컷 자야겠어.

對啊，我今天也要盡情地睡到飽。

○ 內心不安或是不適時，身體會蜷縮起來；相反地心裡放鬆時，身體會張開、腿會伸開，即是此慣用語的由來。

★★★ 慣
마음을 놓다

指讓某人放心的意思。

例 가: 잠깐 화장실 좀 다녀올게. 내 가방 좀 봐 줄래?

我想去一下化妝室，可以幫我看著我的包包嗎？

나: 응. 잘 보고 있을 테니까 마음을 놓고 다녀와.

嗯，我會幫你看著，放心地去吧。

○ 某件事令人感到安心時則使用「마음이 놓이다」。

★★☆ 情
마음을 비우다

表示消除內在野心的狀態。

例 가: 어머, 우리 아들이 웬일로 시험 점수가 이렇게 잘
나왔니?

天啊，我們兒子這次怎麼考得這麼好？

나: 마음을 비우고 시험을 봤더니 오히려 점수가 잘 나온
것 같아요.

放寬心去考試，反而考得更好了。

✎ 「비우다」本來是指清除原有的事物並將其空出，在此則
是拋棄野心或執著的意思。

★★☆ 情
마음을 풀다

使用在放鬆原本緊張的內心的時候。

例 가: 드디어 6개월간 진행되었던 프로젝트가 끝이
났어요.

進行了六個月的專案終於結束了。

나: 이제 긴장했던 마음을 풀고 여행이라도 좀
다녀오세요.

你現在要好好放鬆緊張的心情，去趟旅行也
好。

○ 原本緊張的心情消失的狀態會使用「마음이 풀리다」，也
會使用在氣消的時候，例如：「친구가 먼저 사과해서 마음
을 풀기로 했어요.(朋友先跟我道歉，所以我就氣消了。)」

★★★ 情
머리를 식히다

指擺脫複雜的思緒，讓內心變得平靜的意思。

例 가: 머리가 너무 복잡한데 차라도 한잔 마실까?
머리를 좀 식혀야 할 것 같아.

腦子裡思緒實在是太多了，是不是該喝杯茶也
好？讓頭腦冷靜一下。

나: 그래. 계속 고민한다고 해서 해결되는 것도
아니니까 일단 좀 쉬자.

對啊，就算繼續煩惱下去，問題也沒辦法解
決，先休息一下吧。

✎ 「식히다」原本是指將熱氣冷卻的意思，在此處則是指將
慾望或思緒減少、平靜下來的意思。

○ 普遍使用在因為某件事產生壓力，需要紓壓的時候。

★★☆ 價
속이 시원하다

使用在發生好事或是不愉快的事消失，心情變得痛快的時候。

例 가: 그동안 참고 못했던 말을 동아리 선배에게 다 해 버렸어.

我把這期間忍著沒說的話都跟社團前輩說了。

나: 잘했어. 참는 게 다는 아니지. 속에 있는 얘기를 다 하니까 속이 시원하지?

做得好，本來就不需要忍受的。把心聲全部說出來之後，內心應該很痛快吧？

○ 相似意義的有「가슴이 후련하다, 속이 후련하다」；相反地心裡不舒暢時則會說「가슴이 답답하다, 속이 답답하다」。

★★☆ 價
숨이 트이다

使用在脫離煩悶或疲憊困頓狀態的時候。

例 가: 김태환 선수, 오랜만에 경기를 하시는 소감이 어떠십니까?

金泰煥選手，久違地進行了比賽心情怎麼樣？

나: 부상으로 인해 벤치를 지키는 동안 무척 답답했는데 이제 경기를 뛸 수 있어서 숨이 트이는 느낌입니다.

因為受傷只能坐在板凳上乾瞪眼很鬱悶，現在能重新上場比賽，有重新活過來的感覺。

○ 因為某件事而鬱悶到難以喘息的時候則會說「숨이 막히다」。

★☆☆ 俗
십 년 묵은 체증이 내리다

指長久的問題終於解決，內心變舒暢。

例 가: 부엌 싱크대가 막혀서 일주일간 고생했는데 오늘에서야 간신히 뚫었어요.

因為我的廚房水槽堵住了，讓我這禮拜過得很艱辛，今天總算將它疏通了。

나: 십 년 묵은 체증이 내리는 느낌이었겠어요.

看來你解決了長久以來的心頭大患呢。

✎ 「체증」是指消化不良的症狀。

○ 主要使用在比喻十年積食終於消化的意思。偶爾會有人使用「십 년 먹은 체증이 내리다」，為錯誤的表達方式。

★★☆ 俗
앓던 이 빠진 것 같다

使用在擔心的事物消失後變得舒暢的時候。

例 가: 사랑아, 밀린 방학 숙제를 다 하고 나니 앓던 이 빠진 것 같지?

嗣朗啊，把推遲的放假作業完成後，有種如釋重負的感覺吧？

나: 네, 엄마. 다음부터는 미루지 말고 그때그때 해야겠어요.

是的，媽媽。下次不會再拖到最後了，收到作業後會馬上完成。

✎ 「앓다」本來是指正在遭受生病的痛苦，在此處則是指因為擔心或憂慮而感到痛苦或是鬱悶的意思。

♀ 普遍使用「앓던 이가 빠진 것 같다」的形式。

★★★ 慣
어깨가 가볍다

使用在脫離某個沈重的責任或是對於某件事的責任減輕，內心變得輕鬆的時候。

例 가: 집을 사려고 받았던 대출금을 다 갚았더니 어깨가 너무 가볍네요.

買房子借的貸款全還清，有如釋重負的感覺。

나: 부러워요. 저는 아직도 대출금 다 갚으려면 멀었는데…….

真羨慕，我離還清還有很長一段距離呢⋯⋯。

♀ 使用在將肩上背負的沈重包袱卸下來一般，覺得既輕鬆又舒爽的時候。另一方面，負責艱辛又重大的責任感，內心承受巨大負擔的時候則會說「어깨가 무겁다」。

★★★ 慣
직성이 풀리다

事情按照自己心意順利完成而感到滿意。

例 가: 내가 아까 서류 정리를 다 해 놨는데 정 대리님이 다시 하시네.

我剛剛把所有書面資料都整理過了，但鄭代理又重新整理了一次。

나: 그냥 놔둬. 정 대리님은 무슨 일이든 본인이 직접 해야 직성이 풀리는 분이야.

別管他了，鄭代理不管什麼事都要自己經手才會滿意。

✎ 「직성」使指天生的特質或是性格。

★★★ 慣
천하를 얻은 듯

使用於再也沒有任何期盼，感到非常開心與滿足的時候。

例 가: **몇 년 동안 짝사랑하던 지원이하고 결혼을 하게 돼서 너무 기뻐요.**

能夠和暗戀了好幾年的智媛結婚真的好開心。

나: **축하해요. 천하를 얻은 듯 기쁘겠어요.**

恭喜你，你看起來像是得到了全天下一樣。

✎ 「천하」是指 天空以下的整個世界。

🔎 普遍使用「천하를 얻은 듯 기쁘다」的形式。

★★☆ 慣
한숨을 돌리다
近 숨을 돌리다

指克服了艱辛的苦難後擁有片刻悠閒的意思。

例 가: **태현아, 산 중간까지 올라왔으니 여기서 한숨을 좀 돌리고 정상까지 올라가자.**

太顯啊，我們已經爬到半山腰了，先喘口氣再攻頂吧。

나: **그래. 여기 앉아서 물 좀 마시면서 쉬었다가 가자.**

好啊，在這裡坐著喝點水，休息一下再爬吧。

🔎 普遍使用在做某件事做到一半覺得疲憊，中途休息的時候。

8 욕심·실망 野心·失望

 Track 008

★★★ 慣
귀를 의심하다

使用在聽到了難以置信的故事，懷疑自己有沒有聽錯的時候。

例 가: 윤아 씨가 10년 넘게 사귀었던 남자 친구하고 헤어졌다면서요?

聽說潤娥和交往超過十年的男朋友分手了？

나: 그렇다고 하네요. 둘 사이가 너무 좋아 보여서 처음 들었을 때 귀를 의심했는데 사실이래요.

聽說是這樣，兩個人感情看起來很好，聽到的時候我以為自己聽錯了，沒想到是真的。

🔎 懷疑耳朵聽見的話，不可置信的意思。強調的時候會說「귀를 의심하지 않을 수가 없다」。

★★★ 慣
그림의 떡

形容即使很滿意，但實際上沒辦法使用或是無法擁有的東西。

例 가: 민지야, 저 광고에 나오는 노트북 정말 멋지지 않니? 펜으로 글씨도 쓸 수 있고 말이야.

玟池呀，不覺得在那個廣告裡出現的電腦很棒嗎？還可以用筆在上面書寫呢。

나: 저게 얼마나 비싼 줄 알아? 우리 형편에는 그림의 떡이야.

知道那有多貴嗎？對我們而言根本遙不可及。

🔎 畫中的糕點看起來很好吃卻沒辦法食用，比喻礙於處境而無法實際擁有的事物。也有人會說「그림에 떡」，但這是錯誤的表達方式。

★★☆ 慣
놓친 고기가 더 크다
近 놓친 고기가 더 커 보인다

覺得以前所擁有的比現在的更好。

例 가: 아버지, 이렇게 취직이 안 될 줄 알았으면 전에 다니던 직장을 그만두지 말 걸 그랬어요.

爸爸，早知道現在工作這麼難找的話，當時就不應該辭職的。

나: 지금 취직이 안 되니 놓친 고기가 더 커 보이는 거야. 더 좋은 회사에 취직할 수 있을 테니 걱정 마.

你只是現在找不到工作才覺得得不到的永遠最好，你會找到更好的工作，別擔心。

🔎 很常使用「놓친 고기가 더 커 보인다」的形式，普遍使用在看見他人對於選擇後悔的時候給予安慰。

★★☆ 慣
눈독을 들이다
近 눈독을 올리다,
눈독을 쏘다

感興趣地看著某個事物並露出野心的樣子。

例 가: 형, 그 가방 정말 좋아 보인다. 나 주면 안 돼?

哥，那個包包看起來真好看，可以給我嗎？

나: 절대 눈독을 들이지 마. 대학 입학 선물로 아버지께서 나한테 사 주신 거니까.

想都不要想。那是爸爸送給我的大學入學禮物。

✍ 「눈독」原本是指眼睛的殺氣，在此處則是指露出野心、覬覦的意思。

★★★ 慣
눈에 불을 켜다

指露出極強的野心或是關注的狀態。

例 가: 웬일로 연우가 이 시간까지 잠을 안 자고 공부를 하고 있어요?

妍雨怎麼到現在還在唸書，還沒睡呢？

나: 말도 마요. 다음 시험에서 1등을 하겠다고 어제부터 눈에 불을 켜고 공부하고 있어요.

別說了，為了拿到全校第一名，她從昨天就全神貫注在唸書，雙眼要著火似的。

🔎 除了雙眼看起來很恐怖的張大注視著之外，也有非常生氣而雙眼怒瞪的意思。

★☆☆ 慣
눈에 쌍심지를 켜다

近 눈에 쌍심지가 돋우다,
눈에 쌍심지를 세우다,
눈에 쌍심지를 올리다

非常生氣而眼睛瞪大、怒目而視的樣子。

例 가: 요즘 뉴스를 보면 사람들이 사소한 일에도 눈에
쌍심지를 켜고 싸우는 일이 많은 것 같아요.

看著最近的新聞，人們因為小事而火冒三丈的
吵架事件好像很多。

나: 맞아요. 눈앞의 감정에 사로잡혀 평생 후회할
일을 만들지 말아야 할 텐데요.

沒錯，真不該因為當下一時的情緒而做出後悔
一生的行動。

♀ 「쌍심지」是指油燈裡的兩個燈芯，點著雙燈芯就像開了
兩盞燈，火光很亮同時也很強，所以可能發生危險。使用
在表達就像雙燈芯一樣，眼睛著火般十分生氣的狀態。

★★☆ 慣
눈에 차다

指非常滿意某個事物。

例 가: 이 치마는 디자인이 별로고 저건 색깔이 별로야.
이 가게는 옷들이 마음에 들지 않으니 다른
가게에 가 보자.

這件裙子設計不怎麼樣，那件顏色普通。這間
店沒有入眼的衣服，我們去別家店看看吧。

나: 도대체 네 눈에 차는 게 있기는 해? 이제 그만
고르고 좀 사.

到底有什麼入得了你的眼？別再挑了趕快買吧。

♀ 不滿意時用「눈에 차지 않다, 눈에 차는 것이 없다」等否定
形式。

★☆☆ 慣
눈을 의심하다

因為驚訝懷疑自己有沒有看錯或是無法相信。

例 가: 할아버지, 이곳도 완전히 도시가 돼 버렸어요.
어렸을 때의 풍경이 하나도 없어요.

爺爺，這裡也完全變成了都市呢。小時候的景
色全都不見了。

나: 나도 너무 많이 바뀌어서 눈을 의심하게 되네.
옛날 우리 집이 어디였는지도 모르겠다.

因為改變太多我也懷疑雙眼。都認不出我們的
舊家在哪了。

♀ 普遍使用在看見驚人的變化、某個人卓越的實力或是意料
之外的事的時候。也會說「제 눈을 의심했어요.」。

★★☆ 慣
면목이 없다

使用在因為尷尬或是抱歉而沒有面對他人勇氣的時候。

例 가: 제가 설명을 잘 못해서 계약이 안 된 것 같아서 사장님을 뵐 면목이 없어요. 어떻게 하지요?

因為我沒有好好跟客戶說明導致這次簽約失敗了，我沒臉去見老闆了，該怎麼辦呢？

나: 그래도 우선은 회사에 들어가서 말씀드립시다.

即使如此還是先回公司和他報告吧。

✎ 「면목」本來是指臉龐和眼睛，在此處則是指面子。

🔎 主要使用在反省自身的錯誤的時候。也會使用相似意義的「볼 낯이 없다」。

★★☆ 慣
뱃속을 채우다

某人沒有廉恥，只為滿足自己慾望。

例 가: 지진이 나서 모두가 어려운 상황인데 생필품을 사재기하는 사람들이 저렇게 많네요.

發生了地震所有人都陷入了困頓的情況，囤積民生用品的人居然那麼多。

나: 그러니까요. 자기 뱃속을 채우려고만 하는 사람들을 보면 이해가 안 돼요.

就是說啊，真是無法理解那些只想中飽私囊的人們。

🔎 「뱃속」是內心的俗語，強調的時候會說「검은 뱃속을 채우다」，也會使用相似意義的「속을 채우다」。

★★★ 俗
사촌이 땅을 사면 배가 아프다

指對於別人的成功並不感到高興，反而感到羨慕和嫉妒。

例 가: 승원 씨가 오늘 왜 저렇게 시무룩해요?

昇源今天為什麼看起來悶悶不樂的？

나: 사촌이 땅을 사면 배가 아프다고 회사 동기가 먼저 승진해서 기분이 안 좋은 것 같아요.

嫉妒之心人皆有之，公司同期比他先升官了，所以才鬱鬱寡歡的吧。

🔎 指受到精神上的壓力身體會生病。也用「남이 잘되면 배가 아프다」。

★★☆ 慣
어깨가 움츠러들다

沒辦法堂堂正正或感到害羞、丟臉。

例 가: **지훈이는 뭐든지 잘하니까 지훈이 앞에만 가면 어깨가 움츠러들어.**

智勳不管什麼都做得很好，只要站在他面前就會自愧不如。

나: **그러지 마. 너는 노래를 잘하잖아. 그것을 너의 장점으로 삼으면 되지.**

別這樣，你很會唱歌啊。把它變成你的優點就好啦。

🔍 在他人面前對自己的實力感到不足，或是因為犯了什麼錯，以致於無法揚眉吐氣，變得畏畏縮縮的時候使用。

★★☆ 慣
어깨가 처지다

近 어깨가 낮아지다,
어깨가 늘어지다

使用在覺得失望和有氣無力的時候。

例 가: **경제 불황이 계속되니까 장사가 잘 안 돼서 남편 어깨가 축 처진 것 같아요.**

持續經濟蕭條，我們的生意沒有起色，所以老公變得垂頭喪氣的。

나: **그럼 오늘 저녁에는 기운 나는 음식을 좀 해 드리세요.**

那麼今天晚餐做些能夠為他打氣的料理吧。

🔍 使用在看見他人筋疲力盡的時候，強調的時候會說「어깨가 축 처지다」。

★☆☆ 慣
쥐구멍을 찾다

害羞或非常尷尬而想找個地方躲起來。

例 가: **친구들한테 왜 약속을 못 지켰는지 사실대로 이야기했어요?**

你老實和朋友們說你為什麼沒辦法遵守約定了嗎？

나: **네. 처음에는 제가 거짓말한 것이 들통이 나서 쥐구멍을 찾고 싶었는데 왜 그랬는지 설명을 하니까 친구들이 이해해 줬어요.**

有的，一開始謊言被揭穿的時候有點無地自容，但好好解釋之後朋友們都能理解我的困難。

🔍 即使老鼠洞小到進不去也想把自己藏起來，用於丟臉的時候。普遍使用「쥐구멍이라도 찾고 싶은 심정이다」的形式。也會使用相似的「쥐구멍에라도 들어가고 싶은 심정이다」。

정신 상태 ｜精神狀態

★★☆ 慣
김이 빠지다

近 김이 새다,
김이 식다

使用在興致或是熱情消失，變得無聊的時候。

例 가: 너 그 영화 본다고 했지? 내가 결말을 이야기해
줄까?

你說要去看那部電影對吧？要我劇透結局嗎？

나: 됐어. 영화 보기 전에 결말부터 알고 나면 김이
빠져서 재미가 없잖아.

不用，看電影前被劇透會很掃興，多無趣。

🔎 使用在十分期待某事，中途卻出錯或失敗而感到失望。

★☆☆ 慣
나사가 풀리다

指緊張緩解或內心和精神狀態變得放鬆。

例 가: 손지성 선수가 경기하는 것을 보니 오늘 몸
상태가 안 좋은가 봅니다.

看著孫智星選手比賽的模樣，感覺他今天身體
狀態不是很好。

나: 맞습니다. 마치 나사가 풀린 것처럼 패스 실수를
반복하고 있네요. 교체를 해 줘야 할 것 같습니다.

沒錯，就像螺絲鬆了一樣，一直傳球失誤。似
乎該更換選手了。

🔎 也會使用「나사가 풀어지다」，和相似意義的「나사가 빠
지다」。

☆☆☆ 慣
나사를 죄다

使用在將原本放鬆的心情重新振作起來的時候。

例 가: 연휴도 끝났으니 오늘부터 나사를 좨서 다시
운동을 시작해 보려고 해.

連假結束了，今天要重新上緊發條開始運動。

나: 그래. 운동을 하면 체력도 길러지고 건강해지니
제발 꾸준히 좀 해.

是啊，運動可以增強體力和維持健康，拜託你
保持下去。

🖉 也會使用「나사를 조이다」，和相似意義的「고삐를 잡
다」。

★★☆ 慣
넋을 놓다

近 넋을 잃다

使用在失去平常心變得呆滯的時候。

例 가: 우와! 저렇게 신기한 마술을 하다니 믿을 수가 없어요.

哇！那個魔術太神奇了讓我無法置信。

나: 그렇죠? 저도 어찌나 신기한지 넋을 놓고 보게 되네요.

對吧？我也不知不覺看到恍神。

✐ 「넋」是指精神或是內心的意思。

★★☆ 慣
넋이 나가다

使用在沒有任何頭緒或是神智不清的時候。

例 가: 무슨 일인데 그렇게 넋이 나가 있어?

發生什麼事了讓你這麼失魂落魄？

나: 지금 뉴스에서 들었는데 내가 투자한 회사가 부도가 났대. 투자한 돈을 다 날리게 생겼어.

剛剛看到了新聞，我投資的那家公司倒閉，我投資的錢全部不翼而飛了。

🔎 也會使用相似意義的「얼이 빠지다」。

★☆☆ 慣
넋이 빠지다

指專注在某事上到忽略周遭一切事物的程度。

例 가: 여보, 서영이가 요즘 텔레비전을 너무 많이 보는 거 아니에요?

親愛的，最近瑞英不會看太多電視嗎？

나: 그러게 말이에요. 자기가 좋아하는 배우가 나오는 드라마만 하면 저렇게 넋이 빠지게 보더라고요. 그만 보라고 잔소리를 해도 소용이 없어요.

就是說啊，只要她喜歡的演員有演的電視劇，她就會著迷地一直追劇。唸她、叫她不要看也沒用。

★★☆ 慣
눈을 똑바로 뜨다

使用在打起精神並集中注意力的時候。

例 가: 윤아 씨, 정신이 있는 거예요? 또 실수를 했잖아요.

潤娥小姐，妳的魂還在嗎？妳又犯錯了。

나: 죄송합니다. 다시는 실수를 하지 않도록 눈을 똑바로 뜨고 일하겠습니다.

抱歉，為了不再出錯，我會聚精會神地工作的。

🔍 讓昏倒失去意識或是睡著的人振作精神的時候，會叫他們雙眼撐開點，就是本句的由來。也會使用相似意義的「눈을 크게 뜨다」。

★☆☆ 慣
마음을 잡다
近 마음을 다잡다

指穩定原本猶豫不決的心或是產生新的決心。

例 가: 태현이가 여자 친구랑 헤어지고 한동안 방황하더니 이제는 마음을 잡은 것 같아서 안심이야.

太顯和女友分手後迷惘了一段時間，現在似乎找回了自己，總算能夠放心了。

나: 맞아. 동아리 모임에도 열심히 나오더라고.

沒錯，他很用心出席社團聚會。

★★☆ 慣
맛이 가다

使用在某個人的行動或是精神狀態不正常的時候。

例 가: 김 과장한테 전화 좀 해 봐요. 어제 술을 너무 많이 마셔서 맛이 갔었잖아요.

打個電話給金科長吧，他昨天喝了太多酒所以神智不清了。

나: 네. 알겠습니다. 바로 전화해 보겠습니다.

是，我知道了。我現在馬上打給他。

🔍 因為是比較通俗的慣用語，所以最好不要對地位高的人或是不親近的人說。另一方面，也會使用在物品出現故障的時候。例如：「이 컴퓨터는 너무 오래 써서 맛이 갔어.(這台電腦太老舊了已經壞掉了。)」

★☆☆ ⑩
맥을 놓다

使用在緊張緩解之後變得呆滯的時候。

例 가: 맥을 놓고 뭐 하고 있니? 저녁 안 먹어?

發著呆幹嘛？不吃晚餐嗎？

나: 먹을게요. 출근 첫날이라 너무 긴장했던지 집에
오니까 힘이 빠지네요.

我會吃，大概是因為第一天上班太緊張了，回
到家之後完全沒力了。

✎ 「맥」是指力氣或是力量的意思。

🔎 因為太累而無法使出力氣時則會用「맥을 못 추다」。

★★☆ ⑩
어안이 벙벙하다

使用在遭遇意想不到的事而驚慌，或是遇到無
言的事情而不知所措的時候。

例 가: 김민수 씨, 회사 사정이 안 좋아져서 어쩔 수 없이
해고를 하게 되었습니다.

金珉秀先生，很不幸地因為公司情況惡化，不
得不解雇您。

나: 뭐라고요? 갑자기 이러시면 저는 어떻게 살라는
말씀입니까? 어안이 벙벙해서 뭐라고 해야 할지
모르겠습니다.

什麼？突然解雇我是要我怎麼生活下去？真是
驚訝到讓我說不出話來。

✎ 「어안」是指 因為無言而說不出話來的意思。

🔎 雖然主要使用在遭遇不好、無言的情況，但也會用在遇到
好事驚訝的時候。例如：「갑자기 상을 받게 돼서 어안이
벙벙해요.(突然得獎了讓我驚喜到說不出話來。)」

★☆☆ ⑩
어처구니가 없다

事情非常出乎意料而瞠目結舌。

例 가: 오늘 어처구니가 없게 택시비로 오천 원짜리를
낸다는 게 오만 원짜리를 내고 내렸어요.

今天發生了一件讓我哭笑不得的事，計程車費
是5,000韓圜，我卻給50,000韓圜下車了。

나: 택시 기사님도 그걸 모르고 그냥 받으셨어요?

計程車司機沒發現給錯，就這樣收下了？

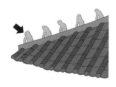

🔎 「어처구니」是指宮廷屋頂上為驅逐鬼神設置的雕像或是
石磨的把手。比喻宮廷建好後，開心之餘才發現屋頂上沒
有雕像，或是要用石磨時才發現沒有把手而覺得荒唐。

★★☆ 慣
정신을 차리다

使用在擁有能夠辨別道理的精神狀態的時候。

例 가: 오늘 시합에서 꼭 이겨야만 결승전에 갈 수 있어. 그러니까 정신을 번쩍 차리고 해야 돼.

一定要贏了今天的比賽才能晉級到決賽,所以大家都要打起一百二十分的精神來。

나: 네. 알겠습니다. 최선을 다하겠습니다.

是,我們知道了,我們會盡全力。

○ 強調的時候會說「정신을 번쩍 차리다」或是「정신을 바싹 차리다」。另一方面,產生能夠分辨事情的道理的時候則會說「정신이 나다」。

★☆☆ 慣
진이 빠지다

近 진이 떨어지다

使用在非常努力工作或是受到折磨而筋疲力盡的時候。

例 가: 양양 씨, 여의도 벚꽃 축제 잘 다녀왔어요?

楊洋,你在汝矣島櫻花祭玩得怎麼樣?

나: 사람이 어찌나 많은지 꽃구경을 하기도 전에 진이 다 빠져 버렸어요.

只能說人山人海,賞花之前就已經筋疲力盡了。

○ 「진」是指植物的莖或是樹木外皮等產生的黏稠物質,如果沒有這個物質,植物和樹木都會乾涸而死。如同前述,使用在人沒有力氣或力量的時候。另一方面,在某件事上全力以赴而沒了力氣的時候則會說「진을 빼다」。

★☆☆ 慣
필름이 끊기다

使用在喝太多酒,記憶斷片的時候。

例 가: 태현아, 나 어제 몇 시에 기숙사에 들어왔어?

太顯啊,我昨天幾點回宿舍的?

나: 기억을 못 하는 게 당연하지. 필름이 끊겨서 하준이가 업고 왔잖아.

你當然想不起來,醉得不省人事,是河俊背你回來的。

○ 人類的記憶就像膠卷底片一樣連結在一起,用於因為某件事導致記憶的膠卷中斷,什麼都想不起來的時候。因為是通俗的表達方式,所以不要使用在長輩或是不親近的人比較好。

02

소문·평판
傳聞·評價

----

1 간섭 · 참견   干涉 · 干預

2 긍정적 평판   正面評價

3 부정적 평판   負面評價

★☆☆ 俗
간에 붙었다
쓸개에 붙었다 한다

近 간에 붙었다 염통에
붙었다 한다, 간에 가
붙고 쓸개에 가 붙는다

指就算一點也好，只要對自己有利就往哪個地方去的意思。

例 가: 태현이는 필요에 따라 간에 붙었다 쓸개에 붙었다 하니 믿을 수가 없어.

太顯是個牆頭草，風吹兩面倒的人，不能相信他。

나: 맞아. 어제도 우리랑 같이 프로젝트를 한다고 하더니 다른 팀 구성원이 더 좋으니까 바로 그쪽으로 가 버렸잖아.

沒錯，昨天還說要和我們一起做這個專案，今天看到另一組的成員更好就馬上投奔他們了。

🔎 普遍使用在譴責沒有節操，對任何人都阿諛奉承的人。

★★☆ 俗
공자 앞에서
문자 쓴다

使用於明明不怎麼懂的人，卻在懂的更多的人面前裝懂的時候。

例 가: 지난 주말에 동창회에 가서 주식으로 돈을 버는 방법에 대해 한참 이야기했는데 동창 중에 한 명이 증권 회사에 다니지 뭐야.

上個禮拜去同學會大聊了怎麼用股票賺錢，沒想到有一個同學現在在證券公司上班。

나: 그야말로 공자 앞에서 문자 썼구나?

這就是所謂的關公面前耍大刀。

🔎 「공자(孔子)」是指中國歷史上創立儒家的學者，在此則是比喻在厲害的人面前裝作自己很強的意思。

★☆☆ 俗

구더기 무서워
장 못 담글까

近 범 무서워 산에 못 가랴,
장마가 무서워 호박을 못
심겠다

指即使有微小的障礙，也會做到該做的或是想
做的事。

例 가: 아이가 자꾸 자전거를 사 달라고 하는데 타다가
사고가 날까 봐 못 사 주겠어.

孩子總叫我買腳踏車給他，但我怕他受傷不敢
買給他。

나: **구더기 무서워서 장 못 담글까** 봐 걱정이야?
자전거가 없으면 학교 다니기 불편할 거야. 하나
사 줘.

你這不是因噎廢食嗎？沒有腳踏車去學校也不
方便，買一台給他吧。

Q 想要讓大醬、醬油、辣椒醬等醬料好好發酵的話，就必須
在夏季將醬缸的蓋子打開，這時如果蒼蠅在裡面下卵的話
就會長蛆。雖說如此，醬料是韓國飲食的精髓，所以就算
發生這種事也要醃漬，這就是此俗諺的由來。

★★★ 俗

남의 떡이
더 커 보인다

近 남의 손의 떡은 커
보인다, 제 떡보다 남의
떡이 더 커 보인다

使用在覺得別人擁有的比自己的更好的時候。

例 가: 마크 차가 내 차보다 더 좋아 보이지 않니?

你不覺得馬克的車比我的好嗎？

나: **남의 떡이 더 커 보인다더니** 네 차가 훨씬 더 비싼
거잖아.

你這是這山望見那山高，你的車比他的貴多了。

Q 使用在即使實際上並不是如此，卻覺得別人的物品或所處
情況比自己更好而羨慕的時候。

★☆☆ 俗

남의 잔치에
감 놓아라 배 놓아라
한다

近 남의 제사에 감 놓아라
배 놓아라 한다, 사돈집
잔치에 감 놓아라 배
놓아라 한다

使用在干涉別人的事務的時候。

例 가: 제시카는 왜 저렇게 옷을 촌스럽게 입고 다니니?

為什麼潔西卡總是穿著俗氣的衣服呢？

나: 괜히 남의 잔치에 감 놓아라 배 놓아라 하지 말고
우리나 잘 입고 다니자고.

別多管閒事了，我們自己穿得好看就好。

🔍 使用在指責喜歡干涉與自己無關之事的人。也可以縮短成
「감 놔라 배 놔라」來使用。

☆☆☆ 俗

남의 장단에 춤춘다

近 남의 장단에 엉덩춤 춘다,
남의 피리에 춤춘다,
남이 친 장단에 엉덩춤
춘다

指沒有自己的主見，一昧跟隨他人的意見。

例 가: 언니, 나 미국 말고 캐나다로 유학을 갈까 봐.
요즘에는 사람들이 캐나다로 많이 가더라고.

姊姊，還是我去加拿大留學，不去美國了，聽
說大家最近都去加拿大。

나: 남의 장단에 춤추지 말고 잘 판단해. 괜히 남들
따라 하다가 큰일 나.

你別隨波逐流，好好判斷，不要到時候後悔就
來不及了。

🔍 使用在給予他人忠告，做事情的時候不要隨波逐流，要憑
藉自己的意志判斷去決定。

★★★ 俗

떡 줄 사람은
생각도 않는데
김칫국부터 마신다

近 떡 줄 사람은 꿈도 안
꾸는데 김칫국부터 마신다,
김칫국부터 마신다

使用在對方明明沒有要做的想法，卻憑藉著自己
的揣測，產生錯覺、誤會對方會幫自己的時候。

例 가: 어머! 태현아, 그 꽃다발 나한테 주려고 사 온
거야?

天啊！太顯，這束花是要送給我的嗎？

나: 수아야, 떡 줄 사람은 생각도 않는데 김칫국부터
마시지 마. 오늘 내 여자 친구 생일이라 준비한
거야.

秀雅，你別自作多情了好嗎！我女朋友今天生
日，這是準備給她的。

🔍 以前吃年糕的時候也會一起喝辛奇湯。這個俗諺是在比喻
看見鄰居做好年糕，覺得他一定是要拿來自己家，先把辛
奇湯煮好等待著的行為。

★☆☆ 俗
목마른 놈이
우물 판다

近 갑갑한 놈이 우물 판다

指著急又感到不滿的人會急急忙忙地開始做某件事。

例 가: 조금만 기다리면 아빠가 새로 사 줄 텐데 그걸 못 참고 가방을 미리 샀어?

再等一下爸爸就會買新的包包給你，你卻等不及自己先買了嗎？

나: 목마른 놈이 우물 판다고 다음 주부터 학교에 가야 하는데 아직까지 안 사 주셔서 제가 샀어요.

渴者掘井嘛，下禮拜就要開學了，他都還沒買給我，我只好先買了。

★★☆ 俗
번갯불에 콩 볶아
먹겠다

近 번갯불에 콩 구워 먹겠다

使用在做某件事情很沒有耐心，或是因為無法馬上去做某件事，而感到著急的時候。

例 가: 엄마, 수학 문제 다 풀었어요. 이제 나가서 놀아도 되지요?

媽媽，我寫完全部的數學題了。現在我可以出去玩了吧？

나: 10분도 안 됐는데 다 풀었다고? 번갯불에 콩 볶아 먹겠네. 천천히 다시 풀어 보고 다 풀면 나가서 놀아.

十分鐘都不到就全部寫完了？這麼急不可奈。慢慢把題目都做完再出去玩。

🔎 使用在嘲弄某個人沒有耐心，急性子的時候。

★★★ 慣
변덕이 죽 끓듯 하다

使用在某個人的言語、行為或是情緒善變的時候。

例 가: 수아는 자기가 먼저 약속을 잡아 놓고 갑자기 나오기 귀찮다고 우리끼리 만나래.

秀雅明明先約了我們出來，突然又說出門很麻煩叫我們自己去玩。

나: 걔는 원래 변덕이 죽 끓듯 하잖아. 그냥 우리끼리 재미있게 놀자.

她這個人本來就反覆無常。我們自己好好去玩吧。

🔎 將捉摸不透、經常改變心意的人，比喻為粥在鍋中開始沸騰滾動的樣子。

★☆☆ 俗

술에 술 탄 듯
물에 물 탄 듯

近 물에 물 탄 듯 술에 술 탄 듯

指某個人沒有自己的意見或是主張。

例 가: 친구가 자꾸 저한테 돈을 빌려 달라고 하는데
어쩌지요?

朋友一直想跟我借錢，該怎麼辦呢？

나: 당연히 거절해야지. 네가 술에 술 탄 듯 물에 물탄
듯 하니까 친구들이 자꾸 뭔가를 빌려 달라고
하는 거야.

當然要拒絕啊，你就是沒有自己的主見，朋友
才會一直跟你東借西借的。

🔎 把酒加進酒裡或把水加進水裡，本質並不會改變。用於沒
有自主見又優柔寡斷，無條件跟隨他人意見的時候。

★★☆ 慣

쓸개가 빠지다

行動不符合邏輯或是沒有原則的時候。

例 가: 그런 쓸개가 빠진 행동 좀 그만해. 다시는
연락하지 말라고 냉정하게 돌아선 사람한테 또
연락을 했다고?

別再做那種無理的行動了。她冷漠地和你分
手、斷絕聯絡，你卻又連絡她？

나: 그러게요. 하지 말아야지 하면서도 왜 자꾸
연락하게 되는지 저도 모르겠어요.

就是啊，明知道不能這樣卻忍不住想聯絡她。

✏ 「쓸개」本來是指儲藏膽汁的膽囊，在此處則是指原則。

🔎 使用在某個人沒有原則或是沒辦法振作的時候。另外，如
果說別人「쓸개 빠진 놈(沒用的傢伙)」的話，會變成非常
嚴重的髒話，請務必小心使用。

★☆☆ 俗

약방에 감초

指不管什麼事都要參與的人。

例 가: 이번에 선배님들이 하시는 워크숍에 저도
참여하면 안 돼요?

我也可以參與這次前輩們舉辦的工作坊嗎？

나: 너는 약방에 감초처럼 다 끼려고 하니? 이번에는
선배들만 하는 거니까 넌 오지 마.

你真像是藥房裡的甘草，什麼都要參加是吧？
這次只有前輩們可以參加，你就別來了吧。

🔎 「약방(藥房)」就像在說「처방전(處方籤)」，配製韓藥
時，大都會在處方籤裡面加入甘草，就是本句的來源。

★☆☆ 俗

얌전한 고양이가 부뚜막에 먼저 올라간다

近 얌전한 강아지가 부뚜막에 먼저 올라간다

指外表裝柔弱，實際上卻不是那樣的人。

例 가: 윤아야. 다음 달에 동생이 결혼한다면서?

潤娥啊，聽說妳的妹妹下個月要結婚了？

나: 응. 얌전한 고양이가 부뚜막에 먼저 올라간다고 공부만 하는 줄 알았는데 남자 친구를 사귄 지 3년이나 되었더라고.

嗯，恬恬食三碗公半，以為她只會唸書，沒想到默默地和男朋友交往了三年。

🔎 在很冷的日子，會在灶坑燒柴火，爐灶變得溫暖之後，最先坐上去的是原本溫順的貓咪。如上述，使用在原本文雅溫順的人突然做出意外舉動的時候。

★☆☆ 俗

어느 집 개가 짖느냐 한다

近 어디 개가 짖느냐 한다

指某個人把別人的話當耳邊風。

例 가: 내가 말하고 있는데 왜 아무 반응이 없어? 지금 어느 집 개가 짖느냐 하면서 다른 생각하는 거야?

我正在說話，你怎麼一點反應都沒有？你現在是在想其他事，把我的話當耳邊風嗎？

나: 아니야. 오늘 내가 몸이 좀 안 좋아서 그래.

不是，我是因為身體不舒服才這樣。

🔎 使用在無論旁邊的人說的多大聲，因為不想聽而忽略的時候。

★★★ 俗

우물에 가 숭늉 찾는다

近 보리밭에 가 숭늉 찾는다

使用在不知道事情順序就匆忙做事的時候。

例 가: 엄마, 제 옷의 단추 다 다셨어요?

媽媽，你把我衣服的扣子都縫好了嗎？

나: 우물에 가 숭늉 찾겠다. 왜 이렇게 급하니? 이제 바늘에 실을 꿰고 있잖아.

你怎麼在井裡找鍋巴湯，那麼著急？我現在不是正在穿線嗎。

🔎 鍋巴湯要等飯煮好後，在鍋巴裡加入水才能煮成。但是在只有井水的井裡找鍋巴湯並不合理，就像前述指個性急躁的人。這句最好不要對地位比自己高的人或是不親近的人使用。也會使用相似意義的「우물에서 숭늉 찾다」。

★★☆ 價
입에 오르내리다

使用在某個人成為他人議論主題的時候。

例 가: 오늘 첫 출근이니 회사 사람들의 입에
　　　오르내리지 않도록 행동을 잘해야 된다.

　　　今天是第一天上班，你要表現好才不會成為別
　　　人的話柄。

　　나: 제가 알아서 잘할 테니까 걱정하지 마세요.

　　　我會自己看著辦的，別擔心。

🔎 使用在人群中正在散播關於某個人的傳聞的時候。

★★☆ 價
입이 싸다

指話多又守不住祕密的人。

例 가: 내가 민지한테 말한 비밀을 친구들이 다 알고
　　　있더라.

　　　所有的朋友都知道我跟玟池說的祕密了。

　　나: 민지가 입이 싼 걸 몰랐어? 그래서 걔한테는 절대
　　　비밀을 말해선 안 돼.

　　　你不知道玟池是大嘴巴嗎？所以絕對不能跟她
　　　說任何祕密。

🔎 因為是通俗的表達方式，所以最好不要對長輩或是不親近
　的人使用。

★★★ 價
콧대가 높다

使用在某個人裝的一副很厲害或是趾高氣昂的
時候。

例 가: 수아가 명문 대학에 가더니 너무 콧대가
　　　높아졌어.

　　　秀雅進了有名的大學之後就變得目中無人了。

　　나: 그러게. 어찌나 잘난 척을 하는지 꼴 보기 싫을
　　　때가 있어.

　　　就是說啊，以為自己多了不起，看了就討厭。

🔎 拋棄自己的自滿或是自尊心的時候則會使用「콧대를 낮추
　다」。

★★☆ 慣
하늘 높은 줄 모르다

使用在某個人不懂得自己的分寸，裝作了不起
或是目中無人的時候。

例 가: 하준이가 하늘 높은 줄 모르고 잘난 척하니까
　　　친구들이 걔를 다 싫어해.

　　　朋友們都很討厭河俊，因為他太自視甚高了。

　　나: 그래서 사람은 항상 겸손해야 하는 거야.

　　　所以說人要時時謙虛才行。

🔎 主要使用在諷刺某個人裝作了不起的時候。另外，也會使
用在物價高漲的時候。例如：「물가가 하늘 높은 줄 모르
고 치솟아 서민들의 형편이 점점 어려워지고 있다.(物價飛速
上漲，百姓們的日子越來越難過了。)」

★★☆ 俗
하룻강아지
범 무서운 줄 모른다

使用在沒有經驗的人不懂事地胡亂去做某件事
的時候。

例 가: 지난주에 입사한 신입 사원이 이사님의 말씀에
　　　말대꾸를 했대요.

　　　聽說上週剛入職的新職員和理事頂嘴了。

　　나: 하룻강아지 범 무서운 줄 모른다더니 사회생활이
　　　뭔지 모르는군.

　　　真是初生之犢不畏虎啊，不懂得應對進退。

🔎 指第一次看見老虎的小狗並不知道老虎的可怕之處，只是
一昧地對著老虎狂吠。就像前述，用於嘲諷不懂得分寸，
胡亂向他人起衝突的人。

★☆☆ 慣

맺힌 데가 없다

指某個人擁有寬大的心胸。

例 가: 선생님, 우리 지훈이가 학교생활을 잘하나요?

老師，我們家智勳在學校過得好嗎？

나: 네. 공부도 열심히 하고 맺힌 데가 없이 싹싹해서
친구도 많아요.

是的，他很認真學習，心胸寬大又和善，所以
有很多朋友。

🔎 也會使用相似意義的「맺힌 구석이 없다」。另一方面，
某個人的心胸既不寬大也不寬容的時候則會說「맺힌 데가
있다」。

★★☆ 慣

물 샐 틈이 없다

使用在某個人的性格完美無缺，或是做事做得
很徹底又完美的時候。

例 가: 왜 저만 이렇게 많은 업무를 맡게 되는지
모르겠어요. 매일매일 정신이 없어요.

真不知道為什麼只有我負責的業務這麼多，每
天都快累死了。

나: 지원 씨가 무슨 일이든지 물 샐 틈이 없이
처리하니까 상사들이 믿고 맡기는 거겠죠.

這是因為智媛妳做事滴水不漏，所以上司們都
很信任妳，才把工作都交付給妳吧。

🔎 就像倒水下去，因為沒有縫隙所以一滴水也不會漏下來一
樣，比喻某個人的個性很周全、縝密的意思。

★☆☆ 慣
반죽이 좋다

指某個人並不容易發怒或是不害羞。

例 가: 승원 씨가 우리 모임에 새로 들어와도 적응을 잘할까요?

如果昇源加入我們的聚會，他能夠適應嗎？

나: 그럼요. 승원 씨는 반죽이 좋아 사람들과도 잘 어울리고 금방 적응할 거예요.

當然，昇源是個性隨和的人，跟其他人也相處得很好，很快就會適應的。

✎ 「반죽」是指個性好，很快能適應環境的個性。
🔍 也有人會說「변죽이 좋다」，這是錯誤的表達方式。

★☆☆ 慣
배짱이 좋다

指某個人有膽量和魄力，所以不害怕任何事物。

例 가: 모두가 이 일은 위험 부담이 크니까 하지 말라고 말리는데도 밀고 나가는 걸 보니 민수 씨는 배짱이 좋네요.

大家都說這份工作很危險所以不要去做，但民秀獨排眾議，真有膽識。

나: 저도 놀랐어요. 평소에 너무 조용해서 저렇게 추진력이 있는지 몰랐거든요.

我也嚇到了，看他平常很安靜，沒想到這麼有行動力。

🔍 「배짱」是指肚子裡的腸子，以前的人認為腸子要健壯才不會害怕事物。另一方面，形容不懼怕他人或是自信滿滿的模樣的時候，會使用「배짱이 두둑하다」。

★☆☆ 慣
배포가 크다

指某個人思慮縝密或有極大膽量。

例 가: 승원 씨가 천 명이 넘는 사원들 앞에서 발표를 잘할 수 있을지 걱정이에요.

我很擔心昇源在千人以上的員工面前報告能不能表現好。

나: 걱정하지 마세요. 생각보다 배포가 큰 사람이라 발표를 잘할 거예요.

別擔心，他是個比想像中有膽識的人，他會好好表現的。

🔍 也會使用相似意義的「배포가 두둑하다」或是「배포가 남다르다」。

★☆☆ 慣
법 없이 살다

形容人正直和善良，就算沒有法律約束也不會去做壞事。

例 가: 아래층에 새로 이사 온 사람은 어때요? 지난번에 살던 사람은 층간 소음 문제로 너무 예민하게 굴어서 힘들었잖아요.

樓下新搬來的鄰居們怎麼樣？之前住在樓下的人對樓上噪音很敏感，不是讓你過得很辛苦嗎？

나: 글쎄요. 아직은 잘 모르겠지만 첫인상은 법 없이 살 사람처럼 착해 보이던데요.

不好說，目前還不確定，但看起來是個心地善良的人。

🔎 強調的時候會使用「법 없이도 살 사람」的形式。

★★★ 慣
신경을 쓰다

指某個人連小事也會細心注意的意思。

例 가: 제시카 씨는 일을 하면서 혼잣말을 자주 하네요.

潔西卡經常一邊工作一邊自言自語呢。

나: 안 그래도 제시카 씨한테 물어봤는데 일할 때 집중하면 자기도 모르게 혼잣말을 하게 된다고 하더라고요. 너무 신경을 쓰지 마세요.

我問過潔西卡，她說她工作的時候會不自覺地開始自言自語。所以請別太在意。

✏️ 「신경」本來是指動物或是人類擁有的身體器官，在此處則是指對於某件事的感覺或是想法。

🔎 某件事令人在意或關注的時候會使用「신경이 쓰이다」。另一方面，再也不在意或是不去想某件事的時候則會使用「신경을 끊다」。

★★☆ 慣

엉덩이가 무겁다

近 궁둥이가 무겁다

指只要坐在某個位子上就不想起來，在同一個位子上久坐。

例 가: 푸엉이는 정말 엉덩이가 무거운 것 같아. 3시간이 넘도록 꼼짝도 안 하고 기말 보고서를 쓰고 있어.

朴翁真是坐得住呢，寫了超過三小時的期末報告，一動也不動的。

나: 진짜 대단하다. 난 한 시간만 앉아 있어도 힘든데…….

真的很厲害，我才坐一個小時就累了……。

🔎 在位子上沒辦法久坐，馬上起來的時候會使用「엉덩이가 가볍다」。

★★★ 慣

입이 무겁다

指話不多，能夠保守祕密的人。

例 가: 민지하고 하준이가 사귀는 건 아무도 모르니까 절대 다른 사람한테 이야기하지 마.

玟池跟河俊交往的事，其他人都不知道，所以絕對不能跟其他人說。

나: 나는 입이 무거운 사람이니까 걱정하지 마.

我嘴巴很緊的，別擔心。

🔎 形容話多而守不住祕密的人則會使用「입이 가볍다」。

★☆☆ 慣

피가 뜨겁다

指某個人的意志或動機非常強大。

例 가: 영화배우 허지은 씨가 영화 제작에 참여한다면서요?

聽說電影演員許智恩小姐也參與了電影製作？

나: 아니래요. 인터뷰한 것을 봤는데 자기는 연기할 때 가장 피가 뜨거운 것 같다며 제작은 생각도 해 본 적이 없다고 하더라고요.

沒有，我看了她的訪談，她說她在演戲的時候才能感受到血在沸騰，所以沒有想過要參與電影製作。

🖉 「뜨겁다」原本是指某個事物的溫度很高，在此處則是比喻情緒或是熱情等很強烈的意思。

🎵 Track 012

★☆☆ 價
간도 쓸개도 없다

指某個人沒有自尊心地向他人屈服的意思。

例 가: 왜 자꾸 우리 팀이 제일 못했다고 놀리는 민지 편을 드는 거야? 넌 간도 쓸개도 없니?

玟池總是嘲弄我們隊最爛，為什麼你要站在她那邊？你這麼不要臉嗎？

나: 민지 편을 드는 게 아니라 좀 냉정하게 생각해 보자는 거야. 그래야 다음번에 더 잘할 수 있잖아.

我不是站在玟池那邊，而是認為我們要冷靜地思考罷了，這樣下次才能做得更好。

🔍 使用在譴責某個人對自己有利的人無條件地好或是任憑使喚的時候。

★★☆ 價
간이 붓다

指某個人過於勇敢，但不符合所處的處境或狀況。

例 가: 승원 씨가 갑자기 간이 부었는지 사장님이 빨리 마무리하라고 말씀하신 서류 작업을 계속 안 하고 있어요.

昇源不知道吃了什麼豹子膽，老闆交代他趕快完成的文書作業一直沒有完成。

나: 결재를 올릴 때마다 사장님이 뭐라고 하시니까 그동안 쌓였던 게 폭발한 거지요.

每次提交審核文件的時候，老闆都會嘮叨他幾句，大概是積怨爆發了吧。

🔍 普遍使用在過於大膽的虛張聲勢和魯莽舉動等負面情況。也會使用「간덩이가 붓다」、「간땡이가 붓다」，但是是比較通俗的表達方式。

★★☆ 慣
간이 작다

指某個人非常膽小和小心。

例 가: 번지점프를 하자고? 나는 간이 작아서 절대 못 해.
你約我去高空彈跳？我膽子太小了絕對不行。

나: 그래? 그럼 나 혼자 하고 올 테니까 응원이나 해 줘.
是嗎？那我就自己去，你幫我加油吧。

🔍 在韓醫學中，肝臟是掌管精神活動的重要器官，當肝臟受寒體積會縮小，所以就連小事也會受驚。也會使用「간덩이가 작다」、「간땡이가 작다」，但這是通俗的表達方式。

★☆☆ 慣
간이 크다

指某個人膽子很大。

例 가: 내 동생이 한 달 동안이나 아프리카로 배낭여행을 가겠대.
我弟弟說要自己去非洲背包旅行一個月。

나: 네 동생은 정말 간이 크구나? 난 겁이 나서 혼자서는 국내 여행도 못하겠던데.
他還真是大膽呀？我膽子太小了，之前連國內旅行都沒辦法自己去。

🔍 在韓醫學中，當肝發熱體積會變大，所以對於一般發生的事，都能不受影響。也會使用「간덩이가 크다」、「간땡이가 크다」，但這是通俗的表達方式。

★★☆ 俗
겉 다르고 속 다르다

近 겉과 속이 다르다,
겉 보기와 안 보기가 다르다

指某個人外表所表現的行動和內心擁有的想法完全不同的意思。

例 가: 수아가 자기가 발표를 도와주겠다면서 우리 팀 발표 제목이 뭔지 좀 알려 달래.
秀雅說她會幫忙我們這組的報告，叫我們告訴她報告主題。

나: 수아는 겉 다르고 속 달라서 믿으면 안 돼. 아마 우리 팀에서 뭘 발표하는지 미리 알고 싶어서 그런 걸 거야.
秀雅是表裡不一的人，不可以相信她。她大概是想先知道我們這組想要報告什麼。

🔍 使用在某個人的人品不端正，所以不能信任的時候。也會使用相似意義的「앞뒤가 다르다」。

★★★ 慣
귀가 얇다

指某個人容易相信他人的話與提議。

例 가: 민지야. 나 쇼핑하러 가는데 같이 가 줄래?
난 귀가 얇아서 점원이 예쁘다고 하면 다 사
버리잖아.

玟池啊,我要去逛街妳要去嗎?我耳根子軟,
店員說漂亮就會買。

나: 알았어. 같이 가 줄게.

我知道了,我陪妳去。

🔎 使用在某個人容易被他人的話打動,行為沒有原則的時候。

★★★ 慣
낯을 가리다

指某個人不喜歡面對陌生人。

例 가: 아이가 말이 별로 없고 부끄러움을 많이 타네요.

你的小孩看起來話不多而且很害羞的樣子。

나: 우리 아이가 낯을 많이 가려서 그래요. 친해지면
말도 많이 하고 명랑해져요.

我家孩子很怕生,等變親近了,話就會變多也
會變得開朗。

🔎 普遍使用因為新的環境或人感到陌生而尷尬的時候。主要
使用「낯을 많이 가리다」的形式。

★☆☆ 慣
놀부 심보
近 놀부 심사

指某個人心術不正又很貪心。

例 가: 민지가 남자 친구 자랑을 그렇게 하더니 크게
싸우고 헤어졌대. 너무 고소하지 않니?

玟池大肆炫耀她的男友,結果大吵一架之後就
分手了。不覺得很痛快嗎?

나: 너는 친구에게 안 좋은 일이 있는데 위로는 못 해
줄망정 무슨 놀부 심보니?

朋友發生難過的事,你不安慰她就算了,還幸
災樂禍?

🔎 「놀부」是韓國古典小說「興夫傳」中有著巨大野心又心
術不正的角色。「심보」是指心腸,主要和 심보가 고약하
다」或是 「심보가 못됐다」一起使用,表示心懷不軌的意
思。所以當某個人對別人的成功看不順眼或是嫉妒而懷有
歹念的時候就會說「놀부 심보」。

☆☆☆ 價
뒤끝이 흐리다

指某個人的言語或行為不清不楚。

例 가: 민수 씨, 이번 일은 확실하게 끝맺음을 해야
합니다. 지난번처럼 뒤끝이 흐리게 처리하면 절대
안 됩니다.

民秀，這次的工作要確實收尾。絕對不能像上
次那樣拖泥帶水地處理。

나: 알겠습니다. 마무리까지 확실하게 하겠습니다.

我知道了，我會確實把工作完成。

✎ 「흐리다」原本是指純淨的事物和其他事物混合在一起後
變得不乾淨，在此處則是指記憶或想法不明確的意思。

★★☆ 價
모가 나다

指某個人的性格或態度並不友善且挑剔。

例 가: 수아는 친구가 별로 없나 봐. 항상 혼자 다니잖아.

秀雅看起來沒有朋友，總是自己一個人。

나: 수아가 성격이 좀 모가 났잖아. 그래서 사람들이
같이 다니는 걸 별로 안 좋아하는 것 같아.

秀雅的性格比較有稜有角，所以周遭的人好像
不喜歡跟她相處。

✎ 「모」是指物品突出的尖銳部分。

🔎 某個人的個性不圓滑、很挑剔的時候也會說「성격이 까칠
하다」。

★☆☆ 慣
밴댕이 소갈머리
近 밴댕이 소갈딱지

指人沒有同理心和小心眼，容易因小事生氣。

例 가: 형처럼 좀 부지런해지라고 잔소리 좀 했다고 또
삐졌어? 밴댕이 소갈머리 같기는.

因為我叫你學學哥哥勤奮一點，稍微嘮叨了一
下，你就生氣了？真是心胸狹隘。

나: 엄마가 자꾸 형하고 비교하니까 그렇잖아요. 제발
비교 좀 그만하세요.

那是因為媽媽妳一直拿我跟哥哥比較嘛。拜託
別再比了。

✐ 「소갈머리」是指心胸狹小的通俗用語。

♀ 壽南小沙丁魚內臟的胃和體型相比之下非常小，這種魚的
個性十分急躁，所以捕到時要馬上殺掉。因此漁夫們會用
壽南小沙丁魚來比喻心胸狹隘，容易鬧脾氣的人。

★☆☆ 慣
세월아 네월아

指某人的行動很慢或處理工作慢吞吞的。

例 가: 연우야, 시험이 코앞인데 공부는 안 하고 게임만
하면서 세월아 네월아 하고 있으면 어떻게 하니?

妍雨，就快考試了還在玩遊戲，要這樣浪費時
間嗎？

나: 알았어요. 딱 오 분만 더 하고 공부할게요.

知道了啦，再玩五分鐘就去唸書。

♀ 基本上使用在責備推遲該做的事、無意義地浪費時間的人。

★★☆ 慣
속이 시커멓다
近 속이 검다

指某個人內心不純潔，居心叵測和陰險。

例 가: 김 대리님이 점장님께 가서 불만 사항을 같이
말하자고 하는데 그래도 될까요?

金代理希望我和他一起去和店長說明不滿意的
部分，我應該跟他去嗎？

나: 글쎄요. 김 대리님은 속이 시커먼 사람이라
하자는 대로 다 하면 안 될 것 같아요.

這個嘛，金代理心腸惡毒，最好不要照他說的
去做比較好。

✐ 「시커멓다」是指顏色非常黑，是「꺼멓다」的強調詞。

★☆☆ 俗
앉은 자리에
풀도 안 나겠다

指某個人非常不友善又冷漠。

例 가: 김 선배님은 얼마나 쌀쌀맞은지 앉은 자리에 풀도 안 나겠어요.

金前輩真的很冷漠，感覺他坐過的地方都不會長出草來。

나: 맞아요. 후배들을 조금만 따뜻하게 대해 주시면 좋겠는데 항상 냉정하게 대하셔서 조금 서운하기도 해요.

沒錯，如果他可以對後輩溫柔一點就好了，但他總是很冷漠所以有點傷心。

★☆☆ 慣
얼굴에 철판을 깔다

近 철판을 깔다

指某個人不知廉恥，非常厚臉皮的意思。

例 가: 하준이는 정말 뻔뻔해. 태현이가 만든 PPT인데 어떻게 저렇게 당당하게 자기가 만든 거라고 거짓말을 할 수 있어?

河俊真的很厚臉皮，明明是太顯做的PPT，他怎麼可以一臉若無其事地謊稱是他做的？

나: 그러게. 얼굴에 철판을 깔았나 봐.

就是啊，真是厚顏無恥。

○ 就像鐵板一樣有很厚的臉皮，使用在某個人一臉若無其事，神色自若地行動的時候。

★★★ 慣
얼굴이 두껍다

近 낯이 두껍다,
   얼굴 가죽이 두껍다

指某個人不知害臊，肆無忌憚又厚顏無恥的意思。

例 가: 앞으로는 절대 민지하고 밥을 같이 안 먹을 거야. 밥값을 한 번도 낸 적이 없어.

我以後絕對不要和玟池一起吃飯了。她從來都沒有付過飯錢。

나: 걔는 왜 그렇게 얼굴이 두껍니? 나하고 밥 먹을 때도 한 번도 돈을 안 냈어.

她怎麼可以那麼恬不知恥？她和我吃飯的時候也沒有付過錢。

○ 主要使用在即使犯錯也不道歉或是裝作不知道的時候。

★★☆ 俗
찔러도 피 한 방울
안 나겠다

近 이마를 찔러도 피 한
방울 안 나겠다

指某個人既冷漠又理性，沒有人情味的意思。

例 가: 여보, 어떻게 하죠? 집주인한테 이번 달 월세를
며칠만 미뤄 달랬더니 절대 안 된대요. 찔러도 피
한 방울 안 나겠더라고요.

親愛的，怎麼辦？我問房東這個月的房租能不
能延個幾天，他說絕對不行。真是冷酷無情。

나: 그래요? 할 수 없지요. 내가 친구한테 좀 빌려
볼게요.

是嗎？那就沒辦法了。我跟我朋友先借一些錢
吧。

🔎 大多使用「찔러도 피 한 방울 안 나올 사람」形式。另外，
也指不對他人露出破綻的完美主義者。

★☆☆ 慣
콧대가 세다

近 콧등이 세다

指某個人的自尊心很強，絕對不會向他人屈服的
意思。

例 가: 할아버지, 누가 봐도 연우가 잘못했으니까 저한테
사과하라고 해 주세요. 다른 때는 제가 형이라서
항상 양보하잖아요.

爺爺，任誰看都是妍雨做錯了，請讓她向我道
歉。其他時候總是因為我是哥哥，所以要讓她。

나: 연우가 콧대가 세서 누가 뭐라고 해도 잘 안
듣잖아. 스스로 잘못을 깨달을 때까지 좀 더
기다려 보자.

妍雨很倔強，不管誰說了什麼她都聽不進去。再
等一段時間，讓她自己意識到她犯了什麼錯吧。

🔎 裝作很了不起且舉止非常高傲的時候則會說「콧대를 세우
다」。

★☆☆ 慣

피도 눈물도 없다

指某人一點人情味或同理心都沒有的意思。

例 가: 너는 피도 눈물도 없니? 어떻게 아픈 아빠를
놔두고 유학 간다는 말을 하니?

你沒血沒淚嗎？怎麼可以放著生病的爸爸不
管，然後說要去留學？

나: 저도 오랫동안 고민했는데 더 늦추면 안 될 것
같아서요.

我也苦惱了很久，但不能再拖下去了。

🔎 用在既冷漠又冷血，完全不考慮他人的情況，沒有人情味
的人。

★★☆ 俗

한 귀로 듣고
한 귀로 흘린다

指不專心聽別人的話，敷衍聽一聽的意思。

例 가: 누나, 요즘 엄마의 잔소리가 더 심해지셔서 너무
힘들어. 나도 누나처럼 독립할까?

姊姊，最近媽媽越來越常嘮叨，真是心累，還
是我也像妳一樣搬出去住？

나: 엄마한테 죄송하기는 하지만 매일 같은 말씀을
하시니까 한 귀로 듣고 한 귀로 흘려.

雖然這樣說對媽媽有點抱歉，因為她每天嘮
叨，你就左耳進右耳出吧。

🔎 當他人不想聽到某人的嘮叨或討厭的話的時候，可以用這
句俗諺建議他把耳朵關上。

★☆☆ (慣)

호박씨를 까다

(近) 뒤로 호박씨를 까다

指某個人外表看起來很溫順，背底卻做著各種不好的事。

例 가: 전 **호박씨를 까는** 사람이 정말 싫어요. 윤아 씨가 저하고 제일 친하다고 생각했는데 뒤에서 제 욕을 하고 다니면 어떡해요?

我最討厭那種表裡不一的人了。潤娥小姐，我以為我們兩個是最好的朋友，但沒想到妳卻在背底裡說我壞話？

나: 무슨 소리예요? 전 그런 적 없어요. 뭔가 오해를 하신 것 같아요.

妳在說什麼啊？我沒有做過那種事，你好像有所誤會。

🔎 使用在譴責他人做見不得人或意料不到的事的時候，像是外表溫順卻在背後嘲弄他人，或在別人面前裝作乖巧，卻在背後做著不為人知的行為。

태도

態度

----

1 겸손 · 거만   謙虛 · 傲慢

2 선택   選擇

3 의지   意志

★★★ 俗
개구리 올챙이 적 생각 못 한다

近 올챙이 적 생각은 못하고 개구리 된 생각만 한다

使用在情況或是地位比之前好的人，不會回憶以前自己困頓的時候，而是炫耀自己原本就過得很好。

例 가: 개구리 올챙이 적 생각 못한다더니 민수가 돈 좀 벌었다고 너무 으스대는 거 같아.

都說青蛙忘記自己曾是蝌蚪，玟池賺了點錢就開始盛氣凌人了。

나: 맞아. 자기가 언제부터 부자였다고 돈 없는 친구들을 무시하고 다니더라고.

沒錯，她就像自己一直都是有錢人一樣，而且開始無視朋友們。

🔍 比喻人忘記自己曾經是蝌蚪這個事實，就像遺忘過去並裝作了不起的傲慢青蛙。

★☆☆ 慣
거울로 삼다

指把他人的事或經歷當作前車之鑑。

例 가: 시험에 떨어졌다고 너무 실망하지 마. 다음에 잘 보면 되지.

你考得不好不要感到太失望，下次再進步就好。

나: 알겠어. 이번 실패를 거울로 삼아 열심히 공부해서 다음에는 꼭 합격하고 말 거야.

我知道了，我會把這次的失敗當作前車之鑑，好好念書，下一次一定會合格。

🔍 使用在小心不要重複錯誤的事情或情況的時候。另外，也會用在把某個事物當作教訓而效仿的時候。例如：「부모님을 거울로 삼아 열심히 살 거야.(我會效仿我的父母努力生活。)」

★★☆ 價
고개가 수그러지다

使用在對某個人產生尊敬之心的時候。

例 가: 여보, 어제 뉴스를 봤는데 어떤 남자가 물에 빠진 아이를 구하고 대신 죽었대요.

親愛的，我昨天看了新聞，有一個男子為了救溺水的小孩而溺死了。

나: 정말요? 그 사람의 희생정신에 저절로 고개가 수그러지네요.

真的嗎？我對他的犧牲精神感到肅然起敬。

🔎 這裡的表達方式是指對尊敬的人自然地鞠躬問候的意思。強調的時候會使用「저절로 고개가 수그러지다」、「절로 고개가 수그러지다」。

★★★ 價
고개를 숙이다

使用在向某個人表達尊敬之心的時候。

例 가: 스승의 날을 맞아 저희를 늘 사랑으로 대해 주시는 선생님의 은혜에 고개를 숙여 감사의 뜻을 전합니다.

為了迎接教師節，我們要向總是用愛包容我們的老師鞠躬致謝，以報老師的教育之恩。

나: 이렇게 찾아와 줘서 정말 고맙구나.

謝謝你們來拜訪。

🔎 也會使用相似意義的「머리를 숙이다」。另外，也會使用在放下自尊心，向對方投降或屈服的時候。例如：「자존심이 상했지만 상대에게 고개를 숙이고 말았다.(雖然很不服氣，我們只能向對方低頭。)」

★★★ 價
귀를 기울이다

近 귀를 재다

指對他人的話或是故事感興趣，專注去聽的意思。

例 가: 하준아, 앞에서 발표하는 사람이 뭐라고 하는 거야? 잘 안 들려.

河俊啊，你聽得清楚前面在報告的人說了些什麼嗎？我聽不太到。

나: 네가 핸드폰을 하면서 들으니까 그렇지. 집중해서 발표에 귀를 기울여 보면 잘 들릴 거야.

那是因為你邊玩手機邊聽啊，專心點，認真聽報告，就會聽得到了。

✎ 「기울이다」原意是把一邊放低或使其歪斜，這裡是指將精力或努力集中於一處。

🔎 通常與發表、主張、意見、話語等一起使用。

귀를 열다 ★★☆ 慣

指做好準備要聽別人說話的意思。

例 가: 언니, 그러니까 이 일이 모두 나 때문에 생겼다는 말이지?

姊姊，所以說所有的事情都是我引起的囉？

나: 아니, 그 말이 아니잖아. 귀를 열고 지금부터 내가 하는 말을 다시 잘 들어 봐.

不是，我不是那個意思嘛。妳仔細聽，我再說一次妳聽清楚了。

🔎 普遍使用在讓別人專心聽自己的話的時候。

몸 둘 바를 모르다 ★★☆ 慣

近 몸 둘 곳을 모르다

指過於感謝到不知所措的時候。

例 가: 수아야, 이번 논문은 정말 완벽했어. 앞으로의 연구도 기대되는구나.

秀雅啊，這次的論文真是很完美。很期待妳以後的研究。

나: 과찬이세요. 교수님께서 그렇게 칭찬해 주시니 몸 둘 바를 모르겠습니다.

您太盛讚了，教授這麼稱讚我，讓我有點不知所措了。

🔎 普遍使用在得獎或是獲得他人的稱讚時，覺得害羞不知道該做何反應的時候。主要使用「몸 둘 바를 모르겠다」的形式。

어깨에 힘을 주다 ★★★ 慣

指某個人的態度很傲慢的意思。

例 가: 너 대기업에 취직했다고 너무 어깨에 힘을 주고 다니는 거 아니니?

你進到大公司上班之後，是不是有點太得意洋洋了？

나: 난 그런 적 없어. 네가 괜히 오해하는 거야.

我才沒有，是你誤會了。

🔎 普遍使用在告訴對方行為舉止不要太傲慢，要謙虛一點。態度變得驕傲則會使用「어깨에 힘이 들어가다」。例如：「시험에 합격하고 나니까 나도 모르게 어깨에 힘이 들어간다.(測驗合格之後，我的肩膀也不自覺地聳了起來。)」

★☆☆
코가 땅에 닿다

指深深鞠躬的意思。

例 가: 저 사람이 누군데 모든 직원들이 **코가 땅에 닿도록** 인사하는 거예요?

那個人是誰，所有員工都深深地鞠躬問候他？

나: 회장님이시잖아요. 지금까지 회장님의 얼굴도 모르고 회사를 다닌 거예요?

那是會長，你來上班都多久了，還不知道會長長什麼樣子？

🔎 主要在「코가 땅에 닿게, 코가 땅에 닿도록」之後搭配「인사하다(問候)、사과하다(道歉)、빌다(乞求)、절하다(鞠躬)」等等使用。

2 선택 選擇

🎵 Track 014

★☆☆ 慣
갈림길에 서다

使用在必須要做出抉擇的情況時。

例 가: 남자 친구가 결혼한 후에 외국에 가서 살자고
해서 고민이 돼.

男朋友說結婚之後想要移民到國外,這讓我很
苦惱。

나: 외국에 가게 되면 가족들과 헤어져야 하니
고민되겠다. 중요한 선택의 갈림길에 서 있네.

移民到國外的話,就必須和家人分隔兩地,肯
定很苦惱吧。你正站在重要的十字路口上呢。

✐ 「갈림길」本來是指各個方向交錯的路口,在此處則是指
必須選擇某一方的情況。

🔎 主要使用「갈림길에 서 있다」的形式,使用在需要做出影
響人生未來的重要抉擇的時候。

★★★ 慣
강 건너 불구경

近 강 건너 불 보듯

使用在漠不關心地看著覺得和自己無關的事情
的時候。

例 가: 어제 길에서 큰 싸움이 벌어졌는데 사람들이
모두 구경만 하고 있더라고.

昨天在路上有人在吵架,但人們都只是觀望。

나: 요즘 누가 다른 사람 일에 나서겠어? 대부분 강
건너 불구경이지.

最近有誰敢站出來干涉這種事情?大部分都隔
岸觀火吧。

🔎 江對岸的房子著火了,但因為是和自己無關的事,所以完
全不幫忙而只是看著。如上述,使用在就算需要自己的幫
助或是能夠幫助的狀況,但也漠不關心或是完全不幫忙的
時候。

☆☆☆ 慣
곁을 주다

指為了讓他人可以更親近自己而敞開心房。

例 가: 하준이하고 친하게 지내고 싶은데 쉽게 **곁을 주지** 않네.

我想和河俊變親近，但他不輕易敞開心房呢。

나: 하준이가 무뚝뚝한 편이라 다른 사람과 친해지는 데에 시간이 좀 걸리는 것 같더라고. 좀 더 기다려 봐.

河俊是一個比較木訥的人，和他變得親近需要一點時間，再等一下吧。

★☆☆ 俗
굿이나 보고 떡이나 먹다

近 굿이나 보고 떡이나 먹으면 된다

指對別人的事不做無謂的干涉，一昧地看著情況發展時意外得到某種利益的意思。

例 가: 저비용 항공사들이 경쟁적으로 할인 이벤트를 너무 많이 하네요. 저러다가 망하는 거 아닌지 모르겠어요.

廉價航空公司做了太多競爭的優惠活動，再這樣下去公司會完蛋吧。

나: 다 할 만해서 하는 거 아니겠어요? 우린 **굿이나 보고 떡이나 먹으면** 돼요.

應該是因為情況允許才做的吧，反正我們坐享其成，也沒什麼不好。

✐ 「굿」是指巫師準備一桌佳餚，一邊唱歌跳舞，一邊向鬼神祈賜福或是厄運退散的儀式。

🔎 巫師結束祈禱儀式後，會向觀看儀式的群眾分發儀式中所使用的年糕，此為該俗諺的由來。

★★☆ 慣
귓등으로도 안 듣다

指完全不聽他人的話。

例 가: 서영아, 일찍 들어오라고 했잖아. 왜 엄마 말을 **귓등으로도 안 듣는** 거야?

徐英啊，不是叫妳早點回家嗎。把媽媽的話當耳邊風嗎？

나: 죄송해요. 앞으로는 일찍 들어올게요.

對不起，以後會早點回家的。

🔎 意指連耳朵外面的耳背都不聽，代表不在意他人說的話。普遍使用在忽略他人說的話，或不滿意舉止隨便的人。對他人的話敷衍聽一聽時則用「귓등으로 듣다」。

★★☆ 慣
나 몰라라 하다

指對於某件事並不關心也不加以干涉的意思。

例 가: 이 일은 김 대리가 해야 하는 일인데 나 몰라라 하면 어떻게 해요?

這件事是金代理你應該要負責的，但就連你也坐視不管該怎麼辦？

나: 죄송합니다, 부장님. 깜빡했습니다.

很抱歉，部長。我疏忽了。

🔍 用於指責他人的話，當看見有人對於自己相關或需要幫助的事，全然不聞不問或裝作不知情的的時候使用。

★★☆ 俗
눈 가리고 아웅

近 가랑잎으로 눈을 가리고 아웅 한다

指想用簡單的騙術騙過他人的意思。

例 가: 한 과자 업체가 물가 안정을 위해 과자 가격을 내린다고 발표했는데 실제로는 제품의 용량을 줄인 거라고 하더라고요.

某間餅乾業者聲稱為了穩定物價而調降餅乾價格，但實際上卻被發現他們偷工減料。

나: 정말이요? 완전 눈 가리고 아웅이네요.

真的嗎？真是自欺欺人呢。

🔍 小孩們以為父母用手將臉遮住就會不見，在看見父母打開雙手後發出「啊嗚」後重新露出臉龐，因而感到開心。如上述，使用在批判嘲諷想用單純又生疏的招數來欺瞞他人的時候。也有人會使用「눈 가리고 야옹」，但這是錯誤的表達方式。

★★★ 俗
달면 삼키고 쓰면 뱉는다

近 쓰면 뱉고 달면 삼킨다, 맛이 좋으면 넘기고 쓰면 뱉는다

指完全不在乎其他事，只追求自己的利益。

例 가: 지난주에 하준이가 발표를 도와 달라고 해서 열심히 도와줬거든. 그런데 발표를 끝내고 나더니 인사도 안 하고 가 버리더라고.

上個禮拜河俊拜託我幫他做報告，所以我很認真地幫忙他，沒想到結束之後，連聲謝謝也沒有，就這麼頭也不回地走了。

나: 달면 삼키고 쓰면 뱉는다더니 하준이가 그렇게 행동할 줄 몰랐어.

有句成語叫挑肥揀瘦，沒想到河俊是這種人。

🔍 使用在若某個人對自己有利就靠近，反之則遠離，說明人只在對自己有利的時候才行動。

☆☆☆ 俗

당장 먹기엔
곶감이 달다

指不考量以後的事，只挑眼前簡單的事來做。

例 가: 술을 마시면 스트레스도 풀리고 기분이 좋아져서
　　 자주 마시다 보니 이제는 습관이 돼 버렸어.

　　 喝酒的話會覺得舒壓，心情也會變好，所以常
　　 喝酒，不知不覺已經變成習慣。

　　 나: 당장 먹기엔 곶감이 단 법이지. 계속 그렇게
　　 하다가는 건강이 나빠질 거야.

　　 雖然說今朝有酒今朝醉，但你再繼續這樣喝，
　　 遲早會賠上健康。

🔎 吃過多又甜又有嚼勁的柿子會因甜味感到膩，嘴巴也會刺
痛。比喻短視近利地選擇眼前簡單的事去做。

★☆☆ 慣

뒷짐을 지다

近 뒷짐을 짚다

觀望某件事，好像完全與自己無關。

例 가: 민수 씨는 자기 부서에서 문제가 발생했는데도
　　 뒷짐을 지고 방관만 하고 있네요.

　　 民秀在自己部門出狀況的時候只會袖手旁觀。

　　 나: 민수 씨가 일이 생길 때마다 저러는 게 하루
　　 이틀이에요? 이제는 그러려니 해요.

　　 只要出事他就會這樣，也不是頭一次，別太在
　　 意。

🔎 常用「뒷짐만 지고」的形式，用於面對與自己有關或有責
任的事，卻沒有想要處理或是不採取任何行動的時候。

★☆☆ 慣

물고 늘어지다

指對某事不放棄，長久地抓著不放開。

例 가: 지훈아. 아직도 그 문제를 못 풀었어?

　　 智勳，你到現在還沒解開那道題目嗎？

　　 나: 네. 30분째 물고 늘어졌는데도 못 풀겠어요.
　　 아무래도 내일 학교에 가서 선생님께
　　 여쭤봐야겠어요.

　　 嗯，我已經和這道題目死纏爛打三十分鐘了，還
　　 是解不開。我想我明天要去學校請教老師了。

🔎 也使用在為挑釁他人找麻煩的時候。
例如：「수아는 제가 무슨 말만 하면 물고 늘어져서 짜증이
나요.(秀雅不管我說了什麼，都會挑我的語病真的很煩)」

03
態
度

★★☆ 慣
손바닥을 뒤집듯

使用在非常輕易改變態度的時候。

例 가: 민지가 이번 동창회에는 꼭 오겠다고 했어.

玟池說她一定會來這次的同學會。

나: 걔는 매번 손바닥을 뒤집듯 말을 바꾸니까 나는 그 말을 믿기가 힘들어.

她每次說話都出爾反爾的，實在是很難相信她的話。

🔎 使用在某個人根據當下的心情改變說詞或是行動的時候。

★☆☆ 慣
안면을 바꾸다

指平時熟悉的人一旦處在不好的情況，就故意裝作不認識的意思。

例 가: 김 회장님, 사업을 하시면서 가장 힘들었던 순간이 언제였습니까?

金會長，在您的事業生涯當中最艱辛的瞬間是什麼時候呢？

나: 사업에 위기가 왔을 때 평소 친하게 지내던 사람들이 안면을 바꾸고 연락을 피하더라고요. 그때가 가장 힘들었습니다.

事業遭遇危機的時候，當時親近的夥伴們瞬間翻臉不認人、斷絕聯絡，那時候最辛苦。

★☆☆ 慣
엿장수 마음대로

近 엿장수 맘대로

使用在某人隨自己的心意做某件事，反覆無常的時候。

例 가: 여보, 피곤해서 좀 쉬어야겠어요. 오늘 아르바이트생이 쉬는 날인데 나오라고 해야겠어요.

親愛的，我今天太累了必須休息，今天工讀生本來休假，但我要叫他來上班。

나: 사장이라고 너무 엿장수 마음대로 하는 거 아니에요? 내가 아르바이트생이라면 너무 싫을 것 같아요.

雖然你是老闆，但這樣不會太善變嗎？如果我是工讀生，肯定很討厭你這種老闆。

🔎 就像賣麥芽糖的小販隨意拉長糖條的長度一樣，使用在某個人沒有原則、任意決定某件事或隨意改變已經決定好的事。普遍使用「엿장수 마음대로 하다」的形式。

★☆☆ 慣
입맛대로 하다

指隨心所欲地做某件事的意思。

例 가: 너는 왜 모든 일을 네 입맛대로 하려고만 하니?
다른 팀원 의견도 좀 들어봐.

你怎麼每件事都那麼隨心所欲？你也要聽其他
組員的意見啊。

나: 싫어. 내가 왜 다른 사람의 의견을 들어야 해?

不要，我為什麼要聽其他人的意見？

🔍 普遍使用在表示所有事情都固執己見、隨心所欲的人。

★☆☆ 俗
잘되면 제 탓
못되면 조상 탓

近 못되면 조상 탓 잘되면 제
탓, 안되면 조상 탓

指認為事情順利的話都是自己的功勞，不順利
的話都是別人的錯。

例 가: 이번 시험에서 또 떨어졌어. 태현이가 매일
놀자고 해서 그래.

這次考試又不及格了，都是太顯一直找我出去
玩的關係。

나: 잘되면 제 탓 못되면 조상 탓이라더니 네가 놀고
싶어서 놀아 놓고 왜 태현이 탓을 해?

真是會怨天尤人，你自己愛玩為什麼要怪到太
顯身上？

🔍 普遍使用在指責某個人做錯事卻不從自己身上找原因，而
是一昧認為是別人的錯，推卸責任的時候。

★☆☆ 慣
팔짱을 끼다

指就算出了什麼事也不出面解決反而只是旁觀
的意思。

例 가: 지훈아, 왜 이렇게 표정이 안 좋아? 무슨 일 있어?

智勳啊，你的臉色怎麼不太好？有什麼事嗎？

나: 아까 청소하는데 제가 팔짱을 끼고 구경만 하고
있다고 형이 짜증을 내잖아요.

剛剛我們在打掃，但哥哥覺得我袖手旁觀都不
幫忙。

🔍 使用在某個人即便經歷了眼前發生的事也覺得與自己無
關，冷眼旁觀的時候。

★☆☆ 慣

헌신짝 버리듯

使用在某個人為了自己的利益，利用完別人或是物品後隨即拋棄，不懂得珍惜的時候。

例 가: 나 어제 여자 친구와 헤어졌어. 갑자기 유학을 가게 됐다고 헤어지자고 하더라고.

我昨天和女友分手了，她突然說要去留學，要跟我分手。

나: 뭐? 어떻게 사람을 그렇게 헌신짝 버리듯 할 수 있어?

什麼？她怎麼可以這樣將你狠狠一腳踢開？

✎ 「헌신짝」原本是指陳舊破損的鞋，在此處則是因為沒有價值了，拋棄也不覺得可惜的意思。

🔎 也會使用相似意義的「헌신짝처럼 버리다」。

★☆☆ 憤

가슴에 새기다

指為了不遺忘，而牢牢記在心裡的意思。

例 가: 이제 발령을 받았으니 교사로서 항상 학생들을 사랑하는 마음을 잃지 말아야 하네.

你現在接受到派遣，你要銘記作為老師一定要愛惜自己的學生。

나: 네, 교수님의 말씀을 가슴에 새겨서 좋은 교사가 되도록 하겠습니다.

是的，教授的建言我會銘記在心，並成為一個好老師。

✎ 「새기다」原本是指在某個事物上刻字體或是繪畫，在此處則是指為了不遺忘而牢記在心的意思。

♀ 普遍使用在表示長久銘記長輩或是尊敬的人所說的話，並以此為人生志向的時候。

★☆☆ 憤

가슴에 손을 얹다

指憑著良心去行動的意思。

例 가: 네가 뭘 잘못했는지 가슴에 손을 얹고 생각해 보는 게 어떠니?

你何不捫心自問，好好想想你做錯了什麼？

나: 이미 여러 번 생각해 봤는데 도대체 내가 뭘 잘못했는지 모르겠어.

我已經反覆想了很多次，還是不知道我哪裡做錯了。

♀ 主要使用「가슴에 손을 얹고 생각해 보다」的形式，用於讓惹禍後不反省的人重新反省的時候。

★☆☆ 慣

가슴을 열다

指某個人對於某項事物採取誠實且開放的態度。

例 가: 민지야, 우리 사이에 오해가 많이 쌓인 것 같아.
오늘 서로 가슴을 열고 솔직하게 이야기해 보면
좋겠어.

玟池呀，我們好像累積了很多誤會，我想我們今
天要互相敞開心房，誠實地說出自己的感受。

나: 그래. 나도 수아 너하고 오해를 풀고 싶었어.

好，秀雅，我也想和妳解開誤會。

🔎 使用在為了解決某個衝突或是問題，用誠實且積極的態度
行動的時候。

★☆☆ 慣

간이라도 빼어 줄 듯

近 간이라도 뽑아 줄 듯

指某個人可以為了某個事物盡心盡力的意思。

例 가: 요즘 지원 씨를 안 만나나 봐요?

你最近不跟智媛見面嗎？

나: 네, 평소에는 간이라도 빼어 줄 듯 행동하더니
정작 중요한 부탁을 하니까 피하더라고요.
그래서 좀 실망했어요.

是啊，她平時一副願意掏心掏肺的樣子，有重
要的事想拜託她的時候卻不見人影，所以對她
有點失望。

🔎 願意把自己唯一的肝拿出來給他人等於是賭上性命的意
思。如同前述，使用在某個人為了討好他人，表現願意付
出一切似地，用甜美的話或是行動阿諛奉承的時候。

고개를 들다

近 얼굴을 들다,
　　낯을 들다

指某個人堂堂正正、理直氣壯地面對他人。

例 가: 너 어제 회식 때 술에 취해서 큰소리로 노래 불렀던 거 기억나?

你記得你昨天聚餐喝醉之後放聲歌唱嗎？

나: 응, 너무 창피해서 동아리 사람들 앞에서 고개를 들 수가 없어.

嗯，太丟臉了在社團朋友面前都抬不起頭來。

🔎 大多使用否定型態的「고개를 못 들다, 고개를 들지 못하다, 고개를 들 수 없다」等等形式，使用在丟臉到沒辦法看著他人的臉的時候。

꼼짝 않다

近 꼼짝 아니 하다

指某人不表達自己意見，也不反抗別人。

例 가: 승원 씨는 또 야근을 하고 있네요.

昇源又在加班了呢。

나: 네, 부장님이 시키시는 일은 꼼짝 않고 하니까 늘 일이 많아요. 가끔은 거절도 해야 하는데 전혀 안 하더라고요.

是啊，他對部長的指示不敢吭聲，所以總是工作一堆。明明可以偶爾拒絕但他卻從不拒絕。

🔎 也會使用在不做任何活動或是工作的時候。例如：「민수는 자기 일이 아니면 절대 꼼짝 않는다.(民秀除了自己份內的工作，其他一概不碰。)」

눈 딱 감다

近 눈 꼭 감다

指再也不去想其他事情的意思。

例 가: 건조기가 고장 나서 새로 사야 하는데 이 제품은 너무 비싸네요.

烘乾機壞掉該買新的，但這款實在是太貴了。

나: 최신형이라서 그래요. 성능이 좋으니까 필요하면 눈 딱 감고 사세요.

因為是最新型的關係吧，它的功能很好，你就牙一咬買下去吧。

🔎 普遍使用「눈 딱 감고」的形式。另一方面，也會使用在拜託對方對自己的錯誤視而不見的時候。例如：「한번만 눈 딱 감고 넘어가 주세요.(拜託你睜一隻眼閉一隻眼，放過我一次吧。)」

★★☆慣
눈 하나 깜짝 안 하다

指看到與平時不同的情況或舉動也若無其事行動的意思。

例 가: 네가 아까 카페에 있는 걸 본 사람이 있는데 어떻게 눈 하나 깜짝 안 하고 엄마한테 거짓말을 할 수 있니?

明明有人看到你剛剛在咖啡廳，為什麼你可以若無其事地對媽媽說謊呢？

나: 그 사람이 잘못 본 거겠지요. 저는 정말로 그 시간에 도서관에서 공부하고 있었어요.

那是那個人看錯了，那個時間我真的是在圖書館唸書。

🔎 看見做壞事或說謊的人一點也不緊張，反而很自然地行動，可以用於對此感到無言的時候。另外，也會使用相似意義的「눈도 깜짝 안 하다」。

★☆☆慣
눈도 거들떠보지 않다

指看輕某個事物或是認為某個事物無足輕重，沒必要看的意思。

例 가: 제시카 씨 생일 선물로 이 귀걸이를 사 주면 어떨까요?

你覺得我買這對耳環當作潔西卡的生日禮物怎麼樣？

나: 글쎄요. 제시카 씨는 눈이 높아서 이런 유치한 액세서리는 눈도 거들떠보지 않을걸요.

這個嘛，潔西卡的眼光很高，這種幼稚的飾品她大概不會放在眼裡吧。

🔎 使用在表現對某個人或是事物擺出無視且傲慢態度的時候。也會縮短成「거들떠보지도 않다」使用。

★★☆ 慣
눈이 빠지게 기다리다

近 눈이 빠지도록 기다리다,
눈알이 빠지게 기다리다

指長久以來非常懇切地等待的意思。

例 가: 수아야, 오늘 공무원 시험 합격자 발표
　　날이라면서……. 결과 나왔어?

　　秀雅，聽說今天是公務員考試公佈錄取結果的
　　日子……，結果出來了嗎？

　나: 아니, 지금 눈이 빠지게 기다리고 있는데 아직 안
　　나와서 너무 긴장돼.

　　還沒，我正望眼欲穿地等待著結果出來，好緊
　　張。

🔎 用誇飾的手法表達等待某人時，睜大著眼觀望等待的模樣。
　也會使用相似意義的「목이 빠지게 기다리다」。

03
態度

★★☆ 慣
비가 오나 눈이 오나

近 눈이 오나 비가 오나

指某個人始終如一的意思。

例 가: 수아야, 요즘 네 동생을 통 못 봤네. 어떻게 지내?

　　秀雅啊，好久沒看到妳弟弟了，他過得還好嗎？

　나: 항상 똑같아. 비가 오나 눈이 오나 집에서 핸드폰만
　　보고 있지 뭐.

　　老樣子，不管外面颳風下雨，他都在家滑手機。

🔎 使用在某個人不管處在什麼情況下總是做著同樣事情的時
　候。

★★☆ 慣
손꼽아 기다리다

指數著日子、懇切地等待著某個事物的到來。

例 가: 민수 씨, 계속 병원에만 있으니까 너무
　　답답하겠어요.

　　民秀，你一直住在醫院肯定很無聊吧？

　나: 맞아요. 날짜를 세어 보니까 입원한 지 두 달이
　　넘었더라고요. 그래서 매일 퇴원 날짜만 손꼽아
　　기다리고 있어요.

　　沒錯，日子數著數著就過了兩個月，所以現在
　　引頸期盼出院的日子。

🔎 普遍使用在滿心期待著將要到來的事。

★★☆ 慣
손을 내밀다

指積極地試圖和某個人變得親近的意思。

例 가: 두 사람은 어떻게 친해졌어요?

你們兩個人怎麼變要好的呢？

나: 산악회에서 처음 만났을 때 지원 씨가 먼저 손을
내밀며 말을 걸어 줬어요. 그 후로 자주 만나다
보니 친해졌어요.

第一次見面是在登山會，智媛先向我搭話。從
那之後經常約出去見面，就變要好了。

🔍 也會使用在為了和關係變得疏遠的人再次變得要好時而
積極行動的時候。例如：「말다툼 후에 언니가 먼저 나에
게 손을 내밀었다.(吵完架之後，是姊姊先向我伸手示好
的。)」

★★★ 慣
시치미를 떼다

近 시침을 떼다,
시침을 따다

指某個人假裝他沒有做某件事，或是明明知道
卻裝作不知情的意思。

例 가: 어머! 컵이 깨졌네? 이거 언니가 아끼는
컵이었잖아.

天啊！杯子破了呢？這個是姊姊很珍惜的杯子

나: 네가 아까 설거지하다가 깨는 거 봤거든.
시치미를 좀 떼지 마.

我看到你剛剛洗碗的時候打破它了，別裝傻。

✏️ 「시치미」是指老鷹的尾羽上掛有地址的吊牌，目的是辨
識主人用。

🔍 從前作為打獵用途的老鷹不只昂貴還很難馴服，想要偷老
鷹的人也很多。所以老鷹的主人會在老鷹的尾羽上掛上名
牌。然而，有很多人會在偷老鷹的時候把名牌拿掉並佯裝
是老鷹的主人，這就是這句慣用語的由來。

★★★ 慣
어깨를 으쓱거리다

近 어깨가 으쓱거리다

使用在想要炫耀、或是堂堂正正地感到自豪的時候。

例 가: 이번 시험에서 우리 아들이 전교 1등을 했대. 그 소식을 들으니까 나도 모르게 어깨를 으쓱거리게 되더라고.

我家兒子這次考了全校第一名，聽到消息，我也不自覺地自豪了起來。

나: 축하해.

恭喜你。

○ 使用在想從某個人那裡得到稱讚，或是因為實現了目標等等，而感到得意洋洋的時候。

★★☆ 慣
어깨를 펴다

指不需要向他人屈服，可以理直氣壯的意思。

例 가: 하준아, 왜 이렇게 풀이 죽어 있어? 네가 잘못한 거 하나도 없으니까 어깨를 펴고 다녀.

河俊，你為什麼不開心？你沒做錯什麼，所以抬頭挺胸吧。

나: 그래도 우리 팀이 시합에서 진 것이 꼭 내 잘못인 것만 같아서 마음이 무거워.

可是我還是覺得，我們這組會輸了比賽都是因為我，心情好沈重。

○ 對於事情開始前就在緊張或是因為某件事而很氣餒的人，可以使用在讓他們保持自信的時候。主要使用「어깨 좀 펴다」形式，也會使用相似意義的「가슴을 펴다」。

★★☆ 價
죽기 살기로

指非常用心在某件事上。

例 가: 어제 뉴스에서 김민아 선수의 인터뷰를 봤는데 올림픽에 나가기 위해서 하루에 12시간씩 연습을 했다고 하더라고.

我昨天看了金珉娥選手的新聞採訪，為了參加奧運，她每天必須訓練十二個小時。

나: 대단하다. 역시 어떤 분야에서 최고가 되려면 죽기 살기로 해야 되는구나.

真是了不起，果然不管在哪個領域，想要成為頂尖都必須竭盡全力。

○ 使用在非常迫切的情況中，竭盡全力傾盡自己所有的努力的時候。強調的時候會使用「죽기 살기로 하지 않으면 안 된다」。

★★☆ 價
촉각을 곤두세우다

指集中精神，喚起所有注意力，採取能夠立即應對某件事的態度。

例 가: 손 기자, 요즘 환율이 급격히 떨어지면서 수출 업계가 큰 타격을 입고 있다면서요?

孫記者，聽說最近因為匯率狂跌，造成出口業的巨大衝擊？

나: 네, 그래서 정부가 환율 변동에 촉각을 곤두세우고 대책 마련에 고심하고 있다고 합니다.

沒錯，所以政府繃緊神經關注匯率浮動，並正在討論對策。

✎ 「촉각」本來是指昆蟲頭上突出的觸角，在此處則是指有能力去感受周圍發生的各種變化的意思。

○ 昆蟲的觸角敏銳地擺動，以利辨識及避開前方敵人。如同上述，本句用於警戒某事物及以敏感而且小心的態度觀察某件事物的時候。也會使用相似意義的「촉각을 세우다」。

04

행동
行爲

----

1 대책   對策

2 반응   反應

3 방해   妨礙

4 소극적 행동   消極行為

5 적극적 행동   積極行為

대책 | 對策

★☆☆ 慣
걸음아 날 살려라

近 다리야 날 살려라

指用盡全力，匆忙逃跑的意思。

例 가: 오늘 오전 서울 시내에서 일어난 일입니다. 갑자기 빌딩이 무너져 시민들이 '걸음아 날 살려라' 하고 뛰고 있습니다.

這是今天早上在首爾市區發生的事件，建築突然倒塌，市民們趕緊拔腿就跑。

나: 멀쩡하던 빌딩이 갑자기 무너지다니 정말 믿기지가 않네요. 박 기자, 어떻게 된 일입니까?

原本完好的建築突然倒塌，實在讓人很難相信呢。朴記者，事故是怎麼發生的呢？

♀ 普遍「걸음아 날 살려라 하고」後面會和「뛰다(跑)、도망가다(逃跑)、달아나다(奔跑)、내빼다(溜走)」等動詞搭配使用。

★☆☆ 慣
고삐 풀린 망아지

近 고삐 놓은 망아지,
고삐 없는 망아지,
고삐 풀린 말

指某個人擺脫拘束和限制，獲得自由的意思。

例 가: 어쩜 저렇게 잘 노는지 아이들을 공원에 데리고 오길 잘했어요.

看見孩子們玩得這麼開心，就覺得帶他們來公園玩的決定是對的。

나: 그러게요. 고삐 풀린 망아지처럼 뛰어다니는 걸 보니 뿌듯해요.

就是啊，看到他們玩得像脫韁野馬一樣，心裡真是滿足。

♀ 也用在對於不可控制的人或是對象，給予負面評價的時候。

★★☆ 俗
고양이 세수하듯

指把水稍微抹在臉上就洗好臉了。

例 가: 또 늦잠을 자서 고양이 세수하듯 하고 학교를 가니?

你又睡過頭所以打算隨便梳洗就去學校嗎？

나: 지각하는 것보다는 낫잖아요. 다녀오겠습니다.

至少比遲到好吧，我出門囉。

♀ 大部分的貓咪討厭身體碰到水，只用前腳磨蹭鼻子作為洗臉的方式。使用在責備某人像貓咪一樣隨便梳洗的時候。

★★★ 俗
누워서 침 뱉기

近 내 얼굴에 침 뱉기,
　자기 얼굴에 침 뱉기,
　하늘 보고 침 뱉기

指自己做的壞事惡果最終回到自己身上。

例 가: 정 실장님은 왜 항상 자기 아내 흉을 보는지
　　모르겠어요. 이제는 정말 듣기가 싫어요.

　　我不懂為什麼鄭室長總是喜歡挖苦自己的妻
　　子。聽了就討厭。

　나: 누워서 침 뱉기인 걸 몰라서 그러는 거니까 신경
　　쓰지 마세요.

　　惡有惡報，我們就別管他了。

○ 正面躺著吐痰的話，痰當然會落在自己臉上，比喻蔑視或是
　無視他人的時候，那份惡報自然會回到自己身上。主要使用
　在辱罵和自己親近的人，到頭來反而自己受辱的時候。

★★★ 慣
등을 떠밀다

指強迫他人去做某件事。

例 가: 얌전한 줄만 알았던 네가 장기자랑 대회에
　　나가서 춤을 추다니 정말 놀랐어.

　　本來以為你很文靜，竟然參加才藝表演比賽大
　　秀舞蹈，實在是讓我大吃一驚。

　나: 반 친구들이 등을 떠미는 바람에 어쩔 수 없이
　　나간 거야.

　　那是因為我們班的同學硬是把我推出去，無可
　　奈何之下才參加的。

✎ 「떠밀다」是「밀다」的強調語，本來是指用盡全力往前的
　意思，在此處則是指把事情或責任往別人身上推的意思。

★☆☆ 慣
떡 주무르듯 하다

指隨意處置某件事或是某個人。

例 가: 저 회사 사장 아들이 아버지가 아프신 틈을 타
　　회사를 떡 주무르듯 하고 있다면서요?

　　聽說那家公司老闆的兒子，趁著爸爸生病的時
　　候，將公司玩弄於股掌之間。

　나: 맞아요. 그래서 직원들의 불만이 많대요.

　　沒錯，聽說員工們因此很不滿。

○ 也會使用在熟練地做某件事的時候。例如：「기술자이신
　아버지는 웬만한 기계는 떡 주무르듯 하신다.(身為技師的爸
　爸對大部分的機器都得心應手。)」

★★☆ 慣
뜬구름을 잡다

指某個人追求不確實且虛假的事物。

例 가: 제 친구가 천만 원을 투자하면 오천만 원을
만들어 줄 수 있다는데 마크 씨도 투자해 볼래요?

聽說那位朋友投資一千萬韓圜可以獲利五千萬
韓圜,馬克你要不要也投資?

나: 민수 씨는 그런 뜬구름을 잡는 소리를 믿어요?

民秀你相信那種憑空揣測的傳言?

✎ 「뜬구름」原本是指天上的浮雲,在此處則是指浮華世
界、沒有固定方向或沒有意義的人生。

🔎 普遍使用在某個人做著不切實際的夢想,或是總是想著一
點也不實際、異想天開的事的時候。

★★★ 俗
병 주고 약 준다

指給他人帶來傷害後又假裝要給予幫助的意思。

例 가: 어제 약속 시간에 늦어서 태현이가 화가 많이
났어?

昨天太顯有因為你遲到而生氣嗎?

나: 응, 실컷 화를 내놓고 병 주고 약 주듯이 화내서
미안하다면서 밥을 사겠다고 하더라고.

嗯,對我勃然大怒之後跟我道歉,還說要請我
吃這頓飯,根本是打一巴掌再給糖吃。

🔎 也使用在暗地阻饒別人做事,之後又假裝說要幫忙的人。

★☆☆ 慣
북 치고 장구 치다

指自己一個人包辦所有事的意思。

例 가: 하준이 혼자 북 치고 장구 치고 다 하니까 같이
동아리 활동을 하는 사람들이 힘들어한대.

聽說河俊包辦了社團的大小事,所以讓團員們
有點頭痛。

나: 다른 사람들과 협력하는 게 중요한데 하준이는 그걸
모르나 봐.

和別人合作是很重要的,看來河俊並不明白這
個道理。

🔎 源自於從前獨自敲著鼓、長鼓、鑼等樂器乞討的人。主要
使用在某個人獨自出頭做了所有事、裝作了不起的時候。

★★☆ 價
삼십육계 줄행랑을 놓다

近 삽십육계 줄행랑을 치다,
삽십육계 줄행랑을 부르다

指做錯事之後急忙逃跑的意思。

例 가: 엊그제 저 앞에서 뺑소니 사고를 내고 삼십육계
줄행랑을 놓았던 운전자가 경찰에 잡혔대요.
前天在前面馬路上肇事逃逸後倉皇逃跑的駕
駛，聽說被警察逮補了。

나: 그래요? 잡혔다니 다행이에요. 죄를 지었으니
죗값을 치러야지요.
真的嗎？幸好逮補他了。既然犯了罪就該付出
代價。

在朝鮮時代的時候，士大夫家中奴隸們住的地方被稱為
「행랑(下屋)」，這種下屋就像延伸變長的線，所以被稱
為「줄행랑(行廊)」。但是戰爭爆發之後，住在行廊的奴
隸們紛紛逃竄，所以行廊後來就衍伸成「逃跑」的意思。
這個表達方式使用在某個人陷入危機逃跑的時候。普遍縮
短成「줄행랑을 놓다」或是「줄행랑을 치다」使用。

★☆☆ 價
일손을 놓다

指暫時停止正在做的事。

例 가: 점심시간이니 잠깐 일손을 놓고 식사하러 갈까요?
現在是午餐時間，要不要暫時放下手邊的工作
去吃飯？

나: 벌써 점심시간이에요? 어쩐지 배가 고프더라고요.
這麼快就到午餐時間了？難怪覺得肚子餓了。

「일손」是指正在做事的雙手，或是用雙手做的事情。

★☆☆ 價
쥐도 새도 모르게

指神不知鬼不覺地完成行動或是工作。

例 가: 어머! 내 돈이 어디 갔지? 잠깐 통화하는 사이에
쥐도 새도 모르게 없어졌어요.
天啊！我的錢跑去哪了？我只是去接個電話回
來，怎麼就默默地不見了。

나: 혹시 주머니 안에 넣은 거 아니에요? 다시 한번 잘
찾아보세요.
有沒有放在你的口袋裡面？再找找看吧。

如同白天活動的鳥也沒察覺，夜晚活動的老鼠也不知道，
使用在某個人為了不讓他人知道，所以十分隱密地處理某
件事的時候。

★★☆ 慣

한눈을 팔다

近 곁눈을 팔다,
딴눈을 팔다

指不把心思放在該做的事上，心神都跑去其他
事物上的意思。

例 가: 민지가 이번에 장학금을 받게 되었다며?

聽說玟池這次拿到獎學金了？

나: 응, 민지는 우리가 놀 때도 절대 한눈을 팔지 않고
공부만 했잖아. 장학금을 받는 게 당연해.

嗯，我們在玩的時候，她也絲毫不分心，只專
心唸書嘛。拿到獎學金是應該的。

✐ 「한눈」原本是指看一眼或是短暫瞥一眼，在此處則是指
該看的地方不看，跑去看其他地方的意思。

🔎 對於陷入某個事物的誘惑而不去做重要之事的人，會對他
使用「한눈을 팔지 마세요」給他忠告。

★☆☆ 慣

가면을 벗다

近 탈을 벗다

指某個人露出自己的真面目或是敞開心房的意思。

例 가: 부지점장님은 언제쯤 저 가면을 벗으실까?

副店長什麼時候才會現出原形呢?

나: 나도 그게 궁금해. 우리한테는 화만 내시는데 지점장님 앞에서는 저렇게 순한 양이 되시잖아.

我也很好奇,只會對我們生氣,在店長面前就假裝成一副很溫馴的模樣。

🔍 「가면」是指為了掩蓋真面目而呈現出的外在模樣。所以當脫下假面,真面目就會顯現出來。另一方面,公開假面背後的真面目時會使用「가면을 벗기다」,藏起真心、假裝的時候則會使用「가면을 쓰다」。

★☆☆ 慣

곁눈을 주다

指在他人不知情的情況下,給某個人暗示某個意思。

例 가: 아까 빨리 일어나서 가자고 계속 곁눈을 주었는데 왜 못 알아차렸어?

剛剛叫你快點起身要離開,我一直給你暗示了,為什麼沒有察覺?

나: 알아차렸는데 다른 친구들이 계속 이야기를 하니까 미안해서 못 일어났어.

我有看到,但其他朋友們一直在聊天,我不好意思離開。

✏️ 「곁눈」是指為了不讓他人知道,不動聲色,只靠眼神示意的意思。

🔍 該注意的地方不注意,把關心都放在其他地方的時候會使用「곁눈을 팔다」。

★★★ 價
고개를 끄덕이다

使用在點頭表示讚許的意思。

例 가: 오늘 피아노 연주 아주 잘했어. 수고했어.

你今天鋼琴演奏得很好，辛苦了。

나: 선생님, 감사합니다. 아까 제 연주가 끝나자
관객들이 모두 고개를 끄덕이며 박수를 쳐 줘서
기분이 좋았어요.

老師，謝謝你。剛剛我的演奏結束後，所有觀
眾都點頭致意，還為我鼓掌，讓我心情真好。

🔎 主要使用在同意對方的話的時候。另一方面，表示否定或
是拒絕則會使用「고개를 젓다」或是「고개를 흔들다」。

★★☆ 價
기가 차다

指對方的話或行動讓人無言而說不出話來的意思。

例 가: 저 사람이 우리 가게에서 물건을 훔치는 게
CCTV에 다 찍혔는데도 자기는 안 그랬다고
우기니 정말 기가 차네요.

那個人在我們店裡偷東西全都被監視器拍下來
了，他還是堅持否認，真是令人無言。

나: 점장님, 혼자 해결하려고 하지 말고 빨리 경찰서에
신고하세요.

店長，請別私下解決，盡快報警吧。

✐ 「기」是指行動的力氣。
🔎 普遍使用「기가 찰 노릇이다」的形式。

☆☆☆ 價
놀란 토끼 눈을 하다

指某個人睜大雙眼，被意料之外的事嚇到。

例 가: 어제 윤아한테 프러포즈 잘했어?

昨天向潤娥求婚成功了嗎？

나: 응. 그런데 전혀 예상을 못 했는지 내가 반지를
주니까 놀란 토끼 눈을 하고 한참을 쳐다봐서
얼마나 당황스러웠는지 몰라.

嗯，她大概完全沒想到吧，給了她戒指，她卻瞪
大眼睛地看了一會才回過神，看起來好驚慌。

🔎 比喻某人因某件事而受到驚嚇，眼睛變得像兔子一樣。

★★☆ 慣
배꼽을 쥐다

近 배꼽을 잡다

太好笑而捧腹大笑的意思。

例 가: 무슨 책을 읽는데 그렇게 배꼽을 쥐면서 웃니?

你在看什麼書看得捧腹大笑？

나: 한국 사람들이 외국 여행을 하면서 겪은 실수담을 쓴 책인데 너무 웃겨서 참을 수가 없어요.

韓國人去國外旅遊時的失誤經驗全集，真的太好笑我忍不住。

🔎 因為笑得太開懷，導致肚子會痛而抓著肚子，就是本句的由來。使用在忍不住笑到肚子痛的時候。也會使用相似意義的「배를 잡다」。

★★☆ 慣
배꼽이 빠지다

近 배꼽을 빼다

使用在某個人或是情況很搞笑的時候。

例 가: 저 코미디언은 정말 웃겨.

那位搞笑藝人真的很好笑。

나: 맞아. 나도 저 코미디언만 나오면 배꼽이 빠지도록 웃는다니까.

沒錯，每次那位搞笑藝人一出場，我就會笑個不停。

🔎 普遍使用「배꼽이 빠지게 웃다」或是「배꼽이 빠지도록 웃다」的形式。

★☆☆ 慣
손사래를 치다

指拒絕或否認的時候，把手張開對天空反覆揮動的樣子。

例 가: 여행 준비를 하면서 승원 씨 도움을 많이 받았으니까 밥이라도 한 끼 사 줘야 하지 않을까요?

我們準備旅行的時候，昇源幫了很多忙，是不是該請他吃一頓飯？

나: 안 그래도 저녁을 사겠다고 했더니 괜찮다며 손사래를 치더라고요.

我本來也想請他吃晚餐，但他對著我揮了揮手拒絕了。

🔎 無法接受某項提議或是拜託，要拒絕的時候會做的舉動。另外，強調某句話或某情況並非事實的時候，也會做出這個動作。

★☆☆ 俗
숭어가 뛰니까 망둥이도 뛴다

近 잉어가 뛰니까 망둥이도
뛴다, 망둥이가 뛰면
꼴뚜기도 뛴다

나도 뛸 거야!

鯔魚　　　　　鰕虎

指某人不知道自己分寸，一昧跟隨他人。

例 가: 엄마, 갑자기 왜 서영이가 무용 학원에 보내
달라고 난리예요?

媽媽為什麼徐英突然吵著想去舞蹈學院上課？

나: 옆집에 사는 사랑이가 이번에 무용 대회에서
1등을 했거든. 그랬더니 숭어가 뛰니까 망둥이도
뛴다고 갑자기 자기도 무용을 배우겠다고 저러는
거야.

隔壁家的嗣朗在這次的舞蹈大賽中拿到優勝，
所以她東施效顰，突然說也想去學舞蹈。

🔎 鰕虎生活在泥灘，體長只有二十公分，屬於小型魚，想像
七十公分的鯔魚般高高跳起是不可能的。比喻某個像鰕虎
的人不懂得考慮自己的分寸或處境，一昧跟隨屬害的人。

★☆☆ 慣
엉덩이를 붙이다

指持續坐在同一個位子上做著某一件事的意思。

例 가: 수아는 도대체 몇 시간이나 꼼짝도 안 하고 공부를
하는 거야?

秀雅到底一動也不動地讀了幾個小時書啊？

나: 그러게나 말이야. 저렇게 수아처럼 엉덩이를 오래
붙이고 공부를 해야 1등을 하겠지?

就是說啊，要像秀雅那樣長時間坐著讀書，才
能拿到第一名吧？

🔎 大多使用「엉덩이를 붙이고」的形式，強調的時候會使用
「엉덩이를 오래 붙이다」。

☆☆☆ 俗
은혜를 원수로 갚다

近 공을 원수로 갚는다

指某個人傷害了應該要感謝的對象。

例 가: 어릴 때 입양해서 40년이나 키워 준 부모의
재산을 모두 가지고 도망간 자식에 대한 기사
봤어요?

你看到新聞報導了嗎？有個從小被領養四十年
的人，卻把養父母的財產騙走後逃跑。

나: 네. 봤어요. 은혜를 원수로 갚아도 유분수지
어떻게 그럴 수가 있죠?

看到了，恩將仇報也有分寸，怎麼能這樣？

🔎 用於背叛和傷害他人並在心上留下傷痕的時候。

★☆☆ 價
찬밥 더운밥 가리다

指處境不佳的人卻過於計較。

例 가: 이 회사는 너무 멀고 저 회사는 월급이 너무 적은데 어딜 가지?

這間公司太遠了，那間公司薪水太低了，我該去哪家呢？

나: 생활비도 없다면서 네가 지금 찬밥 더운밥 가릴 때야?

你不是沒有生活費了嗎，還有立場挑三揀四嗎？

○ 普遍使用「찬밥 더운밥 가릴 때가 아니다」的形式，使用在勸告某個人認清自己處境的時候。

★☆☆ 價
침을 뱉다

指某個人覺得某個事物很廉價或是骯髒，所以鄙視且看都不想看。

例 가: 민수 씨는 엄청 힘든 곳에서 군 생활을 했다면서요?

聽說民秀你在非常克難的地方當過兵嗎？

나: 말도 마요. 제대할 때 부대 쪽에 침을 뱉고 다시는 그 근처에도 안 가겠다고 다짐했을 정도였어요.

別提了，我退伍的時候還朝軍營吐了口水，甚至發誓再也不要到這種鬼地方來。

○ 強調的時候會使用「침을 내뱉다」。但是這句話或行為真的對他人非常失禮，最好不要使用。

★★★ 價
코웃음을 치다

指某個人無視又嘲笑他人。

例 가: 우와! 너 농구 실력이 엄청 늘었다. 언제 그렇게 연습을 했어?

哇！你籃球實力進步好多。什麼時候練習的？

나: 네가 나 농구 못한다고 계속 코웃음을 치길래 밤마다 혼자 연습을 좀 했지.

因為你一直對我的籃球實力嗤之以鼻，所以我每天晚上都會自己練習。

✎ 「코웃음」是指用鼻子輕笑，讓對方非常不開心的笑容。

○ 有可能被當作是非常無視對方的舉動，所以不能對長輩或是不熟的人使用。

★☆☆ 慣

콧방귀를 뀌다

近 콧방귀를 날리다

覺得他人的話非常討厭或不順眼而選擇無視。

例 가: 오늘도 룸메이트하고 싸운 거야?

你今天又跟室友吵架了嗎。

나: 응. 룸메이트한테 청소 좀 하라고 했더니 나도 안 하면서 자기한테 잔소리한다고 콧방귀를 뀌지 뭐야.

嗯，我叫室友要打掃房間，但他卻反過來說我自己也不打掃，問我為什麼嘮叨他，真是讓我嗤之以鼻。

因為是無視對方，所以不能對長輩或是不熟的人使用。

★★★ 慣

한술 더 뜨다

指某個人已經犯了錯，卻又做了更荒唐的錯誤。

例 가: 왜 그렇게 화가 났어?

你為什麼生氣了？

나: 같은 연구실 선배가 처음에는 자료 정리만 도와 달라더니 이제는 한술 더 떠서 자기 보고서까지 써 달래.

研究室的前輩一開始請我幫忙整理資料，現在卻得寸進尺，要我幫他寫報告。

指比別人多吃一湯匙的飯，使用在某個人讓不好的情況進一步更惡化的時候。

★★☆ 慣

혀를 차다

近 혀끝을 차다

使用在表達不滿意或難過失望的時候。

例 가: 신입 사원이 철없는 행동을 할 때마다 부장님이 혀를 차시는데 그 사람이 듣기라도 할까 봐 걱정이에요.

每當新人有些不懂事的時候，部長都會咋舌，真擔心新人會不會聽到。

나: 그러게요. 못마땅한 게 있으면 직접 말씀해 주시면 좋을 텐데요.

就是啊，如果他有什麼不滿意的地方，直說會比較好吧。

強調時會用「혀를 쯧쯧 차다」、「혀를 끌끌 차다」。

방해 | 妨礙

★★☆ 慣
기름을 붓다

近 기름을 끼얹다

指煽動情感或是行動讓情況更加惡化的意思。

例 가: 정부가 버스와 지하철 요금을 또 올린다고 해요.
聽說政府又要提高公車和地鐵的搭乘費用。

나: 가뜩이나 물가가 올라서 성이 난 국민들에게 기름을 붓는 격이군요.
對於物價上漲而感到氣憤的民眾來說，這無疑是火上加油的舉動。

★★☆ 慣
눈을 속이다

指某個人騙過他人的行動。

例 가: 민지야. 요즘도 음악 학원에 다니는 거야?
玟池呀，你最近也有去音樂學院上課嗎？

나: 응. 음악 공부를 반대하시는 부모님의 눈을 속이는 것이 마음에 걸리기는 하지만 내가 하고 싶은 것을 공부할 수 있어서 좋아.
嗯，雖然不顧父母反對，欺騙他們去上課有點過意不去，但我很慶幸自己能夠學習喜歡的事物。

◌ 使用在透過某種手段或是方法讓他人無法得知自己正在做的事。

★★★ 俗
다 된 죽에 코 풀기

指妨礙他人幾乎快要完成的工作。

例 가: 엄마, 지훈이가 자기랑 안 놀아 준다고 숙제한 공책에 물을 부어 버렸어요.
媽媽，因為我不跟智勳玩，他在我的作業上潑水。

나: 지훈아. 다 된 죽에 코 풀기라고 형 숙제를 망쳐 놓으면 어떻게 해?
智勳，你怎麼搞砸哥哥寫好的作業，讓他功虧一簣？

✐ 「코」是指鼻水的意思。

◌ 也會使用相似意義的「다 된 밥에 재 뿌리기」。

못 먹는 감 찔러나 본다

★☆☆ 俗

使用在自己得不到的東西，也要阻饒別人讓他們沒辦法得到。

近 못 먹는 밥에 재 집어넣기, 못 먹는 호박 찔러 보는 심사, 나 못 먹을 밥에는 재나 넣지

例 가: 아무래도 이번 그림 대회에서 내가 상을 타기는 어려울 것 같아. 서영이 그림에 낙서나 해 버릴까?

無論如何，我在這次繪畫大賽中好像很難得獎，還是我去徐英的畫上亂塗一番怎麼樣？

나: 뭐라고! 못 먹는 감 찔러나 보는 거야? 네가 갖지 못한다고 남의 것을 망치면 안 되지!

什麼？得不到的就要毀掉嗎？你怎麼可以因為自己做不到就去毀壞他人的成果！

🔍 使用在某個人覺得某個情況對自己變得不利，利用小手段搞破壞的時候。

불난 집에 부채질한다

★★☆ 俗

指讓遇到壞事的人變得更加悽慘，或是讓生氣的人更加火冒三丈。

近 불난 데에 부채질한다

例 가: 민지야. 이 치킨 안 먹을 거야? 정말 맛있는데.

玟池呀，妳不吃這塊炸雞嗎？真的很好吃。

나: 불난 집에 부채질하는 것도 아니고 나 요즘 다이어트 중인 거 몰라?

你別再火上加油了，沒看到我最近正在減肥嗎？

🔍 源自於在起火的房子前面搧扇子讓火勢更加猛烈。

사람을 잡다

★☆☆ 慣

指非常折磨某個人或是讓他處在困難的情況。

例 가: 솔직하게 말해. 진짜 이번 일에 대해서 아무것도 모른다는 말이야?

說實話吧，關於這件事，你真的什麼都不知道嗎？

나: 정말 아무것도 모른다니까 왜 이렇게 사람을 잡아?

我真的什麼都不知道，你為什麼要這樣逼我？

✎ 「잡다」原本是指用手緊緊抓著不放開的意思，在此處則是指殺掉禽獸般的事物。

🔍 強調的時候會使用「생사람을 잡다」。

★☆☆ 慣
산통을 깨다

指因某人的失誤，破壞了原本順利的事。

例 가: 저기 태현이하고 수아가 커피 마시고 있는데 우리도 가서 같이 마실까?

太顯跟秀雅正在喝咖啡，我們要不要加入？

나: 태현이가 오늘 수아한테 고백한다고 했어. 괜히 산통을 깨지 말고 다른 데로 가자.

太顯說今天要跟秀雅告白，我們就不要過去壞了他的好事，去別的地方吧。

🔎 卦筒是指算命師卜卦時使用的裝著竹棒的小筒子，如果卦筒破了就不能卜卦，就是這句慣用語的起源。另一方面，因為他人導致事情不順利的時候則會用「산통이 깨지다」。

★☆☆ 慣
속을 긁다

指做出令人討厭的舉動或言語讓他人的心情變差。

例 가: 오늘 새 옷을 입고 갔는데 회사 동료가 옷이 촌스럽다면서 속을 긁지 뭐니? 이 옷이 그렇게 촌스러워?

今天穿新衣服去公司上班，卻被同事笑衣服很俗氣，傷透我的心，這件衣服真的很俗氣嗎？

나: 아니야. 하나도 촌스럽지 않아. 아마 네가 부러워서 그랬을 거야.

不，一點也不俗氣，大概是嫉妒你才這樣說。

🔎 使用在讓他人的心情七上八下，擾亂情緒的時候。

★☆☆ 慣
약을 올리다

指有意無意讓他人生氣或不愉快。

例 가: 이제 축구 경기가 거의 끝나가는데 상대 선수들이 공을 서로 돌리면서 우리 팀 선수들의 약을 올리고 있어요.

昨天足球比賽快要結束的時候，對手們來回運球，想要惹惱我們的選手。

나: 자기들이 이기고 있으니까 시간을 끌려는 생각인 거지요.

因為他們處於領先，所以才想要拖時間吧。

✏️ 「약」原本是指某種植物所具有的辛辣或苦澀的成分，延伸出表示生氣或是傷心等苦澀的感情。

🔎 受到他人的捉弄而生氣則會使用「약이 오르다」。

★★★ 慣
찬물을 끼얹다

近 고춧가루를 뿌리다

指某個人加入某件正順利進行的事情後，搞砸氣氛或是整件事。

例 가: 이 자리는 피자 가게를 하기에는 적당하지 않은 것 같아요.

我覺得這個地點不適合開披薩店。

나: 잘되라고 해 줘도 모자랄 판에 왜 찬물을 끼얹고 그래요?

你不但沒說些好話，反而還潑潑冷水？

🔎 使用在某個人讓本來和樂融融的氣氛變得尷尬，或說了某句話、做了某個行動，讓原本開心工作的氣氛失去興致的時候。

★☆☆ 慣
초를 치다

指某個人妨礙原本正順利進行的事，讓事情變得不順利。

例 가: 누나, 이 드라마 재미없는데 다른 프로그램 보자.

姊，這部戲好無聊，我們看別的節目吧。

나: 한참 재미있게 보고 있는데 왜 초를 치고 그래? 다른 거 보고 싶으면 이 드라마 끝나고 봐.

我看得正開心，為什麼要掃興？如果想看其他的，等這部戲播完之後再看。

✍ 「초」是指有酸味的調味料。

🔎 如果在食物裡加了過量的醋，會讓食物酸到無法下嚥。如同前述，源自於在他人要吃的食物裡面加了過量的醋讓人沒辦法吃。最好不要對長輩使用。

★☆☆ 慣
화살을 돌리다

指轉移訓斥或是指責的目標對象。

例 가: 네가 이 운동화를 사라고 해서 샀는데 발이 아파서 못 신겠잖아.

你叫我買這雙運動鞋我才買的，但穿上之後腳真的痛到沒辦法穿了。

나: 난 다른 걸 추천했는데 네가 디자인이 예쁘다고 그걸 골랐으면서 왜 나한테 화살을 돌리고 그래?

我明明推薦的是別雙鞋，是你自己說這雙設計很好看才買的，為什麼要把矛頭指向我？

🔎 使用在某個人把自己的過錯推卸責任給他人的時候。

★★☆ 俗
구렁이 담 넘어가듯

指不清楚明確地處理某件事，而是想要悄悄地
搪塞過去。

例 가: 여보, 일이 좀 있어서 늦었어요. 너무 피곤하니까
빨리 씻고 자야겠어요.

親愛的，我今天有點事所以回來晚了，太累了
想要早點洗澡睡覺。

나: 오늘도 구렁이 담 넘어가듯 슬쩍 넘어가려고요?
이렇게 늦게 들어온 게 벌써 며칠째예요? 도대체
무슨 일 때문에 계속 늦는지 말 좀 해 봐요.

你今天又想敷衍了事嗎？已經幾天這麼晚回家
了？說說看你最近都在忙些什麼工作吧。

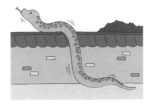

🔎 主要使用「구렁이 담 넘어가듯이」形式，就像蟒蛇靜悄悄
地攀過牆壁一樣，使用在某個人在某件事上態度不明確，
想要隨便蒙混過關的時候。

★★☆ 慣
꼬리를 감추다

近 꼬리를 숨기다

指某個人銷聲匿跡的意思。

例 가: 비리가 드러나자 증권사 대표가 꼬리를 감추고
도망갔다면서요?

聽說被爆出非法勾當之後，證券公司的執行長
馬上銷聲匿跡逃跑了。

나: 네. 해외로 도망을 가 버려서 찾기도 쉽지가
않다는 말을 들었어요.

是的，因為馬上逃往海外，所以聽說很難抓到
他。

✎ 「꼬리」原本是指動物的尾巴，在此處則是指某件事或人
所留下的痕跡或是線索。

🔎 普遍使用在做了壞事的人完全無法得知行蹤，隱藏或是逃
跑的時候。

★★☆ 慣
꼬리를 내리다

指某個人氣餒並退縮的意思。

例 가: 하준이는 다른 애들 앞에서는 안 그러면서 왜 항상 민지 앞에서만 꼬리를 내리지?

河俊為什麼總是在玟池面前畏畏縮縮的，跟其他朋友就不會這樣？

나: 뭔지는 모르겠는데 하준이가 민지한테 약점 잡힌 게 있나 봐.

我也不確定，但大概是被玟池抓住什麼把柄了吧。

🔎 使用在因為對方力量或是氣勢較強的壓力下，被迫放棄主見或意志，而順服對方的時候。不同的對話脈絡下，聽到這句話有可能心情不好，但本身並沒有貶低的意思。

★☆☆ 慣
꼬투리를 잡다

指故意從他人的話或行動中挑毛病和挑釁。

例 가: 넌 도대체 뭐가 그렇게 마음에 안 들어서 내 말끝마다 꼬투리를 잡고 그러니?

你到底對我有什麼不滿，我說的每句話你都要挑毛病？

나: 내가 언제 그랬다고 그래?

我什麼時候這樣做了？

✎ 「꼬투리」原本是指包覆大豆和植物果實的外皮，在此處則是指某件故事或事件的線索。

🔎 使用在負面事件上，強調的時候會使用「꼬투리를 잡고 늘어지다」。

★★☆ 慣
꽁무니를 빼다
近 뒤꽁무니를 빼다

指某個人悄悄地避開某個位置並逃跑。

例 가: 지원 씨 어디 갔어요? 다음에 노래 부를 차례인데요.

智媛去哪了？下一首歌換她唱了。

나: 벌써 꽁무니를 빼고 도망갔지요. 지원 씨가 노래 부르는 거 정말 싫어하잖아요.

智媛早就夾著尾巴逃走了，她真的很討厭唱歌。

✎ 「빼다」是指逃避並逃跑的通俗表達方式，強調的時候會使用「내빼다」。

🔎 普遍使用在害怕某件事或不想承擔責任而迴避的時候。

★☆☆ 慣
눈을 피하다

指某個人迴避別人看他的視線。

例 가: 공연 시간이 얼마 안 남았는데 왜 이렇게
늦었어요?

表演就快要開始了，你怎麼這麼晚才來？

나: 빨리 오려고 팬들의 눈을 피해 뒷문으로 나왔는데
거기에도 팬들이 서 있어서 사인을 해 주느라
늦었어요.

我為了快點到場，所以迴避粉絲從後門進來，沒
想到那裡也有粉絲，幫他們簽名所以遲到了。

𝒫 普遍指某個人不想遇到他人或是不想呈現自己的樣貌時所
採取的行動。

★★☆ 慣
눈치를 보다

指某個人觀察他人的心情或態度的意思。

例 가: 다른 사람의 눈치를 보지 말고 자신의 생각을
솔직하게 말해 주기 바랍니다.

希望你們不要看別人的臉色，誠實地說出自己
的想法。

나: 그럼 제가 먼저 말씀드리겠습니다. 저는 이번
프로젝트 진행은 무리라고 봅니다.

那麼就從我開始吧，我認為這次的專案恐怕難
以進行。

𝒫 使用在某個人太過於在意他人，說話和行動都小心翼翼。
另一方面，因為他人的心情或態度而感到在意的時候則會
使用「눈치가 보이다」。

★★★ 俗
닭 잡아먹고
오리 발 내놓기

使用在某個人不只犯錯沒反省，還否認跟裝作不
知情的時候。

例 가: 진짜야! 네 케이크 내가 안 먹었다니까?

真是的！我不就說了沒有吃你的蛋糕？

나: 닭 잡아먹고 오리 발 내놓기라더니 입에 묻은
생크림이나 닦고 말해!

別欲蓋彌彰了，先把你嘴邊的奶油擦掉再說吧。

你吃了我
的雞吧！

𝒫 源自於偷了他人的雞來吃，被雞的主人懷疑是犯人的時
候，強調自己沒有吃雞肉，是吃了鴨肉，還拿出鴨腳給對
方看。也可縮短成「오리 발을 내밀다」。

★☆☆ 慣
등을 보이다

指假裝沒看到或不顧他人難處的意思。

例 가: 우리도 형편이 어려운데 친구한테 또 돈을
빌려줬어요?

我們的處境也不好，你竟然又借錢給朋友？

나: 친구가 돈을 빌려 달라고 어렵게 말을 꺼내서 차마
등을 보일 수가 없었어요.

朋友面有難色地開口向我借錢，我不忍心拒絕
他。

🔎 說話的時候通常會看著對方，但對話的時候背對著對方，
則表示完全不想聽他的話，裝作不知道。

★★☆ 慣
뜸을 들이다

指要做某件事或說某句話之前拖延時間。

例 가: 오늘 소개팅에서 만난 사람이 말이야. 음…….
아무것도 아니야.

我跟你說，今天相親遇到的人，嗯……，沒事。

나: 뜸을 들이지 말고 빨리 말해 봐. 그러니까 더
궁금해 죽겠잖아.

別拖時間了，趕快說，你這樣讓我更好奇了。

🔎 就像花時間把食物煮熟一樣，使用在某個人在說什麼話或
做什麼事之前猶豫不決。

★★★ 慣
몸을 아끼다

指盡量不做任何事。

例 가: 민수 씨, 몸을 너무 아끼는 거 아니에요? 지원
씨도 저렇게 무거운 짐을 옮기고 있잖아요.

民秀，你也太愛惜你的身體了吧？沒看到智媛
也在搬那些重物嗎？

나: 미안해요. 주말에 이사하다가 허리를 삐끗해서
그래요.

對不起，因為我週末搬家的時候閃到腰才這樣。

🔎 用盡全力去做某件事的時候普遍會使用「몸을 아끼지 않고
일하다」。另一方面，偷偷避開某件事不積極地去做，不
認真的時候則會使用「몸을 사리다」。

★★☆ 慣
바람을 쐬다

指為了轉換心情而到外面或是別處走走。

例 가: 할머니, 오늘 날씨가 좋은데 산책도 할 겸 바람을 쐬러 나갈까요?

奶奶，今天天氣很好，我們去散步順便透透氣，好嗎？

나: 그럴까? 어디로 갈까?

好啊？去哪好呢？

🔎 看見和聽見他處的氛圍或是生活的時候則會使用「바깥 바람을 쐬다」。

★★★ 慣
발을 빼다

指某件事做一半中斷以後就不再參與其中。

例 가: 아침부터 왜 그렇게 피곤해 보여요?

你怎麼一大早就看起來這麼累？

나: 동업하기로 한 친구가 갑자기 발을 빼겠다고 하니까 앞으로의 일이 걱정돼서 어젯밤에 한숨도 못 잤거든요.

原本說好要跟我合夥的朋友突然退出了，因為擔心未來的事情所以整夜沒睡。

🔎 人們討厭對某件事負起責任的時候通常會做的舉動。另一方面，也有從壞事中完全脫身，全身而退的意思，這時也可以使用「발을 씻다」。

☆☆☆ 慣
억지 춘향이

指無可奈何地去做某件不想做的事。

例 가: 이번에 지점장으로 오신 분이 사장님 조카라면서요?

聽說這次擔任店長的是老闆的姪子？

나: 그렇대요. 조카분은 하기 싫다고 했는데 억지 춘향이로 하라고 했다나 봐요.

聽說是這樣，姪子本來不想接的，大概是勉為其難地接下這份工作吧。

🔎 源自於韓國古典小說「春香傳」中的春香，因為硬是不服從官吏的命令，而陷牢獄之災。

★☆☆ 慣
옆구리를 찌르다

指用手肘或手指戳對方的肋骨，偷偷發送信號的舉動。

例 가: 어른들이 계신 데서는 말을 조심하라고 했지?
아까 그렇게 옆구리를 찔렀는데 눈치를 못 채니?

我有說過長輩們在的時候要謹言慎行吧？剛剛我已經戳你暗示你了，你沒發現嗎？

나: 죄송해요. 사촌들이랑 이야기하는 데 정신이
팔려서 몰랐어요.

抱歉，剛剛在跟表親們講話所以沒注意到。

🔎 指再怎麼使眼色對方也沒察覺到的時候會做的舉動。另一方面，強調祕密行動的時候會使用「옆구리를 꾹 찌르다」。

★★★ 俗
울며 겨자 먹기
近 눈물 흘리면서 겨자 먹기

指硬是去做討厭的事。

例 가: 승원 씨, 요즘 주말마다 등산을 다닌다면서요?

昇源，聽說你最近週末都去爬山？

나: 네. 부모님이 하도 같이 다니자고 하셔서 울며
겨자 먹기로 시작했는데 등산이 좋아져서 요즘은
제가 먼저 가자고 해요.

對，爸媽一直叫我陪他們去爬山，我一開始勉為其難地去了，之後我喜歡上爬山，所以最近都是我先約他們。

🔎 在朝鮮時代辣椒還沒進到韓國以前，常用芥末來製作辛辣飲食。然而，芥末味道跟香氣獨特，只要吃一點就會被辣到流淚。即使如此，想要體驗辣味的人還是會一邊流著淚一邊吃，這就是本句俗諺的由來。

★★☆ 慣
눈을 돌리다

指把注意力放在其他事物上。

例 가: 수영을 배우는 것이 지겨우면 다른 운동으로
눈을 돌리는 게 어때?

如果對學游泳感到厭煩的話，不如轉移目光到
其他運動上如何？

나: 나도 그렇게 하고 싶은데 의사 선생님이 수영을
하는 게 지금 내 몸에 좋다고 하셔서 어떻게 해야
할지 고민이야.

我也想，但醫生說游泳有益於我現在的身體狀
況。所以我還在考慮該怎麼做。

✎ 「눈」原本是指眼睛，但在此處是指人們眼睛的目光或是
方向。

★★☆ 俗
달리는 말에 채찍질

指雖然現在也做得很好，但不滿足現況，為了更
突破而鞭策努力。

例 가: 감독님, 오늘 전국 체전에서 우승을 하셨는데
앞으로의 계획은 무엇입니까?

教練，今天在全國體育大會上獲得了優勝，請
問您未來的計畫是什麼？

나: 달리는 말에 채찍질하듯이 선수들을 더욱
격려하여 내년에도 우승하도록 노력하겠습니다.

我會再加把勁去激勵選手們，讓他們明年也可
以拿下優勝。

✎ 「채찍질」一詞原指用鞭子鞭打，但這裡是指極力催促或
激勵某人努力。

★☆☆ 俗

동에 번쩍 서에 번쩍

指某個人移動速度之快,讓人無法掌握確切位置。

例 가: 오늘도 등 번호 11번 선수의 활약이 눈부십니다.

今天十一號選手的表現也很搶眼。

나: 그렇습니다. 오늘도 동에 번쩍 서에 번쩍 하면서 공격과 수비를 도맡아 하고 있습니다.

沒錯,今天也是神出鬼沒地包辦了攻擊還有防守。

○ 主要使用「동에 번쩍 서에 번쩍 하다」的形式,也會使用在形容某個人到處忙碌地工作的模樣。

★☆☆ 慣

딱 부러지게

指某個人非常果斷地說話或是行動。

例 가: 왜 그렇게 얼굴 표정이 안 좋아요?

你的表情怎麼那麼差?

나: 인턴사원에게 복사 좀 해 달라고 했더니 자기 일이 아니라고 딱 부러지게 거절하더라고요. 그래서 기분이 별로 안 좋아요.

我請實習生幫我影印資料,沒想到他說這不是他的份內工作,毫不猶豫地拒絕我。所以我心情很差。

✎ 「부러지다」原本是指堅硬的物體斷成兩段交疊或是兩半,在此處則是指說話或是做事非常準確又確實的意思。

○ 也會使用相似意義的「딱 잘라」,後面會接「말하다 (說話),거절하다 (拒絕)」等。

★★☆ 慣

마음을 사다

指某個人讓他人的注意力都向著自己的意思。

例 가: 이 브랜드가 SNS 마케팅을 그렇게 잘한다면서?

聽說這個品牌的社群媒體行銷很厲害?

나: 맞아. SNS를 통해 친근감 있게 다가가서 소비자들의 마음을 산다고 하더라고.

沒錯,透過社群媒體親切地拉近距離,收買消費者的心。

✎ 「사다」原本是指付錢擁有某個物品或是某項權利,在此處則是指讓他人擁有某種情感的意思。

★★☆ 慣

머리를 싸매다

近 머리를 싸다

指盡全力去做某件事。

例 가: 연우가 웬일로 저렇게 머리를 싸매고 공부를
　　　열심히 해요?

延宇為什麼那麼埋頭苦幹地唸書？

나: 내일 중간시험 보잖아요. 평소에는 놀다가 꼭
　　시험 전날이 돼야 공부를 해요.

因為明天是期中考，他總是要拖到考試前一天
才抱佛腳。

🔎 主要使用「머리를 싸매고」，後面接「공부하다 (學習)、
고민하다 (苦惱)」等動詞。

★★☆ 慣

머리를 쥐어짜다

指為了解決某件事，絞盡腦汁思考。

例 가: 아무리 머리를 쥐어짜도 좋은 아이디어가
　　　떠오르지 않습니다.

再怎麼絞盡腦汁也想不出個好點子。

나: 오늘까지 신제품 기획안을 꼭 완성해야 하니 잠시
　　쉬었다가 계속 아이디어를 모아 봅시다.

新產品的企劃案今天一定要完成，我們稍微休
息一下，等一下再繼續彙整想法。

🖉 「쥐어짜다」原本是指硬擠出來的意思，在此處則是指深
思熟慮、聚精會神思考。

🔎 使用在某件事的解決辦法並不容易想出來，所以為了想辦
法而動腦筋的時候。

★☆☆ 慣

물결을 타다

指做出符合某個時代的氛圍或情況的行動。

例 가: 착한 소비의 물결을 타고 환경을 생각하는
　　　소비자가 늘어나고 있다고 합니다.

聽說跟隨著道德消費的浪潮，為環境著想的消
費者正在增加。

나: 그렇습니다. 실제로 친환경 제품의 매출이 매년
　　증가하고 있는 추세입니다.

沒錯，實際上永續產品的銷售量每年都有增加
的趨勢。

🔎 大多使用「물결을 타고」的形式，後面會接「달라지다(變
得)、변하다(改變)、변화하다(變化)」等動詞。

04
行為

★★★ 慣
물불을 가리지 않다

近 물불을 헤아리지 않다

不顧有多大的困難或危險，奮力去進行。

例 가: 밤을 새워서 하는 아르바이트를 하겠다고?
你說你要做大夜班的打工？

나: 다른 아르바이트를 구하기가 어려우니 어쩔 수가 없어. 다음 학기 학비를 벌기 위해서는 물불을 가리지 않고 일해야 돼.
找其他打工太困難了，我也無可奈何。為了賺下個學期的學費，我得奮不顧身地工作。

✎ 「물불」原指水火，在此處則是指困難或危險的意思。

♀ 正面或是負面的情況都可使用。使用在負面情況時，指某個人不管是好事還是危險的事，都一意孤行地去做，例如「그 사람은 돈과 권력을 쥐기 위해서는 물불을 가리지 않아.(那個人為了掌握金錢和權力而不顧一切)」。

★★★ 慣
발 벗고 나서다

近 맨발 벗고 나서다

指積極投入到某件事中。

例 가: 다음 달에 대통령 선거가 있는데 좋은 지도자가 당선됐으면 좋겠어요.
下個月就要總統大選了，希望可以選出一個優秀的領導者。

나: 맞아요. 국민을 위해 옳다고 생각하는 일이라면 항상 발 벗고 나서는 사람이 뽑혔으면 좋겠어요.
沒錯，希望能選出能為了全國民赴湯蹈火，而且積極出面領導的人。

♀ 從前耕農鄰居間會相互幫忙，如果要耕田就必須把鞋子襪子都脫掉，光腳進到田裡，以此形容積極參與某件事。

★★☆ 慣
발이 빠르다

指迅速地採取對某件事的對策。

例 가: 경쟁 회사에서 신제품을 출시했다고 합니다.
聽說我們的競爭對手推出了新產品。

나: 그 회사에 시장 점유율을 뺏기지 않으려면 우리도 발이 빠르게 움직여야 합니다.
如果不想被對手搶走市佔率的話，我們也必須趕快採取對策。

♀ 指為解決問題或應因某種潮流快速行動。主要會用「발이 빠르게 움직이다」和「발이 빠르게 대처하다」的形式。

★☆☆ 慣
본때를 보이다

指某個人嚴厲責備犯錯的人好讓他不再重蹈覆徹。

例 가: 학생이 선생님 몰래 수업 촬영한 것을 충분히 반성하고 있는 것 같은데 이제 봐줘도 되지 않아요?

學生似乎已經徹底反省他偷拍老師課程的這件事，應該可以原諒他了吧？

나: 처음에 본때를 보여 주지 않으면 나중에 잘못을 되풀이할 수도 있으니 좀 더 반성의 시간을 갖게 해야 합니다.

倘若不在初犯的時候就給予嚴厲的教訓，他以後肯定會重蹈覆徹，所以再讓他好好反省一陣子吧。

✎ 「본때」是指模範或是優點的意思。

★☆☆ 慣
불을 끄다

指解決緊急的問題。

例 가: 어머니, 오늘 퇴근이 늦을 것 같아요. 회사에 문제가 생겨서 급한 불을 끄고 가야 해서요.

媽媽，我今天應該會晚下班，公司有個當務之急需要解決。

나: 그래. 아무리 급해도 저녁은 챙겨 먹고 일해.

我知道了，再怎麼忙也要記得吃晚餐喔。

🔎 需要解決非常緊急的問題的時候則會使用「급한 불을 끄다」和「발등의 불을 끄다」。

★★★ 慣
소매를 걷어붙이다

近 소매를 걷다,
팔소매를 걷어붙이다,
팔소매를 걷다

指正式參與某件事的意思。

例 가: 요즘 환경 보호에 관한 광고가 부쩍 많아졌어요.

最近關於環保的廣告越來越多了。

나: 정부가 환경 보호에 소매를 걷어붙이고 나서서 그런 게 아닐까요?

大概是因為政府積極在推動環保吧？

🔎 源自於人們工作之前為了方便工作會挽起袖子的表現。
主要會使用「소매를 걷어붙이고」的形式，也會使用相似意義的「팔을 걷고 나서다, 팔을 걷어붙이다」。

★☆☆ 慣
손을 뻗다

指某個人帶有目的對他人造成影響。

例 가: 적은 돈을 투자해 큰돈을 벌 수 있다며
　　　사람들에게 유혹의 손을 뻗어 돈을 갈취한
　　　일당이 검거되었대요.
　　　聽說宣稱用小錢可以賺大錢來引誘人們投資的
　　　詐騙集團被逮補了。

　　나: 잘됐네요. 그런 사람들은 평생 감옥에서 살아도
　　　모자라요.
　　　太好了，那些人最好在監獄待一輩子。

✎ 「손」是指某人的影響力或權限所及的範圍。

★★☆ 俗
손이 발이 되도록
빌다

近 손이 발이 되게 빌다,
　 발이 손이 되도록 빌다

指懇求對方原諒自己的失誤或錯誤。

例 가: 언니와 아직도 냉전 중이야?
　　　姊姊還在和你冷戰嗎？

　　나: 응, 언니한테 다시는 언니 옷을 안 입겠다고 손이
　　　발이 되도록 빌었는데도 소용이 없어.
　　　嗯，就算我發誓再也不穿姊姊的衣服，苦苦哀
　　　求她也沒有用。

★★☆ 慣
얼굴을 들다

指堂堂正正地對待他人的意思。

例 가: 제가 잘못해서 계약이 안 된 것이 아니라는
　　　사실이 드디어 밝혀졌어요.
　　　真相終於大白，不是因為我的錯而導致簽約失
　　　敗的。

　　나: 잘됐어요. 이제는 얼굴을 들고 공장 사람들을 볼
　　　수 있겠어요.
　　　太好了，你終於可以抬起頭面對工廠的大家了。

🔍 如有無法理直氣壯的事，經常使用否定形式的「얼굴을 들
지 못하다」或是「얼굴을 들 수가 없다」。

★★☆ 慣
열 일 제치다

指因為某件重要的事而推遲或放棄其他所有事情。

例　가: 지원 씨, 다음에도 제가 도와 달라고 부탁하면 들어줄 거지요?

智媛，下次我拜託你幫忙，你也會幫我吧？

　　나: 당연하지요. 제시카 씨 일이라면 언제든지 열 일 제치고 도와줄게요.

當然，只要是潔西卡的事情我都願意赴湯蹈火。

🔎 主要使用「열 일 제치고」的形式，使用在把某件事放在第一順位的時候。

★☆☆ 慣
이리 뛰고 저리 뛰다

指某個人很忙碌地奔波的意思。

例　가: 요즘 집 구하기가 만만치 않지요?

最近找房子不容易吧？

　　나: 네, 괜찮은 곳을 알아보려고 이리 뛰고 저리 뛰고 있는데 쉽지 않네요.

是的，為了尋找不錯的地點而東奔西走的，真不容易。

🔎 普遍使用在表示某個人為了解決某個問題而奔波勞碌的模樣。

★★☆ 慣
주먹을 불끈 쥐다

指某個人展現對於某件事的堅定意志而做出的舉動。

例　가: 이번 시합에서는 꼭 이길 거라고 주먹을 불끈 쥐더니 연습 많이 했어요?

為了贏得這次比賽，你咬緊牙關做了很多練習嗎？

　　나: 네. 걱정하지 마세요. 이번 시합은 정말 자신 있어요.

是的，請不用擔心，我對這次的比賽有信心。

🔎 使用在對某件事有堅毅的決心或是下定決心的時候。

★☆☆ 價
총대를 메다

指某個人率先擔起某件事的責任的意思。

例 가: 제가 총대를 메고 사장님께 월급을 올려 달라고 말씀드릴 테니 여러분은 너무 걱정하지 마십시오.

我會為大家出面和老闆交涉提高薪資的事，所以請不用擔心。

나: 감사합니다. 제발 사장님과 이야기가 잘 되었으면 좋겠습니다.

謝謝，希望你可以和老闆順利談成。

🔎 普遍使用在毛遂自薦去做很累或是很危險、沒有人要做的事的時候。

★☆☆ 價
침 발라 놓다

指標示某項物品屬於自己的意思。

例 가: 사랑아. 이거 내가 침 발라 놓은 과자니까 절대로 먹지 마.

嗣朗啊，這是我看中的餅乾所以絕對不能吃喔。

나: 언니, 그 과자 맛있던데 나도 좀 먹으면 안 돼? 한 개만 줘.

姊姊，這餅乾真的很好吃，不能給我吃一片嗎？

🔎 普遍使用在告訴他人不要碰自己的物品的時候。

★☆☆ 價
콧대를 꺾다

近 콧대를 누르다

指某個人打擊他人的自負心或自尊心的意思。

例 가: 넌 뭐가 그렇게 잘나서 항상 잘난 척이야? 내가 네 콧대를 꺾어 놓고 말겠어.

你有什麼了不起，老是裝作一副很厲害？我要挫挫你的銳氣。

나: 어디 한번 해 봐. 네 실력으로는 어림도 없을걸.

你試試啊，但憑你的實力大概沒辦法吧。

✐ 「콧대」本來是指鼻樑的意思，在此處則是指炫耀或是傲慢的態度。

05

언어
語言

----

1 과장   誇飾

2 말버릇   說話習慣

3 행위   行為

과장 ┊誇飾

★☆☆ 價
공수표를 날리다

指無法遵守的約定。

例 가: 선거일은 다가오는데 누구를 뽑아야 할지 모르겠어요. 공약을 보고 뽑으려고 해도 다들 실현이 어려운 공약들만 내세우고 있으니까요.

選舉快要到了，但我不知道該投誰。想要透過政見來選擇，但每個候選人都提出難以實踐的空頭支票。

나: 맞아요. 국회의원들이 하도 공수표를 날리니까 이제는 못 믿겠어요.

對啊，就連國會議員也都開空頭支票，實在是沒辦法相信任何人。

☆☆☆ 俗
나중에 보자는 사람 무섭지 않다

近 나중에 보자는 양반 무섭지 않다, 두고 보자는 건 무섭지 않다

指沒必要害怕沒辦法當場發火、在背後說著走著瞧的人。

例 가: 두고 봐. 다음번에는 내가 꼭 이길 거야.

走著瞧，下一次我一定會贏過你。

나: 나중에 보자는 사람 무섭지 않거든. 테니스 연습 좀 더 하고 와.

只會放馬後炮的人沒什麼好怕的，多練習網球再來挑戰我吧。

🔎 意指在勝負、競爭、吵架等情況中邊大喊著「走著瞧(나중에 보자)」邊退後的人，並不值得害怕的時候。

★☆☆ 價
두말 못하다

指對於某件事再也無法表達不滿或是意見的意思。

例 가: 아저씨, 저희 집 택배를 몰래 가져간 사람이 뭐래요?

叔叔，偷走我家包裹的人說了什麼？

나: 처음에는 자기가 한 일이 아니라고 딱 잡아떼더니 CCTV 영상을 보여 주니까 두말 못하더라고요.

他一開始還矢口否認，但給他看監視器畫面之後，就沒話說了。

🔎 使用在某個犯錯的人起初不停狡辯，但給他看確切的證據之後，就不得不承認錯誤的時候。

★☆☆ 慣
두말하면 잔소리

使用在強調已經說過的話完全正確，所以沒有再重複說的必要。

例 가: 수아야, 기차표는 예매했어? 출입구하고 먼 데가 조용하고 좋은데 거기로 했어?

秀雅呀，你先買車票了嗎？離出入口遠的座位比較好也安靜，你有買到嗎？

나: 두말하면 잔소리지. 좋은 자리로 예매해 뒀으니까 걱정하지 마.

那還用說嗎？早就買到好位子了，不用擔心。

🔎 對方不停詢問某件確切的事，想讓他安心的時候所使用的話。也會使用相似意義的「두말하면 입 아프다」、「두말할 나위가 없다」、「두말할 필요가 없다」。

★★★ 俗
말 한마디에 천 냥 빚도 갚는다

近 천 냥 빚도 말로 갚는다

指有好的口才就能解決問題。

例 가: 제가 알아서 할 테니까 제발 좀 나가 계세요. 짜증 나 죽겠어요.

我會自己看著辦，拜託你出去，我快要煩死了。

나: 말 한 마디에 천 냥 빚도 갚는다는데 아빠한테 말 좀 예쁘게 하면 안 되니?

好話一句值千金，你就不能好好跟爸爸說話嗎？

🔎 普遍使用在要隨便說話的人好好說話的時候。

★☆☆ 慣
말이 되다

指某個人的話有道理，可以認同的意思。

例 가: 내일부터 하루에 3시간씩 운동하면서 근육을 만들면 이번 보디빌더 대회에서 1등을 할 수 있겠지?

如果從明天開始每天運動三小時鍛鍊肌肉的話，就能在健美比賽中拿到第一名吧？

나: 태현아, 말이 되는 소리를 해. 졸업 작품 때문에 식사할 시간도 없다면서 3시간씩 운동을 한다고?

太顯啊，說些像樣的話吧。你因為畢業專案的關係都沒時間吃飯了，還有時間運動三小時嗎？

🔎 說的話沒有道理，無法認同的時候則會使用「말이 안 되다」。

★★★ 俗
발 없는 말이
천 리 간다

指消息流傳得很迅速。

例 가: 장사가 잘 안 돼서 가게 홍보 방법을 문의하러
　　　 왔습니다.

　　　 因為事業不順，所以來請教一些宣傳的辦法。

　　 나: 그러세요? 요즘은 입소문 마케팅이 대세입니다.
　　　 발 없는 말이 천 리 간다고 입소문 마케팅을
　　　 활용하는 건 어떠세요? 방법은 저희 기관에서
　　　 알려 드릴 수 있습니다.

　　　 是嗎？最近口碑行銷是趨勢，運用不脛而走的
　　　 口碑行銷方式怎麼樣呢？我們機構可以提供您
　　　 一些方法。

✎ 「천 리」大約是指四百公里，在此處則是指非常遠的距離。

🔎 韓語中「話」和「馬」是同字「말」，比喻說的話像馬一
　 樣跑得非常快，強調某件傳聞或是話語迅速地傳到遠處。

★☆☆ 慣
새빨간 거짓말

近 빨간 거짓말

指某個謊言荒謬到讓人能夠輕易識破。

例 가: 민지야, 우리 그만 헤어지자.

　　　 玟池，我們分手吧。

　　 나: 뭐라고? 나 없이는 못 산다고 하더니 그 말이 다
　　　 새빨간 거짓말이었어?

　　　 什麼？你曾說過沒有我你活不下去，那句話只
　　　 是一個瞞天大謊嗎？

🔎 「새빨갛다」是指顏色非常鮮紅的意思。紅色普遍有火的意
　 象，火的顏色很搶眼，如果失火了，就算在遠處都能看見。
　 使用在某個人說了一個他人可以輕易看破的謊言。

☆☆☆ 俗
속에 뼈 있는 소리

一般指某個人的言語之中藏著某種含意。

例 가: 장학금 받은 거 축하해. 그런데 너는 노력에 비해
　　　 항상 성과가 잘 나오더라.

　　　 恭喜你拿到獎學金，但和努力相比，你的成果
　　　 總是特別好呢。

　　 나: **속에 뼈 있는 소리** 같긴 하지만 그래도 축하해
　　　 줘서 고마워.

　　　 雖然感覺你話中有話，但還是謝謝你的祝賀。

🔎 形容某人不直接說內心話，反而拐著彎說話的時候。

★★☆ 俗
손가락에 장을
지지겠다

近 손바닥에 장을 지지겠다,
손톱에 장을 지지겠다

使用在某個人保證對方做不到某件事的時候。

例 가: 오늘은 하준이가 진짜 약속 시간에 맞춰서
온다고 했으니까 한번 믿어 보자.

河俊說今天一定會準時赴約,我們就相信他一
次吧。

나: 넌 그 말을 믿어? 걔가 제시간에 오면 내
손가락에 장을 지지겠다.

你相信他的話嗎?如果他準時來的話,我把我
的全部財產都給你。

○ 也會縮短成「손에 장을 지지겠다」的形式使用。另一方
面,也會使用在保證自己的主張絕對沒錯的時候。例如:
「내 말이 거짓이면 내 손가락에 장을 지지겠다.(如果我說
謊,我就向你磕頭。)」

★☆☆ 慣
어림 반 푼어치도
없다

指某個人的話荒謬到無需重新思考的意思。

例 가: 아버지, 저도 이제 성인이 됐으니까 독립할게요.

爸爸,我現在成年了所以我要搬出去自己住。

나: 돈 한 푼 없는 네가 독립을 하겠다고? 어림 반
푼어치도 없는 소리 좀 하지 마라.

你又沒錢還想搬出去住?別說些不像樣的話了。

○ 使用在對方的發言很無厘頭或實踐的可能性很低的時候。

★★☆ 慣
입만 아프다

指再怎麼和對方溝通他都不接受,毫無意義的
意思。

例 가: 엄마, 친구들은 방학에 다 해외로 여행을 간단
말이에요. 저도 이번 방학에는 꼭 해외여행을
가게 해 주세요.

媽媽,朋友們放假的時候都出國去玩了,所以
這次放假也讓我出國去玩吧。

나: 위험해서 안 된다고 몇 번을 말해? 네 마음대로
해. 계속 말해 봤자 내 입만 아프지.

要我說幾次很危險所以不行?隨便你吧,繼續
說也只是白費唇舌。

○ 使用在想要說服某個人,但不管怎麼說都起不了作用,而
放棄和對方對話的時候。

★★☆ 價
입에 자물쇠를 채우다

使用在不隨便談論已經知道的事實。

例 가: 여보, 수아가 당신한테는 갑자기 학교를 그만두고 싶은 이유를 말해요?

親愛的，秀雅有跟你說為什麼突然不想去學校上課嗎？

나: 아니요. 입에 자물쇠를 채운 것처럼 계속 아무 말도 하지 않고 있어요.

沒有，她嘴巴好像貼上封條似的什麼都不說。

🔎 使用在讓某人無法訴說某件事的時候。例如：「절대 부모님께 말씀드리지 못하도록 동생의 입에 자물쇠를 채웠다.(我把弟弟的嘴巴封上了，讓他絕對不能告訴爸媽。)」

★★★ 價
입에 침이 마르다
近 침이 마르다

指反覆地說著某個人或事物的話。

例 가: 처음 뵙겠습니다. 김민수라고 합니다.

初次見面，我是金民秀。

나: 드디어 김민수 씨를 직접 만나게 됐군요. 마크 씨가 입에 침이 마르도록 칭찬을 해서 직접 만나고 싶었거든요.

終於見到金民秀先生本人了，馬克總是滔滔不絕地稱讚你，所以很想見你一面。

🔎 普遍會在「입에 침이 마르게」或是「입에 침이 마르도록」後面接「칭찬하다(稱讚)、자랑하다(自豪)」等動詞使用。

★★☆ 價
입이 간지럽다
近 입이 근질근질하다, 입이 근지럽다

指無法忍耐想對他人說某件事的意思。

例 가: 지원 씨, 차 바꿨어요? 못 보던 차네요!

智媛，妳換車了嗎？這台車沒看過呢！

나: 네, 한 달 전에 바꿨는데 아무도 몰라보더라고요. 그동안 자랑하고 싶어서 얼마나 입이 간지러웠는지 몰라요.

是的，一個月前換的但沒有人知道，這段期間妳都不知道我嘴巴有多癢，有多想跟大家炫耀。

🔎 如果某個東西碰到身體產生生癢的感覺，會無法忍受想抓癢的欲望。如同前述，使用在某個人想要炫耀、或是想要跟他人說秘密而焦急的時候。

★★★ 俗
입이 열 개라도
할 말이 없다

近 입이 광주리만 해도
　　말 못한다

指某個人犯的錯很明確，沒有辯解或解釋的機會。

例 가: 이 안무를 하루 이틀 연습한 것도 아닌데 아직도
　　　틀리면 어떻게 해요?

　　　練習這個編舞已經不是一天兩天的事，怎麼還
　　　會錯成這樣？

　　나: 죄송합니다. 입이 열 개라도 할 말이 없습니다. 더
　　　열심히 연습해서 틀리지 않도록 하겠습니다.

　　　抱歉，我無話可說，我會更努力練習不跳錯的。

🔎 普遍使用在某個人自己承認錯誤的時候。

☆☆☆ 俗
혀 아래 도끼 들었다

近 혀 밑에 죽을 말 있다

指說話要小心，否則會惹禍上身。

例 가: 선생님, 제가 무심코 한 말에 친한 친구가 상처를
　　　받고 절교를 선언해서 속상해요.

　　　老師，我不經意地說了傷害朋友的話，現在他
　　　說要和我絕交，我好難過。

　　나: 아이고, 속상하겠다. 그런데 혀 아래 도끼
　　　들었다고 무심코 하는 말이 누군가에게는 상처가
　　　될 수도 있으니까 말을 할 때 항상 조심해야 해.

　　　唉，你肯定很難過吧。但是禍從口出，就算是
　　　無心之言也可能不小心傷害到某個人，所以說
　　　話一定要小心。

🔎 有時候一句無心的話也會變成尖銳的斧頭傷害到對方，使
用在建議人要謹言慎行的時候。

☆☆☆ 慣
혀에 굳은살이
박이도록

指話多到嘴巴痛。

例 가: 지훈 엄마, 지훈이가 핸드폰을 너무 가까이 보는
　　　거 아니에요? 저러다 눈 나빠지겠어요.

　　　智勳媽媽，智勳看手機不會離得太近了嗎？再
　　　這樣下去眼睛會近視。

　　나: 그러면 안 된다고 혀에 굳은살이 박이도록
　　　잔소리를 해도 소용이 없어요.

　　　我已經講到嘴巴長繭了，嘮叨也沒用。

🔎 普遍用於誇飾反覆說同樣的話的時候。

★★★ 俗
가는 말이 고와야 오는 말이 곱다

近 가는 떡이 커야 오는 떡이 크다, 가는 정이 있어야 오는 정이 있다

指要對他人說好話，他人才會對自己說好話。

例 가: 사랑아, 말 좀 예쁘게 하면 안 돼?

嗣朗啊，你講話不能好聽一點嗎？

나: 가는 말이 고와야 오는 말이 고운 법이야. 서영이 너도 그동안 나한테 어떻게 말을 했는지 한번 생각해 봐.

俗話說「你不仁，我不義」，徐英妳也要想想平常妳是怎麼對我說話的。

𝒫 使用在告訴某個人如果想要得到他人的尊重，就必須先尊重他人的時候。

★☆☆ 慣
꼬집어 말하다

指某個人明確點出某個事實或想法。

例 가: 너 연봉 많이 주는 데로 회사를 옮긴다고 다니던 회사를 그만두더니 아직도 놀아?

你不是說要換到年薪比較高的公司上班，所以辭了原本的工作，但你還在玩？

나: 너는 꼭 남의 상처를 꼬집어 말하더라. 그렇게 하면 기분이 좋니?

你一定要在別人的傷口上這麼一針見血嗎？這樣你比較開心？

𝒫 使用在直接地指責他人的失誤、錯誤或缺點等等的時候。

★★☆ 俗
똥 묻은 개가 겨 묻은 개 나무란다

近 숯이 검정 나무란다

指看不見自己的大缺點，卻嘲笑他人的小缺陷。

例 가: 연우야, 너 이렇게 쉬운 문제를 틀렸어?

妍雨，妳居然寫錯這麼簡單的問題？

나: 똥 묻은 개가 겨 묻은 개 나무란다더니 너는 그 문제만 맞고 나머지는 다 틀렸잖아.

簡直是五十步笑百步，你也只答對那題，其他全寫錯了。

𝒫 使用在某個人沒有考慮到自己的情況或是處境，而指責他人小錯誤的時候。

★☆☆ 慣
말꼬리를 물고
늘어지다

指從他人的話語中抓把柄、一一追究的意思。

例 가: 민수 씨, 조금 전에 승원 씨하고 심각하게
이야기하던데 무슨 일 있어요?

民秀，你剛剛一臉嚴肅地在跟昇源說些什麼？

나: 회의 시간에 승원 씨가 자꾸 제 말꼬리를 물고
늘어지니까 짜증이 나더라고요. 그래서 제가 한
소리 했어요.

剛剛開會的時候昇源一直挑我毛病，真的很
煩，所以我唸了他一頓。

🔍 也會使用相似意義的「말꼬리를 잡다」。

★☆☆ 慣
말만 앞세우다

使用在表示某個人光說不做的時候。

例 가: 저 정당을 지지하는 사람들이 점점 줄어드는 것
같아요.

支持那個政黨的人好像越來越少了。

나: 정치를 개혁하겠다는 말만 앞세우고 정작 하는
일은 하나도 없으니 지지율이 떨어지는 게
당연하지요.

政治改革光說不做，政績寥寥無幾，支持率下
降是必然的。

🔍 使用在譴責話說得很好聽卻完全不去執行的人。

★☆☆ 俗
말이 많으면
쓸 말이 적다

近 군말이 많으면 쓸 말이
적다

意指講多了空泛的言論，有內涵的內容會變少。

例 가: 한 시간 동안 입 아프게 상담해 줬는데 고객이
그냥 가 버려서 힘이 빠져요.

我花了一個小時跟客人介紹商品他卻一走了
之，真讓我身心俱疲。

나: 또 쓸데없는 농담만 하고 정작 중요한 할인율이나
사은품 같은 건 말 안 했죠? 말이 많으면 쓸 말이
적다고 하잖아요.

妳又花時間在沒意義的玩笑上，完全沒提到重
要的折扣跟贈品吧？言多必失，簡明扼要地介
紹就好。

🔍 使用在建議某個人話多不如話少，三思而後言的時候。

★★★ 俗

말이 씨가 된다

指事情會按照某個人所說的發展。

例　가: 여보, 휴게소에 들러서 좀 쉬었다 가요. 비가 너무 많이 와서 앞이 안 보이는데 이렇게 가다가 사고라도 나면 어떻게 해요?

　　　親愛的，我們在休息站停一下再走吧，雨下得太大了，完全看不到前面，這樣開車上路我怕會出車禍。

　　나: 말이 씨가 된다고 하잖아요. 그런 소리 좀 하지 마세요.

　　　禍從口出，不要說那種話。

🔎 對於說著將來會發生不幸的事的人，制止他們不要再說，因為真的有可能發生不幸。

★☆☆ 慣

밑도 끝도 없다

指突然說出一些前後不連貫的發言的意思。

例　가: 수아야, 너 정말 너무한 거 아냐?

　　　秀雅，妳會不會太過分？

　　나: 밑도 끝도 없이 그게 무슨 말이야? 내가 뭘 어쨌는데?

　　　沒頭沒腦地在說些什麼啊？我怎麼了？

✍ 「밑」原本是指物體的下側或是底部，在此處則是指基本、根本、初次等意思。

🔎 普遍使用「밑도 끝도 없이」或「밑도 끝도 없는」的形式，使用在某人突然說莫名其妙的話，讓人感到荒唐的時候。

★☆☆ 俗

사돈 남 말한다

近 사돈네 남의 말한다,
　　사돈 남 나무란다

使用在某個人撇除自己的錯誤，卻指責他人的不是。

例　가: 하준아, 또 딴짓하는 거야? 너는 5분도 집중을 못 하니?

　　　河俊，你怎麼又不專心，連五分鐘也專心不了嗎？

　　나: 사돈 남 말하네. 태현이 너도 만만치 않잖아.

　　　真是半斤八兩，太顯你也一樣啊。

✍ 「사돈」是指透過婚姻而產生的姻親關係。

🔎 使用在某個人看不到自己的缺點或過失，反而去取笑他人的時候。

☆☆☆ 俗

쓰다 달다 말이 없다

指對某件事沒有任何反應或想法的意思。

例 가: 태현아, 교수님은 만나 봤어? 어때? 이번에는
논문이 통과될 것 같아?

太顯，你見過教授了嗎？你的論文這次有機會
通過嗎？

나: **쓰다 달다 말이 없어서서 모르겠어.** 아무래도 안
될 것 같아.

教授不發一語，所以我也不知道，大概是沒機
會吧。

🔎 使用在想要聽他人的意見或想法，但對方卻沈默不語而感
到很鬱悶的時候。

★★★ 俗

아 해 다르고
어 해 다르다

近 에 해 다르고 애 해
다르다

指就算是同一句話，根據表達方式的不同，對
方的感受也會有所不同。

例 가: 일을 이렇게밖에 못해요? 자료를 연도 별로 추려
놓으라고 했잖아요.

你怎麼這麼不會做事？我不是叫你把資料按照
年度排列嗎？

나: 선배님, **아 해 다르고 어 해 다르다고** 같은
말이라도 좀 부드럽게 해 주시면 안 돼요?

前輩，說話方式比說話內容更重要，同樣的一
句話，就不能更溫柔一點地表達嗎？

🔎 經常使用「아 다르고 어 다르다」的形式。

★★☆ 慣

아픈 곳을 건드리다

近 아픈 곳을 찌르다,
아픈 데를 건드리다,
아픈 데를 찌르다

指某個人指出或指責對方的弱點或破綻。

例 가: 이제 나이도 있는데 공무원 시험은 그만 포기하고
취직을 해. 계속 공부만 하고 있으니 부모님께서
얼마나 속이 상하시겠어?

你現在也有年紀了，是不是該放棄公務員考試
然後去找工作。你只專注在唸書上，你的父母
該有多操心？

나: 너는 꼭 사람 **아픈 곳을 건드리더라.**

你一定要這樣戳我的痛處嗎？

🔎 使用在某個人故意提起對方因為傷心而想忽略不去思考的
事，或提起對方感到比較敏感的部分。

★☆☆ 慣
앓는 소리

指無病呻吟或裝模作樣地說話。

例 가: 이번 달은 직원들 월급도 못 주게 생겼네. 은행에
　　　가서 대출이라도 받아야 되나?

　　　這個月連員工們的薪資都付不出來，我是不是
　　　該去銀行貸款？

　　나: 사장님, 연봉 협상 때가 되니까 일부러 앓는 소리
　　　하시는 거 아니에요?

　　　老闆，你是不是因為快到了薪資協商的時期，
　　　所以在無病呻吟？

🔍 使用在對方故意找藉口，表現出擔心的模樣的時候。普遍
　　使用「앓는 소리를 하다」的形式。

★☆☆ 慣
입만 살다

指某個人不採取行動，光會說的意思。

例 가: 할아버지, 전 평소 실력이 있어서 공부를 안 해도
　　　시험을 잘 볼 거예요.

　　　爺爺，我平常實力就不錯，不用唸書也可以考
　　　得很好。

　　나: 쯧쯧, 입만 살아 가지고……. 너 그러다 성적이 잘
　　　안 나오면 어떻게 할래?

　　　真是的，只會耍嘴皮子……。你再這樣下去考
　　　不好怎麼辦？

🔍 普遍使用「입만 살아서」或「입만 살아 가지고」的形式，
　　使用在不滿意某個人光說不做的時候。

★★☆ 慣
입에 달고 다니다

指某個人經常或反覆說某句話。

例 가: 승원이한테도 연락해 볼까? 오랜만에 같이 보면
　　　좋잖아.

　　　我們是不是該聯絡一下昇源？難得一起見個面
　　　該有多好。

　　나: 연락해 봤자 소용없어. 바쁘다는 말을 입에 달고
　　　다니는데 모임에 나오겠어?

　　　聯絡他也沒用，整天把很忙掛在嘴邊的人怎麼
　　　有時間來聚會？

🔍 也經常使用「입에 달고 살다」的表達方式。另一方面，
　　「나는 커피를 입에 달고 다닌다.」是指經常喝某種特定的
　　食物或飲料。

★☆☆ 慣
입에 발린 소리

近 입에 붙은 소리

使用在不是發自真心對某個人說好聽的話的時候。

例 가: 민지 너한테는 다 잘 어울려. 고민하지 말고 네 마음에 드는 옷으로 사.

每一件都好適合玟池妳喔。別猶豫了，喜歡的都買吧。

나: **입에 발린 소리** 하지 말고 솔직하게 말해 봐. 어떤 게 더 나아?

別說那些場面話了，老實說，哪件更適合我？

🔎 指為了配合他人的胃口而假裝說好話或是說動聽的話。普遍和「입에 발린 소리 좀 그만해」、「입에 발린 소리 좀 하지 마」一起使用，要總是說著好聽話的對方說實話的時候。

★★★ 俗
입은 비뚤어져도 말은 바로 해라

近 입은 비뚤어져도 말은 바로 하랬다

指不管處在什麼情況都要說正確的話。

例 가: 민수 씨가 저보다 먼저 승진하는 게 말이 돼요? 일도 잘 못하는데……

民秀比我更快升遷這合理嗎？他明明事情都做不好……。

나: **입은 비뚤어져도 말은 바로 하라고** 솔직히 민수 씨가 일은 잘하잖아요.

不要昧著良心說話，其實民秀很會做事啊。

🔎 使用在某個人貶低他人的實力或是發言與事實不符的時候。

★★★ 俗
핑계 없는 무덤이 없다

使用在某個人就算犯了滔天大錯也不承認，一直辯解的時候。

例 가: 엄마, 죄송해요. 늦는다고 연락하려고 했는데 핸드폰 배터리가 없어서 못했어요.

媽媽，對不起，本來想跟妳說我會晚回家，但是手機剛好沒電了。

나: **핑계 없는 무덤이 없다더니** 그걸 지금 변명이라고 하는 거야?

別找藉口了，這個理由像話嗎？

🔎 使用在某個人不承認自己的錯誤或是失誤，反而說出拙劣的藉口時。

★☆☆ 俗

고양이 목에 방울 달기

近 고양이 목에 방울 단다

指毫無意義地議論著無法實際執行的事。

例 가: 부장님께 야근을 좀 줄여 달라고 했으면 좋겠어. 거의 매일 야근하니까 너무 힘들어.

如果可以跟部長反映減少加班時間就好了。每天都加班實在太累了。

나: 그렇기는 한데 누가 고양이 목에 방울 달기를 하려고 하겠어?

話雖如此，誰要去幫貓掛鈴鐺？

🔎 使用浪費時間在議論實際上做不到的事的時候。

★☆☆ 慣

돌을 던지다

指某個人指責他人的錯誤。

例 가: 무대에서 완벽한 모습을 보여 드리지 못해서 죄송합니다.

很抱歉我沒有在舞台上展現完美的模樣。

나: 그런 소리 하지 마세요. 몸이 아픈데도 최선을 다해 노래를 부른 수지 씨에게 돌을 던질 사람은 아무도 없어요.

別這麼說，沒有人會怪罪抱病上場、盡全力歌唱的秀智。

🔎 源自於基督教的聖經中，對於要砸石頭審判某個女性的人們，耶穌說：「너희들 중에 죄가 없는 자가 먼저 돌을 던져라. (你們之中誰沒有罪，先丟石頭吧。)」

★☆☆ 慣

말문을 열다

近 말문을 떼다

指某個人開口說話。

例 가: 지훈 엄마는 사춘기 아들과 어떻게 그렇게 사이가 좋아요?

智勳媽媽是怎麼和青春期的兒子關係那麼好呢？

나: 잔소리하지 않고 친구처럼 옆에 있어 주니까 어느 순간 말문을 열더라고요.

我不對他嘮叨，像朋友一樣陪著他，不知不覺，他就對我打開話匣子了。

🔎 讓某個人開口說話的時候則會使用「말문이 열리다」，如同例句「저는 시간이 흐르면 닫혀 있던 윤아 씨의 말문이 열릴 거라고 생각했어요. (我認為過一段時間，潤娥小姐會願意說話的。)」。

★★☆ 慣
말문이 막히다

指某個人說不出話來的意思。

例 가: 푸엉 씨, 오늘 회사 면접은 잘 봤어요?

朴翁，你今天面試還好嗎？

나: 아니요, 생각지도 못한 질문을 받고 말문이
막혀서 제대로 대답을 못했어요.

不好，遇到意想不到的問題讓我啞口無言，回
答不出來。

🔍 普遍使用在因為驚訝或是荒唐而說不出話來的時候。另
一方面，讓他人說不出話來的時候則會使用「말문을 막
다」。

★☆☆ 俗
말은 해야 맛이고
고기는 씹어야
맛이다

指某個人該說的話還是得說的意思。

例 가: 저…… 있잖아요. 그게……. 아무것도 아니에요.

我……就是啊，那個……沒事啦。

나: 말은 해야 맛이고 고기는 씹어야 맛이라고 하고
싶은 말이 있으면 하세요. 답답해 죽겠어요.

有話就快說，真令人鬱悶。

🔍 用在告訴有話想說卻猶豫不決的人痛快地說出來的時候。

★★☆ 慣
말을 놓다

指用半語說話的意思。

例 가: 제가 한참 어리니까 말을 놓으세요.

我的年紀比您小很多，所以請對我說半語吧。

나: 아직은 좀 그렇고 나중에 친해지면 그렇게 할게요.

現在還有點不自在，等我們變熟一點再說吧。

🔍 使用在後輩勸說前輩對他們放心地說平語，或是人們變得
親近，想要輕鬆對話的時候。

★★☆ 價
말을 돌리다

指在對話的時候突然轉移話題。

例 가: 왜 옷이 더러워졌냐면요……. 아! 맞다. 엄마,
선생님이 내일 학교에 오시래요.

我的衣服弄髒的原因是……。啊！對了，媽
媽，老師請妳明天去一趟學校。

나: 왜 갑자기 엉뚱한 소리를 하니? 말을 돌리지 말고
빨리 옷이 더러워진 이유나 말해.

你突然說什麼奇怪的話？別轉移話題了，快回
答你為什麼弄髒衣服。

🔎 也會使用在有話想說卻不直接說，用很迂迴婉轉的方式的時
候。例如：「제 친구는 말을 빙빙 돌려서 하는 버릇이 있어
요.(我朋友說話習慣繞圈子不直說。)」

★☆☆ 價
말을 삼키다

指說不出原本要說的話。

例 가: 윤아 씨, 친구에게 빌려준 돈은 받았어요? 빨리
갚으라고 말한다고 했잖아요.

潤娥，妳拿回借朋友的錢了嗎？妳不是說要趕
快叫他們還錢嗎？

나: 아니요. 돈 때문에 힘들어하는 친구를 보니까
도저히 말할 수 없어서 그 말을 삼키고 말았어요.

還沒，看到因為沒錢而受折磨的朋友我實在是
說不出口，又把話吞了回去。

🔎 普遍使用在即使自己有想說的話，但看到對方不如意的情
況後，就變得無法說出口的時候。

★☆☆ 價
바람을 넣다

使用在因為他人的煽動而產生某個念頭的時候。

例 가: 승원 씨, 언제 퇴근해요? 퇴근하고 한잔할래요?

昇源，你什麼時候下班？下班之後要去喝一杯
嗎？

나: 일이 많아서 야근해야 하는 거 알잖아요. 자꾸
바람을 넣지 말고 그냥 가세요.

你也知道我工作很多必須加班，別再慫恿我了，
你先下班吧。

🔎 普遍使用「바람을 넣지 마세요.」的形式，使用在讓他人不
要誘惑自己去做別的事或做不切實際的夢的時候。

☆☆☆ 慣
살을 붙이다

指在故事主軸中加上其他內容的意思。

例 가: 윤아 씨, 요즘 인기 있는 역사 드라마 봐요?
내용이 실제 역사와 달라서 말이 많대요.

潤娥，妳有看過最近很紅的歷史劇嗎？聽說很
多內容跟實際歷史不同。

나: 드라마는 드라마일 뿐이잖아요. 역사적인 사실에
작가의 상상력을 동원해 살을 붙였으니까 당연히
다를 수밖에 없죠.

畢竟戲劇就只是戲劇，編劇根據歷史事實發揮
想像力加以潤色，內容當然會不一樣。

★☆☆ 慣
속에 없는 말

近 속에 없는 소리

指言不由衷的話。

例 가: 민지야, 왜 아무 말도 안 하고 가만히 있어? 무슨
일 있니?

玟池，妳怎麼坐在這裡都不說話？發生什麼事了？

나: 아까 동생이랑 싸웠는데 내가 심한 말을 한 것 같아
신경이 쓰여. 속마음은 그게 아닌데 싸울 때는 자꾸
속에 없는 말을 하게 돼.

剛剛和弟弟吵架，很在意我似乎說得太過分。
心裡並不是這樣想，但吵架時總會言不由衷。

🔎 也會使用在為示好而說出言不由衷的話。例：「김 부장
님은 사장님 앞에서는 늘 속에 없는 말을 하시는 분이잖아요.
(金部長就是老在老闆面前說阿諛奉承話的人嘛。)」

☆☆☆ 俗
싸움은 말리고
흥정은 붙이랬다

指應該要勸某個人不去做壞事而多做好事。

例 가: 여보, 아래층에 가서 싸움 좀 말려 봐요. 옛말에
싸움은 말리고 흥정은 붙이랬어요. 아까부터
아랫집 부부가 싸우던데 저러다 정말 큰일
나겠어요.

親愛的，你去勸樓下不要再吵架了，俗話說勸
和不勸離。樓下夫妻從剛剛就在吵架，再這樣
下去會出大事的。

나: 부부 싸움을 내가 어떻게 말려요? 말린다고 들을
사람들이면 애초에 싸우지도 않아요.

夫婦吵架要怎麼勸？如果是會聽勸的人，一開
始根本就不會吵架。

★★☆ 慣
쐐기를 박다

近 쐐기를 치다

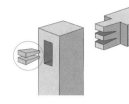

指為了預防以後發生的壞事而提前做好萬全的準備。

例 가: 또 공장에서 납품 기일을 못 맞추면 어떡하죠?

如果這次工廠又沒辦法配合交貨日期怎麼辦？

나: 걱정 마세요. 이번에도 날짜를 못 맞추면 거래를 끊겠다고 쐐기를 박아 뒀으니까 괜찮을 거예요.

別擔心，我已經事先放話了，如果這次再不能如期供貨，就要斷絕交易關係，所以會準時的。

🔎 如果釘上楔子，兩個物品就可以被穩穩地固定而不掉落。如同前述，使用在為了不讓某個人再次犯錯或是失誤，強硬地向那個人得到確切承諾的時候。

★★☆ 慣
운을 떼다

近 운자를 떼다

指為了說某件事而開口準備說話的意思。

例 가: 할아버지, 저 할 말이 있는데요. 그게 뭐냐면요…….

爺爺，我有話想說，就是……。

나: 무슨 말인데 그렇게 운을 떼기가 힘들어? 용돈 필요하니?

到底是什麼事那麼難以啟齒？需要零用錢嗎？

✏️ 「운」是指漢詩中的詩行在同一位置有規律地押韻的意思。

🔎 寫詩的詩人起初必須決定好韻腳，他人才有辦法隨著韻腳作詩。原先「운을 떼다」是指作詩的時候寫的韻腳，現在則是指開口說話的意思。

★☆☆ 慣
입 밖에 내다

指說話表現出某種想法或事實。

例 가: 구조 조정을 한다는 사실은 당분간 입 밖에 내지 말고 혼자만 알고 계세요.

短期內不要走漏部門重組的消息，自己知道就好。

나: 네, 이사님. 팀원들한테 어떻게 이야기해야 할지 벌써부터 마음이 무겁습니다.

是的，理事長。不知道之後該怎麼和組員們說這個消息，已經感到內心沈重。

🔎 普遍使用在「입 밖에 내지 마세요.」一樣，吩咐某個人不要讓他人知道某個事實、祕密或心聲等等的時候。

★☆☆ 慣
입 안에서 뱅뱅 돌다

近 입 끝에서 뱅뱅 돌다

指即使有想說的話也不說或是不能說。

例 가: 승원 씨, 윤아 씨에게 사과했어요?

昇源你跟潤娥道歉了嗎？

나: 아니요, 막상 얼굴을 보니까 어색해서
미안하다는 말이 입 안에서 뱅뱅 돌기만 하고 안
나오더라고요.

還沒，看到她的臉就覺得尷尬，所以道歉的話
到嘴邊沒說出來。

✐ 「뱅뱅」是指在小範圍內不停旋轉的模樣。

🔎 用在因沒自信或害羞而不敢跟對方說話的時候。也會用在
有想說的話但找不到適合表達方法，依稀想起的時候。例
如：「아, 그게 입 안에서 뱅뱅 도는데 기억이 안 나네 .(啊，
話都已經到了嘴邊卻想不起來。)」

★☆☆ 慣
입방아를 찧다

使用在把某事當作對話主題說三道四時。

例 가: 사랑아, 너 또 내 험담을 하고 다녔어? 그렇게
계속 입방아를 찧으면 가만히 안 둬.

嗣朗啊，你是不是又說我壞話了？你再這麼說
長道短的，我不會輕易放過你的。

나: 내가 언제? 난 그런 적 없어.

我什麼時候這樣了？我沒有啊。

🔎 一下閉嘴一下張嘴，將不停說話的模樣比喻成由上而下搗
碎穀物的棍子。普遍用在某個人不斷說他人壞話的時候。

★★☆ 慣
입에 담다

指對某件事情發言。

例 가: 선생님, 연우가 요새 부쩍 입에 담기도 어려운
욕설을 많이 해서 걱정이에요.

老師，最近妍雨滿口髒話讓我很擔心。

나: 어머니, 혹시 연우가 게임을 자주 하나요?
요즘 아이들이 게임을 하면서 나쁜 말을 많이
배운다고 하던데요.

媽媽，妍雨最近很常玩遊戲嗎？聽說最近的孩
子們都在玩遊戲的同時學了很多髒話。

🔎 把嘴巴比喻成碗，把話語裝進碗裡的意思，普遍使用「입
에 담지 못할 말」或「입에 담기 어려운 말」的形式，使用
在某個人說髒話的時候。

05
語言

★★☆ 慣
입을 다물다

指為了守住祕密而什麼都不說的意思。

例 가: 김 형사, 뭐 좀 알아냈어요?

金刑警，你查出什麼了嗎？

나: 아니요, 목격자가 입을 꽉 다물고 한마디도 안
해서 아직까지 알아낸 게 없습니다.

還沒，目擊者沉默不語所以還沒有查到任何蛛
絲馬跡。

🔎 強調的時候會在前面放「꼭、꽉、굳게」等等，另外，也會
使用在讓他人閉嘴的時候。例如：「시끄러우니까 입 좀
다물어.(你很吵所以拜託你閉嘴。)」

★★☆ 俗
잘 나가다
삼천포로 빠지다

近 잘 가다가 삼천포로
빠지다

指某件事或故事在中途朝著奇怪的方向前進。

例 가: 누나, 웬일로 매일 챙겨 보던 드라마를 안 보고
다른 걸 봐?

姊姊，妳怎麼在看別的，不看平常看的連續劇？

나: 이제 그 드라마 안 봐. 이야기가 잘 나가다
삼천포로 빠져서 더 이상 재미가 없어서.

我現在不看那齣劇了。故事走向越來越奇怪，
變得一點也不有趣。

🔎 源自於某個人本來要去晉州，卻走錯路走到了晉州下方的
三千浦。然而這句話可能會對特定地區形成不好的印象，
所以最好使用「샛길로 빠지다」或「곁길로 빠지다」。

★★☆ 慣
토를 달다

指某個人在某句話後面接話。

例 가: 서영아, 아빠한테 말해 봐. 동생이랑 왜 싸운
거니?

徐英啊，跟爸爸說說看，為什麼和弟弟吵架？

나: 제가 말할 때마다 토를 달아서 하지 말라고
했더니 저한테 대들잖아요.

我叫他不要在我說話的時候插嘴，結果他就跟
我頂嘴。

🔎 以前韓國人為了方便閱讀漢字會在字裡行間加上助詞，這
就是「토를 달다」。如同前述，使用在某個人在他人講完
話之後，對此接續說其他話的時候。

★★☆ 慣
트집을 잡다

指被發現微小的錯誤或捏造出原本沒有的錯。

例 가: 엄마, 이 옷은 너무 커요. 그리고 저건 디자인도 별로고 색도 이상해요. 다른 옷은 없어요?

媽媽，這件衣服太大了，還有那件的設計不怎麼樣，顏色也很奇怪。沒有別件衣服了嗎？

나: 오늘따라 왜 이렇게 트집을 잡니? 시간이 없으니까 빨리 아무거나 입고 학교에 가.

你今天怎麼這麼愛挑毛病？沒時間了，趕快隨便穿一件去上學吧。

🔍 普遍使用在指責或是干預某個人的大小事。

★☆☆ 慣
혀가 굳다
近 혀끝이 굳다

指因為驚訝或是荒唐而說不出話來的意思。

例 가: 양양 씨, 접촉 사고를 낸 사람을 그냥 보냈다고요? 전화번호라도 받아 뒀어야죠.

楊洋，你就這樣放走擦撞車禍的肇事者？你至少也該讓他留個電話號碼吧。

나: 제가 너무 놀라 혀가 굳어서 아무 말도 못 하고 있었는데 그냥 가 버렸어요.

當下我被嚇得瞠目結舌，說不出任何話來，對方就這麼走掉了。

🔍 普遍使用在遭遇到意料之外的事而受到衝擊，什麼話都說不出來的時候。

★☆☆ 慣
혀가 꼬부라지다

指某個人的發音並不準確。

例 가: 자기야, 미안해. 나 오늘 기분이 안 좋아서 술 좀 마셨어.

寶貝，對不起，我今天心情不好所以喝了一點酒。

나: 아무리 그래도 그렇지. 혀가 꼬부라질 정도로 마시면 어떡해?

不管怎樣，你怎麼能喝到口齒不清？

🔍 主要使用在某個人喝醉後口齒不清的時候。也會使用在說外語讓人聽不懂的人身上，例如「그 사람은 가끔 잘난 척하면서 혀 꼬부라진 소리를 해.(那個人偶爾會裝模作樣，裝腔作勢地說外語。)」。

161

★☆☆ 慣

혀가 짧다

指某個人發音不清楚或說話口吃的意思。

例 가: 하준아, 이 동영상 봤어? 너무 재미있지 않아?

河俊，你看過這個影片嗎？不覺得很有趣嗎？

나: 처음에는 재미있어서 좀 봤는데 진행자의 혀가 짧은 소리가 거슬려서 보다 말았어.

一開始覺得很有趣就看了一下，但是主持人的發音不清楚，讓我有點厭煩就關掉不看了。

🔎 普遍使用在發音不準確的成人，或是成人裝可愛模仿發音不準確的小孩的時候。

★☆☆ 慣

혀를 놀리다

近 혀를 굴리다

「말을 하다」的通俗說法。

例 가: 형, 쟤 있잖아. 우리 반 애인데 공부도 못하고 친구도 별로 없는 것 같아. 성격이 안 좋아서 그런가?

哥，就那個人，他是我們班上的同學，他功課不好、好像又沒有什麼朋友，不知道是不是個性不好的關係？

나: 잘 알지도 못하면서 그렇게 함부로 혀를 놀리면 안 돼.

你又不瞭解他，就別長舌了。

🔎 主要使用「혀를 놀리지 말다」或「혀를 놀리면 안 되다」的形式，使用在警告某個人不要亂說話的時候。然而這是通俗的說法，所以最好不要對長輩或是不熟的人使用。

06

조언·훈계
建言·訓誡

----

1 권고 · 충고   勸告 · 忠告

2 조롱   嘲弄

3 핀잔   責備

☆☆☆ 慣
경종을 울리다

指預先警告或是讓某個人小心錯誤或是危險的意思。

例 가: 작가님의 신작 소설이 우리 사회에 경종을 울렸다는 평가를 받고 있습니다. 구체적으로 어떤 메시지를 담고자 하셨습니까?

作家您推出的新系列小說,獲評有如暮鼓晨鐘,發人深省。具體而言您想要透過小說傳遞什麼樣的訊息呢?

나: 저는 이번 작품을 통해 다른 사람을 짓밟고 이용하는 세상에는 미래가 없다는 것을 말하고 싶었습니다.

我想要透過這次的作品,傳達踐踏並利用他人向上爬的世界是沒有未來的。

✎ 「경종」原本是指告知危急事件、緊急事態的鐘聲或是信號,在此處則是對於錯誤、危險的事給予警告或是忠告的意思。

🔎 使用在某個事件或是文學作品、電影等,喚起人們對於錯誤的社會慣例或道德沉淪等社會問題的關心或是注意的時候。

★★☆ 俗
고생을 사서 한다
近 고생을 벌어서 한다

指經歷不必要的苦難。

例 가: 여보, 케이크를 그냥 사면 되잖아요. 고생을 사서 한다고 손재주도 없으면서 왜 직접 만들려고 그래요?

親愛的,蛋糕不是用買的就好嗎?你自找苦吃,手藝又不好為什麼要親自做蛋糕呢?

나: 그래도 우리 사랑이의 10살 생일이니까 직접 만들어 주고 싶어요.

因為是我們的十週年紀念日,所以想要親手做給你。

🔎 使用在選擇去做不需要親自去做的事而感到辛苦的時候。也會使用「젊어서 고생은 사서도 한다」的形式。

★☆☆ 俗

급히 먹는
밥이 체한다

近 급히 먹는 밥이 목이 멘다

指凡事欲速則不達的意思。

例 가: 박 PD, 드라마 방영 일정이 당겨져서 촬영을
서둘러야겠어요. 두 달 안에 모든 촬영을 마칠 수
있도록 하세요.

朴製作人，戲劇上映日期提前了，我們必須加
快拍攝進度。請在兩個月內拍攝完所有內容。

나: 국장님, 급히 먹는 밥이 체한다고 아무리 일정이
빡빡해도 그렇게 급하게 촬영을 하면 드라마의
완성도가 떨어질 겁니다.

局長，欲速則不達，不管日程再怎麼緊湊，那
麼急著拍完整部戲的話，勢必要犧牲完成度。

🔎 因為肚子餓而狼吞虎嚥容易消化不良。使用在急著去做某
件事的話容易搞砸，告訴人不要著急的時候。

★☆☆ 俗

길이 아니면 가지
말고 말이 아니면
듣지 말라

近 길이 아니거든 가지를
말고 말이 아니거든
듣지를 마라

指一開始就不應該去做壞事的意思。

例 가: 이번 시합에서 우리가 상대팀에게 져 주면
우리한테 큰돈을 주겠다는 제의가 들어왔대요.

聽說對手提議我們故意在這次比賽中輸給他們
的話，就會給我們一大筆錢。

나: 그건 승부 조작이잖아요. 길이 아니면 가지 말고
말이 아니면 듣지 말라고 신경도 쓰지 맙시다.

那不就是打假球的行為嗎？俗話說歹路不可
行，我們不要管那種話。

🔎 使用在告訴某個人開始去做某件事之前，應該先注意這件
事是好事還是壞事之後再去做的時候。

★★★ 俗

꼬리가 길면 밟힌다

異 고삐가 길면 밟힌다

指就算祕密進行，久了之後也會被發現。

例 가: 수아 너 오늘도 엄마한테 학원 간다고 말하고 왔지?
꼬리가 길면 밟히는 법이야. 그냥 솔직하게 말씀드려.

秀雅，妳今天也騙媽媽說要去補習班吧？夜路
走多了總會碰到鬼，還是實話實說吧。

나: 안 돼. 아르바이트는 절대 안 된다고 하셨단
말이야.

不行，她叫我絕對不能打工。

🔎 也會使用相似意義的「꼬리가 길면 잡힌다」。

★☆☆ 慣
꿈을 깨다

指降低他人原有的希望、期待、或是妄想。

例 가: 직장 생활에 너무 지쳤어. 귀농해서 농사를 짓고
　　　살면 여유롭게 살 수 있겠지?

　　職場生活好累，辭職返鄉務農應該就可以自由
　　自在地生活了吧？

　나: 꿈을 깨. 농사를 지으려면 얼마나 부지런해야
　　　하는데.

　　醒醒吧，想要務農的話，你必須要更勤奮。

🔎 普遍使用命令式的「꿈 깨.」。看見某個人充滿過度的希
　望與妄想，用於告訴他那些幻想難以實現，讓他打起精神
　振作的時候。

★★☆ 俗
나무를 보고 숲을 보지 못한다

指管中窺豹，只能看見事物的一部分而非全貌
的意思。

例 가: 사장님, 회사를 살리려면 먼저 직원의 수를
　　　줄여야 합니다.

　　老闆，如果想要挽救公司就必須先減少員工的
　　數量。

　나: 그건 나무를 보고 숲을 보지 못하는 것입니다.
　　　회사가 힘들다고 직원을 함부로 해고하면 상황을
　　　더 악화시킬 수도 있어요.

　　這個做法太目光短淺了，公司已經陷入困境，
　　再隨意解雇員工的話，情況可能再度惡化。

★★★ 俗
낮말은 새가 듣고 밤말은 쥐가 듣는다

近 밤말은 쥐가 듣고 낮말은
　　새가 듣는다

指就算沒人在一旁聽，也要小心說話的意思。

例 가: 우리만 있으니까 하는 얘긴데 팀장님이 외근을
　　　간다고 하시고 개인적인 일을 보러 가실 때가
　　　많은 것 같아요.

　　偷偷跟你們說，組長說去出外勤，但好像都是
　　去處理自己的私事。

　나: 쉿! 제시카 씨, 말조심해요. 낮말은 새가 듣고
　　　밤말은 쥐가 듣는다고 하잖아요.

　　噓！潔西卡，小心隔牆有耳。

🔎 使用在告訴某個人就算在沒有人的地方隱密地說話，那些
　話也一定會傳到某個人的耳裡，所以一定要謹言慎行。

냉수 먹고 속 차려라

★☆☆ (俗)

指打起精神，好好做事的意思。

例 가: 대형 연예 기획사에 들어갔으니까 이제 아이돌 스타가 되는 건 시간문제겠지?

進了大型經紀公司，成為偶像是早晚的事吧？

나: 민지야, 냉수 먹고 속 차려라. 스타 되기가 그렇게 쉬우면 다 스타 되게?

玟池呀，別癡心妄想了。成為明星有那麼容易，豈不是大家都當明星了嗎？

🔍 使用在告訴某個人不要做虛妄的夢想或是不要不知道事情困難、把事情想得很簡單，讓他面對現實的意思。

누울 자리 봐 가며 발을 뻗어라

★☆☆ (俗)

指做某事時應該先想到結果再開始去做。

近 발을 뻗을 자리를 보고 누우랬다, 이부자리 보고 발을 펴라

例 가: 민수 씨가 이번에 당 대표 선출에 입후보를 한다던데 진짜예요?

聽說民秀這次成為黨代表選舉的候選人，是真的嗎？

나: 아니에요. 누울 자리 봐 가며 발을 뻗어라라는 말이 있잖아요. 보수적인 정치계에서 그렇게 젊은 당원에게 기회를 줄 리가 있겠어요?

不是。俗話說防患於未然，你覺得保守的政治界有可能給那麼年輕的黨員機會嗎？

🔍 也會使用在告訴某個人區分時間和地點做出符合情況的行動。例如：「누울 자리를 봐 가며 발을 뻗어야지요. 도서관에서 떠들면 어떻게 해요? (要學著察言觀色，在圖書館怎麼大聲喧嘩呢？)」

돌다리도 두들겨 보고 건너라

★★★ (俗)

指就算非常瞭解，也要仔細小心地確認。

近 아는 길도 물어 가랬다

例 가: 지원 씨, 이번 달 월급 정산이 다 끝났으면 파일 보내세요.

智媛，完成本月薪水結算，把資料傳給我。

나: 네, 과장님. 돌다리도 두들겨 보고 건너라고 하니 다시 한번 확인하고 바로 보내 드릴게요.

好的，科長。都說小心駛得萬年船，我再檢查一次之後馬上上傳給您。

🔍 就算是堅固的石橋，走之前也先敲過再過橋。使用在告訴某人就算是非常瞭解或簡單的事，為了不出錯也要仔細。

★★★ (俗)
못 오를 나무는
쳐다보지도 마라

指超出自己能力範圍、不可能做到的事,從一開始就不去做比較好。

例 가: 연우야, 성적이 안 되는데 그렇게 합격 점수가 높은 대학을 선택하면 어떡해? 옛말에 못 오를 나무는 쳐다보지도 말랬어.

妍雨,妳成績不好,怎麼還選擇成績要求高的大學?從前有句話說不要好高騖遠。

나: 실기 시험도 있으니까 한번 도전해 보려고. 합격을 못해도 좋은 경험이 될 것 같아.

因為也有術科考試,我想要挑戰看看,即使沒有合格,也會是一個很棒的經驗。

🔎 使用在某個人不考慮自己的能力或本分而擁有過度的野心的時候。也會使用「오르지 못할 나무는 쳐다보지도 마라」的形式。

★☆☆ (俗)
벼룩도 낯짝이 있다

指某個人的舉動很不體面。

例 가: 벼룩도 낯짝이 있다는데 쟤는 동창들한테 빌린 돈을 갚지도 않고 어떻게 저렇게 동창회에 나오지?

就連跳蚤都有臉皮了,他向同學們借錢不還,還敢來參加同學會?

나: 그러게. 얼굴이 두꺼워도 너무 두껍다.

就是說啊,臉皮還真厚。

✎ 「낯짝」是臉的通俗說法,原本是指有眼鼻口的臉龐,在此處則是指良心或是體面的意思。

🔎 即使是小到看不見的跳蚤都有臉皮,意即懂得面子,使用在某個人犯錯卻不知羞愧,行為非常厚臉皮的時候。

★★☆ 俗
벽에도 귀가 있다

近 담에도 귀가 달렸다

指就算周圍好像沒有在聽的人，也不能亂說話，因為話還是可能傳出去，意即隔牆有耳的意思。

例 가: **과장님 때문에 일하기 힘들어요. 회사를 그만두든지 해야지.**

因為科長的緣故，工作好累，我應該要離職。

나: **쉿! 벽에도 귀가 있다는 말 몰라요? 마크 씨, 말조심하세요.**

噓！你不知道隔牆有耳嗎？馬克，小心說話。

🔎 對以為四下無人就說出祕密或背地裡說壞話的人使用，告誡他們那些話也可能流傳出去，所以要小心說話。

★★★ 俗
사공이 많으면 배가 산으로 간다

近 사공이 많으면 배가 산으로 올라간다

指如果一件事有太多人主導的話就無法順利進行的意思。

例 가: **윤아 씨, 팀원들의 의견을 모두 반영하겠다고 하신 팀장님 말씀이 너무 멋지지 않아요?**

潤娥，你不覺得組長說會採納所有組員的意見的時候很帥嗎？

나: **글쎄요. 사공이 많으면 배가 산으로 간다고 저는 그냥 경험이 많으신 팀장님이 결정하고 진행하시면 좋겠어요.**

這不好說，人多手腳亂，我覺得還是由經驗多的組長決定並進行就好了。

★★☆ 俗
선무당이 사람 잡는다

近 선무당이 사람 죽인다

指沒有能力又隨便地去做某件事的話會闖出大禍。

例 가: **컴퓨터가 좀 이상해서 오빠한테 말했더니 자기가 고쳐 준다고 이것저것 만지다가 완전히 고장을 내 버렸어.**

我的電腦有點奇怪所以請哥哥幫我看看，他說要幫我修，結果修一修就完全壞了。

나: **선무당이 사람 잡는다더니 그 말이 맞네.**

所以說庸醫治病害人不淺。

🔎 從前巫師會替病人看病，但如果是笨拙又不成熟的巫師的話，有可能會害死人。如同前述，使用在不熟練某件事或對事情一知半解的人逞強便會毀了整件事的意思。

★☆☆ (俗)
설마가 사람 잡는다

近 설마가 사람 죽인다

指放心或是僥倖的時候會產生變故。

例 가: 여보, 왜 갑자기 차량용 소화기가 있냐고 물어보는
　　　거예요?

　　　親愛的，你為什麼突然在問有沒有車用滅火器？

　　나: 요즘 차량 화재가 많대요. 설마가 사람 잡는다고
　　　방심하면 안 되니까 없으면 하나 구입해 놓읍시다.

　　　聽說最近有很多火燒車事件，所謂大意失荊州，
　　　不能太放心，如果沒有的話我們就買一個吧。

🔍 使用在告訴相信某件事不會發生或是沒有預防事故發生的
　　人萬事都要小心。

★★★ (俗)
쇠뿔도 단김에
빼랬다

近 쇠뿔도 단김에 빼라

指如果有想做的事情，不要猶豫不決馬上行動
的意思。

例 가: 우리 나중에 돈 모아서 해외여행 갔다 오자.

　　　我們存錢之後去國外旅行吧。

　　나: 그래. 쇠뿔도 단김에 빼랬다고 이번 달부터 돈을
　　　모을까?

　　　好啊，心動不如馬上行動，這個月就開始存錢
　　　吧。

🔍 從前的人們飼養公牛的時候，在角長出來之前，會用火燒
　　牛角的根部讓它軟化後馬上拔出來使用。源自於這個典
　　故，普遍使用在讓只說不做的人馬上行動的時候。

☆☆☆ (俗)
아끼다 똥 된다

指太過於愛惜某個物品，不使用它的話就會失
去或無法使用。

例 가: 새로 산 가방이 너무 비싸서 들고 다니기 아까워.

　　　新買的包包太貴重了，我捨不得背。

　　나: 아끼다 똥 된다고 유행 지나면 못 들고 다니니까
　　　아끼지 말고 그냥 들고 다녀.

　　　愛惜之物久了就成糞土，過了流行就不會想背
　　　出門了，所以就背吧。

🔍 使用在告訴太過於珍惜某個物品的人，如果完全不使用的
　　話就會失去物品的價值，所以要趕快使用。

★☆☆ 俗
아이 보는 데는
찬물도 못 먹는다

指不能在孩子們面前亂說話或亂行動。

例 가: 여보, 연우가 물을 마시면서 자꾸 '캬, 시원하다.' 라고 하더라고요.

親愛的，妍雨喝水的時候一直說：「哇，好爽啊」。

나: 아이 보는 데는 찬물도 못 먹는다고 내가 술 마시면서 그렇게 하는 것을 본 모양이에요.

在孩子面前的舉止真的不能隨便，大概是在模仿我喝酒時的舉動吧。

🔎 使用在告訴人們在孩子面前要謹言慎行，因為孩子們會模仿眼前所看到的行為。

★★★ 俗
우물을 파도
한 우물을 파라

指專心致志，有志者事竟成的意思。

例 가: 아무래도 요리사가 되기는 힘들 것 같으니 다른 직업을 찾아봐야겠어.

不管怎麼說要當上廚師好像太困難了，我要找找看其他工作。

나: 태현이 너는 꿈을 몇 번이나 바꾸는 거야? 우물을 파도 한 우물을 파야 성공하지.

太顯你到底要換幾次夢想？你不知道堅持到底的人才會成功嗎？

🔎 也會使用「한 우물을 파다」的形式，使用在勸告沒有毅力無法持續做某一件事、一直改變目標的人。

★☆☆ 慣
일침을 가하다

近 일침을 놓다

指給予嚴厲的忠告或警告。

例 가: 이 기사 봤어? 유명 가수가 악플러들을 고소하며 선처는 없다, 잘못했으면 벌을 받으라고 일침을 가했대.

妳看過這份報導了嗎？有一位有名的歌手提告惡意毀謗者且絕不輕饒，他說犯錯的人就應該受到處罰，給他們一記當頭棒喝。

나: 그래? 내가 다 속이 후련하다. 악플을 다는 사람들은 벌을 좀 받아야 해.

是嗎？我也覺得痛快，留下惡評的人都應該受到處罰。

06 建言・訓誡

★★★ 俗
천 리 길도
한 걸음부터

指不管什麼事，開頭都很重要的意思。

例 가: 졸업 논문을 쓰기는 써야 하는데 쓸 엄두가 안
　　　나요.

　　　我必須開始寫我的畢業論文，但我不知道從何
　　　開始寫起。

　　나: 양양 씨, 천 리 길도 한 걸음부터라고 일단
　　　주제부터 찾아봐요.

　　　楊洋，千里之行始於足下，先決定主題吧。

🔎 想走千里的話不跨出第一步就無法前進。如同前述，使用
在告訴某個人想要實現某件事的話就不要猶豫開始行動。

★☆☆ 慣
피가 되고 살이 되다

指某種知識或經驗在人生路途上成為巨大的助
力。

例 가: 처음 아르바이트를 해 보니 힘들지? 그래도
　　　지금의 경험이 나중에는 피가 되고 살이 될 거야.

　　　第一次打工很累吧？即使如此，往後都會是受
　　　益匪淺的經驗。

　　나: 네, 주임님. 알고 있어요. 그래서 힘들어도
　　　계속하려고요.

　　　是的，主管，我知道。所以即使很累我也想繼
　　　續下去。

🔎 使用在激勵某個人即使現在正在做的事情看似無法派上用
場，但在未來會有莫大的幫助，鼓勵人用心去做的時候。
也會使用相似意義的「뼈와 살이 되다」。

★☆☆ 俗
굼벵이도 구르는
재주가 있다

近 굼벵이도 꾸부리는
재주가 있다, 굼벵이도
떨어지는 재주가 있다

指無能的人也有一技之長。

例 가: 민수 씨가 사내 골프 대회에서 일등을 했대요.
聽說民秀在公司內部舉辦的高爾夫球比賽獲得
優勝。

나: 정말요? 뭐 하나 제대로 하는 게 없어서
걱정이었는데 굼벵이도 구르는 재주가 있다더니
골프는 잘 치네요.
真的嗎？本來還擔心他沒有什麼擅長的，果然
人各有所長，很會打高爾夫球呢。

💡 即使是身體肥短不太會動的蠶寶寶從樹上掉到地上的時
候，也會滾起來把身體捲成圈不讓自己受傷。如同前述，
使用在看見平時看似沒有才能的人，意外很會做某件事而
感到驚訝的時候。

★★★ 慣
기가 막히다

指某件事非常意外而感到驚訝和無言的意思。

例 가: 차를 이렇게 주차해 놓으면 어떡해요?
你怎麼把車停成這樣？

나: 가만히 서 있는 남의 차를 긁어 놓고 지금
저한테 잘못했다는 거예요? 기가 막혀서 말이 안
나오네요.
是你自己擦撞上停在這裡的車，你現在是把錯推到
我身上嗎？真是無言啊。

★★☆ 俗
까마귀 고기를
먹었나

近 까마귀 고기를 먹었느냐

指某個人時常健忘或記不起事情。

例 가: 엄마, 현관 비밀번호가 뭐였죠?
媽媽，玄關的大門密碼是什麼？

나: 얘가 까마귀 고기를 먹었나? 아까 알려 줬잖아.
你這孩子金魚腦，記性怎麼這麼差？剛剛不是
跟你說過了。

💡 烏鴉有把搜集來過冬的糧食藏在各個地方的習性，但因為
記性不好所以藏起來的糧食也不會全部找出來吃掉。源自
於這個典故，使用在揶揄健忘的人。

★★★ 俗
꿀 먹은 벙어리

指某個人沉默不語或是無法說出自己的想法。

例 가: 너는 집에서는 그렇게 잘 떠들면서 왜 밖에만
　　　나오면 꿀 먹은 벙어리가 되는 거야?

　　　你在家明明就很會講話，為什麼一到外面就像
　　　個吃黃連的啞巴？

　　나: 잘 모르는 사람들 앞에서 말하는 게 너무
　　　부끄러워서 그래. 그러니까 언니도 밖에서는
　　　나한테 말 좀 시키지 마.

　　　因為我覺得在不認識的人面前講話很尷尬。所
　　　以姊姊你在外面的時候不要跟我搭話。

🔎 普遍使用在某個人無法說出想說的話或是心聲。

★☆☆ 慣
꿈도 야무지다

指把巨大的期待或希望寄放在實現可能性為零
的事情上。

例 가: 그 실력으로 태권도 국가 대표 선수가 되겠다고? 꿈도
　　　야무지다.

　　　憑你那種實力還想當上跆拳道國手？還真會做
　　　夢。

　　나: 두고 봐. 난 꼭 국가 대표 선수가 되고 말 거야.

　　　等著看吧，我一定會當上國家代表給你看。

🔎 普遍使用在無視自不量力、做著虛妄夢想的人。

★☆☆ 慣
나이가 아깝다

指某個人的談吐或是舉動不符合年齡，很幼稚
的意思。

例 가: 그 고기 내 거야. 아껴 먹으려고 남겨 둔 거란 말이야.
　　　내놔.

　　　那塊肉是我的，我要留到最後吃，還給我。

　　나: 진짜 나이가 아깝다. 아직도 먹을 거 가지고
　　　화내는 거야? 언제 철들래?

　　　真白活了，長這麼大了還因為食物生氣？什麼
　　　時候才懂事？

🔎 普遍使用在責罵或是嘲諷不懂事的人的時候。另外，也會
使用在英年早逝或是遭遇不測之事的時候。

★★★ 俗
낫 놓고 기역자도
모른다

指某個人完全不識字或是很無知的意思。

例 가: 누나, 이 한자 어떻게 써야 돼? 하나도 모르겠어.

　　姊姊，這個漢字要怎麼寫？我完全不會。

　　나: 낫 놓고 기역 자도 모른다더니 여기에 쓰는 순서가
　　　 다 나와 있잖아. 보고도 못 쓰면 어떻게 하니?

　　你目不識丁嗎，這裡有筆畫順序啊，看了也不
　　　會寫，該怎麼辦？

🔍 農具中的鐮刀長得很像韓文字的「ㄱ」子音，表示看到鐮
　　刀也不會聯想到「ㄱ」子音的意思。使用在嘲諷像這樣無
　　學識、無知的人的時候。

★★☆ 慣
눈이 삐다

指看錯或判斷錯某件明確的事或是情況。

例 가: 내가 눈이 삐었지 왜 그런 사람을 좋아했을까?

　　我真是看走眼了，怎麼會喜歡上那種人。

　　나: 좋다고 만날 때는 언제고 이제 와서 후회를 하니?
　　　 그냥 잊어버려.

　　交往的時候你儂我儂，現在卻開始後悔？就忘
　　　了他吧。

🔍 使用在人際關係中看錯人，後悔選擇他的時候。普遍使用
　　過去式的「눈이 삐었다」。有可能是令人感到沒禮貌的表
　　達方式，所以最好不要對長輩或不熟的人使用。

★☆☆ 慣
머리에 피도
안 마르다

指年紀還小，想成為大人還很遠的意思。

例 가: 할아버지, 왜 그렇게 화가 나셨어요? 무슨 일
　　　 있으셨어요?

　　爺爺，您怎麼那麼生氣？發生什麼事了？

　　나: 골목에서 머리에 피도 안 마른 녀석이 담배를
　　　 피우고 있길래 한 소리 했더니 무슨 간섭이냐며
　　　 소리를 지르잖아.

　　在巷子裡有個乳臭未乾的小子在抽煙，所以我唸
　　　了他一頓，他卻大聲起來，說憑什麼教訓他。

🔍 普遍使用在責罵年紀小的人對長輩頂嘴或無禮的時候。

★☆☆ 慣
물로 보다

指貶低或看輕某個人的意思。

例 가: **지금 고객을 물로 보는 거예요? 무조건 비싼 요금제만 추천해 주는 건 좀 아니죠.**

你現在是不把客人放在眼裡嗎？執意推薦昂貴的訂閱制不太好吧。

나: **죄송합니다. 비싼 대신 좋은 요금제라서요. 제가 다시 설명해 드릴게요.**

抱歉，這個方案雖然昂貴，但真的很好，我會重新跟您說明的。

🔎 使用在認為對方不了解某件事而不尊重、隨意對待的時候。

★★☆ 慣
사족을 못 쓰다

指深深陷入某件事物而無法振作精神的意思。

例 가: **내일 백화점에서 명품을 싸게 판대. 금방 품절이 될 수 있으니까 새벽부터 가서 줄을 서 있어야겠어.**

明天是百貨公司的名牌特賣會。因為很快就會售罄，所以我要一大早去排隊。

나: **넌 왜 그렇게 명품이라면 사족을 못 쓰냐? 난 이해가 안 된다.**

你怎麼對名牌神魂顛倒啊？實在是無法理解。

✏️ 「사족」是人體四肢的俗稱。

🔎 使用在陷入某個事物或人無法自拔的時候。也有人會使用「사죽을 못 쓰다」，但這是錯誤的表達方式。

★★★ 俗
쇠귀에 경 읽기

指再怎麼跟某個人說某件事，他也聽不懂或是沒有效果。

例 가: **남편한테 양말을 뒤집어서 벗어 놓지 말라고 아무리 말해도 소용이 없어요. 정말 쇠귀에 경 읽는 기분이에요.**

我告訴老公不要反面脫下襪子，怎麼講都講不聽，真是對牛彈琴。

나: **몇십 년 버릇이 하루아침에 바뀌겠어요?**

幾十年的習慣了，怎麼可能一下子就改變呢。

🔎 就算在牛的耳邊唸書，牠也聽不懂。如同前述，使用在不管怎麼跟某個人說明某件事，他也不改變或聽不懂，因而感到鬱悶的時候。

★☆☆ 俗

지나가던
개가 웃겠다

近 지나가던 소가 웃겠다

指某個人的話或舉動十分荒唐的意思。

例 가: 지훈아, 나 이번에 우리 반 대표로 나가서 춤을
추게 됐어.

智勳，我這次代表我們班去跳舞。

나: 뭐? 몸치인 네가 반 대표로 나가서 춤을 춘다고?
지나가던 개가 웃겠다.

什麼？身為舞癡的你要當舞蹈代表？別笑掉我
的大牙了。

🔎 使用在聽見某個人非常無言的發言，或是看見他荒唐行徑
而瞧不起他的時候。

☆☆☆ 俗

호랑이 없는 골에
토끼가 왕 노릇 한다

指在沒有能力出眾的人的地方，資質平凡的人試
圖要獲得權力。

例 가: 부장님이 아까부터 왜 저러세요? 여기저기 다니면서
참견이란 참견은 다 하시고.

部長從剛剛開始是怎麼了？到處管東管西的。

나: 호랑이 없는 골에 토끼가 왕 노릇 한다고
하잖아요. 사장님이 안 계시니까 부장님이
신나셨어요.

山上無老虎，猴子稱大王嘛。老闆不在，所以
部長很興奮吧。

🔎 就像無足輕重的猴子要在沒有老虎的森林中稱王一樣，比
喻非常無言的情況。如同前述，使用在沒有絕對的強者，
或是強者暫時不在的期間，微不足道的人誇飾自己的能力
或裝作了不起的時候。

★☆☆ 俗
걱정도 팔자다

指某個人擔心不必要的煩惱。

例 가: 저렇게 큰 개를 키우려면 집이 커야 할 텐데…….

如果想要養那隻大狗，家裡也要夠大才行……。

나: 걱정도 팔자다. 네가 키우는 것도 아닌데 왜 걱정을 해?

真是庸人自擾，又不是你養的，在擔心什麼？

🔍 使用在告訴對方不需要擔心那種無謂的煩惱。

★★☆ 俗
긁어 부스럼

近 공연히 긁어서 부스럼 만든다

指做了不必要做的事反而把事情搞大。

例 가: 쟤네들은 왜 또 싸우는 거죠? 가서 좀 말려야겠어요.

他們為什麼又吵架？你趕快去阻止一下吧。

나: 여보, 괜히 긁어 부스럼 만들지 말고 가만히 있어요.

親愛的，別自找麻煩，安靜地待著吧。

🔍 主要使用「긁어 부스럼 만들다」的形式。傷口放著會自己癒合，但一直摸它反而會導致發炎，使用在告訴多管閒事的人靜靜待著比較好的時候。

★☆☆ 慣
누구 코에 붙이겠는가

近 누구 코에 바르겠는가, 누구 입에 붙이겠는가

指跟人數相比，要分享的物品非常不足夠的意思。

例 가: 어머니, 이 정도 음식이면 손님들 대접하기 충분하겠지요?

媽媽，這些食物的份量應該足夠招待客人們了吧？

나: 집들이에 초대한 사람이 10명이 넘는다면서? 이걸 누구 코에 붙이겠니? 조금 더 만들어라.

你不是說應邀來喬遷宴的人超過十位？這根本不夠塞牙縫，再多做一些吧。

🔍 使用在告訴某個人要和許多人分享的物品或食物的量不能太少，要準備足夠量的時候。

★☆☆ 俗

늦게 배운 도둑이
날 새는 줄 모른다

近 늦게 시작한 도둑이 새벽
다 가는 줄 모른다

指某個人比他人晚一些才開始對某件事情感興趣，而更加熱情地投入這件事情。

例 가: 여보, 지금이 몇 시인데 아직도 핸드폰 게임을 하고
있어요? 늦게 배운 도둑이 날 새는 줄 모른다더니 딱
당신 얘기네요.

親愛的，現在幾點了？你還在玩手機遊戲嗎？
沉迷上癮、欲罷不能的新手就是你呢。

나: 벌써 시간이 이렇게 됐어요?

時間已經這麼晚了嗎？

🔎 某個人比較晚開始某件有興趣的事，卻因過度投入，以致
於無法做其他事或妨礙到其它事，對他這樣的模樣感到不
滿意的時候可以使用這句話。

★☆☆ 慣

달밤에 체조하다

指做出不符合時間和場所的奇怪舉動。

例 가: 청소 좀 하게 발 좀 잠깐 들어 봐요.

腳抬起來讓我打掃一下。

나: 달밤에 체조하는 것도 아니고 한밤중에 무슨
청소를 한다고 그래요?

三更半夜的，竟然在打掃？真是詭異。

🔎 在沒有燈光的漆黑夜晚裡做運動，這無論是誰看了都是奇
怪的行為。如同前述，使用在某個人在不適當的時間或情
況，做出不合常理的行為的時候。

★☆☆ 俗

미꾸라지 한 마리가
온 웅덩이를 흐려
놓는다

近 미꾸라지 한 마리가
한강 물을 다 흐리게 한다

指一個人不良的行為會對整個群體產生壞影響的意思。

例 가: 미꾸라지 한 마리가 온 웅덩이를 흐려
놓는다더니 승원 씨가 무리하게 취재를 해서
우리 신문사가 욕을 먹잖아요.

一顆老鼠屎壞了一鍋粥，昇源你強人所難的採
訪，讓我們報社遭受批評。

나: 죄송합니다. 열심히 한다는 게 그만 열정이
과했나 봅니다.

抱歉，是我太一股腦，認真過頭了。

🔎 使用在因為一個人的錯誤而導致所屬的團體一起遭受責
難，進而譴責犯錯的那個人的時候。

사람 나고 돈 났지 돈 나고 사람 났나

指把錢看得比人還重。

例 가: 아저씨, 갑자기 튀어나오시면 어떡해요? 아저씨 오토바이 때문에 제 차가 긁혔잖아요. 이게 얼마짜리 차인지 아세요?

大叔，你怎麼可以突然衝出來？大叔的機車害我的車被刮傷了，你知道這台車多少錢嗎？

나: 사람 다친 건 안 보여요? 아무리 그래도 괜찮냐고 먼저 물어봐야 되는 거 아니에요? 사람 나고 돈 났지 돈 나고 사람 났나?

你沒看到有人受傷了嗎？不管怎麼樣不是應該先問人有沒有事嗎？錢比人還重要嗎？

🔎 使用在不滿意某個人認為金錢至上且無視沒錢的人，或是不滿意把錢看得比人的安全和存在還重要的人。

★★★ 俗

소 잃고 외양간 고친다

近 말 잃고 외양간 고친다

指事情出了問題之後才慌忙採取行動。

例 가: 자전거에 자물쇠를 채우지 않고 그냥 세워 두려고요? 소 잃고 외양간 고치지 말고 자물쇠를 채우는 게 어때요?

你不打算鎖上自行車嗎？與其亡羊補牢，還是把車鎖上吧？

나: 아, 그게 좋겠네요.

啊，那樣比較好呢。

🔎 在耕田的時候，牛不只是必備的動物更是寶貴的財產。所以從前的人會搭牛棚來照顧牛隻們，如果牛棚壞了，牛隻就可能會逃跑。就像牛都逃跑了才在修補牛棚於事無補一樣，指平時完全不防範未然，等到問題發生了之後才來收拾善後。

★★☆ 慣

손가락 하나 까딱 않다

近 손끝 하나 까딱 안 하다,
손톱 하나 까딱하지 않다,
손도 까딱 안 하다

指某個人什麼事都不做的意思。

例 가: 민지야, 나 지금 빨래하고 설거지하는 거 안 보여? 너는 손가락 하나 까딱 않고 뭐 하는 거야?

玟池，妳沒看見我在洗衣服和洗碗嗎？妳遊手好閒地在做什麼？

나: 미안. 좀 쉬다가 청소는 내가 하려고 했어.

對不起，我原本打算休息一下再打掃。

🔎 使用在某個人應該要一起做事，卻看著別人做而不幫忙或一動也不動，讓人感到不快的時候。

손바닥으로 하늘 가리기

☆☆☆ 俗

指再怎麼躲藏也無濟於事的意思。

例 가: 이제 인터넷 쇼핑몰의 구매 후기도 못 믿겠어요. 나쁜 후기는 관리자가 다 지운다고 하더라고요.

現在連線上購物的評價都不能信了，聽說負評都被管理者刪掉了。

나: 그러니까요. 어차피 소비자들이 물건을 써 보면 다 알게 될 텐데 손바닥으로 하늘 가리기나 마찬가지인 일을 왜 할까요?

就是說啊，反正消費者使用過後就會知道品質，為什麼要做這種一手遮天的事呢？

앞뒤가 막히다

★★☆ 慣

指某個人缺乏適當的應對進退的能力或是不會察言觀色，讓人感到鬱悶的意思。

例 가: 하준 씨, 사장님이 테이블 정리를 시켰다고 손님이 오셨는데도 그것만 하고 있으면 어떻게 해요? 얼른 주문부터 받으세요. 사람이 앞뒤가 꽉 막혀서 원…….

河俊，雖然老闆叫你收拾桌面，但客人都上門怎麼還在收？快去點餐，真是不知變通……。

나: 네, 죄송합니다.

是，對不起。

🔍 使用在某個人做事的時候不懂得變通，強調的時候會使用「앞뒤가 꽉 막히다」。

어물전 망신은 꼴뚜기가 시킨다

★☆☆ 俗

近 생선 망신은 꼴뚜기가 시킨다, 과일 망신은 모과가 다 시킨다

指一個傻瓜讓其他人一起丟臉的意思。

例 가: 아까 우리 팀 발표할 때 태현이가 실수하는 거 봤어? 다른 팀 사람들도 어이없어 하면서 다 웃었잖아.

你看到剛剛太顯在我們組報告的時候失誤的模樣了嗎？其他組也很無言，還笑了出來。

나: 그러게나 말이야. 어물전 망신은 꼴뚜기가 시킨다고 같은 팀이라는 게 너무 창피해.

就是說呀，一顆老鼠屎壞了一鍋粥，身為同組的人真的很丟臉。

🔍 源自於賣魚的生鮮海產店如果有賣相不好的短爪章魚，客人會感到失望，連其他海鮮也不買就走了。

★☆☆ 俗
엎드려 절받기

近 억지로 절 받기,
옆찔러 절 받기

指對方並沒有表示，但自己卻要求以禮相待的
意思。

例 가: 엎드려 절받기로 선물을 받기는 했지만 생일을
챙겨 줘서 고마워.

雖然是我要求你買生日禮物給我，但還是謝謝
你幫我過生日。

나: 태현아, 생일 축하해. 내년에는 잊어버리지 않고
꼭 미리 챙겨 줄게.

太顯，生日快樂，明年我一定不會忘記，會提
前送禮物給你。

🔎 指如果想得到對方行大禮的禮遇，必須自己先趴下行大
禮，對方看到後才會一起行禮。如同前述，使用在直接透
過語言或行動獲得想要的東西。

★☆☆ 俗
오뉴월 감기는 개도
아니 걸린다

近 오뉴월 감기는 개도 아니
앓는다

指在夏天感冒的人很不爭氣。

例 가: 오뉴월 감기는 개도 아니 걸린다는데 둘째가
에어컨 앞에서 살다시피 하더니 감기에 걸렸나
봐요.

五六月連狗也不感冒，二兒子幾乎天天吹冷
氣，可能是因此感冒的。

나: 그럼 약 먹고 어서 쉬라고 하세요.

趕快讓他吃藥睡覺。

🔎 在換季溫差大或是很冷的時候較容易感冒，使用在嘲弄某
個人在氣溫變化不大的夏天感冒的時候。

★☆☆ 俗
입술에 침이나
바르지

近 혓바닥에 침이나 묻혀라

指某個人神色自若說著淺而易見的謊言。

例 가: 엄마, 오늘은 게임을 한 번도 안 했으니까 지금
조금만 해도 돼요?

媽媽，我今天都沒有玩遊戲，現在可以讓我玩
一下嗎？

나: 입술에 침이나 바르고 말해. 아까 네가 게임하는
거 다 봤거든.

你面不改色地說謊，我剛剛有看到你玩遊戲。

🔎 人如果緊張的話，口水的分泌量會減少到嘴唇乾澀的程度。
使用在挖苦某個人若無其事說謊的時候，讓他抹一抹口水。

자기 배 부르면 남의 배 고픈 줄 모른다

指有餘裕的人無法理解他人的難處。

例 가: 민수 씨 얘기 들었어요? 은행 대출을
어마어마하게 받아서 이자 갚느라 생활이 힘들
정도래요. 돈이 없으면 안 쓰면 되지 왜 대출까지
받는지 모르겠네요.

你聽說民秀的事了嗎？聽說他向銀行借了大筆
的貸款，結果現在為了還利息過得很辛苦。如
果沒錢的話就不要花啊，幹嘛去貸款呢？

나: 자기 배 부르면 남의 배 고픈 줄 모른다고 그렇게
얘기하지 마세요. 얼마나 힘들면 대출까지
받았겠어요?

你別這樣說，所謂「飽漢不知道餓漢飢」，他
該有多辛苦才去貸款啊？

🔎 使用在告訴某個人不要因為自己處境好、無法理解他人的
難處而隨便評論他人。

제가 제 무덤을 판다

指做了毀掉自己的蠢事。

例 가: 어제 배우 김기철에 대한 기사 봤어요? 동료
배우를 비난하는 인터뷰를 해서 논란이 되고
있던데요.

你看過昨天關於演員金基徹的報導了嗎？他因
為批評同事演員而造成非常大的爭議。

나: 저도 봤어요. 그런 말이 나올 상황이 전혀
아니었는데 굳이 동료 배우 이야기를 꺼내서
험담을 하더라고요. 제가 제 무덤을 판 격이지요.

我也看到了，明明不是說那種話的場合，卻非
要說出毀謗同事演員的話。真是自掘墳墓呢。

🔎 也會縮短成「무덤을 판다」使用。使用在明明安靜待著也
沒問題，卻硬要做無謂的事進而造成自己的麻煩。

★★★ 俗
종로에서 뺨 맞고
한강에서 눈 흘긴다

近 종로에서 뺨 맞고 한강에
가서 눈 흘긴다

指某個人在奇怪的場合遷怒他人。

例 가: 선배님, 과장님이 왜 저렇게 예민하신 거예요?
작은 실수에도 화를 버럭 내시고.

前輩，為什麼科長那麼敏感？看見小失誤就發
飆。

나: 종로에서 뺨 맞고 한강에서 눈 흘긴다고
부장님한테 꾸중 듣고 와서 괜히 우리한테
화풀이를 하시는 거지.

他拿別人當出氣筒吧，被部長碎念完，就拿我
們出氣。

○ 源自於從前在鍾路有很多商家，有一位客人在那裡受到了
輕視，雖然生氣卻因為商家的氣勢什麼話都不能說，後來
他跑去漢江旁邊的小商家找碴，大肆地出氣。

★★☆ 俗
팥으로 메주를
쑨대도 곧이듣는다

近 팥을 콩이라 해도
곧이듣는다

指某個人無條件相信他人的話。

例 가: 민수 씨가 자기 회사에 투자를 하면 내년에
10배로 돌려주겠대요. 우리도 투자할까요?

民秀說如果投資他們公司的話，明年就能回收
十倍的報酬，我們要不要也投資？

나: 팥으로 메주를 쑨대도 곧이듣는다더니 당신은
민수 씨 말을 어떻게 그렇게 철석같이 믿어요?

你耳根子也太軟了吧，怎麼能對民秀的話那麼
深信不疑？

○ 메주(醬麴)是製作醬油和辣椒醬的原料，是用大豆製作而
成，如果有人說要用紅豆去做的話，當然會對他的話表示
懷疑，相反地，如果毫不懷疑，則表示對對方深信不疑。
如同前述，使用在某個人盲目地信任他人的話的時候。

★☆☆ 慣
해가 서쪽에서 뜨다

指發生了完全意料之外的事。

例 가: 엄마, 저 등산 갔다 올게요.

媽媽，我要去爬山。

나: 해가 서쪽에서 떴나? 매일 늦게까지 자던 네가 이
새벽에 등산 간다고?

太陽從西邊升起了嗎？每天睡到日上三竿的
你，居然清晨要去爬山？

○ 普遍使用在某個人做出與平時不同的舉動時。

07

일·생활
工作·日常生活

----

1 사회생활　　　　　　社會生活

2 속성　　　　　　　　屬性

3 실행　　　　　　　　實踐

4 의식주　　　　　　　食衣住行

5 종결　　　　　　　　結局

★☆☆ 價
골탕을 먹이다

指讓他人受到損害或遭受困難。

例 가: 동생을 놀리면서 골탕을 먹이는 게 그렇게 재미있니? 그만 좀 해.

整天整你弟弟好玩嗎？別鬧他了。

나: 지훈이가 당황하는 게 귀여워서 그래요. 이제 그만 할게요.

因為智勳慌張的模樣可愛才這樣，我不鬧了。

🔍 使用在捉弄或欺騙他人，讓他感到慌張。某人因他人而受到巨大損害或感到慌張時則會使用「골탕을 먹다」。

★★☆ 價
꼬리표가 붙다

近 꼬리표를 달다

指某個人得到他人負面評價的意思。

例 가: 우리 애는 아침잠이 많아서 가끔 학교에 지각을 해요. 이러다 게으르다는 꼬리표가 붙을까 봐 걱정이에요.

我家孩子經常睡過頭所以有時候上學會遲到，我很擔心他會被貼上懶惰的標籤。

나: 그렇지는 않겠지만 그래도 지각하는 게 습관이 되면 안 될 것 같아요.

應該不會，但還是不要養成遲到習慣比較好。

🔍 某人或事物擺脫不好評價時則使用「꼬리표를 떼다」。

★★☆ 價
덕을 보다

指得到利益或得到幫助的意思。

例 가: 지훈아, 누나하고 같은 고등학교를 다니는 게 어때?

智勳，現在跟姊姊讀同一個學校怎麼樣？

나: 삼촌도 알다시피 누나가 워낙 모범생이라 선생님들이 저를 좋게 봐 주더라고요. 누나 덕을 톡톡히 보고 있어요.

叔叔你也知道，姊姊在學校是模範生，所以老師們也很看好我，算是沾了姊姊的光。

🔍 強調的時候會使用「덕을 톡톡히 보다」，另一方面，想要成為有益於某個人或是成為他的助力的時候則會使用「덕이 되다」。例如：「다른 사람에게 덕이 되는 사람이 되고 싶어요.(我想成為那種對他人有助益的人。)」

등에 업다
★☆☆ 慣

指依靠某種力量或是勢力的意思。

例 가: 민수 씨는 부장님 말씀도 잘 안 듣는 것 같아요.
도대체 뭘 믿고 저래요?

民秀連部長的話也不太聽，他到底是憑什麼？

나: 민수 씨가 사장님 아들이잖아요. 사장님을 등에
업고 마음대로 하는 거죠.

畢竟民秀是老闆的兒子，有老闆當靠山所以就
為所欲為吧。

🔎 使用在某個人倚仗權力、或是親近之人所擁有的勢力而橫
行霸道或為所欲為的時候。

목을 자르다
★☆☆ 慣

近 목을 치다

指在職場上開除某個人的意思。

例 가: 실장님, 우리 회사도 곧 정리 해고가 있을 거라는
소문이 돌던데 혹시 아는 거 있으세요? 저도 해고를
당할까 봐 불안해요.

室長，聽說我們公司很快就會解雇員工的傳
聞，你知道些什麼？我也很怕會被資遣。

나: 자네 같은 사람의 목을 자르면 회사가 손해지.
별일 없을 거야.

解雇你是公司的損失，不用擔心。

🔎 某個人被公司炒魷魚的時候則會使用「목이 잘리다」。

문턱을 낮추다
★☆☆ 慣

指把情況或是環境變得可以輕易接觸。

例 가: 윤아 씨, 출근하면서 보니까 회사 1층 로비에서
'찾아가는 미술관' 을 운영하고 있더라고요. 점심
먹고 잠깐 보러 갈래요?

潤娥，我上班的路上看到公司一樓大廳在經營
「找上門的美術館」。等一下午餐時間我們要
不要去看看？

나: 좋죠. 미술관들이 문턱을 낮춰 미술관에 가지
않고도 쉽게 작품을 볼 수 있게 해 주니까 좋네요.

好啊，美術館把門檻降低，所以不去美術館也
能輕易看到藝術作品，真好。

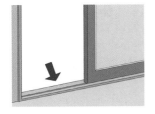

🔎 普遍使用在「法院、醫院、就業」等，人們因為時間、條
件等難以接近的事物變得容易接近的時候。某樣事物變得
比以前更難讓人接近則會使用「문턱을 높이다」。

★★☆ 慣
문턱이 닳도록
드나들다

近 문지방이 닳도록
드나들다

指經常出入某個地方的意思。

例 가: 서영아, 사랑이가 전에는 우리 집에 문턱이 닳도록
드나들더니 요즘에는 통 안 오네. 둘이 싸웠니?

徐英呀，嗣朗以前經常來我們家串門子，但最
近都沒有看到人影，妳們吵架了嗎？

나: 아니에요, 엄마. 싸우기는요. 요즘 사랑이가 바빠서
얼굴 보기도 힘들어요.

沒有，媽媽。怎麼可能吵架，最近嗣朗太忙
了，要見她一面都很困難。

◌ 不會使用在學校或公司等固定出入的地方。也會使用相似
意義的「문턱 드나들듯 하다」。

★☆☆ 慣
발을 끊다

指某個人斷絕他人或某個群體的關聯。

例 가: 여보, 둘째랑 말다툼을 했는데 집을 나가서 발을
끊고 살겠다고 하더라고요. 그 말을 들으니까 너무
속상하고 서운했어요.

親愛的，剛剛和二兒子吵架，他居然說要跟我們
斷絕關係搬出去住，聽到他那樣說我好難過。

나: 둘째도 홧김에 한 말일 테니까 너무 마음에 담아
두지 말아요.

他只是一氣之下才會說那種話，不要放在心上。

◌ 也會使用相似意義的「발길을 끊다」。另一方面，也會使
用在不去某個場所的時候。例如：「나는 술집에 발을 끊은
지 오래다.(我已經不去酒吧很久了。)」

★☆☆ 慣
밥줄이 끊기다

近 밥줄이 끊어지다,
밥줄이 떨어지다

指某個人失去工作的意思。

例 가: 마크 씨, 요즘 왜 그렇게 일을 많이 해요?

馬克，你最近工作怎麼那麼多？

나: 저 같은 프리랜서들은 의뢰가 들어오는 일을
거절하면 언제 밥줄이 끊길지 몰라요. 그래서
들어오는 대로 일을 하다 보니 많이 바쁘네요.

像我這樣的自由接案者如果拒絕接案的話，不
知道什麼時候會斷絕生計。所以只要有案子都
接才會這麼忙。

✎ 「밥줄」是指賺錢生活的方法或手段的通俗說法。

◌ 斷絕他人的工作飯碗的時候則會使用「밥줄을 끊다」。

★☆☆ 俗

소도 언덕이 있어야 비빈다

指不管是誰都需要有個依靠才能開始去做或是實現某件事。

例 가: 아버지, 제가 사업을 한번 시작해 볼까 해요.

爸爸，我在考慮要自己創業。

나: 소도 언덕이 있어야 비빈다고 인맥도 없고, 모아둔 돈도 없으면서 무슨 사업을 하겠다고 하는 거니?

有句話說：「巧婦難為無米之炊」，沒有人脈也沒有存款，要創什麼業？

🔎 小牛在剛開始長角的時候，頭會非常癢所以經常在山坡邊摩擦著頭。如果沒有山坡的話，牛就不能摩擦癢的地方。如同前述，使用在告訴某個人需要有背景或是環境，開始做某件事的時候才有辦法成功。

★★☆ 慣

손가락질을 받다

指受到他人的嘲笑或是責難的意思。

例 가: 잘나가던 가수가 딱 한 번의 실수로 전 국민의 손가락질을 받는 신세가 됐으니 안타깝네요.

那個有名的歌手因為犯下一次的錯誤，就受到全國民的指指點點，真是命運多舛。

나: 안타깝다니요. 그러니까 처음부터 자신의 잘못을 인정하고 죗값을 받았어야죠.

什麼命運多舛？所以說他當初就該認錯，然後付出代價。

🔎 責難他人的錯誤時則會使用「손가락질을 하다」。

★☆☆ 慣

씨도 먹히지 않다

指對方完全不接受某個意見。

例 가: 이번 연봉 협상 때는 사장님께 연봉을 좀 올려 달라고 말씀을 드려야겠어요.

這次年薪協商我要跟老闆爭取加薪。

나: 씨도 먹히지 않을걸요. 보나마나 사업이 어려우니 동결하자고 하실 거예요.

別白費力氣了，現在公司業務狀況困難，他會要我們共體時艱。

🔎 源自於從前用織布機將橫向的緯線和縱向的經線交錯來織成衣服，但是如果有濕氣的話，緯線就不容易穿進經線，也就很難織成衣服。

☆☆☆ 慣
이름을 걸다

指某個人代表某個群體承擔某件事的責任。

例 가: 우리 학교의 이름을 걸고 하는 경기니까 모두 최선을 다해 주기 바란다.

既然是賭上了學校的名譽，希望大家都要全力以赴去比賽。

나: 네, 알겠습니다. 감독님!

是的，教練！

🔎 普遍使用在運動競賽等需要競爭的情況之下，為了守護所屬團隊的名譽而全力以赴的時候。

★★☆ 慣
자리를 잡다

指在公司或是社會擁有某種程度的地位。

例 가: 지원아, 회사 생활은 어때? 처음에는 힘들어했잖아.

智媛，工作如何？一開始不是很辛苦嗎？

나: 회사에서 어느 정도 자리를 잡아서 지금은 괜찮아.

在公司升到某個職位之後，現在滿好的。

🔎 也會使用在佔據某個位子的時候。例如：「먼저 식당에 가서 자리를 잡아 놓을게요.(我先去餐廳佔位子。)」

★☆☆ 慣
펜대를 굴리다

指某個人不做體力活而是在辦公室工作的意思。

例 가: 아빠가 이 의자를 직접 만드셨다고요? 아빠가 이렇게 손재주가 좋으신 줄 몰랐어요.

爸爸親自製作了這張椅子嗎？我都不知道爸爸的手藝這麼好。

나: 나도 나한테 이런 재주가 있는 줄 몰랐어. 펜대를 굴리는 일만 할 수 있는 줄 알았는데 말이야.

我也不知道，我以為他只會坐辦公室打打電腦而已。

★★★ 慣
한턱을 내다

近 한턱을 쓰다

指大力款待他人好酒或美食的意思。

例 가: 오늘은 내가 한턱을 낼 테니까 마음껏 시켜요.

今天我請客所以儘管點吧。

나: 감사합니다.과장님.그런데 무슨 좋은 일이 있으신 거예요?

謝謝，科長。最近有什麼好事嗎？

2

속성 | 屬性

★★★ 慣
꼬리에 꼬리를 물다
近 꼬리를 물다

指傳聞或是事件持續發生的意思。

例 가: 하준아, 하루 종일 하품을 하는 걸 보니 어제 잠을 못 잤나 봐?

河俊，看你整天都在打呵欠，昨天沒睡好嗎？

나: 응. 갑자기 미래에 대한 걱정이 꼬리에 꼬리를 물면서 잠이 안 오더라고.

嗯，對未來的焦慮突然接二連三地湧現，所以 睡不著。

★★☆ 俗
낙타가 바늘구멍 들어가기
近 낙타가 바늘구멍 찾는 격

指某件事非常難實現的意思。

例 가: 이번에 인턴사원 중에서 몇 명을 정규직으로 채용한다고 하던데 우리도 정규직이 될 수 있을까요?

聽說這次會聘請幾個實習生轉正職，我們也有 機會轉正職嗎？

나: 글쎄요. 정규직이 되는 건 낙타가 바늘구멍 들어가기보다 더 어렵다고 들었어요.

這難說了，聽說轉正職難如登天。

🔍 源自於聖經裡的章節，比起有錢人上天堂，駱駝穿過針孔 更簡單。普遍使用在告訴某個人某件事非常困難，以至於 在現實中幾乎不可能實現的時候。

★★★ 俗
누워서 떡 먹기

指某件事輕而易舉。

例 가: 욕실 형광등이 나갔는데 당신이 좀 갈아 줄 수 있어?

浴室的電燈壞掉了，你可以幫忙換嗎？

나: 그럼, 그 정도는 누워서 떡 먹기지.

當然，這對我來說輕而易舉。

★★★ 俗
다람쥐 쳇바퀴 돌듯

指沒有任何進展，一直重複同樣的事。

例 가: 원하는 결과도 안 나오는데 다람쥐 쳇바퀴 돌듯
계속 같은 실험만 하려니 지쳐요.

得不到想要的結果，一直停在原地打轉重複著
同樣的實驗，好累。

나: 저도요. 자꾸 실패하는 이유를 빨리 알아내야 할
텐데요.

我也是，要趕快釐清一直失敗的理由才行呢。

ℚ 也會使用在形容沒有變化，不斷反覆的無聊日常的時候。
例如：「매일 회사, 집, 회사, 집 다람쥐 쳇바퀴 돌듯 사니 재
미가 없어요.(每天都是公司、家、公司、家，好無聊，就
像反覆跑滾輪的倉鼠一樣。)」

★☆☆ 慣
더도 말고 덜도 말고

指不多不少，剛剛好的意思。

例 가: 최 사장님, 요즘은 손님이 많아서 장사할 맛이
나겠어요.

崔老闆，最近客人變多了，生意很好吧。

나: 네. 더도 말고 덜도 말고 딱 지금처럼만 계속
장사가 잘됐으면 좋겠어요.

是的，現在剛剛好，希望一直保持下去。

ℚ 普遍使用在很滿意現況並希望持續的時候。另一方面，期
許所有的事物都能生活幸福美滿，像豐碩的中秋節一樣的
時候會使用「더도 말고 덜도 말고 늘 한가위만 같아라」。

★★☆ 慣
둘도 없다

指獨一無二的意思。

例 가: 둘은 맨날 붙어 다니는구나. 민지가 그렇게도
좋니?

你們兩個每天都黏在一起，你有那麼喜歡玟池
嗎？

나: 그럼요. 민지는 저를 알아주는 세상에 둘도 없는
친구니까요.

當然，玟池是這世界上唯一懂我，獨一無二的
朋友。

ℚ 普遍使用「세상에 둘도 없다」的形式，使用在這世界上只
有這一個，沒有第二個的時候。

★★★ 俗
땅 짚고 헤엄치기

指非常簡單的任務。

例 가: 승원 씨, 제 컴퓨터가 바이러스에 걸린 것 같은데
　　 좀 봐 줄 수 있어요?

　　 昇源，我的電腦好像中毒了可以幫我看看嗎？

　 나: 그럼요. 그 정도 일은 땅 짚고 헤엄치기니까
　　 걱정하지 마세요.

　　 當然，那是不費吹灰之力的事，不用擔心。

🔎 使用在形容事情非常簡單的時候，就像不會游泳的人，也
　 可以手撐在泳池地板游泳一樣。

★☆☆ 慣
뜨거운 감자

指成為熱門話題的事情。

例 가: 식품·유통업계의 뜨거운 감자로 떠오른 과대 포장
　　 금지 제도에 대해 어떻게 생각하십니까?

　　 請問您對於食品流通業最近最熱門的禁止過度
　　 包裝制度有什麼看法？

　 나: 불필요한 쓰레기를 줄이겠다는 취지는 이해가
　　 가지만 이에 대한 명확한 규정이 아직 없어서
　　 혼란스럽습니다.

　　 雖然可以理解減少非必要垃圾的宗旨，但是這
　　 項制度尚未有明確的規定，相當混亂。

🔎 源自英文慣用語「hot potato」，比喻難以處理的狀況，
　 也會使用在比喻政治或社會上重要但難以解決的問題。

☆☆☆ 俗
마른논에 물 대기

某事非常困難不管怎麼辛苦付出都沒有成果。

例 가: 정부에서 출산 지원금을 계속 늘려도 저출산
　　 문제가 해결될 기미가 안 보이네요.

　　 就算政府一直提高生育獎勵金，仍然不見低生
　　 育率有改善的跡象。

　 나: 근본적인 해결책을 찾지 않는 한 마른논에 물
　　 대기예요.

　　 如果不找到根本解決方法，都是徒勞無功。

🔎 因為久旱不雨導致田裡土地乾裂，即使澆了一些水，但稻
　 子還是長不好，使用在不管做什麼都沒有用的時候。

★☆☆ 慣
말짱 도루묵

指沒有任何收穫或是徒勞無功的意思。

例 가: 민수 씨, 신제품 발표회는 잘했어요?
　　民秀，新產品發佈會還好嗎？

　　나: 아니요, 회사 사정으로 발표회가 무산돼서
　　　　그동안 고생해서 한 일이 말짱 도루묵이 됐어요.
　　不好，因為公司的特殊情況，導致發佈會取
　　消，之前的辛苦都化為泡影。

🔎 從前有個因為戰爭流亡的國王吃了一種叫「묵」的魚，
因為愛上那種魚的滋味，所以將它命名為「은어(銀
魚)」。戰爭結束之後，國王因為忘不了那個滋味，再次
品嘗了銀魚，卻發現味道變了。失望的國王將銀魚命名為
「도로묵」使用在竭盡全力想讓事情恢復原狀的時候。

☆☆☆ 俗
모래 위에 선 집
近 모래 위에 선 누각,
　　모래 위에 쌓은 성

指基礎不穩固的物品倒塌或是事情容易崩壞。

例 가: 선생님, 우리 아이한테 중학교 수학을 좀 가르쳐
　　　　주세요.
　　老師，請教教我的孩子國中數學。

　　나: 어머니, 기초도 없이 어려운 것을 배운다는 건 모래
　　　　위에 선 집과 같습니다. 지금 연우는 기초부터 천천히
　　　　쌓아야 할 때입니다.
　　媽媽，孩子還沒有打好基礎就學習困難的課程，
　　這無非是揠苗助長。妍雨應該先從基礎開始慢慢
　　學習。

🔎 在沙堆上建房子的話只要進一點水或是下一點雨就容易倒
塌，使用在告訴某個人建立穩固的基礎很重要的時候。

★★☆ 慣
손가락 안에 꼽히다
近 손가락 안에 들다

指屈指可數而特別的意思。

例 가: 박 선생님, 서영이가 피아노를 아주 잘 치네요.
　　朴老師，徐英彈鋼琴彈得很好呢。

　　나: 네, 우리 학교에서 다섯 손가락 안에 꼽히는
　　　　실력자예요.
　　是啊，她是我們學校屈指可數的佼佼者。

🔎 普遍使用「다섯 손가락 안에 꼽히다」或「열 손가락 안에
꼽히다」的形式，表示排名很前面。

★☆☆ 俗
순풍에 돛을 달다

指事情順利進行，沒有任何困難或是問題。

例 가: 김 대표님, 축하해요. 순풍에 돛을 단 것처럼
사업이 잘되고 있다면서요?

恭喜你，金代表。聽說你的事業一帆風順？

나: 네. 창업 초기에는 제품의 판로를 찾기 힘들었는데
홈 쇼핑에서 판매를 시작하면서 매출이 부쩍
늘었어요.

是的，創業初期因為尋找銷售通路遇到困難，
但是開始線上商城之後銷售量就持續增加了。

🔍 根據船前行的方向調整船帆，船會前進得更快。使用在事
情順利進行的時候。

★★★ 慣
식은 죽 먹기

指能夠輕易完成的事情。

例 가: 제시카 씨 혼자서 화장실 전체를 다 고치고
꾸몄다고요? 정말 대단해요.

潔西卡小姐，妳獨自一人重新翻修並裝潢了整
間化妝室嗎？

나: 그 정도는 식은 죽 먹기예요. 집 전체도 꾸며 본
적이 있는걸요.

這對我來說小菜一碟，我還裝潢過整間房子
呢。

🔍 形容某人毫無顧忌地做某件事時會使用「식은 죽 먹듯」。
例如：「저 사람은 거짓말을 식은 죽 먹듯 해서 믿을 수 없어
요.(那人說謊像喝水一樣輕鬆，不能相信。)」

07
工作
·
日常生活

★☆☆ 慣
아귀가 맞다

指事情前後一致的意思。

例 가: 선생님, 지훈이가 잘못한 게 맞아요. 지금
거짓말하고 있는 거예요.

老師，明明就是智勳做錯了，他在說謊。

나: 그렇지만 서영아, 지훈이의 말이 아귀가 맞아서 더
이상 책임을 물을 수가 없어.

徐英，雖然如此，智勳的話前後一致，也沒辦
法再追究什麼。

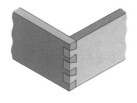

✏️ 「아귀」是指東西的分岔處。

🔍 用在某個人說的話正確有邏輯，或事情順利進行時。也會
使用在物品數量一致的時候，例：아귀가 맞는 돈。

★☆☆ 慣

죽도 밥도 안 되다

指模稜兩可四不像的意思。

例 가: 이렇게 다른 사람 춤을 똑같이 따라 하기만 하면
죽도 밥도 안 돼요. 본인만의 개성이 살아있는
춤을 춰야 성공하죠.

像這樣一昧模仿他人的舞蹈就會不倫不類，必
須跳出自己的舞風才能成功。

나: 저도 알아요. 그런데 그게 말처럼 쉽지 않으니
문제지요.

我也知道，那不像說的那麼簡單。

🔎 如同煮飯的時候煮出了不像粥也不像飯的東西一樣，使用
在告訴某個人敷衍了事並不會成功，做某件事的時候需要
確實做好。

★☆☆ 慣

죽이 되든 밥이 되든

指不管事情成功或順利都沒關係的意思。

例 가: 수아야, 신인 가수를 뽑는 공개 오디션
프로그램에 나가기로 했다면서?

秀雅，聽說妳決定要去參加新人歌手的選秀節
目嗎？

나: 응. 죽이 되든 밥이 되든 한번 해 보려고.

嗯，我想試試看，不在乎輸贏。

🔎 在開始一件不清楚或不熟悉的事情之前不會知道成敗與
否，使用在表達無論結果如何都要嘗試看看的意志，或是
用於鼓勵他人嘗試做某件事。

★☆☆ 慣

칼자루를 쥐다

近 칼자루를 잡다

指某個人擁有某件事的主導權。

例 가: 이제 임금 협상을 마무리해야 하는데 아직 노조
측에서 연락이 없네.

現在薪資協商應該要收尾了，但是工會那邊一
直沒有聯絡我們。

나: 아무래도 그쪽이 칼자루를 쥐고 있으니 시간을
끌면서 이쪽의 반응을 보려는 거 아닐까요?

無論如何工會都擁有主導權，不覺得他們是想
要拖時間看看資方的反應嗎？

🔎 就像握著刀柄的人可以用刀一樣，普遍使用在某個人擁有實
際的權力，可以將事情處理成對自己有利的方向的時候。

★★★ 俗
하늘의 별 따기

指得到或實現某件事很困難。

例 가: 일자리는 구했어요?
你找到工作了嗎？

나: 아니요, 경기가 안 좋아서 그런지 아르바이트를
구하는 일도 하늘의 별 따기네요.
還沒，可能是因為景氣不好，找打工簡直像海
底撈針。

🔎 想要摘下天上的星星是不可能的事。如同前述，使用在說
明某個人的處境非常困難的時候。

★☆☆ 慣
간판을 걸다

指某個人創業或是開始某個團體活動。

例 가: 개업 준비는 잘하고 있어요?

你創業準備進行得還好嗎？

나: 네, 그런데 막상 간판을 걸고 장사를 한다고
생각하니 두려움 반 설렘 반이에요.

還好，但想到要掛上招牌開始自己的事業，心
情是憂喜參半。

🔎 源自於人們普遍在創業的時候會做顯眼的招牌來吸引人們
的注意。另一方面，放棄事業或活動的時候則會使用「간
판을 내리다」。

★★☆ 慣
기를 쓰다

指某個人對某件事傾盡全力去做的意思。

例 가: 이것 좀 보세요. 우리 집 강아지가 기를 쓰고 소파에
올라가려고 하는 모습이 너무 귀여워서 동영상을
찍었거든요.

你看，我拍了一個影片，是我家小狗狗為了跳
上沙發而用盡全力的可愛模樣。

나: 어머, 정말 귀엽네요.

哇，真的很可愛。

🔎 普遍使用「기를 쓰고」的形式。

★★★ 俗
길고 짧은 것은 대어
보아야 안다

近 길고 짧은 것은 재어
보아야 안다

指不管什麼事都要親身經驗過才能知道結果。

例 가: 보나 마나 이번에도 우리 팀이 지겠죠?

不看也知道，我們隊這次又會輸吧？

나: 길고 짧은 것은 대어 보아야 안다고 하잖아요. 그동안
우리 팀도 실력이 많이 향상되었으니까 이번에는
이길 수도 있어요.

是贏是輸要比過才知道，這期間我們隊的實力
也成長很多，這次也有可能會贏。

🔎 長度相似的物品如果不用尺來量的話就不知道哪個比較長。
如同前述，表示兩個人或是兩隊需要進行較量才能知道誰的
實力比較好。普遍使用在聽到某個人草率地預測結果，告訴
他不要輕易斷言的時候。

둘러치나 메어치나
매한가지

近 둘러치나 메어치나
매일반

指不管用了什麼手段或方法，結果都一樣。

例 가: 이 요리는 이렇게 해야지. 너처럼 하면 안 돼.

這道料理要這樣做才行，不能像你那樣做。

나: 할머니, 둘러치나 메어치나 매한가지니까 어떻게
하든 맛만 있으면 되지요.

奶奶，所謂殊途同歸，只要做出來好吃不就好
了嘛。

🔎 使用在告訴某個人不管怎麼做結果都一樣，所以過程不太
重要的意思。

모로 가도 서울만
가면 된다

近 모로 가나 기어가나 서울
남대문만 가면 그만이다

指不管手段或是方法，只要達成目的就好的意思。

例 가: 윤아 씨, 이걸 하나하나 다 타자로 치는 거예요?
단축키를 사용하면 쉽게 할 수 있잖아요.

潤娥小姐，這些字全部都要一個一個打嗎？用
快捷鍵的話不是很快就能完成嗎？

나: 저는 단축키를 사용할 줄 몰라요. 모로 가도 서울만
가면 된다고 시간이 걸려도 보고서만 완성하면
되잖아요.

我不會用快捷鍵，俗話說「條條大路通羅馬」，
就算花時間，只要報告可以完成就好了。

✐ 「모로」原本是指斜的或是對角線，在此處則是指橫向的
意思。

🔎 字面意思指去首爾的路有很多種，只要能到首爾不管走哪
條路都可以。如上述，使用在告訴某個人重要的是達成目
的，而非過程或是方法。

몸으로 때우다

使用在某個人用勞動作為代價來支付某個事物。

例 가: 세상에! 대기업 회장이라는 사람이 재판장에서
벌금을 내지 않고 몸으로 때우겠다고 했다네요.

天啊，身為大企業會長的人，居然在法庭上公
然說不繳納罰款，要用勞動來抵罪。

나: 저도 그 기사 봤어요. 돈도 많으면서 벌금을 내는
게 그렇게 아까울까요?

我也看到那個報導了，他明明很有錢，就那麼
不願意繳罰鍰嗎？

🔎 普遍使用在沒有經濟能力的人用勞動來支付代價的時候。

★☆☆ 慣
문을 두드리다

指為了得到某個想要的事物而努力的意思。

例 가: 양양 씨, 창업한다면서요? 창업을 하려면 돈이 많이 필요할 텐데…….

楊洋，聽說你要創業？創業的話應該需要很多錢吧……。

나: 네. 그래서 투자를 좀 받아 보려고 여기저기 문을 두드리고 있어요.

是啊，所以我為了打開機會的大門，到處尋求投資。

🔍 不管要進去哪裡都需要先敲門，等門開了才能進去。如同前述，使用在某個人為了得到自己想要的事物而做了各種嘗試的時候。

★★☆ 慣
밤낮을 가리지 않다

指不休息，持續地做著某件事。

例 가: 영업부 박 대리가 밤낮을 가리지 않고 일을 하다가 쓰러졌대요.

我聽說營業部的朴代理因為沒日沒夜地工作所以昏倒了。

나: 건강이 제일인데 너무 무리했군요.

健康是最重要的，他太勉強自己了。

🔍 也使用相似意義的「밤낮이 따로 없다」。

★☆☆ 俗
빈대 잡으려고
초가삼간 태운다

近 빈대 미워 집에 불 놓는다

使用在某個人不管自己會不會遭受損失，不分青紅皂白地想要除掉不滿意的事物的時候。

例 가: 게임에 중독된 청소년들이 늘어나고 있대요. 게임 산업에 대한 규제를 더 강화해야 하지 않을까요?

聽說遊戲成癮的青少年越來越多了，是否應該加強遊戲產業的相關規範呢？

나: 글쎄요. 빈대 잡으려고 초가삼간 태운다고 규제를 강화하면 오히려 내수 시장이 위축돼 경제에 안 좋은 영향을 미칠 수도 있어요.

這不好說，如果強化規範，反而可能危及到內需市場，造成經濟上不好的影響。

🔍 使用在為了解決小問題反而造成更大損害的時候。

뼈가 빠지게

指某人隱忍著長期痛苦盡全力做某件事。

例 가: 태현아, 아르바이트비 받았어? 그걸로 뭐 할
거야?

太顯啊，你領到打工薪水了嗎？你打算用那筆
錢做什麼？

나: 한 달 동안 뼈가 빠지게 일해서 받은 돈이니 꼭
필요한 데에 쓰려고.

一個月拼死拼活工作當然用在需要的地方。

○ 普遍在後面接「일하다(工作)、고생하다(辛勞)、키우다(扶
養)」等動詞，使用在無奈隱忍著疲勞繼續做某件事時。

뿌리를 뽑다

指讓某件事物無法產生或是成長。

例 가: 부정부패의 뿌리를 뽑기 위해서는 정부가 나서는
방법밖에 없다고 생각합니다. 백 의원님은 어떻게
생각하십니까?

我認為只有政府出面才能將貪污腐敗的問題連
根拔起。朴議員是怎麼想的呢？

나: 저도 그 의견에 동의하기는 하지만 그게 쉬운 일은
아닙니다.

我也同意你的意見，但這不是一件容易的事。

○ 普遍使用在為了避免貪污腐敗、非法勾當、歧視等社會問
題，而採取措施的時候。

손에 잡히다

指將凌亂的周遭情況或是內心整頓好，藉以培
養工作的心情。

例 가: 아이가 아파서 일이 전혀 손에 잡히지 않을 텐데
오늘은 일찍 퇴근하는 게 어때요?

孩子生病了，你今天工作肯定無法得心應手
吧，不如早點下班，如何？

나: 감사합니다. 팀장님. 안 그래도 아이가 걱정이
돼서 조퇴하고 가려고 했습니다.

謝謝組長，我也因為擔心孩子，打算早退。

○ 普遍使用「일이 손에 안 잡히다」或「일이 손에 잡히지 않
다」等否定形式，使用在某個人因某些複雜的狀況而無法
專心工作的時候。

★★★ 慣
손을 보다

指修理產生問題或是故障的物品。

例 가: 여보, 현관문에서 삐거덕거리는 소리가 나던데 손을 봐 줄 수 있어요?

親愛的，大門出現了嘎吱嘎吱的聲音，你可以去修一下嗎？

나: 알았어요. 이따가 퇴근하고 볼게요.

我知道了，等等下班之後修。

🔎 也會使用在當自己親近的人受到欺負，代替他去教訓那個人的時候，例如「너를 괴롭히는 사람이 있으면 내가 손을 봐 줄 테니까 다 말해.(如果有人欺負你，儘管告訴我，我會幫你教訓他)」。

★★☆ 慣
손을 쓰다

指某個問題發生時，為了找尋解決方法而行動的意思。

例 가: 대표님, 어제 기자한테 우리 회사 소속 연예인이 데이트하는 사진이 찍힌 것 같습니다.

老闆，昨天我們旗下的藝人好像被記者拍到約會的照片了。

나: 홍보팀에서 열애 기사가 나지 않도록 바로 손을 쓸 테니까 걱정하지 마세요.

宣傳部門的人會出手阻止戀愛新聞報導，所以不用擔心。

🔎 使用在某個事件發生時，採取解決對策或是措施的時候。

★★★ 慣
손이 빠르다

指某個人工作很熟練迅速的意思。

例 가: 윤아 씨, 제가 뭐 도와줄까요? 제 일은 다 마쳤거든요.

潤娥小姐，需要我幫什麼忙嗎？我的工作都做完了。

나: 벌써요? 지원 씨는 정말 손이 빠르네요.

這麼快？智媛妳真是手腳俐落呢。

★★★ 俗
수박 겉 핥기

指某個人並不了解某件事或某個對象的內在，
只涉足表面的意思。

例 가: 오빠, 이 수학 문제는 해설을 봐도 이해가 안 돼.
　　 좀 가르쳐 줘.

　　 哥哥，我看了詳解，但還是不懂這道數學題
　　 目，教我一下吧。

나: 네가 수박 겉 핥기 식으로 공부를 하니까 그렇지.
　　 다시 한번 꼼꼼하게 풀어 봐.

　　 那是因為你唸書都一知半解的關係，你再仔細
　　 地讀過一次。

🔎 普遍使用「수박 겉 핥기」的形式，使用在某個人做某件
　 事不用心做好，馬馬虎虎去做的時候。

★★★ 俗
시작이 반이다

指雖然要開始某件事很困難，但只要開始做了
之後，就能夠輕易地完成。

例 가: 시험 범위가 엄청 많은데 언제 다 공부하지?

　　 考試範圍很廣，什麼時候才能全部唸完呢？

나: 시작이 반이라고 하잖아. 일단 시작했으니 하는
　　 데까지 해 봐.

　　 不是都說「好的開始是成功的一半」嗎，既然
　　 已經開始，就盡力唸看看吧。

🔎 源自於希臘哲學家亞里斯多德的名言，使用在激勵做某件
　 事之前擔心或是猶豫不決的人時。

07 工作・日常生活

★★☆ 慣
앞에 내세우다

指認為某個事物更外顯於其他事物或更重要的
意思。

例 가: 장 팀장님, 이번 신제품의 광고 전략은
　　 무엇입니까?

　　 鄭組長，這次新產品的廣告策略是什麼？

나: 이번에는 정교한 디자인을 앞에 내세워 광고를
　　 하려고 합니다.

　　 這次打算在廣告中主打這項新產品的精緻設計。

🔎 也會使用相似意義的「전면에 내세우다」。

★★★ 俗

열 번 찍어 안 넘어가는 나무 없다

指只要持續努力去做,沒有做不到的事。

例 가: 운전면허 시험을 다섯 번이나 봤는데 계속 떨어지네요. 이제 그만 포기하려고요.

駕照考了五次卻還是不合格,我現在打算放棄了。

나: **열 번 찍어 안 넘어가는 나무 없다고** 하잖아요. **다음에는 꼭 합격할 수 있을 테니까 다시 한번 도전해 보세요.**

俗話說「有志者事竟成」,下次一定會合格的,所以再挑戰一次吧。

🔎 不管是多大的樹木,多砍幾次終究會被砍倒。如同前述,表示不管再難的事,多嘗試幾次終究會成功。普遍使用在告訴他人不要放棄,努力到成功為止。

★☆☆ 俗

주사위는 던져졌다

指事情已經到了無法挽回的地步,只能繼續進行的意思。

例 가: 괜히 제가 나서서 발표를 한다고 했나 봐요. 막상 사람들 앞에 서려니 너무 긴장돼요.

我不應該主動說要負責報告,想到要站在很多人面前就好緊張。

나: **이미 주사위는 던져졌으니까 최선을 다해 준비하세요.**

木已成舟,請盡全力去準備。

🔎 就像古羅馬的政治家兼將軍尤利烏斯‧凱撒,明知違反國法,卻仍渡過盧比孔河一樣,普遍使用在說明事情無法挽回的時候。

★★☆ 慣
진땀을 빼다

近 진땀을 뽑다,
　 진땀을 흘리다

指某個人因為困難或為難的事而非常費力。

例　가: 기자 회견은 잘했어요?

記者會進行得順利嗎？

　　나: 아니요, 생각지도 못한 기자들의 날카로운 질문에
　　　　아주 진땀을 뺐어요.

不好，沒想到記者們提問如此犀利，很費勁呢。

🔍 使用在某個人突然面臨難堪的情況而不知所措。

★★☆ 慣
첫 단추를 끼우다

指某個人開始去做新的事情。

例　가: 이번 시즌 첫 경기에서 승리하셨는데 기분이
　　　　어떠십니까?

您贏得了本次賽季首場初勝，感覺如何呢？

　　나: 첫 단추를 잘 끼운 것 같아서 기쁩니다. 다음
　　　　시합도 열심히 준비해서 좋은 결과가 있도록
　　　　노력하겠습니다.

感覺是邁出了好的第一步所以很開心，我也會
更加用心地準備，努力贏得下一次的比賽。

🔍 就像在穿衣服的時候要把第一顆扣子扣好才能穿好衣服一
樣，使用在說明不管什麼事情，開始都是很重要的。另一
方面，某件事情有不好的開始的時候，則會使用「첫 단추
를 잘못 끼우다」。

★★★ 慣
첫발을 떼다

指某個人第一次去做某件任務或是事業。

例　가: 자동차 공장을 해외에 설립하는 것은 어떤 의미가
　　　　있습니까?

請問在海外設立汽車製造廠代表著什麼樣的意
義？

　　나: 저희 회사가 해외 진출을 위해 첫발을 뗀다는 의미가
　　　　있습니다. 앞으로 자리가 잡히면 더 많은 국가에
　　　　진출할 계획입니다.

象徵著我們公司進軍海外的第一步。如果順利
的話，我們也會繼續開拓其他國家市場。

🔍 也會使用相似意義的「걸음마를 떼다」、「첫걸음마를 떼
다」。

★★★ 慣
간에 기별도 안 가다

指食物的量太少，好像沒吃一樣。

例 가: 연우야, 네가 좋아하는 붕어빵 사 왔어.

妍雨，我買了你愛吃的鯛魚燒回來。

나: 아빠, 이게 다예요? 이 정도로는 간에 기별도 안 가겠어요.

爸爸，就這些嗎？這些根本不夠我塞牙縫。

○ 普遍使用在看到食物的量很少，或是吃得很少不符合原本食量的時候。食物透過食道進入胃，在胃消化過後，好的養分就會到肝臟累積。然而以前的人認為如果吃得過少，養分就無法傳達到肝臟，本句慣用語即源自於此。

★☆☆ 慣
군침을 삼키다

近 군침을 흘리다

指看見某種食物後因為想吃而垂涎三尺的意思。

例 가: 제시카 씨, 왜 피자를 안 먹고 보고만 있어요?

潔西卡，為什麼看著披薩卻不吃呢？

나: 요즘 건강 때문에 밀가루 음식을 안 먹고 있어서요. 그런데 좋아하는 피자를 보고만 있으려니까 자꾸 군침을 삼키게 되네요.

最近因為健康的關係所以不吃麵粉類的食物，但是一直看著我喜歡的披薩，總是不自覺地吞口水。

○ 也會使用在某個人看見利益或財產而產生貪念的時候。例如：「나는 1등에 당첨되고 싶어 군침을 삼키며 복권을 긁었다.(因為想要得到頭獎，我垂涎三尺地刮著彩券。)」

★★★ 慣
군침이 돌다

指產生食慾的意思。

例 가: 빨리 회식 시간이 됐으면 좋겠어요. 회식 때 갈비 먹을 생각을 하니까 벌써부터 군침이 돌아요.

希望趕快到聚餐的時間，想到聚餐的時候可以吃到燉排骨就讓我口水直流。

나: 마크 씨는 회식 때마다 먹는데도 갈비가 지겹지 않아요?

馬克你都不覺得每次聚餐都吃燉排骨很膩嗎？

○ 使用在即使只是想像吃著某種食物，也口水直流很想吃的時候。

★★★ 俗
금강산 구경도
식후경

指即使再有趣的事，肚子餓的話也會沒有興致。

例 가: 좋은 아이디어가 나왔으니 이제 이걸 바탕으로
보고서를 작성해 봅시다.

現在有了好點子，可以用這個點子來寫報告。

나: 팀장님, 금강산 구경도 식후경이라는 말이
있잖아요. 점심부터 먹고 하는 게 어때요?

組長，俗話說「吃飯皇帝大」，要不要先吃午
餐再寫呢？

🔎 就算是景色優美的金剛山，如果在肚子餓的狀態下觀賞也
會覺得興致缺缺。普遍使用「금강산도 식후경」的形式，
使用在開始做某件事之前先吃飯的時候。

★★☆ 俗
둘이 먹다가 하나가
죽어도 모르겠다

指食物非常美味的意思。

例 가: 이 집, 갈비탕 진짜 잘하지 않아? 국물도 깔끔하고
고기도 많고.

你不覺得這家店的排骨湯真的很棒嗎？湯頭很
清甜，肉也很多。

나: 그러게. 둘이 먹다가 하나가 죽어도 모르겠다.

就是啊，好吃到升天了。

★★☆ 慣
둥지를 틀다

近 둥지를 치다

指某個人安頓好生活住所的意思。

例 가: 부산 사람도 아닌데 어떻게 부산에 둥지를 틀게
되었어요?

你也不是釜山人怎麼會在釜山定居呢？

나: 3년 전에 부산에 있는 회사에 취직하게 되면서
아예 가족과 함께 이사를 왔어요.

三年前入職位於釜山的公司，就想說乾脆舉家
遷到釜山定居。

✏️ 「둥지」原本是指在草或是樹木上的鳥巢，在此處則是指
人類生活的住家或是生活空間的意思。

★★★ 俗
마파람에 게 눈 감추듯

指狼吞虎嚥的意思。

例 가: 얘야, 무슨 밥을 마파람에 게 눈 감추듯 먹니? 체하지 않게 천천히 좀 먹어.

孩子，為什麼要狼吞虎嚥的？慢慢吃，才不會消化不良。

나: 하루 종일 굶었더니 너무 배가 고파서 그래요. 할머니.

奶奶，因為我餓了一整天，太餓了才吃這麼快。

🔍 南風(마파람)是從南方吹過來的風，而螃蟹知道吹起南風的話很快就會下雨，所以感知到危險的螃蟹馬上把雙眼收進身體裡。普遍使用在說明某個人狼吞虎嚥的模樣的時候。也會縮短成「게 눈 감추다」的形式使用。

★☆☆ 慣
목을 축이다

指因為口渴而喝水或其他飲料的意思。

例 가: 날도 더운데 에어컨을 고치느라 힘드시죠? 이거 드시면서 목을 좀 축이고 하세요.

天氣這麼熱，修冷氣肯定很累吧？喝個飲料解渴後再繼續吧。

나: 네, 감사합니다.

好，謝謝。

★☆☆ 慣
목이 타다

指某個人非常口渴的意思。

例 가: 지하철역에서 집까지 뛰어왔더니 목이 너무 타. 언니, 물 좀 줘.

我從地鐵站那邊跑回家裡，口好渴啊，姊姊給我一點水。

나: 물 여기 있어. 천천히 마셔.

水給你，慢慢喝。

🔍 也會使用在非常盼望某件事的時候。例如：「동생은 간식을 사러 나간 형을 목이 타게 기다리고 있어요.(弟弟焦急地等著去買零食的哥哥。)」

★☆☆ (俗)
밥 먹을 때는 개도 안 때린다

指就算某個人犯了錯，也不該在吃飯的時候指責或是訓斥他的意思。

例 가: 성적이 왜 이렇게 떨어졌어? 이런 성적을 받아 놓고 너는 지금 밥이 넘어가니?

為什麼成績退步這麼多？成績這麼差，你現在還吃得下飯？

나: **아빠, 밥 먹을 때는 개도 안 때린다는데** 제가 밥을 다 먹고 난 후에 혼내시면 안 돼요?

爸爸，俗話說「雷公不打吃飯人」，不能等我吃完飯再教訓我嗎？

🔎 使用在告訴某個人就連狗吃飯的時候都不會去招惹牠，何況是正在吃飯的人。也會使用「밥 먹을 때는 개도 안 건드린다」的形式。

★☆☆ (慣)
밥알을 세다

指某個人食不下嚥的意思。

例 가: 너 지금 밥알을 세니? 먹기 싫으면 먹지 마.

你現在是在數飯粒嗎？不想吃的話就不要吃。

나: 죄송해요, 엄마. 잠을 못 자서 그런지 밥이 잘 안 들어가요.

媽媽，對不起，因為失眠所以沒有什麼食慾。

🔎 使用在某個人因為不想吃飯而用筷子數著飯粒，慢吞吞地吃的時候。

★☆☆ (慣)
방을 빼다

指從借住的房子搬出去。

例 가: 아주머니, 갑자기 지방으로 발령을 받아서 급하게 방을 빼야 하는데 어떡하죠?

阿姨，我突然收到調派到其他地方的指令，必須臨時退租，怎麼辦呢？

나: 일 때문이니 어쩔 수 없죠.

既然是工作那也沒辦法。

🔎 通常租房子的人退租搬出去的時候會說「방을 뺄게요.」，而屋主趕走原本租客的時候則會說「방을 빼주세요.」。

☆☆☆ 慣
방을 잡다

指決定住所的意思。

例 가: 마크 씨, 휴가 갈 준비는 다 했어요?

馬克，你準備好去渡假了嗎？

나: 아니요, 제일 중요한 숙소를 못 정했어요.
휴가철이라 그런지 방을 잡기가 힘드네요.

還沒，最重要的住處還沒決定好。不知道是不
是因為假期所以很難訂房。

🔍 使用在旅行或是出差等預約住處的時候。

★★☆ 慣
배가 등에 붙다

指肚子非常餓的意思。

例 가: 지원 씨, 먹을 것 좀 없어요? 하루 종일 아무것도
못 먹었더니 배가 등에 붙을 지경이에요.

智媛，妳有什麼吃的嗎？我一整天都沒吃東
西，已經餓到前胸貼後背了。

나: 아무리 바빠도 밥은 먹으면서 일하지 그랬어요?
이 과자라도 좀 드세요.

不管再怎麼忙，你也應該吃飯呀？不如先吃個
餅乾吧。

🔍 也會使用相似意義的「뱃가죽이 등에 붙다」，但這是通俗
的說法。

★★☆ 慣
뿌리를 내리다

指找到固定的住所並定居的意思。

例 가: 이곳 사람들을 잘 알고 있으시네요. 이곳에 산 지
오래되셨나 봐요.

你跟這附近的人們都很熟絡呢，你肯定在這個
地方住了很久吧。

나: 네. 우리 가족은 할아버지 때부터 여기에 뿌리를
내리고 살고 있어요.

對，我家從我爺爺那一代開始就在這裡紮根居
住了。

🔍 就像樹木或是花朵的紮根在地上一樣，使用在某個人持續
地住在某個地方的時候。另一方面，也會使用在文化或是
想法被人們接受的時候。例如：「최근 들어 성숙한 시민
의식이 사회에 뿌리를 내렸다.(最近成熟的市民意識已經深
植在社會中了。)」

★★☆ 慣
상다리가 부러지다

近 상다리가 휘어지다

指在餐桌上準備很多食物的意思。

例 가: 무슨 음식을 이렇게 많이 하셨어요? 상다리가
부러지겠어요.

為什麼準備這麼多飯菜？多到桌腳都要被壓斷
了。

나: 뭘요. 준비한다고는 했는데 맛이 있을지
모르겠어요. 많이 드세요.

還好吧，雖然我負責準備飯菜但不知道好不好
吃，多吃一點。

🔎 普遍使用在看到某個人為了招待客人而準備一大桌豐盛飯
菜的時候。

★★★ 慣
손이 가다

指某個東西很好吃而不停地吃的意思。

例 가: 언니, 이제 군것질은 안 하겠다고 하더니 자꾸 뭘
먹는 거야?

姊姊，妳昨天說不吃零食了，但妳現在怎麼一
直在吃呢？

나: 이번에 새로 나온 과자인데 달달해서 자꾸 손이
가네. 너도 먹어 볼래?

這次新上市的零食真甜，讓我愛不釋手，妳也
要吃嗎？

🔎 也會使用在做某件事時，某個人需要很多努力的時候。例
如：「쌍둥이를 키우는 것은 손이 많이 가요.(扶養雙胞胎需
要費很多力氣。)」

★★☆ 俗
시장이 반찬

指肚子餓的時候吃什麼都好吃的意思。

例 가: 하준아, 반찬이 김치밖에 없는데 어떡하지?

河俊，小菜只有辛奇，該怎麼辦？

나: 엄마, 시장이 반찬이라고 하잖아요. 너무 배가
고파서 김치만 있어도 맛있게 먹을 수 있을 것
같아요.

媽媽，都說飢不擇食，現在餓到就算只有辛奇
應該也會覺得很好吃。

✏ 「시장」是指飢餓的意思。

★★★ 俗
옷이 날개라

指穿上好看的衣服讓人看起來不一樣的意思。

例 가: 어때요? 옷이 저한테 잘 어울려요?

怎麼樣？這件衣服適合我嗎？

나: 옷이 날개라고 하더니 이렇게 입으니까 너무
예뻐요.

都說人要衣裝，妳這樣穿真的很漂亮。

🔎 使用在告訴某人穿上適合的衣服讓人看起來更好看。

★★☆ 慣
입이 심심하다

指產生想吃某個東西的想法。

例 가: 형, 입이 심심한데 과자나 사다 먹을까?

哥，我嘴好饞啊，要不要買個餅乾來吃？

나: 이 밤에 무슨 과자야. 집에 과일 있으니까 그거나
먹어.

大半夜吃什麼餅乾，家裡有水果吃那個就好。

🔎 使用在明明不是肚子餓卻覺得很空虛想吃零食的時候。

★★★ 慣
입이 짧다

指吃得很少的意思。

例 가: 아, 배부르다. 너 다 먹어.

我吃飽了，剩下的都給你吃。

나: 벌써 배 부르다고? 하긴 너는 입이 짧아서…….
그래도 조금만 더 먹어.

這麼快就吃飽了？也對，你胃口很小……，但
還是再吃一些吧。

🔎 也會用在某人不能吃或不吃的東西很多時。例如：「아이
가 입이 짧아 입맛을 맞추기가 어려워요.(孩子很挑食，很難
配合他的口味。)」

★☆☆ 慣
한잔 걸치다

指小酌一杯的意思。

例 가: 여보, 오늘은 간만에 술 한잔 걸치고 왔어요.

親愛的，我今天久違地去小酌一杯了。

나: 술도 못하는 사람이 웬일로 술을 마셨어요? 무슨
일 있어요?

不會喝酒的人為何喝酒？發生什麼事了嗎？

🔎 使用在某個人小酌怡情的時候。

★☆☆ 慣
공중에 뜨다

使用在原本計畫好的事情取消的時候。

例 가: 민지야, 이따 오후 2시에 뭐 해? 갑자기 수업이 휴강되면서 시간이 공중에 떠 버렸는데 같이 커피나 마실까?

玟池，妳等等下午兩點要做什麼？突然停課所以空出一段時間，要不要跟我去喝杯咖啡？

나: 미안. 난 그 시간에 아르바이트가 있어.

抱歉，我那時間要打工。

✎ 「공중」是指天空和大地之間的空間。

🔎 使用在因為某事突然取消而空出時間，也會使用在物品的數量不足或是變少的時候。例如：「재고 수량이 장부와 맞지 않아 물건이 공중에 떠 있는 걸 알게 되었다 .(庫存數量和帳上不一致，得知了物品不足的情況。)」

★☆☆ 慣
끝을 보다

指將某件事持續做到結束的意思。

例 가: 오늘은 그만 퇴근합시다. 너무 늦었어요.

今天大家都先下班吧，太晚了。

나: 부장님, 먼저 가세요. 저는 무슨 일이든지 끝을 봐야 돼서 오늘 쓰던 보고서는 마무리 짓고 가겠습니다.

部長，您先走吧，我不管做什麼事都有始有終，今天要完成報告才會回家。

🔎 用在一旦開始就不暫停，靠著意志力持續到最後。

★☆☆ 慣
끝이 보이다

指事情或時間幾乎到達終點的意思。

例 가: 드디어 프로젝트의 끝이 보이네요. 조금만 더 힘을 냅시다.

這專案終於快看見盡頭，大家再加油一下。

나: 네, 이 일만 끝내면 우리도 정시에 퇴근할 수 있겠죠?

好的，把這件事完成，我們就能準時下班了吧？

🔎 普遍用在耗時許久的事情快結束時也會用在關係快結束。例：「우리의 관계도 끝이 보이기 시작했다.(我們的關係也開始看見盡頭了。)」

★☆☆ 慣
도장을 찍다

指和某件事訂定契約的意思。

例 가: 이 부장, 이번 수출 계약은 어떻게 되었습니까?

李部長，這次的出口合約進行得怎麼樣了？

나: 김 대리에게 물어보니 어제 계약서에 도장을
찍었다고 합니다.

我問過金代理，他說昨天簽約蓋章了。

🔎 也有要將某個事物變成自己所屬物品的意思。例如：「이
물건은 내가 도장 찍어 놓았으니까 아무도 건드리지 마.(我已
經看中了這個東西，都不准動它。)」

★★☆ 慣
뚜껑을 열다

指揭曉某件事或內容的結果。

例 가: 나 이번에는 승진 시험에 합격할 수 있겠지?

我能夠在這次升遷考核合格吧？

나: 뚜껑을 열어 봐야 알겠지만 그동안 열심히
공부했으니까 꼭 합격할 거야.

雖然要結果揭曉才會知道，但你這期間那麼用
心讀書，一定會合格的。

🔎 普遍使用在說明某件事的結果出來之前，無法準確得知那
件事的成功與否的時候。

★★☆ 慣
마침표를 찍다

指結束某件事的意思。

例 가: 20여 년의 프로 야구 선수 생활에 마침표를 찍게
되셨는데 소감이 어떠십니까?

二十幾年的職業棒球選手生涯劃下句號的心情
怎麼樣呢？

나: 아쉽지만 후배들을 위해 물러난다고 생각하니
기쁘기도 합니다.

雖然很可惜，但想到是為了後輩們而退居二
線，我覺得很開心。

🔎 就像句子結束的時候會劃上句號一樣，使用在某個人結束
某件事的時候。普遍使用在長時間從事的事情結束的時
候。

★★☆ 慣
막을 내리다

指活動或事情結束的意思。

例 가: 제가 즐겨 보던 다큐멘터리 프로그램이 조용히 막을 내렸어요.

我很喜歡看的紀錄片節目悄悄地拉下帷幕了。

나: 수아 씨가 저한테 소개해 줬던 그 프로그램이요? 자주는 못 봤지만 유익한 프로그램이었는데 아쉽네요.

秀雅妳之前介紹給我的節目嗎？雖然不常看，但是是一個受益良多的節目，真是可惜。

✐ 「막」是指為遮蔽某場所或是分享空間所使用的寬布。

🔎 大型活動結束時會使用「대단원의 막을 내리다」。表演或活動、事情開始時則使用「막이 오르다」。

★☆☆ 慣
본전도 못 찾다

指某件事的結果不好，還不如不做比較好的意思。

例 가: 지원 씨, 기분이 안 좋아 보이는데 무슨 일 있었어요?

智媛，妳看起來心情不好，發生什麼事了？

나: 아까 회의 시간에 요즘 일이 너무 많으니까 일 좀 줄여 달라고 했는데 오히려 일을 더 주더라고요. 본전도 못 찾았어요.

剛剛開會時我要求減少些工作，因為最近工作實在太多，沒想到被指派更多工作，真是得不償失。

✐ 「본전」是指生意或是事業中投入的本金。

🔎 也會用在事業不順無法回本。例：「무리하게 사업을 확장하다 본전도 못 찾게 되었다.(勉強擴大事業，結果連成本都賺不回。)」

★★☆ 慣
손을 놓다

指某個人做某件事做到一半就不做的意思。

例 가: 사랑아, 수업 시간인데 집중하지 않고 왜 계속 딴생각만 해?

嗣朗，你上課時間不專心，一直在想什麼事？

나: 중간고사 후부터 영어 공부에서 손을 놓다시피 했더니 이제는 수업을 따라가기도 버겁고 집중도 안 돼.

期中考之後就半途而廢沒讀英文了，現在要跟上課程很吃力，也很難專心。

🔎 也會用在暫停正在做的事。例如：「힘들면 손을 놓고 잠깐이라도 쉬세요.(如果覺得累，就先暫停休息一下吧。)」

★★★ 慣
손을 떼다

近 일손을 떼다

指某個人結束某件事後就再也不碰那件事的意思。

例 가: 프로그램 설계를 마쳤으니 이제 저는 이 일에서
완전히 손을 떼겠습니다.

現在程式設計也完成了，我可以完全從這件事
情抽身了。

나: 그럼 프로그램 관리는 누가 맡아서 합니까?
설계한 사람이 계속해야지요.

那由誰來維護程式呢？當然要設計的人繼續負
責吧。

🔍 也會使用在某個人做某件事半途而廢的時候。例如：「동업
을 하던 친구가 갑자기 손을 떼겠다고 해서 당황했다.(一起合夥
的朋友突然說不做了，讓我很慌張。)」

★★☆ 慣
손을 씻다

近 손을 털다

指停止做一直以來做的壞事。

例 가: 혹시 명철이 소식 알아? 요즘은 어떻게 지낸대?

最近有聽說明徹的消息嗎？他最近過得怎樣？

나: 얼마 전에 명철이 형이랑 우연히 길에서 만났는데
다행히 이제 도박에서 손을 씻고 착실하게 살고
있대.

前陣子在路上巧遇明徹的哥哥，所幸他現在金
盆洗手，過著穩定的生活。

★★☆ 慣
유종의 미

使用在某件事一直做得很好，所以最後有好結
果的時候。

例 가: 작가님, 마지막으로 하실 말씀이 있으신가요?

作者，最後您還有什麼想分享的嗎？

나: 다음 주면 제 작품 연재가 끝나는데 유종의
미를 거둘 수 있게 끝까지 최선을 다하겠습니다.
그동안 제 작품을 사랑해 주신 독자 여러분께
감사드립니다.

下週我的連載就要結束，我會有始有終，盡全
力完成這個作品。謝謝這段期間喜愛我的作品
的所有讀者。

🔍 普遍使用「유종의 미를 거두다」的形式，使用在說明圓滿
結束一件事的重要性。

★☆☆ 慣
한 건 하다

指某個人做某件事並取得好成果的意思。

例 가: 저 오늘 처음으로 차를 한 대 팔았어요.

今天我賣出了我的第一台車。

나: 축하해요. 드디어 한 건 했군요.

恭喜你，終於立下功勞。

✎ 「건」是指引起某件事或是問題的特定事件。

🔎 也會使用在某個人引起問題的時候。例如：「보아하니 오늘도 한 건 했네.(看來今天也惹出一件大事。)」

08

경제 활동
經濟活動

----

1 손익 · 소비   收益 · 消費

2 형편   財務狀況

★★★ 俗

같은 값이면
다홍치마

近 기왕이면 다홍치마

指如果價錢或是條件相同的話就會選擇品質更好和看起來更好的物品。

例 가: **가격은 비슷한데 둘 중에 어떤 것을 살까?**

這兩個價錢差不多，應該買哪一個呢？

나: **같은 값이면 다홍치마라고 디자인이 더 예쁜 것을 사는 게 어때?**

價格一樣的話就要挑賣相好的，買設計更美的那個如何？

🔎 「다홍치마」是指又深又艷麗的紅色裙子，以前的年輕女子在刻意打扮時會穿。如果價格一樣的裙子中要選擇一條，不管是誰都會選擇顏色更美的大紅裙。如同前述，使用在相似的物品中選擇稍微更好的物品的時候。

★★☆ 慣

국물도 없다

指自己連一點利益都沒獲得。

例 가: **회사 실적이 좋아져서 상여금을 기대했는데 국물도 없네요.**

因為公司的業績變好了，本來還期待會有獎金，結果什麼都沒有。

나: **그러게요. 일할 맛이 안 나요.**

就是說啊，都不想工作了。

✏️ 「국물」原本是指湯或是鍋類之中把料都撈起來後剩下的清湯，在此處則是指因為某件事的代價而產生的利益，或是額外收入的通俗說法。

🔎 普遍使用在告訴某個犯了錯或失誤等，因此把事情搞砸的人，以後再也得不到任何利益的時候。

★★★ 慣

날개가 돋치다

使用在商品很有人氣，很快就銷售一空的時候。

例 가: **요즘 이 상품이 인기가 많다면서?**

聽說這個商品最近很紅？

나: **응, 인기 드라마에 나온 이후로 날개가 돋친 듯이 팔리고 있대.**

嗯，出現在當紅的電視劇後，就一直很暢銷。

✏️ 「돋치다」是指某個東西從內而外產生的意思。

🔎 普遍使用「날개가 돋친 듯이 팔리다」。

돈을 굴리다

指借錢給他人並收取利息來獲得利益的意思。

例　가: 저 사람은 직업이 없는데도 항상 돈을 펑펑
　　　쓰네요. 돈이 어디서 생기는 걸까요?

　　　那個人沒有工作卻出手闊綽，他的錢都是從哪
　　　裡來的呢？

　　나: 부모님께 물려받은 돈을 이리저리 굴려서 돈을 꽤
　　　많이 번다고 하더라고요.

　　　聽說他繼承父母的遺產後到處投資，所以賺了
　　　不少錢。

🔎 使用在為了賺取收益而投資的時候。

돈을 만지다

指透過某件事賺錢的意思。

例　가: 오늘 '부자의 공식' 초대 손님으로 김범수 대표님을
　　　모셨습니다. 대표님께서는 어떻게 많은 돈을 벌게
　　　되셨습니까?

　　　今天「有錢人的公式」的嘉賓邀請到的是金範
　　　秀代表。代表，您是怎麼賺大錢的呢？

　　나: 친구의 권유로 와인 사업을 하게 됐는데 그게 잘
　　　돼서 돈을 좀 만지기 시작했지요.

　　　在朋友的勸說之下開始了紅酒事業，因為事業
　　　很順利讓我開始賺了一些錢。

✏️ 「만지다」原本是指動手摸或是拿，在此處則是擁有某個
物品或是錢的意思。

🔎 賺了非常多錢的時候則會使用「큰돈을 만지다」。

돈을 물 쓰듯 하다

指不愛惜金錢，隨便亂花的意思。

例　가: 용돈을 받은 지 얼마 안 됐는데 벌써 다 써 버렸어.
　　　어떡하지?

　　　我拿到零用錢沒多久就全部花完了，怎麼辦呢？

　　나: 맨날 인터넷 쇼핑하면서 돈을 물 쓰듯 하니까
　　　금방 없어지지.

　　　你每天都在網購，花錢如流水，當然馬上就沒
　　　錢了。

🔎 指就像在水量豐沛的地方隨便用水一樣浪費錢的意思。

★★★ 俗

되로 주고
말로 받는다

近 한 되 주고 한 섬 받는다

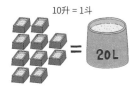

10升 = 1斗

= 20L

指某人給對方一點東西，對方卻送了很多回禮。

例 가: 여보, 옆집에 이사 떡을 드렸는데 김장을 했다고
하시면서 김치 한 통을 주시더라고요.

親愛的，我送了搬家年糕給鄰居，鄰居說他們
醃了辛奇，就給我一整桶的辛奇。

나: 되로 주고 말로 받았네요. 좋은 이웃을 만난 것
같아요.

他們真是食人一口還人一斗啊，看來我們有個
好鄰居。

✎ 「되(升)」和「말(斗)」都是指測量穀物、液體、粉末等等
的時候用的木質容器。

◯ 也會使用在想讓某個人吃虧自己反而受到更大的報復，或是
要欺騙他人來獲利沒想到自己卻受到更大的損失的時候。

★☆☆ 慣

딴 주머니를 차다

指某個人默默地藏錢並另外保管的意思。

例 가: 얼굴이 왜 이렇게 안 좋아. 무슨 일 있어?

你為什麼看起來心情不好，發生什麼事了？

나: 아내 몰래 딴 주머니를 찼는데 어제 걸려서 부부
싸움을 크게 했거든.

我瞞著老婆偷偷藏了私房錢，昨天被她發現之
後大吵了一架。

◯ 從前的人穿的韓服並沒有口袋，所以會把錢另外放在小的
錦囊綁在腰間。字面意思是除了那個錦囊之外，還綁著其
他錦囊，使用在某個人偷偷藏錢的時候。

★★★ 俗

밑 빠진 독에
물 붓기

近 밑 빠진 항아리에 물
붓기, 터진 항아리에 물
붓기

指需要用錢的地方很多，再怎麼賺錢都不夠用。

例 가: 밑 빠진 독에 물 붓기라고 아이들이 커 가니까
아무리 돈을 벌어도 부족한 느낌이에요.

孩子長大了，錢再怎麼賺都不夠用，就像填不
滿的無底洞一樣。

나: 저희도 마찬가지예요. 맞벌이를 해도 돈이 다
어디로 가는지 모르겠어요.

我們家也是，即使是雙薪家庭，錢也是不夠用。

◯ 源自於就算再怎麼往底部破掉的甕裡倒水，水都會往外流
所以永遠沒辦法裝滿。

밑져야 본전

指事情就算出了差錯，也不算損失的意思。

例 가: 요즘 머리가 빠져서 고민인데 검은콩을 먹으면
탈모를 예방할 수 있다고 하더라고.

最近一直掉髮，好煩惱，聽說吃黑豆可以預防
掉髮。

나: 나도 그 이야기를 들어 봤어. 검은콩은 건강에도
좋으니까 밑져야 본전이라고 한번 먹어 봐.

我也聽過那個說法，黑豆也有益健康，你就試
試看反正也不虧本。

🔍 表示沒有利益只有損失則會使用「밑지는 장사」。

바가지를 씌우다

指讓他人支付昂貴費用或代價，進而造成損失。

例 가: 이 가방이 십만 원이라고? 점원이 너한테
바가지를 씌운 것 같아. 저 가게에서는 오만
원이던데.

你說這個包包要十萬韓圓？你好像被店員敲竹
槓了，那邊那家店只賣五萬韓圓。

나: 너무하네. 다시 가서 환불해 달라고 해야겠어.

太過分了，我要去要求退貨。

✏️ 「바가지」普遍是指裝水或是裝東西用的容器，在此處則
是指費用或價格比實際還要昂貴的意思。

🔍 因為費用或價格比正常價格還要昂貴而受到損失的時候則
會使用「바가지를 쓰다」。

배보다 배꼽이
더 크다

近 발보다 발가락이 더 크다,
몸보다 배꼽이 더 크다

使用在不該大的東西卻很大，不該多的東西卻
很多的時候。

例 가: 선물은 이만 원에 샀는데 포장하는 데에 삼만 원이나
들었어요.

買禮物只花了兩萬韓圓，但包裝費居然要三萬
韓圓。

나: 삼만 원이요? 배보다 배꼽이 더 크다고
선물값보다 포장비가 더 비싸네요.

三萬？包裝比禮物還貴，這根本本末倒置。

🔍 普遍使用在比起主要的物品，附屬的東西更多或是更大的
時候。

★★★ 慣
손이 크다

指做某件事情的時候使用充裕的錢或物品的意思。

例 가: 음식이 너무 많아서 우리 둘이 다 못 먹겠네. 왜 이렇게 많이 만들었어?

食物太多了我們兩個根本吃不完,為什麼煮這麼多?

나: 나는 손이 커서 그런지 항상 음식을 많이 만들게 되더라고.

我做事比較大手筆,所以總是煮太多。

𝒫 手大的話就能拿比較多東西,所以總是比他人多買或是多做某個東西。另一方面,開銷很少的時候則會使用「손이 작다」。

★★★ 俗
싼 것이 비지떡

近 값싼 비지떡,
값싼 것이 비지떡이다

指便宜的東西,品質也會相對差的意思。

例 가: 어제 향수를 싸게 팔길래 하나 샀는데 아무리 뿌려도 냄새가 안 나.

昨天香水特賣會,所以我買了一瓶,但是不管怎麼噴都沒有香味。

나: 싼 것이 비지떡이니까 너무 싼 물건은 사지 말라고 했잖아.

因為便宜沒好貨,所以我不是叫你不要買便宜貨嗎?

𝒫 「비지떡」是指製作豆腐的殘渣加入米粉攪拌後製成的煎餅,用來比喻或稱呼微不足道的事物。便宜買來的東西產生問題的時候普遍會使用「싼 게 비지떡」。

★☆☆ 慣
재미를 보다

指在某件事當中取得好成果的意思。

例 가: 요즘 장사는 잘되고 있어요?

最近生意還好嗎?

나: 네. 휴가철이라 관광객들이 몰려서 재미를 좀 보고 있어요.

是的,最近因為假期,觀光客變多所以生意很有賺頭。

✎ 「재미」原本是指美妙享受的心情或感覺,在此處則是指好的成果或是回報的意思。

★★★ 俗
티끌 모아 태산

近 모래알도 모으면 산이
되다, 먼지도 쌓이면 큰
산이 된다

指就算是很小的事物不斷累積之後也會變很大。

例 가: 어제 TV 프로그램에 10년 동안 동전을 모아
자동차를 구매한 남자 이야기가 나오더라고.

昨天的電視節目裡有一個存了十年零錢買汽車
的男子。

나: 진짜? 티끌 모아 태산이라더니 대단하네.

真的嗎？果然是聚沙成塔，了不起。

✎ 「티끌」原本是指塵埃和灰塵，在此處則是指非常小或少
的意思。

🔎 就像要聚集灰塵變成高山要花很長的時間一樣，使用在說
明長時間有耐心努力的話也能夠存大錢。

★★☆ 慣
파리를 날리다

指生意不好，沒有客人的意思。

例 가: 개업 축하해요. 그런데 왜 이렇게 손님이 없어요?

恭喜你開業，但為什麼客人這麼少？

나: 그러게요. 다른 가게에는 손님이 많은데 우리
가게만 파리를 날리고 있어요.

就是說啊，其他店家客人都很多，但就只有我
們商店門可羅雀。

🔎 蒼蠅是我們周圍能夠輕易看到的昆蟲，表達因為沒有客
人，無聊的老闆追打蒼蠅的模樣。強調的時候會說「파리
만 날리다」。

★★☆ 慣
한몫 잡다

近 한몫 보다

指得到巨大的利益。

例 가: 저 사람은 어떻게 갑자기 부자가 됐대?

那個人是怎麼突然變有錢人的呢？

나: 사람들 이야기를 들어 보니 부동산 투자로 한몫
잡았다고 하더라고.

聽人們說他投資房地產之後大撈了一筆錢。

✎ 「한몫」是指分配某物時每人得到的利益。

🔎 普遍使用在短時間內賺大錢的時候。

★☆☆ 俗

곶감 뽑아 먹듯

使用在盡力存的財產或是物品一點一點用掉的時候。

例 가: 어, 통장에 돈이 왜 이것밖에 없지?

喔，為什麼存錢筒只剩這一點錢？

나: 네가 스트레스 푼다고 이것저것 사면서 돈을 곶감 뽑아 먹듯 했으니까 없지.

那是因為你說要紓解壓力，所以買東買西、坐吃山空才沒錢了啊。

♀ 從柿餅串拿下用心製作的柿餅一個個吃掉，因為好吃很快就會吃完一串。用這樣一個一個吃掉柿餅的模樣比喻人不知節省、一點一點蕩盡財產。

★☆☆ 慣

깡통을 차다

近 쪽박을 차다,
　 바가지를 차다

使用在因為沒錢而變成像是向他人乞討的處境的時候。

例 가: 혹시 명철 씨 소식을 들었어요? 사업이 망해서 전 재산을 잃고 깡통을 찼다고 하던데요.

你聽說明徹的消息了嗎？他因為事業失敗蕩盡家產而流落街頭了。

나: 네, 들었어요. 늘 열심히 살았는데 안됐어요.

是，我有聽說。他之前一直很努力生活，好可惜。

♀ 罐子的英文「캔(can)」和韓文的「桶」合在一起，表達聯想到乞討的人們總是把空桶帶在身邊的模樣。

대추나무에 연 걸리듯

使用在某個人到處欠債的時候。

例 가: 지훈 엄마, 아직도 생활이 어려워요?

智勳媽媽，到現在生活還是很困難嗎？

나: 네, 아직도 좀 힘들어요. 그래서 여기저기에서 돈을 빌리다 보니까 대추나무에 연 걸리듯 빚만 늘어서 걱정이에요.

是的，還是很困難，到處跟人家借錢，卻債台高築所以很擔心。

🔍 棗子樹的樹枝刺很多所以一旦風箏掛在上面就會很難拿下來。以前常發生好幾個風箏掛在樹上不美觀的情況，用來比喻欠債很多。

돈방석에 앉다

指某個人擁有很多錢並處在安逸的情況。

例 가: 윤아 씨가 아파트를 팔았는데 집값이 살 때보다 세 배 이상 올라서 돈방석에 앉았대요.

潤娥把房子賣掉，賺取買進時三倍以上的價差，一夕之間暴富。

나: 정말요? 너무 부럽네요. 저한테도 그런 일이 생기면 좋겠어요.

真的嗎？真羨慕，希望那種事也發生在我身上。

🔍 使用在短時間內擁有許多財富變得富有的時候，這種一夕之間暴富的人稱為「벼락부자(暴發戶)」。

목에 거미줄 치다

近 입에 거미줄 치다

指非常貧困什麼都吃不起的意思。

例 가: 새로 연 가게는 잘 돼요?

新開的店還好嗎？

나: 아니요, 손님이 너무 없어서 이러다가는 목에 거미줄 치겠어요.

不好，客人太少了，再這樣下去就要喝西北風了。

🔍 蜘蛛普遍在空曠的地方織蜘蛛網，用誇飾的手法比喻某個人因為吃不起東西，喉嚨空曠到蜘蛛可以織網的意思。另一方面，說明人們情況再怎麼糟，也能想盡辦法生活下去的時候則會使用「산 입에 거미줄 치랴」。

★★☆ 慣
문을 닫다

指某個人將生意或是事業關門停業的意思。

例 가: 어, 여기에 있던 화장품 가게도 없어졌네요?
지난번에 왔을 때는 있었는데…….

喔，這裡原本的美妝店不見了呢？上次來的時候還在的說……。

나: 계속되는 불황 탓에 어쩔 수 없이 문을 닫은 거아닐까요?

持續的不景氣導致店家不得不關門大吉吧？

🔎 也會作為一天生意或工作的結束使用，開始做生意的時候則會使用「문을 열다」。

★★☆ 慣
바닥이 드러나다

使用在做某件事時，所需要的錢或是物品不見的時候。

例 가: 여보, 그동안 모아 둔 돈도 바닥이 드러났는데앞으로 어떻게 해야 할까요?

親愛的，這段期間存的錢都要見底了，以後該怎麼辦呢？

나: 내일부터 뭐라도 할 테니까 너무 걱정하지 말아요.

我明天會想辦法的，不用擔心。

✎ 「드러나다」是指原本看不見的東西顯現出來的意思。

🔎 以前的人看到裝著主食的米缸見底就覺得快要沒有食物吃而不安。源自於此典故，使用在看到原本擁有的事物不見而感到不安的時候。也會使用相似意義的「바닥이 나다」。

★★☆ 慣
배가 부르다

使用在經濟狀況良好，沒有任何東西短缺的時候。

例 가: 부모님께서 그런 좋은 직장을 거절했다고 '네가배가 불렀구나!' 하시더라고.

父母說我拒絕了那麼好的工作機會：「根本是財大氣粗！」

나: 그래도 집에서 회사가 너무 멀면 힘드니까 나는잘한 결정이라고 생각해.

再怎麼說家離職場太遠的話也很辛苦，我認為你的決定是正確的。

🔎 使用在看到某個人和自己的預想不同，沒有選擇條件好的工作而感到詫異的時候。最好不要使用在長輩或是地位高的人身上。

★★☆ 慣
손가락을 빨다

指沒有東西可以吃，餓肚子的意思。

例 가: 민수 씨, 회사는 다음 주까지만 나오시면 됩니다.

民秀，你做到下禮拜，之後就不用再來了。

나: 뭐라고요? 갑자기 이렇게 통보하시면 어떡해요?
지금 경제가 안 좋아서 다른 곳에 취직하기도
어려운데 저보고 손가락을 빨고 살라는
말씀이세요?

什麼？你怎麼可以這麼突然地資遣我？現在景
氣那麼差，工作很難找，你是要我吃自己嗎？

★★★ 慣
손을 벌리다

近 손을 내밀다

使用在跟他人要錢的時候。

例 가: 이번에는 취직이 되면 좋겠어. 나이도 많은데
계속 부모님께 손을 벌리는 게 너무 죄송해.

希望這次可以順利就業，年紀越來越大，跟爸
媽伸手要錢實在是太抱歉了。

나: 이번에는 합격할 테니까 너무 걱정하지 마.

這次一定會合格的，不要太擔心。

★★☆ 慣
입에 풀칠하다

近 목구멍에 풀칠하다

指生活艱難的意思。

例 가: 마크 씨, 얼굴이 편안해 보이는 걸 보니 형편이 좀
나아졌나 봐요.

馬克，看你最近臉色比較好，應該是經濟情況
好轉了吧。

나: 형편이 좋아지기는요. 월급이 적어 겨우 입에
풀칠하며 살고 있는걸요.

別說變好了，月薪那麼少，好不容易才能糊口。

ℚ 「풀」是指在米或是麵粉中放入很多水煮出來很稠的東
西，比飯或是粥還要沒有營養。以前的人沒有什麼可以吃
的時候，就會吃這種麵糊來當作一餐。因此使用 「풀칠」
表示每天都艱難地度日的意思。

★★☆ 慣
주머니 사정이 좋다
近 호주머니 사정이 좋다

指經濟情況良好的意思。

例 가: 오늘 저녁은 내가 살게. 자동차 할부금을 다
갚아서 주머니 사정이 좋거든.

今天晚餐我請客，汽車的分期付款都繳清了所
以手頭寬裕。

나: 나야 좋지. 그럼 고기 먹으러 가자.

我當然好啊，那我們去吃烤肉吧。

🔍 以前的人大部分會把錢放在錦囊裡帶在身上，所以使用
「주머니」或「호주머니」來表達經濟情況。另一方面，
經濟狀況不好的時候則會使用「주머니 사정이 나쁘다」，
「주머니 사정이 안 좋다」。

★☆☆ 慣
주머니가 가볍다
近 호주머니가 가볍다

指擁有的錢並不多的意思。

例 가: 어제 재래시장에 가 보니까 국밥집이 많더라고요.

我昨天去了傳統市場，那裡好多湯飯店喔。

나: 옛날부터 주머니가 가벼운 서민들에게 꾸준히
사랑을 받아 온 음식이라 그런 것 같아요.

大概是因為湯飯從以前就深受不富裕的民眾們
愛戴的關係吧。

🔍 沒有任何錢的時候則會使用「주머니가 비다」。

★★☆ 慣
주머니가 넉넉하다
近 호주머니가 넉넉하다,
주머니가 든든하다,
주머니가 두둑하다

指擁有充分的金錢。

例 가: 월급을 받아도 바로 카드값으로 다 나가 버리니까
주머니가 넉넉할 때가 없어.

一拿到薪水就要拿去還卡債，手頭實在寬裕不
起來。

나: 나도 그래. 지출을 좀 줄이고 싶은데 그게 잘 안
되네.

我也是，想要減少支出但很困難。

★★☆ 價
허리가 휘다
類 허리가 휘어지다

使用在去做難以承受的工作後體力透支的時候。

例 가: 윤아 씨, 우리 이번 휴가 때 같이 여행 갈까요?

潤娥，這次休假我們一起去旅行怎麼樣？

나: 여행이요? 낮에는 일하랴 밤에는 아버지
병간호하랴 허리가 휠 지경이라 여행은 생각도
못해요.

旅行？白天要工作，晚上要照顧生病的爸爸，
已經累到腰酸背痛，完全沒辦法想旅行的事。

🔎 普遍使用在因為某件事而在經濟上遭遇巨大困難的時候。

★★★ 價
허리띠를 졸라매다

指某個人過著節省的生活。

例 가: 요즘 물가가 너무 올라서 담뱃값이라도 줄여
보려고 담배를 끊었어요.

最近物價漲太多，所以想要節省香菸費用，就
戒菸了。

나: 저도 요즘 좋아하던 커피도 안 마시면서 허리띠를
졸라매고 있어요.

本來喜歡喝咖啡，我最近也不喝了，正在縮衣
節食中。

🔎 源自於從前的祖先們因為貧窮而經常餓肚子度日，這時候
如果把腰帶綁緊一點就比較不會感覺到肚子餓。

★☆☆ 價
허리를 펴다

指結束困難的情況，可以舒適地過生活的意思。

例 가: 대출금도 다 갚았으니 우리 이제 허리를 펴고 살
수 있겠어요.

現在貸款的錢都還清了，我們可以喘口氣，輕
鬆過生活。

나: 여보, 그동안 너무 고생 많았어요.

親愛的，這些日子辛苦你了。

🔎 「허리」經常用來表達人們的經濟狀況。另一方面，經濟
非常困頓的時候則會使用「허리가 휘청하다」。

★★☆ 慣
호주머니를 털다

近 주머니를 털다

指為了做某件事而傾盡自己身上的所有財產。

例 가: 저 가방이 마음에 들어서 사고 싶은데 비싸겠지?

我很喜歡那個包包，但應該很貴吧？

나: 응, 비싸서 네 호주머니를 다 털어도 살 수 없을 거야. 포기해.

嗯，很貴，就算你傾家蕩產也買不起，放棄吧。

✎ 「털다」原本是指讓某個附著的東西掉落，在此處則是指把自己擁有的全部拿出來的意思。

✎ 搶走他人擁有的所有錢財則使用「호주머니를 털리다」。

09

관계
關係

----

1 갈등 · 대립　　　　　衝突 · 對立

2 대우　　　　　　　　待遇

3 사교 · 친교　　　　　社交 · 友誼

4 사랑 · 정　　　　　　愛 · 情

5 소통 · 협력　　　　　溝通 · 合作

★★★ 俗
가지 많은 나무에 바람 잘 날이 없다

近 가지 많은 나무가 바람 잘 날이 없다

指有很多子女的父母，沒有一天停止擔心或煩惱。

例 가: 첫째가 병원에서 퇴원하자마자 둘째랑 막내가 또 입원을 했어.

大兒子才剛出院，二兒子和老么馬上又住院了。

나: 가지 많은 나무에 바람 잘 날이 없다고 아이들이 계속 아파서 정신이 하나도 없겠다.

子女多就沒有放心的一天，孩子一直生病，你肯定分身乏術吧。

✎ 「자다」是指風或波浪變得平靜的意思。

🔍 源自於枝葉繁多的大樹就算是微風吹來也會動搖，沒有安靜的日子。

★☆☆ 慣
거리가 생기다

指和某個人的關係變得尷尬或是疏遠的意思。

例 가: 너, 요즘 승원이 이야기를 통 안 하더라. 둘이 싸웠어?

你最近都不跟昇源聯絡，你們吵架了嗎？

나: 아니, 싸운 건 아니고……. 승원이가 지방에서 회사를 다니다 보니까 자주 못 만나서 거리가 생긴 것 같아.

沒有。沒有吵架……，昇源去了其他地區工作之後，我們無法常見面，好像產生了隔閡。

✎ 「거리」原本是指兩個物品或是場所的空間上的距離，在此處則是指人與人之間關係的親密程度。

🔍 使用在因某種緣故導致原本親近的關係變得疏遠的時候。

★☆☆ 慣
거리를 두다

指某個人和他人保持心理上的距離。

例 가: 와인 동호회에서 알게 된 사람인데 친해지고 싶다면서 자꾸 연락을 해서 좀 부담스러워요. 어떻게 하는 게 좋을까요?

我在紅酒同好會上認識了一個人，但他說想和我變熟，還老是聯絡我，讓我很有負擔，該怎麼辦呢？

나: 아직 어떤 사람인지 잘 모르니까 모임에서만 만나면서 거리를 두는 게 좋을 것 같아요.

還不知道他是一個怎麼樣的人，私下和他保持距離，只在聚會時見面會比較好。

🔍 使用在和某人不熟或合不來，所以刻意保持距離的時候。

★☆☆ 慣
고양이와 개

使用在表示兩個人的關係不好的時候。

例 가: 태현이와 하준이가 또 싸우네.

太顯和河俊又吵架了。

나: 그러니까. 저 둘은 고양이와 개처럼 서로 만나기만 하면 싸워. 왜 그러는지 모르겠어.

就是說啊，他們就像貓和狗一樣，一見面就吵架，真是不知道為什麼。

🔍 貓在打架之前會晃動尾巴，但狗則是開心的時候會晃動尾巴。如同貓和狗溝通方式有差異，使用在兩個人無法理解彼此、吵架的時候。

★★☆ 慣
골이 깊다

指關係惡化到沒辦法和好的程度。

例 가: 태현이와 하준이가 화해하도록 우리가 도와주는 게 어때?

我們要不要幫助太顯跟河俊和好？

나: 글쎄. 둘 사이에 골이 너무 깊어서 우리가 나서도 화해하기는 힘들 것 같아.

不好說，他們對彼此積怨已久，就算我們出面當和事佬也於事無補。

✏️ 「골」原本是指山與山之間凹陷的峽谷，在此處則是指人際關係之間的衝突或距離的意思。

🔍 也會使用相似意義的「골이 깊어지다」。

★☆☆ 俗
굴러온 돌이 박힌 돌 뺀다

指某個新來的人試圖趕走或傷害原先就在的人。

例 가: 새로 들어온 팀장님 때문에 김 대리님이 스트레스를 받아서 부서 이동을 신청했다고 하더라고요.

聽說因為新來的組長讓金代理身心俱疲，所以他申請了轉調部門。

나: 그래요? 굴러온 돌이 박힌 돌 빼는 격이네요.

真的嗎？這就是所謂的喧賓奪主啊。

🔎 「굴러온 돌」比喻新來的人，「박힌 돌」則比喻原有的人。普遍使用在新來的人讓原有的人陷入困難處境的時候。

★★☆ 慣
금이 가다

指親近的關係變不好的意思。

例 가: 아무리 우리 우정에 금이 갔다고 해도 어떻게 내가 짝사랑하는 사람과 사귈 수가 있어?

就算我們的友情出現裂痕，你也不該和我暗戀的對象交往吧？

나: 오해하지 마. 이건 우리 사이하고는 상관없는 일이야. 나도 예전부터 그 사람을 좋아한 거 너도 알잖아.

別誤會了，這是兩回事。你也知道我從以前就喜歡那個人吧。

🔎 牆壁產生裂痕就像關係變得疏遠及產生隔閡一樣，使用在人際關係中產生裂痕，導致那段關係變差的時候。

★★★ 慣
눈 밖에 나다

指失去眾人的信賴，受到埋怨的意思。

例 가: 회사 사람들이 제시카 씨를 별로 안 좋아하는 눈치던데 전에 무슨 일이 있었어요?

我發現公司的人都不太喜歡潔西卡小姐，之前發生了什麼事嗎？

나: 무슨 일이 있었던 건 아닌데 일을 제대로 안 하니까 사람들의 눈 밖에 나서 그래요.

也沒發生過什麼事，就是她工作都不好好做，所以大家都對她冷眼相待。

🔎 當很滿意某個人的時候則會使用「눈에 들다」。

★★☆ 慣
눈총을 맞다

近 눈총을 받다

指某個人受到他人的討厭。

例 가: 저 사람들, 카페에 있는 사람들이 다 쳐다보는데도
신경도 안 쓰고 시끄럽게 떠들어요. 제가 가서
한마디 해야겠어요.

那些人…都沒發現咖啡店裡的人都在看著他們
吵鬧喧嘩的樣子嗎？我要去叫他們安靜一點。

나: 참으세요. 저런 사람들은 다른 사람들의 눈총을
맞아도 상관 안 하더라고요.

忍耐吧，那種人就算被白眼，也毫不在意。

🔎 使用在某個人不會看他人的眼色，令人感到厭惡的時候。
另一方面，怒瞪他人則會使用「눈총을 주다」。

★★★ 俗
도토리 키 재기

近 도토리 키 다툼

指兩個水準相似的人吵著誰比較好的意思。

例 가: 엄마, 형이 자꾸 자기가 저보다 노래를 더
잘한다고 우겨요. 내가 형보다 낫죠?

媽媽，哥哥一直說他比我會唱歌，是我比他會
唱吧？

나: 도토리 키 재기야. 둘 다 비슷해.

你們兩個半斤八兩，差不多。

🔎 普遍使用在兩個長相、能力或實力等等一樣普通的人爭著
誰比較出色的時候。

★☆☆ 慣
뒤통수를 때리다

近 뒤통수를 치다

指拋棄信任和道義，背叛他人的意思。

例 가: 친구가 전세 보증금이 없다고 해서 돈을
빌려줬는데 갑자기 연락을 끊고 도망가 버렸어.
믿었던 친구인데 이렇게 뒤통수를 때리다니……

朋友跟我借了租屋保證金之後就斷絕聯繫逃
跑，本來很信任他的，沒想到被他在背後捅了
一刀……。

나: 아는 사람이 더 한다더니 돈도 잃고 친구도
잃었네요.

都說最親近的人帶來的傷害最深，現在沒了錢
也沒了朋友。

🔎 「뒤통수」是指人的後腦勺，如果有人突然從後面打後腦
勺，會感到驚嚇且心情也會不好。使用在因為信任的人做
出的行為而感到很荒唐的時候。

뒤통수를 맞다

指受到他人的背叛。

例 가: 참 좋은 사람 같던데 왜 마크 씨의 고백을 거절했어요?

馬克明明是好人，為甚麼拒絕他的告白呢？

나: 마크 씨가 싫어서가 아니라 옛날 남자 친구에게 뒤통수를 맞은 후로 사람에 대한 믿음이 없어져 누구도 못 만나겠어요.

不是討厭馬克，是因為以前被男朋友背叛過，失去對人的信任，沒辦法和任何人交往了。

🔎 使用在意料之外下被信任的人背叛受到巨大衝擊的時候。

등을 돌리다

指斷絕和某個人的關係並迴避的意思。

例 가: 영화배우 김영희 씨의 팬들이 김영희 씨에게 연예계 은퇴를 요구하고 있대요.

聽說電影演員金英熙的粉絲們在要求她引退。

나: 김영희 씨가 음주 운전에 마약까지 했으니 팬들도 더 이상 참지 못하고 등을 돌린 거지요.

金英熙不只酒駕還吸毒，所以就連粉絲也無法接受，紛紛背道而馳。

🔎 使用在因某事對某人感到失望，不再理會他。

물과 기름

使用在兩個人彼此不適合的意思。

例 가: 저 두 사람은 10년이 넘게 같이 일했는데도 물과 기름처럼 서로 잘 안 맞는 것 같아요. 의견이 맞을 때가 거의 없었죠?

就算那兩個人一起工作了十年以上，兩個人還是合不來。似乎沒有意見一致的時候，對吧？

나: 네, 한 사람이 좀 양보하면 될 텐데 둘 다 대단해요.

沒錯，其中有一個人讓步就沒事，但兩個人都很好勝。

🔎 就像始終無法融合的水和油一樣，使用在說明冤家關係。兩人個性不合經常吵架則使用「물과 불」。

★☆☆ 慣
미운털이 박히다

指某個人受到他人的厭惡，並受到折磨的意思。

例 가: 너 하준 선배한테 무슨 실수했어? 아까부터 계속
　　 선배가 너를 일부러 괴롭히는 느낌이 들어서
　　 말이야.

　　 你有對河俊前輩做錯過什麼事嗎？從剛才開始
　　 前輩好像一直有意折磨你。

　　 나: 지난번 동아리 모임 때 말실수를 조금 했는데
　　 아무래도 그것 때문에 미운털이 박힌 것 같아.

　　 上次社團聚會的時候不小心說錯話，好像因為
　　 這樣被他討厭了。

★★★ 俗
믿는 도끼에
발등 찍힌다

使用在被信任的人背叛並遭受損失的時候。

例 가: 저 뉴스 좀 보세요. 카페에 든 도둑을 잡고 보니
　　 그 카페에서 오래 일한 종업원이었대요.

　　 看看那則新聞，那家咖啡店抓到了小偷，沒想
　　 到是老員工。

　　 나: 믿는 도끼에 발등 찍힌다더니 어떻게 저럴 수가
　　 있지요?

　　 真是恩將仇報，他怎麼可以這麼做？

🔎 再怎麼熟悉的斧頭，不小心沒抓好也會掉下去砸傷腳，如
　 同前述，使用在就算很了解或相信某個人，也不知道那個
　 人會做出什麼事，要時刻防備他人的時候。也會縮短成
　 「발등을 찍히다」使用。

★☆☆ 慣
벽을 쌓다

指與某個人斷絕關係的意思。

例 가: 너 아버지랑 언제까지 벽을 쌓고 지낼 생각이야?
　　 가족들이 모두 두 사람 눈치만 보고 있잖아.

　　 你要和爸爸斷絕往來到什麼時候？全家人都在
　　 看你們的臉色啊。

　　 나: 미안해, 언니. 나와 아버지의 갈등 때문에
　　 가족들까지 힘들 줄 몰랐어.

　　 對不起，姊姊，沒想到我跟爸爸的衝突會讓家
　　 人這麼不好受。

🔎 普遍使用在和親近的人因為某個理由而不再溝通或來往的
　 時候。另一方面，也會使用在對某件事物完全不感興趣的
　 時候。例如：「윤아는 공부와 벽을 쌓고 지낸다.(潤娥和學
　 習之間有一道高牆。)」

239

★★☆ 慣
불꽃이 튀다

使用在兩個以上的人激烈競爭勝負的時候。

例　가: 오늘 농구 경기 진짜 재미있어요. 직접 보러
　　　　오기를 잘했어요.

　　　　今天的籃球比賽真的很有趣，幸好有來看比賽。

　　나: 맞아요. 결승전이라 그런지 불꽃이 튀네요. 두 팀
　　　　다 대단해요.

　　　　沒錯，因是決賽所以競爭激烈，兩隊都很厲害。

🔍 普遍用在辯論或運動競技等比賽競爭激烈時。也會用在出
現激動情緒時。例如：「민수는 화가 나서 눈에서 불꽃이 튀
었다.(民秀生氣到眼睛好像要冒火了。)」

★★★ 慣
쌍벽을 이루다

指兩個對手在同一個領域裡都很優秀，不分軒輊。

例　가: 저 두 배우는 외모나 연기력 등 모든 면에서
　　　　쌍벽을 이루고 있다고 평가받아 왔습니다. 올해
　　　　여우 주연상은 누가 받을 것으로 예상하십니까?

　　　　那兩位演員不管是外貌或是演技等各方面都不分
　　　　軒輊。你覺得誰奪下今年的最佳女演員獎呢？

　　나: 글쎄요. 두 배우 모두 막상막하의 연기력을 갖추고
　　　　있어 저도 누가 상을 받을지 궁금합니다.

　　　　不好說，兩個演員的演技不相上下，我也很好
　　　　奇誰會得獎。

✏️ 「쌍벽」原指兩串珠子，此處則指兩個一樣優秀的意思。
🔍 普遍使用在兩個人都很優秀所以難以評斷誰更優秀的時候。

★★☆ 慣
어깨를 견주다

近 어깨를 겨누다,
　　어깨를 겨루다

指對象的地位或權力相當的意思。

例　가: 박제현 선수가 전국 수영 대회에서 또 우승을
　　　　했다고 하더라고요.

　　　　朴宰賢選手再度於全國游泳大賽奪下優勝了。

　　나: 이제 국내에서는 박제현 선수와 어깨를 견줄
　　　　사람이 없는 것 같아요. 내년에 있을 국제 수영
　　　　대회가 기대됩니다.

　　　　現在全國似乎沒有能和他勢均力敵的選手，很
　　　　期待他明年國際游泳大賽的表現。

🔍 普遍用在某領域中實力或水準相當的人之間相互比較時。

★☆☆ 慣
어깨를 나란히 하다

指兩個人擁有相似的地位或是權力。

例 가: 성공한 스타트업 기업으로 대표님의 회사를 꼽는 사람들이 많은데요. 이후 목표가 있다면 말씀해 주세요.

許多人將您的公司評選為成功的新創公司代表，請分享一下您未來的目標。

나: 이제 어느 정도 성공했으니 앞으로 저희 회사가 대기업과 어깨를 나란히 할 정도로 경쟁력을 갖추도록 하는 게 제 목표입니다.

我們公司目前有一定的成就，未來的目標是擁有和大企業並駕齊驅的競爭力。

🔍 也會使用在擁有相同目標一起合作的時候。例如：「이번에 민수 씨와 어깨를 나란히 해서 프로젝트를 진행하기로 했어요.(這次我決定和民秀一起合作進行企劃案。)」

★☆☆ 俗
원수는 외나무다리에서 만난다

指和討厭的對象在無法避開的地方相遇。

例 가: 어제 수영장에서 심하게 다투고 헤어진 옛날 남자친구를 만났어.

我昨天在游泳池遇到了以前大吵一架後分手的前男友。

나: 원수는 외나무다리에서 만난다더니 정말 놀랐겠다.

真是冤家路窄，妳肯定嚇壞了。

🔍 「외나무다리」 是指用原木搭成的獨木橋，因為很窄幾乎只夠一個人過橋，在橋上遇到不想遇到的人也不能逃避，普遍使用在遇到因為吵架或關係不好而不想看到的人。

★★☆ 慣
으름장을 놓다

指用讓人害怕的話或是行動威脅對方。

例 가: 나 오늘은 모임에 못 나가겠어. 아내가 한 번만 더 술 마시러 나가면 집에 들어올 생각도 하지 말라고 으름장을 놓더라고.

我今天沒辦法去聚會了，妻子語帶威脅地說如果我再去喝酒就別想回家了。

나: 그래? 아쉽지만 어쩔 수 없지. 다음에 보자.

是嗎？好可惜，那就沒辦法了，下次見。

🔍 也有人會使用「어름장을 놓다」，但這是錯誤的表達方式。

★★☆ 慣
자취를 감추다

指某個人在他人不知情的情況下隱藏行蹤或消失不見。

例 가: 회삿돈을 100억이나 빼돌린 사람이 자취를 감췄다는 뉴스를 봤어요?

你有看到新聞嗎？聽說那個私吞公費一百億韓圜的人消失匿跡。

나: 네, 저도 봤어요. 참 겁도 없어요.

嗯，我也有看到，真是好大的膽子啊。

🔎 也會使用在某個事物或現象不見或改變的時候。例如：「공중전화가 핸드폰에 밀려 자취를 감추었다.(公共電話在手機問市之後幾乎消失匿跡了。)」

★☆☆ 慣
잠수를 타다

指長期以來隱匿行蹤、斷絕往來的意思。

例 가: 민지가 남자 친구하고 헤어진 후에 잠수를 타 버려서 연락이 안 돼. 빌려준 책도 받아야 하는데 큰일이네.

玟池和男朋友分手之後就消聲匿跡，斷了聯絡。我要拿回借給她的書呢，這下糟糕了。

나: 정말? 나도 빌려준 옷을 받아야 하는데…….

真的嗎？我也要拿回我借她的衣服呢……。

🔎 普遍使用在某個人因為某個理由而刻意失去聯繫的時候。

★☆☆ 俗
개밥에 도토리

指在某個群體中格格不入並遭到排擠的意思。

例 가: 아빠, 오늘 신문 기사에서 어떤 나라가 개밥에 도토리 신세가 될 거라고 하던데 그게 무슨 뜻이에요?

爸爸，今天新聞裡面說到某個國家將成為狗飼料裡的橡果，那是什麼意思啊？

나: 아, 국제 관계에서 다른 국가들에게 외면을 당할 거라는 뜻이야.

那就是在國際關係中被其他國家排擠的意思。

★★☆ 俗
고양이 쥐 생각

近 고양이 쥐 사정 보듯

指表面上假裝為對方著想，內心則不懷好意。

例 가: 이번에 '형제 피자'에서 고객들을 위해 천 원 할인 이벤트를 한다고 하더라고요.

聽說這次「兄弟披薩」為客人們推出了一千韓元的折扣活動。

나: 저도 들었어요. 고양이 쥐 생각 한다더니 지난달에 한꺼번에 오천 원이나 올려놓고 고작 천 원 할인 이벤트라니요.

我也聽說了，但我覺得是貓哭耗子假慈悲，上個月一口氣漲了五千韓圜，現在也才折扣一千韓圜。

☆☆☆ 俗
공은 공이고
사는 사다

指必須公私分明的意思。

例 가: 친구니까 좀 봐 줘. 나 이번에도 계약 못 따면 정말 큰일 나.

既然我們是朋友，就讓我過關吧，我這次不能成功簽約的話就完蛋了。

나: 공은 공이고 사는 사야. 일단 우리 회사와 조건이 맞지 않으면 계약할 수 없는 거 너도 잘 알잖아.

公歸公私歸私，你也知道如果不符合公司的條件是沒辦法簽約的。

普遍使用在說明國家、社會、公司等公事不能用個人私交關係來解決的時候。

★★☆ 俗
꾸어다 놓은
보릿자루

近 꾸어다 놓은 빗자루

指某個人在眾人聊天聚會的場合什麼話都不說，安靜待著的時候。

例 가: 모임에 다녀왔다면서? 재미있었어?

聽說你去了聚會？好玩嗎？

나: 아니, 무슨 말을 해야 할지 몰라서 꾸어다 놓은
보릿자루처럼 가만히 앉아 있다가 왔어.

不好玩，不知道該說些什麼，所以像個悶葫蘆
一樣安靜地待著。

🔎 在從前有一些人在黑暗的房間裡開著祕密聚會，但是卻有
一個人不發一語坐著。人們懷疑他是否是間諜，仔細端詳
後卻發現是隔壁借來的大麥苗種。源自於這個說法，普遍
使用於在意某個和群體格格不入的人，也會縮短成「꿔다
놓은 보릿자루」使用。

★★☆ 慣
낙동강 오리알

使用在某個人脫離群體或獨自被排擠而陷入淒涼處境時。

例 가: 승원 씨가 경쟁사의 스카우트 제의를 받고 회사를
그만뒀는데 갑자기 그 제의가 취소됐대요.

昇源原本接受競爭對手的挖角提議，而且辭職
了，沒想到那個挖角的提議被取消了。

나: 정말요? 갑자기 낙동강 오리알 신세가 됐군요.

真的嗎？那他現在孤立無援了呢。

🔎 從前雁鴨會飛來洛東江下蛋，但鴨蛋不好吃所以完全沒人
理。意指洛東江附近充斥著鴨蛋的景象令人感到孤單和悲
傷。

닭 소 보듯,
소 닭 보듯

近 소 닭 보듯 닭 소 보듯,
　개 닭 보듯

指兩個人完全不在乎對方，冷淡對待彼此的意思。

例 가: 수아하고 민지가 서로 아는 척도 안 하네. 왜
　　　그래?

　　　秀雅跟玟池甚至裝作不認識，怎麼回事？

　　나: 지난번에 크게 싸운 뒤로 서로 닭 소 보듯, 소 닭 보듯
　　　하더라고.

　　　兩個人上次大吵一架之後就互相視而不見。

🔍 牛和雞的體型還有習性不同，因為不會傷害對方所以就算
　　對視也不會有防備或吵架。如同前述，使用在說明兩個人
　　並不在意彼此的存在的時候。

★★☆ 慣

당근과 채찍

指透過獎賞與責罰來管理人或是組織。

例 가: 박사님, 저희 아이가 밥을 잘 먹지 않아서
　　　걱정인데요. 어떻게 해야 할까요?

　　　醫師，我很擔心我家孩子都不怎麼吃飯，該怎
　　　麼做好呢？

　　나: 아이의 올바른 식습관을 위해서는 당근과 채찍을
　　　적절히 써야 합니다. 적절한 보상과 엄격한 식사
　　　지도를 함께 하는 거지요.

　　　為了建立孩子正確的飲食習慣，需要適當的軟
　　　硬兼施，請同時進行適當的獎賞和嚴格的飲食
　　　教育吧。

🔍 源自於為了讓馬跑得更快會給馬吃胡蘿蔔作為獎賞，並用
　　馬鞭鞭策牠。

☆☆☆ 俗

똥이 무서워 피하나
더러워 피하지

近 개똥이 무서워 피하나
　더러워서 피하지

指避開邪惡或是愚蠢的人不是因為害怕，而是因
為這種人沒有相處的價值。

例 가: 옆집 사람이 사사건건 시비를 거는데 어떻게
　　　하지?

　　　隔壁鄰居每件事都要挑毛病，該怎麼辦呢？

　　나: 똥이 무서워 피하나 더러워서 피하지. 그냥
　　　무시해.

　　　沒水準的傢伙，不值得理會。就無視他們吧。

★★★ 俗
미운 아이 떡 하나 더 준다

近 미운 놈 떡 하나 더 준다

指討厭的人越要對他好，才不會累積他的不滿。

例 가: 백 과장님, 이 주임님은 성격이 불같아서 잘 지내기 어렵다고 하던데 어떻게 그렇게 친해지셨어요?

白科長，聽說李主任的個性很衝動又很難相處，您當初是怎麼跟他變親近的呢？

나: 처음에는 미운 아이 떡 하나 더 준다는 마음으로 잘해 줬는데 알고 보니 괜찮은 사람이더라고요.

最初我用以德報怨的心情和他相處，久了之後發現他是個不錯的人。

★☆☆ 慣
올가미를 씌우다

指某個人耍心機讓他人陷入圈套的意思。

例 가: 어제 뉴스를 보니까 경찰이 죄도 없는 사람에게 올가미를 씌워서 감옥에 보냈다고 하더라고요.

昨天看新聞，警察對清白的人設了圈套，把他送進了監獄。

나: 저도 봤어요. 그 사람의 인생은 누가 보상해 줄 건지…….

我也看到了，那個人的人生該由誰來補償呢……。

🔎 普遍使用在讓他人背黑鍋或是使他人與壞事掛鉤的時候，落入他人的圈套則會使用「올가미를 쓰다」。

★★☆ 俗
우는 아이 젖 준다

近 울지 않는 아이 젖 주랴

指不管什麼事都要爭取才能得到想要的事物。

例 가: 이번 학회 발표는 꼭 내가 하고 싶은데 무슨 방법이 없을까?

我真的很想在這次學會上發表，有沒有什麼辦法呢？

나: 우는 아이 젖 준다고 네가 먼저 팀원들에게 하고 싶다고 말해 보는 게 어때?

會吵的孩子有糖吃，你要不要先跟你的組員們直說這件事？

🔎 因為嬰兒不會說話，所以要藉由哭來表達肚子餓，媽媽才會知道並哺乳。如同前述，表示有想要的東西時，必須要向他人說或是表現出來才能獲得。普遍使用在告訴某個人有想要的東西時，必須積極地表達的時候。

웃는 낯에
침 못 뱉는다

近 웃는 낯에 침 뱉으랴

指不能對善待自己的人不好。

例 가: 지원 씨, 어제 회식 끝나고 집에 늦게 들어갔는데 괜찮았어?

智媛,昨天聚餐到很晚才回家,妳還好嗎?

나: 응, 내가 방긋 웃으면서 들어가니까 웃는 낯에 침 못 뱉는다고 남편도 그냥 웃고 말더라고.

嗯,因為我笑著回家,伸手不打笑臉人,老公也只是對我笑一笑就算了。

🔎 使用在表示就算犯錯也要笑著認錯比較好的時候。

★★☆ 俗

찬물도 위아래가
있다

指不管什麼事都有先後順序,要遵守順序的意思。

例 가: 엄마, 지금은 제가 컴퓨터를 사용할 시간인데 오빠가 갑자기 찬물도 위아래가 있다면서 못 하게 해요.

媽媽,現在換我用電腦了,但哥哥突然跑來說長幼有序,不讓我用。

나: 시간을 정해서 하기로 약속한 건데 그러면 안 되지. 엄마가 이야기해 줄게.

這樣不行,都已經分配好時間了,我會去跟他說。

🔎 指就算要喝冷水也是從長輩依序先喝,使用在說明就算是小事也要遵守對長輩的禮儀。另一方面,對長輩沒有禮儀或沒有禮貌的人則會使用「위아래가 없다」。

★★☆ 慣

코가 꿰이다

指某個人被他人抓到把柄的意思。

例 가: 민수 씨가 승원 씨한테 무슨 코가 꿰였는지 승원 씨 말이라면 꼼짝을 못 하더라고요.

民秀不知道被昇源抓到什麼把柄,不管昇源說了什麼他都不敢反駁。

나: 그래요? 민수 씨가 무슨 약점을 잡혔을까요?

是嗎?民秀被抓住了什麼把柄呢?

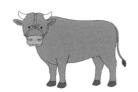

🔎 使用在某個人對他人的話不敢反駁,不管那個人說什麼都去做的時候。

★★☆ 慣

퇴짜를 놓다

使用在不接受或拒絕某物品、意見或人等等的時候。

例 가: 윤아야, 어제 맞선 봤다면서? 맞선 상대는 마음에 들었어?

潤娥，聽說妳昨天去相親？還滿意妳的相親對象嗎？

나: 아니, 나랑 성격이 맞지 않아서 퇴짜를 놓았어.

不滿意，我們個性不合所以我拒絕他了。

🔎 源自於從前各地方最好的名產都要獻給國君，其中像是麻布或棉布，如果品質不好就會被寫上「退」字，然後退回地方去。另一方面，被拒絕的時候則會使用「퇴짜를 맞다」。

3

사교·친교 | 社交·友誼

가재는 게 편
★★★ 俗

使用在兩個人處在同樣的處境或是站在熟人那邊的時候。

例 가: 가재는 게 편이라고 너는 매번 아빠 편만 드니? 남자끼리 편을 먹겠다는 거지?

都說物以類聚，你怎麼每次都站在你爸爸那邊？男生自成一國的意思嗎？

나: 엄마, 그게 아니에요. 아빠 말이 맞는 거 같아서 그런 거예요.

不是這樣的，媽媽，是因為爸爸說的是對的。

금을 긋다
★★☆ 慣

指在人際關係中劃上明確的界線。

例 가: 어제 민지한테 고백한다고 했잖아. 어떻게 됐어?

你說你昨天要跟玟池告白，怎麼樣了？

나: 말도 마. 민지가 우리는 친구 사이일 뿐이라며 확실하게 금을 그어서 얼마나 당황스러웠는지 몰라.

別提了，玟池說我們只是朋友，清楚地劃分關係界線，你不知道我有多尷尬。

🔎 也會使用相似意義的「선을 긋다」。

누이 좋고 매부 좋다
★★☆ 俗

使用在某件事或情況對雙方都有利的時候。

例 가: 연예인들의 기부가 점점 늘고 있는데요. 교수님께서는 이에 대해 어떻게 생각하십니까?

藝人們越來越常捐款了，請問教授對於這件事的看法是？

나: 누이 좋고 매부 좋은 일이지요. 연예인들은 좋은 이미지를 만들 수 있고 어려운 사람들은 도움을 받을 수 있으니까요.

我想這是一件兩全其美的好事，因為藝人可以建立良好的形象，而有困難的人可以得到幫助。

🔎 使用在同一件事上所有人都能獲益的時候。

★★☆ 慣
다리를 놓다

指為了促成某件事的發生而介紹他人的意思。

例 가: 계약서를 번역해 줄 사람이 필요한데 주변에 영어 잘하는 사람이 있어요?

我需要一個會翻譯合約的人，你周遭有擅長英文的人嗎？

나: 네, 미국에서 살다온 후배가 한 명 있어요. 제가 다리를 놓아 드릴게요.

有的，我有一個住在美國的後輩，我可以幫你們牽線。

✎ 「다리」是指連接兩個人關係之間的牽線者或媒介。

🔎 也會使用在牽線男女關係的時候。例如：「두 사람은 내가 다리를 놓아 줘서 사귀게 됐어.(我在兩人之間搭了鵲橋，兩人正在交往。)」

★★☆ 慣
마음의 문을 열다
近 마음의 창문을 열다

指消除對他人的戒心並敞開心房的意思。

例 가: 언니하고 어떻게 화해했어? 둘이 말도 안 하고 지냈잖아.

妳和姊姊是怎麼和好的？你們不是一直不說話的嘛。

나: 서로 마음의 문을 열고 많은 이야기를 나누다 보니까 그동안 쌓였던 오해가 풀리더라고.

我們互相敞開心扉，分享了許多心事，一直以來的誤會就解開了。

🔎 普遍使用在努力理解某個人，試圖和他變得親近的時候。另一方面，也會使用在某人博取他人信任或愛的時候。例如：「나에게 마음의 문을 열어 줘.(向我敞開心房吧。)」

★★☆ 慣
마음이 맞다
選 마음이 통하다

指和某個人的想法相通、很好相處的意思。

例 가: 이번 학기 기숙사 룸메이트는 제발 나하고 마음이 맞는 사람이었으면 좋겠어.

希望這學期的宿舍室友是和我合得來的人。

나: 그러게. 나도 좋은 룸메이트를 만나면 좋겠다.

就是說啊，我也希望遇到好室友。

★☆☆ 慣
말을 붙이다

指向他人搭話的意思。

例 가: 아까 카페에서 승원 씨를 봤는데 혼자 심각한
표정으로 앉아 있어서 말을 붙일 수가 없었어요.
剛剛在咖啡店遇到了昇源，他神情嚴肅獨自坐
著，所以我不敢跟他搭話。

나: 그랬군요. 승원 씨가 요즘 고민이 많은 것
같더라고요.
原來如此，昇源最近好像有很多煩惱。

🔎 使用在某個人想和他人說話而先開口搭話的時候。

★★★ 俗
바늘 가는 데 실 간다

近 실 가는 데 바늘도 간다,
바늘 따라 실 간다

使用在兩個人關係緊密的時候。

例 가: 수아하고 민지는 바늘 가는 데 실 가는 것처럼 늘
같이 붙어 다니더라.
秀雅跟玟池總是影形不離，兩人總是黏在一起。

나: 둘이 초등학교 때부터 단짝 친구였다고 하잖아.
聽說他們從小學開始就是摯友了。

🔎 針和線兩個之中少了一個就不能縫衣服，使用在說明就像
針和線一樣，總是形影不離，關係很親近的時候。

★★★ 慣
발이 넓다

近 발이 너르다

指某個人有很多親近的朋友或認識的人，社交
圈範圍很廣。

例 가: 태현이는 정말 발이 넓은 거 같아. 다른 과
학생들도 태현이를 아는 것 같더라고.
太顯的人脈真的很廣，其他系的同學們也都認
識太顯。

나: 태현이가 성격이 좋아서 그런가 봐.
大概是因為太顯人很好吧。

🔎 也會使用相似意義的「얼굴이 넓다」。

★★☆ 慣
비행기를 태우다

使用在過度稱讚他人的時候。

例 가: 이 음식 민수 씨가 다 만든 거예요? 정말 맛있어요. 요리사를 해도 되겠어요.

這些料理都是出自民秀的手藝？真的很好吃，可以去當廚師了。

나: 비행기를 태우지 마세요. 맛이 없을까 봐 걱정했는데 맛있다니 다행이네요.

太抬舉我了，我還擔心不好吃，幸好合胃口。

🔎 主要使用「비행기 태우지 마세요.」、「비행기 좀 그만 태우세요.」的形式，使用在聽到過度誇讚而感到害羞的時候。

★☆☆ 慣
사돈의 팔촌

使用在形容遠親就像陌生人一樣的時候。

例 가: 요즘에는 규모가 작고 조용한 결혼식을 선호하는 사람들이 많아진 것 같아요.

最近越來越多人喜歡舉辦規模小又靜謐的結婚典禮。

나: 그런 것 같죠? 예전에는 사돈의 팔촌까지 초대했지만 요즘은 가족과 친한 친구들만 초대해서 결혼식을 하는 사람들이 많더라고요.

對吧？以前都要邀請八竿子打不著的遠親，最近很多人舉辦婚禮都只邀請家人和親近的朋友。

🔎 「팔촌」是指遠房親戚，而「사돈의 팔촌」更可以說是沒有任何關係的陌生人。另一方面，強調非常多人的時候則會使用「사돈에 팔촌까지」。

★★☆ 慣
양다리를 걸치다

指為了從兩邊得利，而和兩邊都有關係的意思。

例 가: 수아야, 너 남자 친구랑 헤어졌어? 너희 참 보기 좋았는데…….

秀雅，你和男朋友分手了嗎？你們之前看起來很好呢……。

나: 나와 다른 여자 사이에서 양다리를 걸치고 있었더라고. 그걸 알게 돼서 크게 싸우고 헤어졌어.

他腳踏兩條船，和其他女生交往，我得知這件事之後大吵一架就分手了。

🔎 主要使用在有伴侶的男女瞞著對方和他人交往的時候。

★★☆ 慣
얼굴을 내밀다

近 얼굴을 내놓다,
얼굴을 비치다

指短暫參加聚會、活動等等。

例 가: 미안하지만 내일 동창회에는 바빠서 못 갈 것
　　 같아.

抱歉我太忙了沒辦法去參加明天的同學會。

나: 오랜만에 너 본다고 친구들이 엄청 기대하고 있는데
　　 잠깐이라도 얼굴을 내미는 게 어때?

大家都很期待看到很久不見的你，就不能來稍
微露個臉嗎？

🔎 不會使用在學校或公司的日常性聚會。強調非常短暫逗
留的時候則會使用「얼굴만 내밀다」或「얼굴이라도 내밀
다」。

★★☆ 慣
오지랖이 넓다

指某個人擅長對所有事情進行無謂的干涉。

例 가: 저 사람이 사려는 과자 맛없는 건데 사지 말라고
　　 말리고 싶네. 난 오지랖이 넓어서 큰일이야.

那個人打算要買的餅乾很難吃，好想阻止他不
要買，糟糕，我是不是太多管閒事了。

나: 하하, 저 사람은 저 과자를 좋아할 수도 있잖아.
　　 그냥 둬.

哈哈，那個人也有可能喜歡那個餅乾吧，隨他
去吧。

🔎 「오지랖」是指韓服上衣外套的前襟，如果前襟過寬的話
就會遮到並蓋過衣服的其他部分。使用在某個人過度干涉
他人的事務的時候。

☆☆☆ 慣
이름도 성도 모른다

指對於某個人的事完全不知情的意思。

例 가: 지원 씨, 아까 사무실에 왔던 사람에 대해서 잘
　　 알아요?

智媛，妳知道剛剛進來辦公室的人是誰嗎？

나: 아니요, 거래처 사람이라고 하는데 이름도 성도
　　 몰라요.

不知道，聽說是客戶，但我完全不認識。

🔎 使用在強調完全不認識的人的時候。

★☆☆ 慣
입의 혀 같다

指某個人十分理解他人的內心，並依照那個人的心意去做。

例 가: 부장님은 민수 씨를 참 좋아하는 거 같아요.

部長好像很欣賞民秀。

나: 민수 씨가 말도 잘 듣고 마치 입의 혀 같이
굴잖아요.

畢竟民秀很聽話又唯命是從。

🔍 就像舌頭可以在嘴巴裡自由活動一樣，比喻某個人能夠隨心所欲地行動或迎合他人。也會使用「입 안의 혀 같다」。

★★☆ 慣
장단을 맞추다

指為了迎合他人的心情或想法而說的話或做的行動。

例 가: 윤아 씨는 부장님께서 하시는 농담이 재미있어요?
회의할 때 보면 윤아 씨만 웃거든요.

潤娥你覺得部長說的笑話很好笑嗎？看妳在開會的時候笑了。

나: 아니요, 저도 부장님이 하시는 실없는 농담에
장단을 맞춰 드리기 힘들어요. 그런데 저라도
웃어야 분위기가 좋아질 것 같아서 웃는 거예요.

並不是，我要迎合部長無聊的笑話也很累。可是感覺至少我笑氣氛才會好一點，所以才笑的。

🔍 為了配合某種音樂的拍子而拍手或加入助興詞就是所謂的「장단을 맞추다」。如同前述，使用在附和他人所說的話的時候。另一方面，和他人的個性或行為合拍的時候則會使用「장단이 맞다」。

★★☆ 慣
죽고 못 살다

指非常喜歡或愛惜某個人的意思。

例 가: 하준이가 여자 친구와 서로 죽고 못 사는 것
같더니 요즘은 사이가 예전 같아 보이지 않네.

看河俊跟他的女朋友好像愛得死去活來的，最近關係卻不如以往了。

나: 그러게. 오래 사귀다 보니까 권태기가 왔나 봐.

就是啊，交往久了，進入倦怠期了吧。

🔍 也會使用在非常喜歡某件事或物品的時候。例如：「내친구는 야구에 죽고 못 산다.(我的朋友愛棒球如命。)」

★☆☆ 俗
초록은 동색

使用在表示同一處境的人站在同一邊的時候。

例 가: 남자 친구에 대해서 더 자세하게 알려면 주로 어떤 친구들과 어울리는지 보면 되겠지?

如果想要更瞭解男朋友，就觀察他平常都跟哪些朋友玩就行了，對吧？

나: 맞아. 초록은 동색이라고 비슷한 사람끼리 어울려 다닐 테니까 친구들을 좀 만나 봐.

沒錯，物以類聚，你去跟他的朋友聊聊。

✎ 「동색」是指相同的顏色。

🔎 就像草的顏色跟綠色一樣，使用在相似的人會玩在一起。

★★★ 俗
친구 따라 강남 간다

近 벗 따라 강남 간다,
동무 따라 강남 간다

不怎麼想做某件事卻盲從跟隨他人行動。

例 가: 아빠, 사랑이도 태권도 학원에 다닌다는데 저도 보내 주세요.

爸爸，嗣朗在學跆拳道，我也想學。

나: 그렇게 다니라고 해도 싫다고 하더니 친구 따라 강남 간다고 사랑이가 다닌다니까 너도 다니겠다고?

我之前讓你學，你就是不學，現在嗣朗也在學，你就人云亦云也想學啦？

✎ 「강남」是指中國長江以南的地區。

🔎 燕子是候鳥，春天會飛來韓國，秋天再飛回中國長江以南地區。通常候鳥都會成群移動到其他地區，但有些燕子反而是看到其他燕子要出發後才跟著出發，該用法源自於此。

★☆☆ 慣
환심을 사다

指某個人做出討人歡心的舉動。

例 가: 그 사람 조심해. 지금은 달콤한 말로 환심을 사려고 애쓰고 있지만 원하는 것만 얻어 내면 널 아는 척도 안 할 거야.

小心那個人，雖然他現在用甜言蜜語討你歡心，但一旦他得到他想要的之後就會裝作不認識你。

나: 아니야. 그 사람이 얼마나 좋은 사람인데.

不會的，他是個很好的人。

✎ 「환심」是指開心又愉悅的心情。

🔎 普遍使用在看到某個人為了實現自己的目的，而用各種甜蜜的話語或行為來努力討他人歡心的時候。

★★☆ 價
고무신을 거꾸로 신다

指某個女生背叛交往中的男生，跟別的男生交往的意思。

例 가: 남자 친구가 군대에 간 지 얼마 되지도 않았는데 민지가 벌써 고무신을 거꾸로 신었대.

男朋友才入伍沒多久，玟池就移情別戀了。

나: 지난달에 남자 친구가 군대에 간다고 눈물을 흘리더니 벌써?

上個月男朋友入伍的時候她還哭了，沒想到這麼快？

✎ 滿十八歲以上的韓國男性都有服兵役的義務。使用在某個女生拋棄服兵役的男朋友並跟其他男生交往的時候。

★★☆ 價
금이야 옥이야

指用疼愛來扶養子女的意思。

例 가: 저 부부는 아이를 금이야 옥이야 하면서 정성 들여 키우네요.

那對夫婦把孩子視為寶貝，無微不至地撫養他長大。

나: 결혼한 지 10년 만에 힘들게 얻은 아이니까 더 그런 것 같아요.

因為是結婚十年才好不容易生下的孩子啊。

🔍 也會使用在某個人很珍惜某個物品的時候。例如：「아버지는 그 화분을 금이야 옥이야 아끼셨다.(爸爸曾把那個花盆視為珍寶。)」

★★☆ 價
깨가 쏟아지다

指兩個人關係很好，過著幸福且有趣的生活。

例 가: 옆집 부부는 신혼인가 봐요. 볼 때마다 깨가 쏟아지네요.

隔壁鄰居似乎是新婚夫婦，看起來琴瑟和諧。

나: 네, 결혼한 지 두 달밖에 안 됐대요.

是啊，聽說新婚還不到兩個月。

🔍 就算只是稍微抖一下芝麻就會掉滿地，這便是秋天豐收的樂趣。使用在表達就算是小事也能樂在其中，夫婦之間和樂融融的模樣。

★★★ 慣
눈에 넣어도
아프지 않다

指某個人非常可愛或討人喜愛。

例 가: 승원 씨, 드디어 아기가 태어났다면서요?
축하해요.

昇源，聽說你的孩子終於出生了？恭喜你。

나: 네, 오늘 아침에요. 너무 예뻐서 눈에 넣어도
아프지 않을 것 같아요.

是啊，今天早上出生。可愛到想要把他捧在掌
心上。

🔎 主要使用在父母或是祖父母很疼惜年幼子女的時候。

★★☆ 俗
미운 정 고운 정
近 고운 정 미운 정

使用在兩個人長久交往以來經歷了各種酸甜苦
辣，並和對方累積了深厚的感情。

例 가: 윤아 씨, 회사를 그만둔다면서요? 그동안
같이 일하면서 미운 정 고운 정이 다 들었는데
아쉬워요.

潤娥，聽說你辭掉工作了？這些日子我們一起
經歷了各種酸甜苦辣，好捨不得妳。

나: 저도요. 그동안 고마웠어요.

我也是，這段期間謝謝你。

🔎 主要使用「미운 정 고운 정이 들다」的形式。

★★★ 俗
부부 싸움은
칼로 물 베기
近 사랑싸움은 칼로 물 베기

指就算夫婦吵架也很容易和好的意思。

例 가: 윤아 씨 부부가 크게 싸워서 말도 안 하고
지낸다고 하더니 사이좋게 웃으면서 아파트 앞을
지나가네요.

聽說潤娥他們夫婦大吵了一架所以在冷戰，可
是剛才卻開心地笑著一起走過公寓前面呢。

나: 그래서 부부 싸움은 칼로 물 베기라고 하나 봐요.

俗話說夫婦床頭吵床尾和嘛。

🔎 用刀來砍水既不會分離也不會分開。如同前述，使用在表
達吵得再怎麼兇，夫婦關係也會重修舊好的時候。

사랑은 내리사랑

내리사랑은 있어도
치사랑은 없다

指長輩疼惜晚輩很簡單，但要晚輩愛護長輩卻
不容易的意思。

例 가: 우리 부모님께서는 내가 마흔 살이 다 되었는데도
이것저것 다 해 주고 싶어 하셔. 정작 나는 내
자식들한테 신경 쓰느라 부모님을 잘 못 챙기는데
말이야.

即使我已經四十歲了，我的父母依舊想幫我做
任何事。反觀我因為要照顧小孩，似乎有點疏
忽我的父母了。

나: 우리 부모님도 그러셔. 그래서 사랑은 내리사랑이라고
하는 거야.

我的父母也一樣，所以才說寸草春暉，子女難
以報答父母的恩情。

★☆☆ 慣

십자가를 지다

指某個人把他人的重罪、苦難或責任擔在自己
身上的意思。

例 가: 이번 일이 실패한 게 이 부장님의 잘못이 아닌데
회사를 그만두신다니 속상해요.

這次的失敗並不是李部長的錯，公司卻要他引
咎辭職，看了真是難過。

나: 그러니까 말이에요. 이 부장님께서 팀을 대표해
십자가를 지고 떠나시는 것 같아요.

就是說啊，李部長感覺是為了團隊而頂罪的。

🔍 源自於聖經中耶穌背負了所有罪債而被釘在十字架上受死
的故事。使用在明明不是某個人的錯，卻自願代替他人承
擔錯誤的時候。

★★★ 俗
열 손가락 깨물어 안 아픈 손가락이 없다

近 다섯 손가락 깨물어서 아프지 않은 손가락이 없다

指對子女都一樣地愛惜和重視。

例 가: 우리 엄마는 동생만 좋아하는 거 같아. 내가 동생하고 싸우면 항상 나만 혼내시거든.

我媽好像只喜歡弟弟，我和弟弟吵架的時候她都只罵我。

나: **열 손가락 깨물어 안 아픈 손가락이 없다고** 그건 아닐 거야. 네가 형이니까 그러시는 거지.

沒有那回事，手心手背都是肉啊，因為你是哥哥才這樣對你的吧。

🔎 使用在說明就算子女很多，父母也不應該差別對待，要一視同仁去愛護的時候。

★★☆ 俗
이웃이 사촌보다 낫다

指遠親不如近鄰的意思。

例 가: 여보, 아까 내가 넘어져서 다리를 다쳤는데 옆집에 사는 지훈 엄마가 병원에 데려다줬어.

親愛的，我剛剛跌倒傷到了腿，還好隔壁的智勳媽媽帶我去了醫院。

나: 고맙네. **이웃이 사촌보다 낫다고** 하더니 우리가 좋은 이웃을 뒀어.

真感謝她，都說遠親不如近鄰，我們遇到了很好的鄰居。

🔎 源自於鄰居雖然是他人，但因為住得近可以互相幫忙，也可以分享食物等等增進感情，所以比遠親更加親近的意思。

★★☆ 慣
콩깍지가 씌다

使用在情人眼裡出西施的時候。

例 가: 수아는 자기 남자 친구가 세상에서 제일 멋있대.

秀雅說她的男朋友是世界上最帥的人。

나: **수아가 콩깍지가** 단단히 **씌었구나**?

看來秀雅也是情人眼裡出西施啊。

🔎 因為豆莢的顏色不透明，用它遮住眼睛就沒辦法好好看四周的事物。如同前述，使用在說明某個人陷入愛河就會看不見對方的缺點，也沒有辦法理性判斷的時候。

09
關係

259

★★★ 俗
팔이 안으로 굽는다

指站在有血緣關係或熟人的那一邊。

例 가: 이거 누가 봐도 선생님 반 학생이 잘못한 거
　　아니에요?

任誰看了都是老師您班上學生的錯吧?

나: 이 선생님, 아무리 팔이 안으로 굽는다고 해도
　　선생님 반 학생만 생각하지 말고 상황을 좀
　　객관적으로 보세요.

李老師，再怎麼胳膊向內彎，也不要只想著你
們班的學生，請客觀地看整個情況。

🔎 使用在發生事情的時候，某個人是非不分就站在家人或是
親友的那方說話或是行動的時候。

★☆☆ 俗
품 안의 자식

近 자식도 품 안에 들 때 내
자식이지, 품 안에 있어야
자식이라

指孩子小的時候會遵照父母的指示，但長大後
就會按照自己的意願去行動。

例 가: 하준이가 고등학교를 졸업하더니 이제 제 말은 아예
　　들으려고도 안 해요.

河俊高中畢業之後連我的話也不聽了。

나: 어렸을 때나 품 안의 자식이에요. 저희 딸도
　　대학생이 되더니 이제 자기 생각대로만 하려고
　　해요.

只有小的時候才會聽話，我的女兒上了大學之
後就按照自己的想法過生活了。

✐ 「품」是指張開雙臂擁抱的意思。

🔎 普遍使用在父母覺得孩子長大之後就不聽話，隨心所欲行
動的時候。

★★☆ 俗
피는 물보다 진하다

指血脈之情比其他都還要重要的意思。

例 가: 얼마 전에 한 고등학생이 아버지에게 간 이식을
　　　 해 줬다는 기사를 봤어요. 정말 대단하지 않아요?

前陣子我看到了一個高中學生捐肝給自己的爸
爸，不覺得他很了不起嗎？

나: 그래서 피는 물보다 진하다는 말이 있나 봐요.

所以俗話才說血濃於水吧。

🔍 就算平時看似不親近的家人，在某個人出事的時候也會互
相照應和安慰。使用在說明家人之間的深厚親情。

★★☆ 慣
한솥밥을 먹다

指就像家人一般一起生活的意思。

例 가: 너랑 민수는 정말 친하구나.

你跟民秀真的很親近呢。

나: 응, 10년 동안 같이 자취하면서 한솥밥을 먹다
　　 보니까 이제는 가족 같아.

嗯，我們一起在外租房生活了十年，現在就像
家人一樣。

🔍 也會使用在從事相似或相同職業的時候。例如：「우리는
사회에 나와 광고업계에서 한솥밥을 먹었다.(自從我們出社
會後就在同一家廣告公司上班。)」

★★☆ 慣
말을 맞추다

指和他人說著同樣的話。

例 가: 엄마, 식탁 위에 있던 꽃병 우리가 깬 게 아니라 바람이 불어서 떨어진 거예요.

媽媽，餐桌上的花瓶真的不是我們打破的，是被風吹倒的。

나: 누나랑 말을 맞췄니? 둘이 똑같이 이야기하네.

你跟你姊姊串通過嗎？怎麼兩個人都說一樣的話。

🔎 普遍使用在為了欺瞞他人或是不讓他人發現錯誤而事先統一說詞的時候。也會使用相似意義的「입을 맞추다」。

★★☆ 慣
말이 통하다

指兩個人意見一致。

例 가: 이번 학과 행사는 선배님이 말씀하신 대로 진행할게요.

這次的系上活動會按照前輩所說的來進行。

나: 좋아. 이제야 너와 내가 말이 통하는 것 같아.

很好，我們兩個終於有共識了。

🔎 也會使用在能夠溝通的時候。例如：「그 나라는 영어가 공용어이므로 영어만 잘하면 말이 통한다.(英文是那個國家的共同語言，所以只要英文好的話就能溝通。)」

★★★ 慣
머리를 맞대다

指為了解決某件事而聚集在一起討論的意思。

例 가: 이번 신제품 공모전에서 우승하는 팀에게는
상금뿐만 아니라 해외 연수 기회도 제공한대요.
聽說這次新產品展覽的優勝隊伍不只有獎金還
有到海外研習的機會。

나: 그래요? 우리 다 같이 머리를 맞대고 신제품
아이디어를 모아 봅시다.
真的嗎？我們全部聚在一起想想新產品的點子
吧。

🔍 也會使用相似意義的「얼굴을 맞대다」或「머리를 모으
다」。

★★☆ 慣
발을 맞추다

指一群人的言論或行為朝向同個目標或方向。

例 가: 팀원들이 모두 발을 맞춰도 이번 일을 성공시키기가
쉽지 않아 보이는데 언제까지 이렇게 다투면서 시간
낭비만 할 겁니까?
就算所有隊員同心協力，這件事也不見得能夠成
功，你們現在還有時間在這邊爭吵浪費時間？

나: 이사님, 죄송합니다. 협력해서 해결책을 찾아보도록
하겠습니다.
對不起，理事，我們會合作尋找解決方案的。

🔍 也會使用在為了獲得利益而跟隨著潮流的時候。例如：
「그 회사는 최신 유행에 발을 맞춘 신제품을 출시했다.(那家
公司跟著最新流行推出了新產品。)」

09
關係

★☆☆ 慣
손발이 따로 놀다

指一起工作的人們的內心或是意見、行動等等
不投機的意思。

例 가: 오늘 경기가 잘 안 풀리는 것 같은데요.
今天的比賽看起來不太順利。

나: 네, 손발이 따로 노는 선수들을 보니 오늘
경기에서 이기기는 쉽지 않아 보입니다.
是啊，選手們之間不合拍，要贏下比賽不容易
啊。

🔍 普遍使用在公司業務、表演、運動比賽等等需要多人組成
團隊一起工作的事情中，大家沒有默契，事情進行得不順
利的時候。

★★★ 慣
손발이 맞다

指一起工作的人們的內心、意見、行動等等有默契的意思。

例 가: 우리 손발이 정말 잘 맞는 것 같아요. 윤아 씨와 같이 일하는 게 즐거워요.

我們似乎真的很有默契，和潤娥一起工作很愉快。

나: 저도요. 우리 이번 프로젝트를 성공적으로 잘 마무리해 봐요.

我也是，我們一起成功地完成這次的專案吧。

🔎 強調的時候會使用「손발이 척척 맞다」。另一方面，工作時，內心、意見、行動等等互相配合的時候則會使用「손발을 맞추다」。

★☆☆ 慣
손을 맞잡다

指大家意見一致，合作關係緊密的意思。

例 가: 김 부장, 고객들 사이에서 신제품에 대한 기대가 높은데 언제 출시될 예정입니까?

金部長，顧客們對於新產品抱著很大的期待，請問什麼時候會上市呢？

나: 손을 맞잡고 일하던 협력사에 문제가 생겨서 올해는 출시되기 어려울 것 같습니다.

和我們攜手合作的公司出了問題，恐怕無法在今年之內上市。

🔎 普遍使用在個人無法解決的大規模問題，為了解決問題，國家或是團體之間相互合作的時候。也會使用「두 손을 맞잡다」。

★★★ 價
손을 잡다

指互相幫忙一起共事的意思。

例 가: 어려울 때일수록 서로 손을 잡아야 위기를
극복할 수 있다고 생각합니다.

我認為越是困難的時刻越要聯手合作，才能克
服危機。

나: 맞습니다. 지금 누구의 잘못인지 따지고 있을
때가 아닙니다.

沒錯，現在不是追究是非對錯的時候。

♀ 使用在為了實現共同擁有的目標而互相合作努力的時候。

★★★ 價
입을 모으다

使用在好幾個人對於某件事說了同樣的話的時候。

例 가: 승원 씨, 왜 그렇게 손을 자주 씻어요? 방금 전에도
씻었잖아요.

昇源，為什麼這麼常洗手？剛剛不是已經洗了
嗎？

나: 요즘 감기가 유행이잖아요. 예방을 위해서는 손을
꼼꼼히 자주 씻는 것이 중요하다고 의사들이 입을
모아 말하더라고요.

因為最近是流感季節，醫生們異口同聲地說為
了預防病毒，仔細地洗手是很重要的。

✍ 「입」是指話語或是意見。
♀ 使用在對於某件事，很多人意見相同的時候。

★☆☆ 價
죽이 맞다

指意見相通或心意相通。

例 가: 저희 부부는 지금까지 살면서 의견 차이로 다툰
적이 한 번도 없어요.

我們夫婦生活到現在從來沒有因為意見不合而
吵架過。

나: 그래요? 부부가 죽이 잘 맞는 것보다 더 좋은
일이 없지요.

真的嗎？夫婦之間能合拍是再好不過的。

♀ 「죽」是指衣服或是碗等等以十個為一組單位的意思。舉
例來說，十件衣服成一套的時候就會說「죽이 맞다」。如
同前述，使用在兩個人的意見或行為很合的時候。強調的
時候會使用「죽이 척척 맞다」。

★★☆ 慣
한마음 한뜻

指很多人同心協力的意思。

例 가: 우리가 한마음 한뜻으로 노력한다면 이번
대회에서 우승할 수 있을 거야.

只要我們齊心努力的話，就能贏得這次的比賽。

나: 맞아. 우리 최선을 다해 보자.

沒錯，我們都要全力以赴。

🔎 普遍使用「한마음 한뜻으로」的形式，使用在為了克服困
境或是危機等等，許多人同心協力的時候。

★★★ 慣
한배를 타다

指擁有相同的命運。

例 가: 이번 일도 함께 하게 되어 다시 한배를 타게
되었네요. 잘 부탁드립니다.

這次我們又一起共事，再度搭上了同一條船
呢，請多多指教。

나: 네, 저도 잘 부탁드립니다.

是啊，也請你多多指教。

✎ 「한배」是指同一條船的意思。

🔎 人們搭上同一條船就表示處在同一個情況，如同前述，使
用在和某個人一起做某件事，成為命運共同體的時候。

★☆☆ 慣
호흡을 맞추다

使用在工作時，很瞭解彼此的行動或是意圖，
順利進行的時候。

例 가: 결혼을 진심으로 축하드립니다. 두 분이 어떻게
결혼하시게 됐는지 궁금해하시는 분들이 많은데
말씀해 주시겠습니까?

恭喜你結婚，很多人想問兩位怎麼走到結婚這
一步的，可以和我們分享嗎？

나: 축하해 주셔서 감사합니다. 같은 작품에서 호흡을
맞추다 보니 자연스럽게 가까워졌고 이렇게
결혼까지 하게 됐습니다.

謝謝祝賀。我們在同個專案中培養默契，自然
而然變親近，最後就走到了婚姻這一步。

🔎 工作時，彼此的性格或意見相符的時候則會使用「호흡이
맞다」。例如：「두 사람은 서로 눈빛만 봐도 알 수 있을 정
도로 호흡이 잘 맞는다.(兩個人默契好到就算只看眼神也能
知道對方在想什麼。)」

10

상황 · 상태
狀況 · 狀態

----

1 결과   結果

2 곤란   困難

3 문제 · 문제 해결   問題 · 解決問題

4 분위기 · 여건   氛圍 · 條件

5 시간 · 거리   時間 · 距離

6 흥미   興趣

★★★ 俗
가뭄에 콩 나듯 한다

指某件事或物品非常稀有的意思。

例　가: 요즘도 극장에 영화 보러 자주 가세요?
　　　你最近也常去電影院看電影嗎?

　　나: 아니요. 아이가 생긴 이후로는 시간이 없어서
　　　극장에 가는 일이 가뭄에 콩 나듯 해요.
　　　沒有,孩子出生之後沒什麼時間,去電影院看
　　　電影的次數寥寥無幾。

🔍 如果長時間不下雨的話,乾旱中的大豆苗就會長得稀稀落落
　的。源自於這副景象,使用在表示真的很偶爾才發生的事。

★★★ 俗
고래 싸움에
새우 등 터진다

指在權力者的鬥爭中,受害的都是弱小的人。

例　가: 대형 마트들이 앞다투어 가격을 내리는 바람에
　　　동네 슈퍼들이 피해를 입고 있대.
　　　大型商場爭先恐後地削價競爭,受害的卻是社
　　　區裡的超市。

　　나: 고래 싸움에 새우 등 터진다더니 대형 마트들
　　　때문에 동네 슈퍼들이 망하게 생겼군.
　　　所謂殃及池魚,因為大型商場,社區超市幾乎
　　　要毀於一旦。

★☆☆ 俗
귀에 걸면 귀걸이
코에 걸면 코걸이

指不同人面對相同的情況會有不同的分析。

例　가: 이번에 정부에서 발표한 부동산 정책의 표현이
　　　애매모호하다 보니 사람들이 자기들 마음대로
　　　해석하는 것 같아요.
　　　這次政府發布的不動產政策寫得模糊不清,人
　　　們都以自己的想法解讀。

　　나: 맞아요. 귀에 걸면 귀걸이 코에 걸면 코걸이 식인
　　　거지요.
　　　沒錯,公說公有理,婆說婆有理。

🔍 比喻在缺乏一定的原則之下,用貌似合理的話語包裝,讓
　他人可以各自解讀。

★☆☆ 俗

도끼로 제 발등 찍는다

使用在想要陷害他人，結果反而害到自己的時候。

例 가: 이 대리가 회사 기밀을 유출해서 돈을 벌려고 하다가 사실이 알려져서 해고당했다면서요?

聽說李代理要靠著揭露公司機密來賺錢，被發現之後馬上被解雇了。

나: 그랬대요. 도끼로 제 발등 찍는다더니 이 대리가 그런 셈이지요.

聽說是這樣，李代理這是自食惡果。

🔎 就像本來要拿斧頭砍樹卻不小心掉下去砸到腳一樣，使用在本來想陷害他人卻反而自己受害的時候。

★★☆ 慣

도마 위에 오르다

指某個事物成為被批判的對象。

例 가: 뉴스에서 부정 선거 이야기가 끊임없이 나오고 있어요.

新聞中不斷出現不當選舉的報導。

나: 이번에도 어김없이 부정 선거 문제가 도마 위에 올랐군요.

這次不當選舉問題也不意外地成為了眾矢之的。

🔎 使用在某個對象或問題被人們掛在嘴邊，成為批判的對象的時候。

★★★ 慣

물 건너가다

指某件事的情況已經結束，不管採取什麼措施都沒有用。

例 가: 아버지, 한 문제만 더 맞았어도 합격할 수 있었는데 너무 아까워요.

爸爸，只要我再答對一題就能合格了，真的好可惜。

나: 이번 시험은 이미 물 건너갔으니까 너무 속상해하지 말고 다음 시험 준비나 열심히 해.

這次的考試已成定局，不要太難過，還是趕快認真準備下一個考試吧。

🔎 因為從前的交通沒有像現在一樣發達，所以如果罪犯越過江河或大海等村落或是國家的邊界，就沒有辦法抓住或處罰他。源自於這個典故，普遍使用過去式。

★★☆ 慣
손에 넣다

近 손아귀에 넣다,
  손안에 넣다

指將某個東西完全變成自己的所有物或是掌控
在手中。

例 가: 내가 20년이 넘게 사고 싶었던 집을 손에 넣게
      되었으니 이제 죽어도 여한이 없을 것 같구나.

      我想買那棟房子想了超過二十年,終於買下來
      了,好像死而無憾了。

   나: 할아버지, 무슨 말씀이세요? 그토록 원하시던
       집에서 오래 사셔야지요.

      爺爺,你說的那是什麼話?你要在你夢中情房
      長久地住下去啊。

✏ 「손」原本是指手,在此處則是指某個人的影響力或是權
   限所及的範圍。

★☆☆ 俗
죽 쑤어 개 준다

近 죽 쑤어 개 좋은 일
  하였다

使用在用心努力的工作成果被他人搶走的時候。

例 가: 승원 씨가 내가 쓴 제안서를 사장님 앞에서
      마치 자기가 쓴 것처럼 발표하더라고. 내가 쓴
      제안서인데 어떻게 그럴 수가 있어?

      昇源拿我寫的提案在老闆面前報告得好像是自
      己的一樣,明明是我寫的提案,他怎麼可以這
      樣?

   나: 죽 쑤어 개 준 꼴이 됐네. 승원 씨가 너무했다.

      昇源坐享其成了呢,太過分了。

🔍 就像花了長時間用心煮的粥卻被狗搶去吃一樣,使用在費
   心做的工作成果卻被不相關的人占為己有的時候。

★★☆ 慣
파김치가 되다

指變得非常疲憊不堪的狀態。

例 가: 오랜만에 여행을 오니까 구경할 게 너무 많아요.
저쪽도 보러 가요.

好久沒旅行，有好多要逛的，我們也去那邊看看吧。

나: 제시카 씨 따라 여기저기를 다녔더니 저는 벌써
파김치가 되었어요. 좀 쉬었다 가요.

跟著潔西卡妳東跑西跑的，我已經累癱了，我們先休息一下吧。

🔎 源自於用蔥醃辛奇時，必須讓醬料滲透進蔥裡，讓原本硬邦邦的蔥軟化。也會使用相似的「녹초가 되다」。

★☆☆ 慣
학을 떼다

近 학질을 떼다

形容十分努力擺脫非常折磨或困難的情況。

例 가: 수아가 너한테 무슨 일이 있는지 얼마나 꼬치꼬치
캐묻던지 학을 뗐다니까.

秀雅一直追問我你發生了什麼事，我已經疲於應對她了。

나: 비밀을 지켜 줘서 고마워. 내가 많이 아프다는
사실은 당분간 아무에게도 알리고 싶지 않아.

謝謝你幫我保守秘密，我生重病的事情短時間內不想讓任何人知道。

🔎 「학」是指瘧疾也就是現代疾病的一種。在從前罹患這種病的治癒率低、死亡率很高。就像罹患瘧疾一樣，使用在說明某件事太過於艱辛，再也不想遇到的時候。

★☆☆ 慣
한풀 꺾이다

近 한풀 죽다

指原本良好的氣勢或意志減弱到某種程度的意思。

例 가: 오늘은 좀 선선해졌지요?

今天稍微變涼了對吧？

나: 네, 이제 더위가 한풀 꺾인 것 같아요. 올여름도 벌써
다 갔어요.

是啊，現在酷暑稍稍緩解了一些，今年夏天也快過完了。

🔎 源自於從前的人們在洗完衣服或被子之後，為了讓布料像新的一樣攤平，會在上面撒上植物莖的汁液。等汁液乾了之後，布料就會變得很平整且不易產生皺摺。然而過了一段時間，汁液的效果逐漸消失，布料又會再次變得鬆軟。

★★☆ 慣
햇빛을 보다

指向世界公開某件事物後大受好評的意思。

例 가: 교수님 덕분에 한국 문학을 대표하는 문인들의
숨은 작품들이 햇빛을 보게 되었는데요. 자료
수집이 힘들지 않으셨는지요?

多虧了教授的努力，讓韓國文學代表作家不為
人知的的作品得以重見天日。收集資料的過程
肯定很辛苦吧？

나: 힘들기보다는 숨겨져 있던 작품들을 발견할
때마다 아주 기뻤습니다.

與其說是辛苦，每當挖掘出新的文學作品時，
更多的是開心。

★★☆ 慣
획을 긋다

指明確地劃分某個範圍或是時期的意思。

例 가: 에디슨이 축음기를 발명한 것은 인류 역사에 한
획을 긋는 큰 사건이었지요.

愛迪生的留聲機是人類歷史上偉大的大發明。

나: 맞아요. 만약 축음기가 발명이 안 되었다면 듣고
싶은 음악을 아무 때나 들을 수 없었을 거예요.

沒錯，如果當初沒有發明留聲機，現在就不能
隨時聽想聽的音樂了。

○ 普遍使用在說明被認可為重要的歷史意義，取得一席之地
的歷史事件或是發明，例如 「이 일은 역사에 한 획을 긋게
되었다. (這事件在歷史上具有劃時代的意義)」。

곤란 | 困難

★★★ 慣
가시방석에 앉다

指感到不安或焦躁的意思。

例 가: 누나, 엄마랑 아빠가 싸우셔서 분위기가 너무 안 좋아.

姊姊，媽媽和爸爸吵得好兇，氣氛好差。

나: 그러게. 마치 가시방석에 앉아 있는 것 같아.

就是說啊，我現在如坐針氈。

★★☆ 慣
고개를 돌리다

指迴避某個人、事或情況等等。

例 가: 아직도 전세금이 해결이 안 됐어요?

你還沒解決房子租金的問題嗎？

나: 네. 죄송합니다. 주변 사람들에게 도움을 청했는데 모두 고개를 돌리더라고요.

是的，對不起，我請周遭的人幫忙但都被回絕了。

🔎 也會使用在看到某件事卻裝作沒看到的時候。例如：「길에 사람이 쓰러져 있는데도 사람들이 모두 고개를 돌리고 가 버렸어요.(路上有人跌倒但是行人卻都視若無睹並離開了。)」

★★☆ 慣
귀가 따갑다
近 귀가 아프다

指某種聲音很刺耳又大聲，聽起來不舒服的意思。

例 가: 윗집은 공사를 언제까지 한대? 공사 소리 때문에 귀가 너무 따가워.

樓上的施工到什麼時候？施工的聲音實在是太刺耳了。

나: 나도 시끄러워 죽겠어. 원래 지난주까지 한다고 했는데 아직 안 끝났나 봐.

我也覺得吵死了，原本說預計施工到上週，但好像還沒結束。

🔎 也會使用在聽到太多嘮叨或建議等等，而不想再聽到的時候。例如：「귀가 따가우니 제발 잔소리 좀 그만하세요.(我已經聽到耳朵長繭了，拜託別再嘮叨了。)」

★★☆ 慣
귀신이 곡하다

指無法知道事情的情況發展。

例 가: 서랍에 넣어 두었던 지갑이 어디 갔지? 아무리
　　찾아도 없으니 귀신이 곡하겠네.

　　我放在抽屜裡的錢包去哪了？怎麼找都找不
　　到，真是活見鬼了。

　나: 서랍에 둔 지갑이 어디를 갔겠니? 다시 잘 찾아봐.

　　放在抽屜裡的錢包是能跑哪去？再好好找找吧。

🔎 也會使用相似意義的「귀신이 곡할 노릇이다」。

★☆☆ 慣
귀에 들어가다

指某個消息傳到他人耳裡的意思。

例 가: 막내가 친구에게 사기당한 사실을 아버지도 알고
　　계세요?

　　爸爸知道老么被朋友詐騙的事了嗎？

　나: 아니, 아버지 귀에 들어가면 큰일 나!

　　還沒，如果被爸爸知道的話，事情就嚴重了。

🔎 普遍使用在不想讓任何人知道的事實被某個人得知的時候。

★★☆ 俗
까마귀 날자
배 떨어진다

使用在毫不相關的事偶然地依序發生，讓無關
連的人無辜地被懷疑的時候。

例 가: 아까 형이 내 방에 들어왔을 때 컴퓨터에서 갑자기
　　게임 광고가 뜬 거야. 형이 그걸 보고 게임만
　　한다고 뭐라고 해서 너무 억울했어.

　　剛剛哥哥進來我房間的時候，電腦剛好播到遊
　　戲的廣告，所以哥哥就說我都在玩遊戲，真是
　　委屈。

　나: 까마귀 날자 배 떨어진다고 오해하기 딱 좋은
　　상황이었네.

　　真是陰錯陽差，正好會被誤會的場合呢。

🔎 烏鴉在梨樹上待著準備起飛時，梨子就掉了下來。看見這
景象的人以為烏鴉是梨子掉下來的肇因，變成烏鴉明明和
梨子掉落無關卻無辜被懷疑的情況。如同前述，使用在明
明不是自己做的事，卻莫名其妙被誤會或產生委屈的事的
時候。

★☆☆ 俗

눈 뜨고 코 베어 갈 세상

近 눈을 떠도 코 베어 간다,
눈 뜨고 코 베어 간다,
눈 뜨고 코 베어 갈 인심

雙眼睜著但鼻子卻被割走，比喻世道險惡，需要時常小心的意思。

例 가: 눈 뜨고 코 베어 갈 세상이니 여행 가서 소매치기 당하지 않게 조심해. 특히 뒷주머니에 지갑 넣고 다니지 말고.

現在世道險惡，出門在外旅行一定要小心扒手，特別要注意不要把錢包放在後面的口袋。

나: 알겠어요. 항상 조심할게요.

我知道了，我會一直很小心的。

★★☆ 慣

눈칫밥을 먹다

指在意他人的言語或行動，以致於無法自在且理直氣壯地生活。

例 가: 아이를 데리고 외식하러 가면 아이가 조금만 시끄럽게 해도 주변 사람들이 눈치를 줘서 눈칫밥을 먹게 되더라고요.

如果帶孩子出門吃飯，孩子一吵鬧就會引來他人的側目，只能看別人的臉色吃飯。

나: 맞아요. 그게 아이를 키우면서 느끼는 또 하나의 어려움인 것 같아요.

沒錯，那也是撫養孩子過程中的一個難題。

🔍 使用在某個人處在看他人眼色，連吃飯或喝水也不能鬆懈，非常不自在的情況。

★☆☆ 慣

덜미를 잡히다

使用在想做壞事途中被他人發現的時候。

例 가: 빈집만 골라서 도둑질을 하던 사람이 드디어 잡혔군요.

聽說專挑空屋偷竊的小偷終於被逮補了。

나: 네. 아파트 내에 있던 감시 카메라에 포착되어 경찰에 덜미를 잡혔대요.

是啊，他被公寓裡的監視器拍到，讓警察逮個正著。

✏ 「덜미」是指身體的後部的意思。

🔍 某個人被他人抓住把柄無法反駁的時候則會使用「덜미를 잡다」。

★★☆
독 안에 든 쥐

近 덫 안에 든 쥐

形容某人處在艱困情況中卻又無法擺脫。

例 가: 범인을 잡을 수 있을 것 같습니까?

你覺得能夠逮捕犯人嗎？

나: 네. 범인 주위를 완전히 포위했습니다. 범인은
이제 독 안에 든 쥐입니다.

是的，犯人已經被我們包圍了，他現在已是甕
中之鱉。

🔍 就算是很會東躲西藏的老鼠，把牠關進甕中也會因為無法
逃脫而死。如同前述，使用在某個人再怎麼努力卻處在無
法擺脫的情況。

★★☆ 慣
된서리를 맞다

指遭遇嚴重的災難或壓迫的意思。

例 가: 계속되는 경기 침체로 된서리를 맞아 운영이
어려워진 회사가 많대요.

聽說很多店家因為經濟蕭條而遭殃，運營變得
困難。

나: 아닌 게 아니라 저희 아버지께서 운영하시던
회사도 부도 위기에 처하게 됐어요.

其實我爸爸經營的公司現在就處於倒閉危機中。

✐ 「된서리」是指晚秋裡下的寒霜。

🔍 糧食或蔬菜碰到冰霜就會枯萎而死。如同前述，使用在某
個人突然遭遇巨大損害或衝擊的時候。

★☆☆ 慣
뜨거운 맛을 보다

指某個人精神不濟或遭遇難題的意思。

例 가: 다들 사업은 아무나 하는 게 아니라고 말릴 때
그 말을 들을 걸 그랬어. 나는 왜 꼭 뜨거운 맛을
봐야 정신을 차릴까?

大家都勸我不是隨便誰都可以創業，早知道就
該聽他們的話。我怎麼每次都要吃過苦頭才會
振作呢？

나: 세상에는 직접 겪어 봐야 알게 되는 일들이
있잖아. 너무 속상해하지 마.

有很多事要經歷過才會懂，別太難過了。

🔍 吃很燙的食物時嘴巴裡容易被燙傷，如同前述，使用在某
個人遭遇到精神上或肉體上的痛苦的時候。

막다른 골목

形容不管做什麼都沒有用的絕望情況。

例 가: 무역 전쟁으로 인해 두 나라의 관계가 점차 막다른 골목으로 치닫고 있습니다.

因為貿易戰爭，兩個國家的關係就像進入了死胡同。

나: 두 나라가 서로 조금씩 양보해 하루빨리 관계가 회복되었으면 좋겠습니다.

希望兩個國家各退一步，趕快恢復正常的外交關係。

🔎 普遍使用「막다른 골목으로 치닫다」或「막다른 골목으로 몰리다」的形式。

말이 나다

指秘密進行的工作被他人知道的意思。

例 가: 우리 회사가 경쟁사를 합병하게 됐다는 사실이 직원들한테는 아직 알려지면 안 되니까 입조심하세요.

我們公司要跟競爭公司合併的事實不能讓員工們知道，所以一定要小心說話。

나: 벌써 말이 난 것 같습니다. 몇몇 직원들은 알고 있더라고요.

好像已經走漏風聲，好幾個員工都知道了。

🔎 「말이 난 김에 얘기하는데」或「말이 났으니까 말인데」的形式，使用在某個人開始說某些話的時候。

목숨이 왔다 갔다 하다

指處在一個非常危險的情況。

例 가: 암벽 등반은 목숨이 왔다 갔다 할 정도로 위험한 것 같은데 사람들이 왜 하는지 모르겠어. 가끔 떨어져서 다치거나 죽는 사람들도 있다는데 말이야.

攀岩是一件命懸一線般危險的運動，我不懂為什麼有人要去做。有時候還有人跌落下來受傷甚至死亡。

나: 그래서 하는 거 아닐까? 위험한 만큼 스릴이 있잖아.

就是因為這樣才去的吧？越危險越刺激呀。

★☆☆ 俗
물에 빠지면
지푸라기라도
잡는다

近 물에 빠지면
　　지푸라기라도 움켜쥔다

指如果陷入絕望又危急的情況時，為了擺脫那個情況，不管什麼方法都要試試看的意思。

例 가: 여보, 기어코 그 약을 산 거예요? 그 약은
　　안전성이 입증이 안 돼서 위험하다고 말했잖아요.

　　親愛的，你最後還是買了那個藥嗎？我不是說
　　那個藥的藥效還沒有被認證所以很危險嗎？

　　나: 물에 빠지면 지푸라기라도 잡는다고 이 약이
　　어머니의 병을 낫게 할 수도 있다니까 한번 믿어
　　봅시다.

　　落水的人看到一根稻草也會抓住，這種藥可以
　　治好媽媽的病，我們就試看看吧。

★★☆ 俗
바람 앞의 등불

形容某個人的處境非常危急又不安。

例 가: 몇 달 동안 월급을 못 받고 있는데 집주인이
　　전세금까지 올려 달라고 해서 요즘 죽을 맛이에요.
　　전세금을 못 올려 주면 집을 비워 줘야 하는데
　　어쩌지요?

　　已經好幾個月沒領到薪水了，房東又提高房租，
　　真是快搞死我了。付不出房租的話就會被趕出
　　去，該怎麼辦好呢？

　　나: 아이고, 바람 앞의 등불 같은 신세군요.
　　사장님한테 밀린 월급 좀 달라고 해 보세요.

　　唉呦，還真是雪上加霜的狀況，試著請老闆快
　　點付薪水吧。

🔎 風中的燈燭不知何時會被吹熄，一閃一閃地飄揚著。如同
前述，使用在情況非常不好，某個人的命運處在不知何去
何從的急迫處境。

★☆☆ 慣
숨이 넘어가는 소리

使用在某件事非常緊急讓某個人發出著急的聲音。

例 가: 엄마, 좀 일어나 보세요. 빨리요. 밖에서 이상한
　　소리가 나요.

　　媽媽，起來一下，快點，外面有奇怪的聲音。

　　나: 무슨 소리가 난다고 그렇게 숨이 넘어가는 소리를
　　하고 그래?

　　到底是什麼聲音讓你這麼上氣不接下氣的？

🔎 使用在某個人發生意料之外的事而著急到喘不過氣的時候。

★☆☆ 慣

오도 가도 못하다

近 가도 오도 못하다

使用在形容動彈不得的狀態。

例 가: 윤아가 이번 모임에는 올 수 있대?

聽說潤娥會來這次的聚會？

나: 잘 모르겠어. 아버지가 며칠 전에 쓰러지셔서 병간호하느라고 계속 오도 가도 못하고 있다고 하더라고.

不太清楚，因為她的爸爸前幾天昏倒，所以這幾天她都在醫院照顧爸爸。處在一個進退兩難的狀態。

🔎 也會使用在難以從一處移動到另一處的時候。例如：「갑자기 폭우가 쏟아져서 오도 가도 못하고 있어요.(突然開始下起暴雨，讓我動彈不得。)」

★☆☆ 慣

파리 목숨

使用在被他人輕易奪取性命，表示生命無足輕重的時候。

例 가: 산업 현장에서 또 사고가 발생했다면서요? 안전 규정이나 사고 보상 대책이 너무 부족한 것 같아요.

聽說工業現場又發生意外了嗎？目前似乎很缺乏安全規範或意外賠償的措施。

나: 그러게요. 사람 목숨을 파리 목숨처럼 여기고 있군요.

就是說啊，真是草菅人命。

🔎 因為蒼蠅很髒亂又煩人，所以人們不重視蒼蠅的性命，總是追趕或輕易打死蒼蠅，是此用法的由來。

★★☆ 俗
갈수록 태산
近 갈수록 심산

指問題越來越嚴重的意思。

例 가: 최근 들어 작년 우승 팀의 성적이 부진한데 이번 시즌에도 우승이 가능하다고 보십니까?

上個賽季的優勝隊伍最近成績停滯不前,您覺得他們在這個賽季有辦法取得優勝嗎?

나: 글쎄요. 갑자기 교체된 감독이 아직 선수들과 호흡이 맞지 않는 데다가 선수들의 부상도 잇따르고 있어 갈수록 태산인 상황입니다.

不好說,突然撤換的新教練和選手之間還沒有默契,再加上選手接連受傷,讓本季的賽情每況愈下。

🔍 使用在某件事或情況不順利,而且漸漸變得困難重重的時候。也會使用相似意義的「산 넘어 산이다」。

★★☆ 慣
골치가 아프다
近 골머리가 아프다

指某件事情或局面很不好解決,既麻煩又困難的意思。

例 가: 화장실과 집안 곳곳에 곰팡이가 생겨서 어떻게 없애야 할지 골치가 아파요.

浴室和家裡到處都長黴菌,在想要怎麼清掉它們,讓我傷透了腦筋。

나: 이번 주말에 같이 대청소를 합시다. 곰팡이가 있으면 냄새도 심하고 피부에도 안 좋으니까 빨리 없애는 게 좋겠어요.

這個週末一起大掃除吧,有黴菌的話會有很重的霉味,對皮膚也不好,我們還是趕快清掉它吧。

✏ 「골치」是頭腦的俗稱。

★☆☆ 慣

굴레를 벗다

指擺脫拘束或控制而獲得自由的意思。

例 가: 조선 시대에는 신분의 굴레를 벗기 위해 노비들이
끊임없이 도망을 갔다고 해요.

在朝鮮時代時，許多奴隸為了擺脫身分的束縛
而不斷地逃跑。

나: 얼마나 자유로운 세상에서 살고 싶었겠어요?

他們應該很渴望生活在自由的世界吧？

✐ 「굴레」原本是指韁繩，在此處則是指不自由或是受到束
縛的意思。

○ 讓某個人無法自由活動，拘束他的時候則會使用「굴레를
씌우다」。

★★★ 俗

내 코가 석 자

類 제 코가 석 자

指某個人的處境非常緊急，顧不了他人的意思。

例 가: 태현아. 내일까지 보고서를 제출해야 하는데 이것
좀 도와주면 안 될까?

太顯，我明天就要交報告了，可以幫我看一下
這個嗎？

나: 나도 내 코가 석 자야. 내일까지 마감해야 할
과제가 한가득 있거든.

我也自身難保了，我有一大堆明天截止的作業
要做。

○ 「자」是單位詞，「한 자」大約是三十公分，所以「석
자」大約是一百公分。形容自己的鼻水流下來到一百公
分，已經自顧不暇沒有餘力去擔心或幫助他人的時候。

★★★ 慣

발목을 잡히다

指被某件事困住，無法擺脫的意思。

例 가: 승원 씨, 주말에 마크 씨 결혼식에 갈 거예요?

昇源，你這週末會去馬克的結婚典禮嗎？

나: 아무래도 회사 일에 발목을 잡혀서 못 갈 것
같아요. 지원 씨가 제 대신 축의금 좀 전해 주세요.

我被公司的業務纏身，可能沒辦法參加，智媛
妳幫我轉交紅包給他們吧。

○ 使用在因為某個人或事件的影響而完全無法做其他事的時
候。也會使用相似意義的「발목이 잡히다」，讓某個人沒
辦法擺脫某件事的時候則會使用「발목을 잡다」。

★★☆ 慣
발이 묶이다

指身體無法移動或是變得無法去做某件事。

例 가: 눈이 언제까지 올까? 몇 시간째 발이 묶여 산을 못 내려가고 있으니 답답하네.

雪會下到什麼時候呢？已經被困在山上好幾個 小時沒辦法下山，真是鬱悶。

나: 그러게나 말이야. 그래도 아까보다는 눈이 좀 적게 내리니 조금만 더 기다려 보자.

就是說啊，不過雪似乎開始變小了，我們再等 一下吧。

🔎 讓他人沒辦法去做出某個行動的時候則會使用「발을 묶다」。例如：「투수가 타자들의 발을 묶어 버렸다.(投手讓 打者們寸步難移。)」

★★☆ 慣
벼랑에 몰리다

使用在陷入或困在危險的情況之中的時候。

例 가: 계속되는 경기 침체로 우리 같은 자영업자들이 벼랑에 몰려 있는데 해결 방법은 없고 정말로 답답하네요.

持續的經濟蕭條讓我們這種自營業者走投無路 了，沒有解決方案讓人很鬱悶。

나: 맞아요. 차라리 폐업을 하는 게 나을 것 같아요.

沒錯，乾脆停業好像還比較好。

🔎 也會使用相似意義的「구석에 몰리다」、「벼랑 끝에 몰리 다」或「벼랑에 서다」。

★★★ 慣
벽에 부딪치다

使用在某個人陷入障礙或困難的時候。

例 가: 이번에 소방 공무원 시험에서 서류 합격자 중 40%가 체력 시험에서 떨어졌대요.

這次的消防員測驗，書面資料合格者中有百分 之四十的人在體力測驗當中被淘汰。

나: 어려운 서류 전형에 통과하고도 체력의 벽에 부딪쳐서 합격을 못했으니 떨어진 사람들은 너무 안타깝겠어요.

他們通過了困難的書面測驗，卻在體力測驗碰 壁而被淘汰，真的很可惜。

✏ 「벽」原本是指屋子或房間的牆壁，在此處則是指很難克 服的困境或情況的意思。

★☆☆ 慣
빼도 박도 못하다

指事情處在兩難的情況，不知道該不該繼續。

例 가: 얼마 전에 집 근처에 있는 헬스클럽 1년 회원권을 끊었는데 지방으로 전근을 가게 됐어요. 취소나 환불도 안 되고 빼도 박도 못하는 상황이 돼 버렸어요.

前陣子續約家附近健身房一年會員，結果調職到他處，無法取消或退費，讓我進退兩難。

나: 다른 사람에게 양도하는 것도 안 돼요? 한번 알아보세요.

不能把會員資格轉讓給其他人嗎？去問問看。

🔎 使用在繼續或不做尷尬，很難判斷是否繼續做那件事的時候。原本使用「빼지도 박지도 못하다」的形式，現已固定使用「빼도 박도 못하다」的形式。

★☆☆ 慣
숨이 가쁘다

指某事沒有閒下來的餘地，非常忙碌或緊急。

例 가: 교수님께서 다음 주부터 새로운 프로젝트를 시작하자고 하시네.

教授說下週就要開始新的專題了。

나: 지금 하고 있는 일만으로도 숨이 가쁜데 또 새 프로젝트를 시작한다는 말이야?

現在做的專題就已經忙得暈頭轉向了，竟然還要開始新的專題？

🔎 也會使用在被某件事壓抑著非常鬱悶的時候。例如：「2주 후에 있는 공무원 시험만 생각하면 숨이 가빠져요.(只要想到兩週後的公務員考試就覺得喘不過氣來。)」

★☆☆ 慣
숨통을 틔우다

指解決一件煩悶的事情。

例 가: 출퇴근 시간도 아닌데 길이 왜 이렇게 막히죠?

明明不是上下班時間，路上怎麼這麼塞呢？

나: 아까 라디오에서 들었는데 상습적으로 막히는 구간의 숨통을 틔우기 위해 시에서 도로 개선 공사를 시작했대요.

剛剛聽廣播說為了紓解常態堵塞的路段，市內開始了道路改善工程。

🔎 擺脫煩悶則用「숨통이 트이다」例：「정부가 자금을 지원하면서 중소기업들의 숨통이 조금은 트이게 되었다.(在政府的資金支援之下，中小企業的情況有所好轉。)」

가는 날이 장날

★★★ 俗

近 가던 날이 장날

指本來要去做某件事卻湊巧發生意料之外的狀況。

例 가: 찜질방에 간다더니 왜 그냥 와요?

你不是說要去汗蒸幕嗎？怎麼來了？

나: 가는 날이 장날이라고 오늘부터 3일 동안 내부 수리를 한대요.

本來要去的，但偏偏不湊巧他們今天三點進行內部整修。

🔎 主要使用在原本計畫好的事碰上意料之外的狀況而徒勞無功的時候。

같은 물에 놀다

☆☆☆ 慣

指人們處在相同環境之下會做出相同的行為。

例 가: 지훈아. 친구를 사귈 때는 항상 조심해야 돼. 나쁜 친구들과 같은 물에 놀다가는 나중에 분명히 후회하게 될 테니까.

智勳，結交朋友的時候一定要小心，跟壞朋友同流合污的話以後會後悔的。

나: 알겠어요. 아버지. 저도 이제 고등학생이라 그 정도는 알아요. 걱정하지 마세요.

我知道了，爸爸。我現在也是高中生了，我知道這個道理，不用擔心。

★☆☆ 慣
구색을 맞추다

指把很多東西準備齊全的意思。

例 가: 우와! 집안을 정말 잘 꾸미셨네요. 이사하고
이렇게 꾸미느라 고생 많으셨겠어요.
哇！你家裝潢真美，不只搬家還要做裝潢，辛
苦你了。

나: 네. 결혼하고 처음 장만한 집이라 구색을 맞추려고
신경을 좀 썼어요.
是啊，這是婚後裝潢的新婚宅，所以在裝潢上
特別花了點心思。

🔎 使用在為了讓某件事看起來很棒而在程序或形式上費心的
時候。另一方面，當各個東西都備齊的時候則會使用「구
색이 맞다」。

★☆☆ 慣
귀청이 떨어지다

近 귀청이 찢어지다,
귀청이 터지다

使用在聲音非常大的時候。

例 가: 왜 그렇게 기진맥진해 있어요?
你為什麼看起來精疲力盡的樣子？

나: 아이들이 얼마나 시끄럽게 떠드는지 온종일
귀청이 떨어지는 줄 알았어요. 아이들이 잠이
드니까 좀 살겠네요.
孩子們的吵鬧聲震耳欲聾，我被吵了一整天，
孩子們睡了以後才好像活過來了。

✏ 「귀청」是指讓人能夠聽見聲音的耳膜。

🔎 也會使用在告訴某個人聲音太大很煩人，要他講話小聲一
點或安靜的時候，例如「귀청이 떨어질 것 같으니까 좀 조
용히 해 주세요 .(我的耳膜都要破了，請安靜一點。)」。

★☆☆ 慣
**그림자 하나
얼씬하지 않다**

使用在某個場所沒有任何人現身的時候。

例 가: 오늘 날씨가 너무 추우니까 가게에 그림자 하나
얼씬하지 않네요.
今天太冷了，店裡連個人影都沒有。

나: 그러네요. 오늘은 일찍 문 닫고 우리도 집에 가서
쉽시다.
就是啊，我們今天早點打烊回家吧。

✏ 「얼씬하다」是指短暫出現在眼前又消失的事物。

★★☆ 慣

기가 살다

指氣勢增強、產生自信的意思。

例 가: 저 아이 좀 봐. 조금 전까지 발표를 잘 못하고
더듬거리더니 자기 엄마가 오니까 기가 살아서
발표를 잘하네.

看看那個孩子，剛剛在報告的時候表現不好，
結結巴巴的，現在看到媽媽來就振作精神了，
報告得很好呢。

나: 그러게. 엄마 얼굴을 보니까 갑자기 자신감이
생겼나 봐.

就是啊，看見媽媽之後就產生自信了吧。

🔎 因勇氣或氣勢消失或減弱，變得不開心的時候則會使用
「기가 죽다」。

★☆☆ 慣

기를 펴다

指擺脫壓抑且困難的情況，擁有自由的心態。

例 가: 이렇게 젊은 나이에 성공하신 비결이 무엇입니까?

年紀輕輕就成功的秘訣是什麼呢？

나: 저희 아버지께서 가난하면 기를 펴고 살기
어려우니 열심히 일해야 한다고 하셔서 그 말씀에
따라 살다 보니 성공이 따라오더라고요.

我爸爸說人窮就很難抬頭挺胸，所以要很努力
地工作，我遵照他的話過生活，所以才成功的
吧。

★★☆ 慣

꼼짝 못 하다

指某個人被他人壓制而無法抬頭挺胸的意思。

例 가: 우리 아버지는 아들인 나한테는 엄격하신데 딸인
동생한테는 꼼짝 못 하셔.

我爸爸對我很嚴格卻對妹妹束手無策。

나: 보통 아버지들이 딸한테 약하시잖아.

本來爸爸都會對女兒比較寬容嘛。

🔎 強調的時候會使用「꼼짝도 못 하다」或「꿈쩍도 못 하
다」。

★★★ 俗
꿩 대신 닭

指如果沒有合適的，那找個類似的代替也好的
意思。

例 가: 오늘은 연우가 다리를 다쳐서 경기에 나갈 수가
　　 없으니 네가 대신 나가야겠다.

　　 今天妍雨的腳受傷，沒辦法比賽，你來代替他
　　 上場吧。

　　 나: 꿩 대신 닭이라는 말씀이죠? 그래도 열심히 뛰어
　　 보겠습니다.

　　 是退而求其次，讓我代替的意思吧？即使如此
　　 我也會全力以赴的。

🔎 野雞肉很美味，所以可以做成各種料理，農曆春節煮年糕
湯的時候也會加入野雞肉熬煮，然而，抓不到野雞的人家
則會用雞肉來熬湯，該慣用語源自於此。

★☆☆ 慣
날개를 펴다

指想法、情緒、力量等等有能力而且自由地展現
的意思。

例 가: 선생님, 저 그림을 보고 제 느낌대로 글을 쓰면
　　 되는 거지요?

　　 老師，如實地寫下我看見那幅畫的感覺就可以
　　 了嗎？

　　 나: 네. 마음껏 상상의 날개를 펴서 글을 써 보세요.

　　 沒錯，放心地去發揮你的想像力，然後寫下你
　　 的想法。

🔎 主要使用「상상의 날개를 펴다」的形式，也會使用相似意
義的「나래를 펴다」。

★☆☆ 慣
눈이 많다

指看的人很多。

例 가: 여기는 보는 눈이 많으니 좀 조용한 데 가서
　　 얘기하는 게 어때요?

　　 這裡人多嘴雜，我們要不要換一個安靜的地方
　　 聊？

　　 나: 좋아요. 조금만 걸어가면 조용한 카페가 있으니
　　 거기로 가요.

　　 好啊，再往前走一點就有一家安靜的咖啡廳，
　　 我們去那裡吧。

🔎 普遍使用「보는 눈이 많다」的形式。

★☆☆ 俗
뛰어야 벼룩

指再怎麼逃跑也無法擺脫的意思。

例 가: 엄마, 제가 여기에 있는 것을 어떻게 알고
　　찾아오셨어요?

　　媽媽，你怎麼知道我在這裡？

　　나: 네가 뛰어야 벼룩이지. 엄마가 너 있는 데를 못
　　찾겠니?

　　你逃不出我的手掌心，你以為我找不到你在哪
　　嗎？

🔍 跳蚤的身長大約只有二到四毫米，是非常渺小的昆蟲。因
為再怎麼跳也沒辦法跳多遠，在人類的眼裡都沒差的意
思。也會使用相似意義的「뛰어 보았자 부처님 손바닥」。

★☆☆ 慣
멍석을 깔다

近 멍석을 펴다

指給某個人機會去做他想做的事或為他準備那
個環境。

例 가: 그렇게 노래를 부르고 싶다고 하더니 왜 노래방에
　　오니까 가만히 있어?

　　你明明很想唱歌為什麼來了KTV卻靜靜待著？

　　나: 정말 노래하고 싶었는데 막상 멍석을 깔아 주니까
　　부끄러워서 못하겠어.

　　雖然很想唱歌，但真的遇到這個場合，就很害
　　羞唱不出來。

🔍 「멍석」是普遍使用在用來曬乾糧食的四方形草蓆。源自
於從前舉辦宴席或在野外做事之前都要從鋪草蓆開始，使
用在給予某個人做某件事的機會的時候。

★★☆ 慣
물 만난 고기

近 물 얻은 고기

使用在擺脫不好的情況，情況好轉的時候。

例 가: 지훈이는 다른 과목 수업을 들을 때는 조용한데
　　체육 시간만 되면 활발해져.

　　智勳在聽其他課程的時候都很安靜，只有在體
　　育課的時候變得很活潑。

　　나: 지훈이가 운동을 잘하잖아. 그러니까 체육
　　시간에는 물 만난 고기가 되는 거지.

　　因為智勳很擅長運動，所以體育課的時候如魚
　　得水。

🔍 魚要在水中才能自由地游泳，如同前述，使用在某個人在
適合自己的環境下積極進取並發揮自己的能力的時候。

★☆☆ 價
봄눈 녹듯
近 봄눈 슬듯

指某種情緒或想法很快就消失的意思。

例 가: 할아버지께서 조금 전까지 화를 내시더니 지금은
　　 웃고 계시네.

　　 爺爺到剛剛都還在生氣，現在卻笑得很開心呢。

　　 나: 막내가 할아버지하고 같이 있잖아.
　　 할아버지께서는 화를 내시다가도 막내만 옆에
　　 있으면 봄눈 녹듯 화가 풀리셔.

　　 因為老么和爺爺在一起嘛，就算他生氣，只要
　　 老么在身邊，怒氣就很快煙消雲散。

🔎 春天下的雪因為氣溫高所以立刻就融化了，如同前述，使
用在某項事物很快就消失的時候，主要使用「봄눈 녹듯 하
다」的形式。

★☆☆ 價
씨가 마르다

指某件事物完全消失不見的意思。

例 가: 요즘 이 근처 아파트 시세가 어떻게 되나요?

　　 最近這附近的公寓市價大概多少呢？

　　 나: 아파트 물량이 씨가 마르다 보니까 가격도 하루가
　　 다르게 치솟고 있어요.

　　 最近房屋數量幾乎快沒了，所以價格飆速上升。

🔎 把某個東西處理到一個也不剩的時候則會使用「씨를 말리
다」。

★★☆ 價
엉덩이가
근질근질하다

指某個人坐不住，一直想動來動去的意思。

例 가: 가만히 좀 있어. 정신없게 왜 그렇게 돌아다녀?

　　 妳冷靜一點好嗎，為什麼這麼匆忙地走來走去？

　　 나: 밖에 나가고 싶어서 엉덩이가 근질근질해서 그래.
　　 하루 종일 집에만 있으니까 너무 심심해.

　　 因為我坐不住想去外面走走，一整天都只待在
　　 家太無聊了。

✎ 「근질근질하다」原本是指某個東西碰到身體而產生癢的感
覺，在此處則是指很難忍受想去做某件事的心情。

★★☆ 慣
열을 올리다
近 열을 내다

使用在熱衷於某事或認真做事的時候。

例 가: 최근 한국 기업들이 새로운 시장 개척에 열을
올리고 있다고 합니다.

據說韓國的企業正熱衷於新市場的開發。

나: 아무래도 국내 시장만으로는 한계가 있으니까
해외 시장을 개척하려고 애쓰는 것 같습니다.

不管怎麼說國內市場都有極限，所以他們非常
努力地開拓海外市場。

🔎 也會使用在某個人非常激動又生氣的時候。例如：「왜
그렇게 열을 올리면서 말하고 있어?(為什麼要那麼氣憤地說
話？)」

★★☆ 慣
오금이 쑤시다

指某個人非常想做某件事，坐不住的意思。

例 가: 큰아이가 아까부터 놀이터만 쳐다보고 있네요.

大兒子從剛才就一直盯著遊樂場看。

나: 친구들하고 놀고 싶어서 오금이 쑤실 거예요.
감기에 걸려서 못 나가게 했거든요.

他應該是按耐不住想跟朋友去玩，因為他感冒
所以我不讓他出門。

✐ 「오금」是指膝蓋彎曲時裡面的膕肌。

★★☆ 慣
자기도 모르게

使用在無意識中自然地去做某件事的時候。

例 가: 할머니, '잠꼬대' 가 뭐예요?

奶奶，什麼是「說夢話」？

나: '잠꼬대' 는 사람이 잠을 자면서 자기도 모르게
하는 소리를 말하는 거야.

「說夢話」是指人一邊睡覺一邊不自覺地說話
的意思。

🔎 主要使用在某個人不自覺地像個機械般或慣性去做某件事
的時候。

★★☆ 慣
주눅이 들다
類 주눅이 잡히다

指害怕或因為恐懼而無法抬頭挺胸，畏畏縮縮的意思。

例 가: 회사 면접을 보러 갔는데 다른 사람들이 모두 영어를 잘해서 주눅이 들더라고.

去了一家公司面試，其他應徵者的英文都說得很好，我當時很膽怯。

나: 면접에 온 사람들 모두 너처럼 생각했을 거야. 잘될 테니까 자신감을 가져.

其他應徵者應該也跟你有一樣的想法。一切會順利的，你拿出自信來。

✎ 「주눅」是指無法抬頭挺胸，畏畏縮縮的態度。

★★★ 慣
쥐 죽은 듯

使用在出現非常安靜的狀態時。

例 가: 밤 9시밖에 안 됐는데 동네가 쥐 죽은 듯이 조용하네요.

明明還不到晚上九點，社區卻鴉雀無聲。

나: 여기에는 노인분들이 많이 사셔서 이 시간만 돼도 조용해져요.

這裡住了很多長輩，所以就算時間還很早也很安靜。

🔎 源自於以前的住家天花板上住著很多老鼠，當老鼠很吵鬧的話，就會用棍棒往天花板戳，老鼠們就會像死了一樣安靜下來。主要使用「쥐 죽은 듯이」的形式。

★☆☆ 慣
찬바람이 일다

指曾經很好的心情或氛圍變得殺氣騰騰的意思。

例 가: 회의 잘 끝났어요? 분위기는 괜찮았어요?

會議順利結束了嗎？氣氛還好嗎？

나: 괜찮기는요. 기획서를 이렇게밖에 못 쓰냐는 부장님의 말에 찬바람이 일었어요.

不好，部長用冷冷的語氣說企劃書怎麼只有寫這些。

🔎 某個人向他人展現很冷淡又冷漠的態度時則會使用「찬바람을 일으키다」。例如：「윤아가 저하고 다툰 후에 저를 볼 때마다 찬바람을 일으켜 쌀쌀맞게 대해요.(潤娥自從跟我起口角之後，看到我都對我很冷淡。)」

★★★ 價
하늘을 찌르다

指某個很出色的氣勢。

例 가: 제시카 씨도 이 아이돌을 좋아해요? 요즘 이
　　아이돌의 인기가 하늘을 찌를 듯하던데요.

潔西卡小姐也喜歡這位偶像嗎？最近這位偶像
的人氣衝天。

나: 네, 저도 해외 콘서트까지 따라다닐 정도로 열성
　　팬이에요.

是啊，我是很忠誠的粉絲，還飛去國外看他們
的演唱會。

🔍 普遍使用在表現人氣、士氣、氣勢等氛圍或是憤怒、敵意等
感情非常強烈的時候。另一方面，也會使用在山或樹木、建
築等非常高聳的時候。例如「소나무가 하늘을 찌를 듯이 자
라 있었다.(這棵松樹高聳到好像要碰到雲一樣。)」

★★☆ 價
활개를 치다

指某個負面的事物成為大流行的意思。

例 가: 요즘 SNS를 이용해 주식에 투자하면 큰돈을 벌
　　수 있다면서 개인 투자자들을 유혹하는 불법 투자
　　업체가 활개를 치고 있습니다.

近來有許多不法投資公司橫行霸道，利用社群
媒體來蠱惑個別投資者只要投資股票就能賺大
錢的消息。

나: 시청자 여러분께서도 피해를 입지 않도록 주의하시기
　　바랍니다.

各位聽眾請務必要小心不要上當。

✏️ 「활개」是指人的肩膀到手的部分或鳥展開的一對翅膀。

☆☆☆ 價
활개를 펴다

指不看他人的臉色，揚眉吐氣的意思。

例 가: 김 과장님, 이번에 과장으로 승진하신 것을 정말
　　축하드립니다.

金科長，恭喜你這次升科長。

나: 고맙습니다. 오랫동안 승진을 못해 기가
　　죽었었는데 이제는 활개를 펴고 회사 생활을 할
　　수 있겠습니다.

謝謝你，一直以來都沒辦法升遷所以很氣餒，
但現在我可以揚眉吐氣，好好在公司工作了。

★★☆ 慣

갈 길이 멀다

近 앞길이 멀다

指以後還有很長的日子要生活的意思。

例 가: 요즘 사는 게 너무 힘들어서 다 포기하고 싶어요.

最近生活過得好苦，想放棄這一切。

나: 그게 무슨 말이니? 너는 앞으로 갈 길이 머니
희망을 가지고 살아야지.

你說那是什麼話？你未來的日子還很長，要抱
著希望過生活啊。

🔎 也會使用在說明為了結束某件事，還有很長一段路要走。
例如：「이 수학 문제집 다 풀려면 갈 길이 멀었는데 너무
졸려.(要解開這道數學題目還要很久，好想睡覺。)」

★★★ 慣

눈 깜짝할 사이

近 눈 깜짝할 새

使用在表示非常短暫的瞬間。

例 가: 우와! 우리 몇 년 만에 다시 만난 거니? 정말
반갑다.

哇！我們有多少年沒見了？見到你好開心。

나: 못 만난 지 10년은 더 된 것 같은데? 눈 깜짝할
사이에 10년이란 세월이 흘러 버렸어.

我們大概有十年沒見了吧？轉眼間十年的歲月
就這樣過去了。

🔎 普遍使用「눈 깜짝할 사이에」的形式。

★★★ 慣

눈코 뜰 사이 없다

指忙碌到不可開交的程度。

例 가: 눈코 뜰 사이 없이 바빴던 한 해가 서서히 저물어
가네요.

忙得不可開交的一年就這樣要進入尾聲了。

나: 그러게요. 너무 바쁘게 살아서 한 해가 어떻게
지나갔는지 모르겠어요.

就是啊，忙碌到完全不曉得今年是怎麼過去
的。

✎ 「눈코」是指捕魚的漁網，網子之間的連結被稱為「코」，
而網格之間的空隙則被稱為「눈」。

🔎 源自於為了重複使用必須修補漁網，然而魚群來臨時，沒
有時間修補就必須馬上來捕魚。也會縮短成「눈코 뜰 새
없다」使用。

293

★★★ 慣
발등에 불이 떨어지다

近 발등에 불이 붙다

指某件事情或狀況很緊急的意思。

例 가: 기말 보고서 드디어 다 썼다! 너는 다 끝냈어?

我終於寫完期末報告了！你呢？

나: 아직 반도 못 썼어. 마감 시간이 얼마 안 남았는데 큰일이네. 나는 왜 매번 발등에 불이 떨어져야 시작하는지 모르겠어.

我還寫不到一半，距離截止剩沒多少時間，完蛋了。不知道為什麼我每次都火燒屁股才要開始。

🔎 使用在定好的期限快到了，卻還沒開始去做某件事或還沒做完的時候。

★☆☆ 慣
분초를 다투다

指急急忙忙地去做某件事的意思。

例 가: 저 차는 구급차가 지나가는데도 안 비켜 주네요. 왜 저럴까요?

那台車看到救護車經過也不讓，為什麼呢？

나: 그러게나 말이에요. 구급차에 탄 환자들은 분초를 다투어 빨리 병원으로 이송해야 되는데 말이에요.

就是說啊，對救護車裡的患者而言，送到醫院去救治可是分秒必爭的事。

✎ 「분초」原本是指時間單位的分和秒，在此處則是指非常短暫的時間。

🔎 使用在即使是非常短的時間也很珍貴且緊急。不浪費且有效率地使用時間則會用「분초를 아끼다」。

★☆☆ 俗
엎어지면 코 닿을 데

近 넘어지면 코 닿을 데

形容非常近的距離。

例 가: 다리도 아프고 날도 더운데 택시 타고 갈까?

我的腿好酸，天氣也很熱，要不要搭計程車？

나: 엎어지면 코 닿을 데를 택시 타고 가자고? 그냥 걸어가자.

目的近在咫尺搭什麼計程車？走過去就好了。

🔎 跌倒的時候腳尖到鼻子的距離，用來比喻非常短的距離。

★☆☆ 慣
하늘과 땅

指兩個事物之間有非常大的差異。

例 가: 사랑아, 너는 언니하고 많이 닮았니?

嗣朗啊，妳跟妳姊姊長得像嗎？

나: 아니. 자매인데도 신기하게 외모나 성격이 하늘과 땅만큼이나 달라.

不像，雖然是姐妹，但很神奇的是我們的長相和個性天差地遠。

🔎 普遍使用「하늘과 땅 차이」或「하늘과 땅만큼 다르다」的形式。

★★☆ 慣
하루가 멀다고
近 하루가 멀다 하고

指幾乎每天的意思。

例 가: 요즘 하루가 멀다고 미세 먼지와 황사가 발생해서 정말 괴로워요.

最近幾乎天天都充斥著霧霾和黃沙，真的很痛苦。

나: 그러니까 말이에요. 요즘 같은 날에는 따뜻한 물을 자주 마시고 실내 습도를 높여 주는 것이 좋대요.

就是說啊，這種時候要多喝熱水，還有增加室內濕度比較好。

🔎 使用在說明沒有一天例外，幾乎天天發生的事的時候。

★☆☆ 俗
하루가 여삼추라

指非常短的時間卻感覺非常長。

例 가: 매일매일 시간이 왜 이렇게 빨리 가는지 모르겠어요.

真是不知道為什麼每天都過得這麼快。

나: 맞아요. 어릴 때는 하루가 여삼추라 시간이 안 가는 것 같더니 어른이 되고 보니 시간이 얼마나 빨리 지나가는지 모르겠어요.

沒錯，小時候都覺得時間過很慢，度日如年，長大之後才發現時間過得如此快。

🔎 指一天就像經過了三個秋天般的長，使用在等待某個人或是某個消息的時候。普遍縮短成「하루가 여삼추」使用。

⑩
狀況
·
狀態

★★☆ 慣
한시가 바쁘다

指很繁忙，就連短暫的時間也很寶貴的意思。

例 가: 비행기 시간에 맞춰 공항에 가려면 한시가
　　 바쁜데 왜 이렇게 음식이 안 나오지요?
　　 我們要趕飛機去機場，分秒必爭，食物怎麼還
　　 沒送來？

　　 나: 식당에 손님이 너무 많아서 그런가 봐요. 주문한
　　 거 취소하고 공항에 가서 먹을까요?
　　 大概是因為餐廳裡的客人太多了吧，還是我們
　　 取消餐點，去機場再吃吧？

✎ 「한시」是指很短暫的時間。

🔍 強調連一點空檔也沒有的忙碌情況，也會使用相似意義的
　 「한시가 급하다」。

흥미 興趣

★★☆ 慣

각광을 받다

近 각광을 입다

指獲得或引起許多人的關心或人氣等等。

例 가: 지금 광고에 나오는 영화가 올해 아카데미 작품상을 받으면서 전 세계적으로 각광을 받고 있대요.

現在廣告上的電影是今年的最佳電影獎得主，並在全世界受到矚目。

나: 그래요? 무슨 내용인데요?

真的嗎？是什麼內容？

🔎 看舞台劇或演唱會的時候，照射舞台地面的燈光稱作「각광」。這種「각광」延伸成在社會方面的關注或興趣，使用在某個事物受到許多人矚目的時候。

★☆☆ 慣

구름같이 모여들다

指許多人一起聚集在某個場所的意思。

例 가: 백화점에서 명품 세일을 한다고 하니까 사람들이 구름같이 모여들었네요.

聽到百貨公司名牌特價的消息，人們蜂擁而至。

나: 그러니까요. 문을 열기도 전인데 벌써 줄을 길게 서 있네요. 일찍 오기를 잘했어요.

就是啊，都還沒營業，門口就大排長龍了，早點來排隊是對的。

★☆☆ 慣
구미를 돋우다

指使人們開始對某件事情產生興趣。

例 가: 저 광고는 사람들의 구미를 돋우게 잘 만든 것
같아. 나도 당장 저 물건이 사고 싶어지네.

那個廣告拍得很好，能夠引起人們的興趣，讓
我也想立刻去買那個東西。

나: 괜히 사고 싶으니까 광고 핑계 대는 거지?

你是不是用廣告來當你買東西的藉口？

🔎 對某件事或物品產生欲望或興趣的時候則會使用「구미가
당기다」或「구미가 돌다」。

★☆☆ 慣
귓전을 울리다

指聽到的聲音就像從附近發出來的。

例 가: 아이가 아프다고 하지 않았어요? 아직 일이 안
끝나서 어떡해요?

你不是說你的孩子生病嗎？你工作還沒做完，
該怎麼辦？

나: 안 그래도 조금 전에 집에 전화했는데 아이의
울음소리가 귓전을 울리더라고요. 빨리 일을
끝내고 퇴근해야겠어요.

剛剛和孩子通話的時候，孩子的哭聲還迴繞我
的腦海裡，所以我要趕快結束工作下班。

🔎 聽到很大的聲音時則會使用「귓전을 때리다」。

★☆☆ 慣
눈과 귀가 쏠리다

指對某件事物有興趣所以對它聚精會神。

例 가: 정부가 또 새로운 교육 정책을 발표한다고 하니
자녀를 둔 부모들은 거기에 눈과 귀가 쏠릴
수밖에 없겠어요.

政府又發布了新的教育政策，有孩子的父母不
得不關注這個政策。

나: 이번에는 좀 장기적인 교육 정책이 발표되면
좋겠어요.

希望這次發表的是長期的教育政策。

✎ 「쏠리다」原本是指某樣東西傾斜集中在某一邊，但在此
處則是指視線或關心集中在某一方的意思。

★★☆ 慣
눈길을 모으다

近 눈길을 끌다

指讓人們的視線集中的意思。

例 가: 시청 앞 광장에 세워진 커다란 크리스마스트리가
지나가는 사람들의 눈길을 모으고 있네요.

市廳前面廣場豎立的巨大聖誕樹吸引了經過的
行人觀賞。

나: 그러게요. 이렇게 높은 건물에서 내려다보니 마음이
따뜻해지고 평안해지는 것 같아요.

就是啊，從這麼高的建築從上往下看，似乎讓
我的心變得溫暖和平和。

✎ 「눈길」原本是指視線，在此處則是指注意或關心的意
思。

♀ 普遍使用「사람들의 눈길을 모으다」或「대중들의 눈길을
모으다」的形式。

★★☆ 慣
눈에 띄다

指某個事實明顯浮上檯面的意思。

例 가: 연휴 기간이라 그런지 시내에 차가 눈에 띄게
줄었어요.
모처럼 차가 안 막히니 운전할 맛이 나요.

不知道是不是因為連假，市內的車潮很明顯地
減少了。交通順暢，開起車來才有勁啊。

나: 그렇지요? 그렇다고 과속은 하지 마세요.

對吧？但是請不要超速喔。

✎ 「띄다」是「뜨이다」的縮詞，指比其他事物更加顯眼的
意思。

♀ 雖然普遍使用在正面情形，但也會使用在負面的時候。例
如：「최근 독감 환자 수의 증가가 눈에 띕니다 .(最近流感
患者有很顯著的增長。)」

★☆☆ 慣
눈에서 벗어나다

指擺脫某個人的監視或拘束並獲得自由的意思。

例 가: 무슨 영화를 그렇게 재미있게 보고 있어요?

你在看什麼電影看得津津有味的？

나: 억울하게 감옥에 갇힌 죄수가 탈출을 시도하는
영화예요. 죄수가 간수들의 눈에서 벗어날
때마다 몰래 탈출할 구멍을 파는데 걸릴까 봐
심장이 떨려요.

是關於一個冤獄罪犯試圖逃跑的電影，每當罪
犯躲過獄警的視線，偷偷挖逃跑用的地洞時，
我都怕他會被發現，為他捏一把冷汗。

✎ 「벗어나다」原本是指從空間上的範圍或邊界向外逃脫，
在此處則是指逃離拘束或限制得到自由的意思。

★★★ 慣
담을 쌓다

指某個人對某件事完全不關心。

例 가: 오빠, 내일부터 나하고 같이 운동할래?

哥哥，你明天要跟我一起運動嗎？

나: 난 오래전부터 운동과는 담을 쌓았으니까 너 혼자
해.

我很早之前就跟運動斷絕關係了，你自己去吧。

🔎 也會使用相似意義的「담을 지다」。

★★☆ 慣
바람을 일으키다

指在社會上影響很多人的意思。

例 가: 저 가수의 선행이 다른 연예인들에게 바람을
일으켜 연예인 봉사 모임이 만들어졌대요.

那位歌手的善行對演藝圈造成了良好的迴響，
因此成立了一個藝人志工服務團體。

나: 저도 들었어요. 기부도 엄청 많이 한다고
하더라고요.

我也有聽說，聽說他也捐了很多錢。

🔎 強調的時候會使用「새 바람을 일으키다」。另一方面，
也會使用在某個人在社會上造成問題或騷亂的時候。例
如：「일부 학부모들이 사교육 바람을 일으키고 다녀서 문
제예요.(一部分學生的父母帶起了補習的風氣，真是個問
題。)」

★★☆ 價
발을 디딜 틈이 없다

指非常多人聚集，複雜又混亂的意思。

例 가: 거리에 사람이 너무 많아서 발을 디딜 틈이
없네요.

街上的人太多了，快要沒有走動的空間了。

나: 금요일 밤이잖아요. 이 많은 인파를 뚫고 약속
장소까지 가려면 한참 걸리겠어요.

因為是禮拜五晚上，要穿越人潮到約定的地點
去，肯定要花不少時間。

✎ 「더할」是指用腳站立或踩的意思。

★☆☆ 價
옆으로 제쳐 놓다

指某件事情不在關注的範圍之內。

例 가: 엄마, 오늘 대청소한다고 하셨죠? 저는 유리창을
닦으면 돼요?

媽媽，妳說今天要大掃除對吧？我擦窗戶就好
嗎？

나: 아니. 유리창 닦는 일은 일단 옆으로 제쳐 놓고 커튼
떼는 것부터 좀 도와줘.

不行，先別管擦窗戶，先幫我把窗簾拆下來。

✎ 「제치다」是指為了不礙眼或是不造成妨礙，處理掉某項
事物的意思。

🔍 普遍使用在不關注某件事情的時候。

★★☆ 俗
입추의 여지가 없다

指某個場所裡充滿著人的意思。

例 가: 평일인데도 산 정상에 많은 등산객들이 입추의 여지가 없을 정도로 몰려 있네요.

雖然是平日，但是山頂上被登山客擠得水泄不通。

나: 모두 저희처럼 화창한 봄날을 맞이하여 예쁜 꽃을 구경하러 온 게 아닐까요?

在這個風和日麗的春天，大家應該都是像我們一樣來賞花的吧？

✐ 「추」是指豎立錐子的意思。

🔎 連豎立小錐子的地方都沒有，形容沒有可以站立的地方，人潮眾多的時候。

11

판단
判斷

- - - - - - - - -

1 변별   辨別
2 신체 기관   身體器官
3 외모 · 외형   外貌 · 長相
4 인지 · 인식   認知 · 意識

1

변별 辨別

★★★ 慣
갈피를 못 잡다

指無法掌握事情的方向，不知所措的意思。

例 가: 양양 씨, 보고서 제출일이 다가온다고 하지 않았어요? 다 써 가요?

楊洋，繳交報告的期限不是快到了嗎？都寫完了嗎？

나: 아니요, 뭘 어떻게 써야 할지 도무지 갈피를 못 잡겠어요.

還沒，我還沒有找到頭緒要怎麼寫。

🔍 知道怎麼做的時候則會使用「갈피를 잡다」。

★★☆ 慣
고개를 갸웃거리다

近 고개를 갸웃하다

形容某個人對某件事抱有疑問的時候所採取的行動。

例 가: 새 메뉴에 대한 손님들의 반응은 어때요?

客人們對於新菜單的反應如何？

나: 시식해 본 손님들이 고개를 갸웃거리는 걸 보니까 아무래도 실패한 것 같아요.

客人們試吃的時候搖頭，我看大概是失敗了。

🔍 普遍用於不了解某件事所以產生好奇或無法理解的時候會做出的行為。

★★☆ 慣
꿈도 못 꾸다

指認為沒辦法做到某件事、或認為那件事無法成功，所以完全沒有去做的念頭。

例 가: 서영 엄마, 아이도 어느 정도 컸으니 이제 다시 일을 시작하는 게 어때요?

徐英媽媽，孩子們也都大了，妳沒有重返職場的想法嗎？

나: 저도 일은 하고 싶은데 아이 챙기느라 정신이 없어서 아직 복직은 꿈도 못 꿔요.

我也想去工作，但照顧孩子已經夠我忙了，做夢都不敢想重返職場的事。

🔍 完全沒有想做某件事的想法則會使用「꿈도 안 꾸다」。

★★★ 俗
꿈보다 해몽이 좋다

近 꿈은 아무렇게 꾸어도
해몽만 잘 하여라

指某人把不重要或不好的事解讀成好的。

例 가: 우리 아이가 자기 이름의 'ㄹ' 받침을 거꾸로
썼어요. 뭔가 예술적인 느낌이 들지 않아요?

我家孩子把他名字裡的「ㄹ」反過來寫，不覺
得很有藝術感嗎？

나: 꿈보다 해몽이 좋네요. 제가 보기에는 그냥 잘못 쓴 것
같은데요.

還真是正面的解讀呢，在我看來就是寫錯了。

🔍 普遍使用在某個人在不好或不利的情況下，用對自己有利
的方式解釋的時候。

★☆☆ 慣
꿈에도 생각지
못하다

指完全沒有預料到事情會發生的意思。

例 가: 사장님, 불에 탔던 가게가 많은 사람들의
도움으로 새롭게 바뀐 것을 보니까 어떠세요?

老闆，看到曾經遭火災的店家在許多人的幫助
之下被改造成新的模樣，你覺得怎麼樣？

나: 이렇게 많은 분들이 저를 도와주시리라고는
꿈에도 생각지 못했어요. 정말 감사드립니다.

我做夢也沒想到會得到這麼多人的幫助。真是
太感謝了。

🔍 主要使用過去式「꿈에도 생각지 못했다」，另一方面，說
明完全沒有想過要做某件事則會使用「꿈에도 없다」。例
如：「집에서 독립해서 혼자서 살 생각은 꿈에도 없어요.(我
從沒想要從家裡搬出去自己住。)」

★☆☆ 慣
꿈인지 생시인지

使用在發生意料之外的事，或非常懇切地盼望
的事實現了，因而不敢置信的時候。

例 가: 저 한번만 꼬집어 줄래요? 제가 로또에
당첨되다니! 이게 꿈인지 생시인지 모르겠어요.

你可以再捏一次我的臉嗎？我居然中樂透了！
我不知道這是夢還是現實。

나: 와! 정말 축하해요. 그 돈으로 뭐 할 거예요?

哇！恭喜你，你要用那筆錢來做什麼呢？

✏ 「생시」是指清醒的意思。

🔍 主要使用「꿈인지 생시인지 모르다」或「꿈인지 생시인지
분간하기 어렵다」的形式。

★★☆ 慣
눈 뜨고 볼 수 없다

近 눈 뜨고는 못 보다

指眼前的景象很殘忍而無法直視。

例 가: 어제 일어난 비행기 추락 사고로 많은 사람이 죽거나
다쳤대요.

聽說昨天發生的墜機事故造成很多人傷亡。

나: 저도 뉴스에서 봤는데 사고 현장이 처참해서 차마
눈 뜨고 볼 수 없더라고요.

我也有看到那則新聞,現場太觸目驚心了,令
人不忍直視。

🔎 也會使用在某個人的行動很丟臉或不舒服而不想看的時候。

★★★ 慣
눈앞이 캄캄하다

指不知道該怎麼克服未來即將要面臨的事情。

例 가: 승원 씨, 다음 달에 중동 지역으로 파견을
나간다면서요?

昇源,聽說你下個月要被派遣到中東地區?

나: 네, 언어도 모르고 아는 사람도 없는데 혼자 2년
동안 어떻게 지내야 할지 눈앞이 캄캄해요.

是的,在當地語言不通也沒有認識的人,不知
道怎麼獨自度過兩年,覺得未來一片渺茫。

🔎 普遍使用在找不到某個問題的解決方法而感到絕望的時
候。強調的時候會使用「눈앞이 새까맣다」。

★☆☆ 慣
눈에 보이는 것이
없다

指沒辦法正確判斷某件事或情況的意思。

例 가: 지훈 엄마, 아까 놀이터에서 서영이 엄마랑
다투는 것 같던데 무슨 일 있었어요?

智勳媽媽,剛剛在遊樂場妳好像和徐英媽媽在
爭執什麼,發生什麼事了?

나: 네, 지훈이가 서영이 때문에 다쳤다는 소리를
들으니까 눈에 보이는 것이 없더라고요.

是啊,聽到智勳因為徐英而受傷的事讓我失去
了理智。

🔎 也會縮短成使用「눈에 뵈는 게 없다」。

눈이 돌아가다

★☆☆ (慣)

指某個人因為被嚇到或生氣而無法正確判斷情況的意思。

例 가: 서영아, 아까는 지훈이한테 왜 그렇게 화를 냈어?

徐英，剛剛為什麼對智勳生氣？

나: 지훈이가 우리 가족에 대해 나쁘게 말하니까 그 순간 눈이 돌아가서 그랬어.

剛剛智勳說了我們家人的壞話，所以一瞬間火冒三丈。

🔎 也會使用在突然對某件事產生興趣的時候。例如：「평소에 갖고 싶은 외제 차를 보자 저절로 눈이 돌아갔다.(看到平時很想買的進口車，我的眼球不知不覺被吸引過去。)」

번지수를 잘못 짚다

★☆☆ (慣)

使用在某個人想法錯誤而讓事情朝著奇怪的方向前進的時候。

例 가: 어떤 국회의원이 청년 실업의 원인을 구직자의 눈이 높아서 그런 거라고 했다면서요?

我聽說某個國會議員認為青年失業的原因是求職者的眼光太高？

나: 완전히 번지수를 잘못 짚었네요. 국회의원이라는 사람이 그렇게 현실을 모르는 소리만 하다니 한심하기 그지없네요.

他完全搞錯原因了呢，身為國會議員卻說出那麼不了解民意的話，真是讓人心寒。

🔎 源自於郵差搞錯地址而送錯住戶，使用在想錯了辦法而讓事情不順利的時候。

새 발의 피

★★★ (俗)

指微不足道的事或很少的量。

例 가: 요즘 인터넷 댓글 조작이 많은가 봐요.

最近好像有很多造假的網路留言。

나: 맞아요. 그런데 댓글 조작은 가짜 뉴스에 비하면 새 발의 피래요. 요즘은 가짜 뉴스가 더 심각한 문제래요.

沒錯，但是假留言和假新聞比起來根本無足輕重，最近假新聞的問題嚴重多了。

🔎 通常用鳥的腳流的血和對象一起比較，來說明相比之下根本微不足道。

★★☆ 慣
색안경을 끼고 보다

指對某個對象抱持不好的情緒或偏見的意思。

例 가: 검정고시를 준비하는 게 부끄러운 일도 아닌데 왜 다른 사람들 앞에서 당당하게 말하지 못하는 거니?

準備重考大學又不是什麼丟臉的事，為什麼不敢在別人面前堂堂正正地說出來？

나: 삼촌, 저도 말하고 싶은데 고등학교를 자퇴하고 검정고시를 준비한다고 하면 그때부터 사람들이 저를 색안경을 끼고 보는 것 같아서요.

叔叔，我也想說出來，但別人一聽到我高中退學然後準備重考大學，就會開始用有色眼鏡看我。

✎ 「색안경」原本是指有色鏡片的眼鏡，在此處則是指因為主見或偏見而有著不好的想法或態度的意思。

🔎 使用在某個人站在自己的立場對某個人持有負面看法。

★☆☆ 慣
속이 보이다

指某人的心意或想法很明顯就能被看透。

例 가: 아이들은 참 순진해요. 무슨 말을 해도 속이 다 보이잖아요.

孩子們都單純，不管說什麼話都知道他們內心在想些什麼。

나: 그러니까 아이인 거지요.

所以說是小孩嘛。

🔎 使用在某個人被發現隱藏的內心或意圖的時候。

★☆☆ 慣
손에 잡힐 듯하다

指十分靠近某個事物的意思。

例 가: 제시카 씨, 오로라는 잘 보고 왔어요? 어땠어요?

潔西卡，你去玩時有看到極光嗎？如何呢？

나: 환상적이었어요. 오로라가 마치 제 손에 잡힐 듯하더라고요.

很夢幻，極光似乎觸手可及一樣。

🔎 形容雲、星星、彩虹等等實際上距離遙遠卻像可以用手抓住一樣，指感覺非常靠近某個事物。另一方面，也會使用在說明目標近在咫尺，快要抵達的時候。例如：「성공이 손에 잡힐 듯하다.(成功就近在眼前了。)」

★★☆ 俗
아닌 밤중에 홍두깨

近 아닌 밤중에 홍두깨 내밀
듯

指某個人突然說出或做出與情況不符的話或行動。

例 가: 여보, 우리 내일 제주도나 갈까요?

親愛的，我們明天要不要去濟州島？

나: 아닌 밤중에 홍두깨라더니 내일부터 설 연휴인데
어디를 가자는 거예요?

沒頭沒尾的在說些什麼，明天就是農曆春節
了，是要去哪裡？

✎ 「홍두깨」是指以前用來整平衣服的木棍。

🔍 就像大半夜的有人拿棒槌在拍衣服一樣，形容意料之外的
事情突然發生。

★☆☆ 慣
앞뒤를 재다

近 앞뒤를 가리다,
앞뒤를 헤아리다

指做某件事的時候，為了避免損失，而計算所有
利弊得失的意思。

例 가: 김 사장님, 이 사업에 투자하시겠습니까?

金社長，你會投資這份事業嗎？

나: 글쎄요. 투자 금액이 커서 신중하게 앞뒤를 재 본
후에 결정을 해야 될 것 같습니다.

不好說，投資的金額很龐大，所以必須權衡利
弊後才能決定。

🔍 不慎重思考且橫衝直撞行動的時候則會使用「앞뒤를 가리
지 않다」。

☆☆☆ 俗
양손의 떡

近 두 손의 떡

使用在有兩件事但是不知道該從哪件事先開始
的時候。

例 가: 취업도 되고 대학원에도 합격을 했는데 뭘
선택해야 할지 모르겠어요.

我找到工作也錄取研究所，不知道該怎麼選。

나: 양손의 떡을 쥐고 고민하고 있네요. 심사숙고해서
결정하세요.

看來你在兩者間舉棋不定呢，深思熟慮之後再
決定吧。

🔍 雙手都拿著年糕，如果太貪心想要一次吃兩個的話，最後
會兩個都沒辦法好好吃。如同前述，使用在告訴某個人如
果硬是同時進行兩件事的話可能兩事都做不好，所以叫
人不要有過度的野心，必須選擇其中一個做。

★★★ 俗
열 길 물속은 알아도 한 길 사람의 속은 모른다

近 천 길 물속은 알아도 한 길 사람의 속은 모른다

指很難去了解人的內心。

例 가: 지수가 지속적으로 다른 친구들을 괴롭히고 돈을 빼앗아 왔대.

聽說智秀不斷霸凌其他朋友並搶他們的錢。

나: 정말? 열 길 물속은 알아도 한 길 사람의 속은 모른다더니 얌전한 지수가 그럴 줄은 몰랐어.

真的嗎？知人知面不知心，沒想到表面溫順的智秀是這種人。

✐ 「길」是長度單位，「한 길」大約是一個人的身高長。

𝒫 普遍使用在看到某個人意料之外的事情或舉動而受到衝擊的時候。

☆☆☆ 慣
허를 찌르다

指打擊對方的弱點或鬆懈之處。

例 가: 하준아, 토론 대회는 잘 마쳤니?

河俊啊，辯論會上表現得還好嗎？

나: 아니요, 선생님. 상대 팀의 허를 찌르는 질문에 말문이 막혀서 대답을 제대로 못 했어요.

不好，老師。對手一直攻擊我們的弱點，讓我們啞口無言，無法好好回擊。

✐ 「허」是指不充分或鬆懈的點。

𝒫 普遍使用「허를 찌르는 공격」或「허를 찌르는 질문」的形式，另一方面，某個人的弱點遭受到攻擊的時候則會使用「허를 찔리다」。

★☆☆ 憤
고사리 같은 손

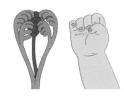

指孩子又小又可愛的手。

例 가: 사랑이 엄마, 가슴에 단 그 종이꽃은 뭐예요?

嗣朗媽媽，妳懷裡抱著的紙花是什麼？

나: 사랑이가 제 생일이라고 고사리 같은 손으로
만들어 줬어요.

這是嗣朗在我生日的時候用她小巧可愛的手為
我做的禮物。

🔎 源自於孩子握拳的手就像是未開的蕨菜一樣。

★★☆ 憤
귀가 밝다

指某個人情報或消息靈通。

例 가: 마크 씨는 어쩜 그렇게 귀가 밝아요? 모르는
뉴스가 없네요.

馬克，你的消息怎麼那麼靈通？你什麼新聞都
知道呢。

나: 저는 세상 돌아가는 일에 관심이 많아서
아침마다 인터넷 포털 사이트의 뉴스를 모두
챙겨 보거든요.

我對世界上發生的事都很好奇，所以每天早上
都會找入口網站的新聞來看。

🔎 不太了解情報或消息的時候則會使用「귀가 어둡다」。

☆☆☆ 憤
길눈이 밝다

指某個人很會認路，就算是只去過一兩次的地方
也不會忘記。

例 가: 윤아 씨, 차에 내비게이션도 없는데 거래처에 잘
찾아갈 수 있겠어요?

潤娥小姐，車上沒有導航，妳能順利找到客戶
公司嗎？

나: 걱정 마세요. 차장님. 전에 한 번 갔었잖아요. 제가
길눈이 밝은 편이라 한 번 가 본 곳은 다 기억해요.

次長，請不用擔心。我之前去過一次，我很會
認路所以只去過一次的地方也會記得。

🔎 不太會認路的時候則使用「길눈이 어둡다」。

★☆☆ 慣
눈물이 앞을 가리다

指不斷流眼淚，淚水遮住眼前的程度。

例 가: 엄마. 저 드디어 졸업해요.

媽媽，我終於畢業了。

나: 고생 많았다. 힘들게 아르바이트하면서 공부하는 모습을 볼 때마다 눈물이 앞을 가렸는데 이제는 좀 웃을 수 있겠다.

辛苦了，看到你辛苦地半工半讀的模樣總讓我淚流滿面，現在總算可以開心笑了。

🔎 主要使用在感動或是悲傷的情緒湧上來的時候。

★☆☆ 慣
눈물이 핑 돌다

指受到某種刺激而突然熱淚盈眶。

例 가: 언니, 어제 라디오에서 아버지에 대한 노래가 나왔는데 듣다 보니 눈물이 핑 돌더라. 돌아가신 아버지가 그리워서 그랬나 봐.

姊姊，昨天在廣播中聽到關於父親的歌之後，我的淚水在眼眶裡打轉。大概是想念過世的爸爸吧。

나: 그랬어? 이번 주말에 아버지 산소에라도 다녀올까?

是嗎？這週末要不要去爸的墳前祭拜？

🔎 也會縮短成使用「눈물이 돌다」。

★★★ 慣
눈살을 찌푸리다

近 이맛살을 찌푸리다

指不滿意某個事物而皺眉的意思。

例 가: 오늘 아침에 지하철에서 어떤 사람이 입도 안 가리고 기침을 하더라고요.

今天早上搭地鐵的時候有個人咳嗽都不戴口罩。

나: 아직도 그렇게 눈살을 찌푸리게 만드는 사람이 있어요?

現在還有那種讓人不禁皺眉的人喔？

✐ 「찌푸리다」是指臉上的肌肉或眉頭皺起來的意思。
🔎 普遍使用在某個人露出不滿的表情時。

★★★ 慣
눈을 붙이다

指閉上眼睡覺的意思。

例 가: 태현아, 벌써 새벽 2시네. 난 능률이 안 올라서
　　　잠깐 눈을 좀 붙여야겠어.

　　　太顯啊，已經凌晨兩點了，我的效率開始下降
　　　了，我先小睡一下。

　　나: 그렇게 해. 난 조금 더 할게.

　　　好，我再繼續做一些。

🔎 使用在強調小睡片刻的時候。

★★★ 慣
눈이 높다

指某人只找標準高而好的東西，眼光很高。

例 가: 감독님, 배우 이지현 씨에게 우리 영화 시나리오를
　　　한번 보내 볼까요? 주인공을 하겠다고 할 수도
　　　있잖아요.

　　　導演，我們要不要寄電影劇本給李智賢演員看
　　　看？說不定他會同意擔任主角。

　　나: 글쎄요. 그 배우는 눈이 높아서 우리 영화에는
　　　관심도 없을 것 같은데요.

　　　不好說呢，那位演員的眼光很高，可能對我們
　　　這部電影沒興趣。

🔎 眼光不高的時候則會使用「눈이 낮다」。另一方面，也會
使用在對某個事物眼光很高的時候。例如：「그 화가의 작
품을 단번에 알아보시니 눈이 높으시네요.(居然可以一眼認
出那位畫家的作品，您的眼光真高呢。)」

★☆☆ 慣
닭똥 같은 눈물

指淚珠很大的意思。

例 가: 할머니, 이것 좀 보세요. 주인에게 버려진
　　　강아지가 닭똥 같은 눈물을 흘리는 사진인데 너무
　　　불쌍하죠?

　　　奶奶，請看看這個，照片裡狗狗因為被主人拋
　　　棄而流下巨大的淚珠，看起來好可憐。

　　나: 아이고, 이렇게 귀여운 강아지를 버리다니 못된
　　　사람들이구나.

　　　唉，居然拋棄這麼可愛的小狗，真是個可惡的
　　　人。

🔎 普遍使用「닭똥 같은 눈물을 흘리다」或「닭똥 같은 눈물을
뚝뚝 흘리다」的形式。

★☆☆ 慣
머리 회전이 빠르다

指某個人的想法或判斷能力很優秀又聰明。

例 가: 인사 이동을 앞두고 여러 부서에서 민수 씨를 데려가려고 한다면서요?

就快要人事調動了，聽說有很多部門都搶著要民秀去他們的部門？

나: 네, 민수 씨가 머리 회전이 빠른 데다가 일 처리 능력도 아주 뛰어나니까 모두 탐을 낸대요.

是啊，民秀的應變能力強，再加上處理事情的能力也很優秀，每個部門都在覬覦他。

🔎 比起單純形容腦袋聰明，主要使用在形容判斷情況的能力很優秀。

★☆☆ 慣
머리가 굳다

指記憶力或學習能力不如以往的意思。

例 가: 민수 씨, 요즘 영어 공부는 잘돼요?

民秀，最近英文學得還好嗎？

나: 아니요, 오랜만에 다시 공부를 하려니 머리가 굳어서 힘드네요.

不好，隔好久重新學英文，腦袋好像變遲鈍了，滿累的呢。

✏️ 「굳다」是指柔軟的物質變得堅硬的意思。

🔎 也會使用在思想僵化不易改變的時候。例如：「머리가 머리가 굳어서 그런지 요즘 세대를 이해하기 어렵다 .(不知道是不是因為我的思想僵化了，實在是沒辦法理解現在的年輕人。)」

★☆☆ 慣
머리가 잘 돌아가다

指能夠輕易想出某個情況的解決辦法或點子。

例 가: 아까 회의 때 사장님이 예상치 못한 질문을 하셔도 척척 대답하는 승원 씨 봤어요?

你剛剛有看到昇源的反應嗎？就算老闆提出意想不到的問題，他也能輕鬆應對。

나: 네, 그럴 때 보면 승원 씨는 머리가 잘 돌아가는 것 같아요.

是啊，看見他那樣，覺得他腦子好像轉得很快。

🔎 說明某個人對於某個問題或事情發生時擁有優秀的處理能力。

★★☆ 慣
머리를 흔들다

指某個人強烈的拒絕或反對某件事的時候所做出的舉動。

例 가: 여보, 첫째 아이가 왜 저렇게 뾰로통해 있어요?

　　親愛的，大兒子為什麼那麼氣呼呼的？

　　나: 이사 가면 동생이랑 한방을 써야 한다고 했더니 머리를 세차게 흔들면서 싫다고 하더라고요. 그 후로 계속 저러고 있어요.

　　我跟他說搬家之後要跟弟弟睡同一間房，他很用力地搖頭表示不要，然後就一直這副模樣。

★★☆ 慣
보는 눈이 있다

指某個人對於他人或事物等有準確的判斷能力。

例 가: 이 그림이 제일 마음에 들어요. 이것 좀 보여 주시겠어요?

　　我最喜歡這幅畫，可以讓我看一下嗎？

　　나: 보는 눈이 있으시네요. 이게 요즘 한창 떠오르고 있는 화가의 작품이거든요.

　　您真是有眼光，這是最近高人氣畫家的作品。

🔍 使用在某個人在看過某個事物之後，有優秀的能力去判斷或區分那個事物的價值。

★☆☆ 慣
얼굴에 씌어 있다

指感情或情緒顯露在臉上的意思。

例 가: 나 정말 화 안 났다니까. 이제 그만 좀 물어봐.

　　我真的沒有生氣，不要再問了。

　　나: 화가 잔뜩 났다고 네 얼굴에 다 씌어 있는데 뭘. 도대체 뭐 때문에 화가 났는지 말해 봐.

　　你生氣的表情全部寫在臉上了，你說說看為什麼這麼生氣。

🔍 也有人會使用「얼굴에 써 있다」，但這是錯誤的表達方式。

★☆☆ 慣
인상을 쓰다

指因為心情不好或生氣而露出不好的表情。

例 가: 뭐 때문에 그렇게 인상을 쓰고 있어?

你為什麼臭著一張臉，發生了什麼？

나: 한 달 동안 밤을 새우면서 준비한 프로젝트가
무산됐거든. 속상해 죽겠어.

熬夜一個月準備的企劃被取消了，快難過死
了。

✎ 「인상」是指臉部的肌肉或眉毛。

◯ 比起皺眉頭的「눈살을 찌푸리다」，有更強烈表現出不滿
的感覺。

★★☆ 慣
코를 찌르다

指某個味道很重的意思。

例 가: 이게 무슨 냄새예요? 역겨운 냄새가 코를
찌르네요.

這是什麼味道？這個討厭的味道很刺鼻。

나: 지난주에 사다 놓은 생선이 상했나 봐요. 빨리
버려야겠어요.

看來應該是上個禮拜買的海鮮壞掉了，要趕快
把它丟掉。

◯ 雖然普遍使用在臭味很重的時候，但也會使用在香味很
濃的時候。例如：「꽃향기가 코를 찌르네요.(花香好刺
鼻。)」

★★☆ 慣
허파에 바람이 들다

使用在某個人做出無謂的舉動或是笑得很誇張
的時候。

例 가: 윤아 씨, 허파에 바람이 들었어요? 왜 그렇게 웃어
대요?

潤娥，有什麼好笑的事嗎？為什麼笑個不停？

나: 아까 회사 복도에서 너무 웃긴 일이 있었거든요.
지금 다시 생각해도 너무 웃겨요.

剛剛在公司走廊上發生一件很好笑的事，現在
回想起來還是很好笑。

◯ 肺部如果進了空氣會產生呼吸困難的症狀，而這副模樣跟
笑得喘不過氣來的模樣很相似，另外，也會使用在形容某
個人處在很興奮的狀態。例如：「박 과장이 이번에는 승진
할 거라고 허파에 바람이 잔뜩 들어가 있던데요.(朴科長認為
他這次一定會升遷，所以很雀躍的樣子。)」

★☆☆ 慣
가죽만 남다

指看起來過瘦的意思。

例 가: 엄마! 오늘부터 다이어트를 위해서 저녁을 안 먹으려고요. 그러니까 제 밥은 차리지 마세요.

媽！我打算從今天開始減肥不吃晚餐，所以不用準備我的份。

나: 안 그래도 말라서 가죽만 남았는데 무슨 다이어트를 한다고 그러니?

你已經瘦成皮包骨了，還說什麼要減肥？

✍ 「가죽」原本是指動物的皮膚，在此則是指人類的皮膚。

🔎 使用在形容瘦到只剩骨頭的人。

★☆☆ 慣
그늘이 지다

指因為憂慮或擔心而表情沉重。

例 가: 요즘 민수 씨 얼굴에 그늘이 졌던데 무슨 일 있대요?

為什麼最近民秀的臉色這麼黯淡，發生什麼事了？

나: 얼마 전에 들으니 아버지께서 많이 편찮으시다고 하더라고요.

前陣子聽說他的爸爸病情不是很樂觀。

✍ 「그늘」原本是指陰影，在此處則是指因為擔憂或不幸，導致心情低迷或因此所展露出的表情。

🔎 普遍使用「얼굴에 그늘이 지다」或「얼굴에 그늘이 드리워지다」的形式。

☆☆☆ 俗
꽁지 빠진 새 같다

近 꽁지 빠진 수탉 같다

指某個人的外貌十分狼狽。

例 가: 여보, 동창회에 이거 입고 가도 될까요? 한번 봐 줘요.

親愛的，同學會穿這件去可以嗎？幫我看一下。

나: 다른 양복은 없어요? 오래돼서 그런지 그 양복을 입으니 꽁지 빠진 새 같아 보여요.

沒有其他西裝了嗎？不知道是不是太舊了，你穿起來有些狼狽，像尾巴掉了的鳥。

★☆☆ 慣
때 빼고 광내다

指把身體洗乾淨並裝扮自己或耍帥的意思。

例 가: 수아야! 웬일로 그렇게 때 빼고 광냈어? 무슨
　　좋은 일 있어?

　　秀雅！你怎麼打扮得這麼美？有什麼好事嗎？

　　나: 응, 이따가 소개팅이 있거든.

　　嗯，因為我等等要去相親。

✎ 「때」是指衣服或身體上留下的污垢。

🔎 普遍使用在因為有某個活動或約會，所以打扮得比平時漂
亮的時候。

★☆☆ 慣
때를 벗다

指幼稚或俗氣的樣貌消失的意思。

例 가: 이게 누구야? 태현이 아니니? 도시로 이사 가더니
　　완전히 때를 벗었구나! 누군지 못 알아볼 뻔했네.

　　這是誰啊？不是太顯嗎？搬去城市生活之後完
　　全褪去稚氣了！差點沒認出你來。

　　나: 감사합니다. 오랜만에 고향에 왔더니 모든 것이
　　새롭네요!

　　謝謝你，好久沒回故鄉，這裡的一切都好新鮮。

✎ 「때」是指俗氣或土氣的意思。

🔎 普遍使用在某個人變得成熟或外貌變得幹練，幾乎認不出
來的時候。

★★★ 俗
뚝배기보다
장맛이 좋다

指雖然外表看起來很微不足道，但內在很優秀
的意思。

例 가: 아버지, 건물도 낡고 간판도 없는데 왜 여기서
　　밥을 먹자고 하시는 거예요?

　　爸爸，這棟建築不只老舊還沒有招牌，為什麼
　　說要在這裡吃飯呢？

　　나: 뚝배기보다 장맛이 좋다고 이래 봐도 여기 음식
　　맛이 최고야.

　　凡事不能只看表面，這家店的料理是最好吃的。

🔎 雖然是模樣笨重的石鍋，但內部裝著的辣椒醬或大醬卻很
美味，表示外表不能代表一切。也會縮短成「뚝배기보다
장맛」使用。

★☆☆ 慣
모양이 사납다

指某個人其貌不揚的意思。

例 가: 아직도 많이 아파요? 나오기 힘들면 제가 승원 씨
　　 집으로 갈게요.

　　 昇源，你還很不舒服嗎？如果沒辦法出門的
　　 話，我去你家吧。

나: 아니에요. 며칠 동안 앓아서 모양이 사나워요.
　 그냥 다음에 밖에서 만나요.

　 不用麻煩了，我病了好幾天所以樣子很狼狽，
　 我們還是下次約在外面吧。

🔎 也會使用在說明不看好某個人的行為舉止的時候。例如：
「정치인들이 일을 안 하고 싸움만 하는 모양이 사나워서 뉴
스를 잘 안 봐요.(因為政治人士都不做事只會吵架，樣子太
難看了，所以我不常看新聞。)」

★☆☆ 慣
물 찬 제비

指某個人的體態勻稱、很好看。

例 가: 운동을 열심히 하더니 물 찬 제비가 됐군요. 보기
　　 좋아요.

　　 努力運動之後你看起來身體很勻稱，真好看。

나: 감사합니다. 아닌 게 아니라 몸매를 가꾸기
　 위해서 눈물을 꾹 참고 정말 열심히 운동했어요.

　 謝謝你，其實我為了健身，咬牙認真地運動。

🔎 燕子在水面上飛翔，快速地喝水之後飛向天空，用這個模
樣來比喻擁有健美身材的人。另一方面，也會使用在運
動競賽中選手們激烈地移動的時候。例如：「선수들이 물
찬 제비처럼 경기장을 날아다니자 관중들이 환호했다.(每當
觀眾們看到選手健步如飛地穿梭在競技場都會歡呼。)」

★★☆ 慣
물에 빠진 생쥐

指被水浸透身體，看起來狼狽的模樣。

例 가: 우산을 안 가지고 간 거야? 완전히 물에 빠진
　　 생쥐가 됐네.

　　 你沒帶雨傘嗎？完全變成一隻落湯雞呢。

나: 네, 할아버지. 비가 올 줄 모르고 우산을 안
　 가져가서 비를 쫄딱 맞았어요.

　 是的，爺爺。我不知道會下雨所以沒帶雨傘，
　 淋了一身濕。

🔎 源自於像老鼠一樣有毛的動物掉進水中之後，樣子會變得
很難看。

11
判斷

319

★★☆ 俗
배가 남산만 하다
近 배가 앞 남산만 하다

指懷孕而肚子突出的模樣。

例 가: 출산 예정일이 얼마 안 남았죠?

預產期是不是快到了？

나: 네. 이제 2주 정도 남았어요. 점점 배가 남산만 해져서 잠깐 움직이기도 힘들어요.

是啊，大概剩下兩個禮拜。大腹便便，越來越難走動了。

🔍 也會使用在因為變胖而肚子突出的時候。例如：「동생은 한 달 만에 배가 남산만 해질 정도로 살이 쪘다.(弟弟在一個月內變好胖，看起來大腹便便。)」

★★★ 俗
보기 좋은 떡이 먹기도 좋다

指不只外表好看，實質內容也很好的意思。

例 가: 보기 좋은 떡이 먹기도 좋다고 이 케이크는 모양이 예쁜 만큼 맛도 좋아요.

俗話說賣相好看的年糕吃起來也美味，這個蛋糕造型好看，而且也很好吃。

나: 정말 그러네요. 이 빵집이 왜 유명한지 알겠어요.

真的呢，能夠理解為什麼這家麵包店這麼有名了。

🔍 也會使用在不只是實質內容，外表好看也很重要的時候。例如：「보기 좋은 떡이 먹기도 좋다고 보고서를 쓸 때는 형식도 잘 갖춰야 한다.(寫報告書的時候要表裡如一，報告形式也需要符合內容。)」

★★☆ 俗
빛 좋은 개살구

指金玉其外，敗絮其中的意思。

例 가: 새 노트북이에요? 색깔도 예쁘고 가벼워 보여요.

這是新的筆記型電腦嗎？不只是顏色美，看起來也很輕。

나: 네, 그런데 빛 좋은 개살구예요. 용량도 적고 속도도 너무 느려요.

沒錯，但是金玉其外，敗絮其中，容量很小，速度也很慢。

🔍 源自於「개살구（東北杏）」顏色和外型跟一般杏子很像，雖然可以吃但實際上很澀又難吃所以人們基本上不會吃。

★☆☆ 慣
사시나무 떨듯

指身體顫抖得很厲害的模樣。

例 가: 왜 그렇게 몸을 사시나무 떨듯 떨어요?

你為什麼抖得這麼厲害？

나: 입춘이라고 해서 따뜻할 줄 알고 얇게 입고
나왔는데 너무 추워서 그래요.

想說今天是立春天氣應該很暖和，穿很薄就出
門了，現在快被冷死了所以一直發抖。

🔍 源自於「사시나무」的葉子就算在微風之下也會不停地擺
動。主要使用「사시나무 떨듯 떨다」的形式。

★★☆ 俗
속 빈 강정

指華而不實的意思。

例 가: 저 건물 너무 멋지네요!

那棟建築好雄偉啊！

나: 이야기 못 들었어요? 겉만 번지르르하지 속 빈
강정이래요. 부실 공사를 해서 바람이 조금만
불어도 건물이 흔들린대요.

你沒聽說嗎？外表看起來很堅固但華而不實。
因為是豆腐渣工程，所以只要一點微風吹來，
整棟建築就會晃動。

🔍 「강정(米香)」是用糯米麵糰搓成，油炸後塗上蜂蜜或糖
蜜，再撒上各種穀粉而製成的點心。米香因為穀粉而有著
華麗的外表，但是在油炸時，糯米會膨脹並變成空心狀，
該用語源於此。

★☆☆ 慣
얼굴이 피다

指臉上長肉且氣色變好的意思。

例 가: 지원 씨, 요즘 좋은 일 있나 봐요? 얼굴이 확
피었어요.

智媛，最近好像有什麼好事喔？整個人容光煥
發的。

나: 그래요? 바쁜 일을 다 끝내 놓으니 마음이 편해서
그런가 봐요.

是嗎？大概是結束忙碌的工作，心情變悠閒的
關係吧。

✏️ 「피다」原本是指花苞綻放之意，但在此處則是指人長肉
且氣色變好的意思。

★★★ 俗
작은 고추가 더 맵다

指個子小的人比個子高的人更有才華和優秀。

例 가: 저 선수는 농구 선수치고는 키가 작은데 실력은
　　 좋더라고요.

　　 那位籃球選手雖然比較矮但實力很強。

　　나: 작은 고추가 더 맵다고 하잖아요.

　　 都說小辣椒更辣嘛。

🔍 普遍使用在說明個子小的人雖然容易被認為弱小或無力，
但實際上也可能很強悍，所以不要用外表來判斷。

☆☆☆ 慣
허울 좋다

指外表好看但沒有實質內容的意思。

例 가: 우리 회사가 판매율 1위를 했다고 해서
　　 기뻐했는데 알고 보니 순이익은 경쟁사가 더
　　 높다고 하더라고요.

　　 本來很開心我們公司的銷售量拿下第一名，沒
　　 想到競爭對手的淨利比我們還高。

　　나: 허울 좋은 1위를 한 거였군요.

　　 是個虛有其表的第一名呢。

🔍 強調的時候會使用「허울만 좋다」。

☆☆☆ 慣
가늠이 가다

指預測某個事物到達某種程度的意思。

例 가: 해설 위원님, 이번 씨름 대회 결과가 어떨 것 같습니까?

評論委員，您認為這次摔角大會的結果將會如何？

나: 글쎄요. 쟁쟁한 선수들이 많아서 결과가 어떻게 나올지 가늠이 가지 않습니다.

不好說，因為優秀的選手實在太多了，我也無法預測結果會是誰獲勝。

✎ 「가늠」是指大約推測人或是事物、情況等等的想法。

🔍 主要使用「가늠이 안 가다」或「가늠이 가지 않다」等否定形式，使用在無法推測某件事物的時候。

★☆☆ 慣
가닥을 잡다

指某個人整理對某件事的想法、情況或故事等，或者是使它符合正確邏輯。

例 가: 정 차관님, 정부의 부동산 정책이 어떻게 진행되고 있는지 말씀해 주시겠습니까?

鄭副部長，可以請您說明政府的不動產政策將會如何執行嗎？

나: 아직까지 결정된 것은 없습니다. 정책 방향의 가닥을 잡으면 언론을 통해 발표하도록 하겠습니다.

目前尚未做出任何決定，等政策方向有眉目之後將會透過新聞發表。

🔍 整理好想法、情況、故事等等或符合正確的邏輯時則會使用「가닥이 잡히다」。例如：「임원진의 회의에서 적자가 나는 사업은 정리하는 것으로 가닥이 잡혔어요.(在領導階層的會議中，出現要停止虧損事業的走向。)」

★★☆ 俗
가랑비에 옷 젖는 줄 모른다

指問題雖小但持續的話會演變成大問題。

例 가: 내가 보험을 이렇게 많이 들었나? 매달 내는 보험료가 생각보다 많네!

我有買這麼多保險嗎？每個月的保險費支出比想像中還多呢！

나: **가랑비에 옷 젖는 줄 모른다고** 아무리 내는 금액이 적어도 여러 개 가입하면 보험료가 많이 나갈 수밖에 없지요.

有句話說「千里之堤，潰於蟻穴」，就算金額很少，但保好幾個保險，費用肯定不便宜。

🔎 因為細雨一點一點下，所以就算淋雨也有可能不知道衣服被淋濕。使用在說明就算是小事，放著不管的話，之後也會演變成大問題。

★☆☆ 慣
간발의 차이

指差距很微小的意思。

例 가: 감독님, 이번에 찍으신 영화가 많은 사랑을 받았는데 관객 여러분들께 한 말씀해 주시기 바랍니다.

導演，這次您拍攝的電影獲得了許多的喜愛，請向各位觀眾說句話吧。

나: **간발의 차이로** 천만 관객을 채우지 못해 아쉽기는 하지만 많은 사랑을 주셔서 고맙습니다.

差一點就能達成千萬票房的目標，感到有些可惜，但還是謝謝大家的厚愛。

✏️ 「간발」是指非常短暫或很少的意思。
🔎 普遍使用「간발의 차이로」的形式。

★★☆ 慣
감을 잡다

指某個人用感覺來認知情況或處境的意思。

例 가: 어때요? 이제 낚시를 할 때 어디에 고기가 많은지 **감을** 좀 **잡았어요?**

如何？現在有找到感覺哪邊能釣比較多魚嗎？

나: 아직 잘 모르겠지만 계속 낚시를 다니다 보면 알게 되겠죠?

目前還沒有，但持續去釣魚應該就會熟悉吧？

🔎 對某事的推測能力很優秀時則使用「감이 빠르다」。

★★☆ 慣
거리가 멀다

指某個人或事物和期待的有差異的意思。

例 가: 네가 그렇게 원하던 회사에 취직했는데 왜
이직을 준비하는 거야?

你明明進到了你夢寐以求的公司，為什麼現在
卻準備換工作？

나: 막상 들어가 보니까 회사 분위기가 내가
생각했던 것과는 거리가 멀고 일도 재미가
없더라고.

進去了之後才發現公司的氣氛跟我想的不一
樣，工作也不有趣。

ℚ 普遍使用在說明理想和現實有差距的時候。

★☆☆ 慣
그렇고 그렇다

指不特別而且平凡的意思。

例 가: 지난주에 국제 영화제에서 상을 받은 영화를
봤어요? 내용도 재미있고 배우들의 연기도
훌륭하더라고요.

你看過上禮拜在國際電影節上得獎的電影了
嗎？內容很有趣，演員們的演技也很精湛。

나: 안 그래도 저도 봤는데 너무 기대를 하고 봐서
그런지 저는 그렇고 그렇더라고요.

剛好我有看，但我似乎期待太高了，感覺滿普
通的。

ℚ 也會使用在說明兩個男女的關係特別的時候。例如：「매
일 같이 다니는 걸 보니 두 사람이 그렇고 그런 사이인가 봐
요.(看兩個人每天同進同出的樣子，應該是在曖昧中。)」

★☆☆ 慣
꼬리를 잡다

指隱藏的祕密被揭露。

例 가: 경찰이 정치인 뇌물 수수의 꼬리를 잡았다고
들었는데 맞습니까?

聽說警察找到了政治人物收受賄絡的線索，請
問是真的嗎？

나: 네. 경찰은 건물 밖에 세워 둔 차량의 블랙박스를
통해 결정적 증거를 확보할 수 있었다고 합니다.

沒錯，警察透過整夜停在大樓外面的車子行車
記錄器，找到了關鍵的證據。

🔎 也會使用在某人被他人察覺出沒辦法抬頭挺胸，畏畏縮縮
的模樣時。

★☆☆ 慣
냄새를 맡다

指某個人想要隱藏的事被發現。

例 가: 빨리 도망가자! 경찰이 우리 집 앞까지 찾아온 걸
보니까 뭔가 냄새를 맡은 모양이야.

快逃！看到警察找上門的樣子，大概是察覺到
了什麼。

나: 우리를 잡으러 온 게 아닐 수도 있으니까 너무
겁먹지 마.

說不定不是來抓我們的，不要那麼害怕。

🔎 也會使用在某個人錯誤的行為被他人察覺的時候。

★★★ 慣
눈치가 빠르다

指某個人能快速地察覺他人的心情或事情。

例 가: 윤아 씨는 사회생활을 잘하는 것 같아요. 그
비결이 뭐예요?

潤娥小姐好像很會社交，請問秘訣是什麼？

나: 제가 눈치가 좀 빠른데 그게 사회생활을 하는
데에 도움이 되는 것 같아요.

我很會察言觀色，對社交似乎很有幫助。

✏️ 「눈치」是指以當時的情況來推測並察覺他人的心情。

🔎 某個人無法察覺他人的心情或情況的時候則會使用「눈치
가 없다」。

☆☆☆ 情
눈치코치도 모르다

指沒辦法察覺他人的心情、氣氛、情況等等。

例 가: 아무 일도 없다니까 왜 자꾸 물어?

就說了沒事，為什麼一直問？

나: 형은 내가 눈치코치도 모르는 줄 알아? 분명히
집에 무슨 일이 있는 것 같은데 왜 나한테만 말을
안 해 주는 거야?

哥哥你覺得我不會察言觀色嗎？家裡明明有什
麼事，為什麼都不告訴我？

✎ 「눈치코치」是眼色的俗稱。

🔎 能夠察覺他人的心情或情況則使用「눈치코치 다 알다」。

★★★ 俗
돼지 목에
진주 목걸이

近 돼지 목에 진주

指不懂事物價值的人，就算獲得寶物也沒用。

例 가: 지난번에 네가 벼룩시장에서 산 꽃병이 조선
시대에 제작된 보물이라고?

你說上次你在跳蚤市場買的花瓶其實是朝鮮時
代的寶物？

나: 응. 돼지 목에 진주 목걸이라고 그렇게 귀한 건 줄도
모르고 막 썼네.

嗯，我有眼無珠，不知道原來它是這麼貴重的
寶物，隨便就買了。

🔎 使用在某個人不曉得某個事物的價值，或格調跟不上某樣
東西的時候。

★★☆ 俗
될성부른 나무는
떡잎부터 알아본다

近 잘 자랄 나무는 떡잎부터
안다, 잘 자랄 나무는
떡잎부터 알아본다

指將來會成大事的人從小就很出色的意思。

例 가: 될성부른 나무는 떡잎부터 알아본다고 저 선수는
8살밖에 안 됐는데도 실력이 남다르네요.

俗話說「三歲看大，七歲看老」，那位選手只
有八歲，實力已經非常超群了。

나: 네, 벌써부터 피겨 스케이팅의 유망주로 떠오르고
있습니다.

是啊，他已經是花式溜冰的可造之材。

11
判
斷

★★★ 俗
등잔 밑이 어둡다

指越近的事物越看不清的意思。

例 가: 혹시 제 휴대폰 못 봤어요? 한 시간째 찾고 있는데 도저히 못 찾겠어요.

你有看到我的手機嗎？找了一個小時都還沒找到。

나: 거기 책상 위에 있잖아요. 등잔 밑이 어둡다더니 그 말이 딱 맞네요.

不是在書桌上嗎？有句話說當局者迷，說得真對。

🔎 從前沒有電力，會用燈檯來點火照明，但是在燈檯底下因為照不到光所以很暗看不太清楚。源自於這個由來，使用在某個事物很靠近，卻找不到或是不清楚的時候。

★★★ 俗
매도 먼저 맞는 놈 이 낫다

指既然要做的事，還是早點開始做為佳。

例 가: 태현아, 발표를 제일 먼저 하겠다고 했다면서?

太顯啊，聽說你要第一個上台報告？

나: 응. 매도 먼저 맞는 놈이 낫다고 어차피 해야 하니까 빨리 하는 게 좋을 것 같아서 그랬어.

嗯，長痛不如短痛，反正早晚都要上台，不如早點上台早點結束還比較好。

🔎 如果先挨打的話，看到別人被打時就不會心生恐懼。如同前述，使用在說明該做的事不要推遲，盡量早點做完比較好的時候。

★★☆ 慣
빙산의 일각

指某件事情的絕大部分被隱藏，而某一部分特別向外顯露的意思。

例 가: 한 대학 교수가 자기 아들을 좋은 대학에 보내기 위해 성적을 조작했다면서요?

聽說某所大學的教授為了讓孩子進到好的大學而造假成績？

나: 그건 빙산의 일각에 불과하대요. 봉사 활동뿐만 아니라 인턴 경험까지 허위로 기재했대요.

聽說那只是冰山一角呢，不只是義工活動，就連實習經驗都是假的。

🔍 源自於冰山因為比水還要輕，所以有百分之九十在水中，只有百分之十露出在水面上。

★★☆ 慣
시간 가는 줄 모르다

指非常投入在某件事中，不知道時間過了多久的意思。

例 가: 윤아 씨, 퇴근 안 하세요? 뭘 그렇게 열심히 보세요?

潤娥，妳不下班嗎？妳那麼認真在看什麼？

나: 어! 시간이 벌써 이렇게 됐군요. 내일 발표 자료를 보느라 시간 가는 줄 몰랐어요.

哇！時間已經這麼晚了呢，我在看明天的報告資料，都不知道時間過得這麼快。

🔍 使用於專心在某事時發現時間流逝快速嚇了一跳的時候。

★☆☆ 慣
싹수가 노랗다

近 싹이 노랗다

指某人或事物一開始就無發展順利的可能性。

例 가: 제가 훔친 거 아니에요. 정말이에요. 믿어 주세요.

東西不是我偷的，真的，請相信我。

나: 네가 훔친 게 맞잖아. 어린 게 벌써부터 거짓말이나 하고 아주 싹수가 노랗네.

不就是你偷的嘛，從小就這麼愛說謊，看來以後前途渺茫啊。

✎ 「싹」是指從種子或根部發芽的嫩葉，指人的時候則會使用「싹수」。

🔍 嫩牙發黃代表植物生病即將死亡的意思。如同前述，使用在看不見某個人的未來或希望的時候。

★★★ 價
알다가도 모르다

使用在不太理解某件事的時候。

例 가: 하준아, 여자 친구하고 또 싸운 거야? 화해했다고
　　하지 않았어?

　　河俊，你又跟女朋友吵架了嗎？不是說要跟她
　　和好嗎？

나: 그러게, 내가 또 실수를 한 건지 기분이 상해서
　　화를 내더라고. 연애는 어떻게 하는 건지
　　알다가도 모르겠다니까.

　　是啊，我可能又犯錯了，所以她很生氣。我對
　　談戀愛還是似懂非懂的。

𝒫 主要使用「알다가도 모르겠다」的形式。

★★★ 俗
우물 안 개구리
近 우물 안 고기

指井底之蛙的意思。

例 가: 민지야, 이번 방학 때 미국으로 어학연수를
　　간다고?

　　玟池，聽說妳這次假期要去美國進修語言？

나: 응, 넓은 세상을 경험해 봐야 우물 안 개구리가
　　되지 않을 것 같아서.

　　嗯，要去見見世面才不會變成井底之蛙。

𝒫 使用在指人沒什麼經驗，也沒什麼見聞，卻認為自己知道
　的都是對的。

★☆☆ 價
쥐뿔도 모르다

指什麼都不知道的意思。

例 가: 제시카 씨가 컴퓨터에 대해 쥐뿔도 모르면서
　　자꾸 아는 척을 해서 짜증이 나요.

　　潔西卡對電腦一無所知，卻總是不懂裝懂，看
　　了真煩。

나: 그래요? 지난번에 보니까 제시카 씨도 컴퓨터에
　　대해 잘 아는 것 같던데요.

　　真的嗎？上次看她好像很懂電腦啊。

𝒫 主要使用「쥐뿔도 모르면서 아는 척하다」的形式，使用在
　某個人不懂裝懂的時候。

척하면 삼천리

指迅速理解對方的意圖或者是進行的情況。

例 가: 어, 커피네! 안 그래도 마시고 싶었는데. 내가
커피 마시고 싶은 거 어떻게 알았어?

哇，是咖啡！剛好很想喝咖啡，你怎麼知道我
想喝咖啡的？

나: **척하면 삼천리지. 수아 너 계속 하품했잖아.**

那還用說嗎？看到秀雅妳一直在打哈欠。

✎ 「척하면」是指只說一句話或是只給一點暗示的意思，而
「삼천리」是指韓國整個領土。

🔍 就像只說了一句話，聽了後就能知道整個韓國發生的事一
樣，使用在某個人很迅速地察言觀色的時候。

하나를 보고
열을 안다

近 하나를 보면 열을 안다,
하나를 보고 백을 안다,
하나를 보면 백을 안다

指看過一部分後，在此基礎之下就能知道全部
的意思。

例 가: 지원 씨, 밥을 먹자마자 바로 설거지를 하는
거예요? **하나를 보고 열을 안다고** 지원 씨가
얼마나 부지런하게 생활하는지 알겠네요.

智媛，剛吃完飯就去洗碗嗎？俗話說「見微知
著」，由此可知智媛妳是多麼勤奮地過生活。

나: **부지런하기는요. 냄새가 나는 게 싫어서 바로
하는 거예요.**

什麼勤奮？我只是討厭髒盤子的味道罷了。

🔍 普遍使用在說明就算沒有親眼看到某個人，也能透過那個
人的言語或行為來了解他整個人的時候。

★★☆ 俗
하나만 알고 둘은 모른다

指只看到事情或事物的一面卻沒有看到全體的意思。

例 가: 하나를 사면 하나를 더 준다고? 그럼 하나는 공짜네!
　　수아야, 우리 이거 사자.

　　買一送一？那麼一個是免費的呢！秀雅，我們買這個吧。

　　나: 민지 너는 하나만 알고 둘은 모르는구나. 공짜가 아니고 두 개 가격보다 조금 싸게 해서 많이 팔려는 상술이야.

　　玟池妳真是只知其一不知其二，這不是免費的，而是兩個一起賣便宜一點，為了多賣一些的商業手段罷了。

○ 使用在沒有彈性又不會全面思考的人身上。

★★☆ 慣
한 치 앞을 못 보다

指知識或經驗不足所以沒辦法預測將來會發生什麼事。

例 가: 마크 씨, 구직 활동은 잘 되고 있어요?

　　馬克，找工作順利嗎？

　　나: 아니요, 마땅한 자리가 없네요. 아무리 한 치 앞을 못 보는 게 인생이라지만 잘 다니던 회사가 갑자기 망할 줄 누가 알았겠어요?

　　不順利，沒有適合我的工作，雖然世事難料，但誰又會知道原本經營得很好的公司會突然倒閉呢？

✐ 「치」大約是三點零三公分，「한 치 앞」是指非常短的距離或是非常近的未來。

○ 也會使用在視力非常差，而看不見眼前的事物時。例如：「저는 눈이 나빠서 안경이 없으면 한 치 앞을 못 볼 정도예요.(我的視力很差，如果沒有眼鏡的話，我連眼前的東西都看不清楚。)」

12

인생
人生

----

1 성공   成功

2 습관 · 경험   習慣 · 經驗

3 실패   失敗

4 운 · 기회   運氣 · 機會

5 일생   一生

★★☆ 慣
간판을 따다

指某個人為了表面好看而考取學歷或資格等等。

例 가: 수아야, 1년 더 공부하더라도 재수를 해서 명문 대학에 가는 게 더 낫지 않겠니? 그래야 취업도 잘 되지.

秀雅，雖然會多花一年時間，但準備重考、考上名校會更好吧？這樣也比較好找工作。

나: 엄마, 명문 대학 간판을 딴다고 해서 모두 다 취업이 잘 되는 건 아니잖아요. 그냥 다니고 싶은 곳에 갈래요.

媽媽，不是有名校的光環就能夠順利找到工作，我要去我想去的大學。

✎ 「간판」是指誇耀外貌、學歷、經歷、資格等等的俗稱。

★☆☆ 慣
감투를 쓰다

指躍升到高位或擔負重大的職責。

例 가: 우리 모임의 회장은 리더십이 있는 양양 씨가 하면 좋겠어요.

我覺得讓有領導能力的楊洋來當我們聚會的會長比較好。

나: 말씀은 감사하지만 전 감투를 쓰는 게 좀 부담스러우니 다른 사람을 시키세요.

謝謝你的抬舉，但頂著會長的頭銜讓我有壓力，還是讓其他人當吧。

◇ 烏紗帽是以前兩班家（士大夫）的男人所戴的帽子，在朝鮮時代時只有當官的人可以戴。另一方面，某個人從高位退下的時候則會使用「감투를 벗다」。

★★★ 俗
개천에서 용 난다

指在惡劣的環境中會產出優秀人才的意思。

例 가: 요즘은 부모의 힘이 없으면 성공하기 힘든 것
　　 같아요. 다들 개천에서 용 나던 시대는 끝났다고
　　 하더라고요.

　　 現在沒有父母的權勢似乎很難成功。大家都說
　　 白手起家的時代已經結束了。

　　 나: 그래도 저는 아직까지는 부모의 배경이 없어도
　　 계속 노력하면 성공할 수 있다고 믿어요.

　　 雖然如此，我還是相信就算沒有父母的背景，
　　 只要肯持續努力還是會成功。

🔎 主要使用「개천에서 용 났네」的形式，使用在克服困頓的
環境並努力不懈最終成功的人身上。

★☆☆ 慣
꽃을 피우다

指某個事物取得成果或繁盛發展的意思。

例 가: 윤아 씨는 드라마 '예쁜 누나' 를 통해 연기
　　 인생에 꽃을 피우기 시작하셨는데요. 앞으로의
　　 각오가 있다면 한 말씀해 주세요.

　　 潤娥小姐透過電視劇「漂亮姊姊」讓演藝事業
　　 開花結果，請說說看您對於未來的計畫。

　　 나: 많은 사랑을 주신 시청자 여러분께 감사드립니다.
　　 앞으로도 기대에 어긋나지 않도록 더 노력하는
　　 배우가 되겠습니다.

　　 謝謝各位觀眾的喜愛，往後我也會更努力成為
　　 符合各位期待的演員。

🔎 使用在某個人取得成功或是實現某件事的時候。

☆☆☆ 俗
나는 새도
떨어뜨린다

指擁有巨大的權勢，可以為所欲為的意思。

例 가: 그렇게 높은 자리에 있던 사람이 하루아침에
　　 감옥에 가게 되다니 정말 한 치 앞도 모르는 게
　　 인생인 것 같아요.

　　 曾位居高位的人居然在一夜之間進了監牢，人
　　 的一生實在是無法預測呢。

　　 나: 맞아요. 나는 새도 떨어뜨린다는 권력을 가졌던
　　 사람이 저렇게 될 줄 누가 알았겠어요?

　　 沒錯，誰又能知道曾擁有連飛鳥都能擊落的權
　　 勢的人會如此狼狽不堪。

★★★ 慣
난다 긴다 하다

指某個人的天賦或能力很優秀的意思。

例 가: 수아야, 올해도 부산 영화제에 다녀왔어?
영화제를 보러 매년 부산까지 가다니 대단해!

秀雅，妳今年也去了釜山國際電影節嗎？每年
都為了電影節而去釜山真的很了不起！

나: 난다 긴다 하는 영화계 사람들이 다 모이잖아.
직접 가서 보면 얼마나 좋은데.

出類拔萃的電影人全部聚在那裡了，親臨現場
真的很好。

🔍 這個慣用語原本是用來形容很會玩擲栖遊戲的人，最近則
是使用在能力優秀或很會做某件事的人身上。主要使用
「난다 긴다 하는 사람」的形式。

★★★ 慣
둘째가라면 서럽다

近 둘째가라면 섧다

指某個人在某個領域中得到最厲害的認證。

例 가: 이 집 음식이 그렇게 맛있어요?

這家餐廳的料理有那麼好吃？

나: 네, 여기 요리사가 둘째가라면 서러울 정도로 솜씨가
좋거든요.

是啊，這裡的廚師擁有首屈一指的手藝呢。

🔍 普遍使用「둘째가라면 서러울 정도로」的形式，形容在某
個領域中某個人擁有大家公認第一的實力。

★☆☆ 慣
떠오르는 별

指某個領域中的後起之秀。

例 가: 지원 씨, 저 사람이 누군지 알아요? 요즘
텔레비전만 켜면 나오던데.

智媛，那個人是誰啊？最近打開電視都會看到
他。

나: 요즘 방송계에서 새롭게 떠오르는 별이에요. 말도
재미있게 잘하고 끼도 많아서 인기가 많아요.

他是最近演藝界的後起之秀，講話很有趣，也
很有才華所以人氣很高。

🔍 普遍用來表達在運動、藝術領域或是學術界等受到矚目的
黑馬。

★☆☆ 俗
떼어 놓은 당상

近 따 놓은 당상

指某事很明確會照著計劃或某人的想法進行。

例 가: 한선우 선수가 어제 경기에서 신기록을
세웠으니까 1위는 떼어 놓은 당상이겠죠?

韓善瑪選手在昨天的競賽中創下了新紀錄，那
麼第一名肯定是囊中之物了吧？

나: 글쎄요. 아직 이번 수영 대회가 다 끝나지
않았으니까 확신할 수는 없습니다.

不好說，這次的游泳大賽還沒結束還不確定。

源自於 「당상」是指高官，這些人為了顯露身份會在帽子
上放上金色的裝飾，因為這個帽子很明顯有主人，所以脫下
帽子放著也不會被偷走，就算被偷走也能輕易的被找回。

★☆☆ 俗
미꾸라지 용 됐다

指麻雀變鳳凰的意思。

例 가: 우리 동창 민수 알지? 민수가 잘나가는 회사의
사장이 돼서 잡지에 나왔더라고.

你還記得我們同班的民秀吧？民秀成為一家成
功的公司老闆而且還出現在雜誌上。

나: 미꾸라지 용 됐다. 학교 다닐 때 공부는 안 하고
사고만 치던 민수가 사장이 되다니. 역시 인생은
모를 일이야.

真是魚躍龍門呢，學生時期不讀書還每天闖禍，
竟然當上老闆，果然人生一切都可能發生。

★☆☆ 慣
빛을 발하다

指某個人的能力或實力被人知道的意思。

例 가: 드디어 우리나라 선수들이 아시아 축구 대회에서
우승했습니다. 선수들의 실력이 대단하다는 찬사가
이어지고 있는데요. 어떻게 생각하십니까?

國家的選手終於在亞洲足球賽奪下優勝，現在
不斷讚揚選手的優秀實力，您怎麼看呢？

나: 선수들의 실력도 실력이지만 이번 경기에서는
감독의 뛰어난 전술이 빛을 발한 것 같습니다.

選手們的實力是一回事，但另一方面，我認為
搶眼的是教練優越的戰術。

就像在暗處出現光線的話，注意力就會集中在光線一樣，
使用在某個能力被雪藏的人受到矚目的時候。

12
人生

★☆☆ 慣
이름을 남기다

指名字流傳百世的意思。

例 가: 여성 중에서 역사에 이름을 남긴 인물에는 누가 있을까요?

有哪些女性在歷史上留名的呢？

나: 우리가 잘 알고 있는 신사임당이 있습니다. 신사임당은 여성이 그림을 그리는 것을 존중받지 못하던 시대에도 뛰어난 그림 실력으로 명성을 떨쳤던 분입니다.

我們熟知的申師任堂，即便她處在女性畫家不被重視的時代，卻因她卓越的繪畫能力獲得響亮的名聲。

🔎 主要使用「역사에 이름을 남기다」或「후대에 이름을 남기다」的形式。

★☆☆ 慣
청운의 꿈

指想要功成名就、出人頭地的夢想。

例 가: 다음 선거가 있으니까 낙선했다고 너무 기죽지 마십시오. 다음에는 잘될 겁니다.

還有下一次選舉，就算這次落選也不要洩氣。下次一定會選上的。

나: 고맙습니다. 청운의 꿈을 안고 정치계에 입문하려고 하는데 쉽지가 않네요.

謝謝，抱著青雲之志進到了政治界，果然不簡單啊。

✎ 「청운」原本是指青雲，在此處則是指崇高的地位或是職位的意思。

🔎 源自於以前的人認為，成為神仙或是皇帝的人所在之處會出現青色或五色的雲。

★★☆ 慣
고생문이 훤하다
近 귀에 딱지가 앉다

指未來很明顯會受苦的意思。

例 가: 하준아, 해외 봉사를 가겠다고 자원했다면서?
고생문이 훤해 보이는데 왜 가려고 해?

河俊啊，聽說你申請去海外志工服務？肯定會很辛苦的，為什麼還要去呢？

나: 고생이야 하겠지만 더 늦기 전에 하고 싶었던 걸 해 보려고.

雖然很辛苦，但我想在還來得及的時候去做我想做的事。

🔎 普遍使用在前面道路明顯很艱難的時候。

★★★ 慣
귀에 못이 박히다
近 귀에 딱지가 앉다

指同樣的話反覆聽過很多次的意思。

例 가: 동영상 좀 그만 보고 이제 공부 좀 할래? 그렇게 하다가는 대학 못 간다.

不要再看影片了，趕快讀書好嗎？再這樣下去你會考不上大學的。

나: 알겠어요, 아빠. 대학 못 간다는 소리 좀 그만하세요. 귀에 못이 박히겠어요.

知道了，爸爸，不要再說我考不上大學這種話了，耳朵都要長繭了。

✍ 「못」是指長在手掌或腳掌上的繭。
🔎 使用在聽太多次嘮叨或不想聽的話而感到厭煩的時候。

★☆☆ 慣
귀에 익다

指聽過某種聲音很多次已經變得熟悉的意思。

例 가: 이 노래 누가 불렀지? 목소리가 귀에 익은데.

這首歌是誰唱的？聲音很耳熟。

나: 그러게. 나도 많이 들어 본 노래인데 가수 이름이 기억이 안 나.

就是啊，我也聽過這首歌很多次，但想不起來是誰唱的。

🔎 也會用在經常聽到某種聲音，已經變得熟悉的時候。例如：「옆집 아이가 우는 소리도 귀에 익어서 그런지 이제는 그렇게 힘든지 모르겠어요.(不知道是不是已經習慣隔壁鄰居家嬰兒哭鬧的聲音，現在已經不覺得那麼吵了。)」

★★☆ (慣)
귓가에 맴돌다

(近) 귓가에 돌다,
　　귓가를 맴돌다

指忘不掉以前聽過的話或聲音，並一直想起的意思。

(例) 가: **승원 씨, 뭘 그렇게 골똘히 생각해요?**

　　昇源，你在想什麼想得那麼入神？

　　나: **아까 마크 씨가 저한테 화를 내면서 했던 말이
　　자꾸 귓가에 맴돌아서요. 그런데 왜 화를 냈는지
　　아직도 잘 모르겠어요.**

　　剛剛馬克生氣時對我說的話現在還迴繞在我耳
　　邊，但我還是不知道他為什麼要生氣。

(✎) 「맴돌다」是指相同的想法或感覺反覆的意思。

☆☆☆ (慣)
눈앞이 환해지다

指某個人變得能清楚了解世界大小事的意思。

(例) 가: **그때는 몰랐는데 나이가 들면서 눈앞이 점점
　　환해지니까 어릴 때 부모님께서 해 주셨던
　　말씀들이 이해가 가요.**

　　以前還不了解，但隨著年紀增長，看事情角度
　　更透徹後就能理解小時候父母曾對我說的話。

　　나: **그렇죠? 그때는 잔소리라고만 생각했는데 지금
　　보면 다 맞는 말씀이더라고요.**

　　是吧？那時候只覺得是嘮叨，但現在看來都是
　　對的話。

(🔍) 也會使用在視野或前途變得清楚的時候。例如：「1년이
나 기다렸던 유학 비자를 받으니 눈앞이 환해지는 것 같아
요.(終於拿到等了一年的留學簽證後感覺豁然開朗。)」

★☆☆ (慣)
눈에 밟히다

指無法忘記某個事物且一直想起的意思。

(例) 가: **태현 엄마, 멍하게 앉아 계신 걸 보니 또 군대 간
　　아들 생각을 하시는 거군요?**

　　太顯媽媽，看到你坐著發呆的模樣，看來是又
　　在想念去當兵的兒子了吧？

　　나: **네, 아들이 눈에 밟혀서 밥도 안 넘어가요.**

　　是啊，兒子的身影總是浮現在眼前，我食不下
　　嚥。

(🔍) 普遍使用在對過去看見的模樣依依不捨，總是想起的時候。

눈에 아른거리다

近 눈앞에 어른거리다

指總是想起關於某個人、事、物的記憶。

例 가: 아까 점심시간에 백화점에서 본 원피스가 눈에
아른거려서 퇴근하고 사러 가야겠어.

腦中一直浮現剛剛午休在百貨公司看到的連身
裙，我下班後要去把它買下來。

나: 내가 그럴 줄 알았다. 웬일로 네가 안 사나 했어.

我就知道會這樣。真奇怪，你怎麼沒買呢？

🔎 普遍使用在一直想到過去看到的事物無法忘記的時候。

★★☆ 慣

눈에 익다

指看到很多次已經變得熟悉的意思。

例 가: 어쩐지 저 사람이 눈에 익다고 생각했는데 아주
유명한 웹툰 작가래요.

難怪我想說那個人怎麼那麼眼熟，原來他是很
有名的網路漫畫家。

나: 그래요? 대표작이 뭐래요?

是嗎？他的代表作是什麼？

🔎 普遍使用在表示好像在哪裡看過某個事物、人、場所的時
候。

★★★ 慣

눈을 뜨다

指獲得某個領域的知識，或領悟到道理或事情
的對錯。

例 가: 저는 커피 맛을 구분 못 하겠던데 지원 씨는
어떻게 그렇게 잘 알아요?

我喝不出來咖啡的差異，智媛妳為什麼這麼了
解呢？

나: 워낙 커피를 좋아해서 공부도 하고 다양한
원산지의 커피를 많이 마시다 보니 커피 맛에
눈을 뜨게 됐어요.

我原本就很喜歡咖啡，所以有研究也喝了很多
不同產地的咖啡，就對咖啡的味道開竅了。

🔎 主要使用「눈을 떴다」或「눈을 뜨게 되었다」等過去式，
使用在知道了過去不知道的事的時候。

12
人生

단맛 쓴맛 다 보다

近 쓴맛 단맛 다 보다

指經歷人生中的喜怒哀樂、酸甜苦辣的意思。

例 가: 그동안 사업을 하시면서 겪은 일들을 책으로
내셨다고요? 어떤 내용인지 궁금합니다.

聽說您將創業的歷程出版成書，很好奇有哪些
內容。

나: 저는 20년 동안 사업을 하면서 단맛 쓴맛 다
보았습니다. 그 과정에서 느꼈던 점들을 진솔하게
써 봤습니다.

創業二十年，我嚐盡了酸甜苦辣，我把過程中
的感受如實地寫了下來。

🔎 主要使用「인생의 단맛 쓴맛 다 보았다」的形式。

듣기 좋은 꽃노래도
한두 번이지

指就算是很好的稱讚，聽太多次也會變得不想
聽的意思。

例 가: 아까 수아한테 예쁘다고 하니까 그만 놀리라면서
화를 내더라.

我剛剛跟秀雅說她很漂亮，她居然叫我不要捉
弄她，還對我生氣。

나: 넌 수아만 보면 예쁘다고 하잖아. 듣기 좋은
꽃노래도 한두 번이지. 볼 때마다 예쁘다고
하니까 자기를 놀린다고 생각했을 수도 있어.

你只要見到秀雅就會說她漂亮，好聽話聽一兩
次就夠了，你每次見到她都說漂亮，她當然會
覺得你在捉弄她呀。

🔎 也會使用相似意義的「듣기 좋은 이야기도 늘 들으면 싫
다」。

★☆☆ 慣

듣도 보도 못하다

指聽到某件事，因為聞所未聞而不知所云的意思。

例 가: 새로 시작한 드라마 '그 남자 그 여자' 봤어요?
재미있어서 시간 가는 줄 모르겠더라고요.

你有看過新上檔的電視劇「那男人那女人」
嗎？因為很有趣所以看到忘記時間了。

나: 원래 그 드라마를 쓴 작가가 듣도 보도 못한
파격적인 소재를 가지고 대본을 쓰잖아요.

畢竟那位電視劇作家本來就擅長寫聞所未聞、
打破常規的劇本。

★★☆ 慣

몸에 배다

近 몸에 익다

指做過某個事物很多次所以很熟悉的意思。

例 가: 마크 씨는 매너가 참 좋아요.

馬克真的很有禮貌。

나: 그렇죠? 매너가 몸에 밴 사람이에요.

對吧？他的禮貌是習慣成自然。

🔎 普遍使用在某個人反覆做著某個特定的動作，非常熟練到
無意識出現該舉止的時候。

☆☆☆ 俗

물은 건너 보아야
알고 사람은
지내보아야 안다

近 사람은 겪어 보아야 알고
물은 건너 보아야 안다,
사람은 지내보아야 안다

指不能用外表來認識一個人，必須經過長時間
的來往才能了解他。

例 가: 오빠, 제일 친한 친구가 내 흉을 보고 다닌다고
들어서 속상해.

哥哥，我聽到我最好的朋友竟然到處說我的壞
話，我好難過。

나: 물은 건너 보아야 알고 사람은 지내보아야
안다고 하잖아. 이 기회에 그 사람이 어떤
사람인지 확실히 알게 됐으니까 오히려
다행이라고 생각해.

不是都說路遙知馬力，日久見人心嗎？我反而
覺得萬幸，還好你透過這次的機會看清他是一
個什麼樣的人。

🔎 使用在說明不管是什麼樣的人都要經過時間相處，才能知
道他是一個怎麼樣的人

★★★ ⑱
바늘 도둑이 소도둑
된다

指不以惡小而為之，如果變成壞習慣，未來將會
做壞事的意思。

例 가: 여보, 우리 아이가 제 지갑에 손을 댄 것 같은데
어떡하죠?

親愛的，孩子好像拿了我錢包裡的錢，該怎麼
辦呢？

나: 바늘 도둑이 소도둑 된다고 따끔하게 혼을 내야
같은 일을 반복 안 할 거예요.

細漢偷挽瓠，大漢偷牽牛。要好好地教訓他以
後才不會犯同樣的錯。

🔎 普遍使用在說明孩子做壞事的時候要馬上教訓、教導他，
之後才不會再次做壞事。

★★☆ ⑱
밥 먹듯 하다

指經常做某件事的意思。

例 가: 민수 씨, 일은 좀 줄었어요?

民秀，你的工作變少了嗎？

나: 줄기는요. 요즘도 일이 많아서 야근을 밥 먹듯
하고 있어요.

別說少了，最近工作多，加班是家常便飯。

🔎 普遍使用在說謊、辛苦、加班等負面事情反覆持續的時候。

★★★ ⑱
불을 보듯 훤하다

近 불을 보듯 뻔하다

指未來發生的事情沒有任何起疑心的餘地，非
常清楚的意思。

例 가: 경기가 안 좋아서 주가가 떨어질 게 불을 보듯
훤한데 주식을 사겠다고요?

現在景氣這麼不好，股價持續往下降是顯而易
見的事，你居然還說要買股票？

나: 그러니까 지금 사 둬야지요. 쌀 때 사 둬야 돈을
벌 수 있어요.

所以要趁現在買呀，要在便宜的時候買進才會
賺錢。

🔎 就像著火的時候在遠處也能看見一樣，使用在說明未來會
發生的事很明確的時候。普遍用在負面的事情上，但也會
用在正面的事情上，例如：「이번에도 지원이가 1등을 할
게 불을 보듯 훤해.(這次智媛也會拿下第一名，這是再清楚
不過的事。)」

세 살 적 버릇이 여든까지 간다

近 어릴 적 버릇은 늙어서까지 간다, 세 살 적 마음이 여든까지 간다

指小時候養成的習慣長大之後就很難改掉的意思。

例 가: 지훈아, 손톱 좀 그만 물어뜯어. 세 살 적 버릇이 여든까지 간다더니 어른이 됐는데도 여전하구나!

智勳，不要再咬手指了，有句話說「江山易改，本性難移」，都已經是大人了，你還是一樣啊！

나: 이모, 저도 고치고 싶은데 긴장을 하면 저도 모르게 그렇게 돼요.

阿姨，我也想改啊，但只要一緊張就會不自覺地開始咬手指。

🔎 使用在告訴人只要養成一個習慣就很難改，所以從小就要避免養成壞習慣。

소문난 잔치에 먹을 것 없다

近 이름난 잔치 배고프다

指實際內容不像期待及謠傳的一樣好，現實和傳聞不同的意思。

例 가: 지난주에 영화 '한라산'을 본다고 했죠? 어땠어요?

你說你上禮拜看了電影「漢拏山」嗎？怎麼樣？

나: 소문난 잔치에 먹을 것 없다더니 내로라하는 배우들이 출연을 한다고 해서 잔뜩 기대를 하고 봤는데 별로였어요.

所謂名不符實，大名鼎鼎的演員卡司本來讓我抱著很大的期待，實際上卻不怎麼樣。

🔎 使用在聽到對於某個事物的好評價而抱持著巨大的期望，卻和自己的期待不符，感到失望的時候。

★★☆ 慣
손때가 묻다
近 손때가 먹다

指某個物品用久了很習慣的意思。

例 가: 이제 그 만년필은 그만 쓰고 좀 바꿔요. 너무 오래 써서 다 낡았잖아요.

現在別再用那支鋼筆寫字了，換一支吧，用那麼久都已經破破爛爛的了。

나: 손때가 묻어서 얼마나 쓰기 편한데요. 전 앞으로도 계속 이걸 쓸 거예요.

日久生情，寫起來比較順手。我以後也會繼續用這支筆的。

✎ 「손때」是指長年使用的痕跡。

🔎 也會使用在某個物品用久了而有感情的時候。例如：「이 책들은 손때가 묻기는 했지만 볼 때마다 옛날 생각이 나서 버릴 수가 없어요.(這些書雖然用久了很老舊，但每次看到的時候都會想起以前的回憶所以沒辦法丟掉它們。)」

★★★ 慣
손에 익다

指熟練某件事的意思。

例 가: 사장님, 어떻게 이렇게 과일 무게를 정확히 맞춰서 포장할 수 있으세요?

老闆，你怎麼可以這麼準確地按照水果重量做分裝呢？

나: 워낙 오래 하다 보니까 손에 익어서 그렇지요.

做久了總是會熟能生巧的。

🔎 普遍使用在某個人長久使用某種機器或道具，非常熟練的時候。

★★☆ 慣
자리가 잡히다

指新開始做的事情變得熟悉的意思。

例 가: 승원 씨, 이제 감사팀 일은 할 만해요?

昇源，你現在在審計部的工作還好嗎？

나: 네. 처음에는 정신이 하나도 없었는데 이제는 자리가 잡혀서 할 만해요.

是的，一開始還很手忙腳亂的，現在上手後就很順利了。

🔎 也會使用在新的制度或規範等被廣泛接受的時候。例如：「이제 새로운 교통질서가 자리가 잡혀 간다.(如今新的交通規則也已步入正軌。)」

★★☆ 慣

잔뼈가 굵다

指某人長時間在某個領域工作而很熟練的意思。

例 가: 이번 사태에 대처하는 김 변호사님의 모습을 보니 정말 존경스럽습니다.

看到金律師處理這次事件的模樣後，我真的對她肅然起敬。

나: 김 변호사님은 이 분야에서 잔뼈가 굵은 분이라 실력도 있고 경험도 많으시니까요.

金律師在這個行業可說是身經百戰的老手，有属害的實力跟豐富的經驗。

🔎 就像兒時又小又柔弱的骨頭隨著成人後變得粗壯一樣，使用在某個人起初做某件事的時候很生疏笨拙，但持續地做著變得熟練且獲得能力的時候。

★★☆ 慣

판에 박은 듯하다

使用在事物的模樣相同或同樣的事情重複的時候。

例 가: 교수님, 정부가 주택 정책을 발표할 때마다 집값이 오르는 건 문제가 있는 게 아닐까요?

教授，每當政府發布新的住宅政策時，房價便會上漲，這是不是有問題呢？

나: 맞습니다. 표현만 다를 뿐 지난 정부 때와 판에 박은 듯한 정책을 계속 발표하고 있기 때문에 생기는 현상입니다.

是的，只是換了個包裝，但和之前所發佈的政策如出一徹，才會造成這樣的現象。

🔎 源自於韓國傳統零食之一的「다식（茶食）」是用相同的模樣製成的統一模樣。

★★☆ 價
피부로 느끼다

指親身體驗的意思。

例 가: 물가가 많이 올랐다더니 마트에 나와 보니까
　　 피부로 확 느껴지네요.

　　 聽說物價上漲了很多，去了一趟超市才有了切身的感受。

　　 나: 그러게요. 산 것도 없는데 20만 원이 훌쩍
　　 넘었어요.

　　 就是啊，明明沒買什麼東西卻超過了二十萬韓圓。

🔍 也會使用相似意義的「피부에 와 닿다」。

★☆☆ 價
하루에도 열두 번

指某件事經常發生的意思。

例 가: 선생님, 무릎 건강을 지키려면 어떻게 해야
　　 합니까?

　　 醫生，如果想要維持膝蓋健康，該怎麼做呢？

　　 나: 무릎은 하루에도 열두 번씩 굽혔다 폈다 하는
　　 만큼 질병에 취약한 부위입니다. 오래 서 있거나
　　 쪼그려 앉는 습관부터 고치는 것이 좋습니다.

　　 膝蓋一天會彎曲個無數次，所以是非常容易受傷的部位。先從改善久站或久坐等習慣開始比較好。

✏ 「열두 번」是指非常多次的意思。

🔍 也會使用在某個人無法下定決心，想法經常改變的時候。
例如：「지원이는 하루에도 열두 번 여행 계획을 바꿔.(智媛的旅行計劃一天大概會變個好幾次。)」

호랑이도 제 말 하면 온다

使用在議論某人時那個人湊巧出現的時候。

例 가: 태현이는 무슨 일이든지 자기 고집대로만 하려고 해. 오늘도 같이 팀 과제를 하다가 짜증 나 죽는 줄 알았어.

太顯不管什麼事都固執己見，今天跟他一起做小組作業的時候快被他煩死。

나: 쉿! 조용히 해. 호랑이도 제 말 하면 온다고 저기 태현이가 오네.

噓！小聲一點，說曹操曹操到，太顯要走過來了。

홍역을 치르다

近 홍역을 앓다

指極度困難或經歷困難的情況。

例 가: 전염병 확산으로 전 세계가 홍역을 치르고 있는데요. 김 기자, 드디어 백신이 개발됐다면서요?

因為傳染病的擴散讓全世界陷入了困境，金記者，聽說終於開發出疫苗了嗎？

나: 네, 오늘 아침 여러 나라의 후원을 받은 한 제약 회사가 백신 개발을 마치고 임상 실험에 들어갔다고 밝혔습니다.

是的，根據今天早上的消息，某個獲得多個國家資金挹注的藥廠開發的疫苗，現在已經進入了人體試驗的階段。

🔎 在從前罹患麻疹的話因為無藥可治，造成許多人死亡或是遭受死亡般的痛苦，如同前述，使用在經歷巨大痛苦的時候。

★★☆ 慣
가시밭길을 가다

指過著艱苦又困難的人生。

例 가: 아버지, 저는 가수가 되고 싶어요. 왜 제 꿈을 지지해 주지 않으세요?

爸爸，我想要成為歌手，為什麼你不支持我的夢想？

나: 가수로 성공하기가 얼마나 힘든지 너도 알잖아. 자식이 가시밭길을 가겠다는데 안 말릴 부모가 어디 있겠니?

你也知道要成為一個成功的歌手有多麼困難，世上哪有父母願意看到孩子走上一條荊棘路呢？

🔎 過著一帆風順的人生時則會使用「꽃길만 걷다」。

★☆☆ 慣
개뿔도 없다

指某個人沒有錢財、名譽、能力等等的意思。

例 가: 승원 씨가 비싼 외제 차를 끌고 다니네요.

昇源開著昂貴的外國車呢。

나: 그러게요. 개뿔도 없으면서 항상 비싼 차를 타더라고요.

就是說啊，明明沒錢卻總是開著名車。

✏ 「개뿔」是指沒有任何價值、不怎麼重要的東西的俗稱。

🔎 一無所有的時候則會使用「쥐뿔도 없다」。因為是通俗的說法所以最好不要對長輩或不熟的人使用比較好。

★★☆ 慣
고배를 들다

近 고배를 마시다,
고배를 맛보다

使用在遭遇到挫敗或失敗等痛苦的事情時。

例 가: 합격을 정말 축하해요. 그렇게 원하던 회계사가 된 소감이 어때요?

恭喜你通過測驗，當上你夢寐以求的會計師後心情怎麼樣？

나: 너무 기뻐요. 작년에 불합격의 고배를 들었을 때 포기했다면 오늘의 기쁨은 없었을 거예요.

非常開心，如果去年不合格遭受挫敗時放棄的話，就不會有今天的成功了。

✏ 「고배」原本是指苦酒，在此則是指痛苦的經驗。

★★☆ 慣
낭패를 보다

指某件事情不照計畫或期待的方向前進，且變得困難的意思。

例 가: 이사할 때 필요한 물건을 싸게 사려고 중고 거래 사이트를 이용하려고 하는데 어디가 좋을까요?

搬家的時候我想在二手網站買一些便宜的用品，該用哪一個網站呢？

나: 저는 한 번 이용했다가 낭패를 본 적이 있어서 중고 거래는 별로 추천하고 싶지 않아요.

我之前曾因二手交易而狼狽不堪，所以我不推薦你買二手用品。

🔎 源自於「낭（狼）」和「패（狽）」是傳說中的動物，因為行動不便，必須依靠對方才能行走。因此當他們關係變差的話，就無法相互依賴，既不能行走也無法狩獵，亦即陷入困境的意思。

★★☆ 俗
닭 쫓던 개 지붕 쳐다보듯

近 닭 쫓던 개 먼 산 쳐다보듯

指用心做的事失敗後，因為失望而出現頹喪的模樣。

例 가: 결국 한승우 선수 영입에 실패했다고요?

結果你聘請韓勝宇選手失敗了嗎？

나: 네, 죄송합니다. 닭 쫓던 개 지붕 쳐다보듯 한다더니 저희가 딱 그 꼴이 됐습니다. 몇 달 동안이나 공을 들였는데 미국 구단에서 스카우트 제의를 받더니 그쪽하고 바로 계약을 해 버렸습니다.

是的，對不起，就像逐雞之犬望向屋頂般的無可奈何，幾個月內我不斷對他示好，他卻在美國球隊的挖角下，一夕之間就和他們簽約了。

🔎 源自於雞動了狗的食物，狗因為生氣不停地追著雞跑，然而雞卻飛上屋頂，讓狗什麼都做不了只能空虛地望著屋頂的意思。

두손두발다들다

使用在某件事超越某個人的能力範圍，而放棄那件事的時候。

例 가: 김 간호사님, 305호 환자가 주사를 안 맞겠대요. 그분 고집에 저는 두 손 두 발 다 들었으니까 어떻게 좀 해 주세요.

金護理師，305號患者不願意打針，面對他的固執，我真的舉雙手雙腳投降，所以請你去勸勸他吧。

나: 알겠어요. 제가 가서 다시 한번 설득해 볼게요.

我知道了，我會再去說服他看看。

땅에 떨어지다

指名譽或權位遭受到無可回復的損害。

例 가: 자동차 결함으로 화재가 계속 발생하고 있는데도 제조사가 방관만 하고 있대요. 그래서 그 회사에 대한 신뢰가 완전히 땅에 떨어지고 있대요.

聽說因為汽車瑕疵而導致不斷有火災發生，但是製造商卻仍袖手旁觀，所以那間公司早已名譽掃地了。

나: 큰 사고로 이어질 수 있는데 큰 문제네요.

但是重大事故持續發生是個大問題呢。

⌕ 普遍使用在因為某件事而導致名譽、威信、信賴、士氣或自尊心等下降或是消失的時候。

무릎을 꿇다

指向他人投降或屈服的意思。

例 가: 어제 뉴스를 보니까 주민들의 반대 때문에 인천시가 쓰레기 소각장 건립 계획을 취소했대요.

我昨天看到了一則新聞，仁川市因為居民的反對而取消了垃圾掩埋場的建設計畫。

나: 주민들의 거센 항의에 결국 시가 무릎을 꿇은 모양이네요.

看來在居民們強烈反抗之下，市政府終於屈服了。

⌕ 某個人讓抵抗的人投降或屈服的時候則會使用「무릎을 꿇리다」。

★★★ 慣
미역국을 먹다

指落榜的意思。

例 가: 표정을 보니 이번에도 한식 조리사 시험에서 미역국을 먹은 모양이구나?

看表情，這次韓式料理師證照考試又落榜了？

나: 응. 필기시험에 합격해야 실기 시험도 볼 수 있는데 자꾸 떨어지니까 속상해.

嗯，筆試合格才能進實作測驗，卻一直不合格。

🔎 也會使用在某個人從自己的位置上被趕走的時候。例如： 「박 과장은 이번 프로젝트에 실패하면서 미역국을 먹었다.(朴科長在這次的專案失敗後被解雇了。)」

★☆☆ 慣
백기를 들다

使用在向對方投降或屈服的時候。

例 가: 이 무역 전쟁에서 과연 어느 나라가 먼저 백기를 들게 될까요?

你覺得在這次的貿易戰爭中哪一個國家會率先舉白旗投降呢？

나: 그건 중요한 문제가 아닌 것 같습니다. 무역 전쟁으로 인해 피해를 입는 나라들을 먼저 생각해야지요.

這似乎不是一個重要的問題，要先考慮到因貿易戰爭而受到影響的國家才行。

🔎 源自於從前在戰爭或運動競技中，因為對方的武力或氣勢而受到壓制，沒有任何戰鬥意志而舉起白旗投降的意思。

★☆☆ 慣
빛을 잃다

指價值降低或變得沒有價值的意思。

例 가: 김 기자, 오늘 김대성 선수의 활약이 대단했다고요?

金記者，聽說今天金大成選手的表現很亮眼？

나: 네, 결정적인 순간에 홈런을 쳐 팬들을 열광하게 만들었는데요. 하지만 팀의 패배로 멋진 플레이가 빛을 잃게 되어 아쉬움을 남겼습니다.

是的，在決定性的瞬間擊出了全壘打，讓所有粉絲陷入瘋狂，然而因為隊伍的敗北讓這個帥氣的打擊頓時失去了光環，真可惜。

🔎 用在某人的努力或表現變得沒價值。也會用在某種思想、名聲或事物等和以前相比變得是微不足道時。

★★★ 俗
엎질러진 물

近 엎지른 물,
깨어진 그릇

指已經釀成的禍不能導正或挽回的意思。

例 가: 가족 채팅방에 보낼 문자를 실수로 회사 단체
채팅방에 보내 버렸는데 어떡하지?

我把要傳到家庭群組的訊息不小心傳到公司群
組了，該怎麼辦呢？

나: 이미 엎질러진 물인데 어쩌겠어? 그만 잊어버리고
밥이나 먹어.

已經覆水難收了還能怎麼辦？還是忘掉它，吃
你的飯吧。

🔍 是從「쏘아 놓은 살이요 엎질러진 물이다」中縮短而來。

★★★ 俗
원숭이도 나무에서
떨어진다

指就算是熟練的高手也有失誤的時候。

例 가: 이 선생님, 아까 수업 시간에 선생인 제가 수학
문제를 잘못 푸는 바람에 너무 당황했어요. 이제
창피해서 애들 얼굴을 어떻게 보죠?

李老師，剛剛在上課的時候，我因為算錯了數
學問題而感到非常驚慌，太丟臉了，我該怎麼
面對學生們呢？

나: 원숭이도 나무에서 떨어진다고 우리도
사람이니까 실수할 때가 있는 거죠. 애들도 그렇게
이해해 줄 거예요.

人有失足，馬有失蹄，人當然有失誤的時候，
學生們會理解的。

🔍 使用在說明即使是非常熟練的事情，也要仔細小心才不會
有失誤，或是安慰犯了錯而感到傷心的人。

★★☆ 慣
죽을 쑤다

指某件事情搞砸或失敗的意思。

例 가: 연우야, 오늘 태권도 시합은 어땠어?

妍雨，今天的跆拳道比賽怎麼樣？

나: 말도 마. 완전히 죽을 쒔어. 전에 다친 다리가
아파서 제대로 움직일 수가 없었거든.

別說了，完全搞砸了。之前的腿傷復發了所以
沒辦法正常移動。

🔍 源自於本來要煮飯卻沒能調節好水量，煮成粥的意思。

★★★ 慣
코가 납작해지다

指遭遇到某件事而氣餒、失去威嚴的意思。

例 가: 하준아, 오늘 대회에서 졌다고 해서 그렇게 코가
　　　납작해져 있을 필요 없어. 다음에 더 잘하면 되지.

　　　河俊，沒必要因為今天在比賽上輸了就愁眉苦
　　　臉的，下一次再接再厲就好了。

　　나: 그래도 공격도 한 번 못해 보고 져서 너무 창피해.

　　　即使如此，一次也沒有攻擊到對手就輸了，實
　　　在太丟臉。

🔎 讓他人氣餒的時候則會使用「코를 납작하게 만들다」。

★☆☆ 慣
코를 빠뜨리다

指讓某個東西沒辦法使用或毀掉它的意思。

例 가: 김민수 씨! 계약을 체결하는 현장에서 문제점을
　　　이야기하면 어떻게 해요? 민수 씨가 다 된 밥에
　　　코를 빠뜨렸으니 책임을 지고 해결하세요.

　　　金民秀先生！你怎麼可以在契約簽署的現場講
　　　到可能發生的問題？民秀先生你讓這件事功虧
　　　一簣，所以請你負責解決。

　　나: 죄송합니다. 입이 열 개라도 드릴 말씀이
　　　없습니다.

　　　對不起，我責無旁貸。

🔎 在煮好的食物中流下鼻水的話，那份食物就不能吃了。如
同前述，使用在某個人搞砸幾乎快要完成的事時。主要使
用「다 된 밥에 코를 빠뜨리다」或「다 된 일에 코를 빠뜨리
다」的形式。

4 운·기회 ┊運氣·機會

♪ Track 052

★★★ 俗
계란으로 바위 치기

近 달걀로 바위 치기,
바위에 달걀 부딪치기,
바위에 머리 받기

使用在對方實力非常強，完全無法贏過他的時候。

例 가: 회사를 상대로 소송을 하겠다고요? 힘든 싸움이
될 테니 그냥 참는 게 어때요?

你說你要對公司提起訴訟？這會是一個艱辛的
抗爭，不如還是忍下來吧？

나: 너무 억울해서 참을 수가 없어요. 계란으로 바위
치기라고 해도 끝까지 싸울 거예요.

因為太委屈了實在無法忍受，就算是以卵擊石
我也要抗爭到最後。

★☆☆ 慣
길이 열리다

指某件事變得可行或是看見可能性的意思。

例 가: 박사님, 치매를 치료할 수 있는 길이
열렸다면서요?

博士，聽說終於找到了治療失智症的解方？

나: 네, 우리 대학 연구진이 치료제 개발에 박차를
가해서 드디어 성과가 나오고 있습니다.

是的，我們大學的研究團隊快馬加鞭地開發藥
劑，現在終於看見成果了。

★★★ 俗
꿩 먹고 알 먹는다

近 꿩 먹고 알 먹기

指一舉兩得的意思。

例 가: 아버지, 아침마다 일찍 일어나서 운동하는 게 힘들지
않으세요?

爸爸，每天早起運動你不累嗎？

나: 아침 일찍 일어나서 상쾌한 공기를 마시며
운동하면 기분도 좋고 건강도 좋아지니 꿩 먹고
알 먹는 건데 왜 힘들겠니?

早起可以呼吸到新鮮的空氣，運動更是有益於
身心健康，可說是一舉兩得，怎麼會累呢？

🔎 雉雞是母愛很強烈的動物，下蛋的時候不管周圍發生什麼
事都會守在蛋的旁邊不會逃走。源自於捕捉雉雞的時候，
也會一併獲得雉雞蛋的典故。

★☆☆ 慣
날이 새다

指實現某件事的時機或機會已逝，沒有希望。

例 가: 대리님, 그 일은 제가 꼭 맡아서 해 보고 싶은데 기획안을 다시 써서 부장님께 제출하면 어떨까요?

代理，我很想負責那份工作，我可以重新寫一份企劃書然後提交給部長嗎？

나: 지난번 회의 때 이미 윤아 씨가 하기로 결정된 일이잖아요. 날이 샌 일이니까 그만 포기하세요.

在上次開會的時候不是已經決定交由潤娥去做了嗎？你錯過了機會所以放棄吧。

✎ 「새다」是指天亮的意思。

♫ 因為天亮而開始了新的一天，已經結束的事情無法被挽回。

★☆☆ 俗
땅에서 솟았나 하늘에서 떨어졌나

使用在意料之外的事情突然發生的時候。

例 가: 어! 이거 네가 찾던 지갑 아니야?

喔！這不是你在找的錢包嗎？

나: 땅에서 솟았나 하늘에서 떨어졌나 그렇게 찾아도 없었는데 너 어디서 찾았어?

它是從哪裡冒出來的？我不管怎麼找都找不到，你是從哪裡找到的？

♫ 也會用在要珍惜父母或祖先時。例如：「땅에서 솟았나 하늘에서 떨어졌나, 부모님이 계시니까 민수 씨도 있는 거예요.(不要數典忘祖，因為有你父母才有你民秀你呀。)」

★★★ 俗
떡 본 김에 제사 지낸다

近 떡 본 김에 굿한다

指偶然出現好機會而去做一直以來想做的事。

例 가: 약속 시간까지 시간이 좀 남았는데 잠깐 백화점에 들러서 구경이나 하고 갈까?

離約定時間還有一會兒，要不要去逛百貨公司？

나: 좋아. 떡 본 김에 제사 지낸다고 사고 싶었던 옷이나 사야겠다.

好啊，擇日不如撞日，去買一直想買的衣服。

♫ 年糕是祭祀時不可或缺的食物，每次祭祀時都需要花時間額外準備年糕，然而，如果要舉行祭祀的時候碰巧獲得了年糕，不用額外準備就可以馬上舉行祭祀。如同前述，使用在說明要把握偶然出現的機會去做原本想做的事。

⑫
人生

★★★ 俗
마른하늘에 날벼락

近 마른하늘에 생벼락,
대낮에 마른벼락,
마른하늘에 벼락 맞는다

使用在某個人遭受到意料之外的憾事的時候。

例 가: 여보, 옆집 남편이 오늘 교통사고를 당했는데 지금 위독한 상황이래요.

親愛的，聽說隔壁鄰居的先生遭遇車禍，現在正在搶救當中。

나: 뭐라고요? 마른하늘에 날벼락이라더니 갑자기 이게 무슨 일이죠?

你說什麼？真是飛來橫禍，怎麼突然有這種事？

✐ 「마른하늘」是指晴朗而不會下雨的天空。

★☆☆ 慣
문이 좁다

指某件事或情況實現的機率很低的意思。

例 가: 김 기자, 올해 대기업들의 채용 계획은 어떻습니까?

金記者，今年大企業的錄取率如何呢？

나: 상반기에 채용 계획이 없다는 대기업이 늘고 있습니다. 올해도 대기업 취업의 문이 좁을 것으로 예상됩니다.

上半季錄取率為零的大企業變多，可預測今年大企業的就業大門依舊狹窄。

🔎 實現某件事或情況的機率很高則會使用「문이 넓다」。

★★☆ 慣
문턱이 높다

指非常難以進入或接近的意思。

例 가: 정부가 사정이 어려운 소상공인들을 위한 대출을 늘린다고 발표했으니까 주영 씨도 은행에 가서 한번 알아보세요.

政府公佈了會提高經營困難的工商業者的貸款金額，朱英妳也去銀行打聽看看吧。

나: 안 그래도 은행에 신청을 하러 갔는데 문턱이 높더라고요. 저는 자격 조건이 안 된다고 거절당했어요.

我正好打算去銀行申請，但門檻實在太高了，我因為不符合資格而被拒絕了。

🔎 讓某個事物變得難以接近則會使用「문턱을 높이다」。

★☆☆ 慣
봉을 잡다

指獲得珍貴優秀的人才或事物的意思。

例 가: 민수 씨는 일도 잘하는 데다가 성격도 좋고
　　　성실하기까지 해서 뭐 하나 빠지는 게 없어요.

　　　民秀不只工作能力優秀，個性很好、做事認
　　　真，可以說是完美無缺。

　　나: 맞아요. 민수 씨를 채용한 사장님이 봉을 잡은
　　　거죠.

　　　沒錯，錄用民秀的老闆可以說是如虎添翼。

✎ 「봉（鳳）」是指中國傳說中代表福報的祥鳥，也會稱之
　為「봉황（鳳凰）」。

🔍 使用在就像捉到傳說中的珍禽「鳳凰」一樣，表示獲得良
　好的機會，或是男女關係中遇到無可挑剔的對象時。

★★☆ 慣
불똥이 튀다

使用在因為某件不好的事或是結果影響到毫不
相干的人，讓那個人遭受到怒火的時候。

例 가: 어머니께서 형 때문에 화가 많이 나셨던데 내가
　　　대신 변명해 줄까?

　　　媽媽好像因為哥哥發了好大的脾氣，我要不要
　　　去幫你說幾句話？

　　나: 아니야, 괜히 너한테 불똥이 튈 수도 있으니까 그냥
　　　가만히 있어.

　　　不用了，你還是安靜待著才不會掃到颱風尾。

✎ 「불똥」是指從烈火中冒出的非常小的火花。

★☆☆ 慣
불행 중 다행

指不幸中的大幸。

例 가: 어제 자동차 공장에서 큰 불이 났는데 다친
　　　사람은 없다고 하네요.

　　　聽說昨天汽車工廠發生了火災，幸好沒有人受
　　　傷。

　　나: 사람이 안 다쳤다니 정말 불행 중 다행이네요.

　　　沒有人受傷真的是不幸中的大幸。

🔍 使用在可能發生更壞的情況，但幸好沒有發生。

★☆☆ 慣
뼈도 못 추리다

使用在去挑戰完全贏不過的對手，只會受到損害而且嚴重到失去所有。

例 가: 너 요즘 승원이한테 왜 그렇게 까불어? 승원이가 화나면 얼마나 무서운데……. 잘못하다가는 뼈도 못 추릴 수 있으니까 조심해.

你最近為什麼對聖元那麼囂張？你又不是不知道聖元生氣起來有多可怕……。小心你吃不完兜著走。

나: 알겠어. 앞으로 조심할게.

知道了，我以後會小心的。

🔍 普遍使用在說明不要莽撞冒犯或挑釁對方，否則會造成身體的嚴重損傷，就像人死無全屍一樣，也會使用在說明魯莽行動會造成巨大損失，例如：「커닝했다가는 뼈도 못 추릴 거야.(考試作弊的話小心吃不完兜著走。)」

☆☆☆ 慣
세월을 만나다

指遇到好的時機或機會，事情進行得很順利。

例 가: 결혼도 하고 승진도 하고 요즘 윤아 씨가 세월을 만났네요.

結婚加上升遷，潤娥最近真是左右逢源啊。

나: 그러게요. 정말 잘됐어요.

就是啊，真是太好了。

★★☆ 俗
안되는 사람은 뒤로 넘어져도 코가 깨진다

近 안되는 사람은 자빠져도 코가 깨진다

指運氣不好的人甚至會遇到一般人不會遇到的壞事。

例 가: 수아야, 맹장염으로 갑자기 입원하는 바람에 입사 면접을 못 봤다면서?

秀雅，聽說妳因為急性盲腸炎住院而沒辦法去面試？

나: 응, 이번에 웬일로 서류 심사가 통과되나 했다. 안되는 사람은 뒤로 넘어져도 코가 깨진다더니 내가 딱 그 꼴이야.

對啊，我還想說這次書面審查怎麼就順利通過了，運氣不好的人就算往後摔也會摔斷鼻梁，我就是那種人呢。

🔍 也會縮短成「뒤로 넘어져도 코가 깨진다」使用。

☆☆☆ 俗

엎어진 김에 쉬어 간다

近 넘어진 김에 쉬어 간다

指化危機為轉機的意思。

例 가: 지원 씨, 입원했다면서요? 요즘 야근을 많이 하더니 몸에 무리가 됐나 봐요.

智媛，我聽說妳住院了？妳大概是因為太常加班而過勞了。

나: 네, 그래서 엎어진 김에 쉬어 간다고 며칠 휴가 내고 쉬면서 체력도 보충하고 새 프로젝트도 구상해 보려고요.

是啊，但既來之則安之，既然休假了幾天，我打算一邊恢復體力一邊構想新的企劃案。

✎ 「엎어지다」是指往前跌倒的意思。

🔎 某件事進行途中可能會發生意想不到的事情而因此感到挫折，使用在說明與其有著不安的心情，不如將這個情況轉化成機會。

★☆☆ 慣

엎친 데 덮치다

指不好的事情交錯發生的意思。

例 가: 범수 씨가 얼마 전에 이혼을 했는데 건강까지 안 좋아져서 입원했다고 하더라고요.

范秀前陣子不只離婚，還因為健康問題住院了。

나: 엎친 데 덮친 격이군요. 많이 힘들 텐데 전화라도 해 봐야겠어요.

真是雪上加霜呢，他應該很累吧，打個電話慰問他好了。

🔎 指某個人已經跌倒還有另一個人壓在他身上，使用在不好的各種事情同時發生在某個人身上的時候。

★☆☆ 慣
온실 속의 화초

近 온실 속에서 자란 화초

指某人沒有經歷困難或苦難而幸福地長大。

例 가: 저는 너무 힘들게 살아와서 나중에 아이들에게는
조금이라도 힘든 일은 절대 안 시키려고 해요.

我在太困苦的環境中成長，所以我以後絕對不
要讓我的孩子吃任何苦。

나: 아이들을 너무 온실 속의 화초처럼 키우는 것도
좋지는 않아요.

但是如果把孩子養成溫室裡的花草也不好。

○ 使用在某個人在保護之下成長，獨自一人就什麼也不會或
是不懂得人情世故的時候。

★☆☆ 慣
원님 덕에 나팔 분다

近 원님 덕에 나발 분다

描述多虧了別人而受到超乎身份的禮遇。

例 가: 이 골목에 있는 식당들은 모두 장사가 잘되는 거
같아요. 비결이 뭘까요?

這條巷子裡的餐廳生意都很好，秘訣是什麼呢？

나: 저 돈가스집이 맛집으로 급부상하면서 이 근처
식당들도 덩달아서 장사가 잘된다고 하더라고요.
원님 덕에 나팔 부는 격이지요.

那家炸豬排是網紅餐廳，人氣扶搖直上，所以
它附近的餐廳生意也跟著好了起來，可以說是
沾了他們的光吧。

○ 在從前，治理村落的縣令舉轎行進的時候，前面會有喇叭
手吹著喇叭。這時候百姓都要退到一旁向縣令鞠躬行禮，
而地位不高的喇叭手也因為縣令而受到百姓的行禮，這便
是此俗諺的典故。

☆☆☆ 俗
재수가 옴 붙었다

近 재수가 옴 붙다

指運氣非常不好的意思。

例 가: 출근길에 새똥을 맞았어. 아침부터 재수가 옴
붙었나 봐.

上班的路上被鳥屎砸到，一大早就倒霉透了。

나: 그 옷 어제 새로 산 거 아니야? 속상하겠다.

那件衣服不是新買的嗎？你肯定很難過吧。

✎ 「옴」是指由寄生蟲疥蟎附著在皮膚上而引起的皮膚病，
且傳染性非常強。

○ 使用在突然發生壞事或事情進行得不順利的時候。

팔자가 늘어지다

指無憂無慮的生活。

例 가: 승원이가 또 해외여행을 간다고 하더라고. 돈이 어디서 나서 그렇게 여유 있게 살지?

昇源說他又要出國旅行了，他到底哪來這麼多錢可以過得這麼悠閒？

나: 승원이 아버지가 부자인 거 몰랐어? 아버지 덕에 팔자가 늘어지게 사는 거지.

你不知道昇源是富二代嗎？多虧了他爸爸，他才能這麼高枕無憂。

✎ 「늘어지다」是指無憂無慮且安心的意思。

하늘에 맡기다

指把某件事的結果交給命運的意思。

例 가: 의사 선생님, 저희 할아버지 수술은 잘됐나요?

醫生，爺爺的手術順利嗎？

나: 수술은 잘됐습니다. 저희가 할 수 있는 것은 다했으니 이제 하늘에 맡기고 기다려 봅시다.

手術很順利，我們已經盡力了，現在只能聽天由命，等等看了。

🔍 使用在說明單憑人類的力量所不可及的事情，但仍盡全力去解決，完成可以做的部分，並將剩下的成敗交由上天的時候。

호박이 넝쿨째로 굴러떨어졌다

近 굴러온 호박

使用在意外獲得好物，或是意想不到的好事發生的時候。

例 가: 저번에 백화점에서 경품 행사를 하길래 재미 삼아 응모했는데 1등에 당첨돼서 자동차를 받게 됐어.

之前百貨公司舉辦抽獎活動，我抱著試試看的心態去抽，結果沒想到抽中頭獎的汽車。

나: 정말이야? 호박이 넝쿨째로 굴러떨어졌네.

真的嗎？真是喜從天降呢。

🔍 南瓜很美味且沒有不能吃的部分，從以前就是很受歡迎的食材，用滾落下來的整顆南瓜來表示飛來一筆橫財的意思。

12
人生

★★☆ 俗

혹 떼러 갔다
혹 붙여 온다

指某個人想要減輕負擔，沒想到卻惹來更多負擔的意思。

例 가: 피부과에 점을 빼러 갔는데 점이 깨끗하게
　　빠지기는커녕 오히려 흉터가 생겨 버렸어요.

去皮膚科本來想要把痣點掉，結果不只沒點掉，還多了一條傷疤。

나: 어떡해요? 혹 떼러 갔다 혹 붙여 온 셈이잖아요.

怎麼辦？這不是適得其反嗎？

🔍 源自於古代故事，傳聞有一個臉上長瘤的善良老人多虧了鬼怪而把臉上的瘤去掉，另一個臉上長瘤的貪婪老人聽到傳聞跑去欺騙鬼怪想要去掉臉上的瘤，卻反而多了一個瘤。

★★★ 俗

황소 뒷걸음치다가
쥐 잡는다

使用在偶然地獲得幸運，或是意外地獲得好結果的時候。

例 가: 공부를 하나도 안 해서 그냥 다 찍었는데 시험에
　　합격한 거 있지?

我完全沒唸書，考試都用猜的，結果居然及格了？

나: 황소 뒷걸음치다가 쥐 잡는다더니 딱 네가 그런
　　셈이네.

你還真是瞎貓碰到死老鼠呢。

🔍 牛完全沒有狩獵老鼠的想法，但在後退的時候無意中踩到老鼠，也會使用在某個愚蠢的人做出愚蠢的行動卻意外獲得好結果的時候。

5 일생 | 一生

🎵 Track 053

★☆☆ 慣
가방끈이 길다

指某個人學歷很高的意思。

例 가: 민수는 대학원까지 나왔는데 어떻게 이런 것도 모를
　　　수가 있지?

　　　民秀都讀到研究所了，怎麼連這個也不懂？

　　나: 가방끈이 길다고 해서 뭐든 다 잘 아는 건
　　　아니잖아.

　　　就算學歷高，也不是什麼都懂好嗎？

🔍 某個人低學歷的時候則會使用「가방끈이 짧다」，但直接
　　向對方說是非常失禮的舉動，使用時務必小心。

★★☆ 俗
검은 머리 파뿌리 되도록

近 검은 머리 파뿌리 될
　　때까지

指非常長壽的意思。

例 가: 신랑과 신부는 검은 머리 파뿌리 되도록 평생
　　　사랑하며 행복하게 살겠습니까?

　　　新郎和新娘是否願意與對方白頭偕老，幸福地
　　　度過一生？

　　나: 네, 그렇게 하겠습니다.

　　　我願意。

🔍 使用在告訴結婚的夫婦一起克服困難並長長久久幸福地生
　　活的時候。

★★★ 慣
국수를 먹다

指某個人要結婚的意思。

例 가: 나 남자 친구에게 청혼 받았어.

　　　我被男朋友求婚了。

　　나: 축하해. 언제 결혼하는 거야? 그날 꼭 국수를
　　　먹으러 갈게.

　　　恭喜你，什麼時候結婚？我一定會去你的結婚
　　　典禮。

🔍 源自於從前的人在結婚典禮結束後的宴席都會宴請賓客們
　　吃湯麵。

★★☆ 慣
날을 잡다

近 날을 받다

指決定結婚典禮的日子。

例 가: 승원 씨, 곧 결혼한다면서요? 날을 잡은 거예요?

昇源，聽說你快要結婚了？決定好大喜之日了嗎？

나: 네, 다음 달 둘째 주 토요일로 잡았어요. 그날 꼭 와서 축하해 주세요.

是的，我們決定在下個月第二週的週六舉辦，請您一定要出席我們的結婚典禮。

🔎 也會使用在做某件事之前提前先決定日期的時候。例如：「언제 날을 잡아서 청소를 해야겠어.(該挑一天來打掃了。)」

★★☆ 慣
눈에 흙이 들어가다

近 눈에 흙이 덮이다

指人死後土葬的意思。

例 가: 아버지, 그 사람과 꼭 결혼하고 싶어요. 제발 허락해 주세요.

爸爸，我一定要跟那個人結婚，請你答應吧。

나: 안 돼. 내 눈에 흙이 들어가기 전에는 절대로 이 결혼을 허락할 수 없어.

不行，在我踏入棺材之前，我絕對不可能答應這門婚事。

🔎 普遍使用「눈에 흙이 들어가기 전에는」的形式，使用在強烈反對某件事的時候。

★★☆ 慣
더위를 먹다

近 더위가 들다

使用在因為酷熱身體出狀況的時候。

例 가: 우리 심심한데 나가서 농구할래?

好無聊喔，我們要不要出去打籃球？

나: 이렇게 더운데 밖에서 농구하면 더위를 먹을 거야. 그냥 집에 있자.

這麼熱出去打球會中暑吧，還是待在家就好。

🔎 指因為炎熱的天氣而產生體溫升高、食慾下降、頭昏腦脹、拉肚子等身體不適症狀的時候。

★☆☆ 慣
더위를 타다

指某個人無法忍受炎熱的意思。

例 가: 아, 너무 덥다. 나는 더위를 많이 타는 편이라 여름이 너무 힘들어.

啊，好熱，我很怕熱所以夏天很難受。

나: 나도 그래. 더위 식히러 팥빙수나 먹으러 갈래?

我也是，我們要不要去吃紅豆冰消暑？

✎ 「타다」是指容易受到季節或是天氣的影響。

🔎 使用在某個人和他人相比，特別不能忍受炎熱的時候。

★★☆ 慣
세상을 떠나다

近 세상을 뜨다,
세상을 등지다,
세상을 버리다,
세상을 하직하다

指人死亡的意思。

例 가: 오늘 지원 씨가 출근을 안 했네요. 무슨 일이 있나 봐요.

今天智媛沒有來上班，看來是發生什麼事了。

나: 아직 사내 공지를 못 봤군요. 어제 지원 씨 할머니께서 세상을 떠나셨대요.

原來你還沒有看到公司的公告，聽說昨天智媛 的奶奶離世了。

🔎 普遍使用「세상을 떠났다」的形式。

★☆☆ 慣
자리를 털고 일어나다

近 자리를 걷고 일어나다

指臥病不起的人痊癒，並開始活動的意思。

例 가: 장모님, 아직도 많이 편찮으세요?

岳母，您還很不舒服嗎？

나: 응, 많이 아파. 내가 어서 자리를 털고 일어나야 자네도 걱정을 안 할 텐데 미안하네.

嗯，很不舒服，我應該要趕快好起來，這樣才 不用讓你們擔心，真是抱歉呢。

🔎 也會使用在為了移動到他處而離開原本所在地方時。例 如：「시계를 보니 집에 갈 시간이라서 자리를 털고 일어 났다.(看了一下手錶，到了該回家的時間了呢，我該走 了。)」

★★☆ 慣
자리에 눕다

指某個人臥病不起的意思。

例 가: 사장님 아내 분이 병으로 자리에 누운 지 벌써
3년이 다 되어 가네요. 사장님께서 얼마나
힘드실까요?

我們老闆的妻子已經臥病不起三年了,老闆該
有多難過呀?

나: 그래도 내색을 전혀 안 하시잖아요. 저희가 신경을
많이 써 드려야겠어요.

即使如此他也沒有露出難過的神情,我們要多
多關心他。

🔎 普遍使用在某個人病到無法外出活動,嚴重到只能長期臥
床生活的時候。

★☆☆ 慣
장래를 약속하다

指兩個人約定好要結婚的意思。

例 가: 윤아 씨와 민수 씨는 참 잘 어울리는 것 같아요.
서로 챙겨 주는 모습이 보기도 좋고요.

潤娥和民秀好登對,互相照顧的模樣也很美
好。

나: 그렇죠? 어제 물어보니 장래를 약속했다고
하더라고요.

是吧?我昨天問他們,他們已經約定好要步入
禮堂了。

✏️ 「장래」是指即將到來的未來。

🔎 使用在兩個人說好要結婚並認真交往的時候。

★★★ 俗
짚신도 제짝이 있다

近 짚신도 짝이 있다

指再怎麼微不足道的人也有自己的緣分。

例 가: 짚신도 제짝이 있다는데 도대체 내 짝은 어디
있을까? 나도 연애하고 싶어.

都說有緣千里來相會,我的另一半到底在哪
裡?我也想談戀愛。

나: 곧 나타날 거야. 조금만 기다려 봐.

很快就會出現了,再等一下吧。

🔎 源自於從前大多數的人都穿草鞋,但是因為模樣相似所以
一旦脫了鞋就很難找到相同的草鞋,即使如此,人們還是
很會從很多雙草鞋中找到自己的那雙草鞋。

★★☆ 慣
추위를 타다

指容易覺得冷且怕冷的意思。

例 가: 겨울이 끝난 지가 언제인데 아직까지 겨울 코트를 입고 다녀요? 안 더워요?

　　冬天已經結束多久了，你還穿著冬天外套？不熱嗎？

　　나: 전 추위를 많이 타서 봄까지 이렇게 입고 다녀요.

　　因為我很怕冷，所以到春天我也還是這樣穿。

🔍 使用在某個人和他人相比更怕冷的時候。

★☆☆ 慣
피가 끓다

指某個人年輕氣盛的意思。

例 가: 어제 TV에서 보니까 요즘에는 혼자서 세계 여행을 떠나는 20대들이 많더라고요.

　　昨天看到電視上說最近獨自一人去世界旅行的二十幾歲的年輕人很多。

　　나: 멋있네요. 20대면 한창 피가 펄펄 끓을 나이지요.

　　很棒啊，二十幾歲正是精力旺盛的年紀呢。

🔍 使用在年輕人積極挑戰事情的時候。另一方面，也會使用在情緒強烈湧上來的時候。例如：「저를 무시하는 말을 들으니 피가 끓는 것 같았어요.(聽到不尊重的言語讓我瞬間很火大。)」

★★☆ 慣
하늘이 노랗다

指受到巨大衝擊，頭暈目眩的意思。

例 가: 삼수를 했는데도 대학교 불합격 소식을 듣고 나니 하늘이 노랗네. 어떡하지?

　　我重考了三次還是沒有考上大學，真是眼前一片黑暗，我該怎麼辦呢？

　　나: 추가 합격자 발표도 있으니까 너무 낙담하지 말고 기다려 봐.

　　還有額外的合格者還沒有公佈，所以不要灰心，再等等看。

🔍 也會使用在非常精疲力盡的時候。例如：「발표 준비를 하느라 종일 굶었더니 하늘이 노랗고 어지러워요.(為了準備報告餓了一整天，現在餓得天昏地暗。)」

★☆☆ 慣
화촉을 밝히다

指舉辦婚禮的意思。

例 가: 주말에 있었던 언니 결혼식은 잘 끝났어요?

你姊姊上週末的婚禮還順利嗎？

나: 네, 많은 사람들의 축복 속에서 화촉을 밝혔어요.
이제 잘 살 일만 남았지요.

是的，在大家的祝福之下結為了夫妻，現在她
過著幸福的生活。

🔎 「화촉」是以多種色彩製成的蠟燭，在從前非常昂貴，除
了結婚典禮上，在其他地方幾乎看不到。所以從前的人只
要說起「화촉」就會自然地聯想到婚禮，於是演變成了結
婚的象徵。

☆☆☆ 慣
환갑 진갑 다 지내다

指某個人非常長壽的意思。

例 가: 잡지에서 80세가 넘은 교수님의 인터뷰를
봤는데 환갑 진갑 다 지내시고도 학문에 대한
열정은 젊은 학자들 못지않으신 것 같더라고요.

在雜誌上看到八十幾歲高齡的教授的專訪，年
事已高的他對於學問的熱情並不遜於年輕的學
者。

나: 저도 봤어요. 아직 강의도 하신다고 하던데 정말
대단하신 것 같아요.

我也看到了，至今還在授課真的很了不起。

🔎 「환갑」是指六十歲生日，而「진갑」是指「환갑」的隔
一年生日。從前平均年齡很短所以活到六十歲以上的人很
少，所以用這句話來代表六十歲以上很長壽的人。

이치

邏輯

----

1 인과   因果

2 자연   自然

3 진리   真理

★★★ 俗
고생 끝에 낙이 온다

近 고생 끝에 낙이 있다

指苦盡甘來的意思。

例 가: 월급을 받아도 대부분 학자금 대출을 갚는 데에 쓰니까 여행도 제대로 못 다니고 사고 싶은 것도 못 사. 일하는 보람이 없어.

領到的薪水大部分都要用來償還學貸，所以沒辦法好好去一趟旅行，也不能隨心所欲地買想要的東西，工作很沒意義。

나: 고생 끝에 낙이 온다고 그렇게 열심히 갚다 보면 금방 다 갚을 거야. 그 후에 하고 싶은 거 다 하면 되지.

有句話說苦盡甘來，你那麼努力工作很快就會還清的，在那之後你就可以做任何你想做的事。

🔎 普遍使用在告訴處在困境中的人，總有一天會苦盡甘來。

★★★ 俗
구슬이 서 말이라도 꿰어야 보배라

指再怎麼好的事物也要有用處才能展現它的價值。

例 가: 민지야, 집에 책이 정말 많다.

玟池呀，妳家的書還真多。

나: 책만 많으면 뭐 해. 구슬이 서 말이라도 꿰어야 보배라고 잘 안 읽어서 장식품에 가까워.

就算多有什麼用，俗話說玉不琢不成器，不拿來閱讀的話那些書就跟裝飾品沒兩樣。

✎ 「꿰다」是指玉珠要穿過絲線才能像項鍊一樣連起來的意思。

🔎 用於說明有好東西不用、或有能力卻不做的話就沒有任何價值，告訴人要好好使用物品或發揮能力。

★☆☆ 俗

남의 눈에 눈물 내면 제 눈에는 피눈물이 난다

指對他人做壞事的話，自己會遭受到加倍的報應。

例 가: 이 과장, 왜 그렇게 김 대리를 혼내? 남의 눈에 눈물 내면 제 눈에는 피눈물이 나는 거 몰라?

李科長，你為什麼要這樣訓斥金代理？你不知道惡有惡報嗎？

나: 실수를 한두 번 해야 혼을 안 내지요.

他已經不是一兩次了，我才會這麼嚴厲的教訓他。

🔎 使用在告訴人不要對他人使壞的時候。

★☆☆ 俗

두 손뼉이 맞아야 소리가 난다

近 도둑질을 해도 손발이 맞아야 한다, 도둑질을 해도 눈이 맞아야 한다

指不管是什麼事都要團結一致才能繼續的意思。

例 가: 재료 손질할 것이 많아서 혼자 하려면 힘들 테니 다른 분들하고 좀 나눠서 하세요.

要處理的食材很多，獨自要完成會很累，所以你也分擔一些給別人吧。

나: 영양사님, 두 손뼉이 맞아야 소리가 나죠. 제대로 하는 사람이 없어서 차라리 저 혼자 하는 게 나아요.

營養師，有句話說眾志成城，但是既然沒有認真做好事情的人，倒不如我自己來做就好。

★☆☆ 俗

뱁새가 황새를 따라가면 다리가 찢어진다

指某個人如果不守分寸，一昧跟隨他人，最後只會受害的意思。

例 가: 엄마, 저도 유명 브랜드 옷 좀 사 주세요. 친구들은 다 입고 다닌단 말이에요.

媽媽，買名牌衣服給我吧，我朋友們都穿名牌。

나: 우리 형편대로 살아야지. 뱁새가 황새를 따라가면 다리가 찢어져.

你要考慮到我們的處境，一昧模仿只會東施效顰。

🔎 使用在告訴人不要為了仿效他人就勉強自己去做困難的事，要做符合自己處境的行動。

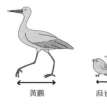

黃鸝　　麻雀

13 邏輯

★★★ 俗
비 온 뒤에 땅이 굳어진다

指遭遇試煉後會變得更加茁壯的意思。

例 가: 김 감독님, 선수들 간의 불화설이 생기면서
부진을 면치 못하던 팀이 최근 연승을 거듭하고
있어서 놀랍습니다. 어떻게 된 일인가요?

金教練，前陣子傳出隊員間不和的傳聞，戰績
難免低迷，但隊伍戰績連勝讓人出乎意料，這
是怎麼一回事呢？

나: 비 온 뒤에 땅이 굳어진다고 선수들이 다투면서
서로 이해할 수 있게 되었습니다. 그러면서 팀의
분위기도 좋아지고 성적도 좋아졌습니다.

風雨過後總會有彩虹，選手之間的爭吵讓他們
更了解彼此，同時也讓團隊的氣氛和戰績變好
了。

★★★ 慣
뿌린 대로 거두다

指根據自己的行動而得到的結果。

例 가: 어제 제 결혼식에 친구들이 많이 와 줘서 너무
고마웠어요.

我很感謝昨天結婚典禮上來了很多親朋好友。

나: 뿌린 대로 거둔다고 평소에 승원 씨가 친구들에게
잘해서 그래요.

一分耕耘一分收穫，昇源你平時就對朋友很好
所以大家才這麼捧場。

◯ 如果種下好的種子就能有豐碩的糧食可以收成，相反地如
果種下不良的種子，能收成的會很少，品質也會不好。如
同前述，使用在說明人會按照付出而得到相對應的回報，
所以平時也要好好表現。

서당 개 삼 년에 풍월을 읊는다

近 서당 개 삼 년에 풍월을
한다, 서당 개 삼 년에
풍월을 짓는다

指長時間待在某個領域的話，對那個領域不是很
熟的人也會獲得某種程度的知識和經驗。

例 가: 지원 씨가 중국어를 할 줄 아는지 몰랐어요. 언제
배웠어요?

我都不知道原來智媛妳會講中文，妳什麼時候
學的？

나: 제대로 배운 적은 없어요. 서당 개 삼 년에 풍월을
읊는다고 업무 때문에 매일 중국 사람들과 만나다
보니까 이제 간단한 단어는 알아듣겠더라고요.

我沒有認真學過，都說耳濡目染，大概是因為
工作的關係，每天都會跟中國人接觸，久而久
之就能聽懂一些簡單的單字。

🔎 就像住在書院十年每天聽著吟詩的聲音，就連狗都能發出吟
詩的聲音一樣。如同前述，使用在說明某個人在某個領域待
久了，就算不是很傑出，但也擁有某種程度的能力。另一方
面，也會使用「서당 개 삼 년이면 풍월을 읊는다」。

★★★ 俗

아니 땐 굴뚝에 연기 날까

指沒有肇因就沒有結果的意思。

例 가: 밤새 천장에서 물이 뚝뚝 떨어져서 윗집에 누수
검사를 해 보라고 하니까 자기네 집 문제가
아니라고 화를 내더라.

因為整夜都有從天花板上滴水下來的聲響，所
以請樓上住戶檢查有沒有漏水，但他們反而對
我生氣，說不是他們家的問題。

나: 아니 땐 굴뚝에 연기 나겠냐고 따져 보지 그랬어.
너무하다.

無風不起浪，你應該跟他們追究到底的，太過
分了。

🔎 也會使用在說明實際上真的有什麼事才會傳出傳聞的時
候。例如：「최근 드라마를 같이 찍은 남녀 배우의 연애설이
돌던데 아니 땐 굴뚝에 연기 나겠어요? 뭔가 있으니까 소문이
났겠지요.(最近一起拍戲的男女演員傳出了緋聞，但空穴不
來風，兩個人肯定是有些什麼才有這樣的傳聞吧？)」

★★☆ 俗

어른 말을 들으면 자다가도 떡이 생긴다

指遵從並珍惜父母所說的話必定會有好事發生的意思。

例 가: 아빠, 아빠 말씀대로 친구들을 배려하고 양보했더니 친구들이 저를 회장 후보로 추천해 줬어요.

爸爸，我按照你說的去關心並禮讓朋友們，結果他們就推薦我當學生會長候選人了。

나: 그것 봐. 부모 말을 들으면 자다가도 떡이 생긴다고 했잖아.

我就說吧，聽父母的話準沒錯。

🔎 也會使用「부모 말을 들으면 자다가도 떡이 생긴다」。

★☆☆ 俗

지렁이도 밟으면 꿈틀한다

近 지렁이도 다치면 꿈틀한다, 지렁이도 디디면 꿈틀한다

指無視或隨便對待微不足道的人必將遭遇反抗。

例 가: 아까 회의 시간에 민수 씨가 이사님한테 따지는 거 봤어요? 얌전하던 민수 씨가 웬일이죠?

你剛剛開會時有看到民秀和理事爭執的模樣嗎？平常很溫順的他是怎麼了呢？

나: 지렁이도 밟으면 꿈틀한다고 민수 씨도 더 이상 참지 않기로 했나 봐요.

是人都有脾氣的，看來民秀不打算繼續忍受下去了。

★★★ 俗

지성이면 감천

指不管什麼事都真心誠意去做的話，就算遭遇難題也能順利解決得到好結果。

例 가: 할머니! 옆집 아저씨가 오늘 아침에 드디어 퇴원하셨대요.

奶奶！聽說隔壁叔叔今天早上終於出院了。

나: 그래? 지성이면 감천이라고 가족들이 극정성으로 돌보더니 잘됐다.

是嗎？精誠所至，金石為開，他的家人盡心盡力地照顧他總算有好結果了。

🔎 使用在說明只要真心誠意就連上天也會被感動，勉勵人不管什麼事都要全力以赴的時候。

★☆☆ 俗

참는 자에게
복이 있다

使用在說明就算遭遇委屈又憤怒的事情，忍耐與堅持是最佳的辦法。

例 가: 저 차는 저렇게 위험하게 운전하면 어쩌자는
거야? 아무래도 한마디 해야겠어.

那輛車真是危險駕駛，是想怎麼樣？不管了，
我要去說他幾句。

나: 아무 일 없었으니까 네가 참아. 참는 자에게 복이
있다는 말도 있잖아.

沒發生什麼事就忍一忍吧，不是有句話說忍一
時風平浪靜嗎？

★★★ 俗

콩 심은 데 콩 나고
팥 심은 데 팥 난다

近 팥을 심으면 팥이 나오고
콩을 심으면 콩이 나온다

指所有事情的肇因都會有與之相符的結果。

例 가: 여보, 쟤는 누굴 닮아서 저렇게 고집이 셀까요?
親愛的，他到底是像到誰這麼固執？

나: 콩 심은 데 콩 나고 팥 심은 데 팥 나는 법인데
당신 아니면 나를 닮았지 누굴 닮았겠어요?

種瓜得瓜，種豆得豆，不是像你，就是像我
吧，還能像誰呢？

🔎 主要使用在比較父母和孩子之間的外貌或是性格的時候。

★☆☆ 俗

호랑이 굴에 가야
호랑이 새끼를
잡는다

指不入虎穴，焉得虎子的意思。

例 가: 이 형사님, 요즘 매일 클럽에서 살다시피
하신다면서요?

李刑警，聽說你最近幾乎常駐在夜店嗎？

나: 네. 호랑이 굴에 가야 호랑이 새끼를 잡는다고
범인이 자주 다니던 곳에 가서 기다리는 게 좋을
것 같아서요.

是啊，不入虎穴，焉得虎子，我覺得在犯人經
常出入的地方守株待兔比較好。

🔎 使用在說明天下沒有白吃的午餐，所以為了得到想要的事
物就要付出與之相符的努力。

2

자연 | 自然

★☆☆ 俗
고인 물이 썩는다

近 고여 있는 물이 썩는다

指如果不讓自己進步的話就會在原地停滯不前或落後於他人。

例 가: 윤아야, 취직도 했는데 아직도 영어 학원을 다녀?

潤娥，妳都找到工作了還在繼續上英文課嗎？

나: 그럼. 고인 물이 썩는다고 계속 자기 계발을 해야 발전이 있지.

當然，人不努力就會倒退，必須要持續地成長才會進步。

☆☆☆ 俗
굳은 땅에 물이 괸다

指節儉的人累積財富的意思。

例 가: 봄에 입을 옷이 마땅치 않네. 여보, 외투나 한 벌 사러 갈까?

沒有什麼適合春天穿的衣服呢，親愛的，要不要去買件外套？

나: 작년에 산 거 있잖아. 굳은 땅에 물이 괸다고 아껴야 잘 살지.

你去年不是已經買一件了嗎？勤儉才能致富，我們要省一點才能有好日子過。

🔍 也會使用相似意義的「단단한 땅에 물이 괸다」。

★☆☆ 俗
나이는 못 속인다

指再怎麼隱瞞年齡也會從言語和行動之間顯露出來。

例 가: 민지야, 좀 쉬자. 힘들어서 더 못 치겠어. 역시 나이는 못 속이겠네.

玟池，休息一下吧，我累到沒辦法再玩了，果然歲月不饒人。

나: 삼촌, 테니스를 치기 시작한 지 15분밖에 안 됐는데 벌써 힘드시다고요?

叔叔，我們網球才打了十五分鐘，你這麼快就筋疲力盡了？

🔍 使用在說明人們可能試著隱藏年齡，但是在言語、想法或行動中會透露真實的年齡，所以無法隱藏實際的年齡。

★★☆ 俗
달도 차면 기운다

指月盈則虧，世事有順利也會有不順的時候。

例 가: 지금 가수로서 최고의 인기를 누리고 있는데 왜
　　　벌써부터 미래 걱정을 하세요?

　　　你的人氣是歌手中最高的，為何擔憂未來呢？

　　나: 달도 차면 기우는 법이잖아요. 언제 인기가 식을지
　　　모르니까 미래를 미리 생각할 수 밖에 없어요.

　　　人無千日好，花無百日紅嘛，因為不知道人氣
　　　什麼時候會衰退，不得不先設想未來。

🔍 使用在說明不管什麼事情物極必衰的時候。

★☆☆ 俗
모난 돌이 정 맞는다

指性格不圓滑的話，待人處事上會遭遇困難。

例 가: 아까 지점장님한테 또 한 소리 들었어요. 왜
　　　저한테만 싫은 소리를 하실까요?

　　　剛剛又被店長罵了，為什麼他只針對我呢？

　　나: 모난 돌이 정 맞는다고 다른 사람들은 다
　　　가만히 있는데 지원 씨만 자꾸 지점장님 의견에
　　　반대하니까 그런 것 같아요.

　　　槍打出頭鳥，其他人都安靜不說話，就只有智
　　　媛妳反對店長的意見才會這樣吧。

🔍 有稜有角的石頭難以使用所以會用鑿子將石頭磨的圓滑。
　　指人的行為或言論如果不同於他人的話，會惹來責罵或非
　　難，也會用在優秀的人容易遭受他人嫉妒。例：「모난 돌
　　이 정 맞는다고 매번 일등을 하는 지원이는 친구가 없어요.(所
　　謂樹大招風，每次都考第一名的智媛沒有朋友。)」

☆☆☆ 俗
물고기도 제 놀던
물이 좋다 한다

指故鄉或熟悉的地方比陌生的地方來的好。

例 가: 할머니, 여행을 마치고 집에 오니까 좋으시죠?

　　　奶奶，旅行結束後回到家的感覺很好吧？

　　나: 그럼. 물고기도 제 놀던 물이 좋다 한다고 뭐니
　　　뭐니 해도 집이 최고지.

　　　當然，熟悉的地方好，沒有比家更好的地方。

🔍 像魚也無法忘記成長的地方一樣，使用在無論是誰，比起
　　陌生又不適應的地方，熟悉且舒適的地方比較好。

☆☆☆ 俗
물이 깊어야
고기가 모인다

指自己的意見要夠優秀他人才會跟從的意思。

例 가: 교수님, 수아하고는 조별 과제를 같이 못하겠어요.
제대로 하는 일이 하나도 없어서 답답해요.

教授，我沒辦法再跟秀雅做小組作業了，她沒
有一件事是做得好的，真讓我鬱悶。

나: 물이 깊어야 고기가 모인다고 다른 사람의 실수도
너그럽게 이해해 줘야지. 하나씩 천천히 가르쳐
주면 잘할 거야.

所謂百川納海，你也要寬容地接受他人的失誤
才行。一點一點慢慢地教她，她會進步的。

★★★ 俗
벼 이삭은 익을수록
고개를 숙인다

指能力優秀或在上位者更要謙虛地行動。

例 가: 나 이번 학기에 전액 장학금을 받았어. 부럽지?

我這學期拿到全額的獎學金了，羨慕吧？

나: 벼 이삭은 익을수록 고개를 숙인다는데 수아 너,
너무 잘난 척하는 거 아냐?

越飽滿的稻穗，頭垂得越低，秀雅妳會不會太
自以為是了？

ρ 源自於稻子越成熟，稻穗越重也會垂得越低，用這個模樣
來比喻人彎腰，恭順地問候的模樣。也會使用「벼는 익을
수록 고개를 숙인다」。

★★☆ 俗
송충이는 솔잎을
먹어야 한다

指要做出與自己處境相符的舉動。

例 가: 민수 씨, 우리 결혼식을 호텔에서 하는 건
어떨까요?

民秀，我們要不要在飯店舉辦婚禮？

나: 송충이는 솔잎을 먹어야 한다고 전세금도 대출
받았는데 우리 형편에 호텔 결혼식은 무리라고
생각해요.

人要安分守己，我們連房子租金都是貸款來
的，要在飯店舉行婚禮太困難了。

★★☆ 俗
십 년이면 강산도 변한다

近 십 년이면 산천도 변한다

指時過境遷的意思。

例 가: 지원아! 진짜 오랜만이다. 고등학교를 졸업하고 처음 보는 것 같은데. 십 년이면 강산도 변한다고 하던데 어쩜 너는 그대로니?

智媛！好久不見，高中畢業後就沒見過妳了，世事變化無常，但妳卻看起來一點也沒變。

나: 윤아 너도 여전하네. 학교 다닐 때랑 똑같다.

潤娥妳也是啊，和學生時期一模一樣。

🔎 使用在就算時間流逝，看到不變的事物而感嘆或驚訝的時候。另外，也會使用在時間流逝後，看見改變的模樣後而感到遺憾或惋惜的時候。

★★☆ 俗
썩어도 준치

指原本就很優秀的事物過了很久或改變之後也仍舊擁有某種程度的價值。

例 가: 하준이 너는 게임을 그만둔 지가 오래됐다면서 아직도 손이 빠르고 실력도 여전하네.

河俊你不玩遊戲已經很久了吧，但你現在還是速度很快，實力依舊呢。

나: 썩어도 준치라고 하잖아. 옛날 실력이 어디 가겠어?

都說寶刀未老嘛，我的實力不會差到哪裡去的。

🔎 鰣魚(준치)是以好吃聞名的魚，就算腐壞也依舊很美味。如同前述，使用在原本就有價值的東西就算經過時間或有一點問題，仍然有價值的時候。也會使用相似意義的「물어도 준치, 썩어도 생치」。

☆☆☆ 俗
양지가 음지 되고 음지가 양지 된다

近 음지가 양지 되고 양지가 음지 된다

指世間變化萬千的意思。

例 가: 아버지, 장사도 접었는데 저는 이제 뭘 먹고 살지요? 왜 이렇게 되는 일이 없는지 모르겠어요.

爸爸，我的事業失敗收場，現在我該靠什麼過活呢？不知道為什麼沒有一件事是順利的。

나: 힘내라! 양지가 음지 되고 음지가 양지 된다고 곧 좋은 날이 오겠지.

加油吧！風水輪流轉，很快就會有好日子到來。

🔎 有好的時候就有壞的時候，反之亦然，使用在安慰某個人不要太辛苦或失望的時候。

★★★ 俗
옥에도 티가 있다

指再怎麼優秀的人或物品,仔細觀察的話也會
發現缺點的意思。

例 가: 우리 감독님은 다 좋은데 말투가 너무 딱딱해.
　　 좀 부드럽게 연기 지도를 해 주시면 좋을 텐데
　　 말이야.

　　 我們導演什麼都好,就是講話太刻薄了,希望
　　 他在指導演技的時候能夠溫柔一點就好了。

나: 너무 많은 걸 바라는 거 아냐? 옥에도 티가 있듯이
　　 완벽한 사람은 없어.

　　 你會不會要求太多了?人沒有十全十美的。

🔎 看似完美無缺的人或是物品也會有缺點,使用在說明世界
上沒有完美的人或是物品的時候。另一方面,優秀或良好
的物品有小瑕疵的時候則會使用「옥에 티」。

★★★ 俗
윗물이 맑아야
아랫물이 맑다

指風行草偃的意思。

例 가: 우리 연우가 하루 종일 스마트폰만 봐서
　　 걱정이에요.

　　 妍雨一整天都在滑手機,令我很擔心。

나: 윗물이 맑아야 아랫물이 맑다고 연우 엄마도 손에서
　　 스마트폰을 못 놓잖아요. 부모가 모범을 보여야
　　 아이들이 따라와요.

　　 上樑不正下樑歪,妍雨媽媽您不也是手機不離
　　 手嗎?身為父母要以身作則才行。

🔎 普遍使用在人們會模仿父母或地位身分比自己高的人的行
為,所以在孩子或晚輩面前行為舉止要小心。

★☆☆ 俗
이 없으면 잇몸으로
살지

近 이 없으면 잇몸으로 산다

指如果缺少重要的東西好像就活不下去,但真的
沒有那樣東西的時候,仍舊能勉強過活的意思。

例 가: 깜빡하고 노트북을 안 가져왔는데 어쩌지?

　　 我忘記帶我的電腦來了,該怎麼辦呢?

나: 이 없으면 잇몸으로 살면 돼. 핸드폰으로도 작업할 수
　　 있으니까 걱정하지 마.

　　 有什麼就用什麼吧,用手機也能工作,別擔心。

🔎 使用在說明即使缺少某個必備事物而感覺好像沒辦法進
行,但其實有很多可以替代的事物,所以不用擔心或失
望。

쥐구멍에도 볕 들 날 있다

指即使過著艱苦的日子也會有好日子來臨的意思。

例 가: 건물 주인이 월세를 또 올려 달라고 해서 걱정이네요. 우리는 언제쯤 우리 가게를 가질 수 있을까요?

房東又要漲房租了讓我很擔心，我們什麼時候才能擁有屬於自己的店面呢？

나: 여보, 쥐구멍에도 볕 들 날 있다고 하잖아요. 몇 년만 더 고생하면 그렇게 될 거예요.

親愛的，所謂苦盡甘來，我們再辛苦幾年就可以擁有自己的店面了。

🔎 老鼠洞又小又處在低窪處所以很難照到陽光，但在太陽西下的時候老鼠洞也會照進陽光。如同前述，使用在說明不管處在多麼困難的處境，總有雨過天晴的一天，要人不要氣餒。

차면 넘친다

指月盈則缺，盛極必衰的意思。

例 가: 그렇게 잘나가던 마크 씨네 회사도 결국 문을 닫게 되었대요.

就連馬克那曾經盛極一時的公司也倒閉了。

나: 차면 넘친다고 사업이 항상 잘될 수만은 없나 봐요.

盛極必衰，沒有哪間公司永遠都一帆風順的。

🔎 也會使用在任何事物過度的話反而不好的時候。例如：「차면 넘친다고 민수 씨가 너무 예의를 차려도 다른 사람들은 불편할 수 있어요. (物極必反，民秀對別人過度有禮，反而會讓人感到不自在。)」

★★★ 俗
하늘이 무너져도
솟아날 구멍이 있다

近 사람이 죽으란 법은 없다

指不管遇到多困難的情況一定會有解決的辦法。

例 가: 최 조교님, 이번 학기에 국가 장학금을 신청했는데 자격이 안 돼서 못 받는대요. 등록금을 마련하지 못했는데 어쩌지요?

崔助教，我這學期申請了公立獎學金卻因為資格不符而沒能拿到，我籌不出這學期的學費，該怎麼辦呢？

나: 하늘이 무너져도 솟아날 구멍이 있다고 하니까 같이 방법을 찾아보자. 내가 다른 장학금도 한번 알아봐 줄게.

天無絕人之路，所以我們一起想想辦法吧，我也會幫你打聽看看其他獎學金。

🔎 使用在告訴陷入困境而感到艱辛的人要抱持著希望。

★☆☆ 俗
흐르는 물은
썩지 않는다

指人要不斷努力才不會落後的意思。

例 가: 전에 같이 일했던 지원 씨가 해외 명문 대학 MBA에 합격해서 유학을 가게 됐대요.

聽說之前和我一起工作的智媛通過了海外名校MBA的申請，所以要去留學了。

나: 그래요? 흐르는 물은 썩지 않는다고 끊임없이 노력하더니 결국 그렇게 됐군요.

真的嗎？都說流水不腐，果然努力不懈就能成功呢。

🔎 使用在說明人如果不努力就不會進步，勉勵人要持續地精進自己。

3 진리 | 真理

🎵 Track 056

★★★ 俗
공든 탑이 무너지랴

指付出努力和真誠去做某件事最終將不會徒勞無功。

📝 가: 형, 내가 내일 대학수학능력시험을 잘 볼 수 있을까? 너무 떨려.

哥哥，我明天大學數學能力測驗能考好嗎？我好緊張。

나: 공든 탑이 무너지랴라는 말이 있잖아. 그동안 잠도 줄여 가며 열심히 공부했으니까 분명히 잘 볼 거야. 너무 떨지 마.

不是說皇天不負苦心人嗎？這段期間你減少睡眠時間、用心解題，一定會有好成果的，不要太緊張。

🔍 如果誠心誠意地搭起塔，就會很堅固不易倒塌。如同前述，使用在說明傾盡全力去實現某件事的話，就能夠獲得好結果的時候。

★★★ 俗
뛰는 놈 위에 나는 놈 있다

指人外有人，天外有天的意思。

📝 가: 나 이번에 공부도 별로 안 했는데 한국어능력시험 4급에 합격했어. 잘했지?

我這次沒什麼唸書卻在韓語能力測驗中拿到四級的成績，厲害吧？

나: 뛰는 놈 위에 나는 놈 있다고 같은 반 푸엉 씨는 이번에 6급에 합격했대. 그러니까 너무 잘난 척하지 마.

人外有人，天外有天，跟你同班的朴翁這次考過了六級，所以你不要太自以為是。

🔍 使用在說明不管什麼時候都有比自己優秀的人在，所以就算做得很好也不要太驕傲，要謙虛地行動的時候。

★☆☆ ㉗

뜻이 있는 곳에
길이 있다

指如果有想要實現某件事的意志，就能夠找到辦法的意思。

例 가: 항공사에 입사하고 싶어서 계속 준비하고 있는데
　　　자리가 안 나네요.

　　　我為了進到航空公司上班，持續做了很多準備，但一直沒有釋出職缺呢。

　　나: 뜻이 있는 곳에 길이 있다는데 눈을 돌려 해외
　　　항공사도 한번 알아보는 게 어때요?

　　　有句話說有志者事竟成，不如換個角度找找看國外的航空公司怎麼樣？

★★★ ㉗

모르면 약이요
아는 게 병

近 아는 것이 병,
　　아는 것이 탈

指比起知道一些事情而產生煩惱，不如一無所知來的順心。

例 가: 어제 텔레비전에서 봤는데 샴푸에 화학 성분이
　　　많이 들어 있어서 좋지 않대요. 앞으로 샴푸를 쓰지
　　　말아야겠어요.

　　　昨天看電視上說洗髮精裡面含有許多化學物質對身體不好，我以後不用洗髮精了。

　　나: 샴푸를 안 쓰고 머리를 어떻게 감으려고요?
　　　모르면 약이요 아는 게 병이라고 때로는 모르고
　　　사는 게 나을 수도 있어요.

　　　不用洗髮精你要用什麼洗頭？有句話說無知便是福，有時候少知道一點還比較好。

★★★ ㉗

무소식이 희소식

指沒消息就是好消息的意思。

例 가: 해외여행을 떠난 동생이 며칠 동안
　　　감감무소식이라 애가 타요.

　　　去海外旅行的弟弟已經好幾天聯絡不上了，讓我好擔心。

　　나: 무소식이 희소식이라고 잘 있으니까 연락이 없을
　　　거예요.

　　　沒消息就是好消息，他人一定好好的，所以才沒有聯絡你。

🔎 使用在告訴某個人就算沒有聯絡也不要太擔心。

★★☆ 俗
백 번 듣는 것이 한 번 보는 것만 못하다

近 열 번 듣는 것이 한 번 보는 것만 못하다

指百聞不如一見的意思。

例 가: 여의도 불꽃 축제 사진을 봤는데 멋지더라고요. 윤아 씨는 불꽃 축제에 가 봤어요?

我看到一些汝矣島櫻花慶典的照片，看起來很美。潤娥妳有去過那裡嗎？

나: 네. 작년에 직접 가서 봤는데 너무 좋았어요. 백 번 듣는 것이 한 번 보는 것만 못하다고 제시카 씨도 올해에는 꼭 가서 보세요.

有，去年親自去了一趟，都說百聞不如一見，潔西卡妳今年也一定要去看看。

🔎 使用在說明不管什麼事情都要親身體驗過才行的時候。

★★★ 俗
백지장도 맞들면 낫다

近 백지 한 장도 맞들면 낫다, 종잇장도 맞들면 낫다

指即使是簡單的事情，互相幫忙的話能更加輕鬆完成的意思。

例 가: 하준아, 이렇게 짐이 많은데 혼자 이사하려고 했어? 내가 도와주니까 좀 낫지?

河俊，你行李這麼多，原本要自己搬家嗎？我一起幫忙有比較省力吧？

나: 응, 백지장도 맞들면 낫다고 태현이 네가 도와주니까 빠르고 확실히 힘이 덜 드네. 고마워.

嗯，果然人多好辦事，太顯你來幫我搬家確實快很多又不那麼費力了，謝謝你。

★★★ 俗
빈 수레가 요란하다

近 빈 달구지가 요란하다

指沒有內涵的人更加張揚的意思。

例 가: 캠핑을 갔는데 친구가 고기 굽는 것은 자기 전문이라면서 큰소리치더니 고기를 다 태워 놨어요.

我和朋友去了一趟露營，他嚷嚷著他是烤肉專家，結果把肉都烤焦了。

나: 원래 빈 수레가 요란한 법이잖아요.

本來就沒什麼本領的人更會虛張聲勢啊。

🔎 如果推車裡面沒有任何物品，輪子在滾動的時候就會發出很大聲的喀噹聲。如同前述，使用在說明看到某個人明明沒有實力卻虛張聲勢的時候。

☆☆☆ ㊙
**사람 위에 사람 없고
사람 밑에 사람 없다**

指人人生而平等的意思。

例 가: 어떤 회사 사장이 직원들에게 폭언을 했다면서요?
　　聽說某間公司的老闆對他的員工惡言相向？

　　나: 네. 사람 위에 사람 없고 사람 밑에 사람 없다는데
　　　　어떻게 그럴 수가 있죠?
　　是啊，人人生而平等，為什麼他要這樣呢？

🔍 使用在說明不要無視他人，不要做出無禮的話或是舉動的
　　時候。

★★☆ ㊙
세월이 약

指不管是多麼心如刀割的傷心事，隨著時間流逝
也會慢慢忘卻。

例 가: 누나, 헤어진 여자 친구가 계속 생각이 나서 너무
　　　괴로워.
　　姊姊，一直想起分手的女朋友讓我好痛苦。

　　나: 세월이 약이라고 지금은 힘들어도 시간이 지나면
　　　　잊힐 거야. 집에만 있지 말고 외출도 좀 하고
　　　　친구도 만나 봐.
　　有句話說時間是最好的良藥，即使現在很難
　　過，過段時間就會淡忘的。你不要只待在家，
　　也出去外面見見朋友們吧。

🔍 主要使用在安慰發生不好的事而感到難過或痛苦的人。

★☆☆ ㊙
쌀독에서 인심 난다

指自己的生活也要有餘裕才能去幫助他人的意思。

例 가: 올해 불우 이웃 돕기 성금이 예년에 비해 적었다는
　　　기사를 보니 마음이 좀 안 좋네요.
　　看到今年捐助給清寒家庭的捐款比往年還少的
　　報導，令我感到很難過。

　　나: 쌀독에서 인심 난다고 요즘 불황이라 다들
　　　　먹고살기 힘들어서 그런 것 같아요.
　　先自助才能助人，最近經濟不景氣，大家都過
　　著苦日子才沒有辦法去幫助他人吧。

🔍 也會使用相似意義的「광에서 인심 난다」。

☆☆☆ 俗
인간 만사는
새옹지마라

指人生載浮載沉，無法輕易預測人生的走向。

例 가: 아는 사람이 로또 1등에 당첨됐었는데 사기를
당해서 그 돈을 다 날렸대.

我認識的人中了樂透頭獎，卻因為被騙所以那
些錢都沒了。

나: 인간 만사는 새옹지마라고 하잖아. 로또에 당첨됐을
때는 정말 좋았을 텐데 그 돈을 사기당해서 날릴
줄 누가 알았겠어?

都說世事難料，中樂透的時候肯定很開心，誰
又能預料到那筆錢會馬上被騙呢？

🔍 「새옹지마」 是指塞翁的馬，從前有位叫「새옹(賽翁)」
的老人養的馬離家出走，賽翁本來很擔心，但是那隻馬反
倒帶了其他馬回來。後來某天塞翁的兒子騎著帶回來的馬
出去，卻不小心摔斷了腿，但也多虧於此免於上戰場的徵
招。

★★★ 俗
입에 쓴 약이 병에
는 좋다

指忠言逆耳，良藥苦口的意思。

例 가: 언니, 직장 선배가 나처럼 일 처리가 느리면
앞으로 사회생활하기 힘들 거라고 빨리 빨리 좀
하래. 어떻게 그런 말을 할 수 있지?

姊姊，職場前輩對我說，如果像我一樣做事情
那麼慢，未來在職場上會很辛苦，所以要我動
作快一點。他怎麼可以這麼說？

나: 입에 쓴 약이 병에는 좋은 법이야. 다 윤아 너한테
도움이 되는 얘기니까 기분 나쁘게 생각하지 말고
잘 새겨들어.

俗話說良藥苦口，都是為了潤娥妳好才說的，
所以不要因此感到難過，就記住這些話吧。

🔍 良藥雖然難吃但對治病卻很有效，如同前述，使用在告
訴某個人，他人的忠告或建言雖然聽起來很刺耳，但是
卻很有幫助。也會使用相似意義的「입에 쓴 약이 몸에 좋
다」。

13
邏輯

★☆☆ 俗
집 떠나면 고생이다

指無論如何還是自己的家最好的意思。

例 가: 아들, 독립해서 살아 보니까 어때? 힘들지?
兒子，你自己搬出去住怎麼樣？很累吧？

나: 네, 아빠. 집안일도 힘들고 월세 내는 날은 왜
이렇게 빨리 돌아오는지 집 떠나면 고생이라는
말을 실감하고 있어요.
是啊，爸爸，做家事好麻煩，很快又到了繳房租
的時候，深刻地體會到家才是最好的避風港。

★★★ 俗
첫술에 배부르랴

指不管是什麼事都不可能同時滿足的意思。

例 가: 저도 사부님처럼 발차기를 잘하고 싶은데
어렵네요.
我也想像師傅您一樣那麼會踢腿，但好難啊。

나: 첫술에 배부르랴라는 말이 있어요. 제시카 씨는
태권도를 시작한 지 얼마 안 됐잖아요.
別想一步登天，潔西卡妳才開始練跆拳道沒多
久啊。

🔎 使用在告訴某個人不管什麼事都不會一開始就收穫巨大的
成果，勉勵人不要著急並要持續努力。

★☆☆ 俗
털어서 먼지 안 나 는 사람 없다

近 주머니 털어 먼지 안 나오는 사람 없다

指不管是誰都有微小的弱點或是缺點的意思。

例 가: 연구 부장님이 연구비로 받은 돈을 연구원들에게
주지 않고 전부 사적으로 쓰셨대요.
聽說研究所所長收到的研究費用沒有給研究員
使用，全部都當私人費用花掉了。

나: 털어서 먼지 안 나는 사람 없다더니 청렴하기로
소문난 분도 돈 앞에서는 어쩔 수 없나 봐요.
果然人無完人啊，以清廉聞名的所長面對金錢
誘惑也把持不住。

✎ 「털다」是指為了找某個事物而徹底地翻找的意思。

🔎 使用在說明看似完美的人也有著缺點，表示世界上沒有完
美的人。

★★☆ 俗
하늘은 스스로 돕는 자를 돕는다

指為了實現某件事，自身的努力很重要。

例 가: 형, 해외로 어학연수를 가고 싶은데 모아 둔 돈이 턱없이 부족해. 부모님께서 좀 도와주셨으면 좋겠는데 어떻게 말씀드리지?

哥哥，我想要去國外語言進修但是我的存款遠遠不夠。我想要請爸爸媽媽幫忙，但我該怎麼開口呢？

나: 하늘은 스스로 돕는 자를 돕는다고 하잖아. 부모님한테 기댈 생각하지 말고 네가 돈을 조금 더 모은 후에 가는 게 어때?

有句話說天助自助者，不要想著找爸媽幫忙，你自己多存到一些錢之後再去怎麼樣？

🔎 使用在告訴某個人不要依靠他人，要靠自己努力的時候。

★☆☆ 俗
한 번 실수는 병가의 상사

指事情持續做著也會遇到失誤或失敗的意思。

例 가: 교양 수업에서 발표를 했는데 시간도 못 지키고 내용도 다 외우지 못해서 완전히 망쳤어. 너무 창피해. 앞으로 발표가 있는 수업은 선택하지 않을래.

我在選修課程上台報告，但沒能遵守時間、內容也有遺漏，超級失敗，好丟臉，我以後不要選有報告的課了。

나: 한 번 실수는 병가의 상사라는 말이 있어. 너무 자책하지 마. 다음에는 잘할 수 있을 거야.

勝敗乃兵家常事，不要太自責，你下次會做得更好的。

🔎 「병가의 상사」是指就算是軍事專家，勝敗也是稀鬆平常的事情。如同前述，使用在說明不管是誰都會失誤，所以不要感到失望或是挫折。另一方面，也會使用「한 번 실수는 병가지상사」。

호랑이에게 물려 가도 정신만 차리면 산다

指就算遭遇到十分危急的情況，只要立刻振作精神，就能夠擺脫危機的意思。

例 가: 어떡하지? 차가 고장 났나 봐. 하필 핸드폰도 안 되는 이런 산길에서 차가 멈추다니.

怎麼辦？車子好像故障了，偏偏是在沒有網路訊號的山路上拋錨。

나: **호랑이에게 물려 가도 정신만 차리면 산다고 했어. 침착하게 방법을 생각해 보자.**

只要不自亂陣腳，一定有辦法克服困難。我們一起冷靜想想解決辦法吧。

🔎 使用在說明不管是多危急的狀況，只要沉著冷靜地思考並行動的話，就能找到解決方法。

부록

附錄

문화 이야기
文化故事

확인해 봅시다
小試身手

TOPIK 속 관용 표현과 속담
TOPIK裡的慣用表達與俗諺

정답
解答

색인
索引

情緒・感官

說著胸痛的朋友，
到底是哪裡在痛呢？

　　倘若韓國朋友在聽過你悲傷的故事後說了「가슴이 아프다」，那他真的是胃和脖子之間的胸膛在隱隱作痛的意思嗎？事實上，這時候的「가슴(胸膛)」會轉化成「마음(心)」，讓整句話變成「마음이 아프다」的意思。

　　那麼為什麼韓國人要把「마음」這個單字轉換成「가슴」來表達自己的感情呢？這是因為如果用胸膛這個詞可以更有效地表達自己的感情。舉例來說，比起說：「나는 너를 걱정하고 있어.(我在擔心你)」，使用「네 걱정을 하느라고 내 가슴이 다 타 버렸어.(我因為擔心你，內心就像快燒起來一樣)」更能表達出對於對方的擔心，如同自己的胸膛感受到火灼般的痛苦一樣。另外，因為某個人的一句話而受傷的時候說：「네 말 때문에 가슴이 찢어질 것 같아.(因為你的話語，我的心好像要被撕碎了一樣)」，更能生動地表達出受到深深傷害，就像胸膛要被撕碎了一樣。

　　各位以後想要表達某種感情的時候，可以運用包含「가슴」這個單字的慣用語或俗諺，試著更恰當地表達出情緒吧。

傳聞・評價

肝掉下來，
這有可能發生嗎？

　　想像一下有一個坐在書桌前專心唸書的姊姊，弟弟偷偷地進來她的房間對她說：「누나, 뭐해?(姊姊，妳在幹嘛？)」，在這個瞬間姊姊因為被嚇到所以脫口而出：「깜짝이야. 간 떨어질 뻔했잖아!(嚇死我了，我快被你嚇破膽了啦！)」究竟這句話是什麼意思呢？

　　在從前，韓醫學書上記載著「肝」不只是生產能量的器官，同時也是掌管人類靈魂的器官。所以「간 떨어지다」是指和肝臟相連的靈魂掉落的狀況，意味著「죽음 (死亡)」的意思。這是把過度驚嚇誇飾成快要死掉一樣的表達方法。對非常勇敢的朋友說：「너는 참 간도 크다 !(你的膽子真大！)」也和韓醫學中所指的肝臟意思相關，指肝臟受熱會膨脹就不會害怕大部分的事情。所以對於無所畏懼、很勇敢的人，我們會說他「간이 크다」。

　　現在每當感到害怕或驚嚇，或不安又焦躁的時候可以像韓國人一樣使用包含「간」的慣用語或俗諺。比起「너무 놀랐어 .(嚇死我了)」，說：「간 떨어질 뻔했어 (我快被嚇破膽了)」；比起「너무 불안해 .(我好不安)」，說：「간이 콩알만 해졌어 .(我的肝變得跟豆子一樣小)」用這些表達方法可以更精準地表現自己的感情。

看到又甜又好吃的柿子
也有需要忍耐的時候

　　摘下未熟的柿子把皮剝掉後，用長長的鐵條或樹枝把柿子一個一個串起來，讓它自然風乾後就會成為柿餅。這樣一來甜味會增加也可以讓口感變好。

　　在沒有很多零食的時期，柿餅是最棒、也是冬季能夠吃到最營養的零食。除此之外，韓國人在祭祀的時候，桌上也少不了柿餅，還會放入到「수정과」水正果茶（韓國傳統飲料）一起食用。

　　韓國人如此愛吃的柿餅在俗諺中變成什麼樣的含義呢？有一句俗諺叫作「당장 먹기엔 곶감이 달다」，雖然可以馬上享用眼前的柿餅很開心，但是萬一吃太多的話會造成腹瀉。這句俗諺用來表達不考慮未來，選擇當下的喜悅之意。另外，也有一句俗諺叫作「곶감 뽑아 먹듯」，把柿餅串上的柿餅拔下來吃，因為好吃所以馬上就吃完了，使用在比喻人沒辦法累積財產或物品再一點一點用掉。因為柿餅又甜又好吃，容易讓人失去自制力，所以俗諺裡用柿餅來警告人不要失去自制力。

　　當各位吃到柿餅的時候，一邊吃一邊回想這些俗諺吧。

行爲

「줄행랑을 치다」的「줄행랑」 是什麼意思呢？

　　從前的兩班（양반）家裡的大門兩側有很多房間，這些房間被稱為下屋（행랑）。下屋主要是給僕人居住，地位很高的兩班或望族因為住在大宅，所以門房很多就像排成一排隊伍一樣，所以被稱為「줄행랑（行廊）」。在稱呼擁有很多僕人，權力很大和財產很多的貴族的時候也會用「줄행랑（行廊）」這個單字。

　　然而，「줄행랑（行廊）」為什麼會衍生成「도망（逃亡）」的意思呢？從前經常發生擁有行廊的貴族因為無法維持權勢，情勢困頓之餘，就會拋家棄子並且逃跑。於是，「줄행랑（行廊）」和「달아나다（逃跑）」結合在一起形成了「줄행랑을 놓다（逃之天天）」或是「줄행랑을 부르다（揚長而去）」這樣的表達方式，這些詞也演變成「도망치다（逃跑）」、「도망가다（逃走）」、「피하여 달아나다（躲避逃跑）」等等意思。

　　就像連擁有行廊的人都會突然遭遇需要逃跑的事一樣，每個人活著都有可能遇到難題，但是逃跑並不能解決問題。遇到「줄행랑을 치고」的困境時也不要逃避問題，無論如何都抱持著能夠解決問題的態度，或許在面對問題時就會得到意料之外的解決辦法也說不定。

親家們五十步笑百步！

사돈

　　「사돈」是結婚的兩個家庭的父母相互稱呼對方父母的稱號，廣義來說是指所有因為結婚的緣故而產生連結的兩方親戚。一對男女結婚時也會說「사돈 맺는다」，雖然是因為結婚而結下交情，但是兩個家庭原本互不熟識所以無可奈何地會變成一段不自在的關係。所以在韓國經常使用有關「사돈」的慣用語或俗諺來表示和某個人疏遠或是不自在的關係。

　　在這當中有一句韓國人經常使用的話：「사돈 남 말 한다」，原意是指對親家有不滿的時候很難直接講出來，所以沒辦法清楚直說，通常會像在說別人一樣用暗喻的方式，然而對方不會看臉色也不知道其實在說自己，還以為是在說他人的壞話，甚至加入一起誹謗他人。這句話引伸用來指某個人不知道自己有錯，卻只會數落他人過錯的意思。

　　各位周圍是否有那種很會誹謗他人的人呢？那個人是否不知道自己的錯誤還一直誹謗他人呢？這時候想要讓那個人閉嘴就可以說「사돈 남 말 하지 마.」，會看臉色的人就會馬上察覺到並停止發言。

建言・訓誡

雖然恐怖卻被視爲
有威嚴的動物 —— 老虎

　　自古以來，對韓國人來說最親近的動物是狗和牛，這兩種動物也經常出現在俗諺中。然而，在俗諺中「老虎」的登場次數也不輸給狗和牛。從前，老虎都住在深山茂林杳無人煙之處，沒有食物可吃的時候經常會下山來到人類居住的村落。村落裡的居民因為沒辦法和兇猛的老虎對抗所以很害怕老虎。因此，老虎經常作為恐懼的象徵登場在俗諺中。

　　「호랑이에게 물려 가도 정신만 차리면 산다」這句俗諺用被恐怖的老虎抓住來比喻就算遇到危急的情況，只要振作精神就有辦法擺脫危機，在這句俗諺中老虎即是恐懼的象徵。另外，在「호랑이 없는 골에 토끼가 왕 노릇 한다」 這句俗諺中，老虎是像王一樣擁有威嚴和權位的存在，所以當山裡沒有了大王，弱小的兔子就會裝腔作勢站出來說要當大王。意即在缺乏強大又優秀人才的地方，微不足道的人試圖掌握權力。

　　除此之外，還有很多包含老虎在內的韓國俗諺，也常常在日常生活中使用。各位可以試著找找看其他有關於老虎的俗諺。

斷絕往來？怎麼做？

　　朋友說新年新希望是「나 올해부터 술집에 발을 끊겠어 .(我今年要和酒館斷絕往來。)」這是什麼意思呢？在這裡所說的「발을 끊다」是指不再去酒館的意思。如同前述，要放棄某件事或不再去某個場所，又或是跟某個人斷絕往來的時候就會使用「발을 끊다」。

　　那麼開始某件事的時候又可以怎麼說呢？可以使用「첫발을 떼다」或是「첫발을 디디다」，所以朋友在開始去做某件事的時候可以說：「첫발을 무사히 뗀 것을 축하해 .(恭喜你順利地跨出第一步。)」

　　如同前述，在韓國有許多跟腳有關的慣用語和俗諺。人用腳來移動並和人見面，所以用腳來指行動或關係的意思。各位可以想一下有沒有什麼想要開始去做的事，亦或是想要結束的關係。

經濟活動

價格相同的時候
為什麼要選擇大紅裙呢？

價格一樣，該選哪個呢？

　　相信不管是誰，都有遇過價格相同或是相似的物品陳列在架上卻不知道要怎麼選擇而苦惱的時候。在這種情況下經常會選擇品質比較好或是設計比較好看的產品。有句俗諺叫作「같은 값이면 다홍치마」就可以使用在這種情況下。

　　「다홍치마」是指深紅色的裙子，在朝鮮時代的時候只有貴族可以穿。而地位不高的女性人生當中只有一次，也就是在結婚當天才能夠穿上紅裙子。如同前述，只有在特別的日子才能穿的大紅裙既珍稀又昂貴，就像它鮮豔的顏色一樣。所以產生了在價格相同的裙子裡要選一件的話，當然要選擇大紅裙的說法。

　　我們不只有在購物的時候，就連在做某件事的時候也會選擇條件更好的那方，在相同條件之下，我們會做出對自己最有利的選擇。所以「같은 값이면 다홍치마」這句話也會使用在相同的努力之下，選擇更好的事物更有利的意思。

　　以後在選擇物品或是做某件事的時候，要想起「같은 값이면 다홍치마」這句話，並且貨比三家，努力做出更好的選擇吧。

關係

橡子不是松鼠吃的食物嗎？

各位有沒有吃過用橡子製作的料理呢？像是橡子涼粉、橡子冷麵、橡子煎餅、橡子刀削麵等等。全世界只有韓國使用橡子製作料理。韓國從十五世紀開始，為了防範糧食不足的情況，開始栽種兼具糧食和水果優點的橡樹，並開始食用橡樹果實。

橡子在野豬或松鼠等動物之間是很有人氣的食物，然而對狗來說卻不是。從前的人大多會把狗養在院子，橡子也經常掉落到狗碗裡。可是就連主人給什麼就吃什麼、不挑食的狗都不吃橡子，所以把被遺留在狗碗裡的橡子拿來比喻沒辦法融入群體而被孤立的人，並將那些被孤立的人稱為「개밥에 도토리」。

假如各位周圍有那種想和周遭的人好好相處卻做不到，似乎變成跟「개밥에 도토리」一樣遭遇的人，不如就先對他釋出善意，如何呢？

狀況・狀態

「가는 날이 장날」是好事嗎？

太鉉在家嗎？

他現在去市集了。

　　「장」 是指聚集很多人買賣各種東西的地方，而「장날」 則是市集開始的日子。雖然現在有市場和超市讓我們可以隨時隨地購買物品，但從前通常在相隔三天或五天舉行的市集上才能購買物品。所以大家都殷切期盼著那天的到來。

　　「가는 날이 장날」 這句俗諺主要使用在發生不順心的事情或是情況的時候。為何大家殷切期盼的市集日會演變成意料之外的意思呢？

　　從前有個人為了探望居住在遠方的朋友，他特地騰出時間來拜訪，但是那天剛好是市集日所以朋友去了市集不在家，結果沒見到朋友並白跑了一趟，成為了這句俗諺的起源。在那之後，這句俗諺便使用在特地要去做某件事卻發生了意料之外的事情時。

　　當各位下定決心要特地去吃美食但是餐廳卻公休，或是久違地想要去購物卻遇到百貨公司休館而沒辦法購物的時候，不妨可以使用這句俗諺。

睡覺睡到一半
怎麼會有年糕呢？

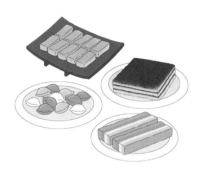

　　大家想到代表韓國的食物會想到什麼呢？應該會有很多人想到辛奇。然而不輸給辛奇的代表食物還有年糕。年糕是一種用穀物粉末蒸熟或煮熟後，再捏好形狀做成的食物，主要以米做為原料。韓國人除了春節、中秋節之外也會在宴會、生日等大大小小的活動裡製作年糕來吃，在搬家或是開業等好事發生時也會送年糕給周圍鄰居。

　　大概是因為這個緣故，所以年糕在俗諺或慣用語中經常象徵著想要的事物或是利益。舉例來說，「어른 말을 들으면 자다가도 떡이 생긴다」 這句俗諺裡就用年糕來代表遵從長輩的話所能夠獲得利益。以及，「그림의 떡」 裡的年糕代表的是即使滿意卻不能使用或擁有的事物，意即想要卻得不到的事物。

　　各位有沒有什麼想得到卻得不到的「그림의 떡」呢？持續地想著那個東西，並為了得到它而行動起來吧，說不定哪天就不是畫中之餅，而是真真實實地拿在手上的年糕呢。

人生

成對的草鞋！

　　草鞋是用稻草做成的鞋子，韓國大約從兩千多年前到朝鮮時代為止，從一般百姓到兩班貴族幾乎都穿著草鞋，在從前農閒的冬季，村落裡的人常會聚在一起製作往後一年要穿的草鞋。

　　製作草鞋的時候不會區分左右腳，只會做成差不多大小並配對，所以所有大小一樣的草鞋都能互相成對。但是因為草鞋形狀容易變化的材質特性，在穿過幾次後，左腳和右腳便會各自根據腳的形狀改變，變成一雙成對的草鞋。也就是說，草鞋起初並沒有成對，但根據穿的人的腳型，它們會變成一對，因為這個緣故而有了「짚신도 제짝이 있다」這句俗諺。這句俗諺的意思是就像草鞋也會找到相符的另一半而成對一樣，在某處肯定也有和自己相配的伴侶。

　　周遭是否有想結婚或是想要找伴侶，但是不順利的人呢？這時候就可以對他說草鞋都是一對的，你再等一下也能找到你的另一半。

邏輯

為什麼在韓國俗諺和慣用語當中經常出現大豆呢？

　　韓國有許多跟大豆有關的俗諺和慣用語，例如：「가뭄에 콩 나듯 한다（寥寥無幾），간이 콩알만 해지다（魂不附體），마음이 콩밭에 있다（心不在焉），번갯불에 콩 볶아 먹겠다（急不可耐），콩 심은 데 콩 나고 팥 심은 데 팥 난다（種瓜得瓜，種豆得豆）」。在看到大豆這種植物出現在這麼多俗諺和慣用語當中，就能得知大豆在韓國人心目中有多麼的重要。

　　大豆被稱作是「밭에서 나는 쇠고기（田裡的牛肉）」，因為它含有豐富的蛋白質和脂肪，十分營養。對於從前主要吃蔬菜來代替肉的韓國人而言，大豆是富含營養的優良食品，所以韓國人從以前就用大豆來製作醬麴、豆腐、沙拉油等等，韓國料理中的基本醬料大醬和辣椒醬也是用大豆製作的。最近也會用大豆製作成豆奶等加工食品。

　　就像這樣，韓國人認為大豆是非常令人感謝的農作物，也是陪伴韓國人很長一段時間的食物，所以產生許多有關於大豆的俗諺與慣用語。

✎ 확인해 봅시다

01 감정·정신 | ❶ 감동·감탄 ~ ❷ 걱정·고민

1 맞는 문장을 고르십시오.

① 친구가 너무 걱정돼서 몸살이 날 지경이에요.
② 아이가 너무 속을 썩여서 화를 내고 말았어요.
③ 합격 소식을 듣고 나니 간장이 녹는 것 같네요.
④ 어제 일 때문에 밤을 새웠더니 마음이 무겁네요.

2 빈칸에 들어갈 알맞은 말을 고르십시오.

가 와, 정말 잘 그렸네요! 나 그렇지요? 민수 씨 그림 솜씨가 _____.

① 여간이 아니에요   ② 더할 나위 없어요
③ 콧등이 시큰해지는 느낌이에요   ④ 벌린 입을 다물지 못하더라고요

[3-6] 다음 중에서 알맞은 것을 골라 빈칸에 쓰십시오.

마음에 걸리다   걱정이 태산이다 발이 떨어지지 않다   고양이한테 생선을 맡기다

3 가: 나 때문에 민수가 화가 난 것 같아서 계속 _____-아/어/해.

　　나: 그렇게 계속 마음이 불편하면 문자라도 보내 보지 그래?

4 가: 일기 예보에서 이번 주 내내 비가 내릴 거라고 하더라고요.

　　나: 저도 들었어요. 농사를 지으시는 부모님께서 작년에 이어 올해도 홍수가 날까 봐
　　　　_____(이)세요.

5 가: 민수 씨네 회사 직원이 회삿돈 20억 원을 가지고 몰래 도망쳤다고 하더라고요.

　　나: 아이고, _____-았/었/했군요.

6 가: 어제 왜 모임에 안 나왔어?

　　나: 룸메이트가 많이 아팠거든. 걱정이 돼서 _____-더라고.

1 빈칸에 들어갈 알맞은 말을 고르십시오.

> 올해 팀의 우승을 이끌어 내야 한다는 부담감이 _____ 잠이 안 올 지경이에요.

① 손이 매워서
② 뼈에 사무쳐서
③ 어깨를 짓눌러서
④ 가슴에 못을 박아서

2 밑줄 친 부분에 어울리는 표현을 고르십시오.

> 가 우리 다른 노래 좀 들을까? 이 노래는 여러 번 들어서 이제 지겨워.
> 나 그래? 잠깐만 기다려 봐. 다른 노래를 찾아볼게.

① 귀가 닳다
② 피가 마르다
③ 머리에 쥐가 나다
④ 가슴에 멍이 들다

[3-6] 다음 중에서 알맞은 것을 골라 빈칸에 쓰십시오.

뼈를 깎다	눈물을 머금다
몸살을 앓다	등골이 빠지다

3 범수 씨는 사업을 성공시키기 위해 _____ -도록 일만 했다.

4 그 선수는 _____ -는 노력을 한 결과 드디어 올림픽에서 메달을 땄다.

5 휴가철이 되면 산과 바다는 사람들이 버리고 간 쓰레기로 _____ -는/ㄴ다.

6 명철 씨는 가족을 먹여 살리기 위해 _____ -고 꿈을 포기할 수밖에 없었다.

1 밑줄 친 부분과 바꾸어 쓸 수 있는 말을 고르십시오.

> 나는 새해를 맞이하여 건강을 위해 매일 새벽에 운동하기로 <u>결심했다</u>.

① 마음에 두었다   ② 마음에 들었다

③ 마음을 먹었다   ④ 마음을 붙였다

2 빈칸에 들어갈 알맞은 말을 고르십시오.

> 가 사거리에 있는 백화점에서 다음 주부터 전 품목 50% 세일을 한대요.
>
> 나 정말요? _____ 소식이네요.

① 마음에 없는   ② 가슴에 불붙는

③ 머리에 맴도는   ④ 귀가 번쩍 뜨이는

[3-6] 다음 중에서 알맞은 것을 골라 빈칸에 쓰십시오.

> 이를 악물다   고삐를 조이다
>
> 일손이 잡히다   귀가 솔깃하다

3 가 집에 마스크가 이렇게 많은데 또 샀어?

   나 자외선은 물론 미세먼지도 막아준다고 하니까 _____-아/어/해서 샀어.

4 가 이번 마라톤 대회에서 신기록을 세우셨는데 비결이 무엇입니까?

   나 매일 _____-고 고된 훈련을 견뎌냈기에 가능했던 것 같습니다.

5 가 병원에 혼자 누워 계시는 어머니가 걱정돼서 _____-지 않아요.

   나 아이고, 남은 일은 제가 할 테니까 빨리 병원에 가 보세요.

6 가 내년에 출시될 신제품 개발을 위해 더욱 _____-아/어/해 주기 바랍니다.

   나 네, 사장님. 최선을 다하겠습니다.

1 맞는 문장을 고르십시오.

① 친구의 말이 너무 기분 나빠서 가시가 돋을 것 같았다.

② 지하철에서 노인에게 무례하게 구는 사람을 보니 눈에 불이 났다.

③ 지나간 일을 생각하니 너무 후회가 돼 속이 뒤집히는 기분이었다.

④ 친한 친구가 내 흉을 봤다는 소리를 듣고 나니 뒷맛이 쓰게 느껴졌다.

2 밑줄 친 부분에 어울리는 표현을 고르십시오.

가: 주말에 동창회에 간다고 했잖아. 재미있었어?

나: 아니. 한 친구가 돈 좀 벌었다고 어찌나 잘난 척하며 으스대던지 보기 좀 그랬어.

① 속이 터지다

② 혈안이 되다

③ 골수에 맺히다

④ 비위가 상하다

[3-6] 다음 중에서 알맞은 것을 골라 빈칸에 쓰십시오.

말을 잃다	가슴을 치다
치가 떨리다	눈에 거슬리다

3 현관문에 붙어 있는 광고 전단지들이 _____ -아/어/해서 떼 버렸다.

4 빌린 돈을 갚지 않고 도망간 친구를 생각하면 억울하고 분해서 _____
-는/ㄴ다.

5 아버지는 할머니께서 돌아가셨다는 소식을 듣고 _____ -(으)며 통곡하셨다.

6 우리나라가 축구 결승전 진출에 실패하자 응원하던 가족들은 _____ -고
멍하니 텔레비전 화면만 쳐다보았다.

1 빈칸에 들어갈 알맞은 말을 고르십시오.

> 가: 부모님께 내가 도자기를 깼다고 말씀드렸어. 모른 척하자니 ＿＿＿＿＿＿＿＿＿
> 안 되겠더라고.
> 나: 잘했어. 언젠가는 알게 되실 텐데 사실대로 말씀드리는 게 낫지.

① 발을 굴러서　　　　　　　　② 가슴에 찔려서
③ 등골이 서늘해져서　　　　　④ 간이 콩알만 해져서

2 밑줄 친 부분과 바꾸어 쓸 수 있는 말을 고르십시오.

> 두 팀 중에서 어느 팀이 이길지 예측할 수 없어서 경기를 보는 내내 조마조마했다.

① 마음을 졸였다　　　　　　　② 간이 철렁했다
③ 간담이 떨어졌다　　　　　　④ 살얼음을 밟았다

[3-6] 다음 중에서 알맞은 것을 골라 빈칸에 쓰십시오.

> 속이 타다　　　　　　　가슴이 뜨끔하다
> 손에 땀을 쥐다　　　　머리털이 곤두서다

3 가: 오늘 새벽에 운전하는데 길에 흰옷을 입은 사람이 쓰러져서 손을 흔들고 있는 거야.
　　나: 정말? 생각만 해도 ＿＿＿＿＿＿＿＿＿＿-는 것 같아. 그래서 어떻게 했어?

4 가: 하준이는 어떻게 저렇게 거짓말을 잘할까?
　　나: 그러니까 말이야. 나는 거짓말을 할 때마다 ＿＿＿＿＿＿＿＿＿＿-아/어/해서
　　못 하겠던데…….

5 가: 어제 그 드라마 봤어? 어땠어?
　　나: 재미있었어. 주인공이 범인에게 잡힐까 봐 ＿＿＿＿＿＿＿＿＿＿-고 봤어.

6 가: 어제 길이 많이 막히던데 면접 시간에 안 늦었어요?
　　나: 네. 저도 차가 밀려서 지각할까 봐 ＿＿＿＿＿＿＿＿＿＿-았/었/했는데 다행히
　　제시간에 도착했어요.

1 맞는 문장을 고르십시오.

① 어머니는 동생이 무사하다는 소식을 듣고 가슴을 쓸어내리셨다.
② 나는 화가 난 아내의 마음을 비우기 위해 사과했지만 소용이 없었다.
③ 태현이는 최종 불합격 소식을 듣고 나서 천하를 얻은 듯이 기뻐했다.
④ 민수는 일이 마무리될 때까지 최선을 다해서 한숨을 돌리겠다고 했다.

2 빈칸에 들어갈 알맞은 말을 고르십시오.

> 가: 요즘 새로 출시된 음식물 쓰레기 처리기가 큰 인기를 끌고 있다고요?
> 나: 네, 어떤 음식물 쓰레기라도 그 양을 10분의 1로 줄여 주는데요. 이것이 소비자들의
> _____ 평가를 받고 있습니다.

① 고삐를 늦췄다는
② 마음을 풀었다는
③ 다리를 뻗고 잤다는
④ 가려운 곳을 긁어 줬다는

[3-6] 다음 중에서 알맞은 것을 골라 빈칸에 쓰십시오.

마음을 놓다	어깨가 가볍다
머리를 식히다	직성이 풀리다

3 막내딸까지 결혼하여 독립하고 나니 한결 _____ -아/어/해진 느낌이다.

4 언니는 무슨 일이든 시작하면 끝까지 해야 _____ -는 성격이다.

5 고된 업무에 지친 두 사람은 _____ -(으)ㄹ 겸 바람을 쐬러 공원에 가기로 했다.

6 나는 아들이 미국에 잘 도착했다는 소식을 듣고서야 _____ -(으)ㄹ 수 있었다.

1 빈칸에 들어갈 알맞은 말을 고르십시오.

> 남편은 구경하는 옷마다 _____ 않는지 계속 다른 매장에 가 보자고 했다.

① 눈에 차지
② 눈을 의심하지
③ 눈에 불을 켜지
④ 눈을 똑바로 뜨지

2 밑줄 친 부분에 어울리는 표현을 고르십시오.

> 가: 학점도 안 좋고 영어 점수도 낮은 수아가 어떻게 대기업에 합격했지? 말도 안 돼.
> 나: 우린 친구잖아. 친구가 잘 되는 것을 기뻐해 주지 않고 질투하면 안 되지.

① 그림의 떡
② 눈에 쌍심지를 켜다
③ 놓친 고기가 더 크다
④ 사촌이 땅을 사면 배가 아프다

[3-6] 다음 중에서 알맞은 것을 골라 빈칸에 쓰십시오.

> 면목이 없다   필름이 끊기다
>
> 정신을 차리다   어처구니가 없다

> 　어제 새벽 영화배우 배영호 씨가 지인들과 생일 파티를 마치고 귀가하던 중 자신의
> 차로 가로등을 들이받는 사고를 냈다. 사고를 내고 도망가던 배 씨를 잡은 경찰이 음주
> 측정을 한 결과, 배 씨는 면허 취소 수준으로 술을 마신 상태였다. 경찰에
> 따르면 배영호 씨는 술을 마신 후 **3**_____ -아/어/해서 자신이
> 어떻게 운전대를 잡았는지 전혀 기억이 나지 않고 **4**_____
> -아/어/해 보니 경찰서였다고 진술했다고 한다. 한편 배영호 씨는 소속사를 통해
> 공인으로서 음주 사고로 사회적 물의를 일으켜 **5**_____
> -다면서 앞으로 모든 활동을 중단하고 자숙하겠다는 입장을 밝혔다. 이에 대중들은
> **6**_____ -다는 반응을 보이고 있다.

1 빈칸에 들어갈 알맞은 말을 고르십시오.

가: 민지 때문에 조별 과제 주제를 다섯 번이나 바꿨어. 이제 그만 좀 바꾸면 좋겠어.

나: 걔가 좀 ＿＿＿＿＿＿＿＿＿＿. 열정이 넘쳐서 그런 거니까 우리가 좀 이해해 주자.

① 입이 싸잖아   ② 콧대가 높잖아

③ 하늘 높은 줄 모르잖아   ④ 변덕이 죽 끓듯 하잖아

2 밑줄 친 부분에 어울리는 표현을 고르십시오.

가: 저희 부모님께서는 형제 중에서 저를 가장 사랑하시니까 분명히 저에게 모든 재산을 물려
주실 거예요. 그러면 그 돈으로 개인 사업을 시작하려고요.

나: 부모님께서는 <u>전혀 그럴 생각이 없으신데 혼자 착각하는</u> 거 아니에요?

① 공자 앞에서 문자 쓴다

② 간에 붙었다 쓸개에 붙었다 한다

③ 남의 잔치에 감 놓아라 배 놓아라 한다

④ 떡 줄 사람은 생각도 않는데 김칫국부터 마신다

[3-6] 다음 중에서 알맞은 것을 골라 빈칸에 쓰십시오.

목마른 놈이 우물 판다   남의 떡이 더 커 보인다

우물에 가 숭늉 찾는다   하룻강아지 범 무서운 줄 모른다

3 가: 언니, 오늘 같이 청소하기로 해 놓고 혼자 다 했네?

나: ＿＿＿＿＿＿＿＿＿＿＿＿＿＿-는/ㄴ다고 네가 집에 빨리 안 오길래 내가 해 버렸어.

4 가: 이번에 동아리에 들어온 신입생이 박 선배에게 말대꾸했다가 엄청 혼났대요.

나: ＿＿＿＿＿＿＿＿＿＿＿＿＿-는/ㄴ다고 박 선배가 얼마나 무서운지 몰랐군요.

5 가: 어? 네 국에 고기가 더 많이 들어 있는 거 같은데 우리 바꿔 먹을래?

나: 원래 ＿＿＿＿＿＿＿＿＿＿＿＿＿-는 법이야. 그냥 먹어.

6 가: 김 대리님, 오늘 오후까지 각 지점 매출 현황을 정리해 줄 수 있어요?

나: ＿＿＿＿＿＿＿＿＿＿＿＿＿＿-겠어요. 지점이 수백 개인데 어떻게 오후까지 정리를 다 해요?

1 밑줄 친 부분과 바꾸어 쓸 수 있는 말을 고르십시오.

> 내 동생은 자존심이 강해서 절대 다른 사람에게 먼저 사과하는 일이 없다.

① 모가 나서   ② 콧대가 세서
③ 배포가 커서   ④ 속이 시커매서

2 빈칸에 들어갈 알맞은 말을 고르십시오.

> 가: 부장님께서 승원 씨가 일 처리를 빈틈없이 잘한다고 칭찬하시더라고요.
> 나: 맞아요. 승원 씨가 일하는 것을 보면 정말 _____.

① 뒤끝이 흐려요   ② 맺힌 데가 없어요
③ 물 샐 틈이 없어요   ④ 겉 다르고 속 달라요

[3-6] 다음 중에서 알맞은 것을 골라 빈칸에 쓰십시오.

> 낯을 가리다   엉덩이가 무겁다
> 얼굴이 두껍다   간도 쓸개도 없다

3 태현이는 _____ -아/어/해서 한번 자리에 앉으면 일어날 줄을 모른다.

4 민수는 자기의 일을 도와 달라며 _____ -는 사람처럼 계속 부탁을 했다.

5 친구가 자기는 _____ -는 성격이라서 사람들을 쉽게 사귀지 못한다고 했다.

6 수아는 _____ -아/어/해서 그런지 잘 모르는 사람에게도 이런저런 얘기를 잘한다.

1 맞는 문장을 고르십시오.

① 언니는 내 말을 못 들은 척하면서 <u>고개를 숙였다.</u>

② 김 대리 능력으로는 그 일도 <u>어깨에 힘을 주듯</u> 할 것이다.

③ 길에서 학생들이 싸우고 있었지만 어른들은 <u>강 건너 불구경</u>이었다.

④ 민수는 영어에 능숙해 외국인들과 <u>엿장수 마음대로</u> 대화할 수 있다.

2 밑줄 친 부분에 어울리는 표현을 고르십시오.

> 가: 부장님이 5년이나 같이 일한 김 대리를 다른 부서로 보내 버리셨다면서요?
>
> 나: 부장님은 <u>원래 자기의 이익에 따라 움직이는 사람</u>이잖아요. 이제 김 대리가 더 이상 필요 없다고 느끼셨나 보죠.

① 눈 가리고 아웅   ② 달면 삼키고 쓰면 뱉는다

③ 잘되면 제 탓 못되면 조상 탓   ④ 개구리 올챙이 적 생각 못 한다

[3-6] 다음 중에서 알맞은 것을 골라 빈칸에 쓰십시오.

입맛대로 하다	몸 둘 바를 모르다
어깨에 힘을 주다	귓등으로도 안 듣다

3 가: 태현이는 왜 저렇게 _____ -고 다니는 거야?

　　 나: 졸업하기도 전에 대기업에 취직을 했으니 그럴 만도 하지.

4 가: 작가님, 이번 작품도 어찌나 재미있던지 다 읽을 때까지 손에서 책을 못 놓겠더라고요.

　　 나: 과찬이세요. 제 작품에 대해 그렇게 말씀해 주시니 _____ -겠습니다.

5 가: 동생과 사이좋게 지내라고 했는데 또 싸운 거야? 왜 아빠 말을 _____ -니?

　　 나: 죄송해요, 아빠. 근데 동생이 제 말을 너무 안 들어요.

6 가: 이번 일은 제 의견에 따라 주셨으면 해요.

　　 나: 지난번 일도 지원 씨 의견대로 했잖아요. 모든 일을 지원 씨 _____ -(으)ㄹ 수만은 없어요. 이번에는 지원 씨가 양보해 주세요.

1 빈칸에 들어갈 알맞은 말을 고르십시오.

> 나는 어렸을 때 아버지께서 해 주신 말씀을 _____ 살아가고 있다.

① 꼼짝 않고
② 고개를 들고
③ 어깨를 펴고
④ 가슴에 새기고

2 밑줄 친 부분과 바꾸어 쓸 수 있는 말을 고르십시오.

> 제시카 씨가 제가 준 선물을 <u>쳐다보지도 않아서</u> 기분이 좀 그랬어요.

① 눈 딱 감아서
② 눈 하나 깜짝 안 해서
③ 눈이 빠지게 기다려서
④ 눈도 거들떠보지 않아서

[3-6] 다음 중에서 알맞은 것을 골라 빈칸에 쓰십시오.

시치미를 떼다	어깨를 으쓱거리다
손꼽아 기다리다	촉각을 곤두세우다

3 푸엉은 대학을 졸업하고 고향에 돌아갈 날만을 _____ -고 있다.

4 하준이는 장학금을 받게 되었다는 소식을 듣고 _____ -(으)며 다녔다.

5 언니는 내 과자를 몰래 다 먹어 놓고도 먹지 않은 척 _____ -았/었/했다.

6 영업부 사람 모두가 오후에 예정되어 있는 경쟁사의 신제품 발표에 _____
-고 있다.

1 맞는 문장을 고르십시오.

① 민수는 아내의 말이라면 떡 주무르듯 쉽게 믿었다.

② 친구가 한 농담이 너무 재미있어서 <u>코웃음을</u> 쳤다.

③ 산 정상에서 내려다보는 경치가 <u>기가 차게</u> 아름다웠다.

④ 서영이는 노는 것에 <u>한눈을 팔지</u> 않고 열심히 공부했다.

2 밑줄 친 부분에 어울리는 표현을 고르십시오.

> 가: 동호회 총무인 수아가 회계 일도 하겠다고 했다면서?
>
> 나: 응. 안 그래도 <u>혼자서 이일 저일 다하니까</u> 동호회 사람들이 불만이 많은데 그걸 모르나 봐.

① 병 주고 약 준다　　　　　　② 북 치고 장구 치다

③ 은혜를 원수로 갚다　　　　　④ 숭어가 뛰니까 망둥이도 뛴다

[3-6] 다음 중에서 알맞은 것을 골라 빈칸에 쓰십시오.

혀를 차다	한술 더 뜨다
등을 떠밀다	뜬구름을 잡다

3 가: 언니, 왜 내 이야기를 들으면서 _____-는 거야?

　　나: 갑자기 아이돌이 되겠다니……. 네가 말도 안 되는 이야기를 하니까 그렇지.

4 가: 나한테는 여자 친구를 사귈 마음이 없다고 하더니 어제 소개팅을 했다면서?

　　나: 친한 친구가 _____-는 바람에 어쩔 수 없이 나간 거야.

5 가: 이번 달부터 월급을 모두 복권 사는 데 투자하면 언젠가는 1등에 당첨되겠죠?

　　나: 이제 제발 정신 좀 차리고 그런 _____-는 소리 좀 그만 하세요.

6 가: 지훈아, 사랑이랑 왜 말을 안 해? 또 다퉜어?

　　나: 자기가 잘못해 놓고 사과하기는커녕 _____-아/어/해서 내가 잘못한 거라고 하면서 화를 내잖아.

1 빈칸에 들어갈 알맞은 말을 고르십시오.

선생님께서는 나에게 다른 사람의 _____ 말고 소신껏 행동하라고 하셨다.

① 속을 긁지　　　　　　　　② 초를 치지
③ 눈치를 보지　　　　　　　④ 산통을 깨지

2 밑줄 친 부분에 어울리는 표현을 고르십시오.

가: 너 남자 친구랑 헤어졌다면서? 그럴 줄 알았어. 내가 너희는 안 어울린다고 했잖아.
나: 너는 화가 난 사람을 더 화나게 하는구나! 네가 친구라면 위로를 해 줘야지.

① 울며 겨자 먹기　　　　　　② 다 된 죽에 코 풀기
③ 불난 집에 부채질한다　　　④ 못 먹는 감 찔러나 본다

[3-6] 다음 중에서 알맞은 것을 골라 빈칸에 쓰십시오.

발을 빼다　　　　　　꼬리를 내리다
뜸을 들이다　　　　　찬물을 끼얹었다

3 민수는 누가 질문을 하면 한참 동안 _____ -(으)ㄴ 후에 대답하는 버릇이 있다.

4 수많은 논란에도 입장을 밝히지 않던 그 기업은 시민들이 불매 운동에 나서자 마지못해 _____ -(으)며 사과를 했다.

5 다른 사람들은 모두 일이 잘될 거라고 용기를 북돋아 주는데 김 대리 혼자만 부정적인 이야기를 늘어놓으며 _____ -았/었/했다.

6 사업을 계속 하면 할수록 손해를 보게 된다는 사실을 알고 있지만 동업자와의 의리 때문에 _____ -(으)ㄹ 수가 없었다.

1 맞는 문장을 고르십시오.

① 두 사람은 성격이 <u>딱 부러지게</u> 잘 맞아서 빨리 친해졌다.
② 전염병이 확산되자 보건 당국은 <u>발이 빠르게</u> 움직이기 시작했다.
③ 아이가 바르게 크기 위해서는 부모들이 먼저 <u>본때를 보여야</u> 한다.
④ 그는 갑자기 머리가 너무 아파서 <u>머리를 쥐어짜며</u> 의자에 앉았다.

2 빈칸에 들어갈 알맞은 말을 고르십시오.

가: 민수 씨가 회사 일만으로도 힘들 텐데 야간에 대리운전을 한다고 하더라고요.
나: 아버지께서 많이 편찮으셔서 병원비가 많이 드나 봐요. 그래서 돈을 벌기 위해서
　　　　　　　　　　　　　 일을 하는 모양이에요.

① 손을 뻗고
② 총대를 메고
③ 머리를 싸매고
④ 물불을 가리지 않고

[3-6] 다음 중에서 알맞은 것을 골라 빈칸에 쓰십시오.

눈을 돌리다	얼굴을 들다
마음을 사다	발 벗고 나서다

3 승원 씨는 누군가에게 어려운 일이 생기면 항상 ＿＿＿＿＿＿＿＿＿＿-는 사람이다.

4 그 회사는 좁은 국내 시장을 벗어나 넓은 해외 시장으로 ＿＿＿＿＿＿＿＿＿-았/었/했다.

5 그 정치인은 따뜻한 인품과 시원시원한 말솜씨로 국민들의 ＿＿＿＿＿＿＿＿＿
-았/었/했다.

6 수아는 별것도 아닌 일로 화를 낸 것이 부끄러워서 친구들 앞에서 ＿＿＿＿＿＿＿＿＿
-(으)ㄹ 수 없었다.

1 빈칸에 들어갈 알맞은 말을 고르십시오.

> 이모는 사촌 동생이 소방관 시험에 합격했다며 _____ 자랑을 하셨다.

① 입만 아프도록
② 입이 간지럽도록
③ 입에 침이 마르도록
④ 입에 자물쇠를 채우도록

2 밑줄 친 부분에 어울리는 표현을 고르십시오.

> 가: 제시카 씨, 결혼한다면서요? 축하해요.
> 나: 어머, 어떻게 알았어요? 지원 씨에게만 말했는데…… <u>말이 정말 순식간에 퍼지네요.</u>

① 속에 뼈 있는 소리
② 혀 아래 도끼 들었다
③ 발 없는 말이 천 리 간다
④ 나중에 보자는 사람 무섭지 않다

[3-6] 다음 중에서 알맞은 것을 골라 빈칸에 쓰십시오.

> 어림 반 푼어치도 없다   입이 열 개라도 할 말이 없다
> 손가락에 장을 지지겠다   말 한마디에 천 냥 빚도 갚는다

3 가: 사랑아, 오늘 기분이 안 좋아 보인다. 무슨 일 있어?

　　나: 나중에 가수가 될 거라고 했더니 연우가 노래를 못하는 네가 가수가 되면 _____
　　　　_____ -다고 하잖아.

4 가: 의원님, 지난밤 음주 단속에 걸리셨는데 시민들께 하실 말씀 없으십니까?

　　나: _____ -습/ㅂ니다. 정말 면목이 없습니다.

5 가: 형, 형이 타는 차를 나한테 주고 형은 새로 사면 안 돼?

　　나: 뭐라고? 산 지 6개월도 안 됐는데 _____ -는 소리 좀 하지 마.

6 가: 테니스 대회 예선에서 떨어졌다면서? 너무 실망하지 마. 사실 우승하기에는 네 실력이 좀
　　　부족하기는 했잖아.

　　나: _____ -는/ㄴ다는데 말 좀 따뜻하게 해 줄 수 없니?

1 빈칸에 들어갈 알맞은 말을 고르십시오.

> 가: 이렇게 하면 되잖아요. 승원 씨는 입사한 지가 제법 됐는데 아직도 그걸 몰라요?
>
> 나: 선배님, _____ 같은 말이라도 좀 듣기 좋게 해 주시면 감사하겠습니다.

① 말이 씨가 된다고   ②   핑계 없는 무덤이 없다고
③ 아 해 다르고 어 해 다르다고   ④ 똥 묻은 개가 겨 묻은 개 나무란다고

2 밑줄 친 부분에 어울리는 표현을 고르십시오.

> 가: 저 사람이 지금 나한테 욕한 거 너도 들었지?
>
> 나: 응. 그런데 네가 먼저 기분 나쁘게 말하기는 했어. <u>네가 좋게 말해야 상대방도 좋게 말하지.</u>

① 쓰다 달다 말이 없다   ② 말이 많으면 쓸 말이 적다
③ 입은 비뚤어져도 말은 바로 해라   ④ 가는 말이 고와야 오는 말이 곱다

[3-6] 다음 중에서 알맞은 것을 골라 빈칸에 쓰십시오.

> 꼬집어 말하다   입에 달고 다니다
> 말만 앞세우다   아픈 곳을 건드리다

3 친구가 아프다는 말을 _____ -아/어/해서 가끔 짜증이 난다.

4 새로 온 대표는 계획을 행동으로 옮기기보다는 _____ -는 사람이다.

5 과장님은 동기들 중에서 나만 승진을 못한 데에는 이유가 있을 거라면서 _____
_____ -았/었/했다.

6 이 보고서는 무엇이 문제인지 정확히 _____ -(으)ㄹ 수는 없지만 전체적인
흐름이 좀 이상합니다.

1 빈칸에 들어갈 알맞은 말을 고르십시오.

> 지훈이는 미안하다는 말이 _____ 하고 나오지 않았다.

① 입에 담기만　　　　　　　　② 입을 다물기만
③ 입방아를 찧기만　　　　　　④ 입 안에서 뱅뱅 돌기만

2 밑줄 친 부분에 어울리는 표현을 고르십시오.

> 가: 연우야, 있잖아. 음……. 아니야, 너 바쁜 거 같은데 나중에 말할게.
> 나: 그래도 <u>할 말은 해야지</u>. 무슨 말인지 빨리 해 봐.

① 고양이 목에 방울 달기　　　　　② 잘 나가다 삼천포로 빠지다
③ 싸움은 말리고 흥정은 붙이랬다　④ 말은 해야 맛이고 고기는 씹어야 맛이다

[3-6] 다음 중에서 알맞은 것을 골라 빈칸에 쓰십시오.

> 운을 떼다　　　　　　　　말을 돌리다
> 토를 달다　　　　　　　　쐐기를 박다

3　가: 수아야, 정말 미안한데 음…….
　　　나: 무슨 말인데 그렇게 _____-기 어려워하니? 편하게 이야기해 봐.

4　가: 여보, 어제 만난 친구 사업은 잘돼 간대요?
　　　나: 사업 이야기를 꺼내니까 자꾸 _____-(으)면서 딴 이야기를 하더라고요.
　　　　 아마 잘 안 되는 모양이에요.

5　가: 서영아, 아까 할아버지께 혼나던데 뭘 잘못한 거니?
　　　나: 어른 말씀에 버릇없이 _____-는/ㄴ다고 한 말씀하셨어요.

6　가: 거래처에 계약 조건을 변경해 달라고 요청해 보는 게 어때요?
　　　나: 안 그래도 이야기했는데 이미 계약이 끝난 거니까 안 된다고 _____
　　　　 -더라고요.

1 밑줄 친 부분과 바꾸어 쓸 수 있는 말을 고르십시오.

얼굴색 하나 변하지 않고 거짓말을 하는 친구의 모습을 보니 <u>어이가 없어서</u> 말이 안 나온다.

① 기가 막혀서   ② 경종을 울려서
③ 사족을 못 써서   ④ 피가 되고 살이 돼서

2 빈칸에 들어갈 알맞은 말을 고르십시오.

가: 지원 씨, 월세 계약을 연장하는 건데 왜 그렇게 계약서를 꼼꼼히 봐요?
나: _____ 혹시 몰라서 다시 한번 확인하는 거예요.

① 우물을 파도 한 우물을 파라고   ② 돌다리도 두들겨 보고 건너라고
③ 누울 자리 봐 가며 발을 뻗으라고   ④ 못 오를 나무는 쳐다보지도 말라고

[3-6] 다음 중에서 알맞은 것을 골라 빈칸에 쓰십시오.

고생을 사서 한다	쇠뿔도 단김에 빼랬다
꼬리가 길면 밟힌다	사공이 많으면 배가 산으로 간다

3 가: 회의는 잘 끝났어요?
　　나: 아니요. _____ -는/ㄴ다고 다들 자기 의견만 내세우다 보니 결정된 거
　　　　하나 없이 끝나고 말았어요.

4 가: 승원 씨, 우리 언제 밥 한번 먹어요.
　　나: _____ -다고 지금 먹으러 갈까요? 때마침 점심시간이기도 하고요.

5 가: 집에서 술을 담그는 게 이렇게 어려울 줄 몰랐어요.
　　나: 그냥 마트에서 사 먹지 _____ -는/ㄴ다고 뭐 하러 직접 담그고 그래요?

6 가: 너 오늘은 일찍 들어가. _____ -는/ㄴ다고 그렇게 자꾸 거짓말하고
　　　　밤늦게까지 놀러 다니다가 부모님께 걸리면 어쩌려고 그래?
　　나: 안 그래도 좀 불안해서 오늘은 일찍 들어가려고.

1 빈칸에 들어갈 알맞은 말을 고르십시오.

> 가: 승원 씨는 여자 친구의 말이라면 _____ 따르는 거 같아요.
>
> 나: 너무 좋아해서 그런가 봐요. 사귀게 되기까지 여러 번 고백했다고 들었거든요.

① 팥으로 메주를 쑨대도 곧이듣고　　② 늦게 배운 도둑이 날 새는 줄 모르고
③ 종로에서 뺨 맞고 한강에서 눈 흘기고 ④ 미꾸라지 한 마리가 온 웅덩이를 흐려 놓고

2 밑줄 친 부분에 어울리는 표현을 고르십시오.

> 가: 아까 보니까 시에서 다리 보수 공사를 하더라고요.
>
> 나: 이제야 공사를 한다고요? 장마 때 홍수가 나서 이미 피해를 봤는데 <u>뒤늦게 손을 쓰는 것이 무슨 소용이 있겠어요?</u>

① 해가 서쪽에서 뜨다　　　　　② 제가 제 무덤을 판다
③ 소 잃고 외양간 고친다　　　　④ 어물전 망신은 꼴뚜기가 시킨다

[3-6] 다음 중에서 알맞은 것을 골라 빈칸에 쓰십시오.

> 걱정도 팔자다　　　　　　　달밤에 체조하다
> 앞뒤가 막히다　　　　　　　손가락 하나 까딱 않다

3 가: 급하니까 이 일을 먼저 처리해 달라고 승원 씨에게 부탁해 볼까요?

　　나: 글쎄요. 워낙 _____ -(으)ㄴ 사람이라 들어줄지 모르겠어요.　　무조건 순서대로만 일을 처리하는 사람이잖아요.

4 가: _____ -는 것도 아니고 이 밤중에 왜 갑자기 줄넘기를 하고 그래요?

　　나: 오늘부터 매일 하겠다고 결심했는데 깜빡했거든요.

5 가: 주말마다 나는 청소하느라 바쁜데 내 룸메이트는 _____ -고 책만 읽어. 처음에는 그러려니 했는데 이제는 좀 짜증이 나.

　　나: 그럼 같이 하자고 이야기해 봐.

6 가: 민지네 언니가 오늘 소개팅을 한다고 하던데 잘 만났는지 모르겠어. 이번에는 잘 돼야 할 텐데…….

　　나: _____ (이)네. 네 언니도 아닌데 왜 그런 걱정을 하니?

1 맞는 문장을 고르십시오.

① 할아버지께서는 씨도 먹히지 않을 정도로 화를 내셨다.
② 춤에 푹 빠진 수아는 클럽에 문턱이 닳도록 드나들었다.
③ 민수는 요즘 일이 너무 많아서 밥줄이 끊길까 봐 걱정했다.
④ 나는 반드시 성공해서 친구를 골탕을 먹이겠다고 다짐했다.

2 빈칸에 들어갈 알맞은 말을 고르십시오.

> 부모님께서 열심히 일하셔서서 이제 가게가 어느 정도 _____ 되었다.

① 발을 끊게   ② 등에 업게
③ 자리를 잡게   ④ 문턱을 낮추게

[3-6] 다음 중에서 알맞은 것을 골라 빈칸에 쓰십시오.

> 덕을 보다   꼬리표가 붙다
> 한턱을 내다   손가락질을 받다

3 가: 제시카 씨, 생일 축하해요.
　 나: 고마워요. 오늘 생일 기념으로 제가 저녁에 _____ -기로 했는데
　　　민수 씨도 오세요.

4 가: 그동안 배우 활동을 하면서 힘든 점은 없었나요?
　 나: 처음에는 '가수 출신 배우'라는 _____ -아/어/해서 비중 있는
　　　역할을 맡기 힘들었는데 지금은 괜찮습니다.

5 가: 엄마, 이거 제 첫 월급이에요. 그동안 저 키우느라 고생 많으셨어요.
　 나: 고마워. 이제 내가 우리 아들 _____ -네.

6 가: 저 연예인, 그동안 학력을 속였다면서요? 순수해 보여서 좋아했는데 실망스러워요.
　 나: 거짓말 때문에 한순간에 사람들에게 _____ -는 신세가 돼 버린 거죠.

1 맞는 문장을 고르십시오.

① 두 사람은 다람쥐 쳇바퀴 돌듯 같은 주장만 반복했다.

② 그 사람과 나는 아귀가 맞는 성격이라서 금방 친해졌다.

③ 나는 더도 말고 덜도 말고 번지 점프에 도전해 보기로 했다.

④ 언니는 시험에 합격하게 위해 칼자루를 쥐며 공부에 몰두했다.

2 밑줄 친 부분에 어울리는 표현을 고르십시오.

가: 요즘 아파트 분양에 당첨되는 것이 매우 어렵다고 하더라고요. 내 집 마련은 언제쯤
   할 수 있을까요?

나: 뉴스에서 보니까 월급을 하나도 안 쓰고 8년을 모아야 집을 살 수 있대요.

① 뜨거운 감자   ② 모래 위에 선 집

③ 땅 짚고 헤엄치기   ④ 낙타가 바늘구멍 들어가기

[3-6] 다음 중에서 알맞은 것을 골라 빈칸에 쓰십시오.

둘도 없다	꼬리에 꼬리를 물다
죽도 밥도 안 되다	손가락 안에 꼽히다

3 가: 할머니, 제가 그렇게 예뻐요?

  나: 그럼. 너처럼 예쁜 아이는 세상에 _____-지.

4 가: 오빠, 나 대학 그만두려고.

  나: 내년에 졸업인데 지금 그만두면 _____-아/어/해. 한번 더 생각해 봐.

5 가: 김수지 씨, 갑자기 3년 동안 연예 활동을 쉰 이유가 궁금합니다.

  나: 개인적으로 나쁜 일들이 _____-고 일어나다 보니 좀 쉬어야겠다는
     생각이 들었어요.

6 가: 뉴스 봤어요? 윤아 씨네 회사가 망했대요.

  나: 네, 봤어요. 한때는 국내에서 _____-는 기업이었는데 어쩌다가
     그렇게 됐는지 모르겠어요.

1 밑줄 친 부분과 바꾸어 쓸 수 있는 말을 고르십시오.

> 민지는 건축 기사 자격증 시험에 합격하기 위해서 <u>있는 힘을 다해서</u> 공부했다.

① 기를 쓰고   ② 간판을 걸고

③ 몸으로 때우고   ④ 문을 두드리고

2 빈칸에 들어갈 알맞은 말을 고르십시오.

> 가: 휴가를 길게 다녀왔더니 일이 _____ 않아요. 너무 놀았나 봐요.
>
> 나: 그래요? 저는 오래 쉬면 일하고 싶다는 생각이 간절하던데요.

① 손을 보지   ② 손을 쓰지

③ 손에 잡히지   ④ 손이 빠르지

[3-6] 다음 중에서 알맞은 것을 골라 빈칸에 쓰십시오.

> 뿌리를 뽑다   첫발을 떼다
>
> 진땀을 빼다   앞에 내세우다

3 10년 전에 나는 작은 회사에서 사회생활의 _____ -았/었/했다.

4 언니는 과자를 달라며 엉엉 우는 동생을 달래느라 _____ -았/었/했다.

5 대통령 후보들은 자신이 당선된다면 반드시 부정부패의 _____ -겠다고
선언했다.

6 그 전자 제품 회사는 다른 회사와 차별을 두기 위해서 10년 무상 애프터서비스를
_____ -았/었/했다.

1 빈칸에 들어갈 알맞은 말을 고르십시오.

가: 사랑아, 음식을 골고루 먹어야지. 편식하면 건강에 안 좋아.
나: 저도 알지만 싫어하는 음식에는 _____ 않아요.

① 손이 가지 ② 손을 놓지
③ 손을 떼지 ④ 손을 씻지

2 밑줄 친 부분에 어울리는 표현을 고르십시오.

가: 민수 씨는 음식을 왜 그렇게 빨리 먹는지 같이 밥을 먹으면 저까지 급하게 먹게 돼서 항상 체해요.
나: 그래서 저는 민수 씨가 같이 밥을 먹자고 하면 다른 약속이 있다고 해요.

① 시장이 반찬
② 금강산 구경도 식후경
③ 마파람에 게 눈 감추듯
④ 둘이 먹다가 하나가 죽어도 모르겠다

[3-6] 다음 중에서 알맞은 것을 골라 빈칸에 쓰십시오.

끝이 보이다	둥지를 틀다
뚜껑을 열다	마침표를 찍다

3 직원들은 _____ -지 않는 일 때문에 스트레스를 받고 있다.

4 김 교수님께서는 이번 학기를 끝으로 교직 생활에 _____ -(으)셨다.

5 승원이는 취업과 동시에 집을 떠나 회사 근처에 _____ -기로 했다.

6 모두들 지훈이는 당연히 합격할 거라고 했지만 막상 _____ -고 보니 지훈이는 떨어지고 연우만 합격했다.

1 맞는 문장을 고르십시오.

① 나는 <u>돈을 굴리기</u> 위해 취직을 하기로 했다.

② 우리 가게만 손님이 없어 <u>파리를 날리고</u> 있다.

③ 언니는 우리 대화에 <u>한몫 잡아서</u> 잔소리를 시작했다.

④ 그는 가진 것은 <u>국물도 없으면서</u> 매번 큰소리만 친다.

2 빈칸에 들어갈 알맞은 말을 고르십시오.

| 가: 동현 씨, 세계 복싱 챔피언에게 도전하신다면서요? |
| 나: 네, 지더라도 좋은 경험이 될 것 같아서 _____ 마음으로 나가기로 했어요. |

① 밑져야 본전이라는

② 싼 것이 비지떡이라는

③ 티끌 모아 태산이라는

④ 같은 값이면 다홍치마라는

[3-6] 다음 중에서 알맞은 것을 골라 빈칸에 쓰십시오.

| 손이 크다 | 날개가 돋치다 |
| 돈을 만지다 | 바가지를 씌우다 |

3 범수 씨는 과감한 부동산 투자로 큰 _____ -게 되었다.

4 새로운 전기 차 모델이 출시되자마자 _____ -은/ㄴ 듯이 팔려 나갔다.

5 어머니는 _____ -(으)셔서 식사 때마다 음식을 아주 푸짐하게 차려 주신다.

6 경찰은 여름철 휴가지에서 관광객들에게 _____ -는 상점들을 단속하겠다고 발표했다.

1 빈칸에 들어갈 알맞은 말을 고르십시오.

> 가: 민지 엄마, 민지가 외국에서 대학을 다닌다면서요? 돈이 많이 들지요?
>
> 나: 네, 비싼 학비와 생활비를 마련하느라 이 일 저 일 닥치는 대로 하다 보니까
> _____ 지경이에요.

① 배가 부를 ② 허리가 휠

③ 손가락을 빨 ④ 호주머니를 털

2 밑줄 친 부분에 어울리는 표현을 고르십시오.

> 가: 오빠, 이 식당 너무 비싸다. 다른 데 가서 먹자.
>
> 나: 오늘 월급을 받아서 <u>돈이 충분히 있으니까</u> 걱정하지 말고 먹고 싶은 걸로 시켜.

① 깡통을 차다 ② 돈방석에 앉다

③ 입에 풀칠하다 ④ 주머니가 넉넉하다

[3-6] 다음 중에서 알맞은 것을 골라 빈칸에 쓰십시오.

손을 벌리다	바닥이 드러나다
허리를 펴다	허리띠를 졸라매다

3 가: 수아야, 왜 이렇게 아르바이트를 많이 해?

　　나: 부모님께 _____-지 않고 내 힘으로 대학을 다니고 싶어서…….

4 가: 민수야, 일을 쉰 지 벌써 2년이 다 돼 가는데 이제 취직해야 하지 않겠니?

　　나: 안 그래도 모아 둔 돈이 _____-고 있어서 다시 일을 시작하려고 해.

5 가: 승원아, 너 학자금 대출은 다 갚았어?

　　나: 응, 지난달에 다 갚아서 이제 _____-고 살 수 있을 것 같아.

6 가: 그동안 _____-(으)며 용돈을 모으더니 드디어 스마트폰을 바꿨구나!

　　나: 응, 예쁘지?

1 맞는 문장을 고르십시오.

① 그는 모범생과는 거리가 생긴 불량 학생에 가깝다.

② 언니에게 미운털이 박혀 있는 말을 들어서 마음이 아프다.

③ 친구들 토론에 끼어들었다가 불꽃이 튈까 봐 모른 척했다.

④ 그는 동네 사람들에게 큰돈을 빌린 후에 자취를 감춰 버렸다.

2 빈칸에 들어갈 알맞은 말을 고르십시오.

> 가: 승원 씨네 부부가 그렇게 싸우더니 결혼 삼 년 만에 이혼했대요.
>
> 나: 결국 그렇게 됐군요. 다시 회복할 수 없을 만큼 둘 사이에 ＿＿＿＿＿＿＿＿ 봐요.

① 골이 깊었나

② 어깨를 견줬나

③ 눈총을 맞았나

④ 뒤통수를 맞았나

[3-6] 다음 중에서 알맞은 것을 골라 빈칸에 쓰십시오.

> 등을 돌리다   쌍벽을 이루다
>
> 눈 밖에 나다   으름장을 놓다

3 승원 씨는 회사에 지각을 자주 하는 바람에 상사의 ＿＿＿＿＿＿＿＿＿ -고 말았다.

4 두 선수는 국내의 모든 골프 경기에서 일, 이 등을 다투며 ＿＿＿＿＿＿＿＿ -았/었/했다.

5 수아는 자신의 거짓말 때문에 친구들이 ＿＿＿＿＿＿＿＿ -았/었/했다는 것을 알고 후회했다.

6 언니는 한 번만 더 자기 옷을 입고 나가면 가만두지 않겠다고 나에게 ＿＿＿＿＿＿＿＿ -았/었/했다.

1 빈칸에 들어갈 알맞은 말을 고르십시오.

> 김 간호사는 병원에서 일하는 모든 사람과 알고 지낼 정도로 _____.

① 발이 넓다
② 입의 혀 같다
③ 죽고 못 산다
④ 양다리를 걸친다

2 밑줄 친 부분과 바꾸어 쓸 수 있는 말을 고르십시오.

> 나는 일이 많아서 동창회에 잠시 참석한 후에 서둘러 회사로 돌아갔다.

① 코가 꿰인
② 얼굴을 내민
③ 다리를 놓은
④ 올가미를 씌운

[3-6] 다음 중에서 알맞은 것을 골라 빈칸에 쓰십시오.

> 우는 아이 젖 준다 　　　　　 웃는 낯에 침 못 뱉는다
> 친구 따라 강남 간다 　　　　　 미운 아이 떡 하나 더 준다

3 가: 왜 사람들은 제시카 씨만 도와주는 걸까요. 저도 바쁜데…….
　 나: 제시카 씨는 항상 먼저 도와 달라고 하잖아요. _____ -는/ㄴ다고
　　　 지원 씨도 그렇게 해 봐요.

4 가: 나도 서영이처럼 사관 학교에 지원해서 여군이 될까 봐.
　 나: _____ -는/ㄴ다고 서영이가 하는 건 다 따라 하고 싶니?

5 가: 여보, 지훈이 들어오면 혼내 준다고 하더니 왜 아무 말도 안 해요?
　 나: _____ -는/ㄴ다고 기분 좋게 들어오는 걸 보니 혼낼 수가 없네요.

6 가: 수아야, 예전에 서영이가 너 괴롭힌다고 하지 않았어? 근데 왜 그렇게 잘해 줘?
　 나: 그냥 _____ -는/ㄴ다는 마음으로 잘해 주고 있어.

1 맞는 문장을 고르십시오.

① 두 사람은 미리 <u>발을 맞춰서</u> 사람들을 속였다.
② 나쁜 사람이 벌을 받는 것을 보면 <u>깨가 쏟아지는</u> 것 같다.
③ 이미 <u>콩깍지가 씌어서</u> 그런지 민지의 모든 행동이 밉기만 했다.
④ 오랜만에 <u>말이 통하는</u> 친구를 만나 이야기를 나누니 기분이 좋다.

2 밑줄 친 부분에 어울리는 표현을 고르십시오.

> 가: 아까 일은 분명히 지원 씨 잘못 아니에요? 부장님이 자기 팀원이라고 무조건 감싸는 걸 보
> 니 속이 상하더라고요.
> 나: 사람은 누구나 자신과 <u>가까운 사람의 편을 드는</u> 법이잖아요.

① 피는 물보다 진하다
② 팔이 안으로 굽는다
③ 이웃이 사촌보다 낫다
④ 열 손가락 깨물어 안 아픈 손가락이 없다

[3-6] 다음 중에서 알맞은 것을 골라 빈칸에 쓰십시오.

손을 잡다	손발이 맞다
입을 모으다	머리를 맞대다

3 두 사람은 _____ -아/어/해서 함께 일하면 늘 결과가 좋다.

4 우리 회사는 해외 시장 진출을 위해 세계 최대 쇼핑몰과 _____ -기로 했다.

5 우리는 수학 문제를 풀기 위해 몇 시간 동안 _____ -았/었/했지만 결국
실패했다.

6 전문가들은 환경 문제를 해결하려면 일회용품 사용부터 줄여야 한다고 _____
-았/었/했다.

1 빈칸에 들어갈 알맞은 말을 고르십시오.

> 대기업이 편의점 사업에 진출하면서 동네 슈퍼들은 _____ 몰리고 있다.

① 파리 목숨으로   ② 막다른 골목으로
③ 독 안에 든 쥐로   ④ 숨이 넘어가는 소리로

2 밑줄 친 부분에 어울리는 표현을 고르십시오.

> 가: 아까 보니까 차장님께서 승원 씨를 엄청 칭찬하시더라고요.
> 나: 그래요? 차장님께서 누군가를 칭찬하는 일은 아주 드문데 별일이 다 있네요.

① 가뭄에 콩 나듯 한다   ② 까마귀 날자 배 떨어진다
③ 고래 싸움에 새우 등 터진다   ④ 물에 빠지면 지푸라기라도 잡는다

[3-6] 다음 중에서 알맞은 것을 골라 빈칸에 쓰십시오.

> 물 건너가다   가시방석에 앉다
> 파김치가 되다   도마 위에 오르다

3 가: 엄마, 서영이 저녁 먹으라고 깨울까요?

    나: 그냥 자게 둬. 등산하느라 힘들었는지 _____-아/어/해서 돌아왔던데.

4 가: 어제 부서 회식 자리에 갑자기 사장님께서 오셨다면서요?

    나: 네, 제 옆자리에서 이것저것 물어보셔서 식사하는 내내 _____
      -아/어/해 있는 것 같았어요.

5 가: 올해 회사 실적이 좋아서 연말에 특별 상여금이 나올 수도 있다면서요?

    나: 아직 이야기 못 들었어요? 계약 하나가 잘못돼서 회사 손실이 커지는 바람에 특별
      상여금은
      _____-은/ㄴ 지 오래래요.

6 가: 뉴스에서 보니 그 정치인의 발언이 또다시 여론의 _____-았/었/했더라고요.

    나: 인터뷰 때마다 국민들을 무시하는 듯한 발언을 하니 그런 거지요.

1 빈칸에 들어갈 알맞은 말을 고르십시오.

태풍으로 인해 비행기 운항이 중단되어 승객들은 공항에서 _____ 말았다.

① 활개를 치고　　　　　　　　② 발이 묶이고
③ 숨통을 틔우고　　　　　　　　④ 오금이 쑤시고

2 밑줄 친 부분에 어울리는 표현을 고르십시오.

가: 지난 10년간 꾸준히 기부를 해 오셨는데 어떻게 기부를 시작하게 되셨습니까?
나: 사실 저도 형편이 어려워서 다른 사람을 돌볼 여유가 없기는 하지만 저보다 더 어려운 사람들을 돕고 싶다는 마음이 들어 시작하게 됐습니다.

① 갈수록 태산　　　　　　　　② 뛰어야 벼룩
③ 내 코가 석 자　　　　　　　　④ 가는 날이 장날

[3-6] 다음 중에서 알맞은 것을 골라 빈칸에 쓰십시오.

골치가 아프다　　　　　　발목을 잡히다
벽에 부딪치다　　　　　　하늘을 찌르다

3 요즘 층간 소음 때문에 너무 시끄러워서 어떻게 해결해야 할지 _____ -다.

4 대회를 앞두고 고된 훈련을 마친 선수들의 자신감이 _____ -을/ㄹ 것 같았다.

5 부장님께서 시키신 일에 _____ -아/어/해서 내 일은 아무 것도 못 하고 있다.

6 한창 잘되던 사업이 자금 부족이라는 _____ -(으)면서 급격히 어려워지기 시작했다.

1 맞는 문장을 고르십시오.

① 그는 조용히 공부하고 있는 친구에게 <u>바람을 일으켰다</u>.

② 수아는 막냇동생의 모습에 <u>눈과 귀가 쏠려서</u> 계속 생각났다.

③ 평일이라 그런지 공원은 <u>입추의 여지가 없을</u> 정도로 사람이 없었다.

④ 하준이와 민지는 시험에서 1등을 하기 위해 <u>분초를 다투어</u> 공부를 했다.

2 빈칸에 들어갈 알맞은 말을 고르십시오.

> 가: 민 기자님, 같이 점심 먹을래요?
>
> 나: 미안하지만 지금 마감 시간이 얼마 남지 않아서 _____ . 전 나중에 먹을게요.

① 눈에 띄어요

② 눈길을 모아요

③ 눈에서 벗어나요

④ 눈코 뜰 사이 없어요

[3-6] 다음 중에서 알맞은 것을 골라 빈칸에 쓰십시오.

담을 쌓다	발을 디딜 틈이 없다
각광을 받다	발등에 불이 떨어지다

3 동생은 나와 달리 꼭 _____ -아/어/해야 일을 시작하는 버릇이 있다.

4 설 연휴를 앞두고 백화점은 쇼핑을 즐기려는 사람들로 _____ -았/었/했다.

5 최근 젊은이들 사이에서 적은 수의 하객만을 초대해서 하는 작은 결혼식이 _____
_____ -고 있다.

6 고등학교 졸업 후에 공부와는 _____ -고 살아서 공무원 시험공부를
시작하려고 하니 겁부터 났다.

1 빈칸에 들어갈 알맞은 말을 고르십시오.

> 가: 어제 태현이가 약속 시간보다 30분이나 늦게 온 거 있지?
>
> 나: 30분? 그건 _____. 난 두 시간을 기다린 적도 있어.

① 새 발의 피야　　　　　　　　② 양손의 떡이야

③ 꿈보다 해몽이 좋아　　　　　④ 아닌 밤중에 홍두깨야

2 밑줄 친 부분에 어울리는 표현을 고르십시오.

> 가: 어제 길에서 핸드폰을 잃어버렸거든. <u>어떻게 해야 할지 몰라서</u> 발만 동동 구르고
>
> 　　있었는데 어떤 아주머니께서 찾아 주셨어.
>
> 나: 정말 고마운 분이네.

① 눈이 돌아가다　　　　　　　② 눈앞이 캄캄하다

③ 눈 뜨고 볼 수 없다　　　　　④ 눈에 보이는 것이 없다

[3-6] 다음 중에서 알맞은 것을 골라 빈칸에 쓰십시오.

> 　앞뒤를 재다　　　　　　　　갈피를 못 잡다
>
> 　꿈도 못 꾸다　　　　　　　　색안경을 끼고 보다

3 가: 요즘 젊은 사람들은 문신을 많이 하는 것 같아요.

　　나: 예전에는 문신한 사람을 _____-는 경우가 많았는데 요즘은 개성
　　　　표현의 수단이라고 생각하는 사람들이 많더라고요.

4 가: 신입 사원이 일에 _____-고 실수를 반복하네요.

　　나: 처음이라 그럴 테니 승원 씨가 옆에서 좀 도와주세요.

5 가: 마라톤 풀코스를 완주하셨다고요? 저는 체력이 약해서 _____-는
　　　　일을 해내셨군요.

　　나: 민수 씨도 노력하면 할 수 있어요. 저랑 같이 해 볼래요?

6 가: 아직도 유학을 갈지 말지 결정을 못 했니? 신중한 것도 좋지만 지나치게 _____
　　　　-다 보면 중요한 기회를 놓칠 수도 있단다.

　　나: 네, 아빠. 빨리 결정하도록 할게요.

1 맞는 문장을 고르십시오.

① 그 산의 아름다운 풍경에 등산객들 모두가 <u>인상을 썼다</u>.

② 아버지는 <u>고사리 같은 손</u>으로 무엇이든 쉽게 만들어 내셨다.

③ 사랑이는 영화를 보는 내내 <u>허파에 바람이 든</u> 것처럼 울었다.

④ 사장님은 사람을 <u>보는 눈이 있어서</u> 능력 있는 사람을 잘 알아봤다.

2 빈칸에 들어갈 알맞은 말을 고르십시오.

가: 할아버지, 아까 말씀드렸는데 또 잊어버리셨어요?
나: 나이가 드니까 _____ 그런지 자꾸 잊어버려. 아까 뭐라고 했지?

① 머리가 굳어서

② 머리를 흔들어서

③ 머리가 잘 돌아가서

④ 머리 회전이 빨라서

[3-6] 다음 중에서 알맞은 것을 골라 빈칸에 쓰십시오.

귀가 밝다   코를 찌르다
눈이 높다   얼굴에 씌어 있다

3 가: 별일 아니니까 신경 쓰지 마세요.

　　나: 어떻게 신경을 안 써요? 걱정이 있다고 민수 씨 _____ -는데요.

4 가: 수아야, 민지 생일 선물로 이 가방 어때?

　　나: 글쎄. 민지가 워낙 _____ -아/어/해서 마음에 들어 할지 모르겠어.

5 가: 음식물 쓰레기 냄새가 _____ -네. 빨리 지나가자.

　　나: 누가 여기에다가 음식물 쓰레기를 버린 거야? 정말 너무한다.

6 가: 여윳돈으로 주식 투자 좀 해 보고 싶은데 어떤 회사 주식을 사면 좋을까요?

　　나: 저는 잘 몰라요. 승원 씨가 주식 투자에 대해서 _____ -은/ㄴ 편이니까
　　　　한번 물어보세요.

1 맞는 문장을 고르십시오.

① 나는 너무 배가 불러서 <u>가죽만 남을</u> 지경이었다.
② 지원이는 개그 프로그램을 보며 <u>사시나무 떨듯</u> 웃었다.
③ 우리는 <u>허울 좋은</u> 물건을 사기 위해 하루 종일 돌아다녔다.
④ 수아는 대학생이 되더니 <u>때를 벗고</u> 세련된 모습으로 나타났다.

2 밑줄 친 부분에 어울리는 표현을 고르십시오.

> 가: 누나, 이 차는 디자인이 별로인데 왜 이걸 사려고 그래?
> 나: 네가 잘 몰라서 그래. <u>겉모습은 보잘것없어 보여도 성능은 정말 훌륭한</u> 차야.

① 꽁지 빠진 새 같다   ② 작은 고추가 더 맵다
③ 뚝배기보다 장맛이 좋다   ④ 보기 좋은 떡이 먹기도 좋다

[3-6] 다음 중에서 알맞은 것을 골라 빈칸에 쓰십시오.

그늘이 지다	모양이 사납다
얼굴이 피다	때 빼고 광내다

3 가: 태현아, 오늘 영화 보러 갈래?

     나: 미안해. 과제하느라 며칠 동안 밤을 새웠더니 ＿＿＿＿＿＿＿＿＿＿-아/어/해.
        오늘은 좀 쉬어야겠어.

4 가: 민지야, 그렇게 ＿＿＿＿＿＿＿＿＿＿-고 어디 가?

     나: 남자 친구 만나러. 한 달 만에 만나는 거라 신경 좀 썼어.

5 가: 민수 씨, ＿＿＿＿＿＿＿＿＿＿-은/ㄴ 걸 보니 무슨 좋은 일이 있나 봐요?

     나: 아니에요. 제가 요즘 보약을 먹어서 살도 좀 찌고 안색도 좋아져서 그런가 봐요.

6 가: 무슨 걱정이라도 있어요? 왜 이렇게 얼굴에 ＿＿＿＿＿＿＿＿＿＿-아/어/해 있어요?

     나: 요즘 불경기라 그런지 장사가 잘 안돼서 걱정이 돼요.

1 밑줄 친 부분과 바꾸어 쓸 수 있는 말을 고르십시오.

> 대화를 하면 할수록 누나의 생각은 나의 생각과 <u>차이가 있다는</u> 생각이 들었다.

① 거리가 멀다는   ② 그렇고 그렇다는
③ 눈치가 빠르다는   ④ 한 치 앞을 못 본다는

2 빈칸에 들어갈 알맞은 말을 고르십시오.

> 친하게 지내던 친구가 갑자기 왜 연락을 끊었는지 _____ 일이다.

① 쥐뿔도 모를   ② 알다가도 모를
③ 눈치코치도 모를   ④ 시간 가는 줄 모를

[3-6] 다음 중에서 알맞은 것을 골라 빈칸에 쓰십시오.

> 하나를 보고 열을 안다   가랑비에 옷 젖는 줄 모른다
> 매도 먼저 맞는 놈이 낫다   될성부른 나무는 떡잎부터 알아본다

3 가: 수아야, 이제 네 차례야. 떨지 말고 연주 잘해.

  나: _____-다고 차라리 맨 처음에 할 걸 그랬어. 다른 사람들이 연주하는
   걸 보고 나니 더 떨려.

4 가: 저 아역 배우는 연기를 참 잘하네요!

  나: 맞아요. _____-는/ㄴ다고 앞으로 크게 될 것 같아요.

5 가: 커피를 하루에 한 잔씩 사 마셨더니 그 돈도 꽤 되더라고요.

  나: _____-는/ㄴ다고 적은 돈이라도 매일 쓰면 큰돈이 되는 법이지요.

6 가: 윤아 씨는 볼 때마다 웃으면서 인사를 하는 모습이 보기 좋아요.

  나: 맞아요. _____-는/ㄴ다고 분명히 예의 바르고 착한 사람일 거예요.

1 빈칸에 들어갈 알맞은 말을 고르십시오.

> 졸업 후 10년 만에 찾아간 학교 앞 거리는 여전히 _____ 정겨웠다.

① 눈을 뜨고　　　　　　　　② 눈에 익고
③ 눈에 밟히고　　　　　　　④ 눈에 아른거리고

2 밑줄 친 부분에 어울리는 표현을 고르십시오.

> 가: 스마트폰을 새로 샀군요? 요즘 그 제품이 인기가 많던데 써 보니까 어때요?
> 나: 광고를 보고 <u>엄청 기대했는데 생각보다 별로예요.</u>

① 개천에서 용 난다
② 바늘 도둑이 소도둑 된다
③ 호랑이도 제 말 하면 온다
④ 소문난 잔치에 먹을 것 없다

[3-6] 다음 중에서 알맞은 것을 골라 빈칸에 쓰십시오.

> 손에 익다　　　　　　　　불을 보듯 훤하다
> 귀에 못이 박히다　　　　　둘째가라면 서럽다

3 하준이는 우리 학교에서 _____ -을/ㄹ 정도로 탁구를 잘 친다.

4 그렇게 공부는 안 하고 놀기만 하는 걸 보니 시험에 떨어질 것이 _____ -다.

5 아들에게 위험하니까 길을 걸을 때 스마트폰을 보지 말라고 _____
-도록 잔소리를 해도 소용이 없다.

6 입사한 지 일 년쯤 되니까 일이 _____ -아/어/해서 **빠르고 정확하게**
처리할 수 있게 되었다.

1 맞는 문장을 고르십시오.

① 영화가 크게 성공하면서 그는 감독으로서 빛을 잃기 시작했다.
② 수아는 장학금을 받기 위해 두 손 두 발 다 들 정도로 노력했다.
③ 당연히 이길 줄 알았던 선수들은 시합에서 지자 코가 납작해졌다.
④ 나는 세 번 만에 운전면허 시험에서 미역국을 먹게 돼 매우 기뻤다.

2 빈칸에 들어갈 알맞은 말을 고르십시오.

> 가: 태현아, 형은 교사 임용 시험 준비 잘하고 있어?
>
> 나: 응, 지난 시험에서 ＿＿＿＿＿＿＿＿＿ 후에 한동안 힘들어하더니 지금은
> 다시 열심히 공부하고 있어.

① 고배를 든   ② 백기를 든
③ 땅에 떨어진   ④ 코를 빠뜨린

[3-6] 다음 중에서 알맞은 것을 골라 빈칸에 쓰십시오.

> 죽을 쑤다   낭패를 보다
>
> 무릎을 꿇다   가시밭길을 가다

3 가: 너 오늘 자격증 시험 본다고 했지? 신분증은 챙겼어?

     나: 아, 깜빡했다. 네가 이야기해 주지 않았으면 큰 ＿＿＿＿＿＿＿＿-을/ㄹ 뻔했어.

4 가: 이번 시험은 완전히 ＿＿＿＿＿＿＿-은/ㄴ 것 같아. 아는 문제가 하나도
          없더라고.

     나: 그러니까 평소에 공부 좀 열심히 하지 그랬어.

5 가: 그 정치인이 아들 문제 때문에 결국 국민들에게 사과했더라고요.

     나: 네, 국민들이 국회의원을 그만둘 것을 요구하니까 어쩔 수 없이 ＿＿＿＿＿＿
          -은/ㄴ 것 같아요.

6 가: 민수야, 멀쩡한 직장을 그만두고 연기 공부를 하겠다고? 왜 스스로 힘든 ＿＿＿＿＿＿
         ＿＿＿＿＿＿-(으)려고 하니?

     나: 예전부터 하고 싶었는데 지금이라도 도전하지 않으면 나중에 후회할 것 같아서 그래.

1 맞는 문장을 고르십시오.

① 김 감독은 이번 올림픽 대표 팀의 봉을 잡았다.

② 결혼을 한 민수는 <u>엎친 데 덮친</u> 격으로 승진까지 했다.

③ 그가 포기하지 않는 모습을 보니 희망의 <u>날이 샌</u> 것 같았다.

④ 나는 할머니께서 하루빨리 <u>자리를 털고 일어나시기를</u> 기도했다.

2 빈칸에 들어갈 알맞은 말을 고르십시오.

가: 윤아 씨, 잃어버렸던 돈을 다시 찾았다면서요? 정말 다행이에요.

나: 네, 어떤 분이 경찰서에 맡겨 놓았더라고요. 5년간 모은 돈을 잃어버린 줄 알았을 때는
정말 _____.

---

① 문턱이 높았어요

② 불똥이 튀었어요

③ 자리에 누웠어요

④ 하늘이 노랬어요

[3-6] 다음 중에서 알맞은 것을 골라 빈칸에 쓰십시오.

꿩 먹고 알 먹는다   떡 본 김에 제사 지낸다

짚신도 제짝이 있다   황소 뒷걸음치다가 쥐 잡는다

---

3 가: 수아야, 인터넷 쇼핑몰에서 수제 쿠키를 팔기 시작했다면서? 안 힘들어?

    나: 내가 쿠키를 만드는 게 취미잖아. 취미 생활도 하고 돈도 벌 수 있으니까 _____
_____-는/ㄴ 셈이지.

4 가: 이번 주에 동창회를 한다고 하던데 _____-는/ㄴ다고 모두 모인
자리에서 청첩장을 돌려야겠어.

    나: 그래. 그거 정말 좋은 생각이다.

5 가: 누나, 뭐 좋은 일 있어? 왜 그렇게 웃어?

    나: _____-는/ㄴ다고 책이 오래돼서 버리려고 꺼냈는데 그 안에
오만 원이 들어 있지 뭐니.

6 가: 절대 결혼하지 않을 거라던 동생이 결혼할 여자를 집에 데리고 왔더라고요.

    나: 그런 걸 보면 _____-다는 말이 맞나 봐요.

1 빈칸에 들어갈 알맞은 말을 고르십시오.

> 가: 그 휴대폰 회사가 망했다니 충격이에요. 한때는 모든 사람들이 그 회사 제품을 사용할
>   정도였는데 말이에요.
> 나: _____ 법이잖아요. 계속 잘나가기만 할 수는 없는 거 같아요.

① 달도 차면 기우는   ② 모난 돌이 정 맞는
③ 십 년이면 강산도 변하는   ④ 쥐구멍에도 볕 들 날 있는

2 밑줄 친 부분에 어울리는 표현을 고르십시오.

> 가: 어제 공원에 갔는데 어떤 사람이 쓰레기를 주우니까 그걸 보고 아이들도 따라 줍더라고요.
>   참 보기 좋았어요.
> 나: 역시 <u>어른이 잘해야 아이들도 따라서 잘하게</u> 되는 것 같아요.

① 윗물이 맑아야 아랫물이 맑다   ② 두 손뼉이 맞아야 소리가 난다
③ 하늘이 무너져도 솟아날 구멍이 있다   ④ 어른 말을 들으면 자다가도 떡이 생긴다

[3-6] 다음 중에서 알맞은 것을 골라 빈칸에 쓰십시오.

> 고생 끝에 낙이 온다   서당 개 삼 년에 풍월을 읊는다
> 비 온 뒤에 땅이 굳어진다   벼 이삭은 익을수록 고개를 숙인다

3 가: 와, 태현이 너 요리 실력이 이렇게 좋았어? 너무 맛있다.
   나: _____-는/ㄴ다고 식당에서 아르바이트를 하다 보니 어깨너머로
      배우게 되더라고.

4 가: 방금 미술관에서 이번 전시회에 내 작품을 전시하기로 했다고 연락이 왔어.
   나: 축하해. _____-는/ㄴ다고 포기하지 않더니 드디어 해냈구나.

5 가: 올해 회사 사정이 많이 어려워져서 걱정이에요.
   나: _____-는/ㄴ다고 이번 어려움을 잘 극복하면 우리 회사가 더 성장할
      거라 믿어요.

6 가: 김 교수님은 상도 많이 받으시고 명성도 높으신데 _____-는/ㄴ다고
      한결같이 겸손하신 것 같아요.
   나: 그래서 많은 사람들에게 존경을 받으시는 거지요.

1 빈칸에 들어갈 알맞은 말을 고르십시오.

> 가: 저 신발, 지난주에 십만 원이나 주고 샀는데 지금 50% 할인해서 팔고 있네요.
> _____ 차라리 몰랐으면 좋았을 텐데…….
> 나: 아이고, 정말 속상하겠어요.

① 세월이 약이라고　　　　　　　② 무소식이 희소식이라고
③ 한 번 실수는 병가의 상사라고　　④ 모르면 약이요 아는 게 병이라고

2 밑줄 친 부분에 어울리는 표현을 고르십시오.

> 가: 지난달에 처음으로 한국어능력시험을 봤는데 생각보다 너무 어려웠어요.
> 나: 어떤 일이든지 한 번에 만족할 수는 없는 법이니까 포기하지 말고 계속 노력해 보세요.

① 첫술에 배부르랴　　　　　　　② 공든 탑이 무너지랴
③ 쌀독에서 인심 난다　　　　　　④ 하늘은 스스로 돕는 자를 돕는다

[3-6] 다음 중에서 알맞은 것을 골라 빈칸에 쓰십시오.

> 빈 수레가 요란하다　　　　　　입에 쓴 약이 병에는 좋다
> 백지장도 맞들면 낫다　　　　　뛰는 놈 위에 나는 놈 있다

3 가: 요즘 아버지께서 잔소리를 많이 하셔서 너무 괴로워.

　　나: _____ -다고 지금은 잔소리처럼 들려도 언젠가 도움이 될 테니까 새겨들어.

4 가: 누나, 설거지가 많은 거 같은데 좀 도와줄까?

　　나: 그럴래? _____ -다고 네가 도와주면 빨리 끝낼 수 있을 거야.

5 가: 어제 뉴스에서 봤는데 어떤 도둑이 훔친 돈을 또 다른 도둑에게 빼앗겼대요.

　　나: 정말요? _____ -다더니 그 말이 딱 맞네요.

6 가: 하준이는 평소에 자기가 컴퓨터 박사라고 늘 큰소리치며 다니더니 막상 컴퓨터가 고장 나서 고쳐 달라고 하니까 못 고치고 헤매고 있더라.

　　나: 원래 _____ -은/ㄴ 법이야.

1장 | 감정·정신

[1-2] 다음을 읽고 물음에 답하십시오.

서비스업에 종사하는 감정 노동자들은 어떤 상황에서도 자신의 감정을 누르고 항상 미소를 지으며 고객을 대한다. 그러다 보니 근무 중에 고객들로부터 부당한 대우를 받거나 억울한 일을 당해도 다른 사람에게 말도 못하고 (   ) 혼자 참는 경우가 많다. 그렇기 때문에 이들은 일반인에 비해 우울증 등과 같은 정신 질환에 걸릴 확률이 높다고 한다. 실제로 한 조사에 따르면 감정 노동자 중 30% 이상이 치료가 필요한 우울증을 앓고 있는 것으로 나타났다. 따라서 기업들이 나서서 감정 노동자들의 정신 건강에 관심을 가지고 건강하게 일할 수 있는 환경을 조성해야 한다.

1 (   )에 들어갈 말로 가장 알맞은 것을 고르십시오.

① 속을 끓이며

② 머리를 쓰며

③ 가슴을 울리며

④ 마음에 걸리며

2 윗글의 내용과 같은 것을 고르십시오.

① 고객들은 기업에게 억울한 일을 당해도 참는다.

② 감정 노동자는 자신의 감정을 누르지 않아도 된다.

③ 감정 노동자들의 대부분이 심각한 우울증을 겪고 있다.

④ 기업은 노동자들이 건강하게 일할 수 있도록 도와야 한다.

[1-2] 다음을 읽고 물음에 답하십시오.

유아기의 아이들은 세상이 흥미진진하다고 느끼는 동시에 낯설고 위험하다고 느끼기도 한다. 그래서 아이들은 어떤 때는 겁이 없고 용감해지지만 또 어떤 때는 아주 부끄러워하고 소심해질 때가 있다. 부모들은 아이가 소심해졌을 때 더욱더 관심을 기울여야 한다. 소심해진 아이들은 어떤 사람을 처음 보면 (   ) 하는데 그것은 새로 만난 사람이 싫어서가 아니라 그 상황이 익숙하지 않기 때문이다. 이때 부모가 아이에게 새로 만난 사람과 억지로 친해지라고 하면 아이는 겁을 먹고 울지도 모른다. 따라서 부모는 아이가 새로운 상황에 익숙해질 때까지 지켜보며 기다려 주는 것이 좋다.

1 (   )에 들어갈 말로 가장 알맞은 것을 고르십시오.

① 낯을 가리기도
② 뒤끝이 흐리기도
③ 얼굴에 철판을 깔기도
④ 변덕이 죽 끓듯 하기도

2 윗글의 내용과 같은 것을 고르십시오.

① 유아기 아이들은 세상이 위험하다고 느껴 운다.
② 유아기 아이들은 처음 만난 사람과도 쉽게 친해진다.
③ 부모는 아이가 용감해졌을 때 더 관심을 기울이는 편이다.
④ 부모는 아이가 새로운 상황에 적응할 때까지 기다리는 것이 좋다.

[1-2] 다음을 읽고 물음에 답하십시오.

자신의 상황이나 경제적 형편 등을 충분히 고려하지 않고 단순히 귀여워서 혹은 남들을 따라 하려고 반려동물을 구입하는 사람들이 있다. 그리고 이들 중 일부는 반려동물이 병에 걸렸거나 자신의 경제적 상황이 나빠지면 (   ) 쉽게 반려동물을 버리기도 한다. 이런 일을 막기 위해서는 무엇보다도 사람들의 생각이 바뀌어야 한다. 사람들은 반려동물을 언제든지 사거나 버릴 수 있는 대상이 아니라 평생을 함께 갈 친구이자 귀중한 생명체로 여기고 아끼는 마음을 가져야 할 것이다.

1 (   )에 들어갈 말로 가장 알맞은 것을 고르십시오.

① 뒷짐을 지듯

② 헌신짝 버리듯

③ 손꼽아 기다리듯

④ 간이라도 빼어 줄 듯

2 윗글의 내용과 같은 것을 고르십시오.

① 사람들이 반려동물을 구입하는 이유는 하나이다.

② 사람들의 변심으로 버려지는 반려동물들이 있다.

③ 반려동물에 대한 사람들의 인식이 달라지고 있다.

④ 반려동물을 기를 수 있는 여건이 되는 사람들이 적다.

[1-2] 다음을 읽고 물음에 답하십시오.

올림픽은 전 세계인이 하나가 되어 화합하는 지구촌 최대의 스포츠 축제이다. 4년마다 열리는 올림픽 경기를 위해 각국의 선수들은 땀을 흘리며 최선을 다해 노력한다. 과거에는 사람들이 누가 금메달을 땄는지 혹은 어떤 국가가 메달을 몇 개 땄는지 등 결과나 순위에만 관심을 보였다. 그래서 선수들은 부상을 입어도 자신의 몸을 돌보지 않거나 금지된 약물을 복용하는 등 ( ) 메달을 따는 데에만 관심을 두었다. 그러나 요즘에는 다행스럽게 분위기가 많이 바뀌었다. 과거와 달리 경기 결과에 상관없이 최선을 다한 선수들의 모습에 박수를 보내며 올림픽을 즐기는 사람들이 늘었기 때문이다.

1 ( )에 들어갈 말로 가장 알맞은 것을 고르십시오.

① 가면을 벗고
② 약을 올리고
③ 물불을 가리지 않고
④ 이리 뛰고 저리 뛰고

2 윗글의 내용과 같은 것을 고르십시오.

① 선수들은 메달을 따는 데에만 관심을 가진다.
② 올림픽에 참가하는 선수들에 대한 관심이 줄었다.
③ 올림픽에 대한 사람들의 생각과 태도가 예전과 달라졌다.
④ 선수들은 부상을 당하지 않도록 자신의 몸을 돌보고 있다.

[1-2] 다음을 읽고 물음에 답하십시오.

남들이 알아주지 않는 누군가의 능력을 발견해서 칭찬해 주면 그 사람과의 관계에 도움이 될 뿐만 아니라 그 사람의 능력을 계발시킬 수 있다. 그러나 무조건 (   ) 칭찬하면 안 된다. 그렇게 하면 상대방이 그 칭찬이 진심인지 아닌지 의심하게 되어 칭찬의 효과가 떨어질 수 있기 때문이다. 따라서 상대방이 성장할 수 있도록 돕기 위해서는 일의 결과가 아니라 일을 대하는 자세와 태도, 일을 할 때 들인 노력에 대해 칭찬하는 것이 좋다. 그래야 상대방이 진심이 담긴 칭찬으로 받아들이고 자신의 능력을 계발시키기 위해 더욱 노력하게 되기 때문이다.

1 (   )에 들어갈 말로 가장 알맞은 것을 고르십시오.

① 두말 못하게
② 말문을 열게
③ 혀가 꼬부라지게
④ 입에 침이 마르게

2 윗글의 내용과 같은 것을 고르십시오.

① 칭찬은 인간관계에 도움이 되지 않는다.
② 칭찬할 때는 일의 결과를 가지고 해야 한다.
③ 칭찬으로 다른 사람의 능력을 계발시킬 수 있다.
④ 칭찬을 자주 들으면 상대방의 진심을 의심하게 된다.

[1-2] 다음을 읽고 물음에 답하십시오.

보통 사람들은 피로를 해소하기 위해서는 하루 종일 침대에 누워 (   ) 쉬는 것이 좋다
고 생각한다. 그러나 짧은 시간 안에 효과적으로 피로를 해소하려면 몸을 적절히 움직여야 한
다. 몸을 움직여야 혈액 순환이 되고 몸에 산소를 공급해 쌓여 있는 피로 물질이 분해되기 때문
이다. 따라서 피로를 해소하기를 원하는 사람들은 가벼운 스트레칭이나 마사지 등을 하면서 몸
을 움직이는 것이 좋다. 그렇지만 땀을 흘릴 정도로 힘들게 운동을 할 경우에는 오히려 만성 피
로, 불면증, 두통 등이 생길 수 있으므로 주의해야 한다.

1 (   )에 들어갈 말로 가장 알맞은 것을 고르십시오.

① 기가 막히게

② 사족을 못 쓰고

③ 피가 되고 살이 되게

④ 손가락 하나 까딱 않고

2 윗글의 내용과 같은 것을 고르십시오.

① 피로를 풀려면 가볍게 몸을 움직이는 것이 좋다.

② 가만히 누워 쉬는 것이 피로 회복에 도움이 된다.

③ 가볍게 운동해도 불면증, 두통 등이 생길 수 있다.

④ 힘이 들 정도로 운동해야 피로를 빨리 회복할 수 있다.

[1-2] 다음을 읽고 물음에 답하십시오.

보통 사람들은 예술가는 일정한 월급을 받는 직업이 아니라고 생각한다. 그러나 예술가들도 생활을 하려면 경제 활동에 참여해 돈을 벌어야 한다. 그런데 예술을 전공한 사람들이 진출할 수 있는 곳은 매우 제한적이므로 젊은 예술가들이 일자리를 찾는 것은 사실상 하늘의 별 따기다. 사정이 이렇다 보니 예술을 전공하려는 젊은이들이 해마다 줄고 중간에 (   ) 사람들도 생기고 있다. 이렇게 예술가들이 적어지면 일상생활에서 예술적 경험을 누리지 못하며 살 가능성이 높다. 따라서 지금부터라도 관련 기관에서는 젊은 예술가의 작품 활동을 위한 지원을 늘리고 일자리를 제공해야 할 것이다.

1 (   )에 들어갈 말로 가장 알맞은 것을 고르십시오.

① 덕을 보는

② 손을 놓는

③ 자리를 잡는

④ 문을 두드리는

2 윗글의 내용과 같은 것을 고르십시오.

① 예술을 전공하는 사람들의 수가 늘고 있다.

② 젊은 예술가들은 일자리를 구하기가 어렵다.

③ 관련 기관은 예술가들에게 지원을 아끼지 않는다.

④ 많은 곳에서 예술을 전공한 사람들과 일하기를 원한다.

[1-2] 다음을 읽고 물음에 답하십시오.

최근 한 광고에 등장한 모델이 사람이 아닌 AI 모델이라는 사실이 알려지면서 큰 화제가 되었다. 이 AI 모델은 이미 10만 명이 넘는 SNS 구독자를 가졌으며 여러 기업과 광고 계약도 맺었다. 이처럼 기업들이 AI 모델을 선호하는 이유에는 여러 가지가 있다. 먼저 젊은 층이 선호하는 외모를 가지고 있는 데다 시간과 장소의 제약 없이 광고를 만들 수 있다는 점이 가장 큰 이유이다. 또한 기업이 원하는 대로 이미지를 제작할 수 있을뿐더러 사생활 논란이 일어날 일이 없다는 점도 큰 이유이다. 이렇게 수요가 늘면서 AI 모델의 몸값도 많이 올라 AI 모델을 제작한 회사는 (   ) 되었다.

1 (   )에 들어갈 말로 가장 알맞은 것을 고르십시오.

① 깡통을 차게
② 돈방석에 앉게
③ 파리를 날리게
④ 바닥이 드러나게

2 윗글의 내용과 같은 것을 고르십시오.

① 기업은 AI 모델의 사생활에 관심이 많다.
② AI 모델은 SNS 상에서만 활동할 수 있다.
③ AI 모델을 선호하는 기업들이 많아지고 있다.
④ 많은 기업이 AI 모델 제작에 투자하려고 한다.

[1-2] 다음을 읽고 물음에 답하십시오.

성장기 아이들은 자신들이 듣는 이야기에 쉽게 영향을 받는다. 따라서 심리학자들은 성장기의 아이들을 키우는 부모들은 아이들 앞에서 항상 말조심을 해야 한다고 (   ). 대부분의 부모는 아이들이 어른의 이야기에 관심이 없을 거라고 생각한다. 그래서 아이들 앞에서 무심코 다른 사람에 대한 험담을 하기도 하는데 그렇게 하면 부모의 부정적인 생각이 아이들에게 그대로 전달된다고 한다. 실제로 한 연구 결과에서도 우연히 다른 사람이나 집단에 대한 부정적인 말을 듣게 된 아이들은 그렇지 않은 아이들에 비해 부정적인 태도를 가질 가능성이 훨씬 더 높은 것으로 나타났다.

1 (   )에 들어갈 말로 가장 알맞은 것을 고르십시오.

① 벽을 쌓는다

② 입을 모은다

③ 장단을 맞춘다

④ 눈총을 맞는다

2 윗글의 내용과 같은 것을 고르십시오.

① 대부분의 부모는 아이의 이야기에 크게 관심이 없다.

② 아이들은 성장하면서 부모의 말에 영향을 덜 받게 된다.

③ 부모의 적극적인 의사소통은 아이의 성장에 도움을 준다.

④ 부정적인 말을 들은 아이들은 부정적인 태도를 가질 수 있다.

[1-2] 다음을 읽고 물음에 답하십시오.

흔히 지루함은 부정적인 상태로 인식된다. 그런데 최근의 한 연구에 의하면 지루함이 창의적인 생각을 키우는 긍정적인 측면이 있다고 한다. 연구자들은 실험을 통해 사람들이 아무 생각도 하지 않고 멍하게 있는 지루한 상태에서 창의적인 아이디어를 많이 떠올린다는 사실을 알게 됐다. 지루한 상태에 있던 사람들은 뭔가 새로운 것을 찾으려고 노력하는데 이 과정에서 창의적인 아이디어가 나오는 것이다. 따라서 창의적인 아이디어를 얻기 원하는 사람들은 ( ) 바쁘더라도 아무 생각 없이 멍하게 있는 시간을 가지는 것이 필요하다.

1 ( )에 들어갈 말로 가장 알맞은 것을 고르십시오.

①하루가 멀다고

②오도 가도 못하게

③눈코 뜰 사이 없이

④발을 디딜 틈이 없이

2 윗글의 내용과 같은 것을 고르십시오.

①지루함은 사람들을 부정적으로 생각하게 만든다.

②사람들은 지루한 상태를 견디지 못해 힘들어 한다.

③사람들은 창의적인 아이디어를 얻기 위해 바쁘게 움직인다.

④사람들은 지루한 상태에서 더 창의적인 아이디어를 떠올린다.

[1-2] 다음을 읽고 물음에 답하십시오.

사람들은 보통 운동을 하면 살이 빠질 거라고 생각한다. 그러나 오랫동안 다이어트에 대해 연구해 온 한 의사는 운동이 칼로리를 태워 체중을 줄여준다는 믿음은 사실과 (   ) 말한다. 그는 사람들이 아무리 운동을 열심히 해도 칼로리는 많이 소모되지 않기 때문에 운동만으로는 체중을 줄이지 못한다고 주장한다. 그럼에도 전문가들이 운동을 권하는 이유는 운동이 호르몬 조절에 영향을 미치기 때문이다. 운동을 하면 식욕을 억제하는 호르몬이 나오므로 먹는 양이 줄어 자연스럽게 체중이 줄게 되는 것이다.

1 (   )에 들어갈 말로 가장 알맞은 것을 고르십시오.

① 허울 좋다고
② 거리가 멀다고
③ 꿈도 못 꾼다고
④ 모양이 사납다고

2 윗글의 내용과 같은 것을 고르십시오.

① 운동으로 칼로리를 소모시켜 체중을 줄일 수 있다.
② 운동보다 먹는 음식을 바꿔야 다이어트에 성공한다.
③ 살이 빠지면 자연스럽게 식욕을 억제할 수 있게 된다.
④ 운동할 때 나오는 호르몬은 체중 조절에 도움이 된다.

[1-2] 다음을 읽고 물음에 답하십시오.

우리는 일상적으로 (   ) 많은 전화 통화를 하며 살고 있다. 그러나 전화 공포증이 있는 사람들에게는 이런 전화 통화가 어려움을 넘어 두려움으로 인식되기도 한다. 전화 공포증은 중·장년층보다는 20·30대에서 주로 나타나는데 전문가들은 이들이 대면보다는 비대면에, 전화 통화보다는 메신저 소통에 익숙하기 때문이라고 말한다. 따라서 전화 공포증에서 벗어나고 싶다면 습관적으로 전화를 피하기보다는 먼저 자신이 편하게 느끼는 사람과 전화 통화 연습을 하는 것이 필요하다. 연습을 통해 전화 통화에서 필요한 대화 기술을 훈련함으로써 전화 통화에 대한 두려움을 극복할 수 있기 때문이다.

1 (   )에 들어갈 말로 가장 알맞은 것을 고르십시오.

① 청운의 꿈으로

② 떠오르는 별처럼

③ 불행 중 다행으로

④ 하루에도 열두 번씩

2 윗글의 내용과 같은 것을 고르십시오.

① 전화 통화를 어려워하는 중·장년층이 많은 편이다.

② 꾸준한 훈련을 통해 전화 공포증을 극복할 수 있다.

③ 전화 공포증이 있는 사람은 전화를 피하는 것이 좋다.

④ 전화 통화가 두려워 전문가를 찾는 사람들이 늘고 있다.

[1-2] 다음을 읽고 물음에 답하십시오.

우리가 흔히 사용하는 세안제, 치약 등의 생활용품에는 미세 플라스틱이 들어있는데 이것은 크기가 작아 걸러지지 않고 그대로 바다로 흘러 들어가게 된다. 물고기나 조개들이 이 미세 플라스틱을 먹이로 착각해 먹게 되고, 사람들이 그 물고기나 조개를 먹으면 사람들의 몸에도 미세 플라스틱이 쌓여 건강에 악영향을 미치게 된다. (   ) 환경 오염은 생각하지 않고 편리함만 생각하다가 건강을 잃게 될 지경에 이른 것이다. 따라서 우리의 건강을 위해서라도 이제부터는 미세 플라스틱을 배출하는 제품을 사용하지 말아야 한다.

1 (   )에 들어갈 말로 가장 알맞은 것을 고르십시오.

① 뿌린 대로 거둔다고

② 고생 끝에 낙이 온다고

③ 흐르는 물은 썩지 않는다고

④ 비 온 뒤에 땅이 굳어진다고

2 윗글의 내용과 같은 것을 고르십시오.

① 크기가 작은 미세 플라스틱은 바다에서 만들어진다.

② 미세 플라스틱은 물고기나 조개들에게 좋은 먹이이다.

③ 사람의 몸에 쌓인 미세 플라스틱은 건강을 잃게 만든다.

④ 생활용품에 들어있는 미세 플라스틱은 문제가 되지 않는다.

정답
解答

확인해 봅시다

01 감정·정신

❶ 감동·감탄 ~ ❷ 걱정·고민

1 ②
2 ①
3 마음에 걸려
4 걱정이 태산이세요
5 고양이한테 생선을 맡겼군요
6 발이 떨어지지 않더라고

❸ 고통

1 ③
2 ①
3 등골이 빠지도록
4 뼈를 깎는
5 몸살을 앓는다
6 눈물을 머금고

❹ 관심

1 ③
2 ④
3 귀가 솔깃해서
4 이를 악물고
5 일손이 잡히지
6 고삐를 조여

❺ 불만·분노

1 ②
2 ④
3 눈에 거슬려서
4 치가 떨린다
5 가슴을 치며
6 말을 잃고

❻ 불안·초조

1 ②

2 ①
3 머리털이 곤두서는
4 가슴이 뜨끔해서
5 손에 땀을 쥐고
6 속이 탔는데

❼ 안도

1 ①
2 ④
3 어깨가 가벼워진
4 직성이 풀리는
5 머리를 식힐
6 마음을 놓을

❽ 욕심·실망 ~ ❾ 정신 상태

1 ①
2 ④
3 필름이 끊겨서
4 정신을 차려
5 면목이 없다면서
6 어처구니가 없다는

02 소문·평판

❶ 간섭·참견

1 ④
2 ④
3 목마른 놈이 우물 판다고
4 하룻강아지 범 무서운 줄 모른다고
5 남의 떡이 더 커 보이는
6 우물에 가 숭늉을 찾겠어요

❷ 긍정적 평판 ~ ❸ 부정적 평판

1 ②
2 ③
3 엉덩이가 무거워서
4 간도 쓸개도 없는
5 낯을 가리는
6 얼굴이 두꺼워서

03 태도

❶ 겸손·거만 ~ ❷ 선택

1 ③
2 ②
3 어깨에 힘을 주고
4 몸 둘 바를 모르겠습니다
5 귓등으로도 안 듣니
6 입맛대로 할

❸ 의지

1 ④
2 ④
3 손꼽아 기다리고
4 어깨를 으쓱거리며
5 시치미를 뗐다
6 촉각을 곤두세우고

04 행동

❶ 대책 ~ ❷ 반응

1 ④
2 ②
3 혀를 차는
4 등을 떠미는
5 뜬구름을 잡는
6 한술 더 떠서

❸ 방해 ~ ❹ 소극적 행동

1 ③
2 ③
3 뜸을 들인
4 꼬리를 내리며
5 찬물을 끼얹었다
6 발을 뺄

❺ 적극적 행동

1 ②
2 ④

3 발 벗고 나서는
4 눈을 돌렸다
5 마음을 샀다
6 얼굴을 들

05 언어

❶ 과장

1 ③
2 ③
3 손가락에 장을 지지겠다고
4 입이 열 개라도 할 말이 없습니다
5 어림 반 푼어치도 없는
6 말 한마디에 천 냥 빚도 갚는다는데

❷ 말버릇

1 ③
2 ④
3 입에 달고 다녀서
4 말만 앞세우는
5 아픈 곳을 건드렸다
6 꼬집어 말할

❸ 행위

1 ④
2 ④
3 운을 떼기
4 말을 돌리면서
5 토를 단다고
6 쐐기를 박더라고요

06 조언·훈계

❶ 권고·충고 ~ ❷ 조롱

1 ①
2 ②
3 사공이 많으면 배가 산으로 간다고
4 쇠뿔도 단김에 빼랬다고
5 고생을 사서 한다고
6 꼬리가 길면 밟힌다고

❸ 핀잔

1 ①
2 ③
3 앞뒤가 막힌
4 달밤에 체조하는
5 손가락 하나 까딱 않고
6 걱정도 팔자네

07 일·생활

❶ 사회생활

1 ②
2 ③
3 한턱을 내기로
4 꼬리표가 붙어서
5 덕을 보네
6 손가락질을 받는

❷ 속성

1 ①
2 ④
3 둘도 없지
4 죽도 밥도 안 돼
5 꼬리에 꼬리를 물고
6 손가락 안에 꼽히는

❸ 실행

1 ①
2 ③
3 첫발을 뗐다
4 진땀을 뺐다
5 뿌리를 뽑겠다고
6 앞에 내세웠다

❹ 의식주 ~ ❺ 종결

1 ①
2 ③
3 끝이 보이지
4 마침표를 찍으셨다

5 둥지를 틀기로
6 뚜껑을 열고

08 경제 활동

❶ 손익·소비

1 ②
2 ①
3 돈을 만지게
4 날개가 돋친
5 손이 크셔서
6 바가지를 씌우는

❷ 형편

1 ②
2 ④
3 손을 벌리지
4 바닥이 드러나고
5 허리를 펴고
6 허리띠를 졸라매며

09 관계

❶ 갈등·대립

1 ④
2 ①
3 눈 밖에 나고
4 쌍벽을 이뤘다
5 등을 돌렸다는
6 으름장을 놓았다

❷ 대우 ~ ❸ 사교·친교

1 ①
2 ②
3 우는 아이 젖 준다고
4 친구 따라 강남 간다고
5 웃는 낯에 침 못 뱉는다고
6 미운 아이 떡 하나 더 준다는

❹ 사랑·정 ~ ❺ 소통·협력

1 ④
2 ②
3 손발이 맞아서
4 손을 잡기로
5 머리를 맞댔지만
6 입을 모았다

10 상황·상태

❶ 결과 ~ ❷ 곤란

1 ②
2 ①
3 파김치가 돼서
4 가시방석에 앉아
5 물 건너간
6 도마 위에 올랐더라고요

❸ 문제·문제 해결 ~ ❹ 분위기·여건

1 ②
2 ③
3 골치가 아프다
4 하늘을 찌를
5 발목을 잡혀서
6 벽에 부딪치면서

❺ 시간·거리 ~ ❻ 흥미

1 ④
2 ④
3 발등에 불이 떨어져야
4 발을 디딜 틈이 없었다
5 각광을 받고
6 담을 쌓고

11 판단

❶ 변별

1 ①
2 ②

3 색안경을 끼고 보는
4 갈피를 못 잡고
5 꿈도 못 꾸는
6 앞뒤를 재다

❷ 신체 기관

1 ④
2 ①
3 얼굴에 씌어 있는데요
4 눈이 높아서
5 코를 찌르네
6 귀가 밝은

❸ 외모·외형

1 ④
2 ③
3 모양이 사나워
4 때 빼고 광내고
5 얼굴이 핀
6 그늘이 져

❹ 인지·인식

1 ①
2 ②
3 매도 먼저 맞는 놈이 낫다고
4 될성부른 나무는 떡잎부터 알아본다고
5 가랑비에 옷 젖는 줄 모른다고
6 하나를 보고 열을 안다고

12 인생

❶ 성공 ~ ❷ 습관·경험

1 ②
2 ④
3 둘째가라면 서러울
4 불을 보듯 훤하다
5 귀에 못이 박히도록
6 손에 익어서

❸ 실패

1 ③
2 ①
3 낭패를 볼
4 죽을 쑨
5 무릎을 끓은
6 가시밭길을 가려고

❹ 운·기회 ~ ❺ 일생

1 ④
2 ④
3 꿩 먹고 알 먹는
4 떡 본 김에 제사 지낸다고
5 황소 뒷걸음치다가 쥐 잡는다고
6 짚신도 제짝이 있다는

13 이치

❶ 인과 ~ ❷ 자연

1 ①
2 ①
3 서당 개 삼 년에 풍월을 읊는다고
4 고생 끝에 낙이 온다고
5 비 온 뒤에 땅이 굳어진다고
6 벼 이삭은 익을수록 고개를 숙인다고

❸ 진리

1 ④
2 ①
3 입에 쓴 약이 병에는 좋다고
4 백지장도 맞들면 낫다고
5 뛰는 놈 위에 나는 놈 있다더니
6 빈 수레가 요란한

TOPIK 속 관용 표현과 속담
TOPIK裡的慣用表達與俗諺

01 감정·정신
1 ①   2 ④

02 소문·평판
1 ①   2 ④

03 태도
1 ②   2 ②

04 행동
1 ③   2 ③

05 언어
1 ④   2 ③

06 조언·훈계
1 ④   2 ①

07 일·생활
1 ②   2 ②

08 경제 활동
1 ②   2 ③

09 관계
1 ②   2 ④

10 상황·상태
1 ③   2 ④

11 판단
1 ②   2 ④

12 인생
1 ④   2 ②

13 이치
1 ①   2 ③

ㄱ

가는 날이 장날	284
가는 말이 고와야 오는 말이 곱다	148
가늠이 가다	323
가닥을 잡다	323
가랑비에 옷 젖는 줄 모른다	324
가려운 곳을 긁어 주다	53
가면을 벗다	117
가뭄에 콩 나듯 한다	268
가방끈이 길다	365
가슴에 멍이 들다	25
가슴에 못을 박다	25
가슴에 불붙다	31
가슴에 새기다	103
가슴에 손을 얹다	103
가슴에 와 닿다	14
가슴에 찔리다	46
가슴에 칼을 품다	39
가슴을 쓸어내리다	53
가슴을 열다	104
가슴을 울리다	14
가슴을 치다	39
가슴을 태우다	46
가슴이 내려앉다	18
가슴이 뜨겁다	14
가슴이 뜨끔하다	46
가슴이 무겁다	18
가슴이 무너져 내리다	18
가슴이 찢어지다	25
가슴이 타다	19
가슴이 후련해지다	54
가시가 돋다	40
가시방석에 앉다	273
가시밭길을 가다	350
가재는 게 편	249
가죽만 남다	317
가지 많은 나무에 바람 잘 날이 없다	234
각광을 받다	297
간담이 떨어지다	47
간담이 서늘하다	47
간도 쓸개도 없다	82
간발의 차이	324
간에 기별도 안 가다	206
간에 붙었다 쓸개에 붙었다 한다	70
간을 졸이다	47
간이 떨리다	48
간이 붓다	82
간이 작다	83
간이 조마조마하다	48
간이 철렁하다	48
간이 콩알만해지다	49
간이 크다	83
간이라도 빼어 줄 듯	104
간장을 태우다	19
간장이 녹다	19
간판을 걸다	198
간판을 따다	334
갈 길이 멀다	293
갈림길에 서다	96
갈수록 태산	280
갈피를 못 잡다	304
감을 잡다	324
감정을 해치다	40
감투를 쓰다	334
강 건너 불구경	96
같은 값이면 다홍치마	220
같은 물에 놀다	284

개 팔자가 상팔자	15	고양이 목에 방울 달기	154
개구리 올챙이 적 생각 못 한다	92	고양이 세수하듯	112
개밥에 도토리	243	고양이 쥐 생각	243
개뿔도 없다	350	고양이와 개	235
개천에서 용 난다	335	고양이한테 생선을 맡기다	20
거리가 멀다	325	고인 물이 썩는다	378
거리가 생기다	234	골수에 맺히다	40
거리를 두다	235	골이 깊다	235
거울로 삼다	92	골치가 아프다	280
걱정도 팔자다	178	골탕을 먹이다	186
걱정이 태산이다	20	공든 탑이 무너지랴	385
걸음아 날 살려라	112	공수표를 날리다	142
검은 머리 파뿌리 되도록	365	공은 공이고 사는 사다	243
겉 다르고 속 다르다	83	공자 앞에서 문자 쓴다	70
경종을 울리다	164	공중에 뜨다	213
곁눈을 주다	117	곶감 뽑아 먹듯	226
곁을 주다	97	구더기 무서워 장 못 담글까	71
계란으로 바위 치기	356	구렁이 담 넘어가듯	127
고개가 수그러지다	93	구름같이 모여들다	297
고개를 갸웃거리다	304	구미를 돋우다	298
고개를 끄덕이다	118	구색을 맞추다	285
고개를 돌리다	273	구슬이 서 말이라도 꿰어야 보배라	372
고개를 들다	105	국물도 없다	220
고개를 숙이다	93	국수를 먹다	365
고래 싸움에 새우 등 터진다	268	군침을 삼키다	206
고무신을 거꾸로 신다	256	군침이 돌다	206
고배를 들다	350	굳은 땅에 물이 괸다	378
고삐 풀린 망아지	112	굴러온 돌이 박힌 돌 뺀다	236
고삐를 늦추다	54	굴레를 벗다	281
고삐를 조이다	31	굼벵이도 구르는 재주가 있다	173
고사리 같은 손	311	굿이나 보고 떡이나 먹다	97
고생 끝에 낙이 온다	372	귀가 가렵다	31
고생문이 훤하다	339	귀가 닳다	26
고생을 사서 한다	164	귀가 따갑다	273

귀가 밝다	311
귀가 번쩍 뜨이다	32
귀가 솔깃하다	32
귀가 얇다	84
귀를 기울이다	93
귀를 열다	94
귀를 의심하다	59
귀신이 곡하다	274
귀에 거슬리다	41
귀에 걸면 귀걸이 코에 걸면 코걸이	268
귀에 들어가다	274
귀에 못이 박히다	339
귀에 익다	339
귀청이 떨어지다	285
귓가에 맴돌다	340
귓등으로도 안 듣다	97
귓전을 울리다	298
그늘이 지다	317
그렇고 그렇다	325
그림의 떡	59
그림자 하나 얼씬하지 않다	285
긁어 부스럼	178
금강산 구경도 식후경	207
금을 긋다	249
금이 가다	236
금이야 옥이야	256
급히 먹는 밥이 체한다	165
기가 막히다	173
기가 살다	286
기가 차다	118
기를 쓰다	198
기를 펴다	286
기름을 붓다	123
길고 짧은 것은 대어 보아야 안다	198

길눈이 밝다	311
길이 아니면 가지 말고 말이 아니면 듣지 말라	165
길이 열리다	356
김이 빠지다	64
까마귀 고기를 먹었나	173
까마귀 날자 배 떨어진다	274
깡통을 차다	226
깨가 쏟아지다	256
꼬리가 길면 밟힌다	165
꼬리를 감추다	127
꼬리를 내리다	128
꼬리를 잡다	326
꼬리에 꼬리를 물다	191
꼬리표가 붙다	186
꼬집어 말하다	148
꼬투리를 잡다	128
꼼짝 못 하다	286
꼼짝 않다	105
꽁무니를 빼다	128
꽁지 빠진 새 같다	317
꽃을 피우다	335
꾸어다 놓은 보릿자루	244
꿀 먹은 벙어리	174
꿈도 못 꾸다	304
꿈도 야무지다	174
꿈보다 해몽이 좋다	305
꿈에도 생각지 못하다	305
꿈을 깨다	166
꿈인지 생시인지	305
꿩 구워 먹은 소식	49
꿩 대신 닭	287
꿩 먹고 알 먹는다	356
끝을 보다	213
끝이 보이다	213

ㄴ

나 몰라라 하다   98

나는 새도 떨어뜨린다   335

나무를 보고 숲을 보지 못한다   166

나사가 풀리다   64

나사를 죄다   64

나이가 아깝다   174

나이는 못 속인다   378

나중에 보자는 사람 무섭지 않다   142

낙동강 오리알   244

낙타가 바늘구멍 들어가기   191

난다 긴다 하다   336

날개가 돋치다   220

날개를 펴다   287

날을 잡다   366

날이 새다   356

남의 눈에 눈물 내면 제 눈에는 피눈물이 난다   373

남의 떡이 더 커 보인다   71

남의 잔치에 감 놓아라 배 놓아라 한다   72

남의 장단에 춤춘다   72

낫 놓고 기역 자도 모른다   175

낭패를 보다   351

낮말은 새가 듣고 밤말은 쥐가 듣는다   166

낯을 가리다   84

내 코가 석 자   281

냄새를 맡다   326

냉수 먹고 속 차려라   167

넋을 놓다   65

넋이 나가다   65

넋이 빠지다   65

놀란 토끼 눈을 하다   118

놀부 심보   84

놓친 고기가 더 크다   60

누구 코에 붙이겠는가   178

누울 자리 봐 가며 발을 뻗어라   167

누워서 떡 먹기   191

누워서 침 뱉기   113

누이 좋고 매부 좋다   249

눈 가리고 아웅   98

눈 깜짝할 사이   293

눈 딱 감다   105

눈 뜨고 볼 수 없다   306

눈 뜨고 코 베어 갈 세상   275

눈 밖에 나다   236

눈 하나 깜짝 안 하다   106

눈과 귀가 쏠리다   298

눈길을 모으다   299

눈꼴이 시리다   41

눈도 거들떠보지 않다   106

눈독을 들이다   60

눈물을 머금다   26

눈물이 앞을 가리다   312

눈물이 핑 돌다   312

눈살을 찌푸리다   312

눈앞이 캄캄하다   306

눈앞이 환해지다   340

눈에 거슬리다   41

눈에 넣어도 아프지 않다   257

눈에 띄다   299

눈에 밟히다   340

눈에 보이는 것이 없다   306

눈에 불을 켜다   60

눈에 불이 나다   42

눈에 쌍심지를 켜다   61

눈에 아른거리다   341

눈에 익다   341

눈에 차다   61

눈에 흙이 들어가다	366
눈에서 벗어나다	300
눈을 돌리다	133
눈을 똑바로 뜨다	66
눈을 뜨다	341
눈을 붙이다	313
눈을 속이다	123
눈을 의심하다	61
눈을 피하다	129
눈이 높다	313
눈이 돌아가다	307
눈이 많다	287
눈이 빠지게 기다리다	107
눈이 삐다	175
눈총을 맞다	237
눈치가 빠르다	326
눈치를 보다	129
눈치코치도 모르다	327
눈칫밥을 먹다	275
눈코 뜰 사이 없다	293
늦게 배운 도둑이 날 새는 줄 모른다	179

ㄷ

다 된 죽에 코 풀기	123
다람쥐 쳇바퀴 돌듯	192
다리를 놓다	250
다리를 뻗고 자다	54
단맛 쓴맛 다 보다	342
달도 차면 기운다	379
달리는 말에 채찍질	133
달면 삼키고 쓰면 뱉는다	98
달밤에 체조하다	179

닭 소 보듯, 소 닭 보듯	245
닭 잡아먹고 오리 발 내놓기	129
닭 쫓던 개 지붕 쳐다보듯	351
닭똥 같은 눈물	314
담을 쌓다	300
당근과 채찍	245
당장 먹기엔 곶감이 달다	99
대추나무에 연 걸리듯	227
더도 말고 덜도 말고	192
더위를 먹다	366
더위를 타다	367
더할 나위 없다	15
덕을 보다	186
덜미를 잡히다	275
도끼로 제 발등 찍는다	269
도둑이 제 발 저리다	49
도마 위에 오르다	269
도장을 찍다	214
도토리 키 재기	237
독 안에 든 쥐	276
돈방석에 앉다	227
돈을 굴리다	221
돈을 만지다	221
돈을 물 쓰듯 하다	221
돌다리도 두들겨 보고 건너라	167
돌을 던지다	154
동에 번쩍 서에 번쩍	134
돼지 멱따는 소리	26
돼지 목에 진주 목걸이	327
되로 주고 말로 받는다	222
된서리를 맞다	276
될성부른 나무는 떡잎부터 알아본다	327
두 손 두 발 다 들다	352
두 손뼉이 맞아야 소리가 난다	373

두말 못하다 142
두말하면 잔소리 143
둘도 없다 192
둘러치나 메어치나 매한가지 199
둘이 먹다가 하나가 죽어도 모르겠다 207
둘째가라면 서럽다 336
둥지를 틀다 207
뒤끝이 흐리다 85
뒤통수를 때리다 237
뒤통수를 맞다 238
뒷맛이 쓰다 42
뒷짐을 지다 99
듣기 좋은 꽃노래도 한두 번이지 342
듣도 보도 못하다 343
등골이 빠지다 27
등골이 서늘하다 50
등에 업다 187
등을 돌리다 238
등을 떠밀다 113
등을 보이다 130
등잔 밑이 어둡다 328
딱 부러지게 134
딴 주머니를 차다 222
땅 짚고 헤엄치기 193
땅에 떨어지다 352
땅에서 솟았나 하늘에서 떨어졌나 357
땅을 칠 노릇 42
때 빼고 광내다 318
때를 벗다 318
떠오르는 별 336
떡 본 김에 제사 지낸다 357
떡 주무르듯 하다 113
떡 줄 사람은 생각도 않는데 김칫국부터 마신다 72
떼어 놓은 당상 337

똥 묻은 개가 겨 묻은 개 나무란다 148
똥이 무서워 피하나 더러워 피하지 245
뚜껑을 열다 214
뚝배기보다 장맛이 좋다 318
뛰는 놈 위에 나는 놈 있다 385
뛰어야 벼룩 288
뜨거운 감자 193
뜨거운 맛을 보다 276
뜬구름을 잡다 114
뜸을 들이다 130
뜻이 있는 곳에 길이 있다 386

마른논에 물 대기 193
마른하늘에 날벼락 358
마음에 걸리다 20
마음에 두다 32
마음에 들다 33
마음에 없다 33
마음에 차다 33
마음을 놓다 54
마음을 먹다 34
마음을 붙이다 34
마음을 비우다 55
마음을 사다 134
마음을 쓰다 34
마음을 잡다 66
마음을 졸이다 50
마음을 주다 34
마음을 풀다 55
마음의 문을 열다 250
마음이 가다 35

마음이 굴뚝 같다	35	머리가 무겁다	21
마음이 돌아서다	35	머리가 잘 돌아가다	314
마음이 맞다	250	머리를 굴리다	36
마음이 무겁다	21	머리를 맞대다	263
마음이 콩밭에 있다	36	머리를 식히다	55
마침표를 찍다	214	머리를 싸매다	135
마파람에 게 눈 감추듯	208	머리를 쓰다	37
막다른 골목	277	머리를 쥐어짜다	135
막을 내리다	215	머리를 흔들다	315
말 한마디에 천 냥 빚도 갚는다	143	머리에 맴돌다	37
말꼬리를 물고 늘어지다	149	머리에 쥐가 나다	27
말만 앞세우다	149	머리에 피도 안 마르다	175
말문을 열다	154	머리털이 곤두서다	50
말문이 막히다	155	멍석을 깔다	288
말은 해야 맛이고 고기는 씹어야 맛이다	155	면목이 없다	62
말을 놓다	155	모가 나다	85
말을 돌리다	156	모난 돌이 정 맞는다	379
말을 맞추다	262	모래 위에 선 집	194
말을 붙이다	251	모로 가도 서울만 가면 된다	199
말을 삼키다	156	모르면 약이요 아는 게 병	386
말을 잃다	43	모양이 사납다	319
말이 나다	277	목마른 놈이 우물 판다	73
말이 되다	143	목숨이 왔다 갔다 하다	277
말이 많으면 쓸 말이 적다	149	목에 거미줄 치다	227
말이 씨가 된다	150	목을 자르다	187
말이 통하다	262	목을 축이다	208
말짱 도루묵	194	목이 타다	208
맛을 들이다	36	몸 둘 바를 모르다	94
맛이 가다	66	몸살을 앓다	27
매도 먼저 맞는 놈이 낫다	328	몸살이 나다	21
맥을 놓다	67	몸에 배다	343
맺힌 데가 없다	78	몸으로 때우다	199
머리 회전이 빠르다	314	몸을 아끼다	130
머리가 굳다	314	몸이 무겁다	22

못 먹는 감 찔러나 본다	124
못 오를 나무는 쳐다보지도 마라	168
무릎을 꿇다	352
무릎을 치다	15
무소식이 희소식	386
문을 닫다	228
문을 두드리다	200
문이 좁다	358
문턱을 낮추다	187
문턱이 높다	358
문턱이 닳도록 드나들다	188
물 건너가다	269
물 만난 고기	288
물 샐 틈이 없다	78
물 찬 제비	319
물결을 타다	135
물고 늘어지다	99
물고기도 제 놀던 물이 좋다 한다	379
물과 기름	238
물로 보다	176
물불을 가리지 않다	136
물에 빠지면 지푸라기라도 잡는다	278
물에 빠진 생쥐	319
물은 건너 보아야 알고 사람은 지내보아야 안다	343
물이 깊어야 고기가 모인다	380
미꾸라지 용 됐다	337
미꾸라지 한 마리가 온 웅덩이를 흐려 놓는다	179
미역국을 먹다	353
미운 아이 떡 하나 더 준다	246
미운 정 고운 정	257
미운털이 박히다	239
믿는 도끼에 발등 찍힌다	239
밑 빠진 독에 물 붓기	222
밑도 끝도 없다	150
밑져야 본전	223

ㅂ

바가지를 씌우다	223
바늘 가는 데 실 간다	251
바늘 도둑이 소도둑 된다	344
바닥이 드러나다	228
바람 앞의 등불	278
바람을 넣다	156
바람을 쐬다	131
바람을 일으키다	300
반죽이 좋다	78
발 벗고 나서다	136
발 없는 말이 천 리 간다	144
발등에 불이 떨어지다	294
발목을 잡히다	281
발을 구르다	51
발을 끊다	188
발을 디딜 틈이 없다	301
발을 맞추다	263
발을 빼다	131
발이 넓다	251
발이 떨어지지 않다	22
발이 묶이다	282
발이 빠르다	136
밤낮을 가리지 않다	200
밥 먹듯 하다	344
밥 먹을 때는 개도 안 때린다	209
밥맛이 떨어지다	22
밥알을 세다	209
밥줄이 끊기다	188
방을 빼다	209

방을 잡다 210

배가 남산만 하다 320

배가 등에 붙다 210

배가 부르다 228

배꼽을 쥐다 119

배꼽이 빠지다 119

배보다 배꼽이 더 크다 223

배짱이 좋다 79

배포가 크다 79

백 번 듣는 것이 한 번 보는 것만 못하다 387

백기를 들다 353

백지장도 맞들면 낫다 387

밴댕이 소갈머리 86

뱁새가 황새를 따라가면 다리가 찢어진다 373

뱃속을 채우다 62

번갯불에 콩 볶아 먹겠다 73

번지수를 잘못 짚다 307

벌린 입을 다물지 못하다 16

법 없이 살다 79

벙어리 냉가슴 앓듯 28

벼 이삭은 익을수록 고개를 숙인다 380

벼랑에 몰리다 282

벼룩도 낯짝이 있다 168

벽에 부딪치다 282

벽에도 귀가 있다 169

벽을 쌓다 239

변덕이 죽 끓듯 하다 73

병 주고 약 준다 114

보기 좋은 떡이 먹기도 좋다 320

보는 눈이 있다 315

본때를 보이다 137

본전도 못 찾다 215

봄눈 녹듯 289

봉을 잡다 359

부부 싸움은 칼로 물 베기 257

북 치고 장구 치다 114

분초를 다투다 294

불꽃이 튀다 240

불난 집에 부채질한다 124

불똥이 튀다 359

불을 끄다 137

불을 보듯 훤하다 344

불행 중 다행 359

비 온 뒤에 땅이 굳어진다 374

비가 오나 눈이 오나 107

비위가 상하다 43

비행기를 태우다 252

빈 수레가 요란하다 387

빈대 잡으려고 초가삼간 태운다 200

빙산의 일각 329

빛 좋은 개살구 320

빛을 발하다 337

빛을 잃다 353

빼도 박도 못하다 283

뼈가 빠지게 201

뼈도 못 추리다 360

뼈를 깎다 28

뼈에 사무치다 28

뿌리를 내리다 210

뿌리를 뽑다 201

뿌린 대로 거두다 374

사공이 많으면 배가 산으로 간다 169

사돈 남 말한다 150

사돈의 팔촌 252

사람 나고 돈 났지 돈 나고 사람 났나	180
사람 위에 사람 없고 사람 밑에 사람 없다	388
사람을 잡다	124
사랑은 내리사랑	258
사시나무 떨듯	321
사족을 못 쓰다	176
사촌이 땅을 사면 배가 아프다	62
산통을 깨다	125
살얼음을 밟다	51
살을 붙이다	157
삼십육계 줄행랑을 놓다	115
상다리가 부러지다	211
새 발의 피	307
새빨간 거짓말	144
색안경을 끼고 보다	308
서당 개 삼 년에 풍월을 읊는다	375
선무당이 사람 잡는다	169
설마가 사람 잡는다	170
세 살 적 버릇이 여든까지 간다	345
세상을 떠나다	367
세월아 네월아	86
세월을 만나다	360
세월이 약	388
소 잃고 외양간 고친다	180
소도 언덕이 있어야 비빈다	189
소매를 걷어붙이다	137
소문난 잔치에 먹을 것 없다	345
속 빈 강정	321
속에 뼈 있는 소리	144
속에 없는 말	157
속을 긁다	125
속을 끓이다	23
속을 썩이다	23
속을 차리다	37

속이 뒤집히다	43
속이 보이다	308
속이 시원하다	56
속이 시커멓다	86
속이 타다	51
속이 터지다	44
손가락 안에 꼽히다	194
손가락 하나 까딱 않다	180
손가락에 장을 지지겠다	145
손가락을 빨다	229
손가락질을 받다	189
손꼽아 기다리다	107
손때가 묻다	346
손바닥으로 하늘 가리기	181
손바닥을 뒤집듯	100
손발이 따로 놀다	263
손발이 맞다	264
손뼉을 치다	16
손사래를 치다	119
손에 넣다	270
손에 땀을 쥐다	52
손에 익다	346
손에 잡히다	201
손에 잡힐 듯하다	308
손을 내밀다	108
손을 놓다	215
손을 떼다	216
손을 맞잡다	264
손을 벌리다	229
손을 보다	202
손을 뻗다	138
손을 쓰다	202
손을 씻다	216
손을 잡다	265

손이 가다	211
손이 맵다	29
손이 발이 되도록 빌다	138
손이 빠르다	202
손이 크다	224
손톱 밑의 가시	29
송충이는 솔잎을 먹어야 한다	380
쇠귀에 경 읽기	176
쇠뿔도 단김에 빼랬다	170
수박 겉 핥기	203
순풍에 돛을 달다	195
술에 술 탄 듯 물에 물 탄 듯	74
숨이 가쁘다	283
숨이 넘어가는 소리	278
숨이 트이다	56
숨통을 틔우다	283
숭어가 뛰니까 망둥이도 뛴다	120
시간 가는 줄 모르다	329
시작이 반이다	203
시장이 반찬	211
시치미를 떼다	108
식은 죽 먹기	195
신경을 쓰다	80
십 년 묵은 체증이 내리다	56
십 년이면 강산도 변한다	381
십자가를 지다	258
싸움은 말리고 흥정은 붙이랬다	157
싹수가 노랗다	329
싼 것이 비지떡	224
쌀독에서 인심 난다	388
쌍벽을 이루다	240
썩어도 준치	381
쐐기를 박다	158
쓰다 달다 말이 없다	151

쓸개가 빠지다	74
씨가 마르다	289
씨도 먹히지 않다	189

아 해 다르고 어 해 다르다	151
아귀가 맞다	195
아끼다 똥 된다	170
아니 땐 굴뚝에 연기 날까	375
아닌 밤중에 홍두깨	309
아이 보는 데는 찬물도 못 먹는다	171
아픈 곳을 건드리다	151
안되는 사람은 뒤로 넘어져도 코가 깨진다	360
안면을 바꾸다	100
앉은 자리에 풀도 안 나겠다	87
알다가도 모르다	330
앓는 소리	152
앓던 이 빠진 것 같다	57
앞뒤가 막히다	181
앞뒤를 재다	309
앞에 내세우다	203
애가 타다	23
애를 말리다	24
약방에 감초	74
약을 올리다	125
얌전한 고양이가 부뚜막에 먼저 올라간다	75
양다리를 걸치다	252
양손의 떡	309
양지가 음지 되고 음지가 양지 된다	381
어깨가 가볍다	57
어깨가 움츠러들다	63
어깨가 처지다	63

어깨를 견주다	240	옆구리를 찌르다	132
어깨를 나란히 하다	241	옆으로 제쳐 놓다	301
어깨를 으쓱거리다	109	오금이 쑤시다	290
어깨를 짓누르다	29	오뉴월 감기는 개도 아니 걸린다	182
어깨를 펴다	109	오도 가도 못하다	279
어깨에 힘을 주다	94	오지랖이 넓다	253
어느 집 개가 짖느냐 한다	75	옥에도 티가 있다	382
어른 말을 들으면 자다가도 떡이 생긴다	376	온실 속의 화초	362
어림 반 푼어치도 없다	145	올가미를 씌우다	246
어물전 망신은 꼴뚜기가 시킨다	181	옷이 날개라	212
어안이 벙벙하다	67	우는 아이 젖 준다	246
어처구니가 없다	67	우물 안 개구리	330
억지 춘향이	131	우물에 가 숭늉 찾는다	75
얼굴에 씌어 있다	315	우물을 파도 한 우물을 파라	171
얼굴에 철판을 깔다	87	운을 떼다	158
얼굴을 내밀다	253	울며 겨자 먹기	132
얼굴을 들다	138	웃는 낯에 침 못 뱉는다	247
얼굴이 두껍다	87	원님 덕에 나팔 분다	362
얼굴이 피다	321	원수는 외나무다리에서 만난다	241
엉덩이가 근질근질하다	289	원숭이도 나무에서 떨어진다	354
엉덩이가 무겁다	80	윗물이 맑아야 아랫물이 맑다	382
엉덩이를 붙이다	120	유종의 미	216
엎드려 절받기	182	으름장을 놓다	241
엎어지면 코 닿을 데	294	은혜를 원수로 갚다	120
엎어진 김에 쉬어 간다	361	이 없으면 잇몸으로 살지	382
엎질러진 물	354	이를 갈다	44
엎친 데 덮치다	361	이를 악물다	38
여간이 아니다	16	이름도 성도 모른다	253
열 길 물속은 알아도 한 길 사람의 속은 모른다	310	이름을 걸다	190
열 번 찍어 안 넘어가는 나무 없다	204	이름을 남기다	338
열 손가락 깨물어 안 아픈 손가락이 없다	259	이리 뛰고 저리 뛰다	139
열 일 제치다	139	이웃이 사촌보다 낫다	259
열을 올리다	290	인간 만사는 새옹지마라	389
엿장수 마음대로	100	인상을 쓰다	316

일손을 놓다	115
일손이 잡히다	38
일침을 가하다	171
입 밖에 내다	158
입 안에서 뱅뱅 돌다	159
입만 살다	152
입만 아프다	145
입맛대로 하다	101
입방아를 찧다	159
입술에 침이나 바르지	182
입에 달고 다니다	152
입에 담다	159
입에 발린 소리	153
입에 쓴 약이 병에는 좋다	389
입에 오르내리다	76
입에 자물쇠를 채우다	146
입에 침이 마르다	146
입에 풀칠하다	229
입은 비뚤어져도 말은 바로 해라	153
입을 다물다	160
입을 모으다	265
입의 혀 같다	254
입이 간지럽다	146
입이 귀밑까지 찢어지다	17
입이 무겁다	80
입이 심심하다	212
입이 싸다	76
입이 열 개라도 할 말이 없다	147
입이 짧다	212
입추의 여지가 없다	302

ㅈ

자기 배 부르면 남의 배 고픈 줄 모른다	183
자기도 모르게	290
자라 보고 놀란 가슴 솥뚜껑 보고 놀란다	52
자리가 잡히다	346
자리를 잡다	190
자리를 털고 일어나다	367
자리에 눕다	368
자취를 감추다	242
작은 고추가 더 맵다	322
잔뼈가 굵다	347
잘 나가다 삼천포로 빠지다	160
잘되면 제 탓 못되면 조상 탓	101
잠수를 타다	242
장단을 맞추다	254
장래를 약속하다	368
재미를 보다	224
재수가 옴 붙었다	362
정신을 차리다	68
제 눈에 안경	38
제가 제 무덤을 판다	183
종로에서 뺨 맞고 한강에서 눈 흘긴다	184
주눅이 들다	291
주머니 사정이 좋다	230
주머니가 가볍다	230
주머니가 넉넉하다	230
주먹을 불끈 쥐다	139
주사위는 던져졌다	204
죽 쑤어 개 준다	270
죽고 못 살다	254
죽기 살기로	110
죽도 밥도 안 되다	196
죽을 쑤다	354

죽이 되든 밥이 되든 196
죽이 맞다 265
쥐 죽은 듯 291
쥐구멍에도 볕 들 날 있다 383
쥐구멍을 찾다 63
쥐도 새도 모르게 115
쥐뿔도 모르다 330
지나가던 개가 웃겠다 177
지렁이도 밟으면 꿈틀한다 376
지성이면 감천 376
직성이 풀리다 57
진땀을 빼다 205
진이 빠지다 68
집 떠나면 고생이다 390
짚신도 제짝이 있다 368
찔러도 피 한 방울 안 나겠다 88

차면 넘친다 383
찬물도 위아래가 있다 247
찬물을 끼얹다 126
찬바람이 일다 291
찬밥 더운밥 가리다 121
참는 자에게 복이 있다 377
척하면 삼천리 331
천 리 길도 한 걸음부터 172
천하를 얻은 듯 58
첫 단추를 끼우다 205
첫발을 떼다 205
첫술에 배부르랴 390
청운의 꿈 338
초록은 동색 255

초를 치다 126
촉각을 곤두세우다 110
총대를 메다 140
추위를 타다 369
치가 떨리다 44
친구 따라 강남 간다 255
침 발라 놓다 140
침을 뱉다 121

칼자루를 쥐다 196
코가 꿰이다 247
코가 납작해지다 355
코가 땅에 닿다 95
코를 빠뜨리다 355
코를 찌르다 316
코웃음을 치다 121
콧대가 높다 76
콧대가 세다 88
콧대를 꺾다 140
콧등이 시큰하다 17
콧방귀를 뀌다 122
콩 심은 데 콩 나고 팥 심은 데 팥 난다 377
콩깍지가 씌다 259

털어서 먼지 안 나는 사람 없다 390
토를 달다 160
퇴짜를 놓다 248
트집을 잡다 161

티끌 모아 태산   225

ㅍ

파김치가 되다   271
파리 목숨   279
파리를 날리다   225
판에 박은 듯하다   347
팔이 안으로 굽는다   260
팔자가 늘어지다   363
팔짱을 끼다   101
팥으로 메주를 쑨대도 곧이듣는다   184
펜대를 굴리다   190
품 안의 자식   260
피가 거꾸로 솟다   30
피가 끓다   369
피가 되고 살이 되다   172
피가 뜨겁다   81
피가 마르다   30
피는 물보다 진하다   261
피도 눈물도 없다   89
피를 말리다   30
피부로 느끼다   348
필름이 끊기다   68
핏대가 서다   45
핑계 없는 무덤이 없다   153

ㅎ

하나를 보고 열을 안다   331
하나만 알고 둘은 모른다   332
하늘 높은 줄 모르다   77

하늘과 땅   295
하늘에 맡기다   363
하늘은 스스로 돕는 자를 돕는다   391
하늘을 찌르다   292
하늘의 별 따기   197
하늘이 노랗다   369
하늘이 무너져도 솟아날 구멍이 있다   384
하루가 멀다고   295
하루가 여삼추라   295
하루에도 열두 번   348
하룻강아지 범 무서운 줄 모른다   77
학을 떼다   271
한 건 하다   217
한 귀로 듣고 한 귀로 흘린다   89
한눈을 팔다   116
한마음 한뜻   266
한몫 잡다   225
한배를 타다   266
한 번 실수는 병가의 상사   391
한솥밥을 먹다   261
한술 더 뜨다   122
한숨을 돌리다   58
한시가 바쁘다   296
한잔 걸치다   212
한 치 앞을 못 보다   332
한턱을 내다   190
한풀 꺾이다   271
해가 서쪽에서 뜨다   184
햇빛을 보다   272
허를 찌르다   310
허리가 휘다   231
허리띠를 졸라매다   231
허리를 펴다   231
허울 좋다   322

허파에 바람이 들다	316
헌신짝 버리듯	102
혀 아래 도끼 들었다	147
혀가 굳다	161
혀가 꼬부라지다	161
혀가 짧다	162
혀를 내두르다	17
혀를 놀리다	162
혀를 차다	122
혀에 굳은살이 박이도록	147
혈안이 되다	45
호랑이 굴에 가야 호랑이 새끼를 잡는다	377
호랑이 없는 골에 토끼가 왕 노릇 한다	177
호랑이도 제 말 하면 온다	349
호랑이에게 물려 가도 정신만 차리면 산다	392
호박씨를 까다	90
호박이 넝쿨째로 굴러떨어졌다	363
호주머니를 털다	232
호흡을 맞추다	266
혹 떼러 갔다 혹 붙여 온다	364
홍역을 치르다	349
화살을 돌리다	126
화촉을 밝히다	370
환갑 진갑 다 지내다	370
환심을 사다	255
활개를 치다	292
활개를 펴다	292
황소 뒷걸음치다가 쥐 잡는다	364
획을 긋다	272
흐르는 물은 썩지 않는다	384